검은머리 미군 대원수 5

명원(命元) 대체역사 소설

Eugene Kim

KB058469

일러두기

- 이 책은 문피아, 네이버시리즈에서 연재된 《검은머리 미군 대원수》를 바탕으로 편집, 제작되었습니다.
- 단행본, 일간지 이름은 '《 》'로, 노래 제목, 영화, 방송국, 글의 소제목 등은 '〈 〉'로 표기했습니다.
- 전화, 라디오 등 전파 매체를 통한 대사는 '─'로, 편지 등 문자 매체를 통한 대사는 '[ ]'로 표기했습니다.
- 인명 및 지명은 일부 표준어로 등재됐거나 용례가 존재할 경우를 제외하고 모두 연재본의 표기를 따랐습니다.
- 내지에 삽입된 지도는 웹소설 연재본에 삽입된 지도를 단행본 인쇄방식에 맞게 편집부에서 재편집했습니다.

검은머리 미군 대원수

1장
거인의 포효 II

거인의 포효 7

일본제국, 도쿄.

유럽에서 전쟁의 불길이 타오르면 타오를수록, 일본 수뇌부의 고민은 깊어져만 가고 있었다. 메이지 유신을 단행한 이후, 일본제국은 단 한 번도 실패하지 않았다. 청일 전쟁, 러일 전쟁, 제1차 세계대전까지. 매번 승리자가 되었고 영광을 거머쥐었다.

하지만 이젠 아니다. 영국인들은 그 거대한 인도 아대륙을 혼자 다 처먹은 주제에, 아시아의 맹주 일본이 중국 좀 먹는 걸 못 봐주고 있었다. 미국인? 그놈들이 죽인 인디언이 대체 몇 명이지? 애초에 원주민도 아니잖아? 아무리 내가 하면 로맨스고 남이 하면 불륜이라지만, 저들 식민 열강의 행태는 참으로 역겹고도 졸렬했다. 이 꼬락서니에 조금이라도 배운 바 있는 일본인이라면 침을 뱉으며 욕했으니, 저 추악한 제국의 적을 일컫는 신조어가 제국의 강역 전체에 유행처럼 번져 나갔다.

"귀축영미를 타도하라!!"

"동아공영 이룩하자!!"

"아시아를 아시아인의 손에!!"

이미 이 광기의 열차가 어느 종점으로 향할지는 뻔하다. 그리하여 내각의 인사들이 모였을 때, 이들이 논의할 공허한 말도 이제 얼마 남지 않았다.

"오랜 기간 동안, 제국 정부는 미국인들과 평화적인 합의를 이룩하기 위해 다방면으로 애를 써 왔습니다."

고노에 총리의 말에 내각 인사들은 저마다 몸짓으로 제 의사를 표현했지만, 총리는 그 모습을 보고도 무어라 하지 않았다. 어차피 그들이 여기서 춤을 추든 할복을 하든 바뀔 건 아무것도 없으니까. 몇몇 관료들과 정치인들은 그를 찾아와서 통곡하거나 윽박지르기도 했었다.

'총리라는 자가 어찌하여 그토록 몸을 사리는 게요!'

'당신, 설마 영미와 전쟁을 노리고 있소? 미친 짓이야! 빨리 군인들 좀 말려보라고!!'

머저리들. 지식인이랍시고 대가리에 먹물은 찼으되 용기라곤 없는 자들. 정말 전쟁을 막고 싶었으면 허수아비인 자신이 아니라 군부를 찾아갔을 터. 거기 갔다가 비국민으로 몰려서 좆되긴 싫은가보지?

총리라는 감투를 쓰고 자리에 앉아 있으되 고노에라는 인간은 껍데기만 남아버렸다. 만약 장식품 인형 주제에 총리라는 직함에 홀려 소신껏 무언가를 하려는 순간, 저 미친 육군 놈들은 곧장 그를 쓰레기통에 처넣고 새 인형에게 총리대신이란 명패를 붙여주겠지.

까놓고 말해, 죽기 싫었다. 그래서 그냥 얌전히 인형의 삶을 살기로 했다. 비웃으려면 비웃고 침을 뱉으려면 침을 뱉어라. 수용소에 처넣어버리기 전에.

"미국의 의지는 분명합니다. 중국은 여러 나라가 공동으로 착취해야 하며, 황국에게 배타적이며 우선적인 권리를 부여할 생각은 추호도 없다고요."

"배신자들!"

"한 입으로 두말을 하는 자들에겐 반드시 신벌이 따를 겁니다!"

1차대전 당시, 미국과 일본은 이시이—랜싱(Ishii—Lansing) 협정을 체결하여 중국에서 일본이 '특별한 지위'를 갖고 있다는 데 동의했었다. 필리핀과 조선을 사이좋게 나눠 먹은 가쓰라—태프트 조약처럼 이번에도 또 하나의 외교적 성취를 거두었다고 자평하던 일본인들은 전쟁이 끝난 후, 곧장 국제무대로 끌려나와 자신들이 기껏 확보한 권리가 스멀스멀 사라지는 모습을 눈 뜨고 지켜봐야 했다.

"서양인들의 탐욕이란 끝이 없습니다. 이제 평화적인 해결책은 없다고 보입니다."

미국이 독일에 선전포고한 후, 일본 내 유화론자들은 마지막 불꽃처럼 자신들의 행복회로를 마구 오버클럭했다.

'유럽을 발아래에 둔 독일을 상대하면서 양면 전선을 펼 수 있을 리는 없다. 전심전력으로 독일과 맞서는 동안 태평양에서 전쟁 빌미를 만들 리 없으니, 지금이야말로 황국이 아시아의 맹주임을 공인받을 절호의 기회다!'

전용 도축장까지 지어서 유대인을 비누로 만든다는 히틀러와 섣불리 손을 잡는 것도 뭔가 좀 아닌 것 같고, 영미와 전쟁을 벌인다는 것도 뭔가 좀 그렇고.

하지만 당연하게도, 군부가 발칵 뒤집혔다. 강경파는 중국 대륙 전체의 지배권을 보장받아야 한다고 주장했으며, 온건파라는 놈들 또한 '지나에서 한 줌 고혼이 된 황국 장병들의 피 값을 충분히 정산받아야 한다'라는 데엔 이견이 없었다. 그 결과, 일본제국의 특사는 다음과 같은 훈령을 받은 채 미국으로 향했다.

1. 프랑스령 인도차이나에서 확보한 공항 및 항구 이용권을 보장받을 것.
2. 만주국을 정식 승인할 것.
3. 일본이 중국에 대해 '특별한 권리'를 갖고 있음을 인정받고, 중화민국의 지도자를 반일 정신 가득한 장개석에서 보다 일본에 유화적인 인물로 교체할 수 있도록 노력해 줄 것.
4. 현재 일본군이 점령한 땅, 여의치 않으면 화북 지방과 중국 해안 일대에 대한 권리를 인정받을 것.

당연한 말이지만, 미국 국무부 관료들은 특사들의 제안을 듣고 귀를 의심했다. 아무리 전시라지만 너무 배짱부리는 것이 아닌가? 미국 국무부 내에 여러 파벌이 갈라져 있다고는 하지만, 대부분은 미국의 국익을 중시하는 자들. 이런 소리를 듣고도 '허허, 이제 일본에게 아시아를 넘겨주고 장사 접읍시다. 아시아는 아시아인에게 맡겨야지요.'라는 배알 없는 소리를 할 사람은 거의 없었다. 이 제안을 듣자 얼마 남지 않은 소장파들조차 태세를 전환하게 되었다.

"저 비열한 박쥐 같은 놈들! 어려움에 처한 이웃의 등에 칼을 들이밀다니!"

"한 손은 히틀러에게 내밀면서 반대쪽 손은 우리한테 내밀어? 누구 좋으라고!"

이미 히틀러의 세계 정복 야망을 꿰뚫어 보고 있던 남자, 유진 킴은 일본제국의 무한한 팽창욕 역시 예견했었다. 언제 준비했는지, 그는 이제 레포트가 아니라 아예 책까지 펴내 개항기 때부터 일본이 언제나 아시아 정복을 꿈꾸고 있었음을 조목조목 사례를 들고 있었다. 물론 그냥 미국을 전쟁의 불구덩이에 처넣고 싶어 환장한 전쟁광 아니냐는 비판 겸 비난도 있었지만, 그 전쟁광이 매번 작두 탈 때마다 진짜로 전쟁이 터졌는데 그 말을 무시할 수도 없는 노릇. 그리고 그 국무부를 통제하는 저 백악관의 주인께서는, 누구보다 강경한 태도를 고수하고 있었다.

"재밌는 친구들이군."

"각하."

웰즈 국무부 차관의 보고를 접한 루즈벨트는 양면 전선이라는 골치 아픈 상황이 눈앞에 닥쳤음을 깨달았다. 처칠은 떠났지만, 그와의 협의는 여전히 남아 있다. 처음 아시아 태평양 지역에서의 대전략을 논할 때, 그 늙은 제국주의자는 아주 명확하게 제 의사를 표현했었다.

"그냥 전쟁 안 하면 안 될까요?"

"영국 또한 중국에 제법 많은 이권을 보유하고 있지 않습니까?"

"홍콩만 건드리지 않는다면 솔직히 이권이고 나발이고 다 주고 떠날 용의가 있습니다."

본국 바로 앞이 불바다인데 지구 반대편에서, 그 지역 최강 열강을 상대로 전쟁을 치른다? 아, 안 해. 나 던질 거야.

"제가 아주 신뢰하는 아시아 전문가의 의견에 따르면, 일본제국의 사상적 기반인 대동아공영은… 인도를 최종 목표로 한다더군요."

"버마의 정글과 히말라야산맥을 넘어 일본군이 인도로 온다고요? 각하께 조언한다는 그 전문가가 누군진 모르겠지만 필시 책상물림 같습니다만. 저희 영국은 수백 년 전부터 아시아에 대한 정보를 축적하고 있습니다."

"이건 쉽고 어렵고의 문제가 아닙니다. 신앙이나 이념 같은 문제니까요. 옛날 일본의 지배자… 도요토미? 예, 그 이름이었던 것 같군요. 아무튼 그 일본의 지배자 역시 최종 목표가 인도 정복이었다고 합니다. 그리고 지금 일본인들은 그 도요토미를 떠받들고 있지요."

어차피 일본제국이 세계를 상대로 싸움을 걸려고 한다면 반드시 네덜란드령 인도네시아의 자원지대를 장악해야 한다. 거길 장악한다고 끝이 아니다. 바다로 그 자원을 수송하려면 홍콩과 싱가포르를 빼앗아야 한다. 몰타를 빼앗지 못해서 지중해에 수송선단을 꼬라박고 있는 독일의 실수를 반복할 이유가 없으니까.

이 말인즉슨, 영국 동양함대를 바다에 처넣지 않으면 일본제국에겐 딱히 미래가 없다. 인도를 침공하지 못하더라도 최대한 영국이 다른 데 신경 못 쓰도록 흔들려 들겠지.

"이제 그만 인정하시지요. 모든 걸 다 내주고 아시아에서 영원히 축출되지 않는 이상 대영제국은 일본과 한판 붙을 수밖에 없습니다."

"빌어먹을. 그러면 미국 역시 보증을 좀 서줘야겠소."

"제가 할 수 있는 일이라면 무엇이든 도와드리지요, 친애하는 총리님."

"귀국의 태평양함대를 전진배치 시켜주시오. 필리핀에 배치해 달란 말은 나도 안 하겠소이다. 하와이. 하와이 진주만에 두고 개전 즉시 일본의 해상전력을 제압합시다."

언제 어떤 명분을 가지고 태평양함대를 움직이느냐를 고민하던 루즈벨트로서는, 이것이야말로 울고 싶은데 뺨 맞은 격 아닌가.

"자유와 평화, 인권을 수호하는 우리 미합중국이 일본제국의 저 끔찍한 만행을 참고 넘긴다면 어찌 불의가 아니라 할 수 있겠습니까?"

"그렇습니다, 각하!"

"일본인들에게 똑똑히 전합시다. 중국에서 완전히 철수하지 않는 이상 타협은 없다고."

이미 그의 손에는 몇 장의 카드가 있었다. 대체 고철도, 석유도 모두 수출해주는 국가를 상대로 전쟁을 벌이려는 놈들은 무슨 깡을 갖고 있는 거지? 설마 본토까지 쳐들어와서 록펠러네 앞마당 석유를 빼앗아가려는 건가?

결국 일본 특사들은 어떠한 소득도 얻지 못한 채, 오히려 미국의 독기만 더 바짝 올리곤 '중국에서 꺼지면 봐드리겠다.'라는 섬뜩한 경고만 듣고 본국으로 귀환하고 말았다. 그 경고를 들은 도쿄는 다시 뒤집혔고.

"저들이 우리를 업신여기길 어언 백 년! 이제 결단의 때가 왔습니다!"

"어차피 독일의 히틀러 총통도 소련과는 불가침을 맺었잖습니까? 우리 또한 소련과 불가침조약을 맺고 남진해야 합니다! 남방 작전!!"

"대동아공영의 고결한 이상을 실현할 때가 왔습니다! 귀축영미에 맞선 성전의 시간이 도래했습니다!!"

누가 누가 더 길길이 날뛸 수 있나로 충성심 테스트라도 받는 듯 목청 높여 고함 질러대는 놈들을 지켜보던 고노에 총리는 한숨밖에 나오지 않았다. 이제 저놈들은 감히 어전에서도 목소릴 높일 수 있는가. 화려한 대원수 제복을 걸친 채 이 회의에 친람한 천황, 히로히토가 천천히 손을 든 것은 그때였다.

"내 하문하겠노라."

"예, 폐하."

"경들은 장개석이 실로 무도하여 이를 징벌해야 한다 하였고, 한 달이면 능히 지나를 정복할 수 있다 상주하였다. 내가 제대로 기억하고 있는가?"

"……."

"폐하. 지나는 그 땅이 무척 넓은데 산세가 깊고 오지가 많으며, 그곳에 사는 종자들은 지독하여……."

"허면, 경들이 말하는 동남아시아는 오지가 없고 사람이 살기에 쾌적한 곳인가? 태평양은 지나보다 작은가?"

신이랍시고 섬기는 현인신(現人神)의 물음에 장내에선 제대로 대답할 수 있는 자가 아무도 없었다. 단 한 사람을 빼고.

"폐하. 이 전쟁은 저희가 원하여 준비하는 것이 아닙니다."

도조 히데키는 당당하게 앞으로 나가 아뢰었다.

"미국인들은 우리에게 중국에서 철수하라 강요하였습니다. 황국은 이미 중국 정벌에 막대한 물자와 인력을 투자하였으며, 그 결실을 거두기 직전에 있습니다."

"……."

"동남아시아의 자원지대를 장악한 채, 어찌 되었든 화북 지방만 만주국처럼 제국의 산업지대로 운용할 수 있다면 미국을 제압하지는 못할망정 황국의 국체를 지킬 정도는 됩니다. 하지만 여기서 굴종한다면 어리석은 신민들은 유신 백 년의 대업이 허사로 돌아갔다 여겨 불순한 자들이 횡행할 것입니다."

"그러한가. 경의 말이 참으로 이치에 맞도다. 나는 항상 경들을 믿고 의지하고 있으니, 황국의 대업을 이어갈 수 있도록 최선을 다하시오."

모두가 천황 폐하의 용단에 감읍하여 대가리를 바닥에 처박으며 절하는 동안, 히로히토는 각료들이 회의를 마저 진행할 수 있도록 자리를 비켜주었다.

"경은 왜 따라나왔는고? 일국의 총리가 회의를 주재하지 않고?"

"폐하. 총리대신이라 함은 방석 뜨뜻하게 데우는 일을 하는 사람을 가리키는 말이지 회의를 주재하는 사람이 아닙니다."

사적인 친분 또한 있는 고노에의 말에 히로히토가 쓴웃음을 지었다.

"방석 데우는 놈이라니. 그건 원래 내 할 일이었는데."

"폐하!!"

"저 도조라는 빡빡이는 참으로 재밌더구나. 저 자신도 눈곱만큼도 믿지 않는 말을 숨 한번 안 쉬고 연신 떠들어댈 수 있다니."

히로히토의 폭언에 고노에가 말문이 막히는 것도 당연한 일.

"그래서 저 군인 놈들이 원하는 게 무엇이던가?"

"진주만을 기습해 미국 함대를 모두 용궁에 처넣겠다 합니다."

"그러면 이길 수는 있다던가?"

"문을 걸어잠그고 천수각에 의지해 지키기만 한다면 적도 피폐해져 싸움 대신 강화를 청하리라 예측하였습니다."

"강도가 집에 찾아와 배때기를 찔렀는데 집주인이 강도에게 합의를 요청한다고?"

또 고노에의 입을 틀어막은 히로히토는 고개를 절레절레 흔들었다. 이날, 어전회의에서는 대미 개전과 남방 작전, 진주만 기습 안건이 모두 통과되었다.

거인의 포효 8

[단독 보도!! 태평양 평화의 실마리?!]

[미—일—중 삼각합의 실현되나?]

뭐냐 이거. 공명의 함정인가? 역사가 바뀐 건가. 아니면 내 얄팍한 원 역사 지식에 없을 뿐 실제로 있던 일인가. 내 당혹감을 아는지 모르는지 국무부는 신이 났다.

"잽스들이 고개를 숙였습니다."

"우리의 요구를 수용할 의사가 있다고 밝혔으며, 정상회담을 제의해 왔습니다."

이미 곳곳에서는 '목소리도 크게, 손의 몽둥이도 크게.'라는 말이 유행어처럼 떠돌아다니고 있었고, 잽스들은 강자에게 굴복하는 습성이 있기 때문에 미합중국의 단호한 결의 앞에 놈들이 굽히고 말았다는 해석이 줄을 이었다.

정말일까? 정말 내가 모르는 어떠한 나비 효과에 의해 일본이 마지막 한 발자국을 내딛지 않게 된 걸까? 나비 효과가 일어났다고 한다면… 시발, 너무 많네.

조선계 출신의 동양인을 명장이랍시고 각 잡고 연구하게 된 일본군부터 애초에 코미디 아닌가. 동양교육발전기금은 또 어떻고. 이래놓고 나비 효과가 없길 바라는 것도 좀 양심이 없긴 하다.

하지만 나는 일본을 믿고 있었다! 아무리 이 세상이 원 역사와는 큰 틀에서 바뀌었다지만, 일본이 일본하는 건 메이지 유신 이래로 거의 정해진 루트라고 보면 된다. 고작 미국물 먹은 사람 몇 명 좀 늘었다고 전쟁이 안 나? 고작 개전일시 좀 앞당겨졌다고 전쟁이 안 나? 고작 총리 좀 도조 히데키가 안 됐다고 전쟁이 안 나? 내가 좀 설쳤다고 일본이 정신을 차려? 그러면 안 되지! 어떻게 내 기대를 이토록 무참히 배신할 수 있냐고!

상황이 이리되자 나는 나 스스로의 내적 모순을 직시할 수 있었다. 그동안 나는, 마음속으로 어정쩡한 타협을 했었다. 내가 아무리 용을 써도 진주만은 터질 수밖에 없다고. 백날 '쪽바리는 개자식들이래요, 그놈들은 피에 굶주려서 미국 상대로 전쟁을 걸 거예요.' 돌림노래를 불러도 터질 전쟁은 터진다고 무심코 생각했다.

대전쟁이 터지길 바라는 마음과 가능하면 전쟁을 피하고픈 마음이 그렇게 타협한 채, '내가 아무리 노력해도 안 될 거야, 아마.' 상태로 지내왔었다.

그런데 진짜 전쟁이 안 나면? 이제 정신이 번쩍 든 나는 참으로 하늘처럼 높아져 얼굴 보기도 힘든 장관 나리를 찾아갔다.

"오랜만이군. 꼬리 밟히진 않았겠지?"

"꼬리라뇨."

"기자 놈들 말야. 아주 눈에 핏발을 세우고 날 따라다니고 있거든."

"그건 어제오늘 일이 아니잖습니까?"

전시를 맞이해 내부 인테리어를 싹 갈고 대문짝만하게 전시채권 구입 독려 포스터를 박아 넣은 우보크의 분위기는 예전에 왔을 때와는 무척 달라져 있었는데, 그 바로 아래 앉아 있는 맥아더의 모습은 무어라 형용하기 힘들었다. 맥아더는 혹시나 밖에서 엿듣는 사람이 없는지 다시 한번 확인하고는 비로소 의자에 푹 몸을 기댔다.

"기자 말고, 더 독한 놈들이 있어."

"누굽니까? 감히 천하의 장관님을 건드는 놈이."

"그런 놈이 있어. 정치라는 게 다 그렇지."

파이프 대신 시가. 군복 대신 정장. 영원히 파이프 담배 입에 물고 군복 차림으로 으스댈 줄 알았던 맥아더 입에서 '정치가 다 그렇지' 소리가 나오니 참… 내가 저질렀던 무수한 일들이 어떤 결과를 낳았는지 다시 한번 곱씹게 된다.

"일본 일이 궁금한가?"

"예, 아무래도 엮인 게 많다 보니까요."

"어디 가서 함부로 떠들고 다니진 말게."

"물론입죠."

가볍게 안줏거리를 곁들여 알콜과 니코틴을 위장과 허파에 빵빵하게 채운 후, 맥아더가 천천히 입을 열었다.

"일본의 태도가 완전히 바뀌었네."

"태도라면……."

"석유 금수 조치를 넌지시 언급한 이후부터 그들의 반응이 극적으로 변했다고 하는군. 이제야 자신들의 목줄을 누가 쥐고 있는지 깨달았나봐."

"그게 말이 됩니까?"

"뭐… 일본인들이 문명화된 지도 얼마 안 됐으니, 그럴 수도 있지 않겠나?"

역시 정치인이라 그런가 원숭이니 뭐니 하는 말은 안 하네. 내가 투자 하나는 잘했어. 내 복잡한 머리를 아는지 모르는지 맥아더의 이야기는 쭉쭉 알아서 나아갔다. 일본의 재제안을 요약하자면.

1. 프랑스령 인도차이나에선 유럽의 전쟁이 마무리되는 대로 발 빼겠다.

2. 중국에서도 순차적으로 전면 철군하겠다. 화북에 대한 '특별한 이권'

만 보장해준다면 철군 시기를 더욱 앞당길 것이며, 장개석과의 중재를 요청한다.

3. 만주국 승인을 다시 한번 요청한다.

4. 조만간 만료 일자가 다가오는 미—일 통상조약을 개정하고, 석유 등 전략물자의 수출입에 관한 안건을 보다 상세하게 논하고 싶다.

그 외의 자잘자잘하거나, 들어도 잘 감이 안 오는 항목들을 제외하면 대강 이 정도. 이걸 번역하면 "살려주세요! 베트남도 중국도 다 포기하고 런할 테니 우리 밥줄만 끊지 말아 주세욧!" 정도로 해석할 수 있겠지. 요컨대, 납작 엎드리기 그 자체였다.

"그러면 어떻게 되는 거죠?"

"나도 모르지. FDR… 대통령은 이번 기회에 일본을 확실히 손봐줘야 한다고 벼르고 있지만, 양면 전선을 원하는 나라가 세상에 어디 있겠나?"

당장이라도 태평양과 아시아의 미래를 놓고 거대한 강철 괴수들이 불을 뿜을 줄 알았건만. 배 까고 몸을 발라당 뒤집은 개새끼처럼 헥헥대는 일본을 접한 미국 고위층은 하나같이 패닉에 빠져버렸다.

'우리가 너무 과민반응했나?'

'옐로 몽키들이 이제야 사리 분별을 하기 시작했나?'

그러자 자연히, 아까워졌다. 태평양함대의 아주 일부만이라도 돌려서 대서양에 투입할 수 있다면? 미 해군이 지브롤터를 건너 이탈리아 해군을 용궁에 처넣고 지중해를 확고히 연합군의 호수로 만들 수 있다면? 안 그래도 투자된 물자라곤 쥐뿔도 없어서 허덕이고 있는 미 육군의 장비를 필리핀에 나눠주지 않아도 된다면? 처음엔 당연히 넣어야 할 계산이었지만, 이제 양면 전선을 안 해도 된다고 생각하니 이 모든 것이 너무나 아까워 미칠 것 같아졌다. 맥아더의 설명을 듣자, 더 머리가 터질 것만 같았다. 태평양 전쟁이 일어나지 않으면, 조선은?

당연히 잽스를 몰아낼 수 있으리라 생각했는데, 곧 죽어도 만주랑 조선은 품에 안고 가겠다고 모든 자존심을 내려놓은 이성 100% 상태의 일본이라면? 여태껏 내가 이 최종전쟁이 기다리고 있노라 설파하며 수십 년간 한인 사회를 알차게 굴려 왔는데, 전쟁 안 나면 이 뒷감당은 어떻게 되지? 적중률 100%의 예언가라는 호칭도 날아가고, 이거 그냥 전쟁광 타이틀만 남으면 어떻게 되나? 나는 항상 일본 놈들이 미쳐선 내 머리통에 총알을 박으러 오진 않을까 걱정했었다. 그런데 인제 보니, 일본이 잘 참기만 하면… 나 그냥 알아서 자멸하는 거였나? 적대적 공생이라고 내가 떠들어 놓고서 내 발등 찍히는 줄도 몰랐다니. 미치고 환장할 노릇이다.

하지만 모름지기 직장인이란 쳇바퀴 돌리는 햄스터처럼 일과를 반복하는 법이고 휴식이란 허가될 수 없으니, 지엄한 마셜 농장의 부름에 이 미천한 유진 킴은 표정 관리 단단히 한 채 앞으로 나아갈 수밖에 없었다.

"총장님, 부르셨습니까."

"앉게. 할 이야기가 좀 많으니."

나는 얌전히 자리에 착석했고, 따끈따끈한 커피가 나왔다.

"가진 예산을 최대한 긁어모아 대규모 기동훈련을 연일 반복하고 있네."

"저도 들어서 알고 있습니다."

"그래. 그동안 우리 육군에 얼마나 벌레 같은 놈들이 많았는지 여실히 드러나고 있지."

전쟁을 대비해 참모총장 자리에 취임한 직후, 의회에 나간 마셜은 대놓고 '밥벌레 새끼들한테 별 달아주고 전쟁하라구요? 님들 도르신?'이라고 극딜을 박아버렸다.

"평시의 관료제 조직은 사이사이에 능력이 조금 부족한 자가 끼어 있어도 괜찮습니다. 조직이란 본디 개인의 능력보단 체제를 통해 돌아가니 말입니다. 하지만 전시인 지금은 아닙니다."

밥벌레 하나 옷 벗기는데 평균 1년 반에서 2년 정도 기나긴 심사를 거쳐야 한다는 사실을 참을 수 없던 마셜은 옷에 붙은 계급장 뜯을 권한을 요청했고, 패기 그 자체인 미합중국 의회는 기꺼이 그 권한을 내주었다. 그리고 딱 반년간, 마셜은 200명의 옷을 벗기거나 한직으로 처박았다. 이래놓고 부하들이 편하게 대하길 바라다니 욕심도 정도껏이지.

"그에 반해 독일 놈들은 참 제법이야. 특히 그 괴벨스인가 하는 놈, 그놈이 공보실 돌리는 모습 보고 있으면 감탄만 나오는군."

"그 사람은 정말 괴물이지요. 악마도 박수 치지 않을까 싶죠."

"일선 병사들이 벌써 롬멜 공포증을 호소하고 있다면 믿겠는가?"

이건 또 무슨 소리야. 내가 대답도 못 하고 있자 마셜이 덧붙였다.

"도대체 어찌나 입을 털어대는지, 유럽에 도착하자마자 롬멜이 피에 굶주린 독일군을 이끌고 전쟁 경험이라곤 없는 우리 장병들을 학살할 거라고 머릿속에 아주 인을 박은 모양이야."

"거참. 그런 유언비어는 단속해야 하지 않습니까."

"문제는 우리도 딱히 할 말이 없단 걸세. 당장 육군에 실전 경험을 보유한 장성이 얼마나 된다고."

우리가 물량이 더 많네 기술력이 좋네의 문제가 아니다. 기술력이 좋아서 이기든 말든 병사들에겐 자신이 죽으면 말짱 황이니까. 병사들이 아무것도 모를 것 같은가? 왜 이러나, 아마추어처럼. 훈련 좀 뛰어 보면 내 상관이 믿을 만한지 병신새끼인지 척하면 척인데. 하물며 가라가 일상이 된 한국군도 아니고, 명백히 실전 투입을 앞두고 훈련 중인데 간부란 놈들이 영 이상하다? 그런데 적은 엄청난 명장이라네? 내가 병사들이라도 싸울 맛 안 나겠다. 인정. 이 사실을 훤히 알고 있는 마셜이 그래서 더욱 가차 없이 숙청의 칼을 휘둘러대고 있지만, 글쎄.

"그런데 그게, 저랑은 어떤 연관이……."

"현 육군 장성 중에서 실전 경험을 보유하고 있는 가장 유명한 인물. 누구인가?"

"어, 그건……."

"중위, 대위 나부랭이로 대전쟁에 참전했던 놈들이야 많지. 내가 말하는 건… 대충 사단장 정도로 종군했던 장군이면 좋겠군."

시발. 왜 이래. 나더러 사막에 가라고? 진짜?

"저는 그, 가능하면, 태평양엘 좀……."

"하하하하."

마셜이 웃었다. 세상에. 커피잔을 내려놓은 그는 정말 어색할 정도로 활짝 웃었다.

"귀관을 세 토막 낸다면 그중 한 토막 정도는 태평양에 보낼 수 있는데."

"진짜 토막 낼 것 같아서 무서운데요."

"일본이 급격히 평화 무드를 조성하는 이상, 하루라도 빨리 히틀러의 야욕을 꺾는 게 더 시급하다는 것이 윗선의 의지일세."

시발. 시발. 사막이… 좆같은 똥땅이 나를 부르고 있다. 아니, 마셜이 거기 날 처박을 요량이다. 저, 죄송하지만, 저는 딱히 명장 그런 게 아니거든요? 너무 과도한 기대를 하시면 곤란한데.

"왜 자네가 그토록 오매불망 꿈꾸던 야전에 나가게 되었는데 표정이 그 모양인가?"

"아닙니다."

"역시 전쟁부가 좋지? 사막보단 데스크 워크가 낫지 않겠나?"

"아닙니다!! 전 꼭 사막에 가고 싶습니다!!"

씨발.

* * *

일본제국, 도쿄.

"모든 준비가 끝났습니다."

"귀축영미의 방심을 이끌어낸 지금이야말로 절호의 호기. 신풍(神風)은 우릴 위해 불어주고 있소.”

적을 속이려면 아군부터 속여야 한다. 부산스러운 군의 움직임이 부디 철군 준비로 보이길 바라며, 일본제국을 이끌어나가는 군부의 수뇌부들은 연일 도상 워게임을 진행했다.

“해군이 과연 해낼 수 있을까요?”

“그것도 못 하면 밥만 축내는 버러지에 불과하다는 걸 인증하는 셈이지.”

일본, 독일, 소련의 삼국이 하나 되어 귀축영미와 싸운다면 이 전쟁도 충분히 승산이 있다! 독일이 영국인들을 꽉 붙든 사이, 아시아에서 완벽히 저들의 세력을 일소한 후 버티기만 하면 된다.

“준비가 되는 대로, 선전포고문을 발송하시오.”

주사위는 던져졌다.

거인의 포효 9

수천 년 전, 중국엔 어떤 힘 더럽게 센 놈이 살았다. 역발산기개세. 산을 뽑을 정도의 괴력을 발휘하던 항우라는 촌놈은 그 힘 하나로 진나라의 숨통을 끊었고, 천하를 제 꼴리는 대로 토막 내어 수십 명의 왕들을 각지에 임명한다.

그리고 수천 년의 시간을 뛰어넘어서, 상식을 뛰어넘는 무력 대신 상식을 뛰어넘는 도박 스킬을 탑재한 미치광이 콧수염이 유럽의 기존 질서를 파괴하고 새 질서를 수립하고 있었다. 둘 다 하는 짓이 좀 돌았단 점에선 비슷하기 하네. 히틀러를 상대로 유일하게 맞서고 있는 게 영국이란 점을 생각하면 참으로 오묘한 이야기지만, 폭 40km에 불과한 도버해협은 너무나도 조용했다.

싸움닭 처칠. 그 성격을 보면 당장이라도 해협 건너 야들야들한 베를린을 불바다로 만들고 싶겠지만, 세상에 하고 싶어서 할 수 있는 일이 얼마나 되겠나? 영국의 최우선 전략은 당연히 영국 본토, 브리튼섬이 불바다가 되지 않도록 대공 전력을 확충하는 일이었고 그다음은 격전이 벌어지고 있는 지중해와 아프리카에 항공기를 비롯한 무기를 보내주는 것. 히틀러의 한 수한 수를 막아내기에 급급한 영국 입장에서 독일 본토 폭격은 당장 고려할 사항이 아니었다. 프랑스를 휩쓸 때 무엇보다도 강력한 힘을 발휘한 루프트바페가 너무나 조용하다는 점이 영국 공군 관계자들을 반쯤 미치게 하고 있었기 때문이다.

'왜 폭격을 오지 않지? 왜?'

영국의 첩보력을 총동원해 루프트바페의 주력이 있는 곳을 찾으려고 용을 썼으나 끝끝내 찾지 못했고, 영국인들의 피해망상은 그때마다 에스컬레이트되어 북극 지하 비밀기지에서 나치의 폭격기 수천 대가 이륙하는 정신질환에 이르고 있었다. 음모론이 다 그렇지. 하지만 영국인들의 정신병에 딱히 근거가 없는 것도 아니었다.

"독일군이 발칸반도에 진출하고 있습니다."

"히틀러의 다음 목표는 확실히 지중해로 보입니다."

"발칸 일대를 장악하려는 움직임으로 미뤄보아, 무솔리니와 연계하여 지중해 및 수에즈 공략을 노리는 것이 틀림없습니다!"

"역시 히틀러. 세계를 정복할 준비가 된 놈은 달라도 확실히 달라."

나폴레옹 보나파르트 이래 이 정도로 대영제국을 몰아붙이고 세계의 평화와 균형을 위협하는 자가 있던가? 수백 년 만에 다시 나타난 군사적 천재를 상대로 싸우고 있는데, 결코 긴장을 늦출 수는 없었다. 유럽과 지중해 일대가 표기된 군사지도를 지그시 노려보던 처칠이 말 하나를 툭툭 건드렸다.

"히틀러, 놈은 서부 전선 최고의 전쟁영웅인 롬멜을 아프리카에 배치했어. 이탈리아를 신뢰했다는 그 실수를 메꾸기 위해 최고의 패를 주저 없이 던진 셈이지. 내 말이 틀렸나?"

"현재로선 총리 각하의 추측이 맞는 듯합니다."

"우리의 친구 미국인들이 프랑코가 섣불리 히틀러의 손을 잡지 못하도록 견제하고 있네. 하지만 수에즈가 함락되면 대영제국은 그 뿌리부터 흔들려."

공수부대라는 조커를 사용해 독일이 크레타를 점령한 이상, 이제 지중해의 불침항모는 몰타 정도만 남았다. 강대한 육군과 공군, 그리고 빈약하다 못해 처참한 해군을 거느린 히틀러가 대영제국을 상대로 꺼낼 선택지는 당연히 중동과 북아프리카에 대한 전면공세.

"신편되는 부대를 바로바로 이집트로 보내시오. 히틀러의 야욕을 분쇄하여 전 유럽의 레지스탕스들이 궐기하도록 독려해야 하오."

노르웨이를 기습한 결과, 당연히 독일과 한패가 되어버렸다. 거기에 외롭게 소련과 싸운 핀란드가 뜻밖에도 독일과 긴밀해지는 모양새. 헝가리와 루마니아도 독일의 편에 붙었고, 유고슬라비아와 불가리아는 긴가민가한 상태. 터키와 발칸 국가들, 스칸디나비아를 포함해 거대한 반독 포위망을 만들고 그 맹주로 군립하려던 처칠의 원대한 구상은 이미 저 사탄 같은 놈에게 시작부터 가로막혀버렸다.

"독일의 주력군이 북아프리카로 투입되기 전에, 한시라도 빨리 전역을 마무리 지어야 하는데."

시간이 빠듯하다. 처칠은 답답해 미칠 것만 같았다. 독일 육군이 북아프리카 대신 소련 국경으로 향하리라고는 꿈에도 생각지 못하는 그였다. 성격이 불같긴 하지만 두 다리를 굳건히 상식이라는 땅에 붙이고 있는 인간인 처칠로서는, 군신인지 병신인지 아무튼 신의 영역에 다다른 히틀러를 감히 따라잡을 수 없었기에…….

* * *

1938년 가을과 겨울, 그리고 39년 봄을 지나 초여름에 다다르기까지. 미합중국 육군의 전시 전환은 숨 가쁘게 이루어졌다.

"내 목표는 단 하나. 1940년에 우리 육군이 적의 땅을 밟도록 모든 조직을 완수하는 것입니다."

마셜은 그 목표를 위해 무엇이든 할 기세였다. 이 미합중국 최고의 참모총장이 별 모양으로 커팅해낸 무수한 별들의 시체 위에, 새로운 인재들이 로켓배송되어 새로운 장성으로 임명되었다. 그러니까… 나처럼 유능한 인재 말이다.

"킴 중장님, 진급 축하드립니다."

"허허허. 맥네어 중장님 아니십니까! 신수가 훤해 보이십니다그려."

"신수가 훤해 보이는 건 킴 장군 같습니다만. 카메라 마사지라는 게 정말 있던가요?"

아. 그만. 그만!

"이 나이에 질질 끌려 나가서 화장하고 옷 갈아입고 스마일 억지로 지은 채 사진 찍는 거 말씀이십니까? 죽을 것 같습니다. 자고 있는데 누가 얼굴에 밀가루 한 포대를 붓는 느낌이라구요."

"그걸 즐기는 분도 있으시던데……."

"그분은 거, 관심종자구요."

내가 투 스타가 된 지 한두 달 만에 칼같이 또 진급당해버렸다. 이제 전시가 된 관계로 봉인되어 있던 중장과 대장 계급장을 아낌없이 풀어버리니까… 내 진급은 어찌 보면 예정되어 있었다고 볼 수 있다. 미 육군은 사기진작과 대국민 프로파간다를 위해 얼마 전 개봉했던 〈아미앵〉을 다시 예토전생시켰다.

영화 〈아미앵〉은 사실상 성공이 예정되어 있던 복권이나 마찬가지여서 어마어마한 투자를 끌어들일 수 있었고, 심지어 미 육군의 협찬까지 받아 당대 전쟁영화 중에선 최고의 퀄리티를 선보일 수 있었다. 그야 실제 M1917 전차가 실탄을 쏴대는 데 당연히 최고 퀄리티지!

협찬 계약 조건 중 하나로 '미 육군은 정훈 공보 등의 목적으로 영화 〈아미앵〉의 일부 장면을 편집하여 사용할 수 있다.'라는 조항이 삽입되었는데, 그 결과 육군은 온갖 콘텐츠에 〈아미앵〉의 장면을 잘라 붙여다가 알차게 써먹고 있었다. 마침 무료로 써먹을 수 있는 실제 모델도 현역이니까.

"후배님!! 후배님!!!"

아, 벌써 귀 아파온다. 저 멀리서 쿵쾅쿵쾅 걸어오는 저 인간. 아, 두통! 두통이 밀려온다!

"여기 있었… 아, 맥네어 장군 아니십니까."

"반갑습니다, 패튼 소장. 진급 축하드립니다."

"거, 좆같은 새끼들이 광대로 써먹으려고 투 스타 달아준 건데 축하는 얼어뒈질 축합니까. 전쟁터에 내보내줘야 투 스타 값을 하는 거지."

제발… 제발 그 입 좀 어떻게 해봐… 스톱……. 그리고 씨발, 광대? 광대라고? 존나게 즐기고 있으면서 뻔뻔스럽긴!

세계구급 스포트라이트를 한 몸에 받게 된 저 나르시시스트는 요즘 들어 얼마 남지도 않은 머리숱을 커버하려고 항상 카우보이 모자나 하이바를 뒤집어쓰고 다니고, 모자를 못 쓰는 곳에서도 모자 쓰겠다고 싸움질을 하거나 혹은 정성스레 모발 관리에 여념이 없었다. 아이크도 그렇고, 다들 흉년이다 못해 황무지를 머리 위에 얹고 다니는 주제에 왜 몇 가닥 없는 갈대자락에 혼신의 힘을 다하는지 모르겠다. 하지만 나처럼 적응된 사람도 아니면서, 패튼의 막말에도 맥네어는 미동도 없었다. 역시 짬바가 달라.

"그러고 보니 기동훈련 관련해서 지속적으로 건의사항을 보내주셨지요. 제가 모든 걸 다 수용할 수는 없는 점, 미리 양해해드리며……."

"아니! 훈련 좀 똑바로 하자는 걸 무슨 수용이고 나발이고, 읍! 읍읍!"

"선배 제발 입 좀 조심합시다. 예?"

"우리 아이들이! 전차가 똑바로 평가받질 못하고 있는데! 이제 쓰리 스타 달았으니 출세의 도구는 다 써먹었다 이건가! 엉?!"

보고 있나? 한 5분 이야기 좀 하려 해도 내 정신력이 뚝뚝 깎이는데, 혼자도 아니고 이 인간이랑 듀오로 번뜩이는 카메라 플래시 앞에서 몇 날 며칠을 보내야 했다. 내 기나긴 고통을 누가 알아주리오. 내 SAN수치가 0에 다다라 멘탈이 터져버린 순간, 나를 곧바로 뿌리친 패튼은 국내 훈련을 총 괄하고 있는 맥네어를 향해 쩌렁쩌렁 고함을 질러대기 시작했다.

"대체 왜! 기동훈련 규칙이 그 모양인가!"

"예를 들면 어떤 것 말씀이신지요?"

"대전차포 1대가 1분에 전차 1대를 격파할 수 있다는 그 엉터리 화력 책 정! 거기다 왜 사정거리는 애미없이 길게 잡아놨나?! 내 오줌줄기도 그만큼 길게는 못 날아가겠다!"

"실전과 다소 오차가 있다는 점은 인정합니다. 하지만…….'"

"그냥 당신이 포병 출신이니까 편애하려고 그러는 거 아닌가!! 순순히 인 정하게!"

안 돼. 맥네어 무섭다고. 그만 긁어 이 인간아.

"M2 브라우닝 기관총은 대관절 왜 대전차 무기로 사용 가능한 거지?"

"현 교범이 그렇게 되어 있는 관계로…….'"

"씨발! 독일 전차 앞에 기관총 사수들 내밀 거요?!"

"M2 기관총의 50구경 탄환은 제한된 범위 내에서 적 장갑차량에 대한 타격이 가능합니다만."

"그러니까 그걸 왜 대전차 무기로 잡냐고! 좋아, 기관총은 그렇다 쳐! 그 럼 수류탄! 왜 당신 불알보다 작은 수류탄으로 전차를 잡을 수가 있냐고! 이게 말이야 방구야?!"

"제 정력에 대한 고평가는 감사드리지만, 안타깝게도 제 고환이 그 정도 로 크진 않습니다."

"씨바아아알!!"

통곡의 벽을 마주한 유대인처럼, 패튼은 얼마 없는 머리카락을 쥐어뜯으 며 그 자리를 빙글빙글 돌았다. 멱살을 안 잡는 것만으로도 패튼이 사회화 가 참 잘 된 것 같아 어쩐지 마음이 놓인다.

그래. 참 다행이다. 저 인간이랑 같이 야지에서 흙 파먹고 살아야 하는

데, 인간세상의 최소 상식 정도는 탑재되어 있어야지. 그렇고말고.

"맥네어 장군. 패튼 선배가 다소… 격하게 말하긴 했지만, 딱히 틀린 말도 아니잖습니까? 훈련 간에 대전차 화력이 너무 고평가되어 있다는 점에 대해 어떻게 생각하시는지요?"

"그 부분은 인정합니다."

맥네어는 패튼을 상대할 때와는 달리 선선히 고개를 끄덕였다.

"하지만 반대로 생각해 주십시오. 아직 우리의 재무장은 한참 남았고, 일선 부대에 보급된 대전차 무기라 할 만한 것이 별로 없습니다."

"전차엔 전차로 맞서는 것이 결국 해법이 될 수밖에 없다고 봅니다만……."

"그야 그렇지요. 하지만 그건 전차부대가 충분히 증편되었을 때의 이야기입니다. 기동훈련에서 보고자 하는 것은 주어진 상황에 따른 지휘능력과 병사들의 경험 함양이지, 실제로 M2 기관총으로 전차를 격파할 수 있느냐의 문제가 아닙니다."

패튼과 같은 기갑 지휘관들에겐 불합리하게 느껴질 수도 있겠지만, 맥네어의 논리는 '어차피 훈련인데 뭐 어때.' 정도에 가까웠다. 원 역사 한국의 대입 수능에서 딱히 전공에 필요하지도 않은 여러 과목을 평가하는 것과 비슷해 보였다. 사람의 학업능력을 평가한다는 점이나, 장교의 지휘능력을 평가한다는 점이나 결국 모두에게 통용될 특정한 잣대를 사용한단 뜻이니.

"그 대신이라고 하면 뭣하지만, 기갑부대는 현재 거의 모든 기동훈련에 빠짐없이 참여하고 있습니다. 가장 먼저 파병될 부대인 만큼 저 또한 각별히 신경 써드리고 있다는 점, 절대 제가 정말로 수류탄으로 전차를 잡을 수 있다고 믿는 게 아니라는 점 양지해 주시면 고맙겠습니다."

"험. 험험. 그래도, 수류탄은 좀……."

"양지해주시면 고맙겠습니다."

세상에. 천하의 패튼을 제압했어. 내가 그냥 전쟁부에 남아 있고 맥네어

님께서 패튼과 사막으로 떠나면 어떨까요?

"그럼 다음 훈련에서 뵙겠습니다. 조만간 다시 뵙지요."

바쁜 맥네어는 먼저 떠나버렸고, 나는 맥네어가 건네준 묵직한 훈련 관련 서류철을 팔랑였다.

"다음 훈련… 이것 참 자강두천이구만."

"자강두천이 뭔가?"

"자존심 강한 두 천재의 대결요."

내 무덤덤한 말에 패튼은 자지러지게 키득댔다.

"지독한 반어법이구만. 두 똥별 밑에서 구를 나와 기갑부대가 불쌍하지도 않나?"

"아이크 말로는, 요즘 들어서 좀 공부를 하고 있다고 들었는데 말이죠."

"돼지에 립스틱 발라봐야 돼지지."

"동양에선 호박에 줄 그으면 수박이란 말이 있지요."

줄 그은 수박일지, 립스틱 바른 돼지일진 까봐야 아는 법. 대망의 다음 훈련은 오스카 그리스월드(Oscar W. Griswold) 소장과, 우리의 친구 휴 드럼 중장의 대결이었다.

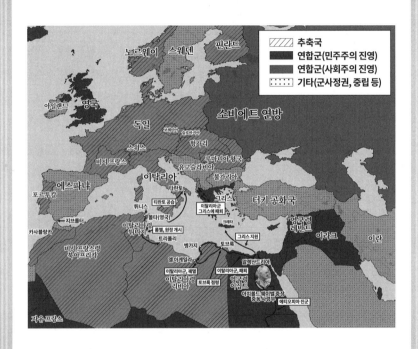

독자 여러분들의 편의를 위한 지도입니다.
물의백작 님께서 제작해주신 지도를 기반으로 제작했습니다! 감사합니다!

거인의 포효 10

　지난 제1차 세계대전 이래 수십 년 만에 부활한 미국원정군. 어디 야만스러운 유색인종 족치러 정글 깊숙한 곳으로 기어들어 가는 것도 아니고, 무려 인류의 자유와 정의를 지키기 위해 파시스트와 맞서 싸우는 범세계적 전쟁! 평생 군복을 입고 살았던 사람으로서, 마왕 휘투라 대총통과 대적할 용사 파티에 가담하고 싶지 않은 인간은 아마 없으리라. 그러니까…….

　"무조건! 무조건 이번 기동훈련에서 성과를 내야 한다!"

　휴 드럼 중장의 눈엔 핏발이 올올 가득 서 있었다. 무슨 일이 있어도 이번에야말로 커리어의 마지막을 장식할 전공을 세우고 만다. 1차 세계대전 당시, 퍼싱 장군 아래에서 쇼몽의 실세로 군림하며 여러 작전을 성공시킨 이 드럼이 해안포대에서 손가락만 빨다 전역이라고? 그럴 순 없다. 절대 그럴 순 없다.

　"진정하시지요."

　"지금 진정이 되겠나."

　만 59세. 퍼싱 장군께서 미국원정군을 이끌고 프랑스 생나제르에 발을 디뎠을 때보다 더 많은 나이. 젊음을 불태웠던 전장은 사라지고, 전혀 다르게 변해버린 전장에 어안이 벙벙해질 뿐. 퍼싱 장군은 인디언 전쟁과 미서 전쟁에서 말을 달리며 젊음을 불태웠지만, 수백 수천 킬로미터 뻗어나간 참호와 철조망을 마지막 전장으로 삼게 되었다.

드럼 그 자신의 젊음은 퍼싱 장군이 마지막 전장으로 삼은 바로 그 축축하고 역겹던 참호 어드메에서 환히 불탔지만, 곧 들이닥칠 마지막 전장은 참호 대신 땅에는 강철 군마가, 하늘 꼭대기엔 무수한 항공기가 수놓인 참으로 낯선 곳이었다. 내일모레 예순인 나이에 인제 와서 공부한다고 감이 오면 참으로 절세의 명장이겠지만, 유감스럽게도 드럼의 뇌는 새 지식을 거부하는 듯했다.

하지만 영감에겐 영감만의 수법이 있는 법. 퍼싱이 어째서 그를 실세 참모장으로 두고 전반적인 행정업무에 전념했는지, 드럼은 이제 너무나 잘 알 것만 같았다.

"아이젠하워 참모장."

"예."

"나는 대충 뒷짐 지고 있을 테니, 하고 싶은 대로 해보게."

"그게 무슨 말씀이십니까?"

뭐긴 뭐야. 골수까지 빨아먹고 싶단 소리지. 드럼은 애써 이 불쌍한 참모장을 놀리고 싶단 마음을 억누르며 말했다.

"그동안 나 같은 덜떨어진 상관 밑에서 일한다고 고생 많았네."

"장군… 님?"

"이제 자네도 평가 좀 후하게 받아야지. 나는 장식품이었다고 평가관들에게 말할 테니 자네 하고픈 대로 마음껏 움직여 보게."

잠시 고민하던 아이젠하워는 이내 고개를 끄덕였다.

"최선을 다하도록 하겠습니다."

휴. 괜히 그럴 순 없네 어쩌네 하면서 시간 끌 줄 알았다. 드럼의 예상은 적중했고, 이 똑똑한 참모장은 그야말로 산지사방을 쏘다니며 훈련 과정에서 맹활약했다. 기동훈련이 이토록 달달할 줄 어떻게 알았겠는가! 물론 기동훈련을 주관하던 맥네어의 표정은 참으로 띠꺼웠다.

1939년 6월 24일 토요일 밤.

"드럼 장군님의 얼굴을 이것 참 자주 보게 되는군요."

"하하! 나 같은 퇴물이랑 커피 한 잔 같이하는 게 영 부담스럽나 보군?"

"그럴 리가요. 꼭 쇼몽으로 돌아온 느낌이라 그렇지요."

"한 잔 들게. 커피 브랜드도 맛도 전부 달라졌지만, 사람은 그대로니까."

왜 청군 총사령관이어야 할 인간이 바쁘긴커녕 이리 한가하게 티타임을 가질 수 있는지 따져들 만도 하지만, 맥네어는 요지부동이었다. 다만 드럼의 얼굴을 뚫어져라 바라만 볼 뿐. 물론 그런다고 나이 잡술 대로 잡순 드럼이 뭔가 양심의 가책을 느낀다거나 하는 일은 없었다. 부하를 믿고 맡기는 리더십이라는데 제가 어쩌려고?

"총사령부 참모장이라는 직책이 무겁진 않소?"

"바쁘지만 보람찬 일입니다. 제 일은 마셜 총장님이 하고 있는 업무에 비하면 아무것도 아니니까요."

이 새끼 지금, 나 멕이는 건가? 이번에야말로 드럼의 철판 같은 안면이 요동쳤다. 한때 마셜과 총장 자리를 두고 다투던 이 드럼이 어쩌다 이리 영락했는고.

"이번 기동훈련 준비를 보면서 감탄했네. 내 듣기로, 전쟁계획부 측과 훈련 업무가 중복돼서 꽤 시끄러운 일이 있었다 들었는데."

"조직이 커지면 중복되는 분야 한둘 정도야 나올 수 있지요. 실무진들 간에 다소 잡음이 있긴 했지만, 킴 장군이 전적으로 양보해 줬습니다."

"그 욕심 많은 친구가 순순히 평가단장 자릴 양보해줬다고? 믿을 수 없는데?"

지금 같은 시국에, 사실상 미 육군 장교들의 인사고과와 야전 출전 여부를 결정지을 수 있는 어마어마한 자리를 턱하니 통 크게 양보한다고? 그 음흉한 놈이? 그놈과 알고 지낸 지도 수십 년이지만, 대통령과 사적으로 친분이 있단 이야기조차 입 꾹 닫고 숨겨 왔던 놈이다. 거기에 정치질에, 파벌 놀음까지…….

"그래서 저는 킴 중장이 무섭습니다."

드럼은 순간 자신이 잘못 들은 게 아닌가 의심했다.

"하하. 농담도 잘하시는군. 대관절 맥네어 중장이 아쉬울 게 뭐가 있어서 유색인종을 무서워하시나?"

"당연히 무언가 협상이라거나, 이만한 자리를 양보해 줬으니 이 부분을 양해해달라거나. 이런 이야기가 오갈 줄 알았는데."

"무슨 뜻인지 알겠네."

유진 킴을 보고 운빨 좋은 옐로 몽키라거나 흑인 편애자 퍼싱에게 발탁된 토큰 옐로라고 생각하던 놈들은 지난 수십 년에 걸쳐서 개박살났다. 그 개와 고양이 같던 맥아더와 마셜 둘 다와 두루 절친할 정도면 인맥도 실력이라 해줘야지. 그런 놈한테 백지 수표를 던져준 느낌이니 아마 맥네어도 밤에 잠이 잘 안 오리라. 그러나 동양 속담에 호랑이도 제 말 하면 온다던가?

"맥네어 장군 계십니까? 드럼 장군! 좀 나와보시지요!"

요란한 배기음이 저 멀리서부터 들리더니 바로 그 최연소 장성이 반쯤 구르듯이 냅다 들이닥쳤다. 저놈의 노랭이는 어째 피부 탱탱한 것 좀 보라지. 아직 쉰도 안 돼서 그런가? 내가 저 나이 땐 안 그랬던 것 같은데?

"아이고, 전쟁계획부장님! 이 드럼, 오매불망 장군님 한번 뵙길 소망하고 있었습……."

"그만 놀리십쇼, 장군님. 맥네어 장군 여기 계셨군요. 뭐 하고 계십니까?"

"잠깐 사담을 나누고 있었습니다만. 무슨 일 있습니까?"

"독일군이 국경을 넘었습니다."

"유고와 그리스는 이미 다 무너졌잖습니까. 터키 침공입니까?"

그리스를 점령한 독일군이 곧장 이스탄불을 들이친다면 흑해로의 문이 활짝 열린다. 이 경우…….

맥네어의 상념은 거기서 끊겼다.

"소련입니다."

맥네어는 간신히 커피잔을 떨구지 않고 얌전히 내려놓을 수 있었다. 밤은 이제 시작이었다.

* * *

워싱턴 D.C., 전쟁부. 모스크바 현지 시각 6월 25일 오전 6시. 워싱턴 D.C. 시각으로는 6월 24일 밤 11시.

지구 건너편 독일─소련 국경, 한때 폴란드라는 나라가 있던 땅이 피와 화약으로 뒤덮이고 있을 때, 전쟁부 청사는 당직 근무자들의 비명으로 뒤덮이고 있었다.

"전부 다 꺼내!"

"독일이 소련을 침공했을 경우의 수. 씨발, 그런 게 준비돼 있을 리가 없잖아!"

"전쟁계획부. 준비된 사안 없나?"

"즉시 제출하겠습니다."

공황 상태에 빠져 허우적대는 다른 부서와 달리, 전쟁계획부 부서원들은 그 어느 때보다 여유만만한 안색이었다. 평소라면 야근과 특근을 일상처럼 여기는 그들을 타 부서원들이 퇴근하면서 가엾고 딱하게 바라보련만, 어째 이번엔 저놈들이 그들을 가엾고 딱하게 바라보고 있지 않나. 그 모습을 지켜보던 마셜은 갑자기 입이 근질근질해졌다.

'그 얼간이가 전쟁계획부 부서원들을 죄다 물들여놨군. 죄다 놀리고 싶어서 입 근질근질한 모양새 좀 보소.'

물론 이해는 한다. 독소전 발발 시의 각종 계획안이나 예상 문건을 제출할 수 있는 유일한 부서라니. 어깨가 으쓱여져도 할 말은 없다. 하지만 남들은 혼이 빠져나가고 있는데 혼자만 유유자적하면 조직의 평화가 흔들리는 법.

"부장은 어디 갔나?"

"기동훈련 참관차 출타 중입니다."

"당장 부르게. 총사령부! 맥네어 중장도 복귀 지시하고! 토요일 저녁에 참 미안하지만 전원 복귀시켜! 전원!"

저 멀리서 대답이 들리고, 마셜은 곧장 지시의 폭풍을 휘날렸다.

"내일 오전이 되자마자 대통령 각하께 보고 들어가야 하네. 다들 준비하고, 오늘 집에 들어갈 생각 말게."

웃기지도 않는 소리라고 생각했다. 독일이 소련을 친다니, 너무 비상식적이잖은가. 하지만 그 미친놈이 또 맞았다. 진짜 베를린에 가서 지령이라도 받고 왔나? 암살 시도라도 없었다면 어디 지하실에서 좀 진지하게 서로 친목을 도모하고 싶은데.

"총장님, 백악관에서 전화 왔습니다!"

"빌어먹을! 내가 요술 램프라도 되는 줄 아나!"

"총장님, 맥아더 장관께서……."

"정말이지 끝내주는군! 내 몸이 세 개쯤 되면 좋겠어!"

독일과 소련. 두 육군 강국이 대륙을 놓고 벌이는 어마어마한 싸움. 그 판에 끼려면, 대체 미 육군을 얼마만큼 벌크업해야 하지? 물자는? 무기는? 추가 징병은? 훈련은? 수송은? 물개 놈들이 느긋하게 숙면을 취한 뒤 어그적거리며 해군부에서 브리핑을 준비할 꼬락서니를 떠올리니, 문득 배알이 꼴리는 마셜이었다.

* * *

런던, 베를린 6월 25일 19:00

모스크바 6월 25일 21:00

도쿄 6월 26일 03:00

하와이 6월 25일 07:30

뉴욕 6월 25일 14:00

유진과 맥네어가 짐이고 뭐고 다 내팽개치고 훈련에 동원되었던 항공기에 탑승한 채 워싱턴 D.C.를 향해 날아오를 시간.

바르바로사 작전의 충격이 전 세계를 뒤덮고, 처칠이 오후 9시로 예정해놓은 연설의 문맥 하나하나를 다듬으며 고심할 시간.

붉은 군대가 속절없이 파멸을 맞이하고, 독일의 전쟁기계가 폴란드 평원을 내달리는 시간.

"이게 어떻게 된 일이야. 이게, 이게 대체."

"일독소 삼각 동맹은 어떻게 되는 겁니까?"

"내가 그걸 어떻게 알아! 외무부! 대체 외무부는 뭘 한 거야!!"

와장창! 분노를 참지 못한 도조가 군도를 뽑아 들고 눈에 보이는 건 죄다 칼로 찍어버릴 시간.

"작전은 취소합니까?"

"강행해! 히틀러는 언제 우리 허락 구하고 소련을 침공했나? 우리가 동맹의 의를 다하니 고마워해야지!"

도조는 가장 마지막으로 접수된 첩보 메시지를 손으로 흔들어댔다.

"진주만! 전함 8척 정박 중! 아마테라스께서 황국에 하사한 이 절호의 기회를 버릴 순 없어!"

여기서 철수 명령을 내렸다간 해군에 대한 통제권이 무너진다. 아무리 해군의 발톱을 꼼꼼히 뽑아 놨다곤 하지만, 그 맹견은 오직 도조가 미국과 전쟁을 일으켜 해군의 군공을 한가득 퍼주리라는 약속 때문에 짖지 않고 있을 뿐. 만약 머뭇거렸다간 '육군 놈들은 역시 약속을 안 지킨다.'라며 무슨 짓거릴 할지 몰랐다. 해군은 그러고도 남을 놈들이다.

그리하여, 아침 햇살을 흠뻑 머금은 하와이의 일요일 아침.

부지런한 사람들이 하나둘씩 침대에서 일어나 주말을 만끽할 시간. 후덥지근한 여름의 호놀룰루는 늘 그렇듯 모두 하나같이 늘어져 있다. 지금까지는.

일본제국 연합함대가 동원한 수백 대의 함재기가 더없이 맑고 깨끗한 하와이, 진주만의 하늘을 뒤덮었다.

단 한 대의 미군기도.

단 한 문의 대공포도.

황국을 멸망시키기 위한 악귀들의 함선들이, 어서 때려달라는 듯 얌전히 항만에 정박한 저 모양새를 보라.

도라, 도라, 도라.

이제 황국의 분노를 보여줄 시간이었다.

거인의 포효 11

"비행기가 좀 많은데?"

"하여간 물개 새끼들. 훈련이 아니라 아주 육갑을 떨고 있네, 육갑을 떨어."

하와이 주둔 미 육군은 태평했다. 지구상에서 가장 철통같이 요새화된 지옥의 섬, 하와이. 정말 백만대군이라도 막아낼 수 있는 만반의 준비가 된 곳에, 발자국 한 번이라도 내디디려면 미 태평양함대를 모조리 용궁에 처넣어야 한다. 갑자기 전쟁이다 뭐다 바다 건너 본토에서 난리를 떨더니 영문도 모르고 징집당한 병사들 입장에선, 그저 무탈하게 햇수 채우다 전역하고 싶다는 생각밖에 없었다. 그런 점에서 하와이는 그야말로 극락이었고. 일요일 아침부터 통보 하나 없이 훈련을 뛰는 해군을 욕하며, 이들은 다시 제 할 일로 돌아가려고 했다.

쿵!!

"뭐, 뭐야?!"

"폭발이다!"

"저 병신 새끼들! 폭탄 떨어트렸어!!"

"어, 어어? 어어??"

파일럿이 실수로 달고 나온 폭탄을 투하해버렸다고 여긴 것도 아주 잠시. 수십 수백 발의 폭탄이 후두두 떨어지자 이들의 머릿속은 도화지처럼 표백되었다.

왜애애애애애앵!!

"진주만이 공습받고 있다! 진주만이 공습받고 있다! 훈련 상황 아님! 훈련 상황 아님! 다시 한번 알린다……."

1939년 6월 25일 일요일은 하와이 최악의 날이 되었다.

"잽스다! 잽스 항공기다!!"

"대공 전투 준비! 대공포 잡아! 씨발! 빨리 뛰어!!"

"탄약고 열어! 당직 어디 갔어!!"

"저, 적기! 적기가!!"

콰아아아앙!!

전함 USS 애리조나의 포탑, 탄약고가 명중하며 끔찍한 대폭발이 일어났다. 기다렸다는 듯 오클라호마, 캘리포니아, 네바다가 피격당하고 뇌격기가 쏟아부은 어뢰가 속속 사신의 낫처럼 기나긴 항적을 그려나갔다. 얌전히 정박해 있던 배가 어뢰를 피할 방도는 그 어디에도 없었고.

"웨스트버지니아! 피격!!"

"이함! 당장 이함해! 다 뛰어내려!!"

"야, 이 개새끼들아!! 으아아아!!"

"우리 항공대 새끼들은 대체 어디서 뭐 하는 거야!"

육군과 해군을 불문하고 하늘에 한 대도 보이지 않는 아군 항공대를 저주할 때. 하와이 사방에 배치된 격납고와 주기장 역시 하나같이 일본군의 공습으로 불타오르고 있었다.

"출격! 한 대라도 일단 이륙시켜!"

"연료도, 탄약도 없는데……."

"일단 띄우라니까! 땅바닥에 있으면 다 저 애미 없는 잽스 새끼들한테 터진다고! 당장 아무 기체나 잡고 띄우라고!"

조금 전까지만 해도 맑던 하와이의 하늘은 이제 미친 벌떼처럼 온 사방에 폭탄과 어뢰를 뿌려대는 일본기로 뒤덮였다. 비명은 들리지 않았다. 그보다 수십 배 더 큰 폭음과 엔진 소리, 사이렌과 대공포 소리가 비명과 절규를 모조리 파묻어버리고 있었다.

"잽스가 물러간다!"

"탄약! 탄약 들고 와!"

"의사 없어요? 의사!!"

약 30분간 가진 모든 화력을 쏟아부은 일본기들이 천천히 선회하며 하와이 상공을 떠나려 하자, 하늘을 올려다보고 있던 미국인들 중 살짝이라도 마음을 놓지 않은 이들은 없었다.

"어, 어, 어?!"

"또 온다! 또 온다아아아!!"

그리고 그들을 비웃듯 일본군의 제2파가 하와이 상공에 도달하며, 지옥의 유황불은 더욱 달아올랐다.

* * *

워싱턴 D.C. 주미 일본 대사관.

타앙!!

"순순히 나와! 너희들은 포위됐다!"

저 멀리 창 너머로 총 쏘는 소리 몇 발과 쩌렁쩌렁한 고함소리가 들린다. 하지만 귀머거리처럼, 대사관 안의 직원들은 정신없이 가진 모든 자료를 마지막으로 파쇄하기에 여념이 없었다.

"이보시오, 대사."

"예. 장관님."

"대사의 실수는 아마… 역사에 길이 남을 게요."

마쓰오카 요스케(松岡洋右) 외무부 장관은 노무라 키치사부로(野村吉三郎) 주미 대사를 벌레 보듯이 경멸 섞인 눈으로 바라보았다. 이미 귀축미제는 황국에 선전포고할 빌미만 찾고 있었고, 코델 헐 국무부 장관이 보낸 그 역겨운 최후통첩은 그야말로 복종하라는 공갈이나 다름없었다. 이미 외교적 사안이 물거품이 된 이상, 황국의 남아로서 기꺼이 이 한 몸 불태울 뿐.

6월 23일 금요일 저녁까지, 마쓰오카 외무부 장관은 헐을 비롯한 미국 관료들을 만나 '태평양의 지속적인 평화를 위한 합의안'에 대해 논의했다. 물론 외교적으로 이는 미친 짓이나 다름없었지만… 나라의 존망이 걸린 일이니 어쩌겠나. 이기면 된다. 이기면.

하지만 약간 사소한 문제가 생겼다. 노무라 대사가 헐 장관에게 선전포고문을 전달했을 때, 이미 진주만 공습이 시작된 것이다.

"이래서야 황국이 선전포고도 없이 전쟁을 했다는 불명예스러운 이야길 듣게 생겼잖소?"

"죄송합니다."

"됐소. 다 끝난 일인 것을."

미국인들의 분노가 이만저만이 아니리라. 그야 엊그제까지 사이좋게 지내자던 놈들이 배에 칼침을 놓는데 빡치지 않으면 사람이겠나? 이미 마쓰오카 장관은 머릿속으로 주판 다 튕겨본 지 오래였다.

'나는 몰랐다! 군인 놈들이 속였다!'

아무리 미국의 눈알이 돌아버렸어도 외교 사절을 해치기야 하겠나. 그는 여유로웠다. 하지만 천하의 황국 외무부 장관이라 하더라도, 국무부의 분위기를 직접 두 눈으로 보았더라면 그 정도로 여유만만하진 못했으리라. 당장 그 선전포고문 같지도 않은 '각서'를 대강 읽자마자 노무라 대사에게 쌍욕을 퍼부은 헐 장관부터 얼굴이 시뻘게져 있었으니.

"이 개새끼들. 지금 장난해?"

[일본 정부는 미국 정부의 태도를 보았을 때 추가적인 협상을 통해 상호 합의점을 찾기는 불가능하다고 고려할 수밖에 없다는 점을 미국 정부에 통보해야 하는 것을 유감스럽게 생각하는 바이다.]

1만 3천 자에 달하는 기나긴 문건은 자기네들이 얼마나 평화를 사랑하고, 얼마나 협상에 진지하게 임하려 했는지 구구절절한 개소리만 적혀 있을 뿐 '전쟁'이나 '교전', '무력', '최후통첩' 등의 단어는 단 한 글자도 없었다.

심지어 진주만이 이미 불타고 있는 와중에 이따위 종이쪼가릴 던져주다니! 일부는 번역도 안 되어 있고, 번역된 문장 또한 끔찍할 정도로 엉망이지 않은가. 이 정도면 이건 그냥 모욕이다. 모르긴 몰라도, 백악관도 지금쯤 비슷한 상황이겠지. 잽스들 따위와 대화를 시도하려고 한 어리석음을 저주하며, 국무부는 까마득한 침묵 속으로 빨려 들어갔다.

* * *

백악관으로 향하던 조지 마셜은 조금 전, 혼돈의 늪에서 허우적거리던 전쟁부 분위기를 떠올렸다.

"대체… 대체 무슨 일이 벌어지고 있는 거야."

아마 모두가 비슷한 생각을 하고 있겠지. 마셜 자신도 하고 싶었지만 차마 입 밖으로 꺼내지 못한 말이 누군가의 입에서 터져 나왔다. 아직 어마어마한 숫자의 행정인력을 거느리지 못한 육군 최고사령부는 끝없이 쏟아지는 정보의 홍수에 사실상 패닉에 빠져 있었다.

"웨이크섬에서 급전! 일본군, 포격 개시!"

"괌에서 급전! 항복해도 되는지 타전입니다!"

"필리핀에서 일본군 확인! 상륙 시도로 보입니다!"

"국무부에서 확인 요청! 태국에 일본군이!"

일본군의 전면 대공세. 영국령만 남겨 둘 이유가 없으니, 이 파상공세를 본다면 홍콩과 싱가포르, 영국령 동남아시아 식민지도 아마 공격 목표가 되었으리라. 아직 해군에게서 진주만의 피해 보고조차 공유되지 않은 지금, 미국 태평양함대 주력을 바다 밑에 처박은 일본군은 타임 테이블에 맞추어 따박따박 기민하게 움직이고 있었다. 원래 준비했던 작전계획은 이 시점에서 대부분 무용지물이 되었다. 진주만 공습으로 미국의 해군력이 심각하게 감퇴했다는 예상안 같은 게 있을 리 없으니까.

"독일이 소련을 침공하면서, 후방을 안정시키기 위해 일본을 끌어들인 것으로 보입니다."

누군가의 말에 모두가 고개를 끄덕였다.

"자, 지금 시점에서 우리가 할 수 있는 일 있나?"

"……."

"없군. 피해 상황 실시간으로 확인하고, 곰은 항복해도 된다고 연락 보내게. 각 주방위군에 모조리 연락 돌려서 혹시나 있을지 모를 사보타주나 테러를 경계하라고 지시 내리고!"

이제 필요한 건 대통령의 결단이다. 당장 해군과 협력하지 않으면 태평양에선 손가락 하나 꼼짝할 수 없고, 그 성격 더러운 킹과 무언가 '협력'이라는 걸 해보려면 적어도 대통령 한 말씀 정도는 있어야 한다. 해군을 편애하는 FDR을 보면, 어쩌면 아예 태평양에서 손 떼라 할 수도 있고.

"대통령 각하."

"잘 오셨소."

맥아더 전쟁부 장관, 그리고 해군부 장관, 킹 해군참모총장 등이 속속 도착하자 FDR은 곧장 브리핑을 받기 시작했다.

"소련은 속절없이 무너지고 있는 것으로 보입니다. 이대로라면 독일이 정말 구대륙을 지배하게 됩니다."

"빨갱이들은 역겹지만, 지금은 빨갱이가 아니라 악마라도 히틀러와 싸우고 있다면 동맹을 맺어야 합니다."

"히틀러의 의도는 명백합니다. 자신이 소련을 정복할 동안 우리가 태평양에서 일본과 피 터지게 싸우길 바라고 이 대전략을 꺼내든 게 틀림없습니다."

육군 측의 주장에 곧장 해군이 반박해오는 건 너무나 당연한 일.

"대체 독일이 무얼 약속하면 일본을 끌어들일 수 있단 말입니까?"

"일본의 위협은 대단히 가시적입니다. 대서양에 배치된 함대 일부를 돌려 제해권을 사수해야만 합니다."

"까놓고 말합시다. 일본이 하와이를 점령하겠소, 아니면 캘리포니아를 침공하겠소? 대통령 각하. 독일을 우선 처리해야 합니다. 우리와 일본 사이에 태평양이 있는 한, 합중국의 가장 큰 위협은 결국 독일입니다."

"지금 태평양을 부차적인 전선으로 취급하는 게요?"

"그만."

대통령의 낮은 목소리에 모두가 입을 다물었다.

"킹 제독."

"예, 각하."

"우리 해군이 일본 함대를 격멸할 수 있습니까?"

"시간이 더 필요합니다."

"얼마나요?"

"빠르면 1년 반에서 2년가량이 소요될 예정입니다. 하지만 국민들의 사기 진작과 여러 제반 사정을 고려하여……."

루즈벨트는 킹의 이야기를 자르며 고개를 저었다.

"이 자리에서 분명히 못 박아 두겠습니다. 나 또한 일본제국의 이번 만행에 대단히 분노하고 있으며, 태평양 전선의 중요성을 모르지도 않습니다. 하지만 우리의 전쟁 수행은 독일을 우선으로 잡겠습니다."

"각하."

"킹 제독. 아시겠습니까?"

"…예, 알겠습니다."

킹을 정리한 FDR의 다음 타겟은 맥아더였다.

"육군은 얼마나 더 준비가 필요합니까?"

"지금 당장 필리핀에 지원을 보내야 합니다."

또 필리핀 타령인가. 그런 시선을 아는지 모르는지 맥아더는 요지부동이었다.

"죄송하지만, 전쟁부 장관님. 조금 전에 우리 함대가 심대한 타격을 입었다고 말씀드렸습니다."

"그래서, 필리핀의 장병들을 전부 죽게 내버려두자고요?"

"현실을 직시하란 소립니다."

한바탕 고성을 동반한 난상토론이 벌어진 후에야 간신히 미국의 대전략이 정리되었다. 얼굴이 잔뜩 달아오른 아저씨들이 저마다 물 한 잔씩을 마시며 숨을 고르고 있을 때, 기회를 엿보고 있던 마셜은 조용히 대통령에게 다가갔다.

"각하. 제게 청이 하나 있습니다."

"총장님의 청이라면 내 언제든 열린 마음으로 준비가 되어 있지요. 무엇입니까?"

"유럽 전선의 지휘봉을 제가 잡고 싶습니다."

루즈벨트는 흐음 하면서 고개를 잠시 까딱이더니, 마셜의 귀에 들릴락 말락 말했다.

"혹시, 내 우표 컬렉션을 받고 싶단 말을 돌려서 하는 말이오? 전부 다는 못 주지만 절반, 아니 반의반 정도라면."

"유럽에 가고 싶습니다."

"아직 3년 안 됐소. 내 머리에 권총을 가져다 댈 기회를 쓰고 싶으면 3년은 채우시는 게 어떠신지?"

짜증 난다. 이 상황에서도 농담을 못 쳐서 안달인 이 앉은뱅이를 저 바깥 연못에 처박아버리고 싶다. 하지만 마셜은 진지하고 이성적인 남자였다.

"각하. 이미 저는 참모총장으로서 많은 일들을 했으며, 후임자는 저보다 훨씬 적은 업무만을 수행해도 괜찮을 것입니다. 총장으로서의 시간은 제게 무척 영광스러운 나날이었지만, 이제 그만 저 또한 지휘관이 되고 싶습니다."

"난 귀하를 대체할 사람을 도통 모르겠는데. 생각해 둔 인물이 있습니까?"

"킴 중장을 앉히시지요. 각하께 군사적 조언을 드려야 할 총장으로서 그 누구보다 탁월하리라 확신합니다."

"그럴 순 없소."

'어차피 둘이 친하니까 나쁘지 않겠지.'라고 생각한 마셜은 생각보다 강경한 대통령의 반응에 잠시 의아해했다.

"킴은 유럽에 보내야지. 독일인들에게 악몽을 보여줄 수 있는 최고의 인물이 우리의 손에 있는데 대체 왜 그를 후방에 돌려놔야 하오?"

"대전략이란 측면에서 봤을 때……."

"무엇보다 우리가 이미 프로파간다를 좀 많이 뿌려놨잖소. 킴이 안 가면 보나 마나 그 괴벨스인가 뭔가 하는 개자식이 뭔가 우리가 쫄았다고 입을 털 게요."

루즈벨트는 참으로 재수 없이 빵글빵글 웃으며 덧붙였다.

"그리고 대체 왜 내가 귀하를 풀어주리라 생각하고 있소? 죽었다 깨어나도 귀관을 D.C.에서 놔줄 생각이 없으니 이제 그만……."

"정 갈 수 없다면, 저는 전역 후 재입대해서라도 유럽에서 종군하고 싶습니다."

실수했다. 저 해맑은 미소 가득한 면상을 보고 있노라니 그만 이성의 끈을 놔버리고 말았다. 하지만 루즈벨트는 그래도 괜찮다는 듯 여전히 그 미소를 유지, 아니 더욱 짙게 웃었다.

"그거참 유감이구려. 귀관이 민간인이 되길 희망한다면, 그 즉시 백악관에 박아버리겠소. 전쟁부 대신 백악관으로 출근한다니, 무척 매력적인 선택지인데."

빌어먹을. 뭐 하나 마음에 드는 일이 없다. 어떻게 평생을, 평생을 군복만 입고 살았는데 지휘봉 만질 일이 이렇게 없을 수가 있지? 어째서!

잔뜩 골이 난 표정을 애써 갈무리한 채 전쟁부로 돌아오니, 안 미친 척 구는 미친개 한 마리가 도도도 달려와 그의 곁에 찰싹 붙었다.

"총장님, 어떻게 되었습니까?"

"대통령께선 유럽에 집중하기로 결정하셨네."

"그렇습니까? 그러면 태평양 전선에 나갈 사람을 고르기 참 힘들겠군요. 어차피 태평양에서 육군의 역할은 많이 제한되어 있잖습니까. 그런 점에서 제게 아주 끝내주는 방안이 있습니다만……."

"축하하네 킴 중장. 히틀러의 콧수염을 뽑아서 돌아오면 되네."

나는 유럽에 못 가서 배가 아파 뒈지겠는데, 저 자식은 차려준 밥상이 먹기 싫다고 투정을 부리고 있네. 마셜의 얼굴에 미소가 활짝 피었다. 루즈벨트가 왜 웃었는지 이제 알 것만 같았다.

"패튼이랑 손잡고 일단 그 사막여우의 가죽을 벗기게. 그다음 상황 봐서 유럽에 갈 테고. 귀관이 히틀러의 머리통을 날려버린 뒤에도 잽스는 건재할 테니 일단 유럽부터 정리해. 알겠나?"

"자꾸 그러시면 저, 군복 벗고 해병대에 자원입대하겠습니다."

이 새끼 봐라?

"군복 벗는 순간 네놈을 꽁꽁 묶어서 대통령 각하께 보내버릴 건데 무슨 소린가. 그리고 해병 놈들은 뭐 좋다고 땅개를 받아주겠나? 되도 않는 소리 작작하고 빨리 일어나 하게."

태평양 전선이라니. 좌천되고 싶다고 자청하는 미친놈을 보고 있자니 속에서 열불이 터진다.

"어차피 자네 부서에서 작성한 계획안대로라면 시간이 넉넉할 텐데? 내 말 틀렸나?"

"그치만 잽스가!"

"닥쳐! 개소리 집어치우고 일어나 해! 인수인계 멈추고 진짜 부장 자리에 영원히 박아버리기 전에!"

결국 쌍소리가 터져나온 뒤에야 전쟁계획부장은 꼬리 내린 개처럼 낑낑 대며 제자리로 돌아갔다. 서류라는 전쟁터가 그들을 기다리고 있었다.

2장
자유의 횃불

자유의 횃불 1

대영제국, 런던.

— 우리는 지금 인류 역사상 가장 사악한 자들의 동맹이, 전 세계의 자유 국가를 무너뜨리기 위해 결속한 모습을 목도하고 있습니다. 오늘 오전 4시. 히틀러가 러시아를 침공했습니다. 독일군은 거짓과 기만이라는 흑막 아래에서 백해에서 흑해까지 기나긴 국경을 따라 침공을 준비해 왔습니다. 바로 1시간 전까지 두 나라 사이의 동맹과 우정을 논하던 주러 독일 대사는 4시가 되자마자 두 나라가 전시 상태가 되었음을 일방적으로 통보하였습니다. 그 어떠한 선전포고나 최후통첩도 없이 독일제 폭탄이 러시아 도시 위로 쏟아졌습니다.

나에게는 이 모든 일들이 전혀 놀랍지 않습니다. 나는 항상 히틀러의 야심을 경고했고, 세상 모든 이들에게 경고한 것처럼 스탈린에게도 정확하고 똑똑히 경고하였습니다. 히틀러는 영원히 만족할 수 없는 피와 약탈에 대한 갈망으로 미쳐버린 사악한 괴물입니다. 그의 파괴 욕망은 지구 반대편 일본인들을 감염시켰고, 저열한 습성을 가진 일본인들은 이제 히틀러에게서 배운 바 그대로, 가장 비열한 방식으로 평화를 향한 미국인들의 바람을 배신하였습니다…….

처칠의 연설이 전파를 타고 세계 곳곳으로 송출되는 동안, 루즈벨트 또한 의회 연단으로 나아갔다.

"앞으로 치욕의 날로 기억될 1939년 6월 25일 어제. 미합중국은 일본 제국 해군과 항공대의 기습적인 공격을 받았습니다. 미합중국은 독일, 그리고 이탈리아왕국과 전시 상태에 돌입하였으나 일본제국과는 평화를 유지하고 있는 상태였습니다. 일본은 우리가 독일에 선전포고했을 때 참전할 기회가 있었으나, 독일의 유대인 학살을 비난하며 우리와 우호선린을 유지하겠노라 선언한 바 있었습니다.

우리는 일본의 요청으로 아시아와 태평양에서의 항구적 평화를 위한 회담을 진행 중이었으며, 저들의 외무부 장관은 워싱턴 D.C.에서 마지막 순간까지 우리 국무부 장관과 회동하였습니다. 일본 항공대가 미국령 하와이에 폭격을 개시한 지 1시간 후, 주미 일본 대사는 일본의 공식 서한을 전달하였습니다. 해당 서한에는 진행 중인 회담의 무의미함을 비난하는 내용이 가득하였으나, 군사 행동 혹은 전쟁을 암시하는 그 어떠한 내용도 존재하지 않았습니다."

이젠 나도 정말 모른다. 원 역사에선 미국이 독일에 선전포고를 한 적도 없었고, 일방적으로 일본이 진주만 공습을 저지른 후 히틀러의 즉흥적 결단으로 독일이 미국에 선전포고했었다. 하지만 지금이라면, 정말 두 나라가 합의하에 거사를 준비했을 수도 있지 않겠나. 마셜이 저번에 했던 말대로, 대개 상황은 긍정보단 부정적으로 보는 편이 그나마 낫다. 그리고 FDR은 구태여 진실을 캐내기 위해 노력하기보다는, 가장 자신에게 유리한 진실을 취사선택하는 사람이었다.

"일본과 하와이 사이의 거리, 그리고 유럽 서쪽과 아시아 동쪽의 두 나라가 연계한 기습 공격이라는 점을 고려한다면 이 공격은 몇 달, 혹은 몇 년 전부터 치밀하게 모의된 음모가 분명합니다. 또다시 히틀러와 그 일당은 체코를, 폴란드를, 영국을, 프랑스를 농락할 때와 마찬가지로 소비에트연방과 미합중국을 기만하며 세계정복의 마지막 단계에 돌입하였습니다."

세계정복. 어린애들 보는 삼류 소설에서나 나올 법한 이야기가 미국 대통령의 입으로 거론되었다. 하지만 누가 보더라도, 저 사탄의 군세는 명백히 모든 구질서의 종말을 목표로 온 세계를 불태우고 있었다. 오대양 육대주에 걸친 이 전쟁의 목적이 세계정복이 아니라면 대체 무엇일까?

"이 사전계획된 침략을 격퇴하는데 얼마나 오랜 시간이 걸리든! 미국 시민들은, 정의로운 힘을 한데 모아, 절대적인 승리를 향해, 나아갈 것입니다!"

"와아아아아아!!"

"우리는 그 어느 때보다 어려운 상황에 처해 있습니다. 하지만 저는 확신합니다. 미합중국 의회와 시민 여러분들은 결코 이런 비열한 배반에 굴복하지 않으리라 확신합니다. 그 어떤 협잡과 위협으로도 우릴 꺾을 수는 없습니다. 저는 1939년 6월 25일 일요일, 일본제국의 저열하고 일방적이며 비열한 기습공격이 개시된 시점에서! 미합중국과 일본제국이 전쟁 상태에 돌입하였음을 선언해줄 것을 의회에 요청하는 바입니다."

거인의 포효가 온 세상을 뒤흔든다. 무수한 사람들이 거리로 뛰쳐나와 일장기와 하켄크로이츠를 불태우고, 도조와 히틀러의 인형을 짓밟고, 성조기를 휘날리고 국가를 제창했다. 그리고 오래도록 준비해 온 대계가 진행되었다.

"꼼짝 마! FBI다!"

"무, 무슨……."

"현 시간부로 일본제국 재향군인회 미주지부를 스파이 기관으로 지목하며, 직원과 관계자, 그리고 기금을 납부한 전원을 스파이 용의로 체포한다."

가장 먼저 커팅하는 것은 당연히 돈 관련 분야부터. 누가 파쇼 국가 아니랄까 봐 일본 또한 무슨 기금이니 무슨 의연금이니 하는 걸 디립다 많이 걷었는데, 그놈의 애국이 엮인 탓에 아주 납부가 생활 습관이 된 사람들이 많았다. 후버의 FBI가 가장 먼저 덮친 곳은 이런 민간단체였고, 이들이 가진 장부에 이름을 많이 올린 순서대로 '일본제국에 대한 충성심이 드높은 자'의 리스트가 작성되었다.

"쪽바리를 죽여라!"

"잽스를 끌어내라!"

"전부 진정! 진정하시오!!"

"사적제재를 멈추시오! 일본인에 대한 증오는 린치가 아니라 자원입대로 푸시오!"

시민들의 반응은 아주 폭발적이어서 당장 눈에 보이는 잽스란 잽스는 전부 쳐죽일 기세였고, 미리 준비해 놓은 자경단은 거리로 달려 나와 일본계 미국인들이 나무에 거꾸로 매달리는 걸 수습하느라 바빴다. 애꿎은 소시민의 집에 불을 지르고 일가족을 총으로 쏴 죽이는 건 너무 야만스러운 일 아닌가. 질서를 사랑하고 야만을 혐오하는 미 서부의 유색인종들은 절대 린치 같은 일은 하지 않았다.

"가와구치 선생. 평소 일본계 미국인들이 뿌리를 잊어선 안 된다고 강연하고 다니셨지요?"

"누, 누구시오! 이탈리아계가 대관절 왜!"

"우린 무솔리니랑 친구 아니거든. 형제들을 때려잡은 인간백정을 왜 좋아하겠어?"

"이, 이거 놓으시오! 읍! 읍!"

모름지기 수술이란 가장 국소적으로, 최소한의 부위에 메스를 대야 하는 법. 평소 친일적인 발언을 하던 사람들이 어느 순간 하나둘씩 사라졌지만, 이들은 모두 일본제국이 평화 무드를 조성하기 위해 박아 놓았던 간첩이란 사실이 발각되고 말았다. 아, 너무 무섭다. 그리고 샌—프랑코 사무실은 때아닌 접견 신청으로 몸살을 앓았다.

"유신 킴 회장님, 부탁드립니다."

"일개 기업가인 제가 대체 뭘 할 수 있단 말씀이십니까?"

"이대로 있다간 일본계 미국인들이 전부 학살당할 판입니다! 제발 자비를 베풀어 주십시오!"

"진정들 하세요. 일본계의 사정은 저도 잘 알고 있습니다마는……."

유신은 잠시 생각에 빠지는 듯하더니, 이들 일본계 지도자급 인사들에게 말했다.

"제 주관적인 견해라는 점이라는 점 알아 두시고, 제가 봤을 땐 우선 충성심을 의심받고 있는 일본계 미국인들의 진실성과 신뢰성을 회복할 필요가 있어 보입니다."

"저희는 오직 미합중국에 충성할 뿐입니다!"

"그럼 그걸 증명해야지요."

샌—프랑코는 최소한 서부에선 아시아인을 비롯한 여러 유색인종과 주류 백인 집단의 가교 역할을 해 왔고, 이는 김유진이 대공황 이전부터 항상 강조해 온 바였다.

'내가 군대에서 한번 해봤거든? 인종차별 누그러뜨리는 거?'

'일단 섞어. 흰둥이 검둥이 누렁이 전부 섞어서 같이 일하고 같이 밥 먹게 해.'

'그냥 섞어 두면 서로 죽빵만 날려대고 사이 안 좋아져. 그러니까 그 인종 혼합 공동체를 다시 몇 토막으로 쪼개고, 공동의 목표랑 공동의 적을 만들어 주는 거야. 그럼 지들끼리 또 친해진다?'

영국식 디바이드 앤 룰에는 한참 못 미치지만, 일개 회사가 할 만한 수단은 이 정도뿐이었다. 그리고 지금, 추축국이라는 훌륭한 모두의 적이 생긴 이 상황이라면 더할 나위 없이 좋은 상태 아닌가.

"우선 일본계 커뮤니티 내에서 자체적으로… 불순분자를 좀 걸러내 주서야 할 겁니다. FBI의 손이 닿지 않더라도, 여러분들은 옆집 숟가락이 몇 개인지도 훤히 다 알고 있잖습니까?"

"그야 그렇지요."

"즉시 나라에 바치도록 하겠습니다."

"그리고, 자원입대를 최대한 독려해 주십시오."

"자원입대는 물론 여자들은 머리카락을 자르고, 집의 패물을 내놓아 애국 채권을 매입하겠습니다. 무엇이든 할 테니 부디!"

"지성이면 감천이라 했습니다. 일단 하늘이 감동할 정도로 최대한 정성을 들여보시지요."

툭. 툭툭. 유신은 손가락으로 책상을 두드리며 잠시 생각에 잠겼다. 이번 기회에, 아직 폐쇄적인 나머지 아시안 커뮤니티를 모조리 분해해서 융화시켜야 한다. 일제가 패망하면 제법 많은 조선계가 귀국할 터. 고학력자들이 한반도로 돌아가야 독립 조국이 번성할 수 있지만, 그만큼 미국에서의 조선계 영향력이 깎이는 건 피할 수 없다. 그러니, 애초에 한중일 커뮤니티가 완전히 한 덩어리가 되는 모양새가 가장 이상적인데… 이런 걸 할 줄 알면 정치를 했지 어디 사업을 했겠는가. 사람이 할 일은 다 했으니 나머지는 하늘에 빌 뿐이었다.

"이딴 일이나 맡겨 두고."

참… 평생 걸쳐서 일거리만 주는 못된 형을 둔 업보가 깊고도 깊었다. 전생에 도대체 무슨 짓을 저질렀길래 이런 인생을 살게 되는 거지? 창문 바깥으로 또 어느 일본계 미국인의 상점이 불타오르고 있었다. 아직 미국은 더 많은 피를 요구하고 있다.

현시점에서 연합국의 공식 입장은 아주 간단했다.

'모든 게 다 히틀러의 음모다.'

원 역사에서 진주만 공습이 터진 후 미국 시민들의 분노는 말 그대로 임계점을 넘어 활화산처럼 터져 나왔지만, 그 대신 '왜 진주만을 불태운 건 잽스인데 독일 먼저 공격하느냐'는 여론의 질타 역시 감당해야만 했다. 하지만 지금은 달랐다.

"히틀러가 잽스를 용병으로 부리고 있다!"

"진주만의 배후는 히틀러다!"

음모론이 아니다. 공식 입장이다. 일본으로서는 기적의 면죄부를 얻은 셈이지만, 아쉬워할 필요는 없다. 히틀러 대가리 따고 나선 '아, 히틀러가 지시한 게 아니었네? 이제 너 패러 간다 딱 기다려라.'라고 태세전환 할 테니까. 정치가 다 그렇지. 따라서 가칭 아프리카원정군의 준비는 놀랍도록 쾌속으로 이루어지고 있었다.

"영국이 미군의 아프리카 전선 투입 검토를 요청해 왔습니다."

"아시아 전선이 열리면서, 영국군의 부담이 급속도로 커지고 있습니다."

원 역사에서 영국은 ANZAC, 즉 오스트레일리아와 뉴질랜드 자치령에서 파병된 군대를 북아프리카 전선에 써먹었다. 하지만 진주만이 2년 일찍 터지고 일본군이 동남아로 진군해 오는 지금, 북아프리카는 얼어 죽. 해적 놈들이 그토록 안 놔주려고 발버둥 치는 인도가 위협받는데 어쩌겠나.

"1개 군단, 아니 1개 사단이라도 좋습니다. 조속한 파병을 희망합니다."

"우리 군은 아직 준비가 되어 있지 않소."

그리고 이 대답 또한 너무 익숙하다. 수십 년 전 퍼싱이 앵무새처럼 했던 말을 다시 마셜이 반복하고 있잖은가. 그때와 달라진 건 음… 프랑스가 사라졌다는 점 정도? 하지만 카이저와 달리, 히틀러는 훨씬 더 강력한 최종보스였다.

"웨이벌 장군이 롬멜에게 패했습니다. 조만간 이집트가 위협받을 것으로 예상됩니다."

"우리 군은 아직 준비가… 후, 조금만 기다려 보시오."

아직 병사들이 미숙하다는 맥네어의 격렬한 반대가 있었지만, 결국 FDR과 마셜은 국민정서와 여론을 위해 당장 전과가 필요하다는 결론에 도달했다.

"즉시 투입 가능한 병력이 얼마 없네. 많은 걸 바라지 않아. 적어도 롬멜의 뒤통수를 간지럽혀서 이집트에 대한 압력을 줄이기만 하면 돼. 알겠나?"

"예, 알겠습니다."

나는 묵묵히 대답한 채 총장실에서 물러 나왔고, 똥 씹은 것처럼 죽상을 쓰고 있던 패튼이 문이 닫히기 무섭게 내 어깨를 붙들었다.

"뒤통수를 간지럽혀? 압력을 줄여? 후배님, 저런 소릴 듣고도 군말 없이 '네네' 할 정도로 타락해버렸나!"

"아니, 대체 무슨 소릴 하시는 겁니까."

"기갑부대가 사막에 파병되는데 기동을 제약받고 어찌 싸우나!!"

롬멜 그 새끼도 원래 맡은 임무는 리비아 방어였잖아. 어디 한번 똑같이 당해보라지.

"뒤통수를 간지럽히랬잖습니까."

"그래!"

"뒤통수에 칼을 꽂아도 간지럽지 않을까요?"

이탈리아군에게 등 맡기고 이집트에서 싸우든가, 그게 쫄리면 점령지다 토해내고 나한테 허겁지겁 달려오든가. 둘 중 뭘 고르든 아마 굉장히 좆같겠지? 양면 전선은 독일군의 숙명과도 같은 일이다. 어디 한번 혼자서 열심히 뼁이쳐봐라, 사막여우야.

자유의 횃불 2

1939년 6월 25일, 독일의 소련 침공 직후. 끝없이 이어지기만 하는 패배, 후퇴, 포위, 전멸 소식에 모두의 영혼이 빠져나가고 있을 때. 소련의 유일무이한 영도자 이오시프 스탈린은 홀로 대국을 복기하고 있었다.

'어째서 지금 개전을?'

도무지 이해할 수 없다. 나폴레옹이 온몸으로 증명했듯, 군사학에 원칙이라 할 만한 것이 있다면 그중 최소 한 페이지에는 '어지간하면 모스크바엔 쳐들어가지 말라.'라고 굵은 글씨에 밑줄이 그어져 있으리라. 그리고 그 다음 장엔 당연히 '그래도 쳐들어간다면 봄에 갈 것.'이 적혀 있겠지. 이게 상식이다. 누가 봐도 6월 25일이란 날짜는 소련 침공을 결의할 만한 날짜가 아니었다. 겨울이 오기 전에 속전속결로 수천 킬로미터의 거리를 내달리겠다고? 하지만 그런 스탈린의 상식을 비웃기라도 하듯, 히틀러가 이끄는 독일군은 소련군을 아주 손쉽게 무너뜨리며 진격해 오고 있었다. 히틀러가 이렇게 강수를 두는 이유는, 당연히 무언가 '비장의 한 수'가 있기 때문이리라. 그러나 그게 무엇인지를 모르는 만큼, 스탈린의 의심병은 무럭무럭 자라나 열매를 맺었다.

어느 날, 그는 전쟁 지휘를 내팽개친 채 돌연 크렘린을 떠나 자신의 집에서 칩거에 들어갔다. 이 소식에 소련 수뇌부는 기겁하여 단체로 스탈린의 관저로 몰려갔고, 그곳에서 스탈린을 배알할 수 있었다.

"전쟁은 어쩌고 다들 이곳에 왔는가?"

"스탈린 동지. 어째서 저희를 버려두고 한가로이 집에 계십니까."

"버려두다니. 오해요, 몰로토프 동무. 혹여 내가 있으면 불편할까 잠시 자리를 비켜줬을 뿐이오."

"저흰 절대 불편하지 않습니다! 우린 오직 스탈린 동지가 필요할 따름입니다!"

그래, 바로 그거야. 가장 기다리던 말을 부하들의 입에서 들은 스탈린이 득의만만한 미소를 지었다.

"마르크스와 레닌의 숭고한 뜻을 이어받은 소비에트연방을 지탱할 수 있는 이는 오직 스탈린 동지뿐입니다."

"대체 스탈린 동지가 아니면 누가 저희와 인민을 이끌 수 있겠습니까?"

한 명이 충성맹세를 하자, 뒤처질 수 없다는 듯 찾아온 간부들이 앞다투어 더더욱 낯간지러운 미사여구를 발라 가며 스탈린의 위대함을 칭송해댔다. 이들 중 과연 몇 명이나 앞으로 있을 대전쟁을 감당할 수 있을까. 수백만, 수천만의 병사들을 아무렇지도 않게 팻감으로 던지고, 그 병사들을 유지하기 위해 수억 인민들의 노동력을 극한까지 동원해야 하는 총력전. 이런 전쟁을 치르기 위해서는, 그 어느 때보다 더더욱 단 한 명의 철인이 필요했다.

인민들을 독려할 수 있는 카리스마. 끝없는 사망자 명단에도 눈 하나 깜짝하지 않을 냉철함. 감히 배반이나 반역 따위 엄두도 못 내게 할 권위. 이 모든 것을 다시 한번 고관들에게 각인시키기 위해, 이번 쇼는 필수적이었다.

스탈린 외의 다른 대안은 없다.

만약 우유부단하게 머뭇거렸다면, 전황이 불리하다 싶을 때 누군가 총을 뽑아 들고 '스탈린이 모든 걸 망쳤다! 그놈 때문에 우리가 졌다!'라며 일신의 안녕을 도모했을지도 모른다. 하지만 이젠 다르다. 저들 스스로가 스탈린에게 권한을 위임했으니. 히틀러가 6월 말이란 빠듯한 시점에 개전한 것을 볼 때, 고관 중 최소 한두 명은 미래의 권력을 약속받았을지도 모른다. 모름지기 가장 견고한 성이 무너지는 건 항상 내부의 배신자 때문이었으니.

"그대들의 뜻은 내 충분히 알았으니, 내일부터 다시 얼굴을 내비치겠소."

"감사합니다!"

"즉시 제국주의자들… 영국과 미국에 특사를 파견하시오. 특히 미국."

스탈린의 명령은 물 흐르듯이 이어졌다.

"전 세계의 동지들에게 파쇼들에게 맞설 것을 독려하시오. 수단과 방법을 가리지 않고 히틀러에게 본때를 보여줘야 하오!"

"알겠습니다, 동지."

소련이라는 큰 집의 가장으로서, 그는 인민들에게 피를 요구할 준비가 되어 있었다. 적들을 익사시킬 정도로, 아주 많은 피를.

캘리포니아. 천혜의 요새라 불리던 진주만조차 일본군의 손길에 불바다가 되고 말았다. 약간의 상상력이라도 있는 사람이라면, 당연히 일본군이 샌디에이고나 로스앤젤레스를 공격하려 들지 않을까 하는 공포에 시달렸다.

전쟁의 공포, 도처에 깔린 아시아인. 철 지난 황화론에 불이 붙는 건 시간문제였고, 김씨 일가의 김상준과 김유신은 날마다 거리에 나와 '모든 황인이 적은 아니다'며 연일 대중에 대고 호소하고 있었다. 한편 이 격렬한 반일 분위기 아래에서 빨갱이를 전부 쳐죽여버리고자 했던 음모는 완전히 꼬여버렸다.

"빌어먹을."

백악관에 불려온 에드거 후버는 대통령의 명백한 거부에 애꿎은 욕만 중얼거리며 자리에서 물러날 수밖에 없었다.

"작전 중지해."

"네?"

"대통령 각하 명령이다! 빨갱이 토벌은 때려치우랍신다!"

사무실로 돌아온 후버는 문을 부술 듯이 활짝 열어젖히며 신경질적으로 고함을 버럭 질렀다.

"그럼 신병 확보한 놈들은 어떻게 합니까?"

"어쩌긴. 대강 을러서 전향서나 서약서 정도나 받아내야지. 빌어먹을."

히틀러 그 새끼가 며칠만 기다려서 소련을 침공했다면 국내의 빨갱이들은 죄다 멱을 땄을 텐데. 정말 도움이라곤 안 되는 놈이다. 지금이 아니면 대체 언제 빨갱이를 몰아낸다고! 역시 빨갱이랑 한패 먹고 뉴딜 같은 짓거리나 하던 양반은 제 버릇 못 고친다. 후버는 속으로 확신을 다졌다.

독일이 소련에 쳐들어간 것은 잘 알겠다. 소련이 이제 잠재 적국에서 공동의 적을 둔 동맹으로 격상될 예정인 것도 당연히 이해한다. 하지만… 그 동맹이 얼마나 오래 유지되겠는가?

나치를 위시한 파시스트 이념의 매력은 다하우와 아우슈비츠의 굴뚝으로 사실상 좇나버렸다. 제정신인 인간이라면 이제 더 이상 하켄크로이츠에 매력을 느낄 일은 없다. 아무리 극단적인 원리주의 종교인이라 하더라도 감히 히틀러 숭배자들이 천국에 갈 수 있다고 주장하진 못하리라.

하지만 공산주의는 다르다. 저 사상은 마치 역병과 같아서, 한번 대가리에 빨간 물이 들어버리면 아무리 그 사람이 똑똑하건 명망 있건 관계없이 모스크바의 충실한 수족이 되어버린다. 따라서 아직 정식으로 동맹 관계가 수립되지 않은 지금이야말로, 그동안 계속해서 합중국의 전쟁 수행에 알음알음 사보타주를 가하던 빨갱이들을 싹 스팸 통조림으로 만들 마지막 기회였다. 하지만 FDR은 그 기회를 걷어찼다. 담배에 불을 붙인 후버는 분노를 애써 삭이며 골똘히 생각에 잠겼다.

이 전쟁이 끝나면… 소련의 위협은 더 거세지면 거세어졌지 가라앉을 리가 없다. 물론 독일이 소련을 멸망시킨다면 더할 나위 없이 좋은 일이겠지만. 그렇다면 미합중국의 미래를 위해, 차기 대통령은 역시… 굳건한 반공의식을 지닌 인물이 되어야 하지 않겠나?

에드거 후버와 FBI가 쓸개를 씹으며 억울함을 달래고 있을 무렵. 한편 자신들의 목덜미에 칼이 꽂히기 직전이었다는 사실을 아는지 모르는지 공산주의자들 또한 혼란에 빠져 있었다.

"현 시간부로 우리 당은 미합중국의 전쟁 수행에 전력으로 협조하라는 모스크바의 지령이오."

"그렇군요."

"……."

"불만 있으면 말하시오. 하지만 똑똑히 명심하시오! 노동자 농민의 나라 소비에트연방은 지금 이 시간에도 파시스트 침략자의 군홧발에 짓밟히고 있단 사실을! 우리의 반제국주의 투쟁은 언제든 재개하면 되지만, 프롤레타리아의 나라는 한번 무너지면 걷잡을 수 없소!"

박헌영의 일갈에 떨떠름해하던 인사들은 모두 박수를 치며 다시금 전의를 다졌다. 모스크바의, 코민테른의 지도가 틀릴 리가 없다. 그들이야말로 혁명으로 공산 국가를 건설한 주역들 아닌가. 물론 박헌영의 단도리에도 흔들리는 사람이 없을 린 없었다. 바로 엊그제까지만 해도 참전은 곧 프롤레타리아 계층에 대한 배반이며 추악한 자본가들에게 부역하는 행위라고 떠들고 다녔는데, 이중사고가 아닌 이상 어찌 그리 빨리 태세전환을 할 수 있겠는가.

당장 분노한 대중 앞에서 당당하게 "참전은 죄를 짓는 행위입니다!"라고 외치다 맞아 죽을 뻔했던 박상희는, 허탈함을 차마 얼굴에 숨기지 못한 채 터덜터덜 집에 돌아왔다.

"형, 괜찮아?"

"왜 아직 여기 있어? 넌 도대체 언제쯤 네 기숙사로 돌아갈래?!"

"지금 이 시국에 공부가 되겠어? 쪽바리들을 때려잡을 수 있다는데 공부가 되겠냐고! 애국해야지!"

"너, 형이 한 말은 귓등으로 들었니? 전쟁은… 아니다. 그래. 입대하고 싶거든 네 알아서 해."

상희가 체념한 듯 고개를 떨구고 말없이 욕실에 들어가자, 동생 정희는 고개를 갸웃거렸다. 또 보나마나 그놈의 무산계급이 어쩌고 혁명이 어쩌고 하면서 한바탕 빨갱이놀음을 하며 '입대하지 마라.'라고 일장연설을 할 줄 알았건만. 형 덕택에 미국행 여객선에 얹혀 와서 찢어지게 가난한 조선 땅에선 꿈도 꿀 수 없었던 대학 문턱까지 밟아 보았다.

하지만 철이 들기 전부터 오래도록 품어왔던 소망은 달라진 바 없었으니, 입신양명하여 일가 모두 호사 누리게 되면 좋겠다 싶어 대학을 졸업하면 공장 하나 차려 사장이 되어보아야겠다 벼르고 있었다. 형이 들으면 또 네놈이 자본가가 되고 싶어 하느냐, 하며 한소리 하겠지만… 바로 그 자본가야말로 현대의 지주이자 양반 아니겠는가?

형이 공자, 맹자처럼 섬기는 그 맑스 놈도 자본가 엥겔스의 고혈을 빨아먹으며 빨갱이 활동을 했는데, 우리 박씨 집안에 명성 높은 빨갱이 하나 있으면 자본가 하나도 나와줘야 균형이 맞지. 딴에는 그리 생각하던 정희였다.

그런데 전쟁이 터졌다. 너무나 드높던 군인의 문턱이 훌쩍 낮아졌고, 한인 사회의 높으신 분들 입에서 입을 거쳐 알음알음 '상희의 죄를 대속할 겸 자네가 자원입대하는 게 어떤가.' 하고 제안이 왔다.

거절할 수 없는 제안이라는 게 이런 것인가. 전쟁영웅을 거쳐 성공한 사업가. 그가 바라던 완벽한 인생의 롤 모델이 눈앞에 다가왔다.

"형 진짜 반대 안 할 거지?"

"네 맘대로 해라. 죽으면 말짱 황인 것을."

"하하! 형은 애들이나 잘 돌보고 있어! 내가 칼 차고 훈장 주렁주렁 매달고 돌아올게!"

이렇게 참전 바람 불어 쑥밭이 된 집은 비단 박씨네만은 아니었으니.

"월나! 월나 이년 어디 갔어!"

"여보! 진정해요!"

"아버지, 일단 노여움 푸시고……."

"내가! 내가 국민회 나가서 무슨 소릴 듣고 왔는데! 딸년이 빨갱이놀음에 빠졌다는데 지금 가만히 있을 수가 있겠어?!"

당장 장녀의 다리몽둥이를 부숴버릴 듯이 펄펄 날뛰는 아버지 김순권을 막는다고 온 집안 식구들이 다 붙어 반강제로 자리에 꿇어 앉혀야 했고, 순권 노인은 숫제 통곡을 하듯 바닥을 나뒹굴었다.

"아이고, 아이고! 우남 선생님, 김유진 장군님! 제가 자식을 잘못 가르쳤습니다. 딸내미를 제가 잘못 가르쳤습니다, 아이고오!"

"저도 전해 들었습니다. 각 집안에서 어지간하면 장정 하나씩은 알아서 입대하자고 하던데… 제가 군에 가겠습니다."

"기껏 대학물 먹어놓고 입대를 하겠다고? 당장 김 장군님이 하신 말씀도 모르느냐? 고등교육 이수한 인재들이야말로 조국을 부흥시킬 초석이라던?"

이쪽 집안 식구들 또한 황소 심줄 삶아 먹은 듯한 고집으로 한인 사회에 명성 자자했으니, 순권의 장남 또한 아비를 쏙 닮아 한번 뜻을 세우면 보통 쇠고집이 아니었다.

"대학생이 입대하면 장교로 갈 수 있답니다. 군에 가기로 결심했으면 적어도 김 장군님처럼 될 각오로 가야 하지 않겠습니까?"

"…후우. 그래. 애국해야지, 애국. 안 죽고 살아 돌아오는 게 최고의 애국애족이다."

이미 빨갱이 집안이라는 주홍글씨가 떡하니 박혀버린 이상, 한인 사회에서의 평판을 생각해서라도 입대를 더 막을 순 없었다.

그날부로 김순권의 장남 영옥은 입대를 신청했다.

고증입니다

김영옥 대령은 4남 2녀 중 둘째이며, 위로 누나가 있었습니다. 누나 윌라 킴(Willa Kim)은 디자이너로서 명성을 떨쳤으며, 젊었을 적 사회주의에 관심을 보여 동생과 의견차가 있었습니다.

"At 4 o'clock this morning Hitler attacked and invaded Russia. … Then, suddenly, without declaration of war, without even an ultimatum, the German bombs rained down from the sky upon the Russian cities."
"오늘 4시 히틀러가 러시아를 침공했습니다. … 그리고 어떤 선전포고나 최후통첩 없이, 갑자기 독일 폭탄이 러시아 도시의 하늘에서 쏟아졌습니다."

실제로도 처칠을 위시한 정치가들은 러시아와 소련이라는 단어를 혼용하여 썼습니다. 그야 소련이라고 불러주면… 빨간 맛 나잖아요?

자유의 횃불 3

샤를 놀렛 장군은 자신의 인생이 썩 나쁘지 않다고 생각했었다. 군인으로서 용맹히 싸워 계급은 포 스타에 이르렀으며, 적의 침략에 맞서 조국을 훌륭히 수호했으니 군인으로서 가장 영광된 전적 또한 거두었다.

서훈으로 말할 것 같으면 레지옹 도뇌르를 수훈받았으니 두말할 필요가 없고, 1년도 채 안 되긴 하였으나 전쟁부 장관 노릇도 해보았으니 관운이 없는 것도 아니다. 이제 늙은 몸을 이끌고 마지막 생을 재밌게 살다 가기만 하면 되었는데.

"빨리 죽었어야 했어. 망할."

말년에 이딴 끔찍한 꼬라지를 볼 줄 누가 알았겠는가. 자랑스러운 파리의 에펠탑에 저 혐오스러운 하켄크로이츠가 펄럭거리고, 프랑—마르크 환율은 날강도 수준으로 고정되어 빌어먹을 독일 놈들이 자기네 돈을 무슨 금화처럼 뿌려대며 호의호식하고 있었다. 게다가 이 정신이 혼미해지는 끔찍한 짓거리에 장단을 맞춰주고 있는 사람이 다른 누구도 아닌 지난 대전쟁의 영웅, 페탱이라니. 마르크스주의자는 아니었지만 좌익 급진당에 몸담았던 놀렛으로서는, 이 나라에서 빨갱이란 빨갱이는 전부 대가리를 따버리겠다고 날뛰는 페탱의 작태에 진저리를 칠 수밖에 없었다.

갑갑하다. 차라리 전시 복귀 신청하고 다시 옛날처럼 일군을 거느렸으면 어땠을까 하는 생각에 잠도 오지 않았다. 그렇게 속에 울화가 치밀고 담이 차오른 듯하여 '차라리 칵 죽어버리면 속이라도 편해질 것을.' 같은 앓는 소리만 주야장창 할 무렵.

"샤를 놀렛 장군님 맞습니까?"

"누구요?"

"저희는 침략자 독일에 맞서고자 하는 애국자들입니다."

"나는 죽을 날이 머지않아 그대들과 어울려 줄 수 없소. 돌아가시오."

한밤중에 나타난 수상한 복면인들이라니. 레지스탕스니 뭐니 하며 분주히 돌아다니는 사람들이 있긴 하다고 들었다. 하지만 이건 좀 심하잖은가. 페탱과 그 따까리들이 함정 수사를 하는 건가 싶어 일단 그들을 매몰차게 뿌리쳤더니, 복면인 하나가 품속에서 꾸러미 하나를 내밀었다.

"이게 무언가?"

"멀리서 친구들이 올 예정인데, 그 친구와 연락할 방도가 들어 있습니다."

"친구들? 누구 말인가."

그들은 가타부타 대답하지 않고, 용건은 끝났다는 듯 서둘러 돌아가버렸다. 어두운 방에 덩그러니 꾸러미만 남자, 놀렛은 잠시 고민하다 꾸러미를 풀어헤쳤다. 설마 이거 좀 봤다고 무슨 일이 생기겠는가. 그리고 잠시 후, 그의 눈이 파르르 떨렸다.

"유진… 킴!"

그가 다시 온다. 안에 담긴 쪽지를 믿는다면, 아니, 믿고 싶어진 이 쪽지에 따르면 그가 다시 한번 독일 놈들을 잡아 죽이기 위해 유럽으로 온다.

아미앵. 가장 영광된 나날들. 왕년의 전우가 이 늙은 몸이 필요하다 하는데, 프랑스의 명예로운 군인이 어찌 거절할 수 있겠나? 고민은 그리 길지 않았고, 얼마 후 가산을 정리한 놀렛은 프랑스령 알제리로 밀항했다. 사우

어크라우트 썩은 내 진동하는 프랑스는 진정한 프랑스라 할 수 없었으니.

* * *

워싱턴 D.C., 전쟁부. 마침내 미합중국 육군의 첫 공세 계획, 횃불 작전 (Operation Torch)이 첫 삽을 떴다.

미국으로서는 북아프리카 같은 똥땅보다는 당연히 유럽, 특히 프랑스에 전선을 열고 나치와 전면적으로 싸움박질을 벌이고픈 마음이 굴뚝 같았지만, 전개되는 상황이 북아프리카 전선을 실상 강요하고 있었다.

"우리가 왜 북아프리카로 가야 합니까?"

"각하. 우리 피를 흘려서 영국인들 좋은 일 시켜줄 필요가 없습니다."

"이번 전쟁이야말로 대영제국을 해체할 최고의 호기입니다."

"그만들 하시오. 그렇게 머리 굴리면서 머뭇거리다 소련이 패망해 버리면 그땐 어떻게 책임지려고 그러시는가?"

만약 수에즈가 함락되고 추축국이 대영제국의 목줄을 콱 잡아버린다면, 이집트는 물론 영국 왕관의 보석이라 불리는 인도까지 날아가는 건 당연한 이야기. 차도살인까지는 아니더라도, 대세에 크게 영향을 주지 못하는 북아프리카 전선은 그만큼 매력이 떨어졌다. 하지만 루즈벨트와 육군 일각의 생각은 달랐다.

"유럽 전선을 위해 입안한 슬레지해머 작전이 있긴 합니다만, 실현 가능성은 턱없이 낮습니다."

"어째서입니까, 마셜 총장?"

"훈련도 장비도 모든 것이 부족합니다. 상륙전은 항상 공격자에게 어마어마한 피해를 강요하는데, 현재 미군은 그만한 부담을 감수할 수 없습니다."

병력도 없는 주제에 유럽 전선이라니. 예산이라도 팍팍 찍어내고 징징대든가. 결국 많지 않은 병력으로도 유세를 부릴 수 있는 북아프리카가 첫 공세 목표가 되는 건 당연한 일. 여기에 덧붙여, FDR은 깜찍한 발상까지 했다.

"킴 장군, 요즘 세상에 불만이 많다고 들었네만……."

"아닙니다, 각하. 영광스러운 임무를 제게 맡겨 주셔서 감사할 따름입니다."

"입에 침이나 바르고 말하게. 이게 다 큰 그림이란 거니까."

슬슬 작전계획부장 자리의 인수인계를 거의 끝내고 본격적으로 사막 모래를 퍼먹을 채비를 갖추기 전, 나는 대통령의 부름을 받고 백악관으로 나아갔다. 그 자리에서 루즈벨트는 굉장히… 내 속을 박박 긁었다.

"히틀러가 정말 자네 머리통에 총알을 박고 싶어 했단 말이지?"

"진짜 자작극 아니라니까요?"

"알아. 알아. 그러니까 자네를 던져주면 히틀러가 공 던져준 강아지처럼 신나서 펄펄 뛴단 말 아닌가?"

뽀삐? 공 주면 환장하지. 그치만 개는 재밌겠지만 공은 너덜너덜해진다. 그렇게 내 시체를 보고 싶으면 그냥 죽으라고 해!

"인간 히틀러의 약점을 알아버렸는데 이걸 후벼 파지 않으면 정치인 자격이 없지. 다른 이가 지휘봉을 잡는다면 그냥저냥 서로 투닥대고 끝이겠지만, 진 자네가 간다면 아마 반응이 달라지겠지?"

별 반응이 없으면, '히틀러는 유진 킴에게 쫄아 짝부랄이 오그라들었대요.' 돌림노래를 떼창하며 더욱 긁어주면 된다. 반응이 튀어나오면, 동부 전선에서 소련군을 상대하던 부대를 조금이라도 더 북아프리카로 빼올 수 있으니 어마어마한 이득이다. 손해라고는 없는 기적의 딜교. 이런 걸 안 하면 확실히 자격미달이긴 해… 다시 말하지만 내가 너덜너덜해질 뿐이라 문제지! 하지만 사악한 야바위꾼 루즈벨트의 흉계에는 한 가지 약점이 있었다.

"후속지원 빵빵하게 해주셔야 합니다? 제가 지면 말짱 도루묵인 거 아시죠?"

"자네가 지면 곧장 내 옆에 자리를 하나 마련해주겠네."

"반드시 히틀러의 머리통을 들고 돌아오겠습니다."

"당연히 지원은 넉넉하게 해줄 예정이니 걱정 말게. 하지만 우리의 목표는 어디까지나 콧수염 씨가 최대한 많은 판돈을 테이블 위에 올려놓게 살살 유도하는 것이라는 점, 명심해주길 바라네."

애초에 수십만 대군을 왕창 드랍해서 레이스 대신 다이하게 해버리면 안 된다는 뜻. 서서히 늘려서 한 명이라도 더 빨아먹겠다는 발상, 실로 타짜다운 행동이다. 내가 가기 전 마지막으로 손댄 일은 유색인종 관련 문제였다.

"유색인종을 별도 부대에 편성하는 대신 전부 혼합하면 안 되겠습니까?"

"절대 안 되네."

매몰차구만, 거참.

"자네 마음은 이해하지만… 어쩔 수 없어. 이 시국에 괜히 병사들끼리 주먹질하고 갈등하는 꼴을 만들 순 없으니."

"저는 이 시국이야말로 인종 갈등의 장벽을 허물 기회라고 봅니다."

"그리고 귀관이라면 군사 정책으로 도박하면 안 된다는 사실 또한 잘 알고 있겠지. 아쉬운 마음에서 이야기한 사견 정도로만 생각하겠네."

마셜의 말에 나는 플랜 B로 선회했다.

"그러면 93사단을 흑인 사단이 아닌 유색인종 사단으로 분류해주시죠. 이건 문제가 안 되겠지요?"

"그건 법적으로 당연한 이야기일세. 다만 아시아계 자원입대자 자체의 수효가 썩 많지 않다는 점은 고려해야겠지."

아시아계는 별도의 사단을 편성하는 것보단, 여러 연대를 만들어 여러 예하 사단에 박아두는 게 더 나으려나. 횃불 작전의 성공을 위해서는 부대 훈련도 훈련이지만, 이 걸레짝 연합군의 조직력 또한 충분히 응집시켜야 한다. 사실 아시아계 입대자들의 소속 부대 문제는 내 개인적인 감정을 배제하자면 굉장히 우선순위가 낮은 셈.

당장 미 육군, 미 해군, 영국 육군, 해군, 공군이라는 다섯 조직이 대가릴 맞춰야 하고 거기에 정치인들의 의견까지 베이스에 깔려야 한다. 여기에 더불어 횃불 작전의 목표가 비시 프랑스 치하의 프랑스령 북아프리카 확보인 이상, 프랑스인들까지 이 무대에 올라와 한 자리 잡아야 한다. 내가 비록 그 유명한 샤를 드골을 직접 본 일은 아직 없지만, 언젠간 나도 그 양반을 구경할 날이 오겠지. 성격이 처칠보다도 더 끔찍하다던데 위장약 하나 항상 상비하고 다녀야겠다.

"안녕하십니까, 킴 장군. 요청하신 자료 여기 있습니다."

"감사합니다. 조금 껄끄러울 수도 있었는데 이렇게 선선히 자료를 내주시다니⋯⋯."

"우리는 동맹 아니겠습니까? 롬멜 앞에서 자존심을 내세우려면 일단 이기고 봐야지요."

내가 영국인들에게 요청한 건 롬멜과의 전투 기록이었다. 따지고 보면 저들에게 굴욕적인 데이터겠지만, 아무 군말 없이 순순히 건네주는 걸 보면 정말 어지간히 롬멜을 잡고 싶은 모양이다. 내가 두 번째 인생을 살게 된 지도 벌써 40년이 훌쩍 넘었다. 까먹을 건 까먹고도 남았지. 하지만 '사막의 여우'라는 그 명성만큼은 잊으려야 잊을 수가 없다.

에르빈 롬멜. 과감하고, 즉흥적이며, 기동전과 기만전술에 능한 장군. 지금은 영국군이 장악한 요새, 토브룩에 맹렬히 공세를 퍼붓고 있는 중. 내가 미군을 지휘하는 입장이라 정말 행복하다. 당장 저 롬멜 좀 보라지. 한 줌밖에 안 되는 아프리카 군단에 장비도 사기도 하나같이 엉망인 이탈리아군을 이끌고 공성전을 벌이고 있잖나.

롬멜이 빡대가리라서가 아니다. 토브룩을 못 먹으면 정말 답이 안 보이기 때문에, 따서 갚으면 된다는 프로이센식 현실도피에 들어갔을 뿐. 애초에 사막에서의 전투가 한번 이기고 질 때마다 수백 킬로미터씩을 내달리는 이유가 거점이라 할 만한 곳이 없기 때문이다. 토브룩을 함락시키지 못하면? 저기서 체력 회복하고 보급받은 영국군이 다시 쳐들어오고, 그걸 막는다고 똥꼬쇼하고, 반격하고, 토브룩에 가로막히고. 무한반복이다. 애초에 리비아 사막 한가운데에서 '잘 지켜? 어디 나가지 말고!' 같은 명령부터가 물구나무선 채로 수저로 밥 먹으라는 망발에 불과하니 그저 불쌍할 따름.

카사블랑카와 알제 일대에 상륙해 비시 프랑스군을 제압하고 튀니지를 향해 나아간다. 토브룩 공방전으로 너덜너덜해진 롬멜은 트리폴리나 벵가지 같은 후방 본진을 지키기 위해 되돌아와야 하고, 그걸 때려잡는 건 식은 죽 먹기. 하지만 여기서, FDR의 말이 자꾸 내 원래의 계산을 헝클어뜨리고 있었다. 유진 킴이 사막에 발을 디뎠다는 사실을 접한 히틀러가 과연 어떻게 나올까.

롬멜에게 일찌감치 지원을 더 몰아줘서 토브룩을 함락시킨다면 난이도 상. 추가 병력을 대대적으로 증파해 튀니지에서 나를 막으려 든다면 난이도 중. 답도 없는 아프리카 따위 손절해버리고 전면 철수하면 난이도 하. 사실 히틀러에겐 이게 베스트 초이스인데, 그 콧수염이 그럴 린 없다고 믿는다. 군사지도가 펼쳐진 테이블 맞은편에 있을 롬멜은 어떤 수를 고민하고 있을까. 예정된 파국을 기다리는 장군의 마음 따위, 내가 알 필요도 없고 알아서도 안 되지만… 동종업계 종사자로선 약간 동정심이 들었다.

* * *

처칠은 마침내 결단을 내렸다.

"웨이벌 장군을 현 보직에서 해임한다."

더욱 공세적으로. 롬멜에게 농락당하지도 않고, 자신감을 잃지도 않고, 영국군의 기상을 보여줄 수 있는 장군이 필요하다.

"몽고메리 장군."

"예, 각하."

"무슨 수를 써서라도 좋으니 그 사막여우를 족치게."

"여부가 있겠습니까. 그 눈 째진 스키타이인은 롬멜을 구경도 못 할 겁니다."

버나드 로 몽고메리(Bernard Law Montgomery). 영국의 새로운 선수가 링 위에 올라왔다.

자유의 횃불 4

대서양 공해상. 이런저런 일을 뒤로한 채, 나는 바다 위에 있었다.

[도로시에게.

벌써 출발한 지도 제법 되었는데, 벌써부터 아이들이 보고 싶……]

휘청!

배가 파도를 탔는지 아주 끼이이이이익대며 요동을 친다. 아니, 이렇게 출렁이는데 어떻게 여기서 사람이 살 수가 있지?

역시 너무 호의호식하며 살아왔다. 대서양을 내가 처음 건너 보는 것도 아니고, 이미 두 번이나 왕복해봤잖은가. 한 번은 군인으로, 한 번은 휴가자… 아니, 그걸 휴가로 치면 억울해서 반란이라도 일으키고 싶어진다. 차라리 화이트 첩보원이라고 불러다오.

하지만 나이가 들어서 그런가, 아니면 정말 호의호식하는 생활에 익숙해져서 그런가. 어째 뱃멀미는 적응하기 영 힘들었다. 나는 줄을 쫙 그어버린 편지지를 대강 구겨 쓰레기통에 처넣고 자리에 몸을 뉘었다.

참 싱숭생숭하다.

"저 자원입대 신청했습니다."

"뭐?!"

헨리랑은 한판 거하게 싸웠다. 이 미친놈이 파일럿으로 가겠다질 않은가. 2차대전에서 파일럿이 얼마나 파리 목숨인데 저딴 소릴 하고 있나. 애초에 비행기 몰아보고 싶다고 할 때 선선히 하라고 하는 게 아니었다. 그래서 일단 맥나니를 영혼까지 털어버린 후, 아놀드에게 떼떼거렸다. 그 과정에서 어떤 협잡과 공갈이 있었는지는 굳이 구구절절 떠들진 않겠다.

이렇게 아들내미가 저 개같은 독일 루프트바페를 상대로 싸울 일은 틀어막았다고 생각했는데, 이 깜찍한 놈이 제 장인에게 쪼르르 달려가선 해군 항공대로 가버렸다! 그날 해군부엔 총성이 울려 퍼졌고, 빌어먹을 킹의 면상을 판다로 만들어놨다. 그때 일은 생각만 해도 열이 확 뻗치네, 진짜. 수십 년 동안 돈을 부어 정성껏 논밭을 일구었던 항공학교는 이제 그 값을 할 때가 되었고, 우린 곧장 졸업생과 교직원 명단을 털어 혹시 입대할 수 있는지 등을 조사했다. 참으로 웃긴 이야기지만, 항공학교 교관들 중엔 일본 항공대 출신도 제법 있었다. 돈의 힘이란 정말 귀신도 부리고 애국심의 방향도 꺾어 놓는구나. 대단해.

저 탱글탱글 잘 여문 과실을 수확하는 즐거움을 느끼려면 당연히 내 머리 위를 든든히 지켜줄 육항대로 항공학교 졸업자들을 보내야겠지만… 헨리가 해항대 가잖아, 시발. 해항대 보내야지. 피눈물이 좌르륵 흐른다. 자고 싶지만 계속 출렁여서 잠도 안 온다. 아들 생각하니 숨이 턱 막혀오는구만. 돌겠네. 나는 선실을 빠져나와 바닷바람을 맞으며 생각을 가다듬었다.

내 목적지는 런던. 전쟁부 사무실에서의 일은 사실상 마무리되었고, 이제 영국인들과 협력해 작전을 결행하는 일만 남았다. 지금 북아프리카로 파병 예정인 미합중국 육군은, 사실상 동원할 수 있는 전 병력이라 말해도 과언이 아니었다. 처음 작전을 기안할 당시만 해도 영국군은 의욕이 넘쳤고, 미군이 모자란 만큼 자신들이 더 병력을 보태주겠노라 말했었다. 하지만 전장이 훨씬 확대되면서, 사태는 예측불허로 바뀌기 시작했다.

전에 언급한 바와 같이, 일본군은 남방 작전을 전개하고 파죽지세로 홍콩과 싱가포르, 태국을 점령하고 그 칼끝을 버마와 인도를 향해 겨누었다. 이로 인해 호주와 뉴질랜드의 북아프리카 파병 규모가 축소되었고, 인도에서도 부랴부랴 오킨렉(Claude Auchinleck) 장군을 위시한 이들이 일본군에 맞설 준비를 갖춰야 했다.

그리고… 몽고메리. 영국군 장성 중에서 최고의 인품과 훌륭한 엔터테인먼트 능력으로 역사에 길이 이름을 남긴 그분이 이집트 방면 영국군의 지휘봉을 잡았다. 내가 주워듣기로 처칠 앞에서 큰소리를 탕탕 치며 롬멜을 조져버리겠다고 했다던데, 아니나 다를까. 부임하자마자 충분한 지원을 받기 전엔 공세를 갈 수 없다며 그대로 배를 째고 드러누웠다고 한다. 정말 멋져. 역사서에 나온 그 몽고메리 그대로야.

갓 부임한 사람의 요청을 씹는 것도 모양새가 영 아니니 영국군의 일부는 또 이집트로 향했고, 이 모자란 병력 공백은 결국 미군이 채워야 했다. 미안해 맥네어. 나 말고 몽고메리를 저주해주길 바라!

저 윗선에선 새로운 동맹이 된 소련과 분주히 손발을 맞추기 위한 퍼스트 컨택트가 이루어지고 있었고, 군부와 국무부 내에선 여전히 '대영제국 분쇄! 유럽 직공!'을 외치는 일각의 무리들이 대치 중이었다. 솔직한 말로, 나 또한 유럽 직공이 훨씬 낫다곤 생각한다. 그치만 시벌 병력이 없는데 어쩌라고.

비시 프랑스와 자유 프랑스 중 어딜 인정할 것이냐. 자유 프랑스는 과연 비시 프랑스를 대체할 수 있는가. 그러면 자유 프랑스는 대관절 누가 이끄는 것이냐. 나쁜 FDR은 이런 복잡한 정치적 구도에 대한 문제까지 내게 짬때렸다. 정말 피도 눈물도 없는 악한이다.

이런 끔찍한 문제를 난데없이 덤터기 쓴 내가 백악관으로 달려가는 건 너무나 당연한 문제였겠지만, 안타깝게도 세상은 계급이 깡패라 감히 나 따위가 FDR을 보고 싶다고 볼 순 없었다. 말로는 네 알아서 하라는데 시발 내가 어떻게 정말 알아서 하냐고. 틀림없이 무언가 흉계가 있는 게 분명하다. 그게 뭔진 모르겠지만 아주 지독한 음모가 있는 게 틀림없어.

그런 점에서 볼 때, 놀렛 장군은 내가 믿고 마음 편히 꺼내 들 수 있는 유일한 패였다. 안면 있는 사람이 그분 정도밖에 없는걸?

전투가 눈앞에 있다. 모로코, 알제리, 리비아, 그리고… 아프리카 군단. 이 첫 공세에 모든 게 달렸다.

* * *

같은 시각. 독일 제3제국, 베를린.

"미군의 참전이 임박했다는 징후가 도처에서 발견되고 있습니다."

그들이 온다. 과거 카이저의 군대를 압도적 물량으로 짓밟았던 이들이 온다.

미국이 선전포고하기 전, 대관절 무슨 짓을 했는진 모르겠지만 이탈리아인들은 미국 대사관에서 암호 해독에 필요한 문건을 은밀히 빼돌리는 데 성공했다. 물론 대사관에서 훔친 자료이니 군용이 아닌 국무부 암호 문건만 해독이 가능하지만, 그게 어딘가? 그리고 얼마 전, 이집트에 주재 중이던 미국 주재무관이 본국으로 송수신한 문건을 해독한 이탈리아인들은 드물게도 재빨리 독일에 해당 자료를 넘겨주었다.

"오이겐 킴이 대서양을 건너 런던에 도착할 예정입니다."

"그는 별로 중요한 인물이 아냐. 일일이 보고할 필요 없네."

히틀러가 마치 날파리를 치우듯 손을 휘휘 내저었지만, 정말로 입을 다물었다간 또 어떤 불벼락이 떨어질지도 모르는 일.

"'미국인들이 온다.'라. 나는 결코 1918년을 되풀이할 일이 없을 것이라 국민들에게 선언했네! 이제 그 약속을 이행할 시간이고! 미국인들이 노리는 곳이 대체 어디겠나?"

"프랑스 일대 아니겠습니까."

"노르웨이 또한 염두에 두어야 합니다."

히틀러는 기대한 답변이 나오지 않자 한숨을 푹 내쉬었다. 이 대국을 볼 줄 모르는 무능한 융커 새끼들 같으니라고.

"우리의 믿음직스러운 동맹, 일본인들이 미국의 정강이를 세게 걷어차 버렸네. 저들은 몇 년간 일본을 먼저 상대할 수밖에 없어. 민주주의 국가는 원래 비효율적이니 말이야."

미국의 막대한 병력과 생산능력의 상당수가 태평양으로 쏠리면, 독일이 상대해야 하는 건 극히 일부에 불과하다. 최소 1년은 유럽에 상륙할 엄두도 못 내리라.

"적들이 꺼낸 게 오이겐 킴, 그 허깨비 같은 거짓 명성의 몽골리안이라는 점도 주목할 만한 점이지. 투입할 수 있는 병력이 얼마 없고, 전공도 딱히 없으니 프로파간다에나 전념하겠다는 하나의 이정표야."

그는 탁 소리 나도록 지도 한구석, 북아프리카를 찍었다.

"북아프리카! 우리 독일이 자랑하는 장군, 롬멜을 꺾어 기세를 올려보겠다는 의도가 아주 명백하지 않나?"

"롬멜 장군이라면 오이겐 킴을 붙잡아 베를린으로 보낼 수 있겠군요."

딸랑거리는 말에도 히틀러는 자화자찬하긴커녕 곧장 얼굴을 일그러뜨렸다.

"롬멜 장군이 이기면 이는 너무나 당연한 일이야. 순혈 아리아인이 비천한 노란 원숭이를 꺾는 게 무슨 대수란 말인가? 미국 놈들 또한 마찬가지. 처음엔 다소 충격을 받을지도 모르겠지만, 금세 그놈들도 태생적인 인종의 열등함을 인정하고 다음 장군을 뽑아 보내겠지. 유능한 백인으로."

하지만 롬멜이 지면? 걷잡을 수 없는 파국이 몰려온다. 그 누구도 차마 입 밖으로 꺼낼 순 없었지만, 오이겐 킴이 승전보를 보낼 때마다 나치의 이념, '가장 우월한 아리아인이 인류를 이끌어야 한다.'에 먹칠하는 모양새가 된다는 걸 모를 사람은 아무도 없었다. 잠시 생각에 잠겨 있던 히틀러가 괴링을 향해 물었다.

"동부 전선에서 항공전력을 차출할 수 있나?"

"총통 각하께서 명하신다면 당연히……."

"그런 말 말고. 제대로 된 이야길 해보게."

"겨울이 오면 악천후로 인해 작전을 펼치기 어려워집니다. 어차피 놀릴 항공전력이니 일부를 돌리는 정도는 가능할 듯합니다."

"좋아. 그러면 북아프리카 전선을 빨리 매듭지어서 롬멜의 부담을 덜어주자고."

북아프리카로 가는 보급을 차단하는 해적놈들의 소굴, 몰타섬을 점령해 숨통을 트여줄까? 아니면 롬멜이 항상 요구하는 것처럼 더 많은 전차를 보내줘야 할까?

오이겐 킴. 전차의 선구자. 아미앵의 악마. 그 눈엣가시를 어떻게든 뽑아버릴 수만 있다면…….

"힘러?"

"예, 총통 각하."

"무장 친위대가 오이겐 킴을 격파한다면 아주 모양새가 좋지 않겠나?"

"예? 친위대는 대부분 동부 전선에 있는데, 슬라브 운터멘쉬들을 격파하는 혁혁한 전공을 올리는 이들을 북아프리카로 돌린단 말씀이십니까?"

"오이겐 킴의 명줄엔 그만한 가치가 있어. 그 거짓 명성이 무너지면 아주 볼만해질 것 같은데."

끊임없이 그를 저평가했다가 고평가했다가, 마치 갈대처럼 흔들리는 총통의 복잡한 심경이 언뜻언뜻 드러났다.

"그럼 LSSAH(Leibstandarte SS Adolf Hitler, 아돌프 히틀러 총통경비대) 사단을 투입하는 게 어떻겠습니까? 총통 각하의 이름을 딴 부대가 그놈을 사막에 묻어버리면……."

"지면?"

"질 리가 없습니다!"

"정말 그리 생각하나? 추호의 의심도 없이?"

히틀러가 연이어 되묻자 힘러의 안색이 푸르죽죽해졌다. 오이겐 킴이랑 정면으로 붙으라고? 농담이지? 도대체 미군을 얼마나 끌고 올진 모르겠지만, 총통의 이야기와는 달리 원래 미군은 개떼처럼 잔뜩 몰려오곤 하지 않은가. 정말 1개 야전군 규모로 쏟아지면 어쩌려고? 남들은 저 연약한 슬라브인들을 상대로 훈장 파티를 하고 있는데, 뜬금없이 한 명만 콕 집어서 사막에서 모래나 퍼먹으라고 했다간 친위대 내부의 알력도 꽤 거칠어질 게 뻔하다. 이래저래 독이 든 성배. 이랬다가 오이겐 킴에게 깨지는 날엔 성배도 아니고 그냥 독이다.

"그, 그럼, 다스 라이히(Das Reich)는 어떻습니까?"

"한번 고민해보고, 어느 부대를 보낼지 논의해서 말해주게."

"각하. 기갑사단을 차출하면 동부 전선의 공백이 커집니다!"

"미군이 더 늘어나기 전이니 고작 1개 기갑사단으로 논의하는 거지, 몇 년 뒤엔 군단 몇 개를 더 빼야 할지 몰라! 아직도 상황 파악이 안 되나!"

이 답답한 놈들이! 멍청한 군바리들이 결국 딜레탕트한 예술가 총통의 마지막 퓨즈를 끊어버리자, 마음속에서 들끓던 자격지심과 무어라 설명할 수 없던 감정의 찌꺼기에서 허우적대던 히틀러가 신경질적으로 펜대를 집어 던졌다.

"케셀링(Albert Kesselring)을 이탈리아로 보내! 겨울이 오는 대로 영국 놈들이건 양키들이건 전부 싹 치워버리라고! 알겠나!"

"예, 각하!"

"아프리카는 이 정도로 끝내고. 이제 열등한 슬라브인들을 지구상에서 지워버릴 논의를 이어나가도록 하지."

히틀러의 눈에선 여전히 광기가 번들거렸다.

자유의 횃불 5

　캘리포니아, 로스앤젤레스. 샌—프랑코 그룹의 수장, 유신 킴은 그들의 사업과 특별히 연관 없어 보이는 비즈니스맨들과 은밀한 교류를 갖고 있었다.

　사업가이기에 앞서 민족주의자라고 공석에서 당당히 말할 정도인 사람인 만큼 그가 사업 외 분야의 인물들을 만나는 일은 전혀 드물지 않았지만, 오늘 만나는 이들은 조금 애매한 부류에 속했다.

　"어떻습니까?"

　"흠. 무척 매력적인 제안이로군요."

　"미리 말씀드리지만 이건 경매입니다. 귀사에서는 계약서 이 귀퉁이에 숫자를 써서 보내주시기만 하면 됩니다. 가장 높게 부른 곳이 가져가겠지요."

　"아무 힌트도 없습니까? 그냥 간단하게 저희랑 하시지요. 이런 걸 들고 갔다간 임원들 머리털이 남아나지 않을 겁니다."

　"제 형, 유진이 꼭 전해 달라 부탁드린 말이 있었습니다."

　그는 잠시 인생의 고통을 느끼며 한숨을 푹 쉬더니 준비된 멘트를 던졌다.

　"수익은 바라지 않습니다. 단 1센트도 형의 주머니로 들어가진 않을 겁니다. 귀사에서 계약서에 서명한다면, 계약금은 전액 잽스와 나치의 머리통에 박힐 총알이 될 겁니다."

"그 정도입니까? 수익의 일부가 아니라 전액이요?"

"물론입니다. 만약 원한다면 이를 세상에 공표해도 좋습니다."

"후우… 이렇게 애국심에 호소하실 줄이야. 우리 이사회와 임원들이 아무쪼록 긍정적으로 생각할 수 있도록 노력해 보지요."

"감사합니다. 언제 한번 한잔하시지요. 제가 대접하겠습니다."

몇 번째 똑같은 말을 해 축음기가 된 것 같아 입이 얼얼하다. 사람들 반응도 죄다 똑같은 걸 보니, 아마 날아올 계약서의 숫자는 필시 기대해도 좋으리라. 힘든 일을 처리한 유신은 라디오를 켜고 시가를 입에 물었다.

"진짜 형은 동생 참 잘 만나서 재미 보는 거야. 알지?"

아들내미 빼돌렸다고 남의 직장 쳐들어갔다가 사돈한테 처맞고 쌍코피 터져서 추하게 돌아갈 시간이 있으면 그냥 본인이 직접 일하면 되지 않나? 이딴 걸 숙제랍시고 남기고 가는 건 대체 무슨 심보인가.

그래도 용케 무사히 잘 해냈다. 이미 익숙해진 유신이 아니라면 '무슨 아편 빨고 이런 발상을 하셨어요?'라고 되물었겠지. 유일한만 봐도 여전히 저 똘기 넘치는 짓에 적응을 못 하잖은가.

얼마 후 극비리에 진행된 비공개 입찰이 끝나자, 유신은 런던을 향해 전보를 쳤다. 지난 대전쟁과 달리 모든 통신은 검열을 거쳐야 했으므로, 곧이곧대로 전문을 보낼 수 없어 무척 평범한 안부인사 안에 사전 합의된 암호와 암시를 삽입해야만 했다. 하지만 전해야 할 말은 어차피 딱 한 문구뿐이었다.

[럭키 스트라이크로 결정됨.]

유진 킴은 그렇게 두둑한 달러 뭉치를 받고 '이번 전쟁 기간 내내 럭키 스트라이크를 피우겠음. 카메라 및 사진사 있을 때 특히.'로 요약될 희대의 계약을 체결했다. 이게 군법이나 공직 윤리에 걸리지 않을지 걱정되지만… 저 인간을 걱정하는 건 쓸데없는 일이라는 것 또한 너무나 잘 알고 있었다.

럭키 스트라이크의 제조사, 아메리칸 토바코 컴퍼니는 그렇게 의문의 대한 민국 독립유공단체가 되었다.

* * *

대서양을 건넌 대규모 수송선단이 포르투갈 근방에서 대기 중일 무렵. 영국군 중동 사령부(Middle East Command)는 개판 5분 전이 되어 있었다.

[현지의 여러 제반 여건을 고려하였을 때, 공세작전엔 보다 시간이 필요함.]

중동 사령관 헤롤드 알렉산더(Harold Alexander)는 지지리도 말을 안 듣는 저 부하, 몽고메리가 보낸 답변을 보며 애써 노기를 참아야 했다. 미 육군이 횃불 작전을 감행하여 비시 프랑스를 격파하고 튀니지에 진입하면, 너무나 당연히 롬멜은 부질없는 토브룩 공략 시도를 포기하고 철수할 터. 영국 서부 사막군, 이제 재편된 영국 제8군은 제 본진을 지키기 위해 허겁지겁 돌아갈 롬멜의 뒷덜미를 잡고 늘어져야 할 의무가 있었다.

"몽고메리 장군이 아직 물자 보급이 불충분하다고……."

"불충분한 건 나도 잘 알고 있네."

전임자, 웨이벌 장군은 롬멜에 맞서 용전분투했지만 결국 패했다. 그 타격을 회복할 시간과 물자가 필요한 건 당연한 일. 하지만 그만큼 주지 않았나? 원래라면 횃불 작전에 투입되었어야 할 영국군조차 이집트의 제8군 예하로 돌려서 병력도, 장비도 모두 충분히 보충되었는데 뭐가 또 시간이 필요하단 말인가?

"다우닝 10번가의 지시라고 그 귓구멍에 똑바로 박아주자고. 정해진 시각에 작전 개시해서 롬멜이 곱게 집에 못 돌아가도록 최대한 질척거리라고 해. 이기라는 것도 아니고, 정면으로 붙으란 것도 아니고, 발목만 붙들라는데 뭐가 그리 말이 많아? 정말 옷 벗겨버리고 싶군그래."

영국군은 횃불 작전의 성공에 이미 모든 판돈을 베팅했다. 유럽에서는 특수 훈련된 정예부대, 코만도(Commando)를 대대적으로 풀어 노르웨이, 프랑스, 네덜란드 일대에 해안 습격과 폭발, 방화 등 시선 끌기에 나섰고. 아프리카에서는 토브룩 상공에 더 많은 항공기를 투입해 영국군이 다시 한번 포위당한 토브룩 구원을 위해 움직이리라는 시그널을 팍팍 보내고 있었다. 이뿐인가? 비시 프랑스의 주의도 분산시킬 목적으로, 이탈리아에게서 에티오피아를 해방시킨 병력 중 일부는 비시 프랑스령 마다가스카르를 침공했다. 그야말로 오대양 육대주에 그 촉수가 뻗어 있는 대영제국만이 할 수 있는 세계구급 작전. 그런데, 토브룩을 향해 달려나가 이 화려한 기만작전의 대미를 장식해야 할 영국군 제8군이 굼벵이가 되어버렸네?

"몽고메리에게 전해! 작전 실시하라고!"

하지만 군대는 까라면 까는 곳이다. 만약 움직이지 않는다면, 총리 앞에서 사막여우를 잡네 마네 하며 건방을 떤 괘씸죄까지 독박 써야지. 얼마 후, 몽고메리가 이끄는 전차부대가 롬멜과 교전했다는 소식을 들은 뒤에야 알렉산더 장군은 한시름 놓을 수 있었다.

* * *

1939년 10월의 어느 날. 프랑스령 알제리 식민 통치의 핵심, 알제(Alger) 근방의 한적한 바닷가에 잠수함 한 척이 떠올랐다. 일단의 무리가 잠수함에서 빠져나와 육지로 올라가자 그 강철의 관짝은 다시 바닷속으로 들어갔고, 흠뻑 젖은 이들은 미리 준비한 옷으로 갈아입은 뒤 목적지로 향했다.

"기다리고 있었습니다."

"반갑습니다, 놀렛 장군."

"날 알고 있소?"

"저는 제임스 밴플리트라고 합니다. 아미앵에서 93사단⋯⋯."

"371연대장 밴플리트 소령?"

밴플리트는 놀렛의 말에 화들짝 놀랐다.

"절 기억하십니까?"

"당연히 기억하다마다… 라고 말하고 싶지만 그건 거짓말이지. 영화 재밌게 봤소. 실물도 잘생겼구랴."

오늘 만남의 호스트가 아닌 만큼, 놀렛은 곧장 옆에 있던 사람에게 대화를 토스했다.

"여긴 나와 아미앵에서 독일 놈들을 때려잡은 밴플리트 소장. 여긴 샤를 마스(Charles Mast) 장군이오. 알제리 주둔군 사령관이지."

"반갑소."

미합중국 국무부의 대(對)프랑스 정책은 아주 간단했다.

'비시 프랑스를 한 편으로 끌어들인다. 자유 프랑스? 뭐지, 처칠의 졸개인가?'

루즈벨트는 강력한 비시 지지자였고, 국무부 내 친 비시 여론을 따라 '비시 프랑스도 프랑스인 만큼 우리가 조금 밀어주면 독일과 리턴 매치를 희망하고 있을 것.'이라 믿고 있었다. 비시 프랑스와 친해지고 싶으면 당연히 자유 프랑스, 특히 샤를 드골을 철저히 배제해야 했다. 비시 정부는 여전히 영국이 일방적으로 저지른 폭거를 잊지 않고 있었고, 드골은 배신자에게 붙어먹은 추잡한 인간일 뿐이라 여겼으니 말이다. 유진 킴 역시 이 정책에 가타부타 별말을 하지 않았고, 너무나 기쁜 마음으로 드골의 회담 요청을 철저히 회피하고 있었다. 정말 정책에 따르기 위함인지는 잘 모르겠지만.

"조만간 상륙작전이 개시될 겁니다. 우리 합중국 육군은 이번 작전에 50만 대군을 준비해 놓았으며, 이 여세를 몰아 단번에 롬멜을 격파하고 지중해에서 추축국 세력을 일소할 예정입니다."

뻥이다. 미 육군을 영혼까지 끌어모아 10만이 좀 넘는다. 그 10만조차 훈련도는 개판. 훈련도 측면에서 신뢰할 만한 건 주요 시설 장악을 위해 선행해서 돌입할 공수부대 정도뿐. 기갑부대 역시 그동안 바짝 조여놓긴 했지만 상륙 초기엔 아무래도 좀 그렇지. 하지만 미국 하면 물량이라는 인식이 있는 만큼, 50만이라는 공갈포에 놀렛은 안색이 환해지고 마스는 그라데이션처럼 얼굴이 어두워졌다.

"독일 놈들을 잡아 죽이는 이야긴 언제라도 듣기 좋지만, 더러운 영국인들이 알제 앞바다에 발을 디딘다면 해안포가 불을 뿜을 게요."

"그럴 일은 없습니다. 안심해 주십시오."

놀렛과 마스의 이야기를 듣고 있으니, 비시 프랑스 내부도 꽤 시끄러운 모양이었다.

"그래서, 유럽에 있는 이들은 독일의 재침공을 염려할 수밖에 없소. 독일이 과연 프랑스를 내버려 두리라 믿진 않겠지요?"

"그 점은 저희 또한 충분히 이해하고 있습니다."

"무저항 항복은 따라서 불가하오. 다만 전세가 그리 좋지 않으면 최대한 빨리 항복하리다."

약자의 슬픔. 어쩌다 위대한 프랑스가 이런 꼴이 되었는가. 한때 유럽의 강국이자 명실상부한 열강이던 프랑스가 미국과 독일 사이 거스름돈이 되어 어느 편에 붙어야 피해를 덜 볼 것인가를 고민하는 신세가 되다니. 참으로 놀라운 일이 아닐 수 없었다.

"그럼 조만간 또 뵙겠습니다."

"건투를… 빌겠소."

밴플리트는 알제 수비 작계 서류까지 넘겨받은 채 다시 잠수함으로 복귀했고, 마스 장군의 최종 확답을 들은 미군은 위풍당당하게 지브롤터 해협을 지났다. 자유의 여신이 치켜든 횃불이 마침내 대서양 건너편에 도달했다.

* * *

런던.

"그게… 무슨 말씀이십니까?"

"말 그대로요, 드골 장군."

처칠은 슬그머니 샤를 드골의 내려다보는 시선을 피했다. 키만 멀대같이 큰 인간 같으니라고.

"미국인들! 미국인들이 어떻게 이따위 짓을!"

"미국인들은 장군에게 이번 작전의 기밀을 유지해주길 요청했소. 하지만 나는 도덕과 신의를 아는 대영제국의 총리로서… 장군께 비밀이 없어야 한다고 믿고 있소."

"제기랄! 비시 그 배반자 놈들이 양키들을 죄다 고기밥으로 만들어 줬으면 좋겠군요. 어떻게, 어떻게 영광스러운 프랑스 땅에 발을 디디면서 제게 한 마디 언질조차 안 줄 수가!"

그야 그 친구들은 페탱을 다시 연합군으로 회유할 수 있으리라 믿고 있으니. 처칠 또한 이 키만 크고, 성격은 지랄맞고, 프랑스어를 떽떽거리는 데다가 가진 건 쥐뿔도 없으면서 자존심만 큰 인사를 대면하긴 너무나 싫었다. 하지만 이자를 후원하는 게 영국인 이상 어쩔 수 없다. 기껏 후원해 줘 놓고 원수지간이 될 순 없잖은가.

"자자. 진정하시지요. 미국인들도 결국 장군의 도움이 필요하다는 현실에 직면할 겁니다. 한번 전장을 맛봐야 정신을 차리겠죠."

"후우……."

망명자. 대놓고 말하면 군식구… 혹은 식충이. 부글거리던 드골은 순식간에 다시 현실을 인지하고 침착해졌다.

"제가 뭘 도와드리면 되겠습니까?"

"작전이 시행되는 대로, 라디오 방송을 통해 우리의 대의를 설파하고 한 명의 프랑스인이라도 더 연합군의 기치에 동참할 수 있도록 설득해 주십시오."

"그건 제가 먼저 요청했어야 할 일이군요. 알겠습니다."

드골과 악수를 나누며 헤어진 처칠은 손수건으로 식은땀을 훔쳤다. 이제 정말 할 수 있는 건 모두 다 했다. 그 전차 도둑놈을 믿고 기다리는 수밖에.

자유의 횃불 6

　지브롤터해협. 미영연합군 지중해 사령부. 천혜의 요새인 이곳 지브롤터
는 지중해로 들어가는 코르크 마개와도 같다.

　독일 놈들은 프랑코를 꼬셔서 이 지브롤터를 싹 밀어버리고 싶은 마음
이 간절하겠지만, 추축국으로 참전하는 순간 이미 내전으로 초토화된 스페
인을 확실하게 석기시대로 되돌려줄 자신이 있다. 프랑코도 내전에서 승리
하려면 그 정도 계산은 서겠지. 그러므로, 나는 아주 여유로운 척 굴면서 헐
리우드에서 온 친구들을 상대할 수 있었다.

　"장군님. 여기 한번 봐주십시오!"

　"이렇게 말입니까?"

　"예. 아주 좋습니다. 찍습니다! 치—즈!"

　팡!!

　"아, 잠시. 그건 폐기해 주세요. 다시 찍읍시다."

　"네?"

　"잠시만요."

　가슴께에 꽂아둔 '럭키 스트라이크' 담뱃갑이 잘 보이지 않을 것 같다.

좀 더 위로 끄집어내서, 살짝 브랜드 로고가 보일랑말랑하게. 티 안 날 것 같으니 입에도 한 개비 물어주고, 너무 장초 티 내는 것도 좀 그러니 몇 모금 좀 빨아주고.

"자, 찍읍시다."

"…담배가 꼭 노출돼야 합니까?"

"물론이지요. 아주 중차대한 일입니다."

"그래요?"

"저 촬영할 일 있을 때 꼭 이 담배 상표가 노출되게 해주십쇼."

크헤헤헤. 이게 바로 PPL이란 것이여. 물론 위대한 자본주의가 PPL을 아직 개발 못 한 건 아니다. 이미 '영화나 삽화에 제품을 노출시키는 광고'라는 개념은 진작에 확립되었지. 하지만 전쟁터에 나선 장군이 걸어 다니는 광고탑이 된다는 발상은 오직 이 유진 킴의 것이다. 이미 블랙 로터스로 닷지사가 재미 본 적도 있잖은가? 이번엔 돈 받고 하는 것뿐이다. 원 역사의 맥아더 하면 뭐가 떠오르는가? 항상 그놈의 선글라스를 끼고 콘파이프를 입에 문 모습 아니겠는가? 나는 이 세계에 떨어진 후, 그 콘파이프에 샌―프랑코 브랜드 로고를 박으면 수십 수백 년짜리 공짜 광고를 할 수 있겠단 확신이 섰다.

근데 안타깝게도 이 세상엔 맥아더 장군 대신 맥아더 장관이 있고, 콘파이프 문 원수님이 태평양 백사장을 돌아다닐 일도 사라졌다. 인제 와서 내가 파이프 담배를 무는 것도 좀 그러니, 나를 움직이는 광고판으로 써먹을 회사를 물색한 결과가 이 럭키 스트라이크 담배다. 내 취향은 아니지만, 돈은 입금된 모양이니 전쟁 끝날 때까진 주구장창 이놈만 피워야 한다. 계약은 소중하니까.

사진사 옆으로는 영화판에서 구르던 사람들이 대기 중이다. 전시 프로파간다용 영상을 찍는다나 뭐라나. 그 덕택에 화장까지 했다. 패튼이 부럽다. 그 인간은 카사블랑카를 정복하기 위해 자신의 소중한 기갑부대를 끌어안고 저 머나먼 아프리카로 떠났다.

하지만 나는? 너무 잘난 것도 죄다. 젊은 나이에 쾌속 출세해 버린 탓에 이 퀘퀘하고 습기 차고 바닷바람에 짠내까지 덮쳐 오는 지브롤터 동굴 기지에서 총사령관 노릇을 해야 하다니.

"그럼 나는 뭔데?"

"나 대신 궂은일 해주는 충성스러운 부하 1이지."

알제를 다녀온 밴플리트 참모장님의 얼굴이 일그러졌다. 어맛 무셔라.

"에이. 표정 풀어. 그래도 우린 유럽 왔잖아."

"후우… 그래, 그거 때문에 봐준다."

"아이크랑 오마르 봤지? 불만 있으면 말해. 걔들이랑 교대해 줄게."

둘은… 마셜 농장에 붙잡혀버렸다. 아디오스. 마셜은 절대 대놓고 말하진 않았지만, 그와 주고받았던 대화 내용을 토대로 유추해볼 때 아이젠하워나 브래들리 중 한 명을 태평양 전선에 보낼 모양이었다.

아이크야 뭐 구구절절히 말할 필요도 없다. 검증된 인재 그 자체. 원 역사처럼 맥아더의 손에 필리핀으로 납치당해 몇 년간 따까리 노릇을 하진 않았지만, 필리핀에서 복무한 경험이 있다는 게 장점. 거기에 맥아더의 부관 노릇을 하며 알음알음 필리핀 관련해서 배운 것도 있는 모양이고.

반면 사람 좋기로 이미 유명해진 브래들리를 태평양에 보낸다면 해군과 가장 덜 싸울 것 같은 장군을 뽑는 셈이다. 어차피 태평양의 주도권은 해군에 있으니 아예 확실히 협조해 줄 사람을 뽑는 것도 나쁘지 않아 보인다. 지금 밴플리트가 착석한 내 참모장 자리를 두고서도 참으로 치열한 경쟁이 있었다.

'킴! 우리 사이에 이러긴가!! 날 데려가! 참모장, 아니, 군단장, 사단장이라도 좋아! 제발! 마셜에게 날 데려가겠노라 딱 한 마디만!!'

드럼의 절규 같은 건 빨리 잊어버리자. 난 몰라. 내게 인사권이 있었으면 애초에 패튼부터 안 데려왔다고! 물론 명색이 사령관인 만큼, 엄근진하게 정색하면서 내 밑에서 싸울 사람들은 내가 뽑겠다고 했으면 약간 진통은 있을지언정 안 될 건 없다.

하지만 거 뭐시냐… 해군부에서 있었던 약간 사소한 충돌을 마셜이 커버해 주기도 했고, 괜히 파벌 만들려 한다고 뒤에서 씹어대는 놈들도 있고, 진짜로 내가 인사권 잡고도 안 데려가면 자기 집 지하실에서 부두술 저주라도 내릴 기세인 드럼도 있고……. 내가 도저히 인사에까지 개입할 여력도, 여건도 없었다. 절대 60대 어르신의 집념에 쫀 게 아니다. 절대로. 아이크도 오마르도 못 데려오는데 인사권 잡아서 뭐 해. 저 인사권은 신 포도가 틀림없어.

그리하야 카사블랑카엔 우리의 전쟁광 패튼이. 알제에는 나와 서로 텔레파시만으로도 이심전심이 착착 진행될 유능한 노… 친구이자 전직 부관, 존 리드 하지가. 오랑에는 로이드 프레덴달(Lloyd Ralston Fredendall)이 각각 상륙 임무를 맡게 되었다. 프레덴달은 나와 딱히 안면도 없고 원 역사의 기억에도 없는 인물인데, 마셜과 맥네어가 둘 다 유능하다고 강력하게 추천하여 데려왔다.

원래는 워커나 리지웨이 중 한 명을 빼오려고 했는데, 전쟁계획부에서 두 명 이상 데려가면 죽인다고 마셜한테 실컷 혼나는 바람에 맥나니만 챙겨올 수 있었다. 아쉽구만. 이렇게 보니 진짜 나랑 친분 있는 놈만 데려간다고 욕먹은 게 이해되기도 하네.

"킴 장군, 시간이 되었습니다."

"좋습니다. 그럼 시작해 볼까요?"

밥 한 끼 먹자는 듯 가볍게 던진 말이었지만. 그 한마디와 함께 지중해 전역에 퍼진 연합군 함대가 일제히 포격을 개시했다.

1939년 10월 25일 일요일 새벽. 횃불 작전이 시작되었다.

비시 프랑스령 모로코 카사블랑카.

콰아앙!!

새벽녘 시작된 미 함대의 공격에 비시 프랑스군은 멈칫했다. 미군은 이후 아주 정중하게 투항을 요구했으나, 안타깝게도 비시 프랑스 함대는 항전을 선택했고.

"상륙 개시!"

"적 해안 제압되었다! 상륙주정 투입해!"

"상공에 적 항공기! 상공에 적 항공기!"

"해항대는 뭐 하고 있는 거야!"

조지 패튼은 눈앞에서 실시간으로 벌어지고 있는 이 개판을 보며 숨이 콱 막혀 돌아버릴 지경이었다. 돌아가는 상황을 보아하니 해군 놈들도 딱히 뾰족한 수는 없는 모양.

"항공모함 USS 레인저에서 입전! 전투기 이륙하였으며 제공권 장악하겠음!"

"적 잠수함 식별되었습니다!"

"패튼 장군. 우릴 믿고 기다려주시지요."

"흠. 알겠소."

어찌어찌 상륙을 시행하면서 동시에 프랑스 함대도 제압하겠다는 원론적인 이야기만 듣던 그는 답답함을 못 참고 현측으로 튀어나와 바다를 바라보았다.

"이보게, 게이(Hobart Raymond Gay) 대령."

"예, 장군."

"어째서 내 눈엔 우리 비행기가 처발리고 있는 거로 보이지?"

"허허. 진정하시지요."

"저 새끼들! 저 새끼들 좀 봐!"

해안을 향해 용감히 달려나가던 상륙정 한 대가 암초와 뜨거운 키스를 했고, 듣기만 해도 아파지는 와장창 소리와 함께 단번에 박살 나버렸다.

"씨발. 눈 뜨고 못 봐주겠군."

"상륙전이라는 게 어렵다는 건 장군께서도 잘 인지하고 계시잖습니까. 앞으로 차차 전훈을 쌓아나가면 나아질 겁니다."

콰아앙!!

패튼이 탑승해 있던 중순양함 어거스타 바로 옆에 적의 포탄이 떨어졌고, 족히 3층짜리 빌딩 높이는 될 듯 거대한 물기둥이 샘솟았다. 그리고 치솟은 물은 고스란히 패튼과 게이 참모장을 향해 와르르 쏟아졌고.

"장군님? 장군님!"

"나 안 쓸려갔어! 애미! 빠게트 새끼들, 히틀러한텐 후장 곱게 대준 새끼들이 왜 우리한텐 안 대주냐고! 씨발 놈들! 내가 콧수염을 안 길러서 그런 거냐? 앙?"

물에 빠진 생쥐 꼬라지가 된 패튼이 연신 입을 퉤퉤거리며 욕지거리를 내뱉었다.

쾅! 콰광!!

어거스타를 향한 프랑스 함대의 맹공은 도무지 그치질 않았고, 다시 한 번 포탄이 이 가엾은 함을 향해 쇄도했다.

"장군님, 들어가시지요!"

"이 배가 터지면 어차피 죽는 건 똑같아! 차라리 전황이라도 보고 있는 게 낫지!"

콰아앙!

한 발의 포격이 어거스타 현측에 매달려 있던 상륙주정 한 대의 바닥을 뻥 꿰뚫어버렸다.

"저, 저!"

"앗."

"이 개같은 개구리 새끼들! 내 짐! 내 짐, 이 빌어먹을 놈들이!"

그동안 쌓아온 업보가 너무 많았는지, 패튼의 불행은 고작 물보라 한 번으로 끝나지 않았다. 바닥이 사라져버린 저 상륙주정엔 패튼의 개인 소지품을 비롯한 각종 짐이 한가득 담겨 있었고, 럭셔리한 상류층에서 좋은 옷과 명품 아이템만 걸치던 귀하신 장군님은 그렇게 하염없이 자신의 승마복 컬렉션이 바다에 떠다니는 꼬라지를 감상했다.

"장군님……?"

"흠, 뭐. 옷 정도야. 사람이 죽는 거에 비하면 옷 정도는 괜찮지."

뭐지? 이렇게 착한 말을 할 사람이 아닌데? 게이 대령의 의문이 채 가시기도 전에 패튼은 얼굴을 훔치며 씨근덕거렸다.

"지금 당장 하선하자고. 저 좆같은 개구리 새끼들을 육포로 떠야겠어."

"아직 해안 제압이 완료되지 않았습니다. 무리입니다!"

"무리는 무슨! 천 명이고 이천 명이고 빨리 육군을 움직여서 해안을 장악해야 저 새끼들이 우리한테 고맙다고 빌빌댈 거 아냐! 물개 새끼들을 믿고 멍하니 해전 구경이나 하고 있을 필요 없으니 당장 보트 준비해! 지금 당장 내린다!"

패튼의 눈에는 여전히 상당수의 상륙주정이 바다를 정처 없이 돌아다니거나, 혹은 상륙 후에도 멍하니 먼 산이나 바라보며 뭘 해야 할지 모르고 방황하는 꼬락서니가 밟혔다. 우격다짐 끝에 패튼과 참모들을 실은 보트가 모래사장에 도착했고, 그는 전장의 혼돈과 화약내음을 허파에 조금이라도 더 집어넣고자 숨을 크게 들이쉬었다.

"쓰으으읍!"

"…장군님?"

"후. 그래, 이거야. 이 냄새를 맡으려고 내가 수십 년을 참고 기다려 왔던 거라고."

아편 빨아재끼는 중독자도 저것보다 더 희열에 찬 표정은 짓지 못할 텐데. 주변 반응이란 걸 원체 신경 쓰는 사람이 아니었던 만큼, 패튼은 곧장 저편에서 멍 때리고 있는 병사들 한 무리를 향해 저벅저벅 걸어갔다.

"거기 병사들! 지휘관 누구야!!"

"중대장 전사했습니다!"

"그럼 차선임자가 맡아야지! 공격하지 않고 뭐 하고 있나!"

"손에 든 총 외엔 아무것도 없습니다!"

그리고 이 눈 뜨고 봐줄 수 없는 추태에, 그동안 성질 죽이고 살던 광전사의 광기가 완전히 풀려나고 말았다.

"야 씨발! 그럼 여기서 모래성 만들면서 놀고 있을래?! 대대장, 연대장은 도대체 뭐 하는 거야!!"

"장군님. 아직 장비 하역이……."

"하역 못 해. 상황 보면 모르겠나? 전차를 기다릴 수 있는 형편이 아니라고!"

그의 트레이드마크, 상아 그립 권총은 카사블랑카 앞바다 어드메에 두둥실 떠 있겠지만 그렇다고 총이 없는 건 아니다. 그는 곧장 허리춤의 홀스터에서 권총 한 자루를 뽑아 들고는 힘껏 외쳤다.

"전차 따위 없어도 개구리 새끼들 해안선 정도는 따먹을 수 있다! 상륙부대, 공격 개시!"

해안에 도착한 선박에 장비된 기관총이 적 해안기지를 향해 화망을 만들고 사격을 퍼붓는 동안, 마침내 미 육군 상륙부대 선두가 어기적어기적 적진을 향해 달려들기 시작했다. 장비도, 작전계획도, 해군 엄호도, 제공권도… 아무것도 예상했던 것과 일치하는 게 없었지만 아무튼 이곳은 전장이었다.

패튼은 지금 최고로 행복했다.

자유의 횃불 7

카사블랑카에 조지 패튼이라는 광전사가 풀려나 제 세상을 만난 개처럼 짖어대고 있을 시간. 오랑과 알제에서도 상륙작전이 개시되었다. 물론 그 과정은 이론만 아는 책상물림과 미숙한 신병들이 빚어내는 혼돈의 도가니 탕이었지만, 아무렴 어떤가. 성공했으면 됐지. 북아프리카 주둔 비시 프랑스군은 처음 며칠간은 격렬하게 저항했지만, 병사 개개인의 전투 의지도 빈약한 데다가 핵심 지휘권을 붙든 장군들까지 두 파벌로 나뉘어 있었다. 물론 프랑스식으로 말이다.

"영국인들이랑 손잡자고? 미치셨나? 야! 너 체임벌린한테 얼마 받았어!"

"히틀러에게 제 동포를 노예로 팔아넘기는 호로자식이 군인이랍시고 뻐기고 있다니! 네가 그러고도 장성이냐? 옷 벗어, 이 새꺄!"

독일도 영국도 모두 싫은 프랑스인들에게 둘 중 하나와 손잡아야 하는 이 상황은 참으로… 끔찍한 일이 아닐 수 없었다. 하지만 무릇 세상의 이치가 그렇듯, 법은 멀고 주먹은 가깝다. 미군의 주먹이 바로 코앞까지 다가온 북아프리카의 장군들은 어느 날 자신들이 사실 히틀러가 너무 싫은 민주주의자라는 사실을 깨달아버렸고.

반대로 히틀러의 주먹을 옆에 끼고 사는 프랑스 본토의 장군들은, 자신들이 원래부터 히틀러의 힘을 빌려서라도 빨갱이를 밀어버리고 싶은 민족주의자라고 여기게 되었다. 참 대세에 순응할 줄 아는 사람들이야.

약 사흘간 나름대로 싸우며 미군을 애먹이던 이들은 그렇게 순순히 백기를 내걸고 전면 투항했다. 최전방의 병사들이 미군에 맞서다 총탄과 포화에 숨을 거두는 동안, 프랑스령 북아프리카 곳곳에선 전현직 장성들의 봉기, 다시 말해 쿠데타가 줄을 이었다.

"지금이야말로 히틀러의 개들을 쫓아내고 나라의 정기를 바로잡을 때다! 병사들이여, 떨쳐 일어나자!"

"비바 라 프랑스!"

"이, 이 반역도당들이!"

"반역도는 너희들이지!"

그리하여 곳곳에 즐비한 시신들을 모두 불문에 부친 채, 오랑과 알제의 비시 프랑스군은 백기를 올렸다.

카사블랑카는 좀 다른 것이, 거긴 그냥… 힘으로 뺐다. 정확히는, 전차부대가 마침내 배에서 내려 본격적으로 기동하기 시작하자 알아서 항복했다.

"와아아아아아!!"

"프랑스 만세!"

"미국 만세!"

알제 수비대의 항복을 받아낸 다음 날, 우리는 해방자의 대열이 되어 알제 시내를 행진했다. 온 알제의 시민들이 죄다 뛰쳐나와 어디 꿍쳐놨었는지 성조기와 삼색기를 흔들며 우리 '해방자'들을 열렬히 환영해주었다.

"엄청난데?"

"정신 차려. 저걸 믿냐?"

"무슨 소리야. 우리가 히틀러의 손아귀에서 풀어줬잖아?"

나는 밴플리트를 잠시 뽀삐 바라보듯 쳐다보았다.

"뭐야 그 눈은. 그 같잖다는⋯⋯."

"헐리우드 인간들이랑 같이 놀더니 우리가 진짜 슈퍼히어로인 줄 착각하게 됐냐. 저 환영 인파 틈새에, 우리가 사흘간 쏴죽인 프랑스군의 가족이 단 한 명도 없을 거라고 생각해?"

밴플리트는 대답하는 대신 입을 꽉 다물었다. 물론 우리와 싸우기 위해 친독의 기치를 치켜들고 민병대가 홀연히 나타나 후방을 개판 만드는 일은 없을 거다. 홀로코스트까지 진즉 까발려진 히틀러는 이미 매력이라곤 없으니까.

"너무 들뜨지 말고. 이제 시작이니까."

"그래 이 자식아. 초 쳐줘서 정말 고맙다."

"그럼 그럼. 고마워해야지."

하지만 나는 이제 이 대사기극의 피날레를 장식해야 한다. 지금도 열심히 영화판 사람들이 저 무수한 환영의 현장을 실시간 촬영하고 있지 않나. 이 장면을 영화관에서 본 미국 시민들은 더더욱 뽕이 차선 입대든 국채 매입이든 해주겠지.

이 전쟁은 시간과의 싸움이다. 원래 나를 비롯한 육군, 그리고 해군 측 모두 미합중국 시민의 타임 리미트는 대강 2년 정도로 간주했었다. 참전 2년을 넘기면 슬슬 반전, 염전(厭戰) 여론이 확산되어 전쟁 수행에 지장이 생기리라 판단했기 때문이다. 진주만으로 인해 이 리미트가 더 길어지긴 했지만, 본토가 불바다가 되지 않는 미합중국의 사정상 이 리미트의 존재 자체는 어쩔 수 없다.

그러니 뽕맛을 좀 놔줘야지. 시가행진이 끝난 후, 나는 미리 준비된 연단으로 향했다. 이 연설의 목적은 크게 두 개. 하나는 프랑스인들을 최대한 설득해 친미 여론을 조성하는 것. 그리고 다른 하나는 미국 시민들에게 이 전쟁의 가치를 설파하는 것.

이런 거 시키려면 맥아더를 임명했어야지. 난 그냥 군바리라고. 아니면 아이크도 정치질 꽤 하는 편이던데 걔를 시키든가. 내가 뭐라뭐라 떠들든 '응~ 옐로 몽키 꺼져~' 하면 말짱 황이란 말이다. 나는 이런 끔찍한 발상을 떠올린 밴플리트를 저주하며 마이크에 대고 첫 마디를 꺼냈다.

"자랑스러운 프랑스 시민 여러분과 미합중국 장병 여러분."

"유진 킴! 유진 킴!"

"아미앵! 아미앵!!"

바람잡이들의 선창에 시민들이 우우 떼창하듯 나의 이름을 연호한다. 미국 시민들에게 뽕맛 주입하기 전에 내가 치사량 뽕에 그대로 가버릴 것 같네. 왜 정치인들이 그토록 껄떡대는지 알겠다.

"이십여 년 전. 저를 비롯한 미국원정군 일동은 사악한 독일인들의 침략에 맞서, 프랑스를 수호하기 위해 대서양을 건넜습니다."

스피커를 타고 내 목소리가 온 시가지 사방에 쩌렁쩌렁 울려 퍼진다.

"우리는 함께 싸웠습니다. 인간의 존엄성이라곤 한 토막조차 찾아볼 수 없던 진흙탕과 참호 속에서, 인간으로서의 권리와 자유를 지키기 위해 우린 단 한 사람도 물러서지 않고 함께 맞섰습니다."

지금은 아니지만 말야. 솔직히 그… 이렇게 빨리 털려버리는 건 좀 추하지 않니?

"저는 지금도 눈을 감으면 아미앵을 떠올릴 수 있습니다. 하느님이 내려주신 그 아름다운 옥토를 지키기 위해, 저와 같은 나이대의 젊다 못해 어린 미국인들이 기꺼이 싸웠고, 일부는 돌아오지 못했습니다. 그들이 어째서, 어째서 죽음을 각오하고 자원해서 대서양을 건넜다고 생각하십니까? 이유는 오직 하나, 정의를 이 땅에 실현하기 위해서입니다. 그것이 옳은 일이었기 때문입니다."

나는 뒷말을 잇는 대신 잠시 심호흡했다. 사람 새끼라면, 내 뒷말은 굳이 말하지 않더라도 프랑스인 자신들이 누구보다 더 잘 알고 있을 터.

'그런데 지금 너희는 뭐 하고 있니?'

영원히 조롱당할 충격적인 패전. 나는 그들의 상처를 후벼파 괜한 분노를 돋우는 대신, 연단에 설치된 마이크를 뽑아 군중들 앞으로 나아갔다.

털썩.

"늦게 와서 죄송합니다."

저 밀리 뒤에서 무언가 소란이 이는 듯했지만 나는 신경 쓰지 않았다. 그대로 무릎을 바닥에 처박은 채, 나는 저 아랫배에서 쥐어짜 내듯 한 마디 한 마디를 또박또박 외쳤다.

"저는 끊임없이 히틀러의 야욕에 대해 경고했습니다. 누구 한 사람이라도 알아주길 바라며, 그자의 머릿속엔 피와 복수에 대한 갈망만 가득하다는 것을 끊임없이 경고했습니다. 지금 이 순간에도, 더 빨리 오지 못한 것을 후회하고 있습니다. 옛 전우의 외로운 투쟁을 대서양 너머에서 지켜보며 홀로 흐느꼈습니다. 이제 제가 돌아왔습니다. 저희는 다시 한번 어깨를 맞대고, 사람이라면 누구나 존중받아야 할 권리를 지키기 위해 싸울 것입니다.

휴전은 없을 것입니다. 정의가 구현되고, 파리를 돌려받고, 베를린이 불타는 순간까지 우리는 함께 나아갈 것입니다. 자랑스러운 프랑스 시민 여러분. 여러분의 힘이 필요합니다. 여러분의 고향을 미친 학살마들의 손아귀에서 되찾기 위해선 그 누구도 아닌, 바로 여러분의 도움이 필요합니다!"

정적. 누가 넥타이로 내 목을 조르는 것처럼 숨이 콱 막혀왔다. 시발, 그냥 얌전히 대본만 읊을 걸 그랬나. 맥아더처럼 쇼 한번 거하게 해보려다가 다 말아먹었나? 내가 차마 일어서지도 못하고 속으로 진땀을 주륵주륵 흘리고 있을 때였다.

"일어서게, 젊은 친구."

내가 고개를 돌리기도 전에, 우악스러울 정도로 힘 넘치는 손길에 나는 번쩍 자리에서 무 뽑히듯 쑥 들어올려졌다. 누군지 확인하기도 전에, 그는 나를 무슨 프레스기처럼 꾸악 껴안았다.

"위대한 프랑스 시민 여러분! 저는 한때 군인이었던 샤를 놀렛이라고 합니다. 유진 킴이 아미앵에서 전설을 쓰며 파리를 구원했을 때, 저 또한 군단 장으로서 그 자리에 함께했었습니다."

수십 년 만에 다시 보는 놀렛 장군의 얼굴은 쭈글쭈글해져 완전히 노인의 그것이 되어 있었지만, 그의 눈에 번뜩이는 불길은 그때보다 더욱 커져 있었다.

"프랑스는 패하지 않았습니다! 전쟁은 이제 시작일 뿐입니다. 독일인들은 늘 그랬습니다. 20년 전엔 러시아를 상대로 크게 이겼지만 우리 프랑스의 긍지를 꺾을 순 없었습니다. 이번은 순서가 바뀌었을 뿐입니다. 그들은 싸움에서 세게 때릴 줄은 알지만, 전쟁을 이기는 법은 알지 못합니다. 게르만족은 파괴할 뿐, 결코 질서를 창조하진 못하기 때문입니다.

우리는 다시 떨쳐 일어나 무기를 고쳐 쥐면 됩니다. 우리의 친구들은 다시 한번 우릴 일으켜줄 준비가 되어 있습니다! 사랑하는 나의 조국이여, 지금이야말로 싸울 시간입니다! 위대하지 않은 프랑스는 프랑스가 아니기에!"

"놀렛! 놀렛!!"

내가 무어라 하기도 전에 놀렛은 내 한쪽 팔을 번쩍 들어올렸고, 기다렸다는 듯이 군중은 미칠 듯한 환성으로 답례했다. 이번만큼은 누구의 바람잡이도 없이, 모두의 입에서 입으로 〈라 마르세예즈〉가 흘러나왔다.

일어나라 조국의 아이들아, 영광의 날이 왔도다!
우리에 대항해, 압제자의 피 묻은 깃발이 일어났도다!

* * *

"다음부턴 미리 이야기 좀 해놓고 저지르게. 하마터면 산통 다 깰 뻔했잖은가."

"다 장군님이 장단 맞춰줄 줄 알고 있어서 그러지요."

"사고 치고 뒷수습 맡기던 건 20년 전이나 지금이나 달라지질 않는군그래. 그때도 자네 설거지 내가 했던 거 기억하나?"

놀렛은 눈을 찡긋이며 허옇게 센 수염을 매만졌다.

"왈츠는 파리를 되찾은 후에 추도록 하지. 프랑스가 다시 위대해지기 전엔 춤출 기분이 아니거든."

"이미 충분히 위대해진 것 같은데요."

"이 늙은이를 너무 놀리진 말게. 언제 멎을지 모르는 약한 심장이란 말일세."

그의 입술이 파르르 떨렸다.

"자존심이 무너진 사람은 무슨 짓이든 저지를 수 있네. 하물며 국가는 말할 것도 없지. 과연 히틀러를 물리친다고 해서 그 상처가 말끔히 나을까? 난 모르겠네."

"그건 일단 이기고 나서 생각해야 하지 않을까 싶습니다."

"그래. 바로 그거지. 개같은 독일 놈들의 엉덩이를 걷어차는 동안엔 사고 칠 일이 없으니까."

놀렛은 그제서야 기억났다는 듯, 쭈뼛거리며 손을 내밀었다.

"프랑스에 돌아온 걸 환영하네. 내 전우여."

"영광입니다, 장군님."

"와아아아아아!!!"

좋아. 첫 수로는 아주 만족스럽다. 대국은 이제 시작되었다.

베를린.

"미, 미군입니다! 미군이 알제리에 상륙!"

"모로코가 항복했습니다!"

모두가 총통의 심기만을 살피며 조용히 눈알을 굴리는 동안. 아돌프 히틀러는 묵묵부답으로 지도만을 뚫어져라 노려보고 있었다.

"페탱이 우릴 배신할 인간이던가?"

"프랑스인을 믿는 것만큼 어리석은 일은 없습니다, 각하."

"그렇지. 나는 프랑스인을 믿는 게 아냐. 그들의 생존 본능을 믿는 거지."

전 유럽을 제패한 총통의 손가락이 직선을 그었다.

"현 시간부로 아틸라 작전을 발동한다. 비시 정부를 해산시키고 개구리 놈들의 자치권을 빼앗아버려."

"각하, 병력이 여유롭지 않습니다."

"오이겐… 미군이 어디까지 준비를 해놨을지 미지수야. 고작 사흘 만에 프랑스군이 완패했을 리가 없어. 틀림없이 항복한 거야. 잠재적인 적군을 내버려 두느니 무리해서라도 싹 밀어버려. 놈들의 함대도 뺏어버리고."

그는 존재감이라곤 희미한 독일 해군을 콕 집어 지목했다.

"레더 제독."

"예, 총통 각하."

"우리 해군은 미군의 상륙을 저지할 방법이 없었나?"

"그렇습니다. 수상함은 물론, 유보트조차 몇 척 없는 현시점에서 미영연합군의 해상전력을 저지하는 건 불가능한 임무입니다."

다 알고 있으니 화도 나지 않았다. 원래라면 독일 해군, 크리스마리네의 재건은 1945년경으로 예정되어 있었으니까. 당장 전함 비스마르크 진수조차 포기한 해군이 뭘 할 수 있겠나?

"프랑스 놈들의 함선을 빼앗으면?"

"배는 압류한다고 끝이 아닙니다. 장비에 익숙해지고 교리를 수정하려면 족히 몇 년은 걸립니다."

"적으로 돌리는 것보단 그게 낫겠지. 프랑스의 함선을 인수할 준비부터 갖춰놓으시오."

"예."

"롬멜에겐 포위되기 전에 물러나라 전하고."

아프리카는 어차피 주된 전장이 아니다. 겨울이 되어 동부 전선에서 병력을 빼기 전에 들이칠 줄이야. 역시 그놈다운 신속한 기동……. 히틀러는 자신의 머릿속에 든 불경한 생각을 떨쳐내고, 화제를 전환했다.

"프랑스 제압에 투입할 병력이 부족하다고?"

"그렇습니다."

"무솔리니에게 전언을 보내. 프랑스 땅을 좀 갈라 줄 터이니 병력을 내놓으라고. 욕심만 가득한 두체라면 없는 병력도 쥐어짜서 군을 보내줄 거야."

그때였다.

왜애애애애애애앵!!!

"무슨 소린가 이건?"

"가, 각하! 공습경보입니다!"

"뭐라고?"

왜애애애애애앵—

단 한 번도 들어보지 못한 사이렌 소리에 장내 인물들의 얼굴에서 핏기가 싹 가시고 있었다.

"영국 공군입니다! 놈들이 섬을 빠져나왔습니다!"

"처칠 이 비열한 자식이!"

감히 어떻게 같은 게르만족이 동족의 민간 시설에 폭격을 가할 수 있단 말인가! 역시 그 제국주의자야말로 가장 추악한 놈이다. 승리를 위해 아리아인의 존엄성마저 포기하다니. 어찌 이럴 수가 있단 말인가.

히틀러가 치를 떨거나 말거나, 그동안 차곡차곡 이날만을 꿈꿔 오던 왕립공군은 마침내 독일 영공을 수놓고 있었다.

"북아프리카로 갈 항공력을 독일 본토에 붙든다. 짝불알 놈이 눈먼 폭탄에 뒈지면 더 좋고."

대영제국은 결코 한 곳에서만 싸우지 않는다. 이미 처칠의 마음속 다음 전장은 몰타 상공이었다.

3장
사막의 여우

사막의 여우 1

유럽을 놓고 벌어지는 히틀러, 스탈린, 처칠 세 고집쟁이들의 물러설 수 없는 숨 막히는 대결. 바르바로사 작전을 개시하며 독소 전쟁이라는 대전쟁의 서막을 연 후, 융커로 대표되는 육군과 히틀러는 연일 의기양양해져 있었다.

"우리가 예상했던 것보다 소련군의 숫자가 더욱 많습니다."

"그리고 더욱 손쉽게 격파당하고 있지. 어차피 전부 멸종시켜야 할 슬라브 놈들이 군복을 입고 전장으로 기어나와 주니 더 좋은 일 아닌가."

일부는 놀라우리만치 어마어마한 동원 능력을 보여주는 소련을 보며 기가 질렸지만, 다수의 의견은 아니었다.

"겨울이 오기 전에 모스크바를 점령한다! 하등한 슬라브인들을 몰아내고, 게르만족의 영원한 복락을 위한 레벤스라움을 건설하자!"

"하일 히틀러!"

대전략은 뚜렷했고, 적은 바보처럼 쉽게 섬멸되었으며, 독일군의 진격은 결코 멈춰 세울 수 없었다. 이런 상황에서 히틀러의 관심사는 자연히 동쪽보다는 그 반대편, 서쪽으로 쏠렸다. 백주대낮에 하늘을 뒤덮은 왕립공군 폭격기의 대열에 베를린 시민들은 완전히 멘탈이 나가버렸다. 비록 아들과 형제를 전장으로 보내긴 했으나, 날아오는 편지는 하나같이 승승장구하고 있다는 자신감 가득한 내용뿐. 여기에 나치의 각종 프로파간다가 버무려진 결과, 이들은 전쟁을 반쯤 남의 일로 치부하고 있었다. 머리 위에 폭탄이 떨어지기 전까지는.

한 번 폭격을 맛보자, 제1차 세계대전의 그 끔찍했던 기억이 PTSD처럼 재생되었고 베를린 시민들의 사기는 상장폐지된 주가처럼 바닥을 찍게 되었다. 처칠이 의도했던 대로, 북아프리카로 가야 할 독일 항공력을 고스란히 붙잡게 된 것이다.

"제국의 심장 베를린에 영국 놈들이 폭탄을 떨어트리다니!"

"이보시오 괴링! 공군 총사령관이면 책임을 지셔야지!"

"이 수치를 대체 어떻게 책임질 게요?!"

"…모두 제 판단 실수에서 비롯된 부덕의 소치이며, 제 부하들에겐 어떠한 잘못도 없습니다. 이에 책임을 지고자 모든 직위를 내려놓고 근신하고자 하니……."

마치 기다렸다는 듯 괴링이 무덤덤하게 사직 의사를 밝히자, 얼마 전까지만 해도 제3제국의 권력을 놓고 피 튀기며 싸우던 이들마저 영문을 모르고 당황스러워했다.

"대체 왜 그러나? 혹시 내가 경제부장관 자리에서 해임한 것 때문에 이러고 있나?"

"아닙니다, 총통 각하."

"그러면 루프트바페에 대한 지원이 부족해서?"

"아닙니다, 각하."

"거짓말하지 말게. 이번 베를린 폭격은 내 잘못이 커. 무심코 영국인들, 저 처칠 같은 인간에게도 명예가 있으리라 믿고 만 내 잘못이라고. 절대 이번 일로 문책하지 않을 테니 계속해서 공군을 맡아주겠나?"

"각하……!"

결국 히틀러가 괴링을 붙잡고 교감의 시간을 한참 나눈 뒤에야 그는 사직서를 돌려받았다. 물론 경쟁자들은 '저 모르핀 돼지 놈이 저런 술수를 부리다니!' 하며 펄떡였지만, 괴링은 집에서 뜨거운 눈물을 흘릴 따름이었다.

"보았나, 알베르트? 역시 총통 각하야말로 진정 내 인생을 통째로 걸 가치가 있는 분이셨다! 프로이센 남자는 자신을 인정해주는 사람을 위해 목숨을 바치는 법!"

"아무리 봐도 형이 인생 건 그 사람은 부도수표 같은데."

그렇게 루프트바페가 심기일전한 후.

"독일인들의 본토 대공 방위, 그냥 아무것도 없는 것 아닌가?"

"이번엔 어디까지나 적이 방심해서일 뿐입니다. 제대로 된 호위기도 없이 폭격기만 덜렁 보내면 대참사가 일어날 겁니다!"

"아냐. 여기선 우리 대영제국의 과감함과 용기를 히틀러의 머리에 뚜렷하게 각인시켜 줘야 하네!"

이번엔 처칠의 차례였다. 기습적인 첫 베를린 폭격 결과에 고무된 처칠은 공군 측의 반대 여론에도 불구하고 추가 폭격을 지시했다. 아직 갓 도입한 머스탱을 포함해 베를린 상공까지 날아갈 수 있는 호위기가 없는 상황에서, 이와 같은 지시는 베를린 폭격에 투입할 부대의 희생을 감수하겠단 의미였고, 처칠은 불타는 베를린엔 충분히 그만한 가치가 있다고 판단했다.

"나는 빨갱이가 싫지만, 크렘린궁에 저 역겨운 나치 깃발이 걸리는 순간 우린 끝장이야. 여기에 대해선 이의가 없겠지들?"

"…그렇습니다."

"그럼 우리가 베를린 폭격 외에 빨갱이들을 도와줄 수단이 뭐가 있나?"

미합중국 외교관과 군인, 그리고 소련의 관료들이 다급히 런던으로 와 이 어색한 동맹을 앞으로 어떻게 보완하고 공동의 목표를 위해 투쟁할지에 대해 논의했었다. 당장 우크라이나가 피로 뒤덮이고 수백 개 사단이 하루아침에 증발한 스탈린에게 '우리가 북아프리카에 상륙했어요! 롬멜의 1개 군단을 막아내고 있습니다!'라고 떠들어봐야, 지금 장난하냐는 비아냥만 들을 뿐. 런던에 온 몰로토프 소련 외무장관이 영미연합군의 브리핑을 들은 뒤, 외교관이면서도 도저히 그 썩어가는 표정을 정리하지 못한 것만 봐도 알 수 있었다.

"예브게니 킴이 아프리카에 있다고요?"

"그렇습니다. 킴과 몽고메리가 롬멜을 격파하고 북아프리카 전선을 종결지은 후……."

"우리 붉은 군대는 히틀러의 4백만 대군에 맞서고 있소. 고작 군단 따위, 아프리카 따위에 초점을 맞출 수 없단 말이오!"

그의 요청은 거의 절규에 가까웠다. 그러나 영미연합군이 프랑스에 상륙해 서부 전선을 열어젖힌다는 건 물리적으로 불가능한 일이었고, 그 '절규'를 들어버린 처칠로서는 정치적 결단을 내려야만 했다. 한마디로 말해 '영미 제국주의자들이 나치와 소련이 공멸하길 바란다.'라는 소련의 의구심을 불식시키고 항전의지를 북돋기 위해서는, 영국인의 피가 흘러야만 했다. 누군가가 죽어야만 할 문제였다. 따라서 영국 공군의 비명과 내부 각료들의 반발에도 불구하고 처칠은 사실상 자살공격이나 다름없는 베를린 폭격을 다시 한번 명령했다. 결과는 당연했다.

"하하하!! 보았느냐! 이 헤르만 괴링이 제국의 영공을 수호하는 이상 영국인들 따위!"

"웬일로 우리 사령관님이 싱글벙글인데?"

"그만큼 신나시는 거지."

영국 폭격기들은 엄청난 피해를 입었고 루프트바페는 승리를 자축했다. 하지만 문제는 그다음부터였다. 시간대만 주간에서 야간으로 변경되었을 뿐, 루프트바페는 기필코 독일이 불타는 꼴을 구경하겠다는 처칠의 강철 같은 의지를 꺾지 못했다.

저 드넓은 소련의 평원에도. 총통 각하와 독일 국민의 머리 위에도. 날마다 밥 달라고 꺽꺽 소리내는 아프리카 군단에게도. 독일 공군을 필요로 하는 곳은 너무나도 많았다.

"이 전쟁, 이래서야 이길 수 있나······?"

죽여도 죽여도 어둠과 함께 날아드는 영국 폭격기들을 지켜보며, 총통에 대한 믿음만큼은 그 누구보다 강렬했던 괴링조차 마침내 현실을 직시하고 말았다.

* * *

북아프리카. 프랑스령 알제. 새로 설치된 사령부에서, 나는 목에 핏대를 바싹 올린 채 고래고래 고함을 지르고 있었다.

"이게 말이나 됩니까? 예?! 혹시 우리 엿먹으라고 일부러 이러는 겁니까!"

"아닙니다. 절대 그런 건 아니고······."

"제가 무리한 요청을 했습니까? 할 수 있다고 하지 않던가요? 애초에 예정에도 없던 증편까지 했잖습니까!"

이런 일이 일어날 줄은 알고 있었다. 설마설마했는데, 진짜로 벌어질 줄이야.

"그럼 도대체 롬멜을 못 붙든 이유가 뭡니까?"

"죄송합니다."

롬멜은 토브룩 포위를 접고 철수했다. 몽고메리의 제8군은 본래 최대한 질척대면서 롬멜의 발걸음을 지금도 붙잡고 있어야 하지만, 초반에 롬멜에게 딱밤 한 대를 얻어맞은 몽고메리는 그대로 아이고 나 죽네 하면서 추가 공세를 때려치웠다. 오랫동안 포위되어 온갖 고생을 다 하고 있던 토브룩에서도 뛰쳐나올 준비를 갖추고 있었지만, 몽고메리 그놈은 이 역시 중단시켰다. 그 결과, 너무나 당연하게도 롬멜은 여유만만하게 거의 모든 장비와 물자를 챙겨 트리폴리를 향해 달려오고 있다. 열받아 돌아버리겠네 진짜.

"몽고메리 장군이 결코 의도적으로 전투를 회피한 것은 아닙니다. 서전에서 롬멜에게 덜미를 잡힌 탓에 아군의 사기가 내려앉았고, 토브룩 수비대의 컨디션도 엉망이라 호응은 무리였다고 합니다."

"흐음."

"몽고메리 장군의 전투 의지는 그 어떤 지휘관보다도 투철합니다. 믿어주시지요, 킴 장군."

영국인들은 아직도 속고 있습니다. 원 역사의 몽고메리랑 이름만 같고 영혼이 다른 존재가 아닌 이상, 저놈은 원래 깔짝대기만 하고 이길 확률 120%인 싸움에서만 들이밀 놈이란 말이지. 하지만 아직 물증이 없는 만큼, 나는 괜히 씩씩대며 고함만 버럭버럭 지르는 선에서 멈춰야만 했다.

후, 그래. 오히려 좋아. 좋다 좋아. 죽어라 달려와 잔뜩 지쳐 있을 롬멜을 요격해 황천길로 보내버리거나, 포로수용소로 끌려가는 롬멜을 촬영해 전 세계에 뿌린다고 생각해 보라. 이 유진 킴의 명성이 하늘을 찌르겠지.

이제 각지에 흩어진 미 육군을 한데 모아 튀니지를 향해 진격할 시간. 패튼에겐 조금 미안한 이야기지만, 당분간 패튼을 기용할 생각은 없다. 튀니지와 가장 멀리 떨어져 있기도 할뿐더러, 갓 점령한 카사블랑카를 인수인계할 친구들이 준비되려면 시일이 좀 걸릴 것 같거든.

그러니까 하지랑… 저 프레덴달이라는 양반을 믿고 가야 한다 이거지. 안 그래도 밴플리트랑 이 문제로 한번 거하게 싸웠다.

"너! 지휘한다고 또 전방 나가면 내 손에 죽어!"

"와, 사령관을 협박하는 참모장이라니……."

"나갈 거야 안 나갈 거야?"

"그치만, 롬멜이 최전방에서 싸운다고 이빨 털잖아. 그거 원래 내 특기 아니었어? 롬멜이 내 아이덴티티를 훔쳐 가고 있다고!"

"그딴 건 훔쳐 가라고 해. 눈먼 포탄에 맞아 뒈지게 좀."

나쁜 놈. 역사적인 상륙작전, 그것도 이번 대전에서 미 육군의 첫 전투를 치렀으니 전훈을 평가하고 교리에 반영해야 한다. 상륙하는 동안 망실한 장비를 재보급하고, 93사단을 비롯해 2진으로 본토에서 준비 중인 추가 증원군을 받아들일 준비도 해야 한다. 거기에 더불어 롬멜을 잡아 족칠 준비, 영국인들을 괴롭히고 들들 볶을 준비, 아프리카 전역 종결 후 다음 공세 목표 준비 등등… 을 전부 밴플리트에게 짬때리고 전장으로 나아가려던 내 계획은 결국 무산되었다. 젠장.

알제 탈환 직후, 히틀러는 그동안 비시 프랑스의 자치를 인정해 주고 있던 남프랑스 지역에까지 군대를 보냈다. 이미 제대로 된 군대라고 할 것도 없이 어지러운 형편이던 비시 프랑스는 말 그대로 억 소리 한번 제대로 내보지 못하고 독일의 총칼 앞에 다시 한번 무너지고 말았다. 비시 프랑스 정부 자체는 여전히 남아 있었지만, 사실상 명함만 남아 있는 껍데기일 뿐.

이렇게 되자 우리 미합중국 역시 셈이 많이 달라졌다. 우리 국무부 나으리들은 아직 히틀러의 매운 불닭맛에 직접 고통받은 경험이 없어서 그런가, 횃불 작전을 벌이고도 비시 프랑스가 유지되리란 지극히 상식적인 발상을 하고 있었다. 물론 상식적으로는 '그 독일'이 '그 프랑스'를 제대로 관리할 수가 없다. 독일이 괜히 전부 다 안 처먹었겠나? 다 소화 못 시켜서 생긴 비시 프랑스니, 유지할 수밖에 없다는 건 상식적인 판단이다. 하지만 스탈린까지 머리통이 깨진 지금 시점에서 히틀러를 또오 상식으로 대해버리다니. 페탱이 저렇게 몰락해버리자, 여전히 독일의 손을 타지 않은 프랑스 식민지들은 당연히 죄다 자유 프랑스로 노선을 갈아탔다.

그 말인즉슨… 내가 그동안 애써 피해 왔던 누군가의 입김이 갑자기 커져버렸단 뜻. 그동안은 나도 FDR의 암묵적인 싸인에 따라 회피해 왔지만, 이젠 속된 말로 그의 '급'이 높아진 만큼 내가 만나도 별문제가 되진 않겠지.

"처음 뵙겠습니다, 킴 장군."

"반갑습니다."

"개인적으로 귀하의 기갑 전술에 무척 관심이 많았던 터라 꼭 한번 뵙고 싶었는데, 참으로 뵙기 어렵더군요."

"허허. 주제에 맞지 않게 너무 과중한 임무를 맡아버린 바람에… 도무지 시간이 나지 않더군요. 정말 죄송할 따름입니다."

장대같이 높다란 키. 그 자존심만큼이나 부리부리한 코. 얼굴에 가득 들어찬 옹고집과 애국심. 나는 그토록 피하고 싶었던 샤를 드골과 마주하게 되었다.

사막의 여우 2

샤를 드골은 초조했다. 정치를 하고 싶었지만 정치인은 아니었던 드골은, 이제 사실상 유일한 망명객이 되어 정치를 해야만 하는 입장이 되었다. 미국인들은 명백히 비시 프랑스를 지지하고 있었고, 영국인들은 그들의 품에 안긴 드골이라는 카드의 실용성을 의심하는 상황. '횃불 작전'이 프랑스령, 그것도 단순한 식민지도 아닌 본토의 일부인 알제리를 수복하기 위한 작전임에도 불구하고 드골과 자유 프랑스를 배제한 것부터 이미 불길하기 짝이 없는 신호였다.

나라의 운명이 백척간두에 처해 있다. 실수는 있을 수 없는 일. 그래서 그는 유진 킴을 만나기 전, 먼저 샤를 놀렛을 만나 흉금을 활짝 열고 먼저 대화를 나누었다. 처음엔 권력이나 복수심에 눈이 멀어 미국인들에게 나라를 팔아먹기로 한 신 매국노가 아닐까 지레짐작까지 했건만, 놀렛 장군은 그의 걱정이 무색하게도 무척이나 담담하게 그를 격려해주었다. 그 뒤 영국인들, 그리고 미국 국무부 등 다양한 곳을 모두 순회한 이후에야 비로소 이 남자를 만났다.

유진 킴.

'미합중국 국무부를 대표해 말씀드릴 수는 없습니다. 죄송합니다.'

'일개 관료인 제가 논할 문제가 아닙니다. 본국과 조금 더 긴밀하게 논의해 보도록 하지요.'

'죄송하지만 저는 잘 모르겠습니다. 군사에 관련된 일은 킴 중장과 상의해 보심이?'

그도 잠깐이나마 내각에 몸을 담가본 사람으로서 분명히 말할 수 있는데, 저 관료들의 태도는 참으로 기이했다. 세상 어느 전문 관료가 타 부서 사람에게 토스를 할 수가 있나? 아무리 미국과 프랑스가 다른 나라라곤 하지만 관료들의 생태계란 다 거기서 거기인 법이건만. 하지만 미국의 외교관들과 이야기를 지속하면 할수록, 이 아시안이 단순히 군을 이끄는 장군이라는 생각은 점점 더 머릿속에서 지워졌다.

누구보다 먼저 전쟁을 예견한 자. D.C.의 동양인 예언자. 루즈벨트의 주머니칼. 세계대전의 판도를 모두 족집게처럼 정확히 맞혔다. 한 번도 아니고 두 번 모두. 이러니 그 모양새가 나는 것도 무리가 아니지. 조만간 이직해서 상관으로 올 것 같은 사람이 옆 동네에서 일하고 있으면 당연히 미묘하게 호감 섞인 눈치를 보지 않겠나. 거기다 현 대통령의 지지까지 받고 있으니 두말할 필요도 없었다.

하나는 해결되었다. 이 사람 저 사람 눈치 볼 필요 없이, 미합중국을 설득하기 위한 키맨이 유진 킴이라는 사실을 알았다. 그러면 문제는 그다음이었다.

'그는 프랑스를 어떻게 보고 있는가?'

드골은 이 질문에 대한 답을 반드시 들어야만 했다.

"개인적으로 귀하의 기갑 전술에 무척 관심이 많았던 터라 꼭 한번 뵙고 싶었는데, 참으로 뵙기 어렵더군요."

"허허. 주제에 맞지 않게 너무 과중한 임무를 맡아버린 바람에… 도무지 시간이 나지 않더군요. 정말 죄송할 따름입니다."

처음 만난 유진 킴은 무척 표정이 좋지 않아 보였다. 귀찮아하는 모습이라고 말하면 그의 편견일까.

"독일군과 싸울 때가 생각나는군요. 저와 제 기갑부대는 최선을 다해 적과 싸웠지만, 결국 통신의 미비함이 약점이 되어 아깝게 패하고 말았습니다. 미군의 기갑장비엔 전부 무전기가 장비되어 있어 무척 부러웠는데 그게 킴 장군의 강력한 요망이었다죠?"

"예, 그렇습니다. 벌써 수십 년 전이지요? 캉브레에서 상급부대와 연락하겠답시고 전서구 날리던 때를 생각하면 치가 떨려서 말이지요."

"역시 프랑스와 장군의 인연이 참으로 깊군요. 앞으로도 장군과 더욱 긴밀한 관계를 가져가면 좋겠습니다."

이렇게 그 자신이 고개를 숙여 가며 부탁을 하는데도 불구하고, 그는 무덤덤함을 넘어서 난처한 기색이 역력했다.

"저 개인은 당연히 프랑스에 큰 호감을 품고 있으나, 일개 군인에 불과한 제 위치상 공적으로 무언가 뚜렷한 말씀을 드리기 어려운 점 양해 부탁드립니다."

"그게 무슨 말씀이십니까. 장군께서 미군은 물론 외교적 권한까지 상당 부분 위임받지 않으셨는지?"

"그럴 리가요. 군부 독재 국가도 아니고, 세상엔 엄연히 문민통제라는 게 있습니다. 저는 워싱턴 D.C.의 지침에 따라 움직일 뿐입니다."

"장군. 저도 돌아가는 사정은 다 알고 있습니다. 물론 장군은 백악관의 명에 따르시겠지만, 그 백악관이 장군의 식견에 크게 의지하고 있잖소?"

"루즈벨트 대통령께선 여러 사람의 의견을 듣는 것을 즐기십니다. 다만 어디까지나 '들을' 뿐이지, 결정은 오롯이 각하의 몫입니다. 기대에 부응하지 못해 죄송합니다."

이거 봐라. 어디 국무부 관료가 할 법한 말을 혀에 기름이라도 칠한 것처럼 매끄럽게 하고 있는데, 이걸 어딜 봐서 일개 군바리라고 할까?

"킴 장군."

"예."

"비시의 반역도당은 궐석재판을 열고 내게 사형 선고를 내렸소. 하지만 자유 프랑스의 기치는 나날이 드높아져 갔고 이제 비시 정부가 독일의 하수인일 뿐이란 사실이 만천하에 까발려졌소."

그리고 바로 그 정통 프랑스의 수반은 오직 나뿐이다. 그의 뜻이 마침내 제대로 인풋되었는지 킴의 표정이 싹 달라졌다. 미합중국 최연소 장성이자, 유망한 사업가이며, 세계 흐름을 기가 막히게 예지하던 인물이 과연 이 샤를 드골과 프랑스를 어찌 볼까.

"드골 장군님을 수반으로 하는 자유 프랑스를 인정해 달란 말씀이시지요?"

"그렇소."

"다시 한번 말씀드리지만, 제겐 권한이……."

"권한 같은 건 중요하지 않소! 이곳에 있는 바로 당신에게 이야기를 듣고 싶은 게요!"

"겨우 며칠 전에 프랑스군의 손에 내 부하들이 죽었는데, 프랑스를 인정해 달라고요? 미치셨습니까?"

킴의 독설에 드골의 뒷목이 뻣뻣해졌다.

아잇, 이 개자식이 자꾸 꼴받게 해서 저질러버렸네. 그치만 난 틀린 말 안 했다. 드골은 당황해하다가 이내 모욕당했다고 느꼈는지 꽤액꽤액대다가 떠나버렸다. 아니, 정도껏 해야지 진짜. 프랑스 식민령이 자유 프랑스를 지지해? 독일이 비시 프랑스를 무너뜨려서 오갈 데 없어진 식민지가 자유 프랑스 지지로 선회했고, 독일이 비시를 날린 이유는 당연히 횃불 작전 때문이다. 나한테 와서 감사의 그랜절을 올려도 모자랄 사람이 어딜 맞먹으려 들고 있어. 대단히 정중하게 표현해서, 드골이 주도권을 잡기까지의 그 과정은 한마디로 요약하자면… 트롤링이다.

'위대한 프랑스는 너희 앵글로색슨 놈들의 말 따위 듣지 않는다!'라며 바락바락 소리 지르며 미드 타워를 향해 직진하고, 남의 돈으로 무장한 주제에 물주의 말을 들으면 프랑스가 굴복한다고 믿던 사람. 문제는 물주 말을 듣는다는 게 사실 진짜로 굴복하는 게 맞단 점인데… 까놓고 말해 난 프랑스에 동정심도 딱히 없고, 프랑스의 국익을 채우겠답시고 내 눈앞에서 그 트롤링이 벌어지는 꼬라질 넋 놓고 구경할 생각도 없다. 내 주인님, 루즈벨트 대통령의 의향 또한 나와 일치했다.

'히틀러랑 싸우긴 해야지. 그 새끼가 유럽을 다 처먹으면 메이드 인 USA 제품을 팔아먹을 시장이 없잖아.'

'그렇습니다, 각하.'

'그런데 이러면 수지타산이 안 맞는데. 영프 저 친구들을 살려주겠다고 합중국 시민의 피를 뿌리기엔 너무 아깝잖은가? 가서 압류 딱지 좀 야무지게 붙여 보게.'

제2차 세계대전. 전 세계 거의 모든 나라가 엮여서 벌이는 이 전쟁. 이미 미국의 협력이 없으면 연합국은 절대 이기지 못한다. 그리고 루즈벨트가 우드로 윌슨 2호기 소리 피하고 싶으면 무조건 한몫 크게 잡아야만 한다. FDR이란 양반은 이런 미묘하고도 정치적인 사안에 대해 명확한 지시를 내리는 사람이 아니었지만, 적어도 내가 알아들은 바는 간단했다.

'유럽 제국주의 국가들이 꽉 움켜쥔 그 식민지, 전부 풀어주고 우리 따까리로 만들어야 수지타산이 맞지 않을까?'

자유의 나라 아메리카는 수지가 안 맞다고 필리핀도 포기할 수 있는 나라지만, 다른 나라들은 그놈의 위신과 명예 때문에 도무지 식민지를 접지 못하는 불쌍한 놈들이다. 그러니 세계 평화와 자유를 위해 힘쓰는 이 미합중국이 인도도, 베트남도, 조선도 모두 공평하게 '해방'시켜 줄 작정이었다.

그동안 10원에 자원과 노동력을 강제로 팔고 100원에 주인님 물건만사들이던 식민지 국가들. 이들을 싹 풀어주고, 30원에 자원과 노동력을 사오고 80원에 미제 물건을 팔아치우면 이게 진짜 이득이지.

영국은 몰라도 프랑스 식민제국을 해체하는 방안은 아주 간단했다. 프랑스에 독일 부역자 딱지를 붙이고 승자의 권리를 행사하는 것. 루즈벨트는 바로 그 해체 작업을 위해 나를 아프리카로 보냈다. 식민제국을 해체할 기회라니, 세상에 이건 아주 진귀한 기회거든요? 백인 놈들은 절대 나처럼 찰지게 해체 못 한다에 뽀삐 개껌을 걸 수 있다.

놀렛 장군이 알면 아마 펄펄 뛰겠지만… 이게 다 히포크라테스의 마음씨란 거다. '환자분, 살고 싶으면 고환을 절제하셔야 합니다.'라고 통고해야 하는 의사 선생님의 고통인 거지. 어차피 알제리니 베트남이니, 2차대전 끝나고서도 식민지 유지하겠다고 무수한 생목숨 날리며 국력 소진한 자존심쟁이들이다. 이 유진 킴이 식민지라는 암덩어릴 깔끔하게 잘라주면, 수십 년 뒤 프랑스인들도 유진 킴 동상을 세워 내 공로를 기려주겠지. 원래 아미앵에 세웠단 동상은 히틀러가 때려 부쉈다더라고.

이런 골치 아픈 정치질은 역시 밴플리트에게 짬때려야 한다. 나같이 착한 어른은 정치 못 한다고. 머리 아픈 일은 이 정도로 하고, 나는 곧장 튀니지 진격작전의 입안에 들어갔다.

"프레덴달 장군."

"예, 사령관님."

로이드 프레덴달. 제2군단장. 이 사람을 보고 있노라면, 뭔가… 뭔가 촉이 영 좋지 않았다. 나는 편견에 사로잡히지 않으려고 솔직히 최선의 노력을 다했다. 패튼이야 그냥 사고만 치지 않기를 바라며 하루하루 기도를 올렸고, 하지는 내가 수족처럼 부리던 친구였다. 하지만 프레덴달은 나보다 열 살은 더 나이 많은 데다가 안면이라곤 없는 부하잖나.

너무 일찍 출세한 인간의 비극이다. 하지만 앞으로 나이로 따지면 나보다 아래일 사람이 별로 많지 않을 테니, 조금 불편하긴 하지만 짬밥을 존중

하는 차원에서 딱히 터치를 하지 않으려고 했다. 하지만 가면 갈수록 이 불길함이 사라지지 않았다.

"튀니지 진격의 선봉은 장군께 맡기겠습니다."

"감사합니다."

전혀 감사하지 않은 표정. 그래 뭐… 조카뻘 되는 놈 밑에서 일하려니 기분 별로 좋진 않겠지. 이해는 한다. 그래서 선봉까지 맡기는 것 아닌가. 하지랑 패튼을 선두에 세웠다간 친목질한다고 뭔 뒷담화를 들을지 안 봐도 훤하거든.

"잘하실 수 있으십니까? 추가로 협조라든가 도움이 필요하신 점이 있다면……."

"필요 없습니다."

프레덴달은 실로… 실로 당당하게 말했다.

"고작 이 정도로 도움을 받아봐야 그게 어딜 봐서 제가 일군 승리라고 할 수 있겠습니까? 양과 질 모두 압도적으로 우세한 지금, 이탈리아군이건 독일군이건 전혀 걱정할 바가 못 됩니다."

"전공 뺏어 먹을 생각은 없습니다. 그러니 지원이 필요하시면……."

"하. 어른의 전투라는 걸 보여드리지요. 기대하셔도 좋습니다."

그는 내 소소한 마음씨를 겁쟁이 마인드로 치부하며 꺼드럭대기 바빴다. 저거 암만 봐도 사후검토 때 '불필요한 희생이 있었다.'라고 내가 한마디 한 것 때문에 삐진 것 같은데… 에이 설마. 예순 가까이 나이 처먹은 인간이 잔소리 좀 들었다고 삐졌을 리가. 마셜과 맥네어를 믿자. 자신감과 패기 넘치는 모습을 내가 지금 신경이 곤두서서 괜히 예민하게 해석하고 있는 거야. 설마 그 두 사람이 똥별을 보내줬을 리가 있겠냐고.

같은 시각. 구 프랑스령 튀니지.

"현 시간부로 튀니지 방어계획은 우리가 전담하려 하는데, 어찌들 생각하시오?"

"친위대가 국방군을 지휘하겠다고?"

"현실적으로 생각합시다. 롬멜 장군이 오기 전까지 가장 주도적으로 싸워야 하는 건 우리 친위대인 것 같소만."

"지휘는 어렵소. 하지만 최대한 귀측의 의도를 존중해드리리다. 이 정도에서 합의를 보면 어떨지?"

"좋습니다."

다른 경쟁자들이 소련인을 마음껏 찢고 죽이며 전공을 쌓고 있을 때, 그들은 팔자에도 없이 갑자기 사막으로 전출되고 말았다. 물론 말단 병사들이야 깔끔한 사막전용 새 피복을 지급받는다던가 하는 소소한 일로도 얼마든지 기뻐할 수 있었지만… 원래 장군쯤 되면 정치를 해야 하는 법이다.

"오이겐 킴, 그 몽골리안이 적장의 목을 잘라 보관한다지? 총통 각하께 그자의 목을 바친다면 나도……!"

제3SS기갑사단, 토텐코프(Totenkopf). 피와 죽음만을 흩뿌리던 절멸수용소 경비부대가 사막에 도착했다.

사막의 여우 3

1939년 11월.

미합중국 육군은 추축군의 손에 떨어진 튀니지를 되찾고자 마침내 진격을 개시했다. 본래 횃불 작전 이전 준비했던 계획대로라면 곧장 제2파로 튀니지 해안가에도 미영연합군이 상륙을 전개해야겠지만, 비시 프랑스가 무너지면서 드골이 이의를 제기했다.

'프랑스의 땅을 탈환하는 선봉엔 당연히 우리 프랑스군이 서야 한다!'

솔직히 선봉 정도야 세워줄 수 있다. 자유 프랑스군이 선두에 서면 튀니지에 있는 비시 친구들도 좀 찜찜하지 않겠나. 근데 드골의 요구는 참으로 가관이었다.

'우리 대가리 숫자가 좀 딸림. 그러니 비시 프랑스군의 지휘봉을 뺏어서 자유 프랑스 손에 쥐여줄 것.'

'장비가 허접하니 장비도 좀 줄 것.'

'장비만 주냐? 익숙해질 때까지 교육 안 시켜줄 거야?'

'장비만 주게? 밥이랑 탄약도 좀 줘야지?'

누누이 말하지만, 미군도 지금 장비 허접해서 암 걸릴 것 같다. 아직 천

조국의 기상이 뿜어져 나오고 숨만 쉬어도 셔먼 전차가 숨풍숨풍 샘솟는 경지엔 이르지 못했기에, 나는 가진 군사력을 최대한 효율적으로 활용해야만 했다. 근데 이 새끼 머리엔 뭐가 들어 있는 거야? 혹시 동맹 상대가 미국이 아니라 천국으로 보이나?

내가 드골의 명줄을 딸까 말까 고민하는 사이, 마치 미리 준비라도 해놓은 것처럼 이탈리아와 튀니지 사이 좁은 해협을 건너 추축군이 쏟아져 들어왔다. 아무리 내가 어그로를 찰지게 끌었다곤 하지만, 니네 동부 전선 하나로도 허덕이는 거 아니었어? 그렇게 병력 막 끌고 와도 돼?

내가 놀렛 장군을 설득해 프랑스군의 전열을 재정비하고 구 비시 군대를 연합군으로 끌어들이는 작업을 진행하는 동안, 늘 그렇듯 타국 군대와의 협력은 하나도 매끄럽게 진행되지 않았다. 왜 협조가 안 되냐고? 일본 해상자위대를 한국 육군이 빌려다 쓰는 느낌이라고 하면 이해가 빠를까? 콧대가 아주 우주에서 가장 높이 솟아오른 고고한 로열 네이비는 양키, 그것도 눈 째진 노랭이 새끼의 부탁보다 자기네 지중해 패권이 더 급했다.

롬멜은 풀려났고, 몽고메리는 추격은커녕 토브룩에 주저앉아선 병력을 더 보내 달라고 꽥꽥댔으며, 영국 지중해함대는 발등에 불이 떨어져 급해진 이탈리아군을 견제해야 했다.

"프레덴달 장군, 진격 언제 할 겁니까?"

"준비가 되는 대로 시행하겠습니다."

그리고 이 새낀 사람 말 오지게 안 들었다. 알제에서 튀니지까지 가는 도로는 간선도로 딱 한 줄기뿐인데 무슨 깡으로 저리 유유자적이지? 그리하여 미군이 잠시 발이 묶인 사이 추축군의 군대가 튀니지의 주요 요지를 선점. 이를 물리치고 트리폴리로 가는 길을 열기 위해 로이드 프레덴달 장군이 이끄는 미 육군 제2군단이 나서면서 튀니지 전투가 막을 올렸다. 하지만.

"아군 급전입니다! 진격 중 적 폭격대의 맹폭을 받는 중! 아군 돈좌, 즉시 공중 지원 필요함!"

"맹폭이라니. 엄살이 심하군."

"…네?"

나는 프레덴달을 우습게 본 대가를 치러야 했다.

"생각해 보게. 튀니지의 주요 비행장에 아군 공수부대가 강습할 예정이 잖은가? 그러면 곧 공중 우위를 탈취할 수 있겠지."

"그, 그렇습니다."

"아직 롬멜이 오려면 한참 멀었어. 그러니 우리의 앞에 있는 건 소수 이 탈리아군뿐이다. 그 최약체를 상대로 머리에 폭탄 몇 개 떨어진다고 주춤 하면 그게 무슨 추태인가! 똑바로 밀어붙이지 못하면 옷 벗을 각오하라고 해!"

"처음 보는 군복이 보고되고 있습니다!"

"조우한 적 확인! 나치 친위대, SS입니다!"

"그럴 리가 없다니까!! SS가 왜 이 사막에 기어와!"

프레덴달은 자신들이 상대하고 있는 것이 비시 프랑스—이탈리아 혼성 군대라고 확신하고, 공세를 더욱 재촉했다. 150킬로미터 떨어진 후방에서 말이다. 프레덴달은 마치 1차 세계대전 쇼몽 사령부처럼 후방에서 냉커피 를 타 먹으며 무전과 유선통신으로 전장을 지휘했고, 전방에서 날아오는 보고 중 자신의 상식과 맞지 않는 건 전부 헛소문이나 투정으로 치부했다.

"전쟁은 결국 보병의 화력으로 치른다. 그리고 화력은 참호에서 뿜어져 나오지. 여기, 이 축선을 따라 참호를 파고……."

"군단장님, 총사령부에선 기갑 우위를 살려 속전속결을 주문했습니다 만……."

"그래서? 지금 내가 열 살은 더 어린 놈의 명령에 따라야 한다고?"

거기에 자꾸 휘하 참모라는 놈들까지 상부 이야길 꺼내자, 마침내 프레 덴달의 마음속 빨갛고 동그란 스위치가 꾹 눌렸다.

"자꾸 상부, 상부거리면서 종알대는 놈들! 그럴 거면 알제로 꺼져! 눈앞의 적 하나 감당 못 하면서!"

"장군님……."

"13기갑연대에 직접 연락해! 돌파 못 하면 연대장이고 사단장이고 전부 모가지라고!"

군단장의 협박에 저항할 수 있는 예하 부대장이 누가 있으랴? 보병들이 사막 한가운데에서 참호를 파는 헛짓거리를 하는 사이 단독으로 돌출되어 도로를 타고 달리는 기갑연대의 결말은 너무나도 뻔했다.

콰아앙!!

"적 대전차포입니다!"

"88! 88밀리다!!"

"적 화망이 조밀합니다. 진격은 불가능합니다!"

이 첫 공세에 모든 게 달렸다고 판단한 나는 M4 '셔먼' 전차를 몰아주다시피 하면서까지 강력한 돌파를 주문했으나, 아무리 신무기라고 해도 건담 같은 게 아닌 이상 운용이 개떡 같으면 당연히 답이 없었다. 제2군단은 그렇게 제대로 진입조차 못 하고 병사들의 피로 쓰여진 F학점을 받아 들고 말았다.

"제2군단에서 입전."

"뚫었대?"

"적의 저항이 거셈. 추가 지원을 바람."

"이 씨발 새끼가 진짜. 누굴 우습게 보나."

도대체 얼마나 지휘가 개판인지, 알음알음 휘하 참모들과 지휘관들이 윗선에 살려달라고 헬프를 치고 있었다. 잘못하면 명령불복종 혐의 걸려도 할 말이 없을 텐데도 이 난리를 피우고 있는 거다. 나는 뜨뜻해지는 뒷목을 부여잡으며 밴플리트를 불렀다.

"헌병… 헌병 불러와."

"헌병?"

"그 새끼 당장 잡아오라고!"

마음 같아선 그 새낄 밀어준 마셜도 붙잡아오라고 하고 싶다. 이게 그 마속을 믿은 제갈량인가 그거지? 하지만 한 가지 사실 덕분에 나는 꼭지는 돌아도 절망은 하지 않을 수 있었다. 혼자 집문서 걸고 카지노에 나왔던 제갈량과 다르게, 우리 미합중국은 위나라보다 더 판돈이 많다. 기분 째지네 이거.

* * *

콰아앙!!

독일제 88mm 대공포 소리보다 더 크게 책상 걷어차는 소리가 울려 퍼진다.

"프레덴달 장군."

"…예, 사령관님."

"짐 싸세요."

"지금 무어라 하셨습니까?"

마지막까지도 반성은커녕 모가지 빳빳하게 세우고 있는 이 새끼를 보는 순간, 나는 결국 뚜껑이 열리고 말았다. 물자야 장비는 그렇다 쳐도, 자기 명령에 따라서 사람이 뒈져나갔으면 대가리는 좀 처박고 있어야 사람 새끼 아닌가?

"짐 싸라고! 미국으로 썩 꺼져!"

"킴 장군 당신이 지금 아무리 명성이 높다해도 이런 폭거를 저지를 순 없습니다!"

"이 빌어먹을 똥별 새끼가 어디서 바락바락 아가릴 털어대고 있어!"

"뭐… 뭐?!"

나는 분노를 못 이기고 곧장 이 빌어먹을 인간의 멱살을 잡으려다가…

이건 너무 패튼 같다 싶어서 곧장 그의 어깨로 손길을 돌렸다. 찌익 하고 실밥 터지는 소리가 천둥만큼 쩌렁쩌렁 회의실 내를 채웠고, 내 손엔 그의 계급장이 덜렁덜렁 쥐어 있었다. 어머나 씨발, 이게 왜 내 손에 있어?

"당신의 무능은 아마 두고두고 미합중국 육군 교보재에 실릴 겁니다. 당장 짐 싸서 꺼지든가, 헌병 손에 붙들려 나가든가."

"내 지휘에 일부 실책이 있었다는 사실은 인정하지만, 이는 불완전한 정보를 받은 입장에서……."

"그럼 제대로 된 정보를 받으러 나가셨어야지! 이 새끼 끌어내!"

"내 발로 가겠소. 어디 두고 봅시다, 킴 중장."

두고 보란다. 미친 새끼. 내가 가진 돈 다 풀어서 희대의 졸장 프레덴달 전설을 넷플릭스 12부작으로 틀어버리고 싶은 걸 꾸역꾸역 참고 있는데 두고 봐? 나는 갓 뜯어낸 프레덴달의 계급장을 회의실 테이블 한가운데에 집어 던져두고, 애써 빡침을 가라앉히려 심호흡을 좀 하며 담배를 입에 물었다. 평소에 피우던 게 아니라 럭키 스트라이크를 입에 처넣으니 마음이 진정되긴커녕 더 꼴받는다. 어쩐다 이거.

"로이드 프레덴달을 제2군단장에서 해임합니다. 불만 있으신 분?"

조용하다. 눈 깜빡이는 소리도 다 들릴 정도로 고요해진 회의실에서, 나 이 잡술 만큼 잡순 군인 아조씨들이 눈알 데굴데굴 굴리는 모양새를 보고 있자니 참으로 가관이다. 다음 군단장 자리가 관심이 가는 모양이네.

"그리고 내가 제2군단장을 겸임합니다."

"네?"

"퍼싱 원수도 지난 대전쟁 때 유럽원정군 사령관 겸 제1군 사령관이었잖습니까. 적절한 후임자를 선발하기 전까지 임시로 내가 제2군단장을 겸임하겠습니다. 이는 임시일 뿐이니 알아 두시길 바랍니다."

밴플리트의 눈에 쌍심지가 켜졌지만 그건 중요한 게 아니다. 아주 사소한 문제지. 지금 시국이 어디 보통 시국인가? 병사들의 무너진 사기를 다스리기 위해선 각종 프로파간다로 범벅이 된 불세출의 영웅이 전면에 나서야 하지 않을까?

"부관! 항공기 준비해!"

"네? 네??"

"실측 먼저 해야지. 이대로 곧장 튀니지로 간다."

"야! 미쳤어?!"

"미치다니. 프레덴달 그 병신이 두더지처럼 구석에만 파묻혀 있어서 진 거 아냐. 내가 직접 구경 좀 해보자."

얹혀 있던 변비가 쫙 내려가듯 속이 아주 시원해진다. 그래, 이게 전쟁이지.

"제임스, 표정 왜 그래? 변비야?"

"너 때문이잖아 이 개자식아."

"싫으면 패튼 부르고."

"최고의 제2군단장을 선임하기 전까지 임시 겸직이라면 아주 적절한 판단 같습니다, 사령관님."

아니, 패튼이 무슨 망태 할아버지야? 그렇게 정색하면 선배가 상처받지 않을까? 아무튼 밴플리트의 허락까지 받았다. 이 이상 완벽할 수 없다. 내가 간다, 제리 새끼들아.

* * *

전장에서 한참 떨어진 제2군단 사령부에 항공기 한 대가 홀연히 착륙하자, 무기력하게 퍼질러 앉아 있던 참모들은 찬물 한 바가지를 뒤집어쓴 듯 자리에서 벌떡 일어났다.

"이것들 봐라? 아주 기강이 풀렸네?"

"사령관님?!"

"군단장님이라고 부르십쇼. 프레덴달은 짤렸고 본토로 돌려보낼 겁니다."

나는 당혹감에 말을 잇지 못하는 참모들을 보며, 조금 전 써먹고 유용함을 깨달은 채찍을 다시 한번 휘두르기로 했다.

"카사블랑카에서 휴양을 즐기고 있는 조지 패튼 장군을 제2군단장으로 임명하기에 앞서서, 잠시 눈앞의 난국을 타개하는 동안만 제가 임시로 제2군단을 지휘하겠습니다."

별이 번쩍이지? 어떤 별인진 모르겠지만 아무튼 번쩍이긴 할 거야.

"예하부대에도 그대로 전파해주시면 됩니다. 탁월한 능력을 선보이는 사람이 있다면 보직이나 계급장이 좀 바뀔 수도 있겠지요?"

"예, 옙!"

"좋습니다. 여러분의 패기가 아주 마음에 듭니다."

잘하는 놈 없으면 네 상관 패튼. 똑바로 잘하면 바로 당신이 내일의 군단장. 나는 의기소침해진 군단 참모부의 분위기를 일요일 오전 종교활동 후 일광건조시키듯 단숨에 갈아엎어 버린 후, 곧장 지도로 시선을 옮겼다.

"적은?"

"SS입니다."

"이야. 대접 융숭하구만. 내 모가지 따고 싶어서 친위대까지 행차하셨네."

"낯선 복장과 깃발이 보여 영국군에 협조를 요청했습니다. 소련 대사관의 말로는 틀림없이 제3SS사단, 토텐코프라고 합니다."

"그중에서도 제일 역겨운 새끼들이라니. 사막여우 가죽 벗기기 전에 날 세우기론 딱 좋겠어."

"혹시 아십니까?"

나는 촬영된 놈들의 장비를 확인하며 생각에 잠겼다. 생긴 걸 봐서 놈들이 끌고 온 전차는 아마도 독일제 4호 전차. 포신이 길쭉한 걸 보니 우리 전차를 뚫지 못하는 행복한 일은 없겠고.

"그 새끼들은 원래 수용소 경비대 출신이라 들었습니다."

"수용소요?"

"아침 8시부터 저녁 5시까지 매일매일 민간인 학살과 강간을 일과로 삼던 새끼들이 그 토텐코픈가 뭔가 하는 새끼들이라고요. 알제에 연락해서 기자들부터 부르십쇼."

우리 히틀러 어린이가 아직 날 잘 모르는 모양인데, 난 싸우기 전에 항상 여론부터 조지고 본다. 딱 1주일만 시간 주면 튀니지 시민들이 너희를 식인종으로 여기게끔 만들어 줄게.

사막의 여우 4

워싱턴 D.C. 전쟁부.

"짤라? 프레덴달을?"

"지휘통제실에서 온 참모들이 보는 자리에서 계급장을 뜯어버렸다는 데……."

머나먼 아프리카에서 날아온 소식에 마셜은 머리카락이 숭풍숭풍 빠져나가는 듯했다. 맥네어 역시 이 소식을 듣고 당황했으나, 그가 참모총장실에 올 때쯤 이미 마셜은 전투보고서 초안을 받아 들고 있었다.

"왔나?"

"예. 제2군단장 건으로……."

"귀관도 읽어보게. 오랑 상륙작전과 튀니지 전투에 대한 보고서야."

맥네어는 빠르게 종이를 팔랑거리며 속독해나갔고, 몇 분 걸리지 않아 그의 입에서 탄식이 터져 나왔다.

"같은 인물이라곤 믿을 수 없군요. 어째서?"

"킴을 우습게 여겨서?"

"그는 공과 사를 구분 못 할 어리석은 인간은 아니었습니다."

"그러면 권력이지. 군단장이라는 자리가 주는 마력에 홀려버린 것 아니겠나."

맥네어는 무어라 반박하고 싶어 입이 달싹거렸으나, 이 끔찍한 알제발 보고서는 프레덴달이 어디 갓 교육받고 튀어나온 중대장도 안 할 것을 골라서 했다는 사실을 증명하고 있었다.

"킴 중장이 저렇게까지 과격한 행동을 한 이상 프레덴달을 유임할 수는 없을 듯하고… 바로 후임자를 정해야 하지 않겠습니까."

"그렇지."

고개를 끄덕이던 마셜은 다른 전문 한 장을 손에 쥐었다.

"킴 중장은 이번 일이 벌어진 핵심 사안 중 하나로 나이 문제를 꼽았네. 한참 젊은 이들과 같이 더 젊은 상관의 지휘를 받자니 자존심이 허락하지 않은 게 아닌가… 하는 게 그의 추론일세."

때로는 말하지 않는 것이 더 강력할 때도 있는 법이다. 이러한 화법은 그 미묘한 은유를 알아먹지 못하는 사람에겐 아무 소용이 없지만, 마셜과 맥네어는 무수한 수라장을 헤치고 올라온 사람들답게 유진이 '일부러 언급하지 않은 점'을 너무나 잘 알아들을 수 있었다.

"흠. 프레덴달 장군은 훈련과 행정 업무 위주로 돌려야겠군요."

"그러도록 하지. 킴은 워커와 리지웨이, 콜린스를 요청했네만 보내도 괜찮겠지?"

"다 데려가면 전쟁계획부장이 피를 토할 것 같습니다만… 저는 괜찮습니다."

인종 문제. 이걸 꺼내는 순간 킴과 프레덴달은 정말 둘 중 하나가 죽거나 옷 벗을 때까지 싸워야 한다. 하지만 유진은 그 부분을 일절 언급하지 않았고, 이는 다시 풀어 쓰자면 끝장을 보는 것까진 원치 않는다는 제스처로 이해할 수 있었다. 그러나 그 성격을 익히 아는 사람들이 생각하였을 때, 이는 정말 프레덴달에게 자비를 베풀고 싶어서가 아니라…….

"맨입으로 끝낼 순 없겠지요?"

"적선 좀 했다 여기게."

프레덴달 대신 깽값을 지불해줄 사람에게 정중히 청구서를 내미는 것 아닐까.

"제가 수표를 어디까지 끊어줘야 할까요? 신임 2군단장까지 본인 입맛에 맞는 사람으로 앉히려는 걸까요."

"우리 인선이 실패했으니 어쩌겠나?"

"'우리'라니요. 프레덴탈 장군은 엄연히 제가 추천하여……."

"나도 그가 유능하리라 판단하였으니 내 책임도 있네."

마셜은 겉으론 쌀쌀맞은 투로 푸념했으나 그 속 알맹이는 참으로 훤히 보였다. 맥네어는 그 말에 감사해하며 머릿속 장성 인명록을 얌전히 덮었다.

"알겠습니다. 그러면 킴에게 전적으로 맡기지요."

"어차피 군단장감은 그 망나니가 진즉 데려갔네."

"패튼 말씀이십니까?"

맥네어가 얼굴을 찌푸리며 말하자, 마셜이 풋 하고 가볍게 웃으며 고개를 저었다.

"아니. 왜 참모로는 능력이 처참한 놈을 부득부득 참모장으로 데려갔나 의아했었거든. 이 꼴이 날 줄 알고 있었단 거겠지."

"허."

"아마 말해도 안 믿을 거라고 지레짐작했겠지."

"그게 사실이니까요."

"참 고얀 놈이야. 대하기 힘든 부하님이란 말이지."

마셜은 툴툴거리며 입에 담배 한 대를 물었다. 프레덴달이 날려 먹은 만큼의 장비를 보내주려면 볼트 하나, 너트 하나까지 박박 긁어모아야만 했다.

* * *

같은 시각. 튀니지, 튀니스(Tunis).

"아미(Ami, 미군을 가리키던 독일 속어) 새끼들은 슬라브 놈들보다도 형편없군그래."

"그러게 말입니다."

"지도만 보더라도 얼마나 빨리 요충지를 접수하느냐가 핵심인 땅인데, 이래서야 백만대군도 얼마든지 파묻어버릴 수 있겠습니다."

서전을 완벽한 승리로 장식한 독일군은 싱글벙글이었다. 친위대도 국방군도, 최소한 군인의 나라 프로이센에서 나고 자라며 그 전통을 배운 간부들이라면 승리는 물론 패배 또한 곱씹는 법. 오이겐 킴의 명성을 온 세상에 떨친 아미앵 전투의 전개 과정을 암기하지 않은 독일 육군 장교는 이 세상에 없었다.

"오이겐 킴, 오이겐 킴, 그토록 떠들더니. 하, 지난 대전쟁이 벌써 몇 년 전입니까? 퇴물 되고도 충분한 시간이죠."

"애들 장난감이나 팔아먹는 몽골리안 아닌가. 군인이 돈벌이에 급급한 것부터가 문제인데 장난감이라니. 웃기는 이야기지."

튀니지 주둔 추축군의 앞날은 본래라면 사실 그리 썩 밝진 못했다. 독일 국방군 약간. 거기에 무장 친위대 '토텐코프' 사단 한 큰술. Ju-87 '슈투카' 급강하폭격기 부대도 약간. 거기에 이탈리아군으로 마무리. 이 조합으로 개판이 나지 않는 게 참으로 이상한 일이겠지만, 승리라는 달콤한 마약은 바로 그 불가능한 일을 해내는 마력을 띠고 있었다. 천하의 오이겐 킴을 상대로 첫판을 따내고 앞으로의 분위기까지 좋다면 누가 괜히 싸움질을 하겠는가?

"이곳 튀니지는 천혜의 요새라 할 수 있소."

"그렇지요. 이곳에서 번성한 고대 카르타고가 로마에 맞먹는 강국이 된 이유가 다 있는 법입니다."

이들은 마치 한니발과 스키피오라도 된 것마냥 으스대며 갑자기 똑똑이 흉내를 내고 놀았다.

튀니지는 마치 한반도처럼 온갖 지형지물이 다 갖춰져 있었는데, 북부 지방은 북아프리카의 거대한 산맥인 아틀라스산맥이 뻗어 있고 또 한편으로는 해안과 인접한 드넓은 평야지대 또한 있었다.

북쪽의 핵심 항구도시인 튀니스(Tunis)와 비제르테(Bizerte)는 호수와 습지, 언덕과 계곡으로 둘러싸여 육로 접근이 까다로웠는데, 방어가 명백히 유리한 이 두 도시는 허울뿐인 비시 프랑스군의 무장을 해제시킨 추축군이 진주했다.

이 항만에 육로로 진입하려면 산을 타고 흐르는 강을 끼고 달리는 것이 가장 무난하였는데, 실제로 각종 도로와 철도망 역시 이 강의 둑길에 지어졌다. 물론 이젠 독일군의 맛 좋은 사격 목표일 뿐이었지만. 프레덴달은 잘 닦아 놓은 이 도로를 통해 진군을 지시했으니 군사학을 공부한 그 누가 보아도 이는 자살행위에 불과했다.

"영국 해적 놈들이 돌아오면 결국 퇴로는 차단되겠지만."

"육군을 최대한 붙들어 놓는다는 전략적 목표는 달성할 수 있겠지요."

"제공권을 잡을 전투기는 아직 상당수가 베를린을 노리는 영국 공군을 상대하기 위해 발이 묶여 있지만, 총통께선 겨울이 오는 대로 동부 전선의 항공대를 이곳으로 돌려주겠다 약조하셨습니다."

"근접항공지원 정도는 가능하겠습니까?"

"적의 전투기가 없다면 제한적인 지원이 가능합니다."

공중 지원이 제한된다는 점이 아쉬웠지만, 겨울까진 얼마 남지도 않았다. 러시아의 11월이면 사실상 겨울 아니겠는가? 겨우 몇 달을 버티지 못하리란 생각은 그 누구도 하지 않았다. 미군의 반격이 시작된 것도 그즈음이었다.

*　*　*

1939년 11월 11일. 튀니스 추축군 사령부.

왜애애애애애앵!!

"상황은 어떻습니까?"

"적 신형기가… 너무 수가 많습니다."

마침내 북아프리카에 머스탱이 그 모습을 드러냈다. 동부 전선, 본토 상공, 거기에 몰타에까지 항공 전력을 할애해야 했던 루프트바페는 개떼처럼 몰려드는 미 육군 항공대 소속 머스탱을 막아내지 못했다.

비록 독일군은 튀니지 일대의 비행장을 끼고 있어 항속거리 측면에서 우위를 점하고 있었으나, 미영연합군은 비록 구식이긴 하지만 항공모함에서 함재기를 출격시켜 항속거리의 우위마저 넘보았다.

"상관없다! 슈투카 좀 없다고 해도 지형의 유불리를 극복할 순 없다! 더군다나 상대는 버러지 같은 미군이다!"

"예!"

"후, 이길 수 있다. 양키 새끼들이 인제 부랴부랴 공략해봐야 어쩔 거냐."

튀니지의 험난한 바위 언덕을 폭파, 굴착해서 만든 참호선. 백날 폭격을 때려도 여길 무너뜨리려면 어마어마한 공을 들여야 하리라. 게다가 조금만 더 버티면 겨울이 온다. 아무리 지중해성 기후여서 연중 건조하고 온난한 땅이라해도, 겨울에는 비가 많이 와 전차 기동에 여러모로 제한까지 걸린다. 하지만 제공권을 잡은 미 육항대는 병사들의 머리 위로 폭격을 가하는 대신, 전혀 다른 선택을 했다. 튀니지의 시민들 머리 위로, 무수한 삐라가 흩날리기 시작한 것이다.

[튀니지 거주민 여러분들에게 고함.

아메리카 합중국 육군은 튀니지 시민들을 지키기 위해 싸울 예정이지만, 폭탄에는 눈이 없어 일반 시민들의 부수적 피해가 발생할 수 있습니다.

여러분의 옆에 있는 독일군은 벨기에, 네덜란드, 프랑스에서 살인, 방화, 강간을 수도 없이 저지른 이들입니다. 가족과 재산을 지키고 일신의 안녕을 고려하신다면, 지금 즉시 도시를 탈출하시기 바랍니다.]

말은 길지 않았다. 삐라에는 하나같이 시체의 산을 배경으로 해맑게 기념 사진을 찍고 있는 수용소 경비병들의 모습이 담겨 있었다. 경비병들이 자랑스럽게 부착하고 있는 수용소 경비대의 상징 해골 마크. 그리고 이 경비대가 모태가 되어 탄생한 토텐코프 사단의 해골 문양. 누가 보더라도, 지금 튀니지 땅에 진주한 독일군이 바로 저 소름 끼치는 시체탑을 만든 장본인이었다.

삐익! 삐이이익!!

"헌병이다!"

"손 떼! 당장! 전단을 소지하려는 자는 영미의 간첩으로 간주하고 즉결 처형하겠다!"

상황을 파악한 독일군이 다급히 막사에서 뛰쳐나와 시민들을 통제하려 했지만, 이미 온 거리에 뿌려진 삐라와 거기 실린 참혹한 수용소의 광경이 모든 시민의 뇌 안에 콱콱 파고들고 있었다.

"오이겐 킴. 고작 이따위 수법으로 우릴 끌어내리려고? 어림도 없다."

군은 무력을 갖췄기 때문에 강력한 것이 아니다. 규율을 갖췄기 때문에 모래 알갱이 같은 군중이 결코 이기지 못하는 것이다. 물론 이런 깜찍한 삐라를 후방에 살포해대면 점령지의 분위기가 불온해지긴 할 터. 그러나 약간의 부대만 후방에 주둔시켜 놓는다면 결정적인 문제가 생길 일은 없다. 튀니지 주둔 독일 국방군은 헌병과 보병 부대 약간을 시가지에 배치해 조금 더 위압감을 조성하기로 결정하고, 이 결정에 관해 타군에 알려주기로 하였다.

"아? 민간인?"

하지만 이 만남의 장에서, 토텐코프 사단장 테오도어 아이케(Theodor Eicke)는 국방군의 혼을 쏙 빼놓았다.

"위압감을 조성하려고 부대를 뺀다고? 큼, 뺀다고요?"

"그렇습니다만."

"그런 거라면 우리 전공이지. 다 처리해놨으니 병력 돌릴 것 없소."

아이케는 한때 히틀러 다음으로 여겨지던 에른스트 룀을 죽인 인물이었으며, 그 잔인함과 흉포함으로 악명이 드높았다. 러시아 벌판에서 마음껏 원하는 대로 살인과 강간을 저지르던 이자에게, 이 삐라 소동은 문자 그대로 하늘이 내려준 기회였던 것이다.

"다 처리해놨다니……?"

"시가지 곳곳에 건방지게 굴던 새끼들을 매달아 놨지. 지금쯤 남자고 여자고 싹 다 조지고 있으니 오늘 밤쯤이면 잠잠해질 게요. 혹시 반반한 년 있으면 파묻기 전에 좀 보내드릴까?"

"이, 이 미친!! 대체 무슨 짓거리야 이게!"

"아, 년이 아니라 놈을 찾으셨소? 남색은 좀 그런데."

"무슨 일이시오? 독일 나리들, 통역 좀 해줘! 지금 이탈리아를 무시하는 게요?!"

아이케의 명령으로 튀니스 시내에서만 하루 만에 수십 명이 백주대낮에 살해당했고, 그날 밤엔 곳곳에서 총성과 비명이 울려 퍼졌다. 며칠 후부터, 이 참극을 알아차렸는지 미군이 투하하는 삐라의 종류가 하나 더 늘어났다.

[애국자들이여, 떨쳐 일어나자! 게르만 야만인의 총칼에 신음하는 위대한 프랑스 시민들이여, 지금 즉시 무기를 들고 저항의 불꽃을 수놓읍시다!

아미앵의 전설, 샤를 놀렛과 유진 킴 두 장군은 지금 이 시각 튀니스 해방을 위해 진격하고 있습니다. 한 명의 독일인이 튀니스 시가지에 묶여 있을 때마다, 미군과 프랑스군이 한 발자국 더 전진할 수 있습니다!

Viva La France! 밭고랑에 적도들의 피를!]

"잠수함을 타고 레지스탕스가 시내에 들어온다던데."

"공수부대가 옆 도시를 해방했다더라고."

"입 닥쳐! 거기! 거리에서 좆알대지 말란 말이다!"

제해권이란 걸 가져 본 적 없는 독일 입장에서, 저 탁 트인 바다는 영국이 입을 쫙 벌린 악마 아가리나 다름없었다. 저 바닷속 어딘가에 후방을 노리는 칼이 숨어 있는 듯한 섬뜩함에 독일군 장성들은 밤에 잠을 이루지 못했고.

"이러다가 점령지 주민들이 폭동이라도 일으키는 날엔……."

"파국입니다."

"다들 무슨 헛소리들이오? 다 죽이면 되는 거 아뇨?"

한 사람을 제외하고 의견의 일치를 볼 수 있었다. 빨리 미군을 격파해야 그 전과를 근거로 주민들을 입 닥치게 할 수 있다는 사실. 튀니지 전투의 두 번째 막이 올랐다.

사막의 여우 5

1939년 11월. 제2군단 사령부.

"다들 오랜만에 뵙습니다."

제1보병사단, 제9보병사단, 제34보병사단, 제1기갑사단장까지. 명색이 사단장이란 양반들이 당장 대가리 땅바닥에 박을 듯한 표정으로 쩔쩔매고 있으니 이 장유유서의 율법을 아는 김치맨으로서 참으로 마음이 찝찝하다.

"제가 일선 사단에 직접 터치를 한다면 이는 군의 명령 계통을 뒤흔드는 행위였습니다. 저는 제2군단장에게 위임했고, 그 대가는 참혹했습니다. 이는 그 누구의 탓도 아닌, 오직 제 실책입니다."

"아닙니다, 사령관님."

"프레덴달 장군을 제대로 보좌하지 못한 저희의 잘못이 큽니다."

사회가 다 그렇지. 물론 속으로 하는 생각이야 다 똑같을걸? 상석에 앉아 있으니 얼굴만 봐도 대충 무슨 생각 하는지 훤히 견적이 나오네. 내가 애꾸눈은 아니지만 지금 사단장들 표정 보면 관심법이 절로 작동할 것 같다.

'시이발, 개 똥별 새끼가 피같은 애들을 개죽음당하게 만들었어.'

'좆같은 새끼. 유보트는 뭐 하나. 그 새끼 안 잡아가고.'

하지만 뿔난 부하들을 달래는 것도 상관이 해야 할 역할이다. 내 업보려니 해야지.

"이미 후속부대가 알제에 입항했습니다. 또한 작전 성공을 전제로 깔아두고 준비했었던 보충병들 또한 배속시켜 드리겠습니다. 전차는 당장 확보하기 어렵지만, 카사블랑카의 제2기갑사단이 이쪽으로 오고 있습니다."

"옙."

"하지만 2기갑사단을 기다리기엔 시간이 촉박합니다. 12월에 접어들면 작전행동에 여러모로 애로사항이 꽃피는 관계로, 최대한 이… 비가 본격적으로 뿌리기 전에 적을 튀니스 일대에서 싹 내쫓아봅시다."

"적이 뛰쳐나오지 않을 경우엔 어찌해야 합니까?"

어쩌긴. 좆된 거지. 우리 뜻대로 적이 안 움직여준다고 전쟁 안 할 거야? 지금 우직하게 힘 대 힘으로 밀어붙이면 제공권, 제해권 다 빼앗은 우리가 이기지 못할 건 없다. 피를 많이 흘려서 문제일 뿐. 그래서 온갖 어그로를 박박 긁어 가면서 후방도 뒤숭숭하게 만들고, 영국인들을 어르고 달래서 해안 침투도 한번 준비해보고… 할 수 있는 건 다 해볼 작정이다. 프레덴달을 진작 짤랐어야 했다. 11월 중순에야 제대로 된 공세 시작이라니. 이게 무슨 헬 난이도냐고.

이제 삐라 타임 대신 폭격 타임으로 전환한 육항대를 믿을 수밖에 없다. 원 역사 미군이 괜히 하늘만 올려다보며 간절히 기도한 게 아니구만. 나는 나만 바라보는 부하님들에게 내 전략의 개요를 짤막하게 설명했다.

"같이 게임할 때 가장 열받는 유형이 뭔 줄 아나?"

"?"

"상대방 빡치게 하려고 게임하는 놈들이지."

내가 이 새끼를 화나게 만들었다! 난 나치 새끼들의 감정을 지배할 수 있다! 얼마나 쉬운 일이야 이게. 하나의 카리스마적 리더 아래 단단히 응집된 조직은 이딴 분노 유발로 흔들기 어렵다. 지금 토브룩에서 열심히 달려오고 있을 롬멜 말이다.

하지만 우리 눈앞의 적군은 어떠한가? 테오도어 아이케는 그냥 인간말 종이니 인망 따위 없다. 거기에 나는 일부러 삐라를 뿌릴 때 국방군의 악행은 슬쩍 입을 다물고 나치 친위대의 악행만 크게 떠들었다.

원래부터 있던 대립과 갈등 구도. '친위대 때문에 손해 본다.'라는 억울함과 원망. 거기에 시즈닝으로 프로이센 장군들 특유의 왕성한 공격 정신까지 솔솔 뿌린다? 나는 철저히 우리 눈앞의 적장이 생각할 만한, 정확히 표현하자면 그가 마음속으로 갈망하고 있을 방향으로 생각을 유도하고 있었다. 지금쯤 얼굴 모를 내 대국 상대의 좌뇌와 우뇌는 천사와 악마가 하나씩 달라붙어 열심히 속살거리고 있을 거다.

'지난 대전쟁을 떠올려봐. 시간이 흐를수록 아군의 보급은 부족해지고 적은 더더욱 강대해져 가는데 손가락만 빨고 있을래?'

'무슨 소리야. 총통 각하께서 우릴 보낸 건 얌전히 존버나 하고 있으란 뜻이잖아.'

'친위대 새끼들이 괜히 민간인 들쑤셔서 분위기 싸해진 거 안 보여? 이젠 앉아만 있으면 안 된다니까?'

'분위기가 싸해진 건 맞지만 대대적인 봉기는 불가능해. 대세에 영향을 줄 정돈 아냐.'

'딱 한 번만, 딱 한 번만 미군 죽통을 맛깔나게 후리고 돌아오면 돼. 오이겐 킴의 쌍코피를 터뜨리고 다시 방어선으로 돌아오면 엄청난 이득을 볼 수 있어!'

마지노선에 영혼까지 끌어모은 프랑스 군인을 상대로 유인을 시도하는 건 부질없는 짓이다. 하지만 전술적 승리로 전략적 흐름을 뒤바꾸려는… 이 야매심리학박사 유진 킴의 표현으로 '타넨베르크 증후군'에 시달리는 프로이센 융커 친구들이라면, '수세에 몰린 상태에서도 적의 약점을 정확하게 찔러 적 공세를 돈좌시키는' 뽕맛을 끊을 수 없다.

똑똑한 놈일수록 걸릴 가능성이 높다. 독일군 너네는 얌전히 참호 안에 앉아서 숨만 쉬는 애들 아니잖아. 얼른 뛰어나와 보라고.

"회의 중 죄송합니다. 적의 움직임이 확인되었습니다."

"어디? 얼마나?"

"토텐코프가 뛰쳐나왔습니다."

장군들이 날 바라보는 눈빛이 바뀌었다. 여기선 밥 아저씨의 명대사가 나올 차례구만.

"어때요, 참 쉽죠?"

* * *

같은 시각. 알제리—튀니지 접경지대. 쉴 새 없이 덜컹이는 트럭 뒷좌석에서 엉덩이가 짓무르도록 앉아 있는지 시간 감각이 흐릿해질 무렵.

"어이, 신병들! 전부 내려!"

한 무리의 젊은이들이 짐을 싸안은 채 트럭에서 하차했다.

"야 이 새끼들아! 신병 받아라!"

"좆됐군."

"실례합니다 간부님? 저희 다음 작전 선봉인데 진짜 신병 받은 겁니까?"

"그래 이 새끼들아."

선탑한 간부가 황당하다는 듯 답했다.

"하여간 지들도 얼마 전까지 짬찌끄레기였으면서. 니들 입대한 지 한 몇 달 됐냐?"

"군 생활 1년 했으면 천지개벽 아니겠습니까?"

"그 소리 토미(Tommy, 영국군) 놈들한테 했다간 숨넘어가게 웃을걸? 아니다, 히틀러한테 그 얘기 하면 그 새끼도 웃다가 배가 터져 뒈질 거다. 썩 애들이나 데려가!"

그렇게 휴지, 통조림, 기타 자질구레한 보급품과 함께 신병 몇 마리를 떨군 트럭은 다시 몰아치는 바람과 함께 유유히 사막을 헤치며 사라졌다. 얼떨떨하게 짐을 꼭 껴안고 캥거루 포즈를 취하고 있는 신병들을 보며, 행정병 몇이 이들을 인도했다.

"언제부터 미 육군이 인종의 용광로가 된 거지?"

"왜. 영화 〈아미앵〉 틀어줄 때 안 보고 졸았어?"

"아니 걔들은 원래 그런 부대였고. 이거 좀 보라고."

한 병사가 '이거'를 슥 훑어보며 탄식했다.

"깜둥이, 부리또, 부리또 하나 더, 거기에 잽스까지 있네. 야, 노랭이! 너 잽스 맞아?"

"잽스 아냐. 잽스는 좀 더 오렌지처럼 노랗댔어. 내 생각에 쟤는 중국인이야."

"이병 도경 킴! 아닙니다! 조선계입니다!"

킴이라는 말에 주거니 받거니 하며 신병의 혈통을 탐구하던 행정병들은 순식간에 미어캣처럼 서로 고개를 분주히 이리저리 돌려댔다.

"킴?"

"혹시 사령관님이랑 친척인가?"

"아닙니다. 조선에서 무척 흔한 성씨입니다!"

휴. 좆될 뻔했네. 너 나 할 것 없이 안도의 한숨을 삼키며, 신병들 앞에서 티를 내지 않으려 용쓰며 괜히 젠체하는 이들이었다.

"그래, 니가 사령관님 조카가 아니면 아무런 상관없지."

"아냐 병신아. 코리안들은 그 스코티쉬나 이탈리안처럼 클랜을 이루어서 산다고."

"이탈리안이 무슨 클랜이야, 이 병신아."

"아무튼! 그래서 정말 제너럴 킴과 어떠한 관계도 없는 거 맞아?"

김도경은 이 열화와 같은 관심에 어쩔 줄 몰라 하며 우물쭈물 말을 꺼냈다.

"그, 대학교 장학금을, 김가 장학금을 받긴 했는데……."

"거 봐 이 새끼들아! 아시안들은 클랜 멤버를 챙겨준다니까?"

"야. 대학까지 간 먹물이 왜 병사로 와? 간부 안 해?"

"빨리 입대하고 싶어서 병으로 자원했습니다!"

"미친 새끼."

"야, 너네! 애들 자대 보내야 하니까 그만 괴롭혀라!"

"예예."

앳된 티가 아직 가시지 않은 소위 한 명이 허름한 야전 막사 안에서 튀어나오더니 들고 있던 판때기를 이리저리 휘저었다. 혹시 실수한 거 아닐까? 나랑 나이 차이도 별로 안 나 보이는데 누구는 소위고 누구는 병이네? 도경이 이미 지나간 버스를 떠올리며 복잡하게 쨍구를 굴리는 동안에도, 소위는 무덤덤하게 신병들의 명단을 확인했다.

"하버, 스미스!"

"예!"

"헤르난데즈, 안토니오!"

"예!"

"킴, 토… 토… 이거 뭐라고 읽어야 해?"

"도—경입니다!"

"쿄, 켜, 캥, 빌어먹을. 그냥 도쿄 킴이라고 해."

"네??"

"그게 싫으면 캥거루 킴이라 하든가."

이제 쪽바리들이나 하는 창씨개명까지 당한다. 이 얼마나 가슴 미어지는 일인가. 당장이라도 저 망할 소위에게 마운트 포지션으로 올라타 입에 오이소박이와 열무김치를 밀어 넣으며 조선의 매운맛을 단단히 보여주고 싶었지만, 꼬우면 역시 장교로 입대해야 했다. 너무 늦었다. 다시 간부 인솔에 따라 그들이 향한 곳은, 수십 대의 전차가 어지러이 널려 있는 한 탁 트인 곳이었다.

"역사와 전통을 자랑하는 제13기갑연대! 그중에서도 진정으로 최고의 위업으로 명성 높은 우리 대대에 온 것을 환영한다!"

대위 계급장이 확연히 눈에 띄는 간부는 아까 본 소위와는 달리 무척 나이가 들어 보였다.

"우리 부대의 모태는 그 명성 드높은 326경전차대대! 비록 부대 명칭은 바뀌었을지언정, 캉브레에서 전 세계 역사를 뒤바꾼 그 부대가 우리의 시초다! 여러분 또한 그 사실에 자긍심을 품고, 독일 새끼들을 야무지게 찢고 죽이기 바란다! 이상!"

"신병들 이리로! 특기대로 정렬!!"

"전차 운전병은 여기로!!"

이제 알았다. 뭔가… 뭔가 실수한 것 같다.

"잘 들어라! 우리 육항대 친구들이 목격한 바에 따르면, 애미가 개랑 붙어먹어서 태어난 SS 새끼들이 포로로 붙잡힌 우리 전우들의 머리통에 대고 총질을 했다고 한다!"

그가 군장을 싸 들고 오자, 소대장으로 보이는 소위가 목에 핏대를 가득 올리고 연신 충격적인 내용을 떠들고 있었다.

"혹시나 말랑말랑한 생각 품고 있는 새끼들, 정신 똑바로 차려! 그 새끼들은 포로 따위 취급 안 한다! 그냥 싹 멸종을 시켜야 한다는 마음가짐으로 싸우란 말이다!"

"KILL!!"

"KILL!!!"

"거기 신병. 미안하게 됐다. 지금 보다시피 애미 없는 친위대 새끼들이 튀어나온 관계로 전입신고고 나발이고 없고, 바로 출동해야 한다."

"예, 알겠습니다."

"저기 보이는 저 전차에 가서 골드버그 하사한테 신고해. 저 친구들이 저번 전투에서 조종수를 잃었거든."

끝없이 토스에 토스를 거쳐, 마침내 그가 운전대를 잡아야 할 전차 앞에 도달했다.

M4. 자랑스럽게 말할 수 있는 미 육군의 전차. 그리고 현존하는 최강의 전차. 미국인으로서의 자긍심과 조선계의 피가 동시에 끓어오르는 이 늠름한 자태를 눈에 뚫어져라 새기며, 그는 조심스럽게 전차 앞에 옹기종기 모여 있는 선임들에게로 다가갔다.

"골드버그 하사님?"

"뭐야. 신병이 잽스야?"

"아닙니다. 조종수로 배속받은 도경 킴 이병입니다."

"킴?"

"킴이라고?"

또 똑같은 소리의 반복. 캘리포니아를 떠난 이후 매번 당해 온 일이니 익숙해질 만도 하련만, 죽음기라도 하나 들고 다녀야 하나 싶었다.

"나는 피터 골드버그. 전차장이고, 이름 들으면 알겠지만 유대계다. 히틀러가 우리 할아버지, 할머니를 다하우 수용소에 처넣었길래 하던 일 때려치우고 군에 왔지."

얼이 빠질 정도로 강렬한 자기소개였다.

"베를린까지 운전 똑바로 할 수 있겠나?"

"물론입니다, 하사님."

"그래. 뒈지지 말고. 우린 보통 죽는 것도 같이 죽으니까 오래 살고 싶으면 운전 잘해 달라고."

하지만 지금… 결원은 조종수 한 명만 발생한 것 아닌가? 그 궁금함이 그대로 얼굴에 티가 났는지, 골드버그 하사는 가래침을 탁 뱉으며 답을 먼저 해줬다.

"원래 조종수는 전투에선 용케 살아 나왔으면서 총기 오발로 뒈졌어. 너도 총 간수 똑바로 해."

"예, 옙."

"나머지 소개는 가면서 한다! 바로 출발하지!"

작중 횃불 작전(1939.10.)

작중 튀니지 공방전 개시(1939.11.)

사막의 여우 6

사람의 지능은 크게 세 단계로 분류할 수 있다. 자신의 실수에서 반성하고 경험치를 얻으면 보통. 남의 실수에서 반성하고 경험치를 얻으면 똑똑. 실수를 해도 반성하긴커녕 자꾸 헛소리만 해대면 지능이 유인원 수준으로 감퇴하는 병에 걸렸으니 가까운 병원으로 가면 된다.

그런 점에서 제2군단은 프레덴달이 저지른 실수를 열심히 피드백해 같은 실수는 하지 않게 되었으니 참으로 다행이라 하겠다. 정확히 말하면 또 실수하려는 놈들은 내가 눈물을 머금고 다시 한번 계급장 우드득 쑈 저질러 줄 용의가 있다.

"객관적 전력으로 봤을 때 제2군단이 독일군의 공세에 밀릴 이유는 딱히 보이지 않았습니다."

"예, 사령관님."

"근데 왜 졌습니까?"

"보병과 기갑이 따로 놀았기 때문입니다."

"그렇지, 시발."

이미 너구리굴처럼 매캐한 연기 가득한 이곳에서, 나는 다시 한번 제사상 향 피우듯 럭키 스트라이크 한 대를 입에 물었다.

"작전참모님."

"예."

"일선 대대나 중대급 보병 친구들이 적 기갑부대와 조우했을 경우 현재 대처 방안이 있습니까?"

"대전차전을 치를 여력이 많이 부족합니다. 37mm 대전차포나 대전차 라이플, 50구경 기관총 등을 보유하고 있으나 이들 모두 적 주력인 '4호 전차'를 격파하기엔 어려운 실정입니다."

바주카가 필요하다. 존나 훌륭한 미 제국주의 몽둥이가 필요해. 나로서 도 제2차 세계대전을 준비할 때 당연히 가장 먼저 떠오른 것이 일명 알라 의 요술봉, RPG—7을 위시한 보병용 대전차화기였지만… 이 개같은 관료주 의 필드는 무기 개발 하나조차 겁나 찝찝했다.

'M4를 개발하고 생산할 비용으로 보병 분대당 이 바주카 하나씩 들려 주면 대전차전 해결되는 것 아닙니까?'

진짜 저런 소리가 나올 수 있는 게 얼마 전까지의 미 육군이었다고. 상상 만 해도 소름이 쫙 돋네. 나는 그놈의 '대전차 자주포' 계획안을 막는 데 총 력을 다해야만 했고, 거기에 만약 보병 병과까지 개입해서 '하나 된 보병의 마음으로 전차는 얼마든지 물리칠 수 있어요~ 전차에 들어갈 예산 우리 줘 어~' 하는 꼴을 보느니 그냥… 바주카를 포기해버렸다. 이건 내 탓 아님. 진 짜로.

"연대 쪽 포병부터 시작해서 군단 직할 포병대까지 모조리 끌어와서 독 일 놈들 머리통을 불바다로 만듭시다."

"하지만 지침에 따르면……."

"지침은 내가 지침이구요. 이미 보급 요청해서 대서양 건너고 있는 탄약 량만 해도 제법 됩니다. 지금이 아니면 쏠 찬스가 그리 많을 것 같습니까?"

토텐코프 친구들을 위한 뜨거운 폭죽도 예약했다. 문제가 있다면 점점 더 짙게 깔리기 시작하는 비구름이지만… 이건 내가 기우제를 지내서 온 비구름도 아니니 어떻게 할 수 없다.

"제가 다 하나하나 지시할 필요는 없겠지요? 전 여러분을 믿고 있습니다."

괜히 긴장하지 말라고 덕담 한마디를 던지자 다들 좋아서 어쩔 줄 모른다. 역시 상관의 믿음만큼 확실한 게 없지. 그 후 곧바로 향한 곳은 미리 대기 중이던 정찰기 한 대. 나는 곧장 주전장인 튀니지 북부 상공으로 날아올라 유유자적 하늘을 날며 작전 상황을 확인하고 있었다.

내 스타일에 적응된 사령부 참모들과 달리, 2군단 참모들은 정찰 비행을 나가겠다는 내 발목을 붙들지도 않았다. 혹시 내가 나갔다가 골로 가길 원하는 건가? 미친 짓을 하는데 아무도 안 말리니까 좀 섭섭한데.

제공권은 이미 압도적으로 우리가 장악. 프레덴달은 야무지게도 공수부대를 보내 튀니지 일대의 독일군 비행장을 장악하겠다고 깝죽댔지만, 결과는 귀한 특수부대원들이 독일군의 기관총 세례 앞에 케찹이 되는 끔찍한 엔딩으로 끝나버렸다.

여기서 교훈을 얻은 나와 맥나니는 머스탱은 물론, 영국인들을 닦달해서 몰타를 수비 중인 스핏파이어까지 끌어다가 단숨에 제공권을 장악한 후 미리 좌표 따놓은 비행장에 대대적인 폭격을 가했다. 걸리적거리던 슈투카도 치웠고. 적은 겨울이 오기 전 전차전으로 재미를 보려는 심산.

"사령관님?"

"무슨 일입니까."

파일럿이 힐끗 뒤를 돌아보며 내게 말을 걸었다.

"저기 보이십니까? 독일군입니다. 대공포화를 맞을 우려도 있는데……."

"내려갑시다."

"네?"

내 말에 파일럿이 황당하다는 듯 대꾸했지만 나는 당당했다.

"저 친구들 아마 대공포 없을 겁니다."

독일군의 자랑거리 88mm 포. 독일식으론 8,8cm 포는 원래 '대공포'다. 전차에 한 대만 갈기면 처칠 전차고 셔먼 전차고 죄다 뻥뻥 터져나가니 롬멜이 이걸 대전차포로 아주 찰지게 써먹고 있는데, 반대로 말하면 그만큼 원래 용도인 대공 사격은 휴무 상태란 뜻 아니겠나.

"거참. 들은 대로 굉장하시네요."

"피부색이 피부색이라. 제정신이면 여기까지 올라올 수 있었겠습니까?"

"합중국 시민으로서 부끄러워지는 말씀이군요. 이대로 기수 돌렸다간 장군님이 겁쟁이라고 놀려댈 것 같으니 정말 하강하겠습니다."

"물론이죠."

우린 살포시 하강하기 시작했고, 마치 벌레처럼 자그마하게 보이던 독일군이 점점 더 형체를 뚜렷하게 갖추었다.

"어우, 전차 숫자 좀 보게. 바글바글하구만."

"우리랑 싸우려고 오고 있는 겁니까?"

"그럴……."

타타탕! 탕! 탕!

"총알 날아오는데요?"

"쫄리나?"

"허. 미치겠네. 더 하강할까요?"

"그러면 좋지요."

나는 들고나온 확성기에 입을 대고 또박또박 영어로 독일 놈들에게 뜨거운 환영인사를 읊어줬다.

"시큼축축한 크라우트 새끼들아, 안녕? 죽을 장소로 온 걸 이 유진 킴이 몸소 환영해주마. 사람이길 때려치운 이 친위대 새끼들아, 히틀러가 똥꼬 대달라고 하면 바지부터 벗을 니들을 보면 고향의 엄마랑 여자친구도 혀를 차면서 이 개조까……."

타타타탕! 타타타!!!

"쫄?"

"이깟 총탄 좀 날아온다고 거 너무 그러시네. 지금 쫄린 거 장군님 아니십니까?"

"뭔 개소릴 하고 있어. 있어 봐. 내가 릴리 마를렌 한 곡조 저 새끼들한테 기가 막히게 뽑아줄 테니까. 내가 응? 웨스트포인트를 가지만 않았으면 불후의 가수가 됐을 텐데."

"며칠 전엔 불후의 야구선수라고 안 하셨습니까?"

후. 이래서 재능이 많은 사람은 참 피곤하단 말이지. 사업가 겸 구단주 겸 야구선수 겸 가수를 하면 시구도 내가 하고 게임 전 공연도 내가 할 수 있지 않겠나. 그런 내가 지금 여기서 관객이라곤 저 인간말종 새끼들뿐인데 노래 한 곡조를……

콰아아앙!!

"대공포 없다면서요!"

"씨발! 스쳤어!"

"이제 진짜 갑시다! 갑니다!"

우린 곧장 기수를 돌려 저 멀리 용맹하게 전진하는 미 육군 전차부대를 향해 날아갔다. 구경 더 하고 싶은데, 아쉽구만.

* * *

"11시 방향! 적 전차!"

"1시! 1시!"

"1시 무시해! 11시부터 잡는다!"

"야! 잽스! 운전 똑바로 해! 멈추면 뒈진다! 우리 다 뒈진다 이 새꺄!"

"으흐으허어어어으어……"

"복창 안 해 이 새꺄!"

"쐈어! 제리 새끼들이……!"

"2호차 피격! 2호차 피격!"

"터졌어! 죽었다고!!"

전차 안은 수라장이었다. 기름 냄새, 땀 냄새로 가득 찬 이곳엔 이제 죽음의 냄새가 자욱히 깔리고 있었다. 골드버그 하사의 두 눈은 바짝 충혈되어 있었고, 저 캉브레에서부터 전해져 내려오는 미합중국 육군 기갑부대의 비기를 실천할 때가 왔다는 깨달음 또한 있었다.

빠악!!

"악!!"

"똑바로 안 하면 니 대갈통 한 번 더 까이는 수가 있어!"

그 옛날엔 전차 안에서의 모든 의사소통이 발길질로 이루어졌다고 한다. 바로 그때, 어떻게 어딜 까야 하는지 체계적으로 정립된 이래 발길질은 미 육군 기갑부대의 트레이드마크이자 만능 소통창구가 되었다. 지금도 봐라. 멍청하게 굴던 놈이 한 대 처맞고 나니 빠릿빠릿해지지 않나.

"철갑탄으로! 1,200야드!"

"장전 완료!"

"쏴!"

콰아앙!!

M4 전차의 75mm 주포가 우렁찬 포효와 함께 철갑탄을 토해낸다.

"빗나갔…….''

"아군이 맞혔어! 11시 뒈졌고! 1시로 포탑 돌려!"

"1시로!"

"아니, 아니아니, 포탑 그대로, 포탑은 그대로! 차량 우회전!"

"포탑 세우라고요?"

"그래!"

"포탑 돌리는 게 더 빠르지 않을까요? 측면 노출하면……."

"좆같으면 니가 전차장 할래? 차량 돌리라니까 씨발!"

전투 경험 전무. 첫 전투는 처참한 패배와 도주. 아무리 훈련을 거쳤다고는 하지만, 폴란드에서부터 실전으로 다져진 적군에 맞서기에 아직 미군의 숙련도는 바닥에 수렴하고 있었다. 누가 뭐라 할 것도 없이 죄다 바지춤이 축축해진 상태에서, 김도경은 이를 악물고 변속하며 차량을 우회전시켰다.

"1시 적, 주포를 우리 쪽으로……!"

"철갑탄 하나 더! 1,100 야드!"

"장전 끝!"

"그냥 쏴!"

"발사!"

한 번 더 쾅!

첫 조우에 다급히 연막탄이나 아무렇게 쏴대던 이들이 마침내 탄종을 철갑탄으로 바꾸고, 독일 전차 하나를 침묵시켰다.

"명중! 명주우웅!"

"엄마, 엄마아……."

"하늘에 계신 우리 아버지, 그 이름을 거룩하게……."

"해치웠나?"

"닥쳐! 그 소리 하지 마!"

"네?"

"그 말 하면 죽은 놈도 부활한다더라고. 합중국 육군 전차병은 결코 '해치웠나'라는 말을 쓰지 않는다. 알겠나 신병?"

"네, 넵!"

장전수가 신병을 단도리치는 사이, 잠시 얼이 나간 상태에서도 골드버그는 통신망을 소대로 돌렸다. 아니, 돌리려고 했다.

땀으로 축축해진 손이 덜덜 떨린다.

"여긴 3호차."

— 들린다. 문제없나?

"어… 음, 기저귀랑 빤스 다섯 장 보급이 필요하다."

— 미안하지만 본 소대장이 먼저 써야 하는 관계로 3호차는 잘 빨아서 다시 입기 바란다.

"이 사막에서 빨래를 어떻게 하라고?"

— 모래에 대고 빨면 된다고 중대장이 알려줬다.

온몸이 후들거리지만, 무전기에 대고 되도 않을 소릴 찍찍해대고 있자니 승무원들의 긴장이 풀려나가는 것이 보인다.

— 각 전차 휴행탄수 보고 바람.

"우리 탄 얼마 남았냐?"

"별로 쏜 것도 없습니다!"

그야… 엎혀 가다시피 했으니까. 다들 얼빠진 채 살려고 고함만 바락바락 질러대고 몇 발 뻥뻥 쏴대긴 했지만 그게 끝. 공포가 좀 가시고 나자 이제 부끄러움과 쪽팔림이 찾아오기 시작했다.

— 우린 당초 작전대로 계속 전진한다. 3호차 선두로.

"알겠습니다. 우리가 앞장선다!"

"네?"

신병의 눈이 땡그래지자 다시 한번 구둣발이 휙 하고 날아갔다. 빠악!

"정신 차려. 그럼 설마 항상 맨 뒤에서 남 돼지는 거 구경만 할 수 있을 줄 알았냐?"

"아, 아닙니다!"

"명심해라. 우리가 길을 열어야 미래도 열 수 있다."

"예, 알겠습니다!"

얼치기 하사와 그 일당들은 그렇게 차곡차곡 경험을 쌓고 있었다. 그리고 미 육군 제13기갑연대, 보다 넓게 튀니지 전투에 참여한 거의 모든 부대에서도 이와 크게 차이 나지 않는 일들이 비일비재하고 있었다. 이렇게 서로 폭력과 농담, 안도와 눈물이 뒤범벅되어 전쟁이라는 극한 체험을 자신들의 방식으로 소화하는 동안 전장 곳곳엔 흉물스럽게 불타는 전차와 그 안에 갇힌 채 끔찍하게 죽어가는 이들이 깔려 있었다.

* * *

공세 1일 차.

"현재 상황은?"

"적과 사소한 조우전을 치렀다는 보고가 있습니다."

"피해는?"

"아군 M4 전차 4대 손실. 적 3대 격파. 이상입니다."

"별일 없네."

양군의 최선두가 미묘한 공방을 교환했다.

사막의 여우 7

아프리카에서 벌어진 판이 커질수록, 베를린에서도 점차 이 부수적인 전장에 관심을 기울이지 않을 수 없었다.

"빌어먹을. 애초에 아프리카에 군대 따위를 보내면 안 됐어."

"미군의 신형 전투기에 대응할 더 많은 전투기가 필요합니다."

"롬멜 장군이 신형 전차를 보내달라 당부해 왔습니다."

"안 돼. 지금 단 한 명의 병사도 뺄 수는 없어. 이 전쟁은 결국 모스크바를 따내느냐 마느냐의 싸움이라고!"

토텐코프가 수령해 가져간 신형 4호 전차를 러시아 땅에 보낼 수 있었다면 얼마나 좋을까! 히틀러가 편하게 다룰 수 있던 몇 안 되는 부대였기에 사막으로 돌렸지만, 지금은 바로 그 부대가 아쉬워 죽을 지경이었다.

물론 공격 정신 왕성한 롬멜을 보낸 것도 히틀러 그 자신. 영국군을 몇 차례 격파하자 신이 나서 증원을 지시한 것도 그 자신. 잃을 수밖에 없지만 최대한 버텨주기나 했으면 좋겠다던 마음이, '수에즈 따면 된다! 알렉산드리아! 수에즈! 아프리카 코인 가즈아!'라는 욕심충의 마인드로 변질된 것도 다 순간의 변덕. 하지만 수에즈 코인은 휴지조각이 되었고, 롬멜과 아프리카 군단은 이제 생존을 위해 사투를 벌여야 했다. 그 사실을 모를 수 없는 히틀러는 '아. 저 부대 싹 다 모스크바에 부었으면 스탈린 잡았는데.'라는 후회만 막급일 뿐이었다.

"롬멜 장군에게… 영국군을 격멸하고 토브룩까지 진격한 공로로 훈장을 보내주게."

"알겠습니다."

"아프리카 군단은 '독일—이탈리아 기갑군'으로 개칭하고, 우리 두체에게 더 많은 군대를 내놓으라고 통보해."

"두체가 순순히 파병할까요?"

"우리의 친구 무솔리니는 절대 리비아를 포기할 사람이 아냐. 튀니지가 함락되는 순간 리비아도 못 지킨다고 똑바로 전해. 튀니지에서 지형의 유리함을 끼고 싸울 때가 두체에게도 훨씬 행복할 거야."

히틀러는 아프리카 전역을 다루는 지도를 보며 수싸움에 골몰했다.

"미군의 전투력은 이탈리아군과 크게 차이 나진 않겠지. 좀 더 수가 많고 장비의 신뢰성이 높은 이탈리아군이라고 보면 될 거야."

"그렇습니다, 각하."

"적은 머릿수에서 앞서는 만큼 당연히 해안 평야지대와… 이 튀니지 일대를 남서쪽에서 북동쪽으로 크게 가르는 아틀라스산맥 일대를 동시에 두들기겠지."

히틀러는 지휘봉으로 롬멜의 군대를 슥 옮기며 연신 주절거렸다.

"하지만 여기서! 롬멜 장군이 이끄는 본대, 최고의 명장과 함께 영국군을 격파했던 이 정예부대가 산맥 일대에서 미군을 격파하고, 단숨에 평야까지 진출하면!"

"거대한 회전문이군요."

"이게 바로 전략이야. 비제르테와 튀니스, 두 항구를 단단히 지키면서 롬멜 장군이 적 퇴로를 차단하는 데 성공하면 우린 넉넉잡아 10만 미군 포로를 확보할 수 있네."

이 계획을 위해선 두 가지 전제조건이 필요했다. 첫째. 미군 제2군단이 비제르테를 점령해선 안 된다. 그 순간 미군은 포위는커녕, 지중해를 통해 자유롭게 보급을 받을 수 있으니. 둘째. 아틀라스산맥에서의 싸움에서 적을 빠르게 격파해야 한다.

하지만 히틀러는 자신했다. 정확히 말하면, 이 방법 외에 승리할 수단이 떠오르지 않았다.

"총통 각하. 이미 적은 제공권을 장악했습니다."

"하지만 놈들은 공격하는 입장이지. 게다가 미군은 우리의 슈투카만큼 우수한 급강하폭격기도 없지 않나? 잘 축성한 방어선에서 버티면 견딜 만할 걸세."

"각하. 루프트바페의 대표로서, 지금 바로 케셀링과 휘하 비행대 일부를 동부 전선에서 빼 몰타와 아프리카에 투자해야 한다 건의드리는 바입니다."

"불가. 아직, 아직이야. 한 달. 한 달 뒤에 보내주겠네."

모스크바, 모스크바!

마치 그의 타임 테이블을 몰래 훔쳐보기라도 한 것처럼, 독일 민족의 레벤스라움이 완성되기 일보 직전에 집요하게 초를 치고 있었다.

모스크바에 눌러앉아 필사의 항전을 선언한 스탈린도. 엄청난 피해를 감수하며 밤마다 폭격기를 띄우는 처칠도. 그리고… 예상보다 훨씬 일찍 모습을 드러낸 그놈까지.

"……."

귓전으로 그놈의 저벅거리는 군홧발 소리가 들리는 듯했다. 신경이 과민해진 탓이리라. 히틀러는 주치의 모렐 박사를 만나기로 결심했다.

* * *

"총통 각하를 위한 최고의 신년 선물은 오이겐 킴의 시체다! 친위대, 돌격 앞으로!"

"이대로 적 주력을 붙든다! 천천히 물러나면서 놈들을 화망으로 끌어들여!"

유진 킴과 히틀러가 새로운 전략을 제시하면서, 튀니지에서의 격돌은 점점 더 그 규모를 더해 가고 있었다. 유진 킴이 지휘봉을 갈취한 제2군단이 튀니지 북부에서 피 터지게 '토텐코프'로 대표되는 독일군에 맞서는 동안 하지가 이끄는 동부 태스크포스(Eastern Task Force) 소속 2개 사단은 부드러운 아랫배 격인 튀니지 남부, 카세린협곡을 돌파해 적의 후방을 노리고 카사블랑카에 주둔 중인 패튼의 서부 태스크포스(Western Task Force)는 자유 프랑스군에게 모로코 일대를 인수인계하고 트리폴리 또는 벵가지 상륙에 나섰다. 버나드 몽고메리가 이끄는 영국 제8군 또한 추가적인 증원을 거친 후, 마침내 처박혀있던 토브룩을 뛰쳐나와 롬멜의 목을 따기 위해 서진하는 상황.

한편, 카세린협곡을 위시한 아틀라스산맥 일대는 방어에 너무나 수월한 지형 특성상 막대한 피해가 예상되었다. 유진 킴은 이를 고려해 독일군의 허리를 분질러야 하는 하지 아래로 1개 사단을 추가로 보내주었다.

"따끈따끈한 새 부대가 왔는데. 데려갈래?"

"지금 병력을 늘려야 하는 건 제2군단 아닙니까?"

"여긴 정면이 생각보다 좁아. 젠장, 이러니까 현장을 돌아다녀야지. 아무튼 지금 나한테 필요한 건 기갑이지 보병 부대가 아니야. 그래서 싫다고 하면 패튼 선배에게 보낼 건데, 가질래 말래?"

"당연히 저 주셔야죠. 설마 거절할 거라 생각했습니까?"

야전군인 중 자기 밑의 부대가 더 늘어나는 걸 반기지 않을 사람은 거의 없었지만, 이번에 온 부대의 성격상 충분히 꺼릴 만도 할 법했다. 그러나 이미 오래전 이들의 전투력을 맛본 하지는 전혀 거리낌이 없었다.

"두려움이 있어야 할 자리에 용맹을 채워넣었다니. 최강의 병사들이 내 밑에 다시 왔군."

사열대 아래로, 최강의 부대가 그 위용을 드러내고 있었으니.

"가서 죽자!"

"가서 죽자!!"

"시체로 협곡을 가득 메우는 한이 있더라도, 기필코 승리만큼은 쟁취할 겁니다. 걱정 마시죠."

제93보병사단, 마침내 알제 도착. 하지는 곧바로 그들을 선두에 내세우고 진군을 선언했다. 물론 하지 아래의 참모부에서는 이로 인한 불만이 잠시 나왔지만.

"우리 사령관님이 예전에 내게 말한 적이 있지."

"어떤 말이지요?"

"가진 거 많은 새낀 가위도 바위도 보도 전부 다 내면 된다고."

왜 무조건 이길 방법 버려두고 헛고생을 해야 하지? 배울 만큼 배웠다고 생각하는 하지였다. 하지만.

"카세린에 롬멜이 있습니다!"

"롬멜이?"

"벌써……?"

"다들 주목!!"

하지는 당혹감에 젖어 쩔쩔매는 참모들을 보며 큰소리를 일단 버럭 지르고 봤다.

"롬멜 왔는데 뭐 어쩌라고? 그래서 그 새끼한테 병사들 갖다 바치고 지고 싶어?"

"아닙니다!"

"롬멜 무서워서 불알 쪼그라든 새끼 있나?!"

"없습니다!"

"좋아. 시간상으로 봤을 때 롬멜의 부대가 전부 다 튀니지까지 도달하는 건 말도 안 돼. 우리 앞에 있는 건 롬멜뿐이야. 롬멜과 함께 웨이벌을 물리쳤던 그 정예부대가 아니라고!"

물론 '그' 롬멜의 손아귀에 떨어진 후방부대는 더 강해졌겠지만, 하지는 그 부분은 깔끔하게 무시하기로 했다. 지금 중요한 건 의기소침해진 이 참모들의 정신머리를 교정해주는 일이었으니까.

"사령부, 그리고 제2군단에 알려!"

"뭐라고 말입니까?"

"산맥에 여우새끼 있음!"

잠시 망설이던 하지는 뒷말을 덧붙였다.

"우리가 여우 목도리 하나 끝내주는 거로 갖다줄 테니, 거기서 구경이나 하라고 해!"

배 아파 죽겠지? 그는 킬킬거리며 뒤돌아 담배에 불을 붙였다. 그의 독려에 반응한 참모들이 미래에 대한 기대를 숨기지 못하는 동안, 그들에게서 고개를 돌린 하지의 표정이 와락 일그러졌다.

롬멜을 잡아 전쟁영웅이 되거나. 아니면… 프레덴달의 뒤를 따르거나. 놀라운 고속출세 로열 로드에 거대한 암초가 나타났다.

* * *

모든 전쟁이 다 그러하겠지만, 특히나 이 전역은 여러 사람이 두는 복잡한 체스판과 비슷했다. 연합군 측 플레이어는 당연히 나와 하지. 그리고 광만 팔고 싶어서 기웃거리는 인성갑 몽고메리와 아직 교통정리가 덜 된 가운데 우격다짐으로 뛰쳐나온 자유 프랑스군.

추축군 측 플레이어는 남쪽의 롬멜과 북쪽의 발터 네링, 거기에 반 독자적으로 움직이는 SS와 열의도 실력도 기대에 못 미치는 이탈리아군. 누구 하나 자기 마음대로 되는 게 없는 가족오락관 속에서, 양측 총사령관의 목엔 점점 더 핏대가 서고 있었다.

솔직히 내 목이 다 쉴 것 같은데, 롬멜은 얼마나 더 개같을까? 만약에 내 밑에 SS와 이탈리아군이 있었다고 하면 그냥 군복 벗고 도망쳤다. 저 새하얀 대지 아래, 내가 직접 제2군단의 지휘봉을 잡은 이래 끝없이 준비하던 작업이 마침내 결실을 맺고 있었다.

탁 트인 벌판으로 쏟아져 나오는 무장친위대 제3사단, 학살마 친구들. 3호 전차와 4호 전차, 거기에 독일군의 상징과도 같은 '하노마크' 하프트랙 다수. 보나마나 '오이겐 킴을 때려잡자! 하일 히틀러!' 같은 매너리즘에 가득 빠진 개소리를 찍찍하며 전속 전진하고 있겠지.

이것이 바로 독일군이다! 를 보여주고 싶은 듯, 내가 다 탐이 날 정도로 기계화된 저 사단. SS 새끼들의 셈법이야 뻔하다. 절대 정면에서 받아치지 못할 파상공세를 한번 퍼붓고, 우리가 휘청거리면서 물러나면 얼른 비제르테로 빤스런하는 거다.

그치만… 내가 언제 상대 하고 싶은 대로 해주는 꼬라지 본 적 있나?

"여기는 사령관. 따끈따끈한 포병 지원이 필요해 보인다."

— 얼마나 말씀이십니까?

"다 끌어내, 다. 군단 직할 포병대 싹 다 긁어모으고, 원정군 사령부 직할 포병대에도 연락해. 오늘 저 해골바가지 호로새끼들 중에 바퀴 굴러다니는 거 있으면 너네 책임이야."

— 아, 알겠습니다!

옛날 중국에 도척(盜跖)이라는 인간백정이 살았다는데, 이 인간백정은 사람 잡아 죽이는 데에도 나름의 도리와 룰을 세워 역사에 이름을 길이 남겼다. 끽해봐야 수백 명 죽였을 도적 두목조차 도를 닦을 수 있는데, 수백만 단위로 사람을 잡아 죽인 스탈린은 어떻겠는가?

'포병은 전장의 신.'

'탄을 덜 쏘면 그만큼 병사가 죽는다.'

진짜 스탈린이 한 말인지 뭔지는 모르겠지만, 참으로 현기가 가득 어린 금과옥조가 아닐 수 없다. 하물며 내 혈관에 흐르는 한민족의 피에는 산성에 쩜박혀서 "니가 와."를 외치며 화포로 왜구도, 여진족도, 귀신도 때려잡는 종특이 DNA에 올올이 새겨져 있다. 그러니 망설일 게 뭐가 있겠는가?

"육항에도 콜 때려. 포격 끝날 시점에 폭격 한번 거하게 하자고. 막타 치라고 전해."

— 알겠습니다!

내가 괜히 사막에서 모래 처먹으면서 싸돌아다니는 게 아니다. 아직 미 육군의 숙련도가 전반적으로 떨어지는 지금, 괜히 방심하고 있다간 상상도 못 한 곳에서 구멍이 뻥 뚫리고 있었다. 하나하나를 전부 내가 챙겨야 한다. 나는 하늘 위에서 쌍안경으로 느긋하게 관람에 돌입했고.

삐——— 유우웅!!

"크. 아름답구만."

"장관입니다."

대지를 모조리 갈아엎을 듯한 엄청난 폭음과 함께, 토텐코프의 머리 위로 끝없는 포탄 세례가 떨어지기 시작했다. 근 며칠간 쉴 새 없이 스카웃 카와 정찰기를 번갈아 타며 화망을 구성하고. 내가 밖에서 싸돌아다니는 동안 사령관 대리 역할을 맡은 밴플리트는 원 역사의 6.25 전쟁에서 보여준 바와 같이 압도적 화력전을 차곡차곡 준비해 나갔다.

"장군님, 뭐 하나 여쭤봐도 됩니까?"

"물론이죠."

"저 친구들, 대포 얻어맞을 걸 알면서도 튀어나온 겁니까?"

"어… 프레덴달이 워낙 똥볼을 거하게 차서, 이 정도로 처맞을 거라곤 생각 못 했겠죠."

아무리 기갑사단이라지만, 1개 사단의 머리 위에 군단급을 뛰어넘은 포병 화력이 퍼부어지고 있다.

"장관이구만. 파일럿 아저씨도 육포 좀 먹을래요?"

"감사합니다. 영화 한 편 보는 것보다 더 즐겁군요, 씨발."

포성과, 치솟는 모래산과, 허공을 붕붕 나는 쇳조각과 고깃덩어리. 나는 하염없이 그 장관을 지켜보다 몰래 챙겨온 힙플라스크의 뚜껑을 열었다. 으음, 위스키 향 좋구만.

"나중에 전쟁 끝나면, 우보크 한번 놀러 오십쇼. 내가 샌프란시스코식으로 끝내주게 세팅해 드릴게."

"불러만 주시면 당연히 가야지요."

파일럿은 잠시 말이 없다가, 이내 결심한 듯 입을 열었다.

"장군님."

"예."

"그러니까 저 독일 놈들이, 전임 군단장의 실수 때문에 우릴 얕잡아봤다가 저렇게 뒈져 나가는 것 맞습니까?"

"정확합니다."

"그러면 저번 전투에서 죽은 전우들은… 개죽음이 아닌 거지요?"

"예. 그들의 희생은 결코 헛되지 않았습니다."

나는 힙플라스크를 거꾸로 들었다. 아름다운 주황빛 액체가 콸콸 쏟아지며 하늘을 수놓았다.

"건배."

4장
여우사냥

여우사냥 1

토텐코프 사단이 기대했을 건 아마 드넓은 사막에서 양군의 주력 전차들이 정면충돌하고, 숙련도 면에서 월등한 독일군이 미군을 학살하는 그림이었으리라.

하지만 현실은 정반대였다. 압도적인 포격, 포격, 포격에 살아남은 독일 병사들은 고장 나거나 캐터필러가 나가 고철로 전락해버린 장비를 내버린 채 산지사방으로 도망쳐야 했다. 역시 밴플리트야. 화력투사 하나 제대로 해줬구만.

아직 전투가 가능하던 독일 전차들은 이제 송곳니를 번들거리며 달려드는 미군을 막기 위해 그 자리에 못 박혀 악전고투했고, 이들을 때려잡는 건 너무나도 간단한 일이었다.

"12시 팬저. 거리 850야드. 철갑탄!"

"장전 완······."

관통. 폭발. M4 전차는 한순간에 피떡이 된 승무원의 시체와 아직 숨이 붙은 이들을 통째로 태우는 화장장이 되고 말았다.

정정. 지휘소에 앉아 있는 이들에겐 간단했지만, 결코 간단하지 않았다.

독일인들은 고향에서 수천 킬로미터 떨어진 이 낯선 사막에서, 죽는 그 순간까지 항전했다. 하지만 탄약도, 기름도, 인간의 정신력도 결코 무한하지 않기에 그들의 항전 또한 끝을 맞이했다.

쿠아아앙!!

"저, 저게 뭐야!"

"이 거리에서 4호 전차가 격파당하다니, 대, 대체 저건 무슨……."

"각 소대에 전파한다! 적 신형 전차! 포탑이 다르게 생긴 적 신형 전차에 각별히 유의할 것!"

"끄아아악!!"

토텐코프 기갑부대의 항전을 비웃기라도 하듯, 제1기갑사단 예하 대전차대대가 측면 기동에 성공하며 독일 기갑부대엔 사형선고가 떨어졌다. 저들 대전차대대는 통상의 M4 셔먼 전차 대신, M4의 차체에 90mm 전차포를 올린 M10 '잭슨' 대전차자주포를 지급받았다. 키도 몸무게도 부풀어오른 근육돼지. 거기에 약도 좀 빨아서 내장은 골골대는 괴작이 되어버렸지만, 현존하는 어떤 독일군 전차라도 장거리에서 고철로 만들 수 있는 전능한 펀치력을 얻은 대가로는 사실 무척 저렴한 편이지 않겠나? 그 유명한 티거가 나와도 비벼볼 수 있다고? 운용병들만 그저 죽어날 뿐이라 문제지.

내가 악을 쓰다시피 하며 개발에 채찍질을 한 결과물이 이렇게 나오니 참 감회가 새로웠다. 맥네어랑 아가리 파이팅을 거의 몇 년 동안 했었는데. 이런저런 타협의 결과물치고는 나쁘지 않아서 다행이구만. 이제 제2군단은 전과확대를 위해 힘껏 달리고 있었고, 나 역시 전장통제 및 빠른 상황파악을 위해 재빨리 최전방으로 달려나갔다. 그리고 그 대가로…….

"이봐, 윌리엄스."

"예, 장군님."

해가 점차 저물어가는 그림 같은 사막의 한 풍경. 존버 P. 윌리엄스라는 한국 사람이 듣기에 참으로 난감한 이름을 가진 이 운전병도 동공에 지진

이 일어나고 있었다.

"어떻게 될 것 같나?"

"노력해 보겠습니다."

"좋아. 나도 내 나름대로 노력 좀 해보지."

나는 침착하게 한 손을 약 45도로 반듯하게 번쩍 들어 올렸다.

"뭐… 하시는 중이십니까?"

"'하일 히틀러' 연습 중. 같이 하겠나? 내가 예전에 그 콧수염 새끼랑 만나서 안면도 트고 밥도 같이 먹었었는데, 경례를 잘 하면 살려줄지도 몰라."

"절대 포로 안 되게 꼭 고치겠습니다."

모락모락 엔진에서 연기를 토해내는 차. 여기는 사막 한가운데. 정확히는 전투가 신명 나게 벌어지는 튀니지 어드메. 내가 그토록 잡아 죽이고 찢어 죽여댄 토텐코프 친구들이 이 불쌍한 미아를 발견하는 순간, 이야 월척이네 월척이야. 그때였다.

"뀨?"

어떤 노란 털뭉치 하나가, 나를 빤히 바라보고 있었다. 어딘지 모르게 얄밉게 찢어진 눈매. 얼굴만 한 크기의 쫑긋거리는 귀. 몽글몽글한 솜사탕 같은 꼬리.

"여우… 입니까, 저거?"

"저게 그 사막여우야, 사막여우. 육포 좀 먹을래?"

내가 호주머니에서 육포 조각을 꺼내자 윌리엄스가 정색했다.

"저희 먹을 것도 없는데 저 짐승새끼한테 육포쪼가릴 주십니까?"

"무슨 소린가. 금방 고쳐서 부대로 복귀하겠노라 큰소리친 건 자네잖아. 설마 우리 지금 식량을 걱정해야 하는 처진가?"

"그렇게 말하니 또 할 말이 없네요. 입 다물고 고쳐보겠습니다."

여우는 잠시 망설이는 듯하더니, 이내 내 손 앞까지 다가와 육포를 욤뇸 뇸 먹어대기 시작했다. 귀여워라. 뽀삐 그놈은 내가 밥을 적게 주는 것도 아닌데 식탐이 웬걸 그리 부풀어올랐는지, 간식을 주면 이렇게 옴뇸뇸 먹는 게 아니라 그대로 대가릴 처박고 부왘부왘 공사장 포크레인 돌아가듯 아주 난장판을 만들어 놓곤 했는데… 도로시가 밥은 잘 챙겨주고 있겠지.

사막에서 조난당한 내 앞에 사막여우가 나타나다니. 이는 프린스를 자칭하는 이승만보다 역시 이 유진 킴이야말로 트루 프린스라는 징조가 틀림없다. 내가 미군 장성 중에서 나이가 적은 축에 속하니, 어린 왕자를 칭해도 아무 문제가 없지 않겠나? 생텍쥐페리가 아직 어린 왕자를 쓰지도 않은 듯하니, 내가 선점 좀 해도 그 사람이 불만 갖진 않겠지. 내가 조선을 영지로만 삼으면 모든 조건을 만족한다.

"꽤개개객?"

울음소리 한번 희한하구만. 나는 육포를 쥐지 않은 왼손을 슥 뻗어 여우의 머리를 만지려 했고, 야생동물이라곤 믿기 힘들 정도로 여우는 아무렇지 않게 이 쓰다듬을 허용했다. 육포 한 쪼가리에 매수당하다니, 이 지조라곤 없는 녀석.

"이 녀석 이름은 에르빈으로 해야겠어."

"예?"

"데려가서 길러야지."

"일사병 걸리셨습니까? 작명은 또 왜 그 모양이에요?"

"그래야 적진에서 에르빈 롬멜을 잡아 온 내 명성이 대기권을 뚫고 우주로 퍼지지. 장군은 모름지기 대국적으로 봐야 한다네."

나는 육포 한 쪽을 더 꺼냈다. 에르빈은 참 복스럽게도 먹어대며 제 다리로 머리도 벅벅 긁으며 애교를 떨었다. 이거 여우 맞아? 개 아냐? 그 순간, 요란한 엔진음이 사막을 가득 메우며 비행기 몇 대가 빠른 속도로 지나가는 것이 보였다.

"저 친구들 어떻게 해야 부를 수 있지?!"

"총! 총!!"

드르르륵!!

우린 다급히 그리스건을 긁어대며 온몸을 펄떡였다. 쓰리 스타가 이게 뭐 하는 짓이다냐. 진한 현자타임에 괴로워하는 순간, 나는 갑자기 무협지 마냥 번개처럼 깨달음을 얻고 말았다. 이거 기사화되는 순간 난 집에 돌아가서 진짜 도로시 손에 죽는다. 어쩐다……?

미 육군 제2군단으로부터 튀니지 북부 해안 일대를 방어할 책임자는 국방군 발터 네링(Walther Nehring) 장군이었다. 이름에 '폰'이 들어가지 않는다는 점에서 쉽게 알 수 있듯 그는 독일군 주류인 융커 계급이 아니었다. 롬멜과 마찬가지로 그 또한 출신성분의 벽을 넘기 위해 고군분투했지만, 결국 저 드넓은 동부 전선 대신 아프리카로 오게 되고 말았다.

롬멜과 함께 승승장구하기 시작할 때만 하더라도. 히틀러가 대대적인 지원을 약속할 때만 하더라도. 그리고 얼마 전, 최초로 미군과 맞서 싸워 승리를 거머쥔 장성이란 타이틀을 획득할 때만 하더라도 전공을 거두어 더 높은 자리로 올라갈 수 있지 않을까 살풋 생각했었다. 하지만…….

"토텐코프로부터 입전."

"뭐라고 하는가."

"적의 대규모 포격에 큰 피해 발생. 공세를 위해 후속 지원이 필요함."

후속 지원이 가능했으면 진작 다 뛰쳐나갔다. 너무 심보가 빤히 보이지 않는가. 박살 나서 더 움직이면 죽는다고 징징댔다간 체면에 금이 가니 '너네가 후속 지원 안 해줘서 공세 돈좌된 거임'이라고 변명거리를 찾는 모양새였다.

"토텐코프의 추가 공세는 불가능하다고 봐야 합니다."

"역시 무리가 아니었을지……."

무리? 무리?? 기차 지나친 다음에 손 흔들어도 유분수지, 토텐코프가 산산조각이 난 다음에야 무리가 어쩌고 떠들어대는 참모들을 보니 울화통이 치민다. 그리고 그는 더 이상 참지 않았다.

"대독일의 장교라는 놈들이 왜 그때는 입 다물고 있다가 지금 와서 멍청하게 떠들어대나?"

"……."

"현실을 똑바로 봐야지. 토텐코프는 내보낼 수밖에 없었어."

명령과 복종 대신, 상호협조라는 애매모호한 관계. 게다가 무장 친위대의 존재 자체가 현지 주민들의 적개심을 극도로 자극하는 상황.

딱 한 대만. 딱 한 대만 미군의 정강이를 거하게 걷어차고 다시 돌아오면, 우기를 방패 삼아 몇 달은 더 버텨볼 만했으련만 미군이 저토록 비상식적으로 포병대를 운용할지 어찌 알았겠는가. 아군 포병대는 억 소리 한번 못 내고 가장 먼저 잿더미가 되었고, 핵심 창끝이라 할 수 있는 기갑부대 또한 뒤를 이어 엉망진창이 되고 말았다.

"아직 끝나지 않았다. 토텐코프는 천천히 물러나면서 지연전을 수행하도록 독려하고, 우리와 이탈리아군이 함께 보조해주면 된다."

네링이 그렇게 결론 내리는 순간, 마치 정해진 일정처럼 하늘이 소란스러워졌다.

"대공포병 준비!"

"적 항공세력의 요격을 준비하겠습니다!"

"장군님, 방공호로 몸을 옮기시지요. 여긴 조금 위험합니다."

위험하긴 개뿔. 단 한 번도, 미국인들의 폭격으로 생명의 위협을 느낀 적은 없었다. 얼마 지나지 않아 미제 B—17 폭격기가 먹구름처럼 짙게 깔리고, 늘 그래왔듯 비제르테를 불태울 폭탄 세례 대신 망할 종이쪼가리를 하나둘 떨구기 시작했다.

"저 빌어먹을 프로파간다는 지치지도 않는군. 봉기 같은 게 일어날 리 없다는 사실을 모르는 건가?"

"저들 내부에도 조직 간의 알력다툼이 있지 않겠습니까. 비제르테를 온전히 확보하고 싶으면서도 폭격을 수행해야 하는 것이 아닐지……."

"하! 살려줘서 고맙다고 인사라도 해줘야겠군!"

팔랑팔랑이며 쏟아지는 삐라의 홍수. 비제르테 시민들은 물론, 시내 곳곳에 깔려 있던 독일군과 이탈리아군 또한 별 감흥 없이 하늘을 올려다보았다.

"삐라를 줍는 자는 즉결처분이다! 전부 건물 안으로 썩 들어가! 빨리!"

"너희는 왜 꾸물대고 있어? 오이겐 킴이 휴지를 배급해주고 있잖아! 빨리 주워!"

"옙!"

"루프트바페는 대체 뭘 하는 거야? 우리야 종이가 한가득 생기니 좋긴 좋은데."

병사들 대부분은 아버지, 삼촌, 나이 많은 형제에게서. 나이 든 장교들은 자신들의 경험에서. 지난 대전쟁에 대해선 그 어떤 식으로든 입에서 입으로 항상 갖가지 이야기가 전해져 왔지만, 항상 패전에 대해 언급할 때면 나오는 일화 중 하나가 바로 '병사와 물자를 램프의 요정처럼 쏟아내는 미합중국'이었다. 그리고 그 램프의 요정은 다시 한번 제 램프를 문질러 그 무한한 자원의 편린을 맛보여 주고 있었다.

독일은 늘 자원이 부족했다. 영국과 프랑스는 광대한 식민지가 있었고, 소련과 미국은 아예 본토부터가 어마어마하게 거대했다. 그런 나라들을 모조리 적으로 돌린 이상, 또다시 이런 삐라 한 장조차 극한까지 아껴야 하는 처지가 된 건 너무나 당연한 이야기.

"어?"

"이게 뭐야."

그런데 이번에 뿌려진 삐라는 독특했다. 우선 사이즈부터 기존 전단과는 달리 무척 아담했는데.

"이거, 카드잖아?"

조악한 모방품이 아니다. 샌—프랑코 출판사에서 뽑아내고 복제 방지용 씰까지 박아 넣은 따끈따끈한 진짜 카드가 쏟아지고 있었다. 친절하게 함께 쏟아지는 안내문엔 '본 카드는 공식 경기에서 사용할 수 있습니다! 전쟁 따위 때려치우고 본 카드를 잘 숨겨서 집에 돌아가면 감자 몇 토막이랑 바꿔 먹을 수 있지 않을까요?' 같은 어이를 상실케 하는 말 또한 적혀 있었다.

"이것 봐. '다하우 학살마'랜다. 미치겠네 진짜. 양키 새끼들, 영국에서 아편 받아서 피우나?"

"'잃어버린 시클그루버의 고환'. 캬, 전설 카드라는데?"

"너 그거 챙겼다가 걸리면 곱게 못 죽는다?"

구석에서 노가리나 까고 딩가딩가 놀고 있던 이탈리아군은 총도 어디 대충 세워놓고 성능 좋아 보이는 카드를 찾아 분주히 바닥을 훑어대고 있었고, 그 모습에 자극받은 독일군 또한 더더욱 손이 바빠졌다.

"오직 비제르테에만 뿌린다고?"

"이거… 돈 된다!"

"야, 마르틴! 총 내려놓고 빨리 주워! 킴이 하늘에서 돈을 뿌려주고 있다고!"

총을 내려놓고 카드 모양 삐라를 주섬주섬 담뱃갑에 집어넣으면서, 이들은 자신도 모르게 마음의 빗장 또한 집어넣고 있었다. 싸워 이긴다, 살아남아야 한다는 그 강렬한 정신은 어디로 갔는지 병사들의 머릿속엔 이제 전후에 닥쳐올 궁핍함과 식량난에 대한 걱정뿐. 민가에 쳐들어가 금붙이를 약탈할 때와는 달리, 지금 이들에겐 생각이란 걸 할 시간이 아주 많았다.

여우사냥 2

튀니지의 항구도시, 비제르테로 가는 길목. 골드버그 하사의 부대는 보병들과 함께 어느 작은 마을로 향하고 있었다.

"저기 좀 보십쇼."

"잭슨인가?"

M10 잭슨 한 대가 흉물스러운 구멍이 뻥 뚫린 채 시꺼멓게 그슬려 있었다.

"모양새 보니까 엔진에 불난 것 같은데."

"독일 놈들, 눈치는 더럽게 빠른 모양입디다. 잭슨만 보면 미친놈처럼 달려들었대요."

"여기만 봐도 빤히 알겠는걸."

하사는 입에 군용 카멜 한 개비를 입에 물며 손을 쭉 뻗었다.

"도대체 몇 대가 달려든 거냐?"

전장에서 일선 병사들의 입이란 원래 LTE보다 빠르고 5G보다 위험한 법. 이번 격전 이후 입에서 입을 거친 결과, 잭슨이 거머쥔 무수한 별명 중엔 '유리 대포'라는 불명예스러운 타이틀 또한 있었다.

"그래도 저 주포는 참 탐나지 않습니까? 우리는 독일놈 때려잡으려면 아주 피똥을 싸야 하는데 쟤들은 원 펀치 한 방에 강냉이를 다 털어버리잖습니까. 밤에 몰래 째빌 수 없나?"

"됐다. 저기 앞에 터져나간 차 보면서도 그런 소릴 하냐."

곳곳에 흩뿌려진 시체와 코를 자극하는 탄내. 하루만 더 일찍 왔다면 이들은 지금처럼 여유로운 구경꾼 포지션이 아니라 저 잭슨의 자리에서 불타고 있을지도 모른다. 마지막까지 항전하던 독일인들은 길바닥에 널브러졌고, 대전차대대는 다시 새로운 표적을 할당받아 얼마 남지 않은 적 기갑 토벌을 위해 달려나갔다. 저 마을에 깃발 꽂는 편한 일만 남겨놨으니, 하사의 말마따나 잭슨 대신 셔먼을 탄 게 차라리 천운이라 할 만했다.

"막내야. 살살 가자, 살살."

"지금 거북이보다 더 천천히 가고 있습니다."

"차장님 말뜻 모르겠냐? 영국인들보다 느리게 가란 뜻이잖아."

"시속 1마일로 변속하겠습니다!"

장전수 스틸 상병의 말에 잽싸게 도경이 너스레를 떨더니 어느새 〈몬티는 여우가 무섭다네〉 노랫가락을 흥얼거리자, 승무원들이 피식피식 웃음을 터뜨리며 와자하게 떠들어댔다.

"저 새끼 적응력 좀 보십쇼."

"부사관 시켜야 하는 거 아닙니까?"

"그래 어디 한번 물어나 보자. 어이, 도쿄. 대학물 먹었다는 놈이 왜 병으로 오고 지랄이야, 지랄은?"

도경은 잠시 망설였다. 말해도 될까? 고민은 그리 길지 않았다. 하늘 같은 차장님의 채근인데 어찌 입을 조개처럼 오므리고 있을까?

"제가 그, 사회 운동을 좀 했거든요."

"그게 뭔데?"

"아 씨, 너 빨갱이냐?"

"아닙니다! 그, 아시아인 좀 쏴 죽이지 말라고, 전단지 돌리고 가두시위

하고……."

"빨갱이 맞네 이 새끼."

"혹시 잽스 아냐?!"

"비싼 밥 먹고 대학 가선 저저, 저거 좀 봐. 머리에 피도 안 마른 것들이 빨간 물만 어디서 쪽쪽 들어와서는……."

"대학엔 여자 많냐? 예쁘냐?"

괜히 말했다. 좁은 쇳덩어리 안이 순식간에 고래고래 고함을 지르며 제할 말만 떠드는 인간들로 난장판이 되었고, 도경은 진땀을 뻘뻘 흘리면서도 손은 운전대를 꽉 붙들어야 했다.

"저 자퇴했습니다! 자퇴!"

"자퇴? 장학금 받았다며?"

"김가 장학금은 한인한테는 허들이 꽤 낮은 편이에요."

"그래도 그렇지, 장학금까지 받았으면 그냥 다니지 그랬어."

"빨갱이! 빨갱이 간첩질하려고 학교도 때려치웠어?!"

"아 여자들 예쁘냐니까!"

"넌 좀 닥치고 있고!"

하사의 교통정리 끝에야 간신히 말할 기회를 잡은 도경은, 이번엔 괜히 망설이지 않고 얼른 하고픈 말을 랩하듯 정신없이 내뱉었다.

"캘리포니아 살 땐 크게 체감 못 했는데, 대학을 먼 데로 가니까 원숭이가 왜 사람 말 하냐고, 꺼지라고 하도 구시렁대는 놈들이 많은 겁니다. 아등바등 공부나 하려고 했는데 세상이 워낙 엿같아야 말이죠."

"……."

"뭐, 그렇게 됐습니다. 왜들 갑자기 그리 표정이 무거워지셨습니까?"

"흠흠. 역시 배운 놈들이 더 성격 나쁘다니까?"

"우리 잽스가 빨갱이일 리가 없지."

그 잽스 타령부터 일단 좀 어떻게 해줬으면 좋겠는데요. 도경이 막 그 건에 관해 한마디 하려는 찰나, 먼저 마을을 수색하러 들어간 보병들이 천천히 걸어 나오는 모습이 보였다.

"자. 잡담 다 끝내! 도쿄, 차 세워."

"넵."

"이봐! 안에 매복은 없고, 들어가면 돼."

해치 밖으로 몸을 내민 골드버그 하사에게 타 부대 아저씨가 한창 뭐라 떠들어댔고, 곧 하사의 표정 또한 딱딱하게 굳었다.

"마을 안으로 진입한다."

"예."

"안에 별로 상황이 좋지 못하다고 한다. 마음의 준비들 갖추고, 너무 충격받진 마라."

"대체 마을 꼬라지가 어떻길래… 오, 씨발."

"신이시여."

"우욱……!"

"미친 새끼들."

방금 이야기를 전해 준 골드버그마저 구역질을 참기 힘들 정도였다. 마을 광장에 꽂힌 수십 개의 나무 기둥. 그 기둥엔 대롱대롱 목에 밧줄이 걸린 사람이 하나씩 매달려 있었다.

"왜 아무도 시체 수습 안 해줘?! 엉?"

"중대장님 지시입니다. 사진 촬영 전까지 시신을 수습하지 말라고 하셨습니다."

"하… 씨발, 전쟁이 뭔지. 제리 새끼들도 좆같지만 진짜."

매달린 이들은 미 육군 군복을 입고 있었다. 프레덴달의 졸전으로 포로가 된 이들은, 전우의 구조를 받기도 전에 저 독일놈들의 손에 비참한 최후를 맞이했다.

"사진. 그래, 사진 찍어야지."

지금 그 자신도 피가 거꾸로 솟을 것만 같은데, 저 사진이 《뉴욕타임스》 1면에 실린다면 전쟁채권 판매량이 수직 상승하지 않겠나.

탕! 타탕!

"총성이다!"

"차 돌려! 9시 방향!"

"아아, 진정해. 진정! 별일 아냐!"

차체를 탕탕 두드리며 먼저 와 있던 보병대 소위가 손짓 발짓 섞어 말했다.

"그럼 저 총소린 뭡니까?"

"뭐긴. 친위대 새끼들 손봐주고 있지."

탁 침을 뱉은 그가 역겹다는 듯 카악 하고 가래를 억지로 끌어올리곤 말을 이어나갔고, 그의 설명을 끝까지 들은 병사들은 누구랄 것도 없이 전차에서 뛰어내렸다. 얼마 후, 상급부대에서 나온 정훈장교와 군목, 사진병이 이 참극의 현장을 꼼꼼하게 취재했다. 현장 확인을 마친 이들은 엄숙한 분위기에서 시신을 수습해 미리 준비한 관에 그들을 안치하고 성조기를 정성껏 감아 본대로 귀환했다. 공식 절차는 이렇게 끝났지만, 아직 비공식 절차가 남아 있었다.

"살려주세요!"

"저, 저희가 죽인 게 아닙니다! 잘못했어요!"

"응? 뭐라고? 영어로 말해줄래?"

"빨리빨리 매달아! 이 짐승새끼들이 자꾸 짖잖아!"

그렇게 주인이 사라진 나무 기둥에, 새로운 주인이 대롱대롱 매달렸다. 이번에는 주인이 사라지지 않고 오래오래 매달려 있었다.

"전황은 어떻게 돌아가고 있지?"

"별로 좋지 않은 소식이 기다리고 있습니다."

오랜만에 원정군 사령부로 돌아온 나는 얼굴을 찌푸리거나 화를 낼 마음의 준비를 갖춘 채 보고를 들었다.

"영국의 HMS 아크 로열(Ark Royal)이 적 잠수함의 공격에 격침당했습니다."

"얼마 전엔 그, 이글(HMS Eagle)도 당하지 않았나?"

"그렇습니다."

"육상에서 쭉쭉 진격해 나가는 건 당연히 좋은 일이지만, 이로 인해 육항대의 작전 반경도 한계에 다다르고 있다는 사실을 다시 상기시켜 드립니다."

맥나니의 볼멘소리에 내가 딱히 할 수 있는 말은 없었다. 화산이 분화하면 으레 지진과 해일이 그 주변 수천 킬로미터를 휩쓰는 법. 북아프리카 전역이 활활 타오르자, 당연히 지중해 역시 피와 강철의 파도로 들썩거리기 시작했다.

지중해 한가운데 콕 박힌 불침항모, 몰타. 이탈리아령 북아프리카의 핵심이자, 몽고메리가 이끄는 영국 제8군의 목표 트리폴리. 그리고 우리 미군이 노리고 있는 비제르테와 튀니스. 이 삼각형의 꼭지점을 이루고 있는 세 핵심지역을 놓고, 연합군과 추축군 모두 거침없이 판돈을 때려 붓고 있었다.

그동안 독일 해군, 크리스마리네는 장식품 수준이라고 생각해 왔지만… 천하의 로열 네이비가 단시간에 항공모함을 두 척이나 꼬라박은 걸 보면 적어도 유보트에 한해서는 아직 가진 게 남은 모양이다.

튀니지 일대의 비행장은 죄다 아틀라스산맥 동쪽, 한마디로 추축군의 손아귀에 있다. 따라서 두 대의 항공모함을 전부 날려먹고 해양에 공백이 생긴 지금, 공중지원이 약해지는 건 어쩔 수 없는 일인 듯했다.

"친애하는 동맹, 영국인 여러분들. 여러분들의 수상께서 추가로 항모를 좀 보내준답니까?"

"커레이저스나 허미즈(Hermes), 정도를 추가 지원할 계획입니다."

"미안하지만 그 함선들은 함재기를 얼마나 운용할 수 있지요? 내가 해군은 좀⋯⋯."

"명백히 적어집니다. 이집트의 위기가 끝났으니 알렉산드리아의 함대 일부를 지브롤터로 옮기는 건 어떻습니까?"

"본국과 상의해보도록 하지요."

함재기 숫자가 줄어드는 건 확실한 모양이다. 우리 미 해군 쪽에서 정색할 정도면 제법 많이 줄어드는 모양인데?

"천하의 대영제국이 항공모함이 부족할 리가 없잖습니까? 그냥 팍팍 좀 내주시면 안 되겠습니까?"

"인도와 동남아시아로 상당수 함정을 재배치했습니다. 저희도 생각보다 여유가⋯⋯."

아냐. 그러지 마. 너네 어차피 동양함대 다 날려먹는다고! 후, 미치겠다. 있는 판돈을 가장 비효율적으로 쓰는 처칠이 앉아 있는 이상 어쩔 수 없는 노릇이지. 갑자기 몽고메리를 재평가하게 된다. 그의 인성에 대해선 말이 많지만, 저 구멍 뚫린 지갑의 소유자 처칠을 상대로 판돈을 꽉 쥐고 놔주지 않는 점 하나만큼은 대단하구만.

그래. 긍정적으로 생각하자. 우리 몬티가 아무리 싸움보다는 대화를 좋아하는 온건파 장성이라지만, 아무튼 영국 제8군은 꾸준히 서진하고 있다. 결국 트리폴리는 언젠가 함락된단 뜻이지. 아직 내가 직접 관할하고 있는 제2군단은 조만간 비제르테에 도달하고, 여길 함락시키면 보급 부담이 어마어마하게 줄어든다. 지금은 밥이고 탄약이고 전부 실 한 가닥짜리 비포장도로를 통해 트럭으로 알제리에서 실어 날라야 하니 보급 부담이 상상을 초월하거든. 그래서 비제르테가 무조건 제1순위 타겟이다. 하지는 슬슬 아틀라스산맥에서 공세를 시작할 시간이다. 롬멜이 그곳에 있다는 보고를 받았을 땐 잠시 기겁하긴 했는데⋯ 음, 잘할 수 있겠지.

히틀러와 롬멜은 둘 다 도박, 그리고 과감하고 공격적인 한 수를 선호한다는 점에서 비슷하다. 물론 히틀러의 도박은 일반인의 그것과는 많이 차이가 있지만 아무튼 큰 줄기에서 보자면 비슷하다.

독일군이 아틀라스산맥에서 얌전히 존버하며 시간을 끌다가 결국 비제르테가 털리면서 스무스하게 항복한다? 과연 그럴까? 무조건 산맥에서 뛰쳐나와 제2군단을 짤라먹으려고 찝쩍대지 않을까?

"하지에게 적의 대규모 공세 가능성을 전달해주세요."

"아틀라스산맥… 에서 공세 말씀이십니까."

"할 만하지요? 어차피 가만히 앉아서 다 죽거나 항복할 병력 아닙니까. 최후의 도박수 던져 볼 생각 안 들겠어요?"

"그러기엔 막대한 인명피해가……."

"걔들이 그런 거 신경 썼으면 전쟁도 안 일으켰겠지요."

내가 말하고도 너무 시니컬하게 말했나 싶어 아차 싶었는데, 블랙유머를 누구보다 사랑하는 영국인들에겐 이 정도는 정말 아무것도 아니었나 보다.

"사령관님의 의견에 전적으로 동의합니다. 저 미치광이들은 그러고도 남습니다."

"그러면 사령부 직할 포병전력을 하지 장군에게 돌리는 게 어떻겠습니까?"

"로열 네이비가 함포지원을 해주신다면 그 결정이 아주 손쉽겠군요. 도와주시겠습니까?"

"허허. 물론입니다."

이제 남은 논의 대상은 딱 한 곳뿐이었다.

"이제… 영국 제8군에 대해 이야길 좀 나눠보죠."

"몽고메리 장군은 벵가지를 점령하였으며, 이제 트리폴리로 가는 길목에 장애물이라곤 엘 아게일라(El Agheila)뿐입니다."

"오래 걸릴 것 같습니까?"

"그럴 리가요. 롬멜의 주력군은 죄다 내뺐고, 대다수 이탈리아군과 독일군이 미처 데려가지 못한 보병 부대가 좀 남아 있을 뿐이랍니다."

롬멜 없음. 기갑부대 없음. 상당수 알보병. 주력군은 파스타 피자 배달부들. 답은 뭐다? 이거도 못 뚫으면 병신이란 거다.

"금방 뚫겠군요."

"포로를 너무 많이 잡아 진군이 지체될 수 있다는 점은 미리 말씀드려야겠군요. 하하!"

"하하하! 이탈리아인들은 사막에서도 파스타를 데쳐 먹는다던데, 영국군 여러분들이 고생이 많겠습니다."

제8군이 트리폴리를 따내고 튀니지 남부를 지그시 압박만 해도 롬멜과 아프리카 군단은 파멸만이 남는다. 트리폴리 상륙을 고대하고 있을 패튼에겐 참 아쉬운 일이지만, 원래 상륙전이란 게 조금만 엇박자 나도 파멸로 치닫기 십상이잖은가? 굳이 상륙작전할 필요 없이 몽고메리가 육로로 그냥 점령하면 만사 오케이다.

"그럼 대충 이야긴 끝난 것 같군요. 식사들 하십시다."

"예, 사령관님."

"사령관님께서 전장에 나가 여우 한 마리를 포획해 오셨다지요?"

"하하. 사막의 여우를 만났는데 이 유진 킴이 어찌 그냥 내버려 두겠습니까? 영국인 여러분들을 위해서라도 당연히 붙잡아야지요!"

우리는 그렇게 서로에게 '오옷! 스고이!'를 신나게 외쳐주며 아주 열심히 친목을 다졌다. 설마 별일이 있으려고.

* * *

같은 시각. 이탈리아령 리비아. 엘 아게일라.

쿠우우웅!!

"틀림없이 이탈리아군이 주력이라 하지 않았나?"

"그렇습니다. 독일 기갑부대는 흔적도 없이……."

"그러면 내 귀에 들리는 이 포성은 뭔가? 88 소리잖아!"

몽고메리의 성화에 부하들은 뭐라 대답도 못 하고 고개를 푹 수그렸다.

"먼 거리까지 88mm 대전차포를 운반하긴 어렵다 판단하고, 이곳의 수비군에게 인계한 듯합니다."

"그건 나도 보면 압니다."

몽고메리의 한마디엔 냉기가 풀풀 흩날리고 있었다.

"전차부대 전부 빼고, 천천히 하나하나 적 지뢰지대부터 청소하자고. 야포 전부 동원해."

"그래서는 상부가 원하는 진격 속도가……."

"그럼 병사들을 제리도 아니고 이탈리안들의 손에 개죽음당하게 하자고? 미쳤나?"

몽고메리가 이끄는 영국 제8군. 조반니 메세(Giovanni Messe)가 지휘하는 엘 아게일라 수비군에 막혀 진격 중지. 몬티는 다시 주저앉았다.

여우사냥 3

"영국 제8군이 엘 아게일라에서 수비대와 교전 중입니다."

나는 최대한 덤덤하게 이 상황을 받아들이려고 노력했다.

"수비대는 롬멜이 두고 간 88mm 대전차포 위주로 강력한 방어선을 구축하였으며, 전차 또한 제법 많은 수를 보유하고 있다 합니다."

"튀니지까지 끌고 가기엔 상태가 안 좋은 차량은 아마 다 두고 갔겠지요."

"그런 듯합니다."

엘 아게일라 쪽 전술지도의 한쪽은 빗금으로 채색되어 있다. 기동력이 딸리는 쪽이 기동력 앞서는 쪽을 막을 방법이라곤 저것뿐이긴 하지.

"적은 이렇게 대규모 지뢰지대를 만들어 아군의 기동을 차단하였고, 몽고메리 장군은 현재 보유한 야포를 총동원해 해당 지뢰지대를 청소 중입니다. 조만간 진격이 재개될 것으로……."

"흐으음."

나는 입을 다문 채 가만히 지도만 바라보고 있었다. 한 2분 정도 그렇게 팔짱을 끼고 지도만 보고 있자, 영국인들도 똥줄이 타는 듯했다.

"사령관님."

"예."

"제8군은 금방 진격할 수 있을 겁니다."

"지뢰지대 개척이 끝나면 또 약간의 부대를 남겨놓고 퇴각하고, 또 저지당하면 또 멈춰 서고. 그럴 것 같은데."

때로는 침묵이 대답이 될 수도 있는 법. 내가 고개를 슬쩍 돌려 그들을 빤히 보자, 영국인들이 고개를 설레설레 저었다.

"제8군에 다시 한번 분명히 지시를 내리겠습니다."

"'불필요한 인명의 피해를 줄이기 위해' 꼼꼼하게 공격하겠다면서요? 여기서 제 명의로 공세를 독촉하면 내가 개새끼 되는 거 아닌가, 지금?"

"해롤드 알렉산더 장군이 대영제국 육군의 명예를 걸겠다고 하셨습니다. 트리폴리 상륙 계획을 중단해주시고 저희 영국군을 한번 믿어주시지요."

나는 패튼을 투입할지 말지 잠시 고민했다. 어지간하면 쓰고 싶진 않단 말야, 나도.

"엘 아게일라 말고, 트리폴리의 방어 병력이 어느 정도인지 확인이 필요합니다."

"예."

"명심해 주시기 바랍니다. 미합중국은 유럽 직공을 원했지만, 대승적인 전략을 위해 아프리카 전선에 뛰어들었습니다."

알렉산드리아와 수에즈가 함락당하면 좆되는 건 영국이지, 사실 우리가 아니잖아? 그런데 어쨌거나 우린 이 사막에서 모래를 퍼먹고 있다. 연합군의 빠른 승리를 위해.

"마지막으로 말씀드리겠습니다. 이미 영국 제8군은 제대로 된 싸움도 하지 않고 롬멜의 퇴각을 방조했습니다."

"방조라고 하기에는……."

"자꾸 말꼬리 그렇게 물고 늘어지실 겁니까?"

내가 일갈하자 저들도 입을 닥쳤다. 솔직히 피 터지게 싸우고 있는 동맹

앞에서 자국군의 개짓거리 실드 치는 것도 적당히 해야지.

"엘 아게일라, 그리고 트리폴리 공세조차 늦어진다면… 저는 본국에 강력한 메시지를 보낼 수밖에 없습니다."

"잘 알고 있습니다. 걱정하시는 일은 없을 겁니다."

"타국군의 인사 문제는 민감한 건이니 제가 차마 말씀드리기 무엇하군요. 하지만 이번만입니다. 다음은 없습니다."

그땐 민감한 몬티의 몸뚱이를 과녁판 삼아 내 상아 그립 권총이 불을 뿜을 거다. 더 이상 내 부하들이 개죽음당하는 꼬라지는 못 참아 넘긴다. 저 해적 놈들에게 나의 인내심과 자제력을 한가득 발휘해 좋게좋게 말로 한 후, 나는 또……

"이 나쁜 자식!"

갑자기 다가온 누군가에게 멱살을 잡혔다. 히틀러가 결국 암살자를? 하지만 상대는 콧수염 숭배자가 아니었다.

"앗, 사령관 대리님 아니십니까!"

"이러려고 데려왔냐! 이러려고 데려왔어?"

"응. 당연하, 켁! 켁켁!!"

제임스는 내 멱살을 붙든 채 짤랑짤랑 흔들었다. 흔들어도 동전 안 떨어진다 이 자식아. 팔 힘은 또 왜 이렇게 좋은지 한 번 흔들 때마다 월미도 디스코팡팡처럼 온몸이 요동친다. 요즘 내 멱살이 떠오르는 SNS 맛집이라도 되는 건가? 왜들 이렇게 내 멱살을 못 잡아서 안달이야.

"자자, 진정하고……."

"내가 팔자에도 없이 참모장 하면서 무슨 고생을 했는데! 다짜고짜 사령관 대행 역을 맡기면 참 일이 잘도 돌아가겠다, 그지?! 응?"

이제 슬슬 날 놔주면 좋겠지만, 이미 밴플리트는 사람이 아니라 서리바람 설인이 되길 택한 모양이었다. 남들은 이런 엄청난 기회를 받으면 얼른 납죽 엎드려서 성은이 망극하옵니다를 연창하며 내게 충성 맹세라도 했으련만, 내 친구라는 놈들은 어째 하나같이 은혜를 입어도 원수로 생각하는 경향이 있네. 그 자리에 드럼이 있었어 봐. 지금쯤 어디 알제에서 근사한 돔 페리뇽이라도 하나 챙겨서 갖다 바쳤지.

밴플리트는 내 예상대로 사령관 대리직을 맡자마자 곧장 훨훨 날아다녔고, 내가 처음 기대했던 대로 대화력전을 위시해 가장 필요했던 일들을 딱딱 처리해줬다.

"어쨌거나 잘했으면 됐지 뭐."

"뚫린 게 입이라고……"

"그래서, 이제 지휘관 해야지?"

이 녀석도 전방 내보내서 좀 굴려야겠다. 그 말을 듣자마자 얼른 멱살을 놔주는 제임스였다. 이 속물 같은 놈이 진짜.

에르빈 롬멜의 상징과도 같은 차량, '매머드'는 비제르테를 향해 북상하고 있었다.

"제군들, 이제 결전의 시간이 오고 있다."

총통 각하께서는 아틀라스산맥에서 적군을 격파한 후 계속 북진하여 미 육군 제2군단의 후미를 잡고 대포위전을 벌인다는 전략을 제시했다. 하지만 바로 그 아틀라스산맥에 직접 날아가 지형과 전황을 두 눈으로 확인한 롬멜이 보았을 때, 총통의 전략은 현지 사정과 영 맞지 않았다.

아틀라스산맥은 대규모 기갑부대 기동에 전혀 알맞지 않다. 아무리 독일의 전차군단이 아르덴고원을 돌파해 전설적인 프랑스 침공을 성공시켰다지만, 아르덴 숲의 듬성듬성한 나무들을 지나다니며 달리는 것과 돌과 바위로 이루어진 그 험준한 산맥을 돌파하는 건 전혀 다른 난이도의 문제였다.

그리고 만에 하나 천우신조로 적을 밀어내고 산맥을 내려간다 쳐도, 보급은 어찌할 텐가? 튀니스에서 보급 물자를 실은 트럭이 남서쪽으로 달려

산맥을 건너 롬멜의 부대에 식량과 탄약을 전달한다? 이미 보급 문제로 몇 번이고 치를 떨었던 롬멜이 보았을 때 이는 도저히 가능할 법해 보이지가 않았다.

또 하나 더. 직선거리로 1,400킬로미터. 도로상으로는 약 1,800킬로미터. 눈물을 머금고 토브룩에서부터 그 기나긴 거리를 육로로 퇴각하며, 바퀴 달린 물건에 태우지 못한 병력은 전부 중도에 낙오해야만 했다.

트럭 한 대가 연기를 내뿜으며 사막에 멈춰 설 때마다 병력이 야금야금 줄어든다. 전차 한 대가 기능 고장을 일으킬 때마다 전차병들은 어린아이처럼 엉엉 울며 제 전차를 고철로 만들고 떠나야만 했다. 트리폴리가 가진 전략적 중요성과 외교적인 사정 때문에, 트리폴리를 수비할 병력 또한 어쩔 수 없이 할애해야만 했다. 그 결과, 튀니지에 당도한 병력은 사실상 기갑병력이 거의 전부였다. 귀중한 포병 전력을 대부분 상실한 만큼, 그 어떤 곳보다 포병의 위력이 절실한 산맥에서의 싸움은 재미를 보기 어렵다는 것이 롬멜의 판단이었다.

"적 또한 틀림없이 우리를 포위하길 원하고 있을 터. 겨울이 오기 전에 튀니지에서 전투를 끝내고 싶을 게 분명하다."

"그렇습니다."

"우기가 오면 수비가 더욱 수월해지지 않겠습니까?"

"아니! 그건 어디까지나 우리의 보급이 지속되리란 가정에서나 가능한 일이다."

아군 유보트가 아크 로열을, 이탈리아 잠수함이 이글을 각각 격침시키면서 희미하나마 기회가 보이기 시작했다. 지금이야말로 일시적으로 보급이 가능하며, 공중 우위를 잡을 수 있는 마지막 기회!

"루프트바페가 조만간 증파된다. 그동안 하늘은 일방적으로 적들의 것이었지만, 당분간은 우리도 눈먼 폭탄에 맞을 일이 줄어든다."

토텐코프의 처참한 패배 소식은 그 또한 들었다. 하지만 롬멜은 전투 보고를 확인한 후 확신할 수 있었다.

해볼 만하다!

"보급에 고통받는 건 우리뿐만이 아니다. 알제에서 800킬로미터, 그 기나긴 거리를 한 가닥 단선도로에 의지해야 하는 저들도 한계에 봉착해 있다."

그 엄청난 포격. 숨도 못 쉬고 얻어터진 토텐코프 입장에선 그야말로 날벼락이겠지만, 미군이 없는 도로를 하루아침에 뚝딱 만들 능력이 없는 이상 그 어마어마한 탄약 소모는 고스란히 보급 압박으로 이어진다. 특히 산맥으로 오고 있는 미군 한 갈래와 비제르테로 오고 있는 미군이 같은 도로를 써야 한다는 것 또한 독일군에겐 크나큰 호재.

"우리는 이대로 비제르테 수비대와 합류한다."

머릿수 하나는 많은 이탈리아군을 보병대로 쓰고, 아프리카에서 전설을 써내린 이 기갑부대가 창끝이 된다. 단 한 번, 정면에서 격돌해 적의 예봉을 꺾으면 된다. 토텐코프는 실패했지만, 적도 두 번째 공세까진 준비하지 못했을 터.

"독일의 아들들이여! 누가 최고의 기갑부대인지 결판을 낼 때가 왔다! 저 인간백정 같은 친위대가 독일을 대표할 수 있겠나?"

"아닙니다!!"

"우리는 무수한 영국군을 격파하고 영광을 손에 쥐었다! 이제 미군을 격파하고 우리의 이름을 역사에 영원토록 남길 시간이 왔다!"

수백 수천 대의 엔진이 내뿜는 굉음에 롬멜의 목소리는 파묻힐 만도 하련만, 병사들의 귀엔 그 어떤 나팔소리보다도 뚜렷하게 그의 말이 들리고 있었다. 항상 승리만을 가져다준 장군. 적어도 그를 따라가는 이상, 그 끝에 영광이 있으리란 사실을 의심하는 이들은 그리 많지 않았다.

토브룩? 영국인들은 결과적으로 항상 패배에 패배만을 거듭했다. 무능한 이탈리아인들이 후방 관리 하나 제대로 못 해 그들이 돌아왔을 뿐, 미군을 두들겨 패준 뒤 돌아가면 이번에야말로 토브룩에 하켄크로이츠를 휘날릴 수 있으리라.

"폭풍우가 불어도, 모래바람이 휘날려도,

태양이 우릴 향해 웃어도, 불타듯 뜨거운 대낮에도,

서릿발 내리는 시린 밤에도, 먼지투성이 얼굴을 하고도!

우리는! 행복하다! 우리의 전차는 폭풍 속에서 돌진한다!!"

롬멜과 병사들의 확신에 한 손 거들기라도 하듯, 하늘에서도 요란한 엔진 소리가 들리더니 루프트바페의 전투기 편대가 그 모습을 드러내고 있었다. 이 얼마 만에 받는 아군의 공중 지원이란 말인가?

"우리의 목표는 미 육군 제2군단! 전군, 전진!"

이제 승리를 위한 기나긴 여정에 마침표를 찍을 때가 왔다.

* * *

급한 일을 처리한 후 비행기를 타고 내가 날아간 곳은 하지가 있는 동부 태스크포스 사령부였다.

원래 작계대로라면 진작 카세린계곡 돌파를 시도했겠지만, 예상 밖으로 토텐코프가 빨리 뛰쳐나오고 놈들을 격파하면서 하지가 굳이 무리해서 산맥을 넘을 필요성도 꽤 많이 줄어들었거든. 하지만.

"아군 정찰기의 보고로는 롬멜의 주력부대가 비제르테로 향하고 있다 합니다."

"해당 부대에 롬멜의 매머드가 앞장서고 있다는 보고가 있습니다."

"롬멜은 여기 있다고 하지 않았나?"

"기만전술입니다. 자신이 어디 있는지를 은폐하고 있는 듯합니다."

"자자, 조용."

롬멜의 이름값이란 정말 짜증 나는구만. 나는 하지의 똘마니들에게 다시 한번 정중하게 내 의사를 표현했다.

"롬멜이 있든 말든, 그런 거에 하나하나 일희일비할 필요 없다. 결국 양쪽 모두 격파하면 될 일이니까."

아틀라스산맥의 지형은 정말이지 끔찍했다. 기갑부대를 비제르테로 보낸다는 판단은 납득할 만하다. 하지만 그래도 전차는 전차인데, 소수 정도는 보낼 법도 한데. 비제르테에서 다시 한번 정면충돌한다? 모든 걸 걸고?

"하지."

"예, 사령관님."

"동부 태스크포스가 전력을 다해 산맥을 돌파하고, 튀니지 일대의 대포위망을 구성할 수 있겠나?"

하지의 눈은 이글이글 타오르고 있었다.

"롬멜의 뒷덜미를 저희가 잡으란 말씀이십니까."

"그렇지. 가능하겠나?"

여우 가죽 벗기겠다고 큰소리쳤던 하지는 이번에도 어김없이 목소릴 높였다.

"무슨 일이 있더라도 그놈의 뒤통수에 짱돌을 찍겠습니다. 걱정 마시지요."

"좋아. 내일 04:00부로 카세린을 치자고."

롬멜과의 마지막 싸움이 시작되었다.

여우사냥 4

카세린계곡을 위시한 아틀라스산맥 돌파. 전차가 지나다닐 수 있는 얼마 되지 않는 산길은 당연히 독일군이 일찌감치 죄다 지뢰와 참호, 대전차 진지와 토치카를 있는 힘껏 처발라놓았다.

불행 중 다행이라면, 몇 년 동안 프랑스 땅을 점령하고 제 땅인 것마냥 신나게 진지공사를 하던 지난 1차대전 때와는 달리 이 변태민족 게르만 친구들이 튀니지에 발을 디딘 건 고작 몇 달도 안 됐다는 사실뿐. 이 돌투성이 산을 기어오르는 게 공격자에게 토 나오는 짓이라면, 이곳에서 야전 축성을 하는 일은 방어자에게 자살 마련인 일이었다.

하지만 콘크리트 토치카 대신 모래주머니를 쌓아 올린 방어진지가 있다 한들, 공격해 들어갈 미군 병사 입장에선 입에서 쌍욕이 나오는 건 당연한 일. 이 중요한 공세의 최선봉에 투입된 것은 바로 미 육군 제93보병사단이었다.

*　*　*

공세 2일 차. 93사단 369연대 1대대 B중대.

타타타! 타타타!! 타타타타타!!

"으아, 으아아아아!!"

"멈춰! 멈추라고!!"

김영옥 소위의 만류에도 불구하고 병사 하나가 M1 개런드 소총을 내던지고는 바닥을 나뒹구는 소대원을 부축하기 위해 앞으로 달려나갔다. 이미 총에 맞아 쓰러져 있던 부상병 또한 전우가 달려오자 양팔을 쭉 뻗었지만.

"짐! 내 손 잡아!"

"미친, 빨리 돌아가……."

타타타타타!!

"케흑!"

"어, 엄마……."

언제 미군이 달려드나 바짝 가시를 곤두세운 채 대기 중이던 기관총좌가 곧장 불을 뿜었고, 두 명의 젊은이가 너덜너덜한 고깃덩어리로 바뀌기까진 몇 초도 채 걸리지 않았다. 둘은 그렇게 서로를 꽉 붙든 채 숨을 거두었고, 영옥의 소대는 두 사람의 결원이 발생했다.

"…좆같네 진짜."

"이봐, 킴! 잠깐 의논 좀 하지!"

아무리 정신이 나갈 것 같다지만, 중대장의 외침을 씹을 순 없었다. 재빨리 정신을 차린 그는 덜그럭거리는 헬멧을 꽉 부여잡고 얼른 아래로 쪼르르 내려갔다. 거의 미끄러지듯 능선 아래로 내려가자, 다른 소대장들은 이미 대기 중이었다.

"저 개같은 히틀러의 전기톱 하나 때문에 중대 전체가 멈춰 있어. 희생을 감수하고서라도 전진해야 해."

"방금 보셨는지 모르겠지만, 제 소대원 둘이 억 소리도 못 내고 그대로 죽었습니다."

"나도 알아. 하지만 오늘 내로 목표 지점까지 못 가면 우리 중대가 문제가 아니라 대대가 통째로 좆된다. 내가 말해주지 않았나?"

"저는 반대합니다. 박격포 지원으로 걷어낸 후에 전진하면 애꿎은 생목숨을 버릴 일도 없잖습니까. 화기소대(Weapons Platoon, 박격포반)는 뭘 하고 있습니까?"

"어제 다 썼지. 지금 난리도 아냐."

중대장은 화가 치미는지 담배를 얼른 입에 물었고, 기다렸다는 듯 다른 소대장들도 신속히 일발 장전했다.

"전반적으로 비숙련병이다 보니 탄 소모량이 우리 예상을 아득히 상회하고 있어. 화기소대도 마찬가지고. 한번 저지당할 때마다 B.A.R을 갈겨대고 박격포를 쏴대니 탄이 남아나질 않지."

"그래도······."

"저희 소대가 앞장서서 움직이겠습니다."

그때 3소대장이 자신 있게 손을 들었다.

"다른 소대에서 수류탄 좀 불출해서 넘겨주시지요. 저희 소대가 적 기관총좌를 제압하겠습니다."

"측후방을 엄호하는 다른 총좌가 있는데 가능하겠나, 사무라이?"

"화망만 잘 깔아주시면 제압 가능해 보입니다."

"좋아. 파크 소대장만 믿지."

중대장이 고개를 끄덕이자 다른 간부들도 곧장 흩어졌다. 하지만 영옥은 돌아가려는 3소대장의 어깨를 붙들었다.

"박 소위."

"왜?"

"왜 무리를 하려고 합니까?"

다들 살아서 돌아가려고 여기 왔지, 죽고 싶어서 온 게 아니다. 시간을 들여 목숨을 살 수 있다면 당연히 그렇게 해야 하지 않겠나. 하지만 3소대장은 생각이 달랐다.

"방금 우리 같은 이야기 들은 거 맞지? 중대장은 생목숨을 대가로 바쳐서라도 시간을 사야 한다고 말했던 것 같은데."

"허."

"너랑 나랑은 처지가 달라, 처지가. 너는 살아서 돌아가면 되지만 나는 꼭 전쟁영웅이 돼야 한다고."

"그래서 입대할 때 그 퍼포먼스를 한 겁니까?"

"그런 쇼를 했으니까 후원이 쏟아져 들어왔잖아. 이거처럼."

그는 자신의 허리춤에 매달린 일본도를 툭툭 건드렸다. 아시아계의 의기를 보여줬다며 어느 일본계 독지가가 선물로 보내준 물건인데, 3소대장은 그 칼을 무슨 신줏단지처럼 항상 차고 다녔다. 원래 3소대장은 미국에서 태어나지 않고 조선에서 태어났으니, 당연히 시민권도 없었으며 입대도 할 수 없었다.

하지만 반드시 미국의 적에 맞서 싸우고 싶다며 혈서를 쓰고 이게 신문에 보도되어, '사악한 일본제국에 의해 나라가 멸망해 제대로 된 시민으로서의 권리를 부여받지 못한 불쌍한 이들'에게 조건부로 미군의 문호를 열어주고 그 공적에 따라 시민권을 지급하여 주기로 하였다.

하지만 OCS 훈련소에서 만난 이래, 포근한 캘리포니아를 떠나 인종차별의 매운 맛을 겪은 이후 3소대장의 사고관은 완전히 바뀌어버렸다.

"두고 봐라. 난 기필코 전쟁영웅이 돼서 온 천하에 이름 석 자를 박고, 곧장 해방 조선으로 건너갈 테니까."

"조선 말입니까."

"그래. 송충이는 솔잎을 먹어야 한다고, 코쟁이들 땅에 조선놈이 어슬렁대니까 못 볼 꼴을 너무 겪게 돼. 내가 사업을 하든 군문에 남든 내 나라 내

민족의 땅에서 하고 말지, 그깟 시민권. 빌어먹을. 줘도 안 받는다."

지들 눈이 더 째졌으면서 누구더러 째진 눈이니 뭐니, 웃기지도 않는 새끼들. 그는 한번 피식 웃고는 영옥에게 부탁 아닌 부탁을 했다.

"우리 소대 전부 하인즈 케챱되는 꼴 보기 싫으면, 제발 측후방에서 떠들썩하게 시선이나 끌어달라고."

"부탁을 하는 겁니까, 투정을 부리는 겁니까."

"아니, 나 죽는 거 보고 싶어 정말?!"

"해드릴 테니 죽지나 마십쇼."

기어이 승낙의 말을 받아 낸 3소대장은 싱글벙글하며 제 소대원들에게로 돌아갔다. 조선계, 특히 청년 계층의 핵심은 누가 뭐라 해도 동양교육발전기금을 통해 미국으로 건너온 이들. 그런고로 당연히 고학력자가 많았고, 이들이 특례를 인정받아 초급 간부로 대거 입대하면서 조선계는 타 아시아계에 비해 장교의 비중이 더욱 높았다. 그러니 이들 밑의 부하들은 같은 조선계보다는 다른 민족인 경우가 대부분이었는데, B중대 3소대의 경우 소대원 대부분이 일본계 이민자들의 아들들이었다.

"3소대!"

"예!"

"우리가 여기에 온 이유! 이 끔찍한 사막과 돌산에서 구르는 목적을 만천하에 각인시킬 때가 왔다!"

그가 병사들에게 타 부대에서 받아온 수류탄 몇 발씩을 나누어주곤 기세 좋게 허리춤의 검을 뽑아 들 무렵, 영옥은 곧장 자신의 소대원들을 이끌고 능선을 타 문제의 기관총좌 측면 우회를 시도했다.

"공격 개시! 적이 우릴 주목하도록 있는 대로 긁어!"

"쫘! 사격 개시!"

탕! 타타탕! 타타타!

기관총병들은 무릇 측면을 내주는 것에 신경질적으로 반응하는 법. 그들 또한 거의 본능적으로 재빨리 그 망할 기관총의 각도를 재조정하고 영옥의 2소대를 향해 탄환을 갈겨대기 시작했다.

"같은 민족이 온 세상에 지은 죄를 우리가 대속할 시간이다! 알링턴에서 만나자!"

"반자이!!!"

그 순간. 낯선 일본어가 온 산에 쩌렁쩌렁 울려 퍼지고, 3소대원들이 착검한 채 기관총좌에 정면으로 달려들기 시작했다.

"쏴! 3소대 애들 다 죽기 전에 그냥 다 퍼부어!"

"화기소대, 사격 개시!"

"1소대, 약진 앞으로!!"

그들의 상식을 아득히 초월하는 기관총좌 정면을 향한 돌진에 독일군 역시 경악하고 말았다.

"미군 1개 소대가 돌진해오고 있습니다!"

"뭐, 뭐야 쟤들?"

"이, 일단 적의 흉계를 알지 못하겠으니 물러나지!"

그들의 논리로 도무지 해석할 수 없는 기이한 돌격에 '무언가 믿는 구석이 있는 것 같다.'라며 우왕좌왕하는 사이, 3소대는 싸늘하게 식어 가는 전우의 시체를 넘어 마침내 적의 눈앞에 쇄도했다. 한차례 총질과 육박전 후, 온몸에 피를 뒤집어쓰고 헬멧 한쪽이 움푹 패인 3소대장은 전신의 힘이 다 빠져나가는 것을 느끼고 대충 아무 데나 털썩 주저앉았다.

"씨발, 형 하나 구명하기 존나게 힘드네."

2소대장, 영옥이 그를 전공에 미쳐 부하들을 사지에 내모는 놈으로 간주하고 백안시하고 있는 걸 뻔히 알지만 어쩔 수 없었다. 내 목숨도 칩으로 내걸었는데 남의 목숨을 못 걸 게 뭐가 있겠는가?

명성 높은 빨갱이, 박헌영의 직속 졸개 목숨줄을 붙여 놓으려면 반자이 어택이고 광대놀음이고 뭐든 주워섬겨야 했다. 누군 목숨 아까운 줄 몰라서 이 짓거릴 하고 있나. 아직 갈 길이 구만리였는데, 앞으론 얼마나 더 지랄 맞은 일이 있을지 상상도 하기 싫었다.

그는 힙플라스크에 꼬불쳐 둔 위스키를 벌컥였다. 맛 하나는 둘이 먹다 하나 죽어도 모를 정도로 기가 막혔다.

* * *

"이놈들은 미친 건가?"

"상대는 93사단입니다."

"검둥이들이 자유를 얻겠답시고 목숨도 도외시하고 달려들고 있답니다."

산맥을 놓고 전투를 벌인지 이제 겨우 40시간가량. 적이 내세운 미군 93사단은 지금 눈앞의 상대가 미군인지 소련군인지 그 국적을 의심케 할 정도로 거칠게 달려들고 있었다.

무릇 적의 예봉이 날카로우면 한두 번 물러나 그 기세를 정면으로 상대하지 않고, 공세종말점에 이르렀을 때 찌르는 것이 너무나 당연한 일인데… 이미 적이 하는 행태가 도무지 정상적이지 않으니 독일의 엘리트 참모들도 당황스러웠다.

"혹시 깜둥이들에게 약이라도 먹였나?"

"모르겠습니다……."

사단장은 저 서쪽 하늘을 가리켰다.

"보여, 저 구름? 곧 우기가 온다. 우리가 아늑한 보금자리에서 느긋하게 비를 피하며 밥 먹고 있을 때, 양키들은 발 동동 구르면서 끝없이 비나 처 맞다가 골병들어 다 뒈지게 생겼어."

"그렇습니다!"

"며칠만 더 버텨. 적어도 적 기갑부대가 지나갈 통로를 감제하는 핵심 요지들은 우리가 꽉 움켜쥐고 있어야 한다.”

적장, 존 리드 하지는 오이겐 킴의 부관 출신이며 아미앵 전투에도 종군한 놈이라 하였다. 하는 행태로 보아 무척 저돌적인 인물로 추산되며, 부대명과 규모 미상의 기갑부대를 꽉 움켜쥐고 있는 중. 그 기갑부대가 카세린을 지나는 순간, 북아프리카에 있는 추축군의 패망은 기정사실이 되어 버린다.

“나를 믿을 필요 없다. 롬멜 장군을 믿어라. 우리가 우리 할 일만 하면 충분히 이길 수 있어!”

“적 대규모 항공대 출현!”

“루프트바페는 뭐 하고 있나! 틀림없이 공중 지원이 가능하다고 했잖아!”

해준다, 해준다 말만 많고 정작 필요할 땐 없는 놈들! 처음에 잠깐 슈투카 지원 좀 해준 게 전부였을 뿐, 제공권을 상실한 이후엔 쉴 새 없이 머리 위로 빗줄기처럼 폭탄이 떨어졌다. 이래서야 무슨 전쟁을 하겠는가. 그는 애써 속에서 부글부글거리는 불안함을 달래며, 다시 한번 염불처럼 똑같은 말을 되뇌었다.

“롬멜이 오이겐 킴을 격파하고 비제르테 방면 압력을 해소할 거다. 그거면 돼. 그거면.”

여우사냥 5

시작은 몰타였다. 남프랑스와 이탈리아 곳곳에서 이륙한 대규모 독일 항공대가 몰타를 맹폭하자, 이미 항공모함 두 척을 잃은 영국군은 한 번에 동원할 수 있는 전투기 수량에서 압도당해버렸다. 천혜의 불침항모 몰타가 고작 그 정도로 함락되진 않았지만, 한 축을 담당하던 몰타는 결국 보유하고 있던 거의 모든 스핏파이어와 머스탱을 손실하고 빈껍데기가 되고 말았다. 원래대로라면 미국 육항대에서 남는 머스탱을 좀 보내주련만, 항공기 운반 작업은 당연히 항공모함이 수행해야 한다. 근데 우리 항모? 용궁 갔죠? 그렇게 몰타는 사실상 시즌 아웃되고 말았다.

"대체 저 많은 전투기가 어디서 샘솟았지?"

"죄다 소련 땅에서 날던 놈들입니다. 보고된 바로는 킬 마크가 아주 휘황찬란하다고 합니다."

개같은 거. 내 인생이 언제 쉽게 풀리나 했다. 상태창 안 뜰 때부터 사실 쉽고 날로 먹는 인생을 살 수 있단 기대는 고이 접었다고. 어차피 비제르테는 대놓고 폭격하지 않으려고 했으니, 나는 아예 하지에게 폭격기를 싹 다 몰아주고 롬멜과 한판 붙을 채비를 갖추고 있었다. 하지는 항공 쪽으로도 제법 공부를 했으니 어떻게든 써먹겠지. 내가 그렇게 의견을 밝히자, 맥나니는 당황하는 기색이 역력했다.

"정말? 그 끝내주는 카드 더 안 뿌려도 돼?"

"다 떨어졌어. 삐라가 무슨 땅 파면 나오는 줄 알아?"

"알제리엔 인쇄소가 없냐! 너 여기서도 신나게 인쇄작업 했잖아."

한심하다는 눈으로 쳐다보고 있자니 녀석이 발끈했다. 참새가 어찌 대붕의 뜻을 알리오?

"그냥 아무 잡스러운 카드나 뿌려서 되는 게 아냐. 오직 샌프란시스코에서 뽑아낸 저어엄품 딱지여야만 가치가 있는 거라고."

"아, 예. 그러십니까."

내 딱지학개론을 받아들이기엔 군바리들이란 너무 머리가 딱딱하다. 아니, 그냥 알제리 잡스러운 인쇄소에서 찍어내면 그게 휴지랑 다를 게 뭐가 있어?

이번에 비제르테에 뿌린 카드는 민사작전 등을 대비해 처음 횃불 작전을 준비할 때부터 일찌감치 쟁여놨던 물건들이다. 여기엔 참으로 가슴 아픈 곡절이 있는데… 전시상태에 돌입하면서 미국도 상당수 전략물자를 통제하기 시작했고, 당연히 종이 또한 전략물자가 되어버렸다.

그 말은 뭐다? 딱지쟁이 업계는 멸망했단 소리지. 우릴 모방해 장사하던 다른 카드게임은 물론, 야구카드까지 싹 다 지엄한 나라님의 명에 따라 생산중지가 걸려 멸망해버렸다. 이럴 줄 알았으면 2차대전 따위 일어나지 않았어야 했는데.

하지만 내가 누군가. 이가 없으면 잇몸으로 사는 데 너무나 익숙해진 유진 킴이다. 불쌍한 이들 업체를 위해 정부에서는 삐라 및 프로파간다 전단 제작 사업을 발주했고, 샌―프랑코 역시 부지런한 로비… 아니, 설득 끝에 그중 일부를 따낼 수 있었다. 이런 일이라도 안 주면 애먼 회사들 줄줄이 망하는데 당연히 줘야지. 암. 그리고 몇 가지 추가적인 자잘한 합의 끝에,

아예 원래 만들던 카드 형태의 삐라도 만들 수 있었다. 우리 인쇄기는 특별하니 당연히 스페셜한 삐라를 만들어야 하지 않겠나.

택배기사 역할을 맡은 육항대가 몇 장씩 호주머니에 꼬불친다는 건 비밀도 아니지만, 그냥 그러려니 했다. 가져가도 뭐 얼마나 가져가겠어.

오히려 그보다 중요한 건 롬멜이다. 이 지긋지긋한 사막. 이 끔찍한 땅에 온 이유는 오직 롬멜 대가리를 따기 위해서다.

"9사단은 어디까지 진격했지?"

"토텐코프의 잔존 병력이 여전히 저항 중이지만, 조만간 비제르테 근교까지 도달할 수 있을 것으로 보입니다."

"나머지는?"

"남하하여 롬멜과 맞설 준비 중입니다."

내가 얼굴에서 웃음을 싹 빼고 질문을 던지자, 조금 전까지 히히덕대던 참모들도 이제 익숙해졌는지 곧장 사무적 태도로 돌아왔다.

일반적인 도시를 공략할 땐 당연히 360도 포위가 기본. 항구도시의 경우엔 바다와 면한 곳은 함대로 틀어막고, 남은 육지를 뺑 돌아서 포위하는 게 기본이다. 근데 이 비제르테 남쪽엔 '비제르테 호수'라는 작명 센스라곤 없는 거대한 호수가 있다. 면적 약 126제곱킬로미터. 대충 마카오쯤? 그 정도로 넓은 호수가 있다 보면 된다. 비제르테를 완전히 포위하려면 이 호수를 비이잉 둘러서 또 병력 한 뭉텅이를 보내야 하고, 그만한 기동력을 갖춘 부대는 당연히 전차와 트럭을 단단히 갖춘 기계화보병뿐. 9사단 빼고. 기보 빼고. 롬멜 막고.

"병력이 부족해."

나는 롬멜이 이끄는 독일군과 동수로 싸울 정도로 미치지 않았다. 정정당당이라니, 전쟁에 그딴 게 어딨어?

"영국 측에 문의드릴 게 있습니다."

"네. 무엇인지요?"

"트리폴리 상륙전은 여전히 어렵다고 봅니까?"

"예."

즉답이었다. 가슴이 미어지네 정말.

"항공모함 두 척의 상실과 몰타 주둔 항공대의 괴멸로, 지중해의 제해권은 다시 알 수 없게 되었습니다."

"알고 있습니다."

만약 상륙 전에 유보트 전단이라도 나타나는 순간, 우리의 용맹한 대전사 패튼은 물고기밥이 되는 거다.

"그럼 비제르테나 튀니스 상륙은 어떻습니까?"

"이미 이탈리아군이 두 항구 도시에 해안포대를 설치했습니다만……."

"천하의 로열 네이비가 급하게 날림으로 만든 이탈리아제 포대도 제압 못 한단 말입니까? 진짜로? 참말로?!"

내가 성질을 박박 긁자, 그들도 사람은 사람인지 반응을 보였다.

"그렇게 말씀하셔도 너무 리스크가 큽니다. 루프트바페의 대규모 폭격이 있는 날엔 안전을 담보하기 힘듭니다."

"젠장."

이제 결단을 내려야 할 시간이다.

"패튼 불러."

"…알겠습니다."

"지금 패튼이 알제에 있지? 유사시 상륙에 동원할 병력만 남겨 놓고, 손에 쥐고 있는 제2기갑사단과 차량화부대 전부 이리로 오라고 해. 롬멜이랑 한판 붙을 기회라고."

"발바닥에 불이 나도록 달려오겠군요."

"그리고 놀렛 장군도 부르자고. 재편된 자유 프랑스군도 전부 투입한다."

몬티, 몬티, 몬티. 씨발, 그 새끼만 빨리 달려왔어도 프랑스군에게 기회 따위 줄 일 없었다. 가만, 혹시 이거 의도된 트롤링인가? 롬멜에게 행동의 자유를 주면 급해진 내가 개구리들까지 동원하리란 발상?

음모론 같지만, 원래 음모론이란 게 다 그렇듯 쓸데없이 설득력 넘치지 않던가. 영국은 자유 프랑스에 무척 호의적인 입장. 전후 미합중국의 입김을 혼자 감당하느니, 차라리 프랑스의 입지를 세워줘서 2 대 1로 상대하겠단 얄팍한 계산이다. 하지만 결과적으로, 나는 프랑스군을 불러야만 했다.

착한 아빠가 되고 싶단 내 야망은 못난 자식놈의 일탈과 개같은 사돈의 트롤링으로 실패했다. 그러니 남은 일은, 내 지휘에 목숨이 달린 남의 집 아들들을 한 명이라도 더 많이 살리는 것뿐. 전후 입지고 나발이고, 내 가장 중요한 의무를 방기할 순 없다.

"우린 패튼이 오기까지 전선을 뒤로 물린다."

"예."

"여기 이 지점. 언제든 비제르테고 튀니스고 다 찌를 수 있는 곳에 방어라인 깔고, 혹시나 롬멜이 덤벼들면 뚝배기 다 깰 준비 하자고."

한번 결정을 내리자 그다음부터는 일사천리였다.

"이 지역 기후에 주의해서 우기에 비전투손실 일어나는 일 없도록 준비 철저히 하고. 젠장, 이러면 지뢰 매설해도 다 떠내려가나?"

"그렇지 않겠습니까."

"조졌네."

토텐코프를 상대로 했던 것처럼 롬멜도 등쳐먹고 싶지만, 한 번 낚였던 애들이 또 낚이진 않겠지. 하지만 그 대신 롬멜에겐 타임 리미트가 있다.

"하지가 길을 열어도, 패튼이 와도, 몬티가 와도. 셋 중 누가 오든 아무튼 그때면 우리가 이긴다."

병력도, 물자도, 시간도 아무것도 없네? 어서 와라. 한타싸움밖에 길이 없게 된 시점에서 이미 롬멜의 패배는 확정이다.

"부관?"

"네!"

"준비해 둔 거 꺼내."

부관은 주섬주섬, 큼지막한 박스 하나를 꺼내 참모들이 앉아 있는 테이블에 올려놓았다.

"이게 뭡니까?"

"초콜릿 케이크. 우리 마눌님이 보내줬어."

'HAPPY BIRTHDAY'라는 문구며, 꽃이라고 초까지. 항상 내가 주변인들이나 부하들에게 나눠준다는 걸 그녀도 알고 있는 만큼, 원 없이 갈라 먹으라고 하나도 아니고 무려 세 개씩이나 만들어서 보내줬다. 특히 전쟁터에서 달달구리만큼 사람 미치게 하는 게 또 없거든.

"잘 먹겠습니다!"

"참 훌륭한 부인을 두셔서 행복하시겠습니다."

"허허. 이 사람들 왜 이리 아부를 잘해. 허허."

나는 잠시 고민하다 나이프로 아직 뜯지 않은 케이크 한 상자를 가리켰다.

"이거는 뜯지 말고 따로 더 포장해 봐."

"누구 주시려고요?"

"롬멜."

"네? 걔는 초콜릿 못 먹는데, 여우가 먹을 수 있을까요?"

"에르빈 말고 롬멜한테 보내준다니까?"

내가 말 마치기 무섭게 다들 날 미친 듯이 바라보고 있었다. 상관을 그 따구 눈으로 쳐다볼 거면 먹던 거 내려놔, 이 자식들아.

1939년 12월. 아틀라스산맥에서 추가로 병력을 차출한 롬멜은 대대적인 반격작전에 나섰다. 튀니스 목전까지 진출해 슬금슬금 튀니스 근교에서 간을 보던 미 육군 제36보병사단은 롬멜의 매머드가 모습을 드러내자 어맛 뜨거라 하고 곧장 수십 킬로미터 밖으로 내빼버렸다. 그 후 튀니스에 입성하자 온 사방의 추축군 병사들이 전부 막사에서 뛰쳐나와 롬멜과 그 휘하 장병들을 향해 만세를 열창했지만… 그뿐.

적은 절대 도망친 게 아니다. 롬멜과 아프리카 군단을 향해, '너 계속 거기 앉아 있을 거야? 뛰쳐나와야지?'라며 손을 까딱거리고 있는 것. 그럼에도 불구하고 롬멜은 진격해야 했다. 이 놀라운 아프리카의 정복자와 그 부하들을 위해 징발한 튀니스의 한 호텔에서, 롬멜은 저 건너편에 있을 적장과의 보이지 않는 수 싸움을 시뮬레이트하고 있었다.

"오이겐 킴이 원하는 것."

단 한 번의 결전. 이길 수 있나? 모르겠다. 몇 번이고 다음 수를 계산해봐도, 적장의 그 기괴망측한 전략을 예상하기란 너무나 어려운 일이었다.

똑똑!

"장군님, 주무십니까?"

"아니. 무슨 일이지?"

"미군이 사절을 보냈습니다."

"포로 교환 제의인가?"

"아닙니다. 항복을 요구하고 있습니다."

"하. 가보자고."

이미 독일과 독일군의 명예가 시궁창에 처박힌 지 오래라곤 하지만, 그렇다고 일부러 더 구정물에 박을 필요는 없잖은가. 롬멜은 적들이 보낸 사절을 직접 맞이하기로 했다.

"미군에서 왔다고?"

"그렇습니다. 유진 킴 장군께서는 즉각 무장을 해제하고 항복한다는 전제하에 신변보장과 안전을 약속하셨습니다."

"관대한 제안에 감사를 표하는 바이나, 아직 항복을 권하기엔 너무 이른 시기인 것 같군."

롬멜은 더더욱 쌀쌀맞게 답했다.

"킴을 비롯한 미국인들에게 전하시오. 남의 전쟁에 공연히 끼어 불필요한 생목숨 날리지 말고, 지금이라도 올바른 판단을 내리라고."

"알겠습니다. 장군께 전달하겠습니다."

"그럼 더 할 말은 없겠지?"

"킴 장군께선 한 명의 군인으로서 롬멜 장군이 달성한 군사적 업적에 찬사를 표한다며, 전달해드리라 맡긴 게 있습니다."

그들은 상자 하나를 내밀었다. 부관이 이를 받아 내용물을 까보니, 케이크 하나가 모습을 드러냈다.

"이게 뭔가?"

"장군께서 얼마 전 생일을 맞이하셔서, 본국의 킴 부인께서 케이크를 만들어 보내주셨습니다."

"…잘 먹겠다고 전해주게. 이만 돌아들 가게. 혹시 모르니 호위를 붙여주지."

사절들이 떠난 뒤, 독일군 참모들의 표정은 참으로 오묘했다.

"버리셔야 합니다."

"왜?"

"독을 타 놓았을지도 모릅니다!"

"이런 걸 받았다간 공연히 총통 각하의 의심을 불러일으킬지도 모릅니다!"

"웃기는 소리들 하지 말게. 이걸 거절했다간 내일부터 '겁쟁이 롬멜' 종이쪼가리가 우리 대가리 위에 떨어진다에 내 매머드를 걸 수 있어."

"그래도 한번 시식은 해봐야 합니다!"

참모들의 강력한 주장에 붙잡힌 미군 포로 한 명이 끌려 나와 케이크 한 쪽을 먼저 맛보았다.

"어떤가? 배가 아프다거나……."

"맛있습니다."

"이상 없다는군. 이제 먹어도 되겠지?"

롬멜은 누가 뭐라 하기도 전에 포크를 슥 내질러 케이크 한 조각을 큼지막하게 떼내었고, 곧장 입에 넣었다.

"달군, 달아. 쇼카콜라보다 더 다네."

"장군!"

"자네들도 좀 먹지. 그리고 내 말 좀 통역해 봐. 거기 포로!"

"예?"

"오이겐 킴이 본토에서 생일 케이크를 받았다는데, 일선 장병들은 엄두도 못 낼 이런 호사를 누리는 미군 장성들을 보면 어떤 생각이 드나?"

심리전을 어디 제 놈들만 쓸 수 있으랴? 롬멜도 이런 술책이라면 얼마든지 부릴 수 있었다. 적어도 수용된 포로들 입에서 욕지거리가 나오게 만들 순 있겠지.

"뭐, 케이크까진 아니지만 집에서 보내주는 소포 정도야 다들 받습니다만."

"…그래?"

"예."

그 순간 열심히 포크를 놀리고 있던 다른 참모들조차 하나둘 팔을 축 늘어뜨렸다. 이 케이크. 그 뒤에 아른거리는, 수십만 미군 장병들의 머리맡에 개인적인 소포를 보내줄 수 있는 그 병참과 보급 능력. 롬멜은 물론 이 자리에 있는 모든 장교들이 그 사실에 전율했고, 그다음으로 떠오르는 것은 당연히 의문부호 하나였다. 적의 보급에 여유가 없으리라 생각했는데? 정말 그럴까?

"뭣들 하나. 얼른 안 먹고."

"네, 넵!"

"맛있군. 나중에 오이겐 킴을 사로잡으면 킴 부인의 요리 솜씨에 찬사를 좀 보내야겠어."

롬멜은 애써 웃으며 케이크를 남김없이 입에 밀어넣었다. 더 이상 단맛은 느껴지지 않았다.

5장
아프리카 군단의 마지막 영광

아프리카 군단의 마지막 영광 1

초코 케이크와 포로를 치우고 자신의 호텔 방으로 돌아온 롬멜은 다시 고민해야 했다. 우기를 피하고 싶다면 지금 당장 군을 이끌고 곧장 적 제2 군단을 상대로 한 파상공세에 돌입해야 한다. 이 경우, 아직 적 또한 충분한 준비가 되어 있지 않을 수도 있다는 장점이 있다. 조금 전까지 롬멜은 머릿속 '장점'란에 적의 보급이 미진하리라는 예상도 같이 기입해 놓았지만, 그 짜증 날 정도로 다디단 케이크를 맛본 뒤 보급에 관해서는 기존 상식을 모두 내려놓기로 했다.

하지만 단점 또한 있었다. 약 2천 킬로미터의 끝없는 퇴각 끝에 초췌해진 병사들. 이들의 어마어마한 피로를 감수하고 공격하는 것이, 비를 피하는 것보다 더 이익이 될까? 함께 영국군을 몇 번이고 격파한 병사들의 의지와 투지를 믿는다 하더라도, 말 못 하는 쇳덩이를 신뢰하는 건 또 별개의 문제. 이미 일선 장교들은 극심한 부품 마모와 기능고장을 호소했다. 앞으로 더 퍼져나갈 각종 장비를 생각한다면 이는 명백한 리스크였다. 여전히 입에 아른거리는 설탕 맛을 애써 물로 씻어내리며, 그는 펜을 들고 부인에게 보낼 편지를 쓰기 시작했다.

[사랑하는 루에게.

조금 전 미군이 사절을 보내 항복을 종용했소. 사절들은 사막도, 전쟁도 무엇 하나 제대로 겪어 보지 못한 듯 피부가 뽀얬던데 그 태도는 정중하지만 이미 승리하기라도 한 것마냥 오만함이 배어 있었소.

적장 킴이 제 생일이라며 케이크를 보내주었소. 당신이 만들어주는 것에 비하면 훨씬 맛없었지. 꼭 그자를 붙잡아다가 제대로 된……]

하지만 롬멜은 편지를 끝까지 쓰지 못했다.

"윽……! 군의관은 어디 있나……?"

그날 새벽, 롬멜은 복통과 설사를 호소했고 진중은 아수라장이 되었다.

"이 사막에서 밥도, 수면도, 컨디션도 엉망진창이 되었고 극심한 피로와 정신적 부담도 있었는데. 대뜸 그… 케이크를 드시니 당연한 결론입니다."

"독이 아니란 말인가? 비슷한 증세를 호소하는 사람이 몇 명 더 있는데?"

"독을 탔다면 제가 진료를 보고 있는 게 아니라 사망 진단서를 쓰고 있었겠지요. 식중독 증세도 아니니 음식이 상한 건 아닌 듯합니다."

'자기들끼리만 맛있는 걸 챙겨 먹어서.'라는 정신이 아득해지는 진단 결과를 받아들게 되면서 해프닝은 마무리되었고. 빠른 공세를 주장하던 참모들도 본인들이 드러누운 판국에 계속해서 공세를 주장할 순 없었다.

롬멜은 하루를 앓은 뒤 곧장 자리를 털고 일어났다. 남들은 몰라도 그는 쉴 수 없었으니. 히틀러 또한 급박한 상황을 아는지 모르는지, 튀니스항엔 이탈리아의 대규모 보급선단이 도착했다. 어지간히 선박이 부족한지 적십자 마크가 선명한 병원선까지 모조리 긁어모아 보냈는데 정말 가뭄의 단비 같은 보급이었다. 식량. 연료. 탄약. 대전차포. 그리고 그 무엇보다 가장 절실한 전차! 전차!!

근래에 드물게도 롬멜의 입에 미소가 피어났다. 그래, 미군의 병참이 아무리 막대하다 하더라도 결국 군인의 능력은 한판 승부로 귀결되는 법.

"신형 4호 전차가 40대에… 돌격포인가?"

"그렇습니다. 스펙상으로는 충분히 미군의 전차도 상대할 수 있습니다."

직접 튀니지 전역을 확인하기 위해 파견된 파울루스(Friedrich Wilhelm Ernst Paulus) 중장을 맞이한 롬멜은 애써 웃어야 했다. 평소에 비하면 어마어마한 보급이다. 하지만 상대, 미군에 비하면 더 많은 지원이 필요하다. 물론 동부 전선으로 영전이 확정된 파울루스 앞에서 더 많은 전차를 달라고 할 정도로 이성을 잃진 않았다.

하지만 받고 보니 또 이상했다. 틀림없이 지금 총사령부의 모든 신경은 모스크바에 집중되어 있을 터. 식량, 탄약, 연료야 없으면 안 되니 그렇다 쳐도, 이 귀중한 장비를 아프리카에 던진다고?

"하나만 물어봅시다."

"총통 각하께선 롬멜 장군께서 오이겐 킴을 격파할 수 있으리라 기대하고 있습니다. 모스크바가 급하긴 하지만, 이 정도는 밀어줘야 적어도 미군을 상대할 수 있으리라 여기시는 모양입니다."

무슨 말을 물어볼지 다 안다는 듯 파울루스가 고개를 끄덕이며 말했다.

"기대에 반드시 부응하도록 하겠소. 하지만… 그래도 여전히 좀 의아하구려. 내 입으로 이런 말 하기도 그렇지만, 동부 전선이 더 급하지 않소?"

이거 받고도 지면 행여 불벼락이라도 떨어지지 않겠나? 살아서 독일 땅을 못 밟는 것 아닌가?

"이번 지원은 무솔리니의 강력한 요망이 있었습니다. 들리는 소문으로는 두체가 밤에 잠을 못 이룬다 하더군요."

"허. 어쩐지."

파울루스는 더욱 목소리를 낮추어 롬멜의 귀에만 들릴 듯 말듯 말했다.

"만약… 여의치 않으면, 총통께선 장군만이라도 베를린으로 복귀하라 명하셨습니다."

"그럴 순 없소."

생각보다 먼저 말이 나갔다.

"그렇겠지요."

"나는 총통 각하께 충성하고 있지만, 벌써부터 패배를 염두에 둘 순 없소."

어색한 침묵. 둘 모두 알고 있었다. 이 보급을 받는다고 해서, 확률이 기적적으로 올라가진 않았단 사실쯤 왜 모르겠는가. 파울루스는 다른 장군들을 만나 보겠다며 자리를 떠났고, 롬멜은 머리만 더 복잡해진 채 하역 작업이 한창인 부두만을 바라보고 있었다. 그때, 익숙한 얼굴이 슥 하고 나타났다.

"오랜만에 뵙습니다, 장군님."

"당신이 여긴 웬일이오?"

"제가 못 올 곳에 온 것도 아니잖습니까."

"여긴 전장이오. 못 올 곳 맞소만… 정말 제정신이 아니구려."

"비즈니스의 세계도 원래 다 전장이지요. 저희 출판사의 최고 고객님을 위해서라면 튀니스가 아니라 모스크바라도 갈 수 있습니다!"

롬멜의 저서, 《보병전술》은 독일 내에서 베스트셀러였다. 《나의 투쟁》엔 못 미치지만 그건 규격 외니 제외하고. 하지만 그래도 그렇지. 여기가 어디라고 출판사 직원이 찾아온단 말인가?

"건수가 건수다 보니, 서신으로 말씀드리기 곤란한 건이어서 제가 직접 설명드리고자 이렇게 찾아뵀었습니다."

"예의 '그' 건이오?"

"그렇습니다."

융커도 아닌 일개 교사 아들이었던 롬멜에겐 너무 많은 거금이 인세로 들어왔고, 이 출판사는 재테크… 보다 노골적으로 말해 탈세 또한 도와주고 있었다. 나라에 세금으로 다 뜯기고 나면 대체 뭐가 남는다고.

세상이 다 그런 거지. 전쟁도 군인도, 결국 다 먹고살려고 하는 일 아니겠나. 총통 각하도 솔직히 이 세금 그대로 내라고 하면 배 아파 죽을 건데 뭘. 어쨌거나 찾아온 이를 박대할 순 없으니, 롬멜은 인세 정산에 관해 논의하고 그동안 못 부친 편지 한아름을 그에게 맡겼다.

며칠 후, 부대의 컨디션이 어느 정도 회복되었다 판단한 롬멜은 더 이상 머뭇거리지 않기로 결심했다.

"장병들의 컨디션이 회복된 듯하니 더 머뭇거릴 순 없다. 공세를 개시한다."

이미 최전방으로 진출한 수색대는 몇 차례 미군과 소규모 충돌을 거치며 전진하고 있었다. 그동안 튀니스와 비제르테 일대를 지키던 부대는 지원군에 용기백배해 더욱 거칠게 적을 두들겼고, 미군은 이에 응전하기보다는 스무스하게 발을 빼며 추축군의 대응 태세를 시험하는 데 주안점을 두었다.

또한 몰타를 침묵시킨 루프트바페는 본격적으로 전력 증강을 마치고 제공권을 탈환하기 위해 연일 이륙했고, 튀니지 상공에서는 불꽃 튀는 공방전이 이어지고 있었다. 그 닷새 동안, 마침내 하늘에선 한두 방울씩 빗물이 떨어지기 시작했다.

"제15기갑사단이 비제르테로 가는 길을 연다."

"알겠습니다."

"이탈리아군 16사단과 136사단이 후속한다. 132기갑사단은 해안을 따라 북상하여 비제르테로 입성한 후 현지 방어에 한 손 보탠다. 무슨 일이 있어도 비제르테가 완전 포위되는 일은 막아야 한다."

제132기갑사단 '아리에테'. 이탈리아군 중에서 가장 훌륭한 전투력을 선보인 정예부대 중 하나. 영국군보다 더 열등한 이탈리아제 전차라는 약점을 정열적인 감투정신으로 메꾸어 왔지만, 전차의 창시자이기도 한 오이겐 킴이 수십 년 동안 개발에 몰두했을 미제 전차를 상대하긴 어려워 보였다.

제16보병사단 '피스토이아'. 몇 안 되는 차량화 부대인 덕택에 이 먼 곳까지 퇴각할 수 있었던 부대.

제136기갑사단 '청년 파시스트단'. 독일의 '히틀러 유겐트'가 벤치마킹했던 대학생 위주의 조직 청년 파시스트단 단원들의 '자발적 지원'을 통해 창설한 사단. 누가 이탈리아군 아니랄까 봐 부대명은 기갑사단인 주제에 전차는 수령하지도 못해 실질적으론 보병사단이었다. 당연히 이 기나긴 퇴각 동안 무수한 낙오자가 발생했고, 지금은 일개 연대 수준밖에 병력이 남아 있지 않았다.

"제21기갑사단을 파이퍼 전투단과 그루엔 전투단으로 분할하겠다. 파이퍼 전투단은 아군 측면을 위협하는 적 제36보병사단을 압박하는 핵심으로 삼는다."

"알겠습니다."

"적 36사단을 빠르게 격파한 후 미군 제1기갑사단의 측면을 잡는다."

휘하 부대는 하나같이 사단급으로 휘황찬란했지만, 그 알맹이는 쏙 빠진 지 오래. 전차 한 대, 포탄 한 발까지 꼼꼼하게 따지며 작전을 성공시켜야 하는 부담은 결코 가볍지 않았다. 그럼에도 불구하고. 이기지 못한다는 생각은 들지 않았다.

"케이크값은 돌려줘야지. 안 그런가?"

"예!"

* * *

미 육군 제36보병사단장은 아연실색했다.

"대체, 대체 왜 우릴 노리는 거지?!"

비제르테 구원이 우선 아닌가? 어째서? 어째서 우리가 적 공세를 전면에서 부담해야 하지? 우린 2군단 예하도 아니라고! 롬멜이 뛰쳐나오고 전장의 핵심이 아틀라스산맥에서 비제르테—튀니스로 옮겨 가면서, 동부 태스크포스의 하지는 휘하 보병사단 하나를 사령부 직할로 돌렸다. 그렇게 돌려진 36사단은 튀니스 근교를 압박하는 임무를 하달받았지만…….

"장군님, 독일군이 거의 모든 전차 전력을 우리에게 할애했습니다."

"우리가 조금만 버티기만 한다면 이 전역이 끝납니다!"

"그 간단한 사실조차 내가 모르겠나?"

36사단은 준비되어 있지 않았다. 좋게 말해 '적을 붙들고 버티는' 역할이지, 한마디로 개 맞듯이 신나게 처맞아야 하는 일 아닌가. 잘 버티면 당연한 일이고, 못 버티면 전역을 말아먹은 역적 취급받기 십상이다.

게다가 사령관도 불안하다. 유진 킴 중장은 어째선지 그를 못 믿는 것처럼 뜨뜻미지근하게 굴었다. 아마 자신이 마셜의 총애를 받기 때문이겠지. 요컨대 질투 아니겠나. 하지만 여기서 실적으로 증명하면 된다. 이 몸이야말로 마셜을 계승할 만한 위인이라고.

"우리 전면부를 향한 압박은 당연히 블러핑이다."

독일군은 36사단의 정면에 언뜻언뜻 대규모 전차 전력을 보여주며 '찌른다? 우리 찌른다?'라고 압력을 넣고 있었다. 하지만 롬멜이 공갈에 능하다는 걸 누가 모르랴?

"롬멜, 롬멜, 롬멜. 어차피 롬멜의 전술이래봐야 이미 영국인들이 먼지나게 얻어터지면서 대충 파악되지 않았나. 이기는 것도 아니고 발목 잡기다! 할 수 있어!"

아무리 미군 보병의 대전차 화력이 허접하다 한들, 나름대로 진지까지 구축하고 대전차전을 준비했는데 허망하게 뚫릴 정도는 아니다. 적어도 사단장 자신은 그렇게 믿고 있었다.

"따라서 적의 의도는 명백하다. 우리 측후방으로 기동해 36사단을 통째로 무너뜨리겠단 거지! 전차대대, 그리고 대전차대대를 보내 적의 측면기동 기도를 좌절시키면 된다!"

"알겠습니다!"

교범대로만 하면 된다. 어려울 것도 없다. 롬멜이 천날만날 기만전술만 써대는 이유는 애초에 보유한 전차가 쥐뿔도 없기 때문이다. 그러니 또 측면기동하려는 그 손모가지를 잘라버리기만 하면 롬멜도 끝이다.

그리고 이틀 뒤.

― 큰일 났습니다!!

전차대대장의 비명 섞인 무전이 터져 나왔다.

― 속았습니다! 전차가 아니라 트럭이었습니다!

"지금 그게 말이 되나?! 트럭과 전차를 구분 못 했다고?"

― 여우가 우릴 속였습니다! 노획한 영국제 트럭에 골판지를 덧대 전차인 척 위장했습니다!

"소, 소리. 아무리 모양을 그럴듯하게 만들었어도 소리만큼은 위장 못 할텐데……!"

― 낡은 이탈리아제 항공기 엔진을 트럭 뒤에다 실어놓았습니다. 지금 당장 본대로 복귀하겠습니다!

"사단장님! 독일군 기갑부대가 아군의 진지를 돌파하고 보급고를 점령했습니다! 최소 100대 이상!"

"어, 어?"

36사단장은 얼이 빠진 채 전술지도를 다시 확인했다. 돌파당한 방어선. 빼앗긴 보급고. 고작 이틀 만에, 그는 여우에게 홀려버렸다.

아프리카 군단의 마지막 영광 2

사막은 일교차가 크다. 낮에는 쨍쨍하게 덥고, 모랫바닥은 끓어오르고, 물은 한정되어 있다. 해가 지고 나면, 언제 더웠냐는 듯 싸늘한 바람이 몸을 스치고 모랫바닥은 내일의 열기를 비축하려는 듯 게걸스럽게 열기를 흡수한다.

그리고 지금. 비가 쏟아지고 있었다.

"팬저! 팬저가 온다!!"

"1,500야드! 제리 팬저다!!"

"쏴!!"

콰앙!!

"아… 안 뚫려!"

"쫄지 마! 쫄지 마! 한 번 더 쏘면 돼! 이번엔 바퀴를 노려! 안 뚫려도 발목 날아가면 병신 되는 건 우리나 저 새끼들이나 똑같아!"

"장전 완료!"

"쏴!!"

깡!

"으, 으아, 으아아아……."

예상 못 한 것은 아니다. 추축군의 측면을 간지럽히는 36사단을 향해 양동, 조공이 오리라는 건 누구라도 알 수 있는 일이었다. 하지만 이렇게 많은 전차가 떼를 지어 오리라곤, 생각도 못 하고 있었다. 어두컴컴한 먹구름이 그들의 머리 위를 덮을 성조기처럼 을씨년하게 깔려 있다. 몇몇 병사들은 하늘에서의 구원을 기다리며 그 묵직한 구름을 하염없이 바라봤지만, 기다리고 또 기다려도 오라는 놈들 대신 다른 놈들이 와버렸다.

"슈투카다! 전 소대, 대공… 씨발, 알아서 숨어!"

"우리 항공대는 뭐 하는 거야!"

빗줄기를 뚫고 수백 킬로미터를 날아와 적 항공대와 교전한 후 다시 수백 킬로미터를 돌아가야 하는 미 육군항공대. 튀니스 일대의 비행장에서 이륙해 바로 머리 위에서 싸우는 루프트바페. 기체의 수와 성능을 떠나, 체공시간에서의 이 격차는 연합군의 항모가 재배치되기 전까지 결코 따라잡을 수 없었다. 불행 중 다행이라면.

'아군 전투기가 이곳으로 오고 있다. 조금만 버티면 된다.'

연합군도 그걸 모르진 않는다는 점. 머스탱과 조우하는 순간 무력하게 학살당하는 슈투카 입장에선, 어지간히 아군 육군이 졸라대지 않는 한 무리해서 이륙하고 싶진 않았다. 따라서 미 육항대는 수의 우위를 포기하더라도, 적어도 해가 떠 있을 때만큼은 상공에 일정 숫자의 머스탱을 띄우는 방안으로 전략을 변경했다. 그리고 이는 대단히 효과적이었다.

"저기 보이나? 저 좆같은 새끼들이 물러난다!"

"그럼 뭐 하냐고!"

여전히 적 전차가 다가온다는 사실은 변하지 않는다. 총류탄도, 중기관총도, 37mm 대전차포도 철십자 마크가 새겨진 저 악몽 같은 군세를 저지하기엔 역부족. 인간의 나약한 살덩이는 저 강철의 폭력 앞에 너무나 무력했다.

― 항복하라. 미군 장병들은 순순히 항복하라. 여러분은 무적의 독일군

을 상대로 훌륭히 분투하였다. 항복은 죄가 아니다. 순순히 항복하라.

"…항복한다. 무기 버려."

"중대장님?"

"씨발. 우린 할 만큼 했어. 도대체 우리 전차는 어디 처박혀서 놀고 있는지 모르겠군."

윗선에서는 하루만 버티면 된다고 말했지만, 세상에 하루라니. 1시간을 더 버티려면 폭탄 껴안고 육탄공세라도 해야 할 판인데.

"우리가 싸우러 왔지 뒈지러 왔냐? 독일군 밥이라도 축내자고."

이빨이라도 좀 들어갔으면 무력하게 손들진 않았다. 그들은 그렇게 스스로를 위안하며 손을 들어 올렸다.

* * *

"아미들이 무너져내리고 있습니다!"

"아무리 우수한 장비를 갖고 있더라도, 숙련도의 차이는 어쩔 수 없는 노릇이지."

작전의 제1단계는 성공적이다. 롬멜은 쌍안경을 내리며 미소 지었다. 이 열사의 땅에 와 영국군을 상대할 무렵, 롬멜은 확신을 얻었다. 적장 웨이블은 분명 우수한 지휘관이었지만, 이 사막에서의 전투를 수행함에 있어 영국군의 가장 치명적인 약점은 어지간한 전술적 역량으로는 커버하기 힘들었다. 바로 영국제 주력 전차가 독일제의 그것에 비해 너무나 느리다는 사실.

웨이블은 독일군에 맞서서 분전했지만, 발이 느리다는 그 치명적 약점으로 인해 한 번 어긋난 전황을 수습하기란 너무나 어려운 일이었다. 특히 상대가 걸핏하면 최전방으로 튀어나와 지휘하는 롬멜이라면 더더욱.

반면 미군은 어떨까? 미군의 전차는 빨랐으며, 장갑도 적당히 두툼한 데다가 주포 화력 역시 신형 4호 전차에 비견될 만했다. 역시 전차의 종주국.

하드웨어 측면에선 나무랄 데가 없다. 따라서 롬멜은 서전에서 미군 제2군단을 상대로 승리를 따낸 장병들, 그리고 처참한 패배를 맛본 토텐코프 잔존 병력의 증언을 청취하며 미군의 구조적 약점을 분석하는 데 마지막 휴식 시간을 투자했다. 그리고 지금 그 결과가 펼쳐지고 있었다.

"아미들의 대전차 전략은 빈약하다."

기갑부대의 화력은 결코 꿀리지 않는다. 포병 화력 또한 독일군에 비해 우수하다. 보병사단 직할로 배속되어 있는 전차대대, 그리고 그 어떤 독일제 전차보다 압도적인 화력을 가진 신형 전차를 운용하는 대전차대대는 정면으로 상대하기 두렵다. 하지만, 보병부대의 대전차 화력이 참으로 가소로울 지경. 총류탄과 37mm 대전차포 따위로 방어진지를 구축해 봤자 대규모 기갑부대를 저지할 순 없다.

미군의 교리는 짐작할 수 있다. 단순한 보병의 화력보다는 보다 폭넓은 방안으로 상대하라는 뜻이겠지. 제공권을 빼앗아 폭격을 피하고. 하지만 우기로 지뢰지대 상당 부분이 소실되었으며, 적의 오판을 끌어내 대전차전의 주력이 되어야 할 기갑부대를 미아로 만들었다. 그 결과, 일선 보병부대는 맥없이 무너져내려 쥐새끼처럼 뿔뿔이 도망치고 있었다.

"항복! 항복하겠소!"

아니. 도망도 못 친다. 사막에서 도망쳐봐야 대관절 어디로 튄단 말인가. 모래에 파묻혀 미라가 되느니 항복을 선택하는 건 결코 틀리지 않은 판단이다.

"가진 운송수단을 모조리 동원해서, 우선 기름부터 실어날라."

"옙!"

"포로들도 보급고로 보내 짐 좀 들고 가라고 해. 자기들 먹을 건 자기가 챙기라고 하면 거절하진 않겠지."

미군의 보급고는 정말이지… 황홀했다. 그 어마어마한 비축유. 벽돌처럼 차곡차곡, 하늘 꼭대기까지 쌓여 있는 무한한 통조림. 반짝이는 온갖 탄약과 지뢰까지.

이미 보급고에 입성한 이탈리아 보병들은 자신들의 소총은 대강 구석에 처박곤 미군의 M1 개런드를 희희낙락 손에 쥔 채 온몸에 탄환을 치덕치덕 감아댔다. 자국군 병기에 한이 맺힌 그 친구들이라면 그럴 만도 하지.

"화포는 어찌하시겠습니까?"

"당연히 가져가야지. 노획한 포탄이 다 떨어질 때까지만 쓴다 해도 골백 번 쏘고도 남겠더군. 챙길 수 있는 만큼 챙기자고."

몰아칠 땐 계속 몰아쳐야 한다. 36사단이 할 수 있는 선택지는 이제 극도로 압축되었다. 속아서 엉뚱한 곳을 헤매고 있을 기갑부대를 되돌리고 무너지는 아군을 추슬러야지. 현재 롬멜이 노릴 수 있는 고가치표적은 두 곳.

"근방에 적 급수장이 있다고 합니다. 이대로 그곳을 점령하는 게 어떻겠습니까?"

"적도 급수장을 맥없이 내주긴 싫었으니 물러나지 못했겠지 아마? 나쁘지 않은 방안이야."

이 사막에서 물은 그 어떤 물자보다 귀하다. 지금 하늘에서 물이 떨어지고 있긴 하다만 빗물에 의지해 싸울 순 없잖은가? 급수장 확보는 매력적인 선택지다. 하지만 롬멜은 고작 그 정도의 소소한 이득으로 멈출 수 없었다. 어마어마한 뒷배를 가진 미영연합군을 상대하려면, 아군 역시 어마어마하게 따내야만 하니까.

"급수장은 36사단을 완벽하게 무너뜨리면 자연스럽게 우리 손에 떨어진다. 포로가 된 후 빗물만 받아먹고 살고 싶지 않다면 놈들도 급수장을 날려버릴 순 없겠지."

그러니 노릴 곳은 단 하나.

"우리는 이대로 계속 진격해 적 사단본부를 친 후 계속 북상한다."

"알겠습니다!"

"파이퍼 전투단은 재정비 및 후속. 그루엔 전투단이 파이퍼 전투단을 초월한다. 이대로 계속 나아가 적 제1기갑사단을 잡는다!"

이 정도로 엉망이라면 사단으로서의 행동은 사실상 불가능. 일단 한 놈 보냈다.

"장군님."

"무슨 일인가?"

"아틀라스산맥에서 구원 요청이……."

"버티라고 해. 적 기갑사단만 격멸하면 그놈들도 날려버릴 수 있어."

시간. 시간이 조금만 더 여유롭다면.

나는 재떨이를 힐끔 바라보았다. 하도 많이 피워대서 매번 갈았는데도 또 담배가 수북하니 찬다. 이러다 폐암으로 죽으면 억울해 미치는데 어쩌지. 하지만 지금 안 피우면 폐암이 아니라 홧병으로 뒤질 것 같다.

"왜 여기 와 계십니까?"

"상황이 여의치 않아서……."

"아니, 사단장님께서 부대는 어디다 내팽개치고 지금 사령부에 오셨냐구요. 꼭 말하는 의도를 풀어서 설명해야 합니까?"

스텐으로 된 재떨이는 무수한 담뱃재와 타르로 지저분해졌음에도 백열 전구 빛을 받아 반짝반짝 광을 내고 있다. 이걸로 저놈의 대갈통을 까면 별로 아프진 않겠지? 내려칠까, 말까? 다시 한숨이 나오려는 것을 애써 억누르고, 그 대신 나는 담배 한 까치를 입에 물었다.

"내가 병력 배치 보고 기겁을 했어요, 기겁을. 뭐 이리 병력을 분산 배치하셨습니까?"

"부여받은 섹터가 너무 넓어서……."

"대전차 화력 후달리는 거 뻔히 아시잖아요. 우기에 지뢰지대 다 떠내려 갈지도 모른다고도 말했고. 롬멜이 기만전술 좋아한다고 영국군 사례까지 배포했고, 근데 또 낚였고."

"전차대대장이 늦어서 그렇습니다! 그, 그것이, 신기루를 보고, 큰 웅덩이가 있다고 착각한 전차대대가 예정된 기동로를 크게 우회해서 가느라……."

"그만."

롬멜에게 속은 건 솔직히 죄가 아니지. 그걸 죄로 치면 영국인들은 오랜만에 빅 벤 앞 사형장 하나 만들어서 대가리 잘라야 할 장성이 너무 많거든. 내 예상보다 너무 빨리 말아먹었다. 마속을 믿은 제갈량이 이 기분이었나? 마셜과 마속이 같은 마 씨라서 그런 건가?

36사단의 역할은 그냥 버티기였다. 거기서 숨만 쉬면서 지연전하고, 적당히 뒤로 좀 물러나고, 꼬리에 불붙은 황소처럼 모든 걸 내팽개치며 달려오고 있는 패튼이 올 때까지 아무튼 개기고 있는 것. 그러나 롬멜의 공세 개시 사흘 만에 36사단은 핵심 보병부대를 죄다 날려먹었고, 한때 사단이었던 파편쪼가리들만을 주워섬겨야 할 판이 되었다.

"밴플리트 참모장."

"예, 사령관님."

"36사단을 수습할 수 있겠습니까?"

"아직 사단장은 접니……."

"이제 아냐, 이 인간아."

내가 왼손으로 재떨이를 집으려는 순간 제임스가 내 팔을 꽉 붙들었다.

'안 돼! 안 돼!!'

'하면 안 돼? 진짜?'

'참모총장님 얼굴을 봐서 참아! 너 이미 한 건 했잖아!'

수십 년을 같이 군복 입고 짬밥 먹었던 사이답게 눈빛과 눈빛의 티키타카가 이어지고, 나는 왼손의 힘을 풀었다.

"참모장?"

"큰 손실을 보긴 했으나, 기갑부대 대부분과 자주포 상당수를 보존하고 있습니다. 거점 방어는 어려울지언정 적 기갑세력을 견제하는 역할은 충분히 수행할 수 있습니다."

"좋습니다, 임시 36사단장. 당장 움직이시죠."

내가 축객령을 내리자 전 사단장과 신임 사단장이 막사 밖으로 나갔고, 나는 36사단의 졸전에 관해 최대한 간략하게 작성된 보고서를 읽으며 숨을 몰아쉬었다.

36사단의 꼬락서니를 내가 조금 더 빨리 캐치했다면 직접 조인트를 까서라도 부대 배치를 바꿨으련만, 제2군단에 포함되어 있지 않았던 36사에 관한 보고서는 옛 상급부대였던 하지의 본부와 총사령부 어드메를 방황하다 뿅 하고 증발했다. 미치고 환장할 노릇이다.

미군은… 인정하자. 미군은 당나라 군대다. 이탈리아 파스타 요리사들을 끌고 왔다고 생각해야지, 뭔가 고차원적인 행동을 할 수 있을 정도로 짬이 찬 병력이 아니다. 병사들도, 장교들도, 조직 자체도. 한 가지 다행인 점이 있다면, 아직 내게 판돈은 많다는 사실이다.

롬멜의 저 공세는 까놓고 말하자면 '여길 봐! 여길 보라고!'라며 펄떡이는 것과 마찬가지. 안 놀아주면 된다. 세자릿수의 전차를 36사단에 투자했다면 당연히 다른 곳이 비기 마련. 정공법으로 밀고 나가면 결국 이긴다. 아주 단순한 산수놀음이지. 그러니 롬멜이 택할 방안은 대충 셋.

무너진 36사의 포로와 장비, 물자를 줍줍하고 방어전을 펴면 하책. 독일 장군, 특히 롬멜이 이럴 린 없다. 36사단을 적당히 뭉갠 후 군을 돌려 다가오는 제1기갑사단의 칼날과 정면 힘싸움을 하면 중책. 상책은 당연히, 36사의 파편을 무시한 채 내달려 제2군단의 후미를 때리러 오는 것. 이게 롬멜 스타일이지.

"부관?"

"예!"

"참모들 소집해."

내 따뜻한 품을 향해 돌진해 오는 여우를 꽉 붙들어줄 시간이다.

아프리카 군단의 마지막 영광 3

미 육군 제2군단 예하 제1기갑사단, 제13기갑연대.

"9시! 9시 적 목고자(포탑 고정 전차)! 대가리 이쪽으로 돌린다!!"

"철갑탄 준비해! 우리가 먼저 쏜다!"

골드버그 하사의 M4 셔먼 전차는 필사적으로 기동하고 있었다.

"우리 다 죽는다! 중대장! 물러나야 한다!"

— 죽어! 씨발! 326은 전우를 버릴 바에 그 자리에서 그냥 뒈진다!

무전기에서 흘러나오는 소대장 회선에서도 연신 포성이 섞여 들리고 있었다.

— 우리가 물러나면 저 좆같은 짝불알 따까리들이······!

"뚜벅이 친구들을 휩쓸겠지!"

— 알면서 왜 물어!

처음 보는 적 목고자 전차는 참으로 엿같았다. M4 전차는 적 전차에 비해 원래 키가 큰 편이다. 탁 트인 사막에서 더 높은 시야를 확보할 수 있단 점은 장점이지만, 지금처럼 적이 지형의 이점을 끼고 있을 땐 양날의 검으로 다가왔다.

쾅!!

"맞았… 스쳤다! 스쳤어!!"

"도쿄! 이대로 전속 전진, 크게 한 바퀴 돌아!"

"옙!"

적 구축전차는 무척 납작했고, 도대체 어떻게 숨어 있었는지 상상도 못한 곳에서 위장포를 뒤집어쓴 채 기다리고 있다가 불쑥 튀어나와 주포를 쏴댔다. 하지만 애초에 왜 전차 위에 포탑을 올려놓겠나?

"붙어! 저 새끼들 선회하는 것보다 우리가 더 빨라!"

"그럼 우리 후미도……."

"아군 믿고 그냥 돌아 씨발! 언제쯤 아가리 닥치고 까라는 대로 깔래?!"

보인다.

"적 캐터필러 노려! 쏴!"

"발사!"

쾅 하는 소리와 함께 적의 다리가 날아간다. 포탑이 없으니 저 친구는 이제 무력화되었다. 하지만 곱게 내버려 둘 순 없다. 포와 기관총은 장식이 아니니.

"바로 차탄 장전!"

"철갑탄 장저어언!"

"쏴!"

폭음. 비산. 흩뿌리는 빗줄기를 깡그리 집어삼키며, 적 전차는 맹렬히 불타올랐다.

"잡았다!"

"잡았다아아아!!"

"정신 차려! 아직 안 끝났다!"

튀니스에서 비제르테로 북상하고자 하였던 독일군의 군세는, 훨씬 살기등등하게 내려오는 미 육군 제2군단의 창끝 제1기갑사단과 격돌했다.

독일군 제15기갑사단. 롬멜과 함께 사막에서 전설을 써내려 갔던 독일 정예 기갑부대. 이들의 첫 목표는 비제르테의 완전 포위를 저지하고 가능하다면 비제르테에 입성해 방어를 강화하는 것이었지만, 상대는 서슬 퍼렇게 달려드는 제1기갑사단. 적어도 전술적 역량에서는 결코 뒤처질 리 없는 독일군은 일말의 망설임도 없이 비제르테 입성 계획을 접었고, 대신 곧장 플랜 B인 '제1기갑사단 물고 늘어지기'에 돌입했다.

"버티면 돼! 버티기만 하면 롬멜께서 다 끝낼 거다!"

"저 새끼들 잡아 죽여! 뚫어야 해!"

우기가 되면서 사막엔 하루아침에 강이 샘솟는 등 다채로운 지형 변화가 일어났고, 기갑부대가 기동할 만한 곳은 서로 뻔할 뻔 자가 되었다. 양쪽 모두 현지인 협조와 정찰 등을 통해 이 사실을 확인하였으니, 남은 것은 결국 힘과 힘의 정면충돌뿐.

독일군은 자랑거리였던 88mm 대공포는 물론 차량화 보병부대, 이빨은 잘 먹히지 않지만 아무튼 뻥뻥 쏴댈 수 있는 대전차포, 거기에 새롭게 수령한 3호 돌격포 등 병기란 병기는 모조리 끌어모아 싸움에 임했고 미군 또한 질 수 없다는 듯 무수한 자주포의 포격지원을 받으며 M4 셔먼과 M10 잭슨으로 이에 대응했다.

"적 구축전차 제압했다."

— 3호차, 적 대전차포 격파. 왼쪽 필러 나갔다. 기동 불가. 태워줄 친구 어디 없나?

— 1호차로 와라. 빈손으로 오지 말고 먹을 거 좀 챙겨서. 전 소대, 귀환한다. 밥 먹으러 가자!

"알겠다. 들었지? 돌아가자!"

"후우……."

하루 동안 벌어진 격렬한 강철의 대회전 끝에 물러서게 된 것은 추축군이었다. 이것저것 꼼수나 기만을 동원할 수 없는 전장환경이 갖춰지자 전차의 수도, 주포 화력도 열세인 독일군으로선 도저히 답이 없었다.

롬멜의 본대가 제1기갑사단의 뒤를 치느냐. 제1기갑사단이 튀니지 근교까지 달려 롬멜의 뒷덜미를 잡느냐. 튀니지에서 벌어진 이 거대한 꼬리물기 싸움은 전투에 임한 양군 장성들의 예측 그대로였다. 다만 그 결론을 도출하기까지 무수한 피와 기름이 흘러내렸을 따름. 저 높으신 분들이 어떤 수싸움을 벌이고 있는지 알 도리가 없는 도경으로서는, 그저 얼굴 가득 맺힌 땀방울을 드디어 닦아낼 수 있어 행복할 뿐이었다. 이번엔 갈아입을 팬티도 챙겼다는 사실이 특히나 더 뿌듯했다.

* * *

"현 시간부로 내가 36사단을 맡게 되었다."

비가 마침내 폭우로 변할 무렵 몇 번의 추락 위기를 넘긴 끝에 밴플리트가 36사단에 도착했다. 걸레짝 사단을 수습하게 된 밴플리트는 친구를 저주하는 마음 반, 어쨌든 지휘봉 잡았다고 두근대는 마음 반을 철저히 숨겨야 했다.

전임 사단장에게 고맙다고 해야 하나? 36사단장이 대대적인 후퇴를 선택한 탓에 적어도 사단본부와 후방근무대는 온전할 수 있었다. 물론 그 대가로 일선 보병들이 상당수 낙오되었지만⋯ 결국 트레이드오프란 그런 것. 얻은 게 있으면 잃는 것도 있다.

"보급고를 째로 내줬으니 당장 먹고살기도 빠듯하군. 보급로부터 다시 따고."

"가까이에 있는 제2군단에서 물자를 불출해주지 않습니다."

"뭐? 왜?"

"그야 저희가 2군단 소속이 아니니까요. 그쪽 군수담당이⋯⋯."

"하, 시발. 지금 트럭 남는 거 다 시동 걸어."

그들이 향한 곳은 하루하루 롬멜의 진격에 온몸의 털을 곤두세우며 혼란에 빠져 있던 다른 보급고였다.

"이러시면 안 됩니다! 엄연히 군은 절차라는 게……!"

"너, 내가 참모장 짤렸다고 무시하냐?"

"아, 아, 아닙니다! 짤리다뇨!"

"그럼 내가 참모장일 적에 36사 보급도 2군단 예하부대에 준해서 처리하라고 한 건 왜 쌤된 거냐? 응?"

세상에서 가장 맛있는 밥은 옆의 친구가 먹는 거 한 입만 달라고 해서 먹는 것이고, 그보다 더 맛있는 밥은 친구가 주기 싫다는 거 억지로 뺏어먹을 때 아니겠나.

"롬멜이 오고 있다! 어차피 여기도 그 여우새끼의 진격로고! 그러니까 다 내놔!"

"아, 안 되는데……."

"돼!"

참 좋은 거 배웠다. 참모들은 트럭에 가득 실린 물자를 보며 밥도 안 먹은 배를 연신 쓰다듬었지만, 그러면서도 뒷감당을 두려워하고 있었다. 하지만 밴플리트는 확신했다.

'이런 거 하라고 날 앉힌 거겠지.'

사적인 인연. 거기에 얼마 전까지 참모장이었던 입장. 제2군단 예하가 아니라는 관료제적 약점을 알아서 개인기로 극복하라는 게 유진의 의도가 아니겠나? 유진은 롬멜의 불알을 꽉 잡고 놔주지 않을 수만 있다면 네 좆대로 하라고 했다. 그리고 유진 킴이란 인간이 좆대로 하라고 했다면, 진짜 좆대로 해도 된다는 뜻이다. 밴플리트가 어디 유진 킴을 하루이틀 알았는가. 그는 그 사실을 너무 잘 알고 있었다. 그렇게 확신한 그는 마치 도적 두목이 된 것처럼 무자비하게 '현지 협조'를 끝마쳤다.

밴플리트의 다음 준비는 흩어진 병력 재결집과 방어진지 재구축이었다.

어차피 갓 삥땅친 기름은 썩어 넘친다. 남아도는 차량을 모조리 돌려 사막 곳곳, 아랍인들이 흩어져 사는 마을을 돌아다니고 육항대의 협조도 얻어 낙오병들을 수습했다.

"후. 용케도 살아서 왔네."

"물, 물…… 배도 고프고 목도 마르다. 빨리 밥 좀 먹자."

"고생들 많았네. 살아 돌아와서 다행이야."

총이고 군장이고 다 내팽개친 채 초췌해진 몸뚱아리만 끌고 간신히 귀대한 병사들은, 짬밥을 나눠주는 스타를 목격할 수 있었다.

"힉! 딸꾹! 혹시……."

"전 사단장은 짤렸네. 새 사단장 제임스 밴플리트야, 반갑구만 전우님들."

한번 와르르 무너져 일패도지한 사단. 단순히 낙오병을 수습하고 재편한다고 해서, 사람이 기계도 아닐진대 다시 만전의 전투력이 나오겠나? 영관 시절부터 장병들과 어울리길 좋아하던 밴플리트였고, 이번에 옆에서 친구를 지켜본 그는 나름대로 자신만의 리더십을 정립할 수 있었다.

'그 미친놈은 심심하면 말단 병사들 심리를 흔들어대는 게 취미생활이었다. 반대로 생각하자면, 그 어떤 독일군보다 정신이 흔들린 게 지금 내 병사들 아닌가?'

몇몇 부하들은 당연히 상식선에서 그를 만류했다.

"사단장님. 직접 이런 일을 하실 시간에 차라리……."

"우리 병사들이 돌대가리인 줄 아나. 시간이 촉박한데도 불구하고 그 시간을 할애하고 있으니 내 진정성이 드러나는 거야. 어차피 당장 해야 할 임무는 지시 다 끝냈잖나?"

힐링이 먼저다. 단순히 패잔병을 후방으로 재배치시킨다면 저들의 말이 맞을 수도 있다. 하지만 지금은, 바로 얼마 전에 자신들을 깨부순 롬멜의 군단과 다시 싸우라고 내보내야 하는 입장이다. 이들의 멘탈 케어가 우선이다!

"살았으면 된 일 아닌가? 이제 도망 다닐 일은 없네. 내가 그렇게 만들

테고."

"감사합니다… 감사합니다……."

병사들도 안다. 자신들이 쫄보라서 도망친 게 아니라, 윗선이 개판이었던 결과 비참하게 도망쳐야 했다는 사실을 모를 리가 없다. 지휘부의 신뢰도 회복에 나선 그는 박살 난 부대를 다시 회복하는 한편, 다가올 롬멜의 창끝을 막을 방도 또한 구상해야 했다.

"롬멜 그 새끼가 트럭에 엔진을 실어서 낚았다 그거지?"

"예. 공중정찰 등으로는 파악이 쉽지 않아……."

"트럭은 우리가 훨씬 많아. 롬멜도 했는데 우리가 사기 못 칠 리가 없어. 병사들 중에 손재주 있는 애들 좀 모집해 봐."

일차적으로 적을 주춤하게 할 공갈포 마련.

"일단 37mm 대전차포 싣고 있는 하프트랙은 전부 그거 탈거시켜."

"안 그래도 대전차 화력이 빈약한데 그걸 다 내리면 곤란하지 않겠습니까."

"쏴도 안 먹힌다며? 버릴 건 버려야지. 차라리 병사 한 명이라도 더 태워서 기동력이나 확보하자고."

결국 선택과 집중이다. 이 사막에서 우회기동의 여지는 무궁무진하고, 이는 고스란히 공격자의 우위로 다가온다. 하지만 비가 오는 지금, 한정된 시간 동안 버티기가 목적이라면?

"우리 대공포. 90mm 대공포 말야."

"네."

"전부 개조해. 대공은 집어치우고, 직사 가능하게 좀 뜯어버려."

롬멜이 88mm 대공포를 하늘의 날파리에 쏘는 대신 전차에 쏴서 그렇게 재미를 봤다지? 우리라고 못 한단 법이 어디 있나. 원래 하늘은 미군의 것이었는데. 오직 하나의 목적만을 위해 모든 걸 때려부순다.

"내가 봤을 때는 병사들보다 오히려… 자네들이 더 패배의식에 젖어 있군그래. 롬멜이 그리 무섭나?"

"아닙니다!"

"정신들 차려! 압도적 능력으로 섬멸하라는 게 아니잖아! 롬멜을 뛰어넘으라고 말 안 해! 버틴다! 알겠나?!"

조금 많이 물들었나? 할 건 다 하면서도 스스로에게 되물을 수밖에 없었다.

* * *

쿠아아아앙!!

천둥소리에 버금갈 정도로 끔찍한 소리가 울려 퍼지고, 앗 하는 순간에 전차 하나가 불길에 휩싸인다.

"아미 놈들이 대공포를 뜯은 모양입니다."

"좋은 건 참 금방금방 배우기 마련이지. 죽기 싫으면."

대체 무슨 짓을 했길래, 한번 대패한 병사들의 사기가 저토록 하늘을 찌를 수 있단 말인가?

사막은 기동전에 이상적인 조건을 다 갖추고 있다. 하지만 군을 운용하는 입장에선 참으로 난감한 것이, 앗 하는 순간에 낙오하는 부대 또한 한둘이 아니다. 기회를 놓치지 않기 위해 폭주기관차처럼 전진하던 롬멜의 군대는 90mm의 뜨거운 포탄 세례를 받으며 화들짝 놀라 뒤로 물러나야 했고, 저 묵직한 야포를 철거하기에 가장 안성맞춤인 슈투카 편대는 우천휴무를 선언했다.

"적 기갑부대의 위치가 파악되었습니다."

"그 괴물… 신형 전차부대가 전방으로 나와 있습니다. 거점방어로 전술을 바꾼 듯합니다."

"별로 재미없는데 이러면."

단순히 36사단을 격파하면 끝이 아니다. 이들을 최대한 경제적으로 꺾어야만 하는데… 그래야만 하는데.

"장군님. 이제 정면승부 외엔 별도리가 없습니다."

"병력과 시간 중 하나는 포기해야 합니다."

"나는 우리 참모부의 역량을 믿고 있네. 조금 더 정찰을 주의 깊게 하면서, 적을 격퇴할 방안을 모색해 보자고."

마지막 한 발자국. 2군단 본부, 오이겐 킴이 기다리고 있는 곳으로 가기 위한 마지막 한 발자국이 너무나 무겁다.

"지금이라도 적 제1기갑사단을 찌르는 건 어떻겠습니까?"

"그러면 제2기갑사단이 오겠지."

뭔가. 뭔가 좋은 방법이 없을까. 숨이 막히고 있었다.

아프리카 군단의 마지막 영광 4

12월 중순. 트리폴리 근교.

"도저히 궁금해서 가만있지 못하겠더군."

"사령관님."

"어디 한번 보고해보시오, 몽고메리 장군."

"더 많은 지원이 필요합니다."

알렉산더 사령관의 표정이 영 좋지 않다. 버나드 몽고메리는 생각해 놓았던 대사를 다시 한번 되짚은 후, 침착하게 멘트를 읊어 나갔다.

"제가 부임했을 당시 제8군은 롬멜에게 몇 번이고 농락당해 병사들의 사기가 바닥까지 떨어져 있었으며, 빠듯한 병력임에도 불구하고 그리스와 에티오피아에 고참병들을 차출당해 어려운 시기에 처해 있었습니다. 저는 선택을 내려야만 했습니다. 엉망이 된 군을 이끌고 롬멜의 전공을 늘려주느냐, 아니면 귀한 아들들을 무사히 집으로 돌려보내느냐……."

"왜 영업사원처럼 주절주절 떠들고 있나? 전황을 보고하라니까?"

언성이 높아진다.

"'폴고레' 사단을 위시해 이탈리아군이 결사항전을 벌이고 있습니다만,

트리폴리의 함락은 시간문제입니다. 저들은 독일군에게서 받은 화포 상당수마저 엘 아게일라에서 망실하였기에……."

"그런데 지금은 왜 또 진격이 느려지고 있지?"

"이탈리아군이 도시를 인질로 잡은 채 시가전을 각오하고 있습니다. 놈들은 이제 모든 걸 불태우고 파괴하며 오직 시간만을 끌고 있습니다. 장비면에서 우리가 다소 우위에 있기는 하나, 트리폴리 시가지에서는 이 우위가상쇄되는 관계로……."

알렉산더는 그만 떠들라는 듯 손을 휘휘 저었고, 자욱한 시가 연기가 그손짓에 따라 이리저리 흩어졌다.

화난다. 다짜고짜 와서 저 냄새만 독하고 혐오스러운 담배 냄새를 내 막사에 배게 하다니. 만만한 인간이었으면 당장 저 망할 시가를 칼로 도려냈으련만.

"명심하시오, 몽고메리 장군."

그가 무슨 생각을 하고 있는지 알 리가 없는 알렉산더의 낮은 목소리가시가 연기에 섞였다.

"대사건의 방관자가 된 건 어쩔 수 없다 생각하리다. 하지만 롬멜이 패배하는 그 순간 트리폴리에 이탈리아의 삼색기가 휘날리고 있다면……."

찰칵 하는 소리와 함께 알렉산더가 태우던 시가의 끄트머리를 잘라냈다. 불붙은 시가 끄트머리가 모랫바닥을 나뒹굴고, 이윽고 군홧발에 짓이겨진 후 모래 아래 파묻혔다.

"알겠소?"

"알겠습니다."

"잠깐 쉬고 있으시오. 나는 예하 사단장들과도 이야길 나눠보지."

알렉산더가 나갈 때까지 경례를 올리고 있던 몽고메리는, 그의 기척이완전히 사라지자마자 방금 전 시가 끄트머리가 파묻힌 곳으로 다가갔다.

"제기랄."

끔찍한 냄새를 아주 구석구석 처바르고 가시는구만. 하지만 잘려나가는 사람은 과연 누가 될까? 온 식민지가 불타는 지금, 대영제국이 '트리폴리의 정복자'를 잘라버릴 여유가 있을지? 몽고메리는 막사 바깥으로 담배를 내다 버리며 피식 웃었다. 승자의 여유였다.

아틀라스산맥의 추축군은 기진맥진해 있었다.

"미군이 또 하나의 고지를 장악했습니다."

"더 이상… 더 이상은 무리입니다."

"일선 부대 모두 탄약 부족에 시달립니다. 총알이 없으면 싸울 수 없습니다."

한스—위르겐 폰 아르님(Hans–Jürgen von Arnim) 중장은 꼬질꼬질해진 모자를 고쳐 쓰며 의자에 걸터앉았다.

할 만큼 했다. 적은 아프리카 야만족 전사처럼 악착같았으며, 웃으면서 죽음을 받아들였고, 마치 부모의 원수를 대하듯 단 한 명이라도 제 저승길 동반자로 끌고 가려고 했다. 롬멜의 머리 위를 지켜주기 위해 한정된 루프트바페 항공력 거의 모두가 동원되었고, 그 탓에 그토록 중요하다 노래를 부르던 산맥 일대의 제공권은 미군의 차지가 되었다.

그 결과? 구구절절 말해서 무엇 하나. 적은 싸우기 전에 눈에 보이는 모든 인간의 구조물을 때려 부술 작정으로 맹렬히 폭격을 가했고, 돌산이 산산조각나며 그 파편만으로도 엄청난 사상자가 발생했다. 그나마 꼴에 보급 고립시키고 있던 거점은 미군의 폭탄과 함께 깡그리 증발했다. 급수장에서 일선 장병들에게 물을 실어날라 줄 방도도 마땅치 않아, 병사들은 헬멧을 벗고 빗물을 받아 연명하고 있었다.

"반자아아아이!!"

또 놈들이 개같은 짓거리를 시작한다. 저 눈 째진 놈들은 이제 재미가 들렸는지, 돌격해 올 것처럼 요란스레 꽤액거리며 이리저리 그리스건을 긁어댄다. 그러면 눈에 이미 핏발이 한가득 곤두선 병사들이 허겁지겁 싸움을 준비하고, 놈들은 킬킬대며 다시 털썩 주저앉아 버린다. 이제 핵심 요충지를 죄다 빼앗은 미군은 본격적으로 기갑부대를 움직이기 시작했다. 기갑부대가 움직인다는 말은, 필연적으로 저 악몽 같은 미군의 자주포 또한 움직인다는 소리.

어째서일까. 왜 적에게 희생을 강요하고 있는데 적의 화력과 전의가 감소하지 않고, 역으로 가면 갈수록 늘어만 가고 있는가.

이걸 싸움이라고 봐야 하는가? 한 땀 한 땀, 착실하게 적에게 방어선과 시신을 남겨주고 끝없이 물러나는 이걸? 롬멜은 버티면 다 해결해주겠노라 호언장담했지만, 이젠 아니다.

"사령부에서 답신은 왔는가?"

"아직… 예, 지금 들어왔다고 합니다."

그들은 몇 번이고 철수를 요청했다. 카세린을 틀어막는다는 전략은 이제 무의미하다. 현재 추축군 전력으로는 저들을 막을 수 없다. 이대로 산맥에서 내쫓겨 미군의 물결에 파묻히느니, 차라리 후방 시디부지드 방면으로 물러나 숨을 고르고 일전을 준비하는 편이 낫지 않겠나? 비록 속 빈 강정이 되었다곤 하지만 아직 독일군 제10기갑사단이 있으니 한번 시도해 볼 만도 한데. 그러나 롬멜의 답신은 너무나도 가혹했다.

[총통 각하께서 이 전역을 주시하고 계신다. 각하께서는 대독일의 아들들이 후퇴라는 수치를 겪는 것을 원치 않으시며, 이 전역의 승패는 오로지 후방의 희생을 담보로 하고 있다. 싸우다 죽어라. 후퇴는 용인할 수 없다.]

"하, 하하! 하하하하!!"

개자식이 제 눈에 안 보인다고 아주 속 편한 말만 늘어놓고 있네. 전문이 다 꾸깃꾸깃해지도록 꽉 부여잡은 채 한참을 웃던 그는 웃음을 뚝 멈추었다.

"전 병력 퇴각한다. 시디부지드 방면으로 물러난다."

"명령… 확인하셨잖습니까?"

"알아! 여기서 멍하니 앉아 있는다고 적을 막을 수나 있나? 그 교사 아들내미는 그냥 우리더러 죽으라는 게지. 하."

전차 빼가, 숙련병 빼가, 야포 빼가, 공군 지원 없어, 물자 없어. 그래놓고 죽는 그 순간까지 싸우란다. 빌어먹을 놈. 이미 이 저주받을 산자락에서 독일군과 이탈리아군을 합쳐 장성 셋이 목숨을 잃었다. 그들 모두 롬멜이 이 난국을 타개해 주리란 막연한 믿음 하나만으로 죽었으니, 더 이상 믿음을 주지 않더라도 그 새끼가 무슨 할 말이 있겠나. 독일군이 그날 밤 야음을 틈타 철수하면서, 온 산을 피의 융단으로 덮은 끝에 마침내 93사단이 카세린계곡을 장악했다.

"드디어! 드디어 대문을 열었어!"

하지가 환희에 젖어 주먹을 불끈 쥐고, 참모부 역시 눈물을 주륵주륵 흘리며 탄식과 기도를 올리는 건 절대 이상한 일이 아니었다.

"패퇴한 적군이 시디부지드 일대로 집결하고 있습니다."

"93사단의 피해가 막대하여 재편성이 필요합니다."

"그치들은 할 만큼 했어. 산맥 경계 임무로 돌리고 재편 들어가자고."

산맥이 열렸다. 튀니지 제2의 도시인 스팍스로 갈 수도 있고, 거기서 더 내려가면 영국인들이 아직도 못 따내고 있는 트리폴리도 있으며, 산맥 동편에 즐비한 독일군 비행장도 모두 가시거리 안에 잡을 수 있다. 한 가지 확실한 점은.

"이 전역은 이제 끝났어."

롬멜의 모든 전략적 선택지를 빼앗았다. 더 이상 물러날 배후도 없고, 넓은 기동로도 없으며, 산맥을 낀 지형의 유리함도 없다.

"눈앞의 잔존한 적을 싹 털어버리고, 부대 일부를 돌려 튀니지 남부를 싹 장악한다."

"예!!"

"나머지는 전부 튀니스로 간다. 우리가 마침표를 찍는다!"

* * *

롬멜은 지평선을 바라보았다. 비가 그치고 다시 뙤약볕이 쨍쨍하게 내리쬐자, 물길이 콸콸 용솟음치던 이 땅은 언제 그랬냐는 듯 다시 바짝 마른 바닥을 보여주었다. 허탈했다.

"무능한 이들이 마지막까지 내 발목을 붙잡는군."

"장군님……."

"눈앞의 적, 이미 한 차례 패퇴한 36사단만 격퇴할 수 있었다면 우린 2군단의 후방을 찌르고 오이겐 킴을 사로잡을 수 있었다."

이 방법이 최선이었다. 그들도 틀림없이 동의한 작전안이었다. 하지만 언제 그랬냐는 듯, 빤히 예정되어 있던 적의 맹공에 처하자 저들 융커들은 독일 민족의 기개를 보여주기는커녕 화들짝 놀라 퇴각을 선택했다.

[더 이상 전선을 유지할 수 없음. 아군은 붕괴되었으며 질서를 유지하여 퇴각하는 것도 힘겹다. 시디부지드로 물러나 적을 저지하겠음.]

뇌가 없나? 어째서 저토록 텅텅 빈 소리를 당당하게 보고할 수 있지? 그들은 자신들이 승리의 마지막 한 걸음을 부여잡았단 사실을 이해나 하고 있을까? 이제 비제르테가 문제가 아니다. 그동안은 비제르테의 항만 시설을 연합군이 차지하냐 마냐로 투닥댔다면, 카세린이 열리면서 튀니스가 위협받는 처지로 내몰리고 말았다. 둘 중 하나라도 내어주면 끝. 그리고 롬멜의 손에 쥐어진 이 알량한 부대로는 그 어떤 것도 막을 수 없었다.

그러면 대체 뭘 해야 할까.

"물러난다."

"장군님!!"

"지금이라도 공격 명령을 내려주십시오. 눈앞의 적이 그렇게 강할 리가 없습니다!"

"알아. 강할 리가 없지. 하지만 이제 이겨도 완전한 승리를 쟁취할 수가 없게 되었으니, 굳이 싸울 필요가 없어졌다."

트리폴리의 영국군을 한 번 더 저지할 수 있도록 준비해 둔 최후 방어선도 무력화될 게 자명하다. 2군단의 후방을 들쑤셔 봐야 영국 제8군이 오면 말짱 도루묵. 게다가 나날이 가까워져 오고 있는 제2기갑사단까지.

"튀니스로 물러난다."

"예."

"적 제1기갑사단을 견제하면서 얼마간의 말미를 벌 수 있을 거야. 그러고 나면… 본국에 철수를 요청해야지. 시디부지드로 후퇴한 부대에게도 전해. 그냥 튀니스로 귀환하라고."

장비는 전부 포기한다 쳐도, 사람은 돌려보내야 한다. 무기는 다시 만들면 그만이지만 사람만큼은, 독일의 아들들만큼은 살려 보내야 하니까. 롬멜은 몸을 돌려 진지로 돌아갔다. 그날 독일군 막사 곳곳에서는 이를 앙다문 병사들의 흐느낌이 줄지어 이어졌다. 진중에 패배의식을 뿌린다며 이를 엄히 막아야 할 초급간부들조차 눈이 벌게져 있는 이 상황에서, 그들의 빰따귀를 갈겨서라도 입을 틀어막을 사람은 아무도 없었다.

"우리 이기던 거 아니었나?"

"어쩌다, 대체 어쩌다가 이 지경이 된 거지? 우리가 뭘 잘못해서?"

"대체 왜 이딴 곳에 끌려와서는. 죽은 사람들은 다 뭐고."

"조용히 짐이나 싸, 이 자식들아. 죽은 놈들 옆에 묻히기 싫으면."

몇 년에 걸쳐 수십, 수백 차례 싸웠다. 승리의 단맛도 맛보았고, 패배의 아픔도 겪어 보았다. 하지만 그 어떤 때도 지금처럼 눈물 흘린 적은 없었다. 이번에 와닿는 것은 패배가 아니었다. 패전이었다. 잠을 이루지 못해 슬며시 막사를 빠져나온 롬멜의 귀에도 그 흐느낌이 안 들릴 리가 없었다.

"장군님, 들어가시지요. 제가 병사들 단속하라고 말하겠습니다."

"그럴 필요 없다."

그 순간, 파울루스가 전했던 밀명이 떠올랐다.

'여의치 않으면 장군만이라도 귀국하십시오.'

총통의 명령. 이들을 내팽개치고 귀국하면, 대체 얼마나 많은 손가락질을 받고 얼마나 많은 장병 가족들의 저주를 받겠는가.

하지만 거부하면? 그토록 괴벨스가 입에 침이 마르도록 띄워준 '사막의 여우'가 다른 누구도 아닌 오이겐 킴에게 항복했다간, 과연 나치 수뇌부가 가만히 있을까?

가족. 저편에서 흐느끼는 장병들. 그는 그 무엇도 고를 수 없었다. 이미 꽤 오랜 시간이 지났지만, 여전히 입 안엔 그 끔찍하도록 달달한 맛이 감도는 듯했다.

아프리카 군단의 마지막 영광 5

"크헤헤헤헤헤헤!!"

하지몬이 해냈다, 해냈어!

롬멜과 본격적으로 한판 붙기 전 몬티, 패튼, 하지 셋 중 하나만 오면 이긴다고 보았다. 이제 하지가 움직이기 시작했으니 사실상 하이패스 개통이렷다.

비제르테를 내주면 압도적 보급 역량과 항공 능력에 압사당하지만, 하지에게 튀니스를 내주게 되면 압사가 아니라 그냥 자연사다, 자연사. 헛짓거리 그만하고 얌전히 돌아가셔야죠, 여우 양반.

원 역사에서 롬멜 리더십이니 뭐니 온갖 서적을 접한 내 야매심리학에 의하면 롬멜도 어차피 근본은 군국주의 국가 프로이센의 군바리 그 자체. 안 된다는 걸 알면서도 달려왔다. 차라리 애시당초 36사단에게 막혔으면 뒤도 안 돌아보고 튀니스로 튀었을 텐데, 크게 따버렸으니 '어? 어? 이거 되나?' 하면서 계속 달렸다.

그러나 롬멜이 암만 용을 써도 밴플리트 앞에서 온몸을 배배 비틀고 있는 것만으로는 천하의 망나니 패튼의 진격을 저지할 수 없거든. 36사단과

제2기갑사단 사이에서 짜부가 되는 악몽을 밤마다 꾸고 있을 거다. 그런데 이제 카세린 돌파라는 비보를 접했을 테니, 드디어 퇴각 명분이 생긴 셈.

내가 롬멜이었으면 애초에 토브룩에서 튀니지까지 퇴각전 했을 때 '아, 이 판 조졌구나. 억제기 다 터졌으니 서렌밖에 답이 없구나.' 하고 이탈리아로 한 대의 전차라도 더 보낼 궁리를 했겠지. 전술적 역량으로 압도적인 물량 차를 극복하겠다는 그 글러먹은 마인드. 업보 정산 시간이 코앞이니 반쯤 정신 나가 있을 게 틀림없다. 근데… 내가 언제 얌전히 돌려보내 준단 소리 한 적 있던가?

"36사단이 공세 역량을 갖고 있을까?"

"얼마 전에 박살 났다면서요?"

내가 마셜을 졸라 받아낸 새 노… 새 친구들이 얼마 전 도착했다. 콜린스는 오자마자 사령부 참모장 감투를 받고 곧장 충성 맹세를 세게 박았고, 워커와 리지웨이도 각각 총사령부와 2군단 참모부에 던져넣었다. 이제 좀 내 수족이 내 뜻대로 움직이는 느낌이다. 그동안 갑갑해 죽을 뻔했는데, 전쟁계획부 시절부터 입만 떼도 척척 움직이게 조련해 놓은 사람들이 있으니 역시 편하단 말이야.

"쩝. 그래도 아쉬운 건 아쉽단 말이지. 일단 36사단은 롬멜이 곱게 튀니스로 돌아가지 못하게 최대한 깔짝이도록 명령해. 보급도 좀 신경 써주고. 새로 도착한 병력들도 바로바로 보충병으로 채워줘."

"알겠습니다."

"9사단은?"

"비제르테에서 교전 중입니다."

완벽해. 비제르테를 접수하면 보급 걱정도 땡이다. 800킬로미터의 대여정을 거쳐 밥과 기름, 탄약을 수송받는 기나긴 여정도 이제 안녕! 이 고통스러운 사막 보급을 전담하는 군수 쪽 친구들은 잘 말린 맥반석 오징어처럼 변해버렸다. 고작 이 정도 일로 말라비틀어지다니. 내가 마셜처럼 채찍을 휘두르지도 않았는데 나약한 것들.

어? 나 때는 말이야, 일 똑바로 안 하고 뽀삐나 산책시키고 있다고 참모총장이 직접 조인트 까면서 닦달하고. 아프고 힘들다고 징징대니까 갑자기 백악관에서 부르더니 '요즘 아프다면서요?' 같은 소름 끼치는 소리 듣고. 젊은것들이 아주 빠져가지고…….

"무슨 즐거운 상상을 하고 계신진 굳이 묻지 않겠습니다만, 그래서 다음 지시가 있으십니까?"

콜린스의 독촉에 나는 참모부 직원들에게 마셜식 풀코스를 베풀어주려던 야심 찬 플랜을 잠시 접어야만 했다.

"패튼은 어디까지 왔지?"

"조만간 36사단 전투지경선에 진입할 예정입니다."

"벌써?"

상식을 초월하는 기동 속도에 정신이 아득해진다. 얄팍한 간선도로가 미합중국의 위대한 보급 능력을 보여주는 무수한 밥차로 가득 차 있어서 진격 속도가 느려지니, 아예 길을 창조해낼 기세로 달려오고 있었다.

"다만 낙오 부대가 한둘이 아닌 모양입니다."

"그럼 그렇지. 병력 수습은?"

"알아서… 하라고……."

굳이 안 봐도 훤히 보인다. 온갖 창의적인 욕지거리를 걸쭉하게 내뱉으면서 따라붙은 놈들만 데리고 가겠다고 길길이 날뛰었겠지.

"1개 연대 정도가 합류할 듯합니다."

"연대? 무슨 쿠키 먹는 우리 집 아들내미야? 도대체 부스러기를 얼마나 흘려댔길래."

그래도 1개 기갑연대면 됐지 뭐. 이미 지금도 신나게 날뛰고 있을 밴플리트와 합류하는 순간 롬멜은 굴욕의자에 착석해 치루 수술 받는 환자 꼴로 전락한다. 포로수용소에 좌욕기 하나 준비해 놔야겠어.

"우린 롬멜에게서 공간을 빼앗았고, 패튼이 오고 있단 것도 아마 알고 있을 거야. 그러면 36사단에 대가리 들이박은 후 우리가 앉아 있는 여기로 달려오는 것도 가능하긴 하겠지만……."

"그건 그냥 집단자살 아닙니까. 설마 그렇게 할까요."

"설마 그럴까. 여기까지 핀치에 몰렸으면 얌전히 항복하든가, 아니면 튀니스로 도망쳐야지."

내가 아는 밴플리트라면 굳이 독촉하지 않아도 본인이 신나서 롬멜을 마구 물어뜯을 거다. 그러면 당연히 거기에 보조를 맞춰서 제1기갑사단도 전진시켜야지.

"나는 제1기갑사단을 좀 시찰해야겠어. 같이 갈래?"

"미치셨습니까? 사령부는 내팽개치자고요 그래서?"

음. 좋아. 내가 아주 훌륭한 참모장을 뒀군. 제임스, 미안해. 솔직히 네가 참모장일 땐 좀 답답했어.

롬멜은 제2군단 우회타격을 깨끗하게 포기하고, 튀니스만이라도 지키기 위해 제1기갑사단을 요격하기로 결심했다. 하지만 동양의 대현자 콘푸시우스 가로되, 들어올 때는 마음대로였겠지만 나갈 땐 아니라 하였으니.

"몰아붙여! 제리 새끼들의 탐스러운 궁둥짝을 마구 걷어차 주는 거다!"

수백 대에 달하는 미 육군 소속 전차와 하프트랙이 거침없이 사막을 달렸다. 자비심 없는 트레이너 롬멜이 가혹한 홈 트레이닝을 해준 덕분에 36사단은 그 어떤 보병사단보다도 몸이 가벼워졌다. 이제 밴플리트는 가용 트럭을 모조리 동원해 보병들을 승차시키고, 발목이라도 붙잡으려 후미에 배치해 놓은 독일군들을 정신없이 난타하고 있었다.

타타타! 타타타타타!!

사방에서 빗발치는 기관총 소리. 주포 소리는 의외로 별로 들리지 않는다. 탄 아끼라고 미리 지시해 놓았기 때문이다.

"전방에 대대 규모의 적이 있습니다. 그 뒤로 대전차포가⋯⋯."

"또 그놈의 88이구만. 아예 운반도 포기한 모양이군."

작은 눈덩이가 비탈을 구르며 거대하게 몸집을 부풀리듯, 전차전의 패배는 어마어마한 후폭풍을 불러온다. 애초에 전차는 기형적인 병기. 몇 톤짜리 덩치와 무게를 엔진의 힘으로 지탱해야 하다 보니 단순히 길바닥을 굴러다니는 것만으로도 꺽꺽 소리를 내며 죽을랑 말랑 하는 섬세한 무기다. 따라서 기갑부대는 항상 후방 서포트를 받으며 고장을 수리하고, 야전수리가 불가능한 전차는 별도로 운반해 제대로 된 정비를 해야 다시 전장에 내보낼 수 있다.

하지만 지금처럼 퇴각하는 경우? 회수는 무슨. 고스란히 내버리고 도망치는 수밖에. 마치 고대의 전쟁처럼, 승리했을 땐 그 피해를 회복할 여지가 있지만 패배자는 전력이 급감하게 된다. 그리고 지금 밴플리트는 롬멜이 고장 난 전차 단 한 대도 수습하지 못하게 그 후미를 괴롭혀주고 있었고.

"대전차대대가 정면에서 화력을 전개한다. 구구절절 설명할 필요 없겠지만, 적의 이목을 끌어모으기만 해도 충분하다."

"명령 하달하겠습니다."

"전차대대 B중대가 적 진지를 우회한다. 저 새끼들 빨리 깨부수고 계속 전진하자고."

그 순간, 엔진음이 저 멀리 들리더니 적의 방어진지에서 수십 개의 모래탑이 솟구쳤다. 쿵!!

"크. 비 그치니까 바로 폭격기 배달 오는 것 좀 봐. 장관이야, 장관."

"명령을 변경하시겠습니까?"

"B중대의 우회는 지속. 대전차대대는 잠시 대기. 저 친구들 몽둥이찜질 실컷 받게 둔 뒤에 마저 즈려밟아."

비구름도 사라졌고, 영국 해군의 새 항공모함도 몰타에 다시 배치되었다 들었다. 제공권을 뺏기기 무섭게 허공을 붕붕 날아다니는 독일놈들을 보니 마음까지 깨끗해지고 있었다.

* * *

사령부에서 제2군단 본부로. 제2군단에서 다시 제1기갑사단으로. 차량을 바꿔 타며 전방으로 나아간 끝에 날 기다리고 있는 소식은.

"사단장은 어디 가고 귀관이 나오나?"

"사단장님께서 전사하셨습니다."

"이런 미친. 시신은?"

"수습하였습니다."

제1기갑사단장의 부고였다. 적의 움직임을 살피기 위해 최전방으로 나왔다가, 매복해 있던 3호 돌격포 부대에 당해 몇 대의 전차와 함께 목숨을 잃었다고 한다.

"사후 추서 준비해주도록 하겠네. 그분이 편히 쉴 수 있도록 영전에 승전보를 보내드리자고."

"예, 알겠습니다!"

머리가 복잡해진다. 북아프리카에 3호 돌격포가 있었나? 아니, 이미 원역사와는 2억 광년 정도 멀어졌으니 그런 건 아무래도 좋지만 독일군의 기갑 생산 역량이 더 좋은 것 같은 게 좀 걱정된다.

'Stug III'로도 유명한 3호 돌격포는 까놓고 말해 '남아도는 3호 전차 차체, 이거 씨알도 안 먹히는 주포 올리느니 그냥 75mm 올리지 않을래?'라는 발상으로 제작되었다. 그 덕분에 특유의 납작한 체구 같은 이점도 얻었고.

나는 의도적으로 구축전차라는 개념을 배제했다. 결국 후대에 전해질 MBT로 가는 길에 구축전차 같은 목고자가 있을 자리 따윈 없거든. 대전차 자주포를 너무나 사랑하는 맥네어도 그딴 흉물은 취급 안 한다.

"현재 일선 기갑부대에 적 구축전차에 대한 대응법이 정립되어 있나?"

"어… 문서화된 매뉴얼은 없습니다."

"포로들 심문하고, 노획한 해당 전차 사령부로 보내서 즉각 준비하자고. 사단장을 잡아먹은 놈이면 철저히 연구해야지."

나치 독일이 망조가 들면 들수록, 당연히 전차의 꼬라지도 바뀐다. 4호 전차. 그 뒤를 이을 5호 전차 '판터'. 그리고 지옥에서 올라온 6호 전차 '티거'까진 모르겠지만, 3호 돌격포네 헷쳐네 뭐네 하면서 점점 전차로 월마트를 차릴 기세가 되니까. 나중엔 그것도 다 못 만들어서 국민돌격대가 판저파우스트나 날려대고.

원 역사의 셔먼 전차는 75mm를 쓰다가 이게 판터와 티거에게 이빨이 안 박히니 부랴부랴 76mm로 갈아치웠는데, 정작 그 76mm가 도입될 시점에선 독일 전차가 씨가 말라버려 현장에선 대인전에 조금 더 유리한 75mm 셔먼을 찾게 된다. 이게 무슨 코미디냐고.

티거가 나오든 티거 할애비가 나오든, 어차피 지금 우리가 보유한 M10 잭슨으로 충분히 때려잡을 수 있다. 하드웨어가 충분하니, 교리와 야전교범만 부지런히 대응해줘도 불필요한 희생은 막을 수 있겠지.

"전황은 어떻게 되고 있나?"

"비록 사단장 부재라는 악재를 겪었지만, 저희 1기갑사단은 작전대로 적을 밀어내고 있습니다."

돌파는 순조로웠다. 적 기갑사단은 이미 첫 조우전에서 반파되었고, 얼마나 다급한지 이탈리아 피자배달차까지 모조리 대전차전에 끌어다 쓰고 있는 상황. 저건 37mm 대전차포로도 충분히 대응할 수 있다.

"좀 더 날로 먹을 방법은 없나?"

"네?"

"크흠. 조금 더 손쉽게, 아군의 희생을 줄이며 전투를 이끌어 갈 방도를 궁리해 보았나?"

이크. 이미 내 민낯을 아는 놈들이랑 하도 오래 부대꼈다 보니 언어 정제가 잘 안 되네. 나는 괜시리 거드름을 피우며 지도를 툭툭 가리켰다.

"이미 이 싸움은 이겼어. 문제는 얼마나 더 적을 효과적으로 제압하고, 아군의 전투력을 온전히 유지하느냐지. 내 말 틀렸나?"

"아닙니다, 정론이십니다!"

"그렇지. 거기 멀뚱멀뚱 앉아 있는 참모들도 잘 고민해 보라고. 희생을 감수해야 하는 게 전쟁이지만, 그렇다고 해서 희생을 당연시하는 것과는 완전히 다른 이야기야. 지난 1차대전 때 얼마나 무의미하게 생목숨을 날렸는지 상기해보라고."

아니, 이런 꼰대 소리를 하려고 한 게 아닌데 왜 이러지? 늙었나? 하지만 쓰리 스타 사령관님의 훈시가 떨어지자 사단 참모들과 사단장 대리는 저들끼리 대가리를 끄덕끄덕거리며 엄청난 무공 비급이라도 주운 듯 고민에 빠져 있었다. 그러지 마 시발. 민망해서 대충 주워섬긴 말이라고!

"사령관님께서 항상 포병화력을 강조하신 것도 그 때문이십니까?"

"그렇지. 잘 보이지도 않는 저 멀리서 포탄만으로 적을 잡을 수 있다는 게 얼마나 좋은 일인가."

분위기 더럽게 묘하다. 언제 겪어 봤더라. 전생의 일이다. 하늘에서 포 스타가 홀연히 내려와서는 '흠. 여긴 화단에 풀만 가득하구먼. 장병들의 사기 진작과 멘탈케어를 위해 아름다운 꽃을 좀 심는 게 어떻겠나?'라고 지나가듯 말한 적이 있다. 그러자 그날부로 사단장부터 눈이 까뒤집혀선 뒷산에서 거목을 하나 뽑아 오게 시키고, 일요일 낮에 드러누워 자고 있던 병사들 죄다 끌어내서 꽃씨 뿌리고……. 그때 필사적으로 포 스타님을 위해 용비어천가를 부르던 친구들이 내 눈앞에 있었다.

"사령관님의 심모원려를 저희가 잘 이해하지 못하고 있었습니다!"

"지금부터 한 명의 병사라도 몸 성히 돌려보낼 수 있도록 만전을 기하겠습니다!"

"결코 옛 선배님들과 같은 과오를 저지르지 않도록!"

"사령관님의 훈시에 따라 총폭탄 정신으로······."

그만해, 미친놈들아! 롬멜이나 잡고 헛소리하라고! 나는 다급히 이 무슨 말이든 예스예스를 외칠 준비가 된 나약한 중간관리자들에게 다른 멘트를 던졌다.

"그래그래. 그건 앞으로 차차 생각하도록 하고, 현시점에선 당면한 적에 대한 논의부터 매듭짓자고."

나는 옆에 있던 통신장비를 툭툭 두드렸다.

"혹시 여기에 독일 노래 잘 부르는 친구 있나?"

아프리카 군단의 마지막 영광 6

착실하게. 한 땀 한 땀. 여전히 미드 모여 한타 한 번만 이기면 넥서스 깰 수 있다는 얄팍한 도박사 마인드는 이제 안녕! 절대 롬멜이 바라는 대규모 전차전은 안 해준다. 후대 사람들이 쫄보네 뭐네 놀려도 상관없다. 자기 전공과 실력 증명하려고 전투 뛰는 놈이 내 밑에 있으면 당장 계급장 뜯어버린다.

36사단이 억 소리도 못 내고 갈려 나간 걸 봤는데도 '킬킬, 롬멜 그거 순 약해빠진 놈이자녀~' 하면서 대규모 회전을 붙으려 한다면 그건 미친놈이거나 킬딸충이지. 아쉽게도 나는 둘 다 아니다.

물론 사령부 내에서도 '가시적인 군사적 성과'를 원하는 이들은 있었다. 하지만 내가 좋게좋게 말로 하자 대부분은 이해했는데…….

"이게 대체 어떻게 된 일인가!!!"

대부분이라는 말은 이해를 거부한 이들도 있다는 뜻이다. 꼬마 기관차 토마스처럼 쒸익쒸익 콧김을 뿜어대며 다가오는 저 골치 아픈 인간. 그토록 내가 끌어들이길 꺼렸던 양반이 그야말로 득도하기 일보 직전의 미소를 환히 지으며 다가왔다.

"후배님, 아니, 사령관님! 롬멜의 대가리를 잘라 사령부 막사에 걸겠다던 우리의 옛 맹세는 어디 갖다 버렸나!"

"그딴 약속 한 적 없어요, 이 화상아."

"전차! 우리가 이 짧은 인생을 바쳐 탄생부터 육성한 최강의 철갑 기병대가 피를 원하고 있네! 미군의 기갑이야말로 세계 제이이이이일이라는 명예를, 역사에 영원히 기록될 명예가 탐나지 않냐 말일세!"

안 원해. 내가 명예를 원했으면 차라리 딴 일을 했지, 왜 군바리를 했을까. 전차병들 해치 열고 한번 설문조사 해봐. 롬멜 죽이기 vs 몸 성히 제대하기 중 하나 고르라고 하면 누가 사막여우 대가리를 원할까?

"이미 실컷 뜯어먹었지 않습니까. 롬멜."

"부족해! 밴플리트 그 친구가 이미 너덜너덜하게 만들어 놓았어. 나는 마지막에 스푼 한 번 들어 올린 정도에 불과하다고. 이래서는 민망해서라도 내 전공이라고 말할 수 없단 말이야!"

뭐, 그건 또 그렇네.

"기갑의 명예라면 이미 충분히 달성되었잖습니까. 말이 막 바뀌시는데……."

"그건 그거고 이건 이거야. 부탁이야, 사령관님! 롬멜, 롬멜 대가리에 주포를 박게 해줘!"

무슨 버드 미사일 쏘듯이 아무렇지도 않게 말하시네.

"자자. 진정하시지요. 우리 털뽐뽐이 한번 만져 보실래요?"

"끼유웅?"

"말 돌리지 말고!"

내가 부지런히 한 손으로 조물딱거리고 있던 에르빈을 슬쩍 가리켰음에도 패튼의 마음은 변치 않은 듯했다. 과연 이렇게 해도 변화가 없을까? 나는 에르빈을 번쩍 들어 패튼의 무릎 위에 올려놓았다.

"그러니까 내 말은, 크흠. 이 녀석 털이 아주 좋구만. 고급스러운 내 취향에도 딱 알맞아."

"그렇죠?"

당번병이 가져다준 커피를 홀짝이며 패튼은 입을 다문 채 에르빈의 등만 열심히 쓰다듬었다. 분노조절 치료제 찾았다. 후후.

"이제 크리스마스도 눈앞입니다, 선배님. 아무리 그래도 그 거룩한 날 밤까지 우리 장병들을 사막에 밀어넣고 총질을 하라고 하면……"

"사기에 별로 좋은 일은 없다 그 말이겠지. 알겠네, 알겠어."

36사단 돌파를 포기한 롬멜은 튀니스로의 철퇴를 선택했지만, 집에 돌아가려면 당연히 대가를 치러야 한다. 그 이솝 우화에 북풍과 태양 이야기도 있지 않은가. 나그네는 사막의 끝내주는 태양빛에 실컷 쪼이다 거지새끼의 마지막 재산인 코트까지 내팽개치고 빤스런해야 했다. 나 역시 대자대비하기로 따지면 태양에 버금가는 인간이니, 당연히 롬멜도 많은 걸 내려놓고 튀어야지. 제1기갑사단, 36사단, 제2기갑사단은 부지런히 도망가는 롬멜의 옆구리와 등판을 푹푹 찔러댔고 그때마다 롬멜은 뱀 허물 벗듯 탈룰라를 하며 간신히 튀니스로 들어가 문을 닫아걸었다.

한편 몽고메리의 제8군은 알렉산더가 직접 움직여 쪼인트를 까기라도 했는지 귀신같이 트리폴리를 함락시켰다. 절대 못 하는 사람이 아니라니까? 안 하는 사람이라 문제일 뿐. 그 후? 언제 그랬냐는 듯 신나게 달려 튀니스 남부에 도달했다. 얼굴도 못 본 사람이지만 참 밉상이다.

하지의 동부 태스크포스는 부대를 쪼개 한 갈래는 튀니지 남부를 휩쓸며 몽고메리와 접선했고, 주력인 다른 갈래는 카세린에서 도망치는 추축군의 뒤통수를 따악 따악 때리며 튀니스 남부를 향해 진격 중. 그러니까, 끝났다.

"하나만 물어봐도 되겠습니까, 사령관님?"

"왜 갑자기 공손해지셨어요. 무슨 무서운 이야길 하려고."

저 아저씨가 말뽄새 고치고 손까지 슥슥 비벼대며 슬그머니 말을 거니 갑자기 불길함이 목끝까지 차오르기 시작했다. 설마 튀니스를 불바다로 만들고 싶다는 건가?

"병사들 인명 중시하라고 예하 부대에 지침을 하달했잖습니까?"

"아, 하던 대로 해요. 하던 대로. 왜 갑자기 그래."

"그 혹시… 퇴역 이후 취직을 위한 준비… 같은 거?"

천하의 패튼이 말끝을 흐리다니. 퇴역 이후 취직? 당연히 샌—프랑코로 정해져 있는 거 아닌가. 대충 고문 자리 하나 받아서 젖과 꿀만 달달하게 빨고, 전 세계를 구경다니며 귀빈 대우 좀 받고. 그러다 심심해지고 국뽕 충전하고 싶어지면 한반도로 돌아가서 한번 무수한 환호의 세례도 받고. 얼마나 좋나? 적어도 퇴역 이후에도 지루할 틈은 없을 거 같은데.

"퇴역 이후면 늙은인데 딱히 할 게 뭐가 있다고 그래요."

"아니. 진짜로. 퇴역 이후 그거 말이야, 그거."

그게 뭔데?

내가 마음을 가득 담아 개소리하지 말고 똑바로 직설적으로 말하라는 텔레파시를 쏘자, 결국 패튼은 불퉁해져선 입을 열었다.

"아 이 답답이가! 대선 출마할 거냐고!"

"대선요? 미쳤습니까, 휴먼?"

하하! 하하하하! 대선이래, 대선. 미쳤나 봐.

"조지 워싱턴, 앤드루 잭슨, 율리시스 그랜트, 거기에 시어도어 루스벨……."

"테디는 의용군이었으니 정통 군바리도 아니고, 당장 지난 대전의 영웅인 퍼싱 원수님도 백악관 못 갔는데요?"

"그건 퍼싱 장군께서 흥미가 없어서 그렇지!"

아냐. 퍼싱도 하고 싶어 했는데 공화당이 안 불러줘서 못 한 거야. 무슨 큰일 날 소릴.

"아무튼, 벌써부터 사상자 관리하는 거 보니 차후 대선을 염두에 둔 포석 아니냐는 소리가 돌고 있다. 이 말입니다."

"미합중국 시민 여러분들께서 이 째진 눈 몽골리안을 백악관에 보내준다고요? 이제 보니 저보다 더 꿈과 희망을 좋아하셨네, 우리 선배님. 혹시 샌—프랑코 딱지사업부 관심 있어요? 선배님 퇴역 이후에 취직하시면 딱이겠는데."

내가 사상자 관리하는 이유는 간단하다. 그게 옳으니까, 시발. 그리고 하나 더. 나는 대대적 교전이 더 희생을 줄일 수 있다고 판단하면 언제든 들이박을 수 있다. 지금은 적을 가만히 앉아서 무력화시킬 수 있으니 구태여 싸우려 들지 않을 뿐이지. 하여간 어느 조직이든 정치와는 결국 떼려야 뗄 수 없는 모양이다. 내 행보 하나하나가 저렇게 해괴하게 해석될 정도라니.

"일단 딱 잘라 말하겠습니다. 어차피 이 북아프리카 전역은 우리가 상륙에 성공하면서부터 결말이 정해져 있었습니다. 그죠?"

"그렇지."

"그리고 저는 전략적 우위를 충실히 살려서, 롬멜을 극한까지 똥개훈련시키면서 실컷 뺑이치다 결국 개털로 만들었습니다. 여기까지도 틀린 거 없죠?"

"알아, 안다고. 하지만 거 뭐시냐. 정정당당히 힘과 힘, 강철과 강철이 맞부딪치는 그 군인의 명예와……."

"그딴 건 유럽 가서 실컷 하시고요. 이딴 모래만 질펀하게 깔린 똥땅 놓고 싸우는데 애먼 병사들 죽여 가면서 전공 세울 생각 없습니다. 제 해명은 끝! 이해되셨습니까?"

패튼은 참으로 뜨뜻미지근한 기색이었다.

"그래. 생각해 보니 처음부터 후배님은 그런 사람이었구만."

"사람 죽이는 인간백정들끼리만 싸우는 거면 명예든 뭐든 챙길 수 있겠지만, 이 현대전이란 게 더 이상 개개인의 로망을 채워주기엔 좀 그렇지요."

나는 가슴께에 꽂아 놓은 럭키 스트라이크를 물었다.

"담배 바꿨나?"

"여기엔 다 깊은 사정이 있습니다. 나중에 설명해 드리죠."

"그래? 피우던 거 안 피워서 지랄이 더 늘어났나 했지."

시발. 정확한 인간 같으니. 퇴역하면 그냥 돗자리나 깔아. 내 얼굴에 생각이 다 티 났는지, 그는 너털웃음을 터뜨렸다.

"그야 제정신인 인간이 저런 거 준비할 리가 없잖나?"

저런 거라니. 우리도 이제 명색이 장성인데 좀 바른 말 고운 말을 써주세요.

* * *

부대 앞, 정문 앞, 가로등 하나 있고 그녀는 아직 그곳에 서 있네.

거기서 우린 만나고자 하네. 가로등 옆에서 우린 서 있고자 하네.

언젠가 릴리 마를렌이 그랬듯이. 언젠가 릴리 마를렌이 그랬듯이.

크리스마스. 21세기 한국인조차 그날이 다가오면 싱숭생숭하련만, 서구 기독교 문화권 사람들에게 크리스마스는 어떤 의미겠는가. 나는 북아프리카령 프랑스의 방송 장비란 장비는 모조리 현지 징발했고, 방송국 직원들도 안타깝지만 싹싹 긁어모았다. 그리하야 이 장관이 펼쳐졌다.

"어어어이!! 아미들!!"

"왜에에에에!!"

"더 크게에에에!! 볼륨 더어어어!!"

우리 둘의 그림자, 마치 한 명처럼 보이네.

우리가 무척 사랑한다는 걸 모두 금방 알아차렸네.

그리고 모든 이들이 보려고 했네, 우리가 가로등 옆에 서 있는 모습을.

언젠가 릴리 마를렌이 그랬듯이. 언젠가 릴리 마를렌이 그랬듯이.

"더 빵빵하게 틀어주라고. 크헤헤헤."

"이게 무슨 의미가 있겠습니까?"

저 새끼 또 또라이짓하네, 라는 표정을 숨기지 않는 콜린스를 보며 나는 혀를 찼다.

"우리 병사들 얼굴 봤어?"

"네?"

"우리 병사들 얼굴이나 좀 보고 오라고."

정말이지 마성의 노래다. 왜 서부 전선의 병사들이라면 국적을 불문하고 이 노래를 흥얼거렸는지 잘 알겠어.

가로등은 알고 있다네. 아름다운 당신의 걸음걸이를.

저녁마다 불타지만, 그녀는 오래전 나를 잊었네.

내게 고통이 찾아온다면 누가 가로등 곁에 서 있을까.

성탄절. 끝없는 캐롤 메들리. 그리고 중간중간 틀어주는 릴리 마를렌.

죽음의 공포. 애인 빼앗기는 공포. 집에서 칠면조와 케이크를 칼질하며 따뜻한 벽난로 온기를 쬐었을 그 모든 일상조차 박탈당하는 공포.

벌써 수십 년 전 일이다. 1차대전을 맞이해 유럽으로 건너갔을 적, 나조차 끊임없이 저 공포에 시달려야 했다. 캉브레에서 날뛰던 그때, 분수에 맞지 않게 너무 출세해버려 떨어지는 낙엽조차 조심해야 했던 그 시절. 그때 난 그 누구에게도 내 멘탈을 티낼 수 없었다. 그러니 모두 함께 그 공포를 공유하면 어떨까? 아주 행복하겠지?

"롬멜에게 다시 한번 사절을 보내. 12월 26일 06시까지 휴전을 제안하고. 또, 흠. 부상병 후송 같은 거도 제안해보자고. 아무튼 평화 무드를 가득 때려박아버려."

"그러면 적이 숨 돌릴 여유가 생기지 않겠습니까."

"이걸 끝없이 들으면서 숨 돌린다고? 그녀는 나를 잊었네, 그녀는 나를 잊었네… 내가 독일 병사면 그냥 자살 마려울 것 같은데."

이미 우리 병사들은 누가 시키지도 않았는데 어설프게 캠프파이어 준비까지 갖춰놓았다. 고기 지글지글 익는 냄새와 흥겨운 캐롤까지 정말 환상적이야.

"예전에, 저번 대전쟁 때 말이지. 크리스마스에 병사들끼리 알아서 휴전하고 잠깐 어울리던 때가 있었다 하더라고."

"전부 징계 처리하지 않았습니까?"

"그렇지. 하지만 지금은 예외야. 추축군 병사들이 혹여나 슬며시 놀러오면 따뜻하게 좀 맞이해 주라고."

와서 따뜻한 미제 머플러도 목에 감고, 축구도 좀 하고, 따뜻한 고기와 커피도 좀 먹고 가. 전쟁 다 끝났으니까.

"적은 거부 못 할걸. 내 장담하지."

그리고 그 말처럼 되었다. 추축군은 순순히 크리스마스 휴전에 응했다.

"기자들 불러모아. 대미를 장식해 보자고."

아프리카 군단의 마지막 영광 7

크리스마스 캐럴이 울려 퍼지고, 캠프파이어 옆엔 도대체 어떻게 했는지 영문조차 모르겠지만 선인장을 잘라다 트리 장식을 만들어놓았다. 역시 군바리들. 싸울 때보다 놀 때 140%의 전투력을 발휘하는 건 동서고금 막론하고 다 똑같구만. 그리고 진지 한쪽에서는, 맹렬하게 플래시가 터지고 있었다.

"지금으로부터 1천 하고도 구백여 년 전, 인간의 모든 죄를 사하고자 아기 예수 그리스도께서 이 땅에 오셨습니다."

나는 너무나도 기독교가 좋다. 정말 좋다. 얼마나 좋은지 황금 같은 일요일 오전에 따박따박 교회도 나간다. 아무리 과학만능주의가 퍼져 나가고 무신론이 똑똑한 교양인의 상징으로 등극한 시대라 한들, 아시안이 기독교 신앙을 과시하면 잃을 것보다 얻을 게 훨씬 많다.

보라. 날 족쳐서 기삿거리를 뜯어내고 싶어 하던 피라냐 같은 기자들조차 크리스마스 시즌에 예수 그리스도 운운하자 모두 아멘을 중얼거리며 일단 고개를 숙이지 않는가. 정말이지 지저스가 최고셔.

"엊그제까지 가슴에 저마다의 깃발을 휘날리며 총을 겨누던 이들이, 하나님의 말씀 앞에서 잠시 무기를 내리고 경건하게 복된 날을 맞이할 채비를 갖추고 있습니다. 이는 우리가 문명에서 야만으로 퇴보하기 직전, 지옥으로 떨어지는 마지막 걸음을 멈춘 것과 같습니다. 그 어떠한 악행으로도 우리 가슴속 양심의 등불마저 끌 수 없다는 증명이기도 합니다."

'유대인 비누공장 돌리던 호로새끼들도 아직 사람이길 때려치우기엔 좀 찝찝한가보구나.'를 돌리고 돌려 이렇게 기품 있게 말하니 얼마나 있어 보이고 좋은가?

"수천 년 전, 이 튀니지 땅이 낳은 영웅 한니발이 로마를 물리치기 위해 출정하였고 신화를 썼습니다. 그리고 지금 우리의 눈앞에 한니발에 버금가는 적이 있습니다. 롬멜과 아프리카 군단은 실로 용맹하게 싸웠습니다. 대국 로마에 맞서 승산 없는 전쟁에도 분전한 한니발을 로마인들이 존경하였듯, 저 또한 국적을 떠나 한 명의 군인으로서 그들이 선보인 분전에 대해서는 존중을 표합니다. 아울러 무고한 피해자만을 양산하는 무익한 투쟁을 그만 멈출 의향이 있는지 다시 한번 제안하는 바입니다."

야만의 카르타고, 문명의 로마. 겸사겸사 롬멜을 때려잡은 나는 자연히 스키피오 아프리카누스가 되는 셈. 혹시 롬멜을 붙잡으면 안대 하나 찰 생각 없는지 물어봐야지. 히틀러는 대충 사탄이랑 동치시킨다. 친위대는 아무튼 곡과 마곡임. 사람 새끼들 아님.

착한 국방군의 죄는 사해드림. 같은 개새끼들이지만 국방군이 더 숫자가 많으니까. 갈라칠 수만 있으면 착한 국방군이 대수겠나. 롬멜은 사탄 밑에서 부역했음에도 마지막 양심으로 이 거룩한 휴전에 동의한 착한 프렌즈구나! 이렇게 프레이밍이 쉽고 간편한데 당연히 성경 열심히 읽어야지. 괜히 스탈린이 신학교를 나온 게 아니구만. 다 거기서 배운 거였어.

실로 천벌받기 딱 좋은 글러먹은 생각이지만, 신께서 내게 2회차 찬스까지 쥐여준 걸 보니 이 정도까진 아마 용인해주신 듯하다. 혹시 문제가 있으면 일요일 예배 시간에 꾸벅꾸벅 졸고 있을 테니 그때 직통으로 연락해 주세요. 시정하겠습니다. 그렇게 한바탕 주둥이를 털고 나자 기자들이 가장 즐거워할 질의응답 시간이 되었다.

"이번 휴전은 그럼 순수하게 인도주의적 목적으로만 시행한 겁니까?"

"물론입니다. 적십자와 협력하여 긴급 구호를 시행할 예정입니다. 하루아침에 삶의 터전이 전장으로 변해 모진 고초를 겪은 민간인들은 물론, 교전 대상자인 독일군과 이탈리아군 또한 생명이 경각에 달린 경우에 한해 응급조치 및 후송을 지원할 계획입니다."

독일 놈들은 민간인도 짓밟았다. 아주 개새끼들이지. 하지만 나는 용서해 줄게. 중상을 입으면 너희들도 귀국할 수 있어!

"얼마 전 독일 측에서 연합군이 병원선을 격침하였다며 비난 성명을 발표하였습니다. 이에 대해 어떻게 생각하십니까?"

"병원선으로 보호받기 위해서는 결코 군사적 목적으로 사용해선 안 됩니다. 괴벨스 씨는 영국 공군을 비난하기에 앞서서 어째서 아프리카로 오는 동안 텅 비어 있어야 할 해당 병원선이 만재 상태였는지 해명해야 할 겁니다."

"그 말씀은 그러니까……."

"적십자를 방패로 미국인을 살해할 탄약을 실어날랐단 뜻이지요. 우리의 존중을 받고 싶으면 최소한의 페어플레이를 하기 바랍니다."

우리가 죽인 게 아니다. 그러게 누가 병원선으로 무기 실어나르래? 본인들 상부를 욕하라고.

"《뉴욕타임스》입니다. 일각에서는 우려의 목소리가 나오고 있는데요."

"어떤 우려 말씀이십니까?"

"적을 이롭게 한다. 또는 병사들의 기강이 해이해질 수 있다 등 여러 의견이 있었습니다."

"그러니까, 하루아침에 징병되어 아프리카로 온 합중국 시민들에게서 크리스마스를 즐길 권리도 박탈해야 한단 말씀이십니까?"

기자의 입이 막혔다. 나 이런 거 좋아해, 허수아비 세워놓고 때리는 거.

나는 때릴 테니 너는 맞기만 하자.

"인류의 역사에 무수히 많은 폭군이 있었으며, 전쟁은 더 잦았고, 적을 한 놈도 살려 두지 않길 원한 이들은 수두룩했습니다. 하지만 지금 유럽 대륙을 집어삼킨 이들은 특별합니다. 중세적 야만 대신, 현대인들이 이룩해낸 뛰어난 지성으로 컨베이어식 학살 공장을 짓고 귀 크기와 코 크기를 재서 사람을 도축하고 있습니다.

이런 끔찍한 악과 싸울 때 그 무엇보다 명심해야 할 점은, 악에 물들어 우리조차 괴물이 되지 않도록 노력해야 한단 것입니다. 본토에 계신 시민 여러분. 부디 우리의 아들들이 괴물이 되지 않도록 기도해 주시면 감사하겠습니다."

힘들다 힘들어. 이제 슬슬 끝냈으면 좋겠는데…….

"《더 선》입니다! 최근 장군님에 대한 여론이 확산되면서, 추후 정치적인 커리어에 관해서도 이야기가 나오고 있습니다. 혹여……."

"그만! 거론할 가치조차 없는 질문입니다. 질의응답은 여기까지로 하겠습니다."

나는 일부러 인상을 바짝 구기며 잔뜩 성을 낸 채 이 자리를 파토냈다. 순식간에 기자들이 왁자하게 달려들고, 플래시가 터지고. 수라장이다. 깔깔깔.

* * *

북아프리카에 전쟁의 불길이 옮겨붙은 이후, 이곳은 지옥도가 되었다. 아랍인, 베르베르족, 오스만제국, 거기에 비교적 최근 유입된 이탈리아계와 프랑스계 이민자들. 비시 프랑스를 밀어내고 새로운 정복자가 된 독일군은 튀니지에 오자마자 제 버릇 못 고치고 유대인부터 찾아댔다. 다하우 수용소가 폭로당해 개족을 당했음에도 개가 똥을 끊고 말지. 징한 새끼들.

지금 튀니스 시내로 적십자 멤버들이 진입하고 사방에서 음악소리가 울려 퍼지자, 민간인들도 조만간 이 참극이 끝나리라는 사실을 직감한 모양이었다.

"기브 미 쪼꼴릿!"

"쪼꼴릿!!"

"자자, 가진 거 다 팝니다! 싸다 싸!"

누가 보면 이미 전쟁 끝난 줄 알겠다. 물론 내가 그 분위기가 되도록 조장했다.

"사령관님이 카드게임 대회를 열겠다는데?"

"시발, 나도 내 덱 들고 올 걸 그랬어. 누가 전쟁터에 그 비싼 카드를 들고 와?"

"필요합니까, 카드? 카드팩 있다, 재고. 프랑스어 버전."

"담배 한 갑 줄 테니까 가진 거 다 내놔!"

"어이 거기! 담배 한 갑에 초콜릿 하나 얹어줄 테니 나한테 넘겨!"

저런 걸 바란 건 아니었는데. 앉아서 죽을 순 없다는 듯 민간인들은 맹렬히 가진 가산을 팔아제끼며 담배며 먹을 것들을 챙기고 있었다.

"당신, 당신, bella. 아름답다. 와인 한 잔?"

"미쳤나봐 이 사람. 입 꽉 깨물어요. 팔 잘라야 하니까!"

"으으으으읍!!"

꼬질꼬질한 독일군과 이탈리아군 또한 저 민간인의 파도에 휩쓸려 슬그머니 신명 나게 놀고 있는 우리 애들 틈새에 끼어들었다. 구분? 쉽다. 넋이 나가서 인생무상을 곱씹다가 따뜻한 핫초코 한 잔에 '크으, 뺙 예~' 하고 있으면 독일군이고, 현지인처럼 자연스럽게 착석해선 능청스럽게 놀고 있으면 이탈리아군이다. 외국어 몰라도 되네. 하지만 내가 자리하고 있지 않은 비제르테는 다소 상황이 다른 모양이었다.

"조국의 배신자 새끼들! 너흰 전부 총살감이야!"

"뭐? 기어나갔다 처발린 새끼들이 아가리만 살아서는!"

"미군은 무섭고 우린 안 무서워? 유대인만 쏴 죽이다보니 우리가 만만하냐?"

비제르테엔 나도 없고, 롬멜도 없다. 그 대신 SS가 있었다. 비제르테에서도 플랜 사면초가는 시행되었고, 당연히 군기는 개판이 되었다. 하지만 연이은 격전에도 다 뒈지지 않고 바퀴벌레처럼 살아남아 비제르테로 도망친 토텐코프 병력 중 일부는 이 흥거운 캐럴에 지친 마음이 녹아내리긴커녕 짝불알 총통을 향한 충성심으로 활활 불타버렸고.

탕!

"어… 어?"

"쐈어! 저 개새끼들이 쐈다고!"

"죽여!!"

저수지를 쌓아 올리는 데엔 오랜 시간과 노력이 필요하지만, 무너뜨리는 덴 단 하나의 구멍만 있으면 된다. 튀니스와는 달리, 한 발의 총성이 울려퍼지는 순간 거대한 물소리, 노도와 같은 기세로 모든 것이 휩쓸려나가기 시작했다.

"이제 못 해먹겠다. 이 개새끼들아!!"

"왜 여기까지 와서 남의 집구석 쑤시면서 유대인 찾아야 하냐!"

"밥 내놔, 밥!!"

"좆같은 새끼들, 우리가 니네 따까리인 줄 아냐?!"

이미 끓는점 코앞까지 부글부글 차올라 있던 이탈리아군이 폭발해버렸다. 최우선적으로 이 난리를 수습해야 할 헌병조차 기나긴 전쟁으로 이리저리 소모되고 일선 보병으로 굴러야 했던 이탈리아군은 더 이상 군기를 유지하기 힘들었다.

친위대 병사들이 입 안에 달고 다니던 강냉이가 정열의 사나이 이탈리아인들의 핵펀치에 모조리 추수당하고, 저질러버린 이탈리아군은 진정하는 대신 곧장 곤죽을 만들어놓은 친위대원들을 묶어 크리스마스 트리 대용으로 쓰며 분풀이를 시작했다.

"친위대와 이탈리아군이 싸운다는데?"

"어… 누구 편을 들어야 하지?"

"몰라 시발. 얘네 초콜릿 맛있네."

튀니스와 비제르테의 차이는 여기에서도 드러났다. 롬멜과 함께 동고동락하며 온 북아프리카를 종횡무진한 부대가 대부분인 튀니스에 비해, 비제르테 주둔군은 원래부터 후방 2선이 대부분. 숫자에서 훨씬 압도적인 이탈리아군이 집단으로 들고일어나자 국방군은 감히 개입할 엄두도 나지 않았다. 친위대 편을 들기 싫었던 것은 덤이었고.

"전부 매달아!!"

"와아아아아!!"

"폭도들을 진압해! 당장 막으라고!"

"프랑스 만세! 자유 만세!!"

그리고 대관절 무슨 일인지는 모르겠지만, 가장 악랄하게 비제르테 시민들을 때려잡던 친위대가 복날 개 맞듯이 넝마가 되자 시민들마저 집에서 식칼을 들고 뛰쳐나왔다.

"이거 어쩌지?"

"어, 어??"

"코앞에 미군이 있다!"

"미군이다! 미군이 온다아아아!!"

한 치 앞을 헤아리기 힘든 이 혼란의 대미는 바로 미군의 등장. 사전에 지시받은 대로 '크리스마스를 신나게 보내면서 추축군 애들이 오면 따뜻하게 맞이해주기'를 준비하고 있던 미 육군 9사단장은, 정말 따뜻하다 못해 벽난로처럼 불타오르고 있는 비제르테를 보며 얼이 빠지고 말았다.

"사단장님, 지금이 최고의 호기입니다. 무혈입성 찬스입니다!"

"가면 안 됩니다. 그랬다간 우리가 제안한 휴전을 우리가 파기하는 모양 새가 됩니다."

"그 말이 옳다. 대신 사전에 정해 둔 26일 06시가 되면 곧장 비제르테로 진입할 수 있게 준비해 두도록."

9사단장은 방관을 선택했다. 하지만 정작 비제르테에선 이미 모두가 목 놓아 '미군이 왔다!'를 외치고 있는 상황. 존재하지도 않는 미군이 비제르테에 입성했단 소식에 추축군 병사들의 마지막 이성의 안전핀이 빠져나가고 말았다. 프랑스 침공 당시 프랑스군에서 벌어졌던 일이, 극한상황에 몰린 추축군을 대상으로 다시 한번 벌어지고 있었다.

"이 비열한 새끼들! 오이겐 킴! 명예라곤 없는 비열한 놈!"

미군조차 돌아가는 상황을 모르고 있는데 독일군이 알 수 있을 턱이 없다. 비제르테 주둔군 중 최선임이었던 발터 네링이 파악할 수 있던 현황은 '친위대와의 트러블로 이탈리아군이 폭동을 일으켰으며, 이 틈을 타 미군이 비제르테 시내에 진주'라는 사실과 한참 동떨어진 이야기였으니.

"동원할 수 있는 병력은……?"

"죄송합니다. 전령이 사령부를 빠져나가는 것조차 힘들어 보입니다."

네링은 선택할 수밖에 없었다.

"다들 나가."

"장군님."

"혼자 있고 싶네. 다들 나가게."

비열한 미군에게 항복할 순 없다. 마지막 저항도 불가능하다. 그는 머리에 대고 권총을 당겼다.

"어쩌지요?"

"어쩌긴 뭘 어째. 최대한 조용히 도시에서 빠져나간다. 우리의 존재가 발각당하면 보통 일이 아니다."

이 혼란의 틈바구니에서, 비제르테에 잠입해 있던 영국 특수부대 코만도(Commando)가 조용히 빠져나간 사실은 먼 훗날에야 밝혀졌다.

고증입니다

비제르테

밴플리트
36사단

튀니스

김유진
제2군단

발터 네링

독일군 총퇴각

존 하지
동부 태스크 포스

에르빈 롬멜
아프리카 군단

카이르완

카세린

시디부지드

스팍스

폰 아르님, 퇴각
미군, 카세린 돌파

미국, 아틀라스 돌파
튀니스 남부 장악

CHOTT DJERID
(Saft Marsh)

가베스

영국 8군 도착,
미군과 합류

몽고메리
영국 제8군

작중 튀니지 전역
~'39.12.26.

아프리카 군단의 마지막 영광 8

비제르테가 불타오르기 전, 롬멜은 짐을 정리하고 있었다.

"……."

당번병과 부관조차 모두 억지로 내보낸 고요한 방. 군의관에게서 처방받은 약을 쓰레기통에 던진 그는 한아름 쌓여 있는 편지들을 잠시 매만졌다.

"만프레트……."

처음 부임했을 무렵부터 어렵다는 사실은 알고 있었다. 하지만 그땐 프랑스에서의 대승리로 모두가 고무되어 있었고, 롬멜 그 자신 또한 예외는 아니었다.

총통께서 주신 기회이기도 한 이 전역에서 보란 듯이 승리를 쟁취하고 싶었다. 아군조차 보급을 낭비로 치부하고, 동맹국은 무능하며, 간부들은 답답한 인사들이었다. 그럼에도 불구하고, 오직 일신의 능력만으로 전설적인 행보를 이어가며 적에게서조차 존중받을 수 있었다.

그러나 이젠 끝이다. 저 신대륙의 지휘관은 롬멜의 장기를 발휘할 기회 자체를 뺏었다. 몰락은 순식간에 찾아왔다. 토브룩 함락이 눈앞에 보였건만, 해 지는 땅에서 찾아온 저 도우보이들은 지난 대전쟁 때와 마찬가지로 끝없이 물자가 샘솟는 마법의 주머니에서 무한한 병력을 풀었다.

모든 것이 끝난 지금은 현실을 직시할 수 있었다.

"한니발과 스키피오라. 비유 한번 좋아."

로마를 코앞에 두고 회군하여 옛 카르타고 근교 자마 땅까지 끌려 나와 싸워야 했던 한니발의 군대. 이집트를 코앞에 두고 회군하여 제대로 싸워보지도 못한 채 모든 공세능력을 소진한 그의 군대. 적은 열등한 전투력이라는 약점을 은폐했고, 우월한 보급 능력이라는 강점을 극대화했다. 인정한다. 패할 만해서 패했다.

문제는 그다음이었다. 총통 각하께서는 귀환하라고 말했다고 하지만, 적의 휴전 제안을 받아들인 지금도 해당하는 말일까? 항복한다면 가족들은 어떻게 될까? 수용소, 미국인들이 그렇게 목놓아 외치는 수용소가 기다리고 있을까?

역시 답은 하나뿐이다. 그는 자신 하나로 모든 책임을 질 수 있길 바라며 권총의 탄알집을 확인했다.

그때였다.

쾅!!

"장군님, 실례하겠습니다."

"자네들 미쳤나? 여기가 어디라고 감히!"

"죄송합니다. 하지만 저희 또한 명령에 의거한 행동임을 알아주시면 감사하겠습니다."

이럴 줄 알았으면 부관이라도 곁에 둘 것을. 아인자츠그루펜(Einsatzgruppen). 친위대, 그리고 국가보안본부의 가장 역겨운 놈들. 모든 게 끝난 지금 와서 왜 이 쓰레기 놈들이 날뛴단 말인가?

앞장선 발터 라우프(Walter Rauff) 연대지도자(Standartenführer, SS의 대령급 계급)가 희미한 미소를 지으며 그의 곁으로 다가왔다. 쓰레기들 중에서도 급이 있다면 라우프는 1등급 인간백정. 솔직한 심정으로 튀니지로의 회군

과정에서 이놈들이 좀 죽었으면 좋았겠지만, 이 작자는 어찌나 명줄이 질긴지 눈깔 하나만 잃고 용케 살아 여기까지 왔다.

"총통 각하께서 SS에 특별히 명하시어, 행여나 장군께서 잘못된 판단을 하지 않도록 각별히 신경 쓸 것을 당부하셨습니다. 저희가 잘못 판단하였다면 대단히 죄송한 일이지만… 혹 장군의 명예를 지키고자 하셨다면……."

"그래. 그러려고 했네."

롬멜은 탄식하며 손에 쥐고 있던 권총을 내려놓았다.

"기어이 날 처형하겠단 겐가?"

"반대입니다. 총통께선 아프리카를 모두 포기하는 한이 있더라도 장군을 잃고 싶어 하지 않으십니다."

그 순간, 숨이 막힐 듯하던 답답함이 싹 가셨다.

"오랜 야전 생활로 장군께서 건강을 크게 해쳤음을 알고 총통께서 탄식하셨습니다. 이미 수상기 한 대를 수배해 놓았으니 제대로 된 진찰을 받으러 가시지요."

"…지금은 안 되네. 매듭은 짓고 가야지."

"안 됩니다."

그의 명확한 거부에서 희미하게 남아 있던 마지막 의문도 해소되었다. 수뇌부가 그토록 명장이라 칭송하던 '사막의 여우'가 항복문서에 조인하는 일은 결코 용납하기 싫은 모양이었다.

"그러면 최소한의 인수인계만큼이라도 준비하지."

"시간이 없습니다."

"지금 네깟 놈들이 내게 명령하는 건가?"

빠악 하는 소리와 함께 프로이센식 군홧발 쪼인트가 작렬했고, 얼굴 가득 근거 없는 건방이 배어 있던 라우프는 곧장 바닥을 나뒹굴었다.

"10분의 시간을 주겠다. 내 짐부터 똑바로 정리해."

"예!!"

"저기 쓰레기통에 있는 약 봉투도 챙기고."

총통께서 아직 그를 쓰고 싶어 하신다! 역시 그분이 자신을 버릴 리가 없다. 그렇다면 마지막 그 순간까지 충성을 다 바치는 것이 프로이센 군인의 덕목.

"다시 만나지."

들릴 리 없는 인사말을 남기며, 롬멜은 자신의 방을 떠났다.

* * *

크리스마스가 끝났다. 여러 가지로 많은 일들이 있었고, 나 역시 아주 잠깐이지만 휴식 분위기를 즐길 수 있어서 좋길 좋았다.

"앗. 편히 주무셨습니까, 이등병에게 패배한 카드 회사 사장님……."

"한 번만 그 소릴 더하면 전쟁 끝나는 그 날까지 포로수용소 소장으로 말뚝을 꽝꽝 박아주마."

젠장. 저 입을 꼬매버리고 싶네. 아침부터 저런 끔찍한 소릴 들어서 그런가, 12월 26일은 시작부터 참으로 요상한 보고가 많이 들어왔다.

"제9보병사단이 비제르테를 완전히 접수하였습니다. 항만시설을 가장 먼저 인수하였고, 조만간 영국 해군이 입항할 예정입니다."

"거긴 대체 무슨 일이 있었던 걸까."

"의도하신 바가 아니었습니까? 비제르테를 대상으로 민사작전에 많은 공을 들이셨잖습니까."

"내가 신이야? 그걸 의도한다고 해낼 수 있게?"

성스러운 12월 25일 저녁을 기점으로 활활 불타오른 비제르테는 완전히 무법천지로 변모하였다가, 26일 06시가 되자마자 달려간 미군이 간신히 질서를 바로잡을 수 있었다.

발터 네링은 자살. 토텐코프 사단장 테오도어 아이케도 친위대 간부들과 함께 모두 죽었다. 보고에 따르면 봉기한 시민들과 이탈리아군이 친위대 본부로 쳐들어가 총격전 끝에 토텐코프 간부들을 고깃덩이로 만들었다 한다. 아이케를 비롯해 학살과 강간을 일삼던 몇몇은 십자가형을 집행당했다는데… 크리스마스가 이렇게 무서운 날이 될 줄이야. 아이케 같은 놈들을 전범재판에 세울 수 없다는 게 참으로 아쉽지만, 피 흘리지 않고 추축군 놈들끼리 쌈박질하다 자멸했으니 거 쌤통이다. 하지만 그 뒤에 들어온 소식은 더 골치 아팠다.

"튀니스에서 백기를 내걸고 항복 사절을 보내왔습니다."

"좋아. 아주 좋아. 이제 롬멜의 상판대기를 구경할 수 있겠구만. 항복 절차는 참모장이 알아서 진행하게."

내가 직접 나가봐야 우리 몸이 달았다고 인증하는 꼴밖에 더 되겠나. 오히려 딱 위엄 있게 기다려야지. 나는 곧장 헐리우드 촬영팀에게 협조를 요청했고, 가장 완벽하고 고져스한 '튀니지 해방자 유지니우스 아프리카누스의 튀니스 입성식'을 준비했다. 이건 절대 헛짓거리가 아니다. 지금 미합중국 시민, 나아가 추축국의 공포에 맞서 싸우는 자유세계 사람들에게 꿈과 용기, 희망을 가져다주기 위한 아주 중요한 일이란 말이지.

"롬멜도 항복한 거죠? 그러면 롬멜의 지휘권을 인수하는 과정이 이 영상의 하이라이트가 되겠군요."

"그렇죠 그렇죠. 신문 1면은 제 차지가 되겠군요."

일단 모든 신문의 1면을 차지할 기깔나는 사진부터 하나 박아야겠지? 옆에는 에르빈을 둬야겠다. 그림 좀 나오겠군. 제목은 '사막의 여우' 하나면 되겠지? 크으. 완벽해.

"사령관님. 롬멜은 튀니스에 없다고 합니다. 탈출했다는데요?"

"뭐? 그게 말이 돼?! 무슨 수로?"

"수상기를 타고 은밀히 도주했다고 합니다. 영국 해군은 이를 포착하지 못한 듯합니다."

"그래? 롬멜은 딱히 중요하지 않아."

암 그렇고말고. 아암! 롬멜 잡으나 안 잡으나 대계에는 저어언혀 지장 없다고. 어쩐지 항복에 일말의 망설임도 없다 했다. 카리스마적 리더가 휭 하고 사라졌으니 괜히 점잔 떨 필요도 없다 이거지. 이건 이거대로 좋은 일이다.

하지만 열심히 준비해 둔 게 다 헝클어졌으니 화가 난다. 롬멜이 없으면 그림이 영 구리다고. 이 원한을 담아 '아프리카 군단을 내버리고 런해버린 롬멜. 부끄럽지도 않나?'라는 주제로 신나게 프로파간다를 때려야겠다. 목숨만 부지해 도망쳤으면 당연히 명예도 내버려야지.

"우리가 어디 롬멜 하나 잡으려고 싸웠나? 마침내 아프리카라는 거대한 대륙 한 곳에서 추축국의 사악한 마수를 완벽하게 축출했다는 대의가 중요한 거야, 대의가. 이제 유럽과 아시아만이 남았을 뿐!"

"사령관님은 본인도 안 믿는 이야기를 유창하게 할 줄 아는 대단한 재주가 있으시군요."

"당연하지. 그래서 입대 권유 연설도 하고 다녔잖아?"

내 야매심리학에 따르면 롬멜도 은근히 에고가 센 부류라 적전도주는 하지 않을 줄 알았는데… 역시 야매는 야매일 뿐인가. 제2군단이 보무도 당당하게 튀니스 대로에서 시가행진을 하면서, 마침내 북아프리카 전역이 종결되었다.

다음은 유럽이다.

* * *

[사막의 여우, 패배 후 도주하다!]

1939년 12월 26일 자로 퍼진 이 소식이 전 세계를 강타하며, 지구촌 방방곡곡에서 지진해일이 휩쓸듯 어마어마한 반향을 불러일으키기 시작했다. 그리고 미국은 이 해일을 더 크게 키울 스피커도 이미 마련해놓았다.

'독일 놈들은 강하지만, 더 강한 것은 자신의 강함을 몇 배로 부풀릴 수 있는 그 아가리질입니다.'

'저들의 왜곡과 날조가 버무려진 선동을 듣고 있다 보면 자신들도 모르게 전황이 독일에 유리하게 흘러가고 있다, 착오의 여지가 생기는 거죠. 괴벨스, 그 악마의 아가리는 최소 1개 집단군 수준입니다.'

'그런 의미에서, 압제에 신음하는 사람들에게 그 어떠한 언론보다 정확한… '미국의 소리'를 들려줘야 하지 않을까요?'

'그래서 언제쯤 군복 벗고 국무부로 오실 계획이오? 사무실 미리 준비해 놓으려는데.'

그렇게 개국한 〈미국의 소리〉는 개국과 동시에 끝내주는 특종감을 얻게 되었고, 자신의 존재를 만천하에 과시할 수 있었다.

— 현지 시각으로 26일 06시. 휴전 종료와 함께 아프리카에 주둔 중이던 최후의 추축군이 연합군에 항복하였습니다.

— 독일 최고의 명장 에르빈 롬멜이 이끄는 아프리카 군단은 몇 년에 걸쳐 아프리카 전역을 유린하였으나, 미합중국 군대가 아프리카에 모습을 드러냄과 동시에 그 기나긴 여정의 종말을 맞이했습니다.

— 추축군은 수백 대의 전차, 수만 대의 화포와 차량, 그리고 수십만 명의 병사를 모조리 내버리고 극소수만 야밤에 맨몸으로 도망칠 수 있었으며, 이 도망자들 중엔 바로 그 롬멜 장군이 포함되어 있습니다. 연합군 사령부는 성명을 발표하여…….

"크하하하하하!!"
"으아아아아아!!!!"
중화민국 중경, 대한민국 임시정부.
"내가 뭐랬나! 내가 뭐랬어! 우리 유진이가 해낼 줄 알았다고 말했잖나!"
"독일이 처음으로 패한 것만 해도 참으로 경천동지할 일인데, 그 승리를 일군 장수가 조선의 건아이니 참으로 경탄할 일입니다."

"원래 우리 민족은 국난에 처하면 충신열사가 우후죽순처럼 샘솟았습니다. 아무리 일제가 포학하게 날뛴다 한들 그 세가 독일에 비할 수는 없는데, 그 독일을 저리 때려눕힐 수 있으니 왜놈들의 최후 또한 불을 보듯 뻔합니다그려."

세계대전 개전 이후 반년. 중일 전쟁까지 셈하면 도대체 몇 년째인가. 일본의 기세는 그들이 말하는 것처럼 실로 욱일승천 그 자체였으며, 미국을 상대로 그 누런 이빨을 드러낸 이후로도 패배하긴커녕 나날이 승승장구를 거듭하고 있었다.

중국 대륙, 인도차이나반도, 필리핀, 태평양.

라디오를 켜면 항상 왜놈들이 새로 어디 어디를 정복하고 몇 명을 포로로 잡았다 떠들어댔으며, 연합국의 라디오로 주파수를 돌려도 그 말이 진실이라는 사실만을 깨달을 수 있었다. 특히나 전쟁 준비를 내세워 십여 년만에 다시 임시정부 대통령직을 거머쥔 이승만의 고초는 이루 말할 수도 없었다.

"아직도 김유진 장군이 동양으로 오지 않아 불만입니까들?"

"불만이라니요. 어디까지나 아쉬움이었을 따름입니다."

"그야 그렇지. 나 또한 아쉬웠으니까."

우남 이승만이 김유진의 협력자라는 것은 삼척동자도 아는 사실. 이것저것 챙겨주는 건 알겠지만, 백만 미군을 이끌고 이 중원 땅으로 와서 조선 독립에 한 손 보태주렷다 하고 알아서 잔뜩 기대하던 이들에게 김유진의 아프리카행은 청천벽력과도 같은 소식이었다.

"하지만 보시오. 이 롬멜이라는 장수는 지난 대전쟁 무렵부터 무수한 공훈을 세우고, 프랑스와 영국조차 그에게 연전연패하였소. 닭 잡는 데 소 잡는 칼을 쓸 수 없듯 김 장군 같은 일세의 명장이 나섰으니 롬멜을 물리친 게지. 왜놈 장수들 중에 롬멜 이길 사람 있으면 어디 말들이나 해보시오. 하하하!"

이승만이 제가 롬멜을 때려잡은 것마냥 거드름을 피워도, 장내에 있는 인물 중 괜히 거기에 초를 치는 사람은 아무도 없었다. 하지만 정작 이승만은 좌불안석이었다.

'김유진, 이 나쁜 개자식 같으니. 최고의 명장이 온다며? 자기가 오는 거 아니었어?'

태국을 경유해 전차를 수령하며 전해 받은 마지막 소식은 틀림없이 그러했다. 그 이야기를 들은 이승만은 옳다구나 하며 은근히 기대심리를 깔고 임정의 정권도 다시 손에 쥐었는데, 그 역풍에 고생했던 몇 달을 생각하면 자다가도 식은땀이 줄줄 흐를 지경이었다.

"조선 독립의 그 날이 얼마 남지 않았습니다. 범도 옆구리를 찔렸을 때 가장 난폭해지듯, 일제의 승리도 저들 국력을 고려치 않고 천방지축 날뛰는 모양새 그 이상도 이하도 아닙니다. 수십 년 독립투쟁 유종의 미를 거두기 위해, 지금이야말로 당쟁을 멈추고 우리 모두 합심할 때입니다."

"이승만 각하 만세!"

"대통령 각하 만세!"

"조선 독립 만세!!"

열화와 같은 열창과 함께 박수 소리가 장내를 가득 메우고, 이제 다 늙어 쭈글쭈글해진 이승만은 흐뭇하게 그 모습을 보며 손을 뻗었다.

"영감쟁이, 진짜 권력 좋아한단 말야."

"쉿, 들릴라. 호랑이가 이겼으니 여우도 좀 설치는 게지."

그리고 얼마 후. 이승만은 임정 대표 자격으로 중국에 도착한 미군 장성을 만날 수 있었다.

"반갑습니다, 장군님."

"유진 킴에게 말씀 많이 들었습니다. 반갑습니다. 휴 알로이시우스 드럼입니다."

최고의 명장, 중국 부임.

6장
퀸즈 갬빗

퀸즈 갬빗 1

잠시 시간을 돌려. 횃불 작전, 미군의 북아프리카 상륙이 개시되기 얼마 전.

워싱턴 D.C., 우보크.

"킴! 우리 사이에 이러긴가!! 날 데려가! 참모장, 아니, 군단장, 사단장이라도 좋아! 제발! 마셜에게 날 데려가겠노라 딱 한 마디만!!"

"에이, 제 사정 모르실 분도 아니시면서 이러시면 곤란합니다."

유진은 고개를 절레절레 내저으며 술을 꿀떡꿀떡 잘도 삼켰고, 그 모습을 지켜보는 드럼의 눈엔 핏발이 서고 있었다.

"마셜이 오늘 날 불러서 뭐라 했는지 아나?"

"뭐라고 하던가요."

"중국에 갈 생각이 없냐더군. 중국! 장개석이 미국인 참모장을 두고 싶다고 제안해 왔는데, 나더러 중국에 가라는 거야!"

"나쁘지 않은 기회잖습니까."

"지랄."

이 음흉한 자식. 나쁘지 않은 기회는 무슨 얼어죽을. 드럼은 자신의 잔에 얼음 몇 개를 더 담으며 한탄했다.

"내가 바보인가? 우리의 군사 정책이 유럽 우선이란 점은 나도 알고 있어. 애초에 중국에 군대를 보낼 수가 있나, 물자를 보낼 수가 있나?"

태평양을 건너 중국에 물자를 보낼 수 있으면 차라리 필리핀에 보냈겠지. 누가 봐도 그냥 장식품이다. 가봤자 정말 미·중 우호의 살아 있는 상징 취급이나 받겠지.

"마셜이… 날 쳐내려는 게야. 한때 총장직을 놓고 경쟁하던 날 확실하게 골로 보내려고 독이 든 성배를 내민 거지."

"그래서 무어라 답하셨습니까?"

"1개 군단 정도 중국에 파병하거나, 그게 아니면 장개석에게 선물로 줄 랜드리스를 두둑이 내놓거나. 둘 다 못 해주겠으면 차라리 날 해안포대에 처박으라고 했지."

장개석 참모장이든 해안경비든, 둘 다 참모차장까지 지냈고 정점을 노리던 제복군인의 마지막 커리어로서는 비참한 몰락이다. 그렇지만 후자는 최소한 등 따습고 말 통하는 본토에서 지낼 수 있기라도 하지 않나.

거기다 아닌 말로 드럼 자신이 킴을 위해 해준 일이 대체 얼마나 많던가?

"마셜이 이렇게 피도 눈물도 없는 인간이야. 한순간에 훅 나가리라고. 날 불쌍하게 여겨서 아무 빈 자리에나 박아주면 안 되겠나?"

"그 피도 눈물도 없는 분이 무서워서요, 저도. 애초에 군정과 군령은 분리되는 게 당연한 일인 거 잘 아시잖습니까. 마셜과 맥네어가 던져준 장군들 데리고 나갈 뿐입니다."

"거짓말하지 마! 그 둘이 자네 의견을 무시할 리가 없을 텐데?"

유진은 '그야 그렇죠'라고 수긍하며 고개를 끄덕였다.

"그 둘이 저를 존중해주고 있는데 제가 거따 대고 괜히 입 열면 '아, 저 새끼 제 파벌 챙기려고 저러는구나!'라는 소리 쫙 퍼지지 않겠습니까."

"그래서 참모장을 아득바득 자네 입맛대로 골랐나? 이야기가 다른데?"

제임스 밴플리트, 그 뇌까지 근육근육한 축구 감독을 참모장으로 데려간다니. 누가 봐도 그 인선은 좀… 좀 그랬다. 차라리 사단장으로 꽂으면 또 몰라. 입이 댓 발이 튀어나와 있는 드럼이었지만 마셜과 맥네어가 고른 인선 중 트집 잡을 만한 인물이 딱히 없다는 건 알고 있었다. 오히려 트집은 킴이 고른 인물들이 문제지.

존 리드 하지? 그 친구가 패튼, 프레덴달과 어깨를 나란히 할 정도라고? 에반데. 많이 에반데.

사단장 인선도 흠잡을 곳 없다. 라이더, 데버스, 알몬드, 와드, 하몬, 루즈벨트 등등… 이 자식이 콕 찝어서 지명한 2명이 더 문제면 문제지. 하지나 밴플리트 쓸 바엔 차라리 날 데려가라고!

"아니, 아이크도 안 되고 오마르도 안 되면 제임스라도 데려가야죠. 둘이서 훌라춤을 추면서 가장 먼저 출진 명단에 '조지 패튼'부터 써넣은 주제에 사령관이 신뢰할 수 있는 측근 한두 명도 못 데려갑니까? 아, 갑자기 꼴받네?"

"나. 나나나! 나 데려가라고! 내가 밴플리트 그 친구보단 참모장 잘할 수 있네."

"그걸 부정하진 않겠습니다만… 아무튼 상황이 그렇습니다."

침묵. 드럼은 입을 꾹 다문 채 술만 열심히 들이켰고, 유진은 무슨 생각을 하는지 가만히 안주만 뚫어져라 바라보았다. 그렇게 있기를 한참. 이윽고 유진이 다시 입을 열었다.

"저는 중국행이 썩 나쁘진 않다고 봅니다."

"자네도 마셜 편 들기로 했나?"

"아뇨. 진짜로. 퇴역한 뒤 취직처 같은 걸 고려한다면 중국행이 굉장히 메리트 있죠."

이 새끼, 그 표정이 나왔다. 유진 킴과 호흡을 맞춘 게 벌써 수십 년. 이 자식이 저 빤질빤질한 면상을 하고 있다는 건 군바리들 대가리로는 따라잡기 불가능한 사악한 음모를 꾸미고 있다는 뜻.

"우리 백악관 휠체어맨 나으리께서 말씀하시길, 히틀러 대가리를 딴 후에 저를 꼭 태평양으로 보내주겠다 하셨습니다."

"그걸 자청했다고? 거길 왜?"

"제가 콩고물을 챙기려면 꼭 아시아에 가야 하거든요."

이해할 수가 없지만, 이 자식을 이해하는 건 원래 어려운 일이었다.

"자세한 이야기를 하기엔 시간이 꽤 오래 걸리니 결론만 놓고 말하자면, 결국 우리는 일본을 쳐부술 겁니다. 그러면 일본이 중국에서 보유하고 있던 방대한 이권은 죄다 주인 없이 붕 뜨고……"

"거기다 숟가락질을 하겠단 건가?"

"그렇지요. 바로 그겁니다. 세계에서 가장 인구 많고 금은보화가 끝없이 샘솟는 땅. 그런데 부패가 판치는 동네에서는 최고권력자와 좋은 관계가 있는 것만으로도 어마어마한 이권을 뽑아낼 수 있죠. 흠, 마치 장개석의 옆에 껌처럼 찰싹 붙어서 친분을 다진 참모장 정도나 할 수 있을 법한 일이군요."

아씨. 아씨. 설득되면 안 되는데.

"만약 내가 간다 치면, 뭘 하면 되겠나?"

절대 승낙한다는 건 아니다. 일단 한번 들어나 보겠단 거다. 드럼은 조용히 마귀의 속삭임에 귀를 기울였다.

그리하여 얼마 후. 중화민국 중경에 휴 드럼 중장이 발을 디뎠다.

"반갑습니다, 미군 여러분! 중화민국 인민의 이름으로 여러분을 환영하는 바입니다."

"일본제국의 비열하고도 추악한 폭력에 항거하는 중화민국 인민 여러분에게 찬사를 보내며, 이 거룩한 투쟁의 선봉에 서고 계신 장 주석의 노고 또한 거듭 찬사를 보내는 바입니다."

가서 병풍 노릇만 잘해도 최고 소리 들을 수 있다고 어드바이스를 받았지만, 절대 병풍에서 그칠 생각은 없었다. 이왕지사 왔으면 업적 하나는 제대로 세워야 하지 않겠는가? 장개석과의 독대에서 드럼은 자신의 입지를 확고히 하기로 마음먹었다.

"여기까지 오시는 동안 이미 두 눈으로 보셨겠지요. 중국 대륙은 저 간악한 일본인들의 폭력으로 눈 뜨고 보기 힘든 참극이 벌어지고 있습니다."

"루즈벨트 대통령께서는 결코 일본을 용서할 마음이 없습니다. 진주만 기습은 실로 비열한 행위였고, 저희는 모든 준비가 끝나는 대로 일본에 응분의 대가를 치르게 할 것입니다."

장개석의 참모장으로서 드럼이 해야 할 일들은 참으로 많았다. 중국, 그리고 중국군의 움직임이 가능한 한 미합중국의 전략과 이익에 부합하도록 유도할 것. 또한 중국과 관계가 나빠지지 않고, 그들이 항전의지를 잃지 않도록 전의를 북돋는 것. 동남아시아와 인도 일대에 큰 지분을 가진 영국과도 협조하여 동남아 전선에서의 압력을 경감하는 것. 문제는, 드럼이 가진 패가 별로 없다는 점이었다.

태평양 제해권을 상실했으니 미국이 항상 꺼내 들 수 있는 만능의 쇼미 더머니, 방대한 랜드리스 물자 보급도 여의치 않다. 직속 군대 또한 없으니 지휘권을 통한 개입도 까다롭다. 그나마 육군항공대의 플라잉 타이거즈(Flying Tigers) 정도나 있을까. 사실 드럼이 오게 된 이유 중 하나도 항공에 대해 조예가 깊다고 인정받았기 때문이니, 곳곳에 암초처럼 머리 아픈 일 천지였다.

"저와 동행한 웨드마이어(Albert Coady Wedemeyer) 대령은 미 육군 내에서도 촉망받는 인재였을 뿐만 아니라, 그 능력을 인정받아 독일에서도 수학하였습니다."

"독일 말씀이십니까?"

"그렇습니다. 본래 유진 킴 중장이 '내게는 적과 아군을 모두 아는 우수한 지휘관이 필요하다.'라며 아프리카로 데려가려 하였지만, 제 강력한 주장으로 이번 중국행에 동행하게 되었습니다."

적국 물 먹어서 여기로 내팽개친 게 아닌가 하는 의심도 불식시키며 은근히 자신의 인맥을 과시한다. 아니나 다를까 장개석 역시 유진 킴이라는 말을 듣자마자 안색이 편해지는 게 아닌가.

"김 장군과 무척 절친하신가 봅니다?"

"물론이지요. 벌써 유진과의 인연도 이십 년이 다 되었군요. 저 유명한 캉브레와 아미앵에서 인연을 맺게 되어 오래도록 호흡을 맞추었습니다."

"허어. 역시 영웅은 영웅을 알아본다더니 그 말이 참으로 맞는 듯합니다."

"비록 적이지만, 독일군의 군사 전통은 결코 경시할 바가 못 되지요. 귀국의 군대 또한 독일에서 많은 걸 배웠다고 알고 있기에, 제가 독일식 군제와 교리에 익숙한 웨드마이어야말로 중국에 가장 필요한 인재라 역설하여 양보를 얻어냈습니다. 아무쪼록 그가 능력을 발휘할 수 있도록 많은 배려해주신다면 감사하겠습니다."

사실 중국 파견이 결정된 후 벼락치기로 공부했고, 웨드마이어는 킴이 추천해서 데려오게 되었지만 아무렴 어떠랴. 지금 장개석이 감격했잖나!

"장군의 마음 씀씀이에 이 장중정, 참으로 가슴이 따뜻해집니다!"

"이 드럼과 미합중국은 결코 주석의 신뢰를 저버리는 일이 없도록 모든 노력을 다할 것입니다!"

못 하는 일은 못 한다. 할 수 있는 일만 한다. 그나마 다행인 것은, 미합중국을 등에 업고 있는 이상 병신이 될 일은 없다는 점이었다. 다룰 수 있는 부대가 없다는 점 또한… 극복할 방안이 있기는 했고.

"저희 군 말씀이십니까? 망명정부가 있어봐야 얼마나 있겠습니까."

"그거 안타까운 말씀이군요. 유진은 틀림없이 제게 대한민국 임시정부의 군대야말로 모든 면에서 가장 믿을 수 있는 부대일 거라 확언했었는데."

우성 박용만은 그 말에 얼굴이 폈지만, 이승만은 애써 부동심을 유지해야만 했다.

'박용만, 안창호, 김규식까지! 매번 날 흔들려 하더니 이제 하다하다 코쟁이까지 붙여주는 게냐!'

'이것도 낼름 해먹지 못하면 중장 계급장 떼야지. 어차피 서로서로 윈—윈 아닌가?'

베트남과 태국을 경유해 전차를 수령하게 되면서 임정 소속 광복군의 전력은 비약적으로 상승했다. 2개 보병연대는 수백만 대군이 격돌하는 중일 전쟁에서 커피에 던지는 각설탕처럼 솔솔 녹아 없어지겠지만, 2개 기갑연대라면 이야기가 전혀 다르다. 이건 확실히 전략적 조커나 다름없었다.

하지만 전차를 확충하기가 무섭게 중국 측에선 이 부대를 자신들이 먹고 싶어 했고, 그동안 장개석의 많은 호의를 받아 왔던 임정은 이러지도 저러지도 못하는 지경에 빠졌다. 그런 의미에서 보자면, 드럼의 제안은 무척 구미가 당기는 이야기였다.

"함부로 굴리진 않을 겁니다. 이 부대를 무의미하게 낭비했다간 미국으로 돌아가 유진을 볼 면목이 없으니까요."

"저희는 전혀 그런 측면으로 걱정하고 있진 않습니다."

광복군의 지휘권을 드럼에게 넘긴다. 물론 정확하게 철자까지 따진다면 '미군의 군사적 자문에 귀를 기울이는' 것이지만, 그 미군이 유진 킴의 이름을 팔고 있다면 사실상 넘기라는 소리렷다.

"저는 군대 없는 장군이고, 임정 여러분들은 우매하고 사람 갈아 넣길 아무렇지 않게 여기는 중국 장군들의 손길을 피할 뒷배가 필요하지요. 우린 서로 굉장히 잘… 소통할 수 있을 것 같은데, 어떻습니까?"

"동의하겠습니다. 아무쪼록 잘 부탁드리겠습니다."

이승만은 괜히 추하게 버티느니, 아예 눈앞의 이 미군 장성과 연을 트기로 작심했다. 영웅은 영웅을 알아보는 법. 딱 관상만 보아도 입으로 싸우는 놈 같으니 서로 친분을 맺어 상부상조하는 관계가 되면 얼마나 좋겠는가?

'신생 독립 한국을 위해서라면 미국과의 교섭 창구가 많을수록 좋다. 그

교섭 창구가 장개석에게 영향력이 있다면 더더욱 좋지.'

'킴… 이 깜찍한 놈. 설마 수십 년 전부터 이 상황을 예견했단 말인가?'

서로의 생각이 엇갈리는 가운데, 드럼은 직할 부대까지 확보 완료했다. 순풍에 배 나아가듯, 모든 일이 술술 풀리는 듯했다.

퀸즈 갬빗 2

악마, 마귀에 관해 구전되는 이야기는 참으로 많다. 개중에서 그나마 공통점이 있다면, 달콤한 이야기를 귓전에 속살거린다는 사실. 그리고 거짓말을 하지 않는다는 점. 하지만… 거짓말만 하지 않을 뿐이라는 것도 있다.

'유진 킴, 이 비열한 놈! 거짓말쟁이! 사기꾼!'

마귀에 홀려 중국에 온 드럼은 그렇게 속으로 절규하면서도, 표정만큼은 당당한 미합중국 장성 그 자체였다. 그 엄격하고도 위엄 넘치는 모습에 오히려 어쩔 줄 몰라 하는 것은 대한민국 임시정부 광복군 인사들이었다.

"어떻… 습니까?"

"참으로 정예롭고 의기 넘치는 병사들이군요."

직접 따라붙어 통역을 해주는 이승만의 말에도 박용만은 도무지 안색이 편안해지지 못했다.

"아마 열강의 반열에 오른 미군을 지휘하시던 장군 입장에서 보시기엔 참 보잘것없어 보이리라 생각합니다. 하지만 나라 없는 이들, 오직 의분만으로 모여든 이들입니다."

"얼마 전 진주만이 불바다가 되기 전만 하더라도 우리 미합중국의 군대

엔 이러한 열기가 없었습니다. 적과 맞서 싸우고 싶어 하는 저 열기만으로
도 부족한 점은 능히 메꿀 수 있으리라 믿습니다."

"참으로 감사한 말씀이십니다."

속았다. 속았어. 2개 기갑연대? 강력한 전차 전력? 동양 최대의 기갑전
력이 뭐 어쩌고 저째? 그러면 대관절 저 탱켓은 무어며, 저기 구석에 있는
저거! 저건 M1917이잖아! 캉브레에서 굴러다니던 게 왜 아직 있어!! 드럼의
겉과 속은 전혀 따로 놀고 있었다.

"너무 다양한 차종이 혼재되어 있어 조금 걱정되는군요."

"한 대 한 대가 너무나 소중하여 그만……."

"알고 있습니다. 없는 것보다는 훨씬 낫지요."

그나마 불행 중 다행이라면 저기 번쩍거리며 위용을 과시하고 있는 M3
전차였다. 당장 영국인들이 롬멜과 맞서 싸울 때 쓰던 현역 전차. 저 전차가
근간을 이루고 있는 1개 연대는 확실히 동양 정예를 칭할 만하다. 일본군의
주력 전차 정도는 때려잡을 수 있으니.

"군제 개편이 시급하겠군요. 무리해서 2개 연대를 유지하는 것보다는,
확실한 펀치력을 갖춘 M3 위주 1개 연대와 그 보조전력을 단일 전투단으
로 편성하는 편이 좋아 보입니다."

"그, 개편은 조금 민감한 문제여서……."

"무언가 문제가 됩니까?"

박용만이 대답을 꺼리자, 껌딱지처럼 찰싹 붙어 있던 이승만이 더욱 목
소리를 낮추고 드럼에게만 들리게 속삭였다.

"현재 광복군이라는 단일 조직으로 통합되어 있긴 하나, 내부에 군벌들
이 저마다 세를 이루고 있습니다."

"군벌? 군벌이라고 하셨습니까, 이 임시정부에?"

"이런 말씀 드리기 참으로 부끄럽지만, 만주에서 일본에 맞서 싸우던 민
병대들은 자신들의 독자적 지휘권을 유지하길 원합니다."

"실전 경험은 풍부한가 보군요."

"저희 임정의 자금지원을 받아 무장하였으나, 지휘를 따르는 것은 또 별개의 문제라고 주장하고 있습니다."

거짓말은 하지 않았다. 통역하는 과정에서 약간 의도치 않은 미묘한 어휘 변화가 있을 수도 있지 않나. 문민통제의 나라 미합중국에서 건너온 백인 장성이 비분강개하는 건 실로 당연한 일이었다.

"아무리 임시정부라곤 하지만, 나라의 녹을 받아 싸운 이들이라면 민병대가 아니라 제대로 된 군이라고 봐야지요. 적어도 내가 다뤄야 할 군에서 명령불복종은 좌시할 수 없습니다."

옳던 이가 빠져나가는 기분이다. 그토록 통합을 외쳤지만 '상해에 처박힌 겁쟁이들은 왜놈들 바로 앞인 여기 환경을 잘 모르시네?'로 일관하던 이들. 이제 호가호위할 찬스가 왔으니, 이번 기회에 독립군에 대한 임정의 우위를 확고히 굳힐 차례가 왔다. 아나나다를까, 드럼이 편제를 손보려 하기 무섭게 그들의 불만이 대두되었다.

"여러분의 뜻은 잘 알겠습니다."

그리고 드럼은 정면돌파를 선택했다. 어차피 그가 직접 손발처럼 다룰 수 있는 병력이 이게 전부라면, 한 명이라도 더 지휘하고픈 것은 모든 지휘관들의 욕심이니까.

"제가 미국에 있을 적에, 일본인들은 군인, 관료, 민간인을 막론하고 여러분 조선인에 대해 하는 말은 으레 대동소이했습니다. 조선인은 파벌싸움을 좋아하는 민족이며, 강력한 지도자 없이는 결코 단결하여 화합을 이룰 수 없다. 따라서 일본제국은 국제 사회의 일원으로 이 야만스러운 이들에게 문명과 규율을 베풀어줄 뿐이라 말입니다."

"그게 무슨 개소리야!"

"쪽바리 새끼들의 말을 귀담아들을 필요 없소이다!"

"하지만 제 절친한 친우인 유진 킴은 달리 말했습니다. 조선은 그 어떤 나라에 뒤처지지 않을 문화와 규율을 갖고 있었지만, 바로 저 일본이 끊임 없이 분열을 조장하고 이간을 획책하고 있다고 했었지요."

사람들의 표정이 다채롭게 변화할 때, 드럼은 내리꽂듯 말했다.

"저는 둘 중 어떤 말을 믿어야 합니까?"

"……."

"정부의 명을 듣는 것은 당연한 군인의 덕목이며, 명예입니다. 여러분이 단순한 민병대, 레지스탕스가 아니라 군인이며 동시에 임시정부가 정말 조선인을 대표하는 정부라는 사실을 증명해주시기 바랍니다."

나는 그냥 미국 군인이 아니다. 미국의 눈이자, 연합군의 귀다. 아쉬운 건 내가 아니다.

"드럼 장군의 말씀이 참으로 이치에 옳습니다."

"여러분을 쳐내겠다는 게 아닙니다. 한국군은 그 어느 때보다 실전 경험 있는 기간병들을 필요로 하고 있습니다."

먹고살기 참 힘들다. 원래였다면 쳐다도 안 볼 동양인들 다독거린다고 힘을 쏟아야 하다니. 드럼은 그렇게 립서비스를 남기고, 웨드마이어와 향후 전략을 의논하기 위해 떠났다. 이 일은 드럼 개인에겐 자신의 발언력과 향후 운신을 위한 사소한 행보 정도에 지나지 않았지만.

"다들 들으셨소? 한국군이라 했소, 한국군!"

"미합중국의 대표로 부임한 중국군 참모장이 우릴 한국군이라 칭하였 으니, 이는 실상 우리 임정을 공인한 것과 마찬가지 아니겠습니까!"

"다들 뭐 합니까?! 정말 독립이 코앞으로 다가왔소! 이제 이천만 조선인 의 힘을 응집해 국토를 탈환할 시간만 왔다 이겁니다!"

나라가 망한 지 어언 30년. 어두컴컴한 터널을 헤매고 또 헤매었으며, 그 과정에 마음이 꺾이거나 변절한 이는 셀 수 없이 많았다. 어디 편을 가르 고 싸운 것이 그들의 마음이 좁아서겠나. 자신만의 대쪽 같은 신념 하나 없 는 이들은 결코 이 승산이라곤 없어 보이는 투쟁의 길에 뛰어들 수 없었기 때문이니. 하지만 처음으로 터널의 끝이 보이기 시작했다. 넌더리가 나는 어둠의 끝에 희미한 빛 한 줄기가 엿보이고 있었다. 비록 외부의 힘이 작용하긴 하였으나, 이제 임시정부는 거의 모든 무장단체의 완벽한 통제권을 손에 넣었다. 출구가 보이는데도 어디로 가야 하는가를 두고 내분을 일으킬 자는 적어도 여기에는 아무도 없었다.

* * *

동남아시아 유일의 독립 국가, 태국의 수도 방콕.

"갑자기 말을 바꾸시니 저희도 무척 난감하군요."

"말을 바꾸다니? 우린 처음부터 참전에 관해선 이야기하지 않았소. 어차피 당신들도 우리 군의 역량을 저평가하고 있잖소."

19세기부터 이미 세계의 격변과 서양의 침탈에 맞서 이리저리 국체를 유지하던 태국이었지만, 대공황이라는 폭풍과 세계대전이라는 화산 폭발은 이 나라를 송두리째 엎어버렸다.

"이번엔 내가 한번 물어보리다. 이 라디오를 듣고 우리 국민들이 과연……."

그 혼란 속에 집권한 태국의 군사 독재자 피분송크람은 눈앞의 일본인 관료들을 향해 고함치며 신경질적으로 라디오 전원을 켰고, 조금 전까지 듣고 있던 〈미국의 소리〉가 다시 신명 나게 떠들기 시작했다.

— 독일 최고의 명장, 에르빈 롬멜을 격파한 미합중국 최고의 명장 유진 킴의 다음 귀추가 주목되고 있습니다. 이탈리아? 프랑스? 아니면 중국? 확실한 점은 그 모든 곳 또한 최종적으로는 연합군의 승리가 기다릴 뿐이라는 사실입니다. 유진 킴 중장은 기자회견에서 성명을 발표하여, 모든 자유의 적들은…….

탁!

"킴을 상대로 전쟁을 하겠다고 하면, 국민들 분위기가 참 좋겠소. 당신들 조차 찝찝하잖소?"

"황국의 자랑스러운 건아들은 이미 콧대 높은 백인들을 몇 차례고 격파 하였습니다. 킨 장군이 온다 한들 저희의 승리는 명약관화합니다!"

"정말 그렇게 믿소? 아닐 것 같은데."

그들이 폐위시켜 쫓아낸 옛 국왕, 라마 7세는 영국과 프랑스에서 고등교 육을 받은 유학파였으며 동시에 즉위 전엔 한 명의 장교이기도 했다. 그런 그가 당시 대전쟁에서 놀라운 활약을 선보인 유진 킴을 놓칠 리가 없었다.

여느 아시아인들이 다 그러했듯 라마 7세 개인적으로도 당대 최강 독일 군을 격파한 아시아의 위대한 전쟁영웅 유진 킴의 명성에 열광했지만, 군주 로서의 그는 1차대전에 참전한 태국군과 그 통수권자인 자신을 유진 킴과 동치시켜 정권 지지도를 끌어올렸다. 그 과정에서 '유진 킴 신화'는 당연히 더더욱 공고해졌다. 얼마 전까지만 해도 킴에게 훈장을 수여해주던 왕자 시 절 라마 7세의 사진이 도처에 걸려 있었으니까.

군의 힘으로 그 라마 7세를 몰아내고 권력을 잡은 피분송크람 또한 그 단꿀을 버릴 순 없었다. 오히려 정당성이 취약한 그는 더더욱 위대한 전쟁 영웅 신화에 열을 올려야만 했다.

그 결과 일본군이 태국 곳곳에 발을 들이민 지금도, 대동아공영을 부르 짖으며 백인을 몰아내자 외치는 일본제국과 그 일본을 박살 내겠다며 으름 장을 놓는 유진 킴 둘 중 그 무엇 하나 선택할 수 없는 상황에 몰린 것은 한 마디로 업보였다.

"지금 우리가 참전해 봐야 그대들에게 더 크게 조력할 순 없소. 오히려 저, '자유 태국'이니 뭐니 하는 역도들의 세만 더 불릴 뿐이오."

"…알겠습니다. 저도 상부에 이를 보고한 후 다시 찾아뵙도록 하겠습니다."

그렇게 말하고 송크람의 집무실을 빠져나온 일본인들도 머릿속이 복잡 하긴 매한가지였다.

"대체, 누구보다 든든하던 황국의 협력자가 어찌하면 적이 될 수 있단 말이지?"

"군바리들 하는 일이 다 그렇지요. 빌어먹을."

송크람의 처지를 모르면 일본제국 최고 엘리트 중의 엘리트인 외교관을 자처할 수도 없다. 무엇보다 황국이야말로 유진 킴 코인을 달달하게 빨다 못해 사골이 다 뭉개지도록 우려내고 또 우려낸 나라 아닌가.

'사무라이의 혼, 구주에서 빛을 발하다!'

'동양인의 우월함, 물질에 경도된 유럽인들에게 경종!'

다른 나라들이야 대부분 식민 지배하에 놓여 있었으니 안 한 게 아니라 못 한 것에 가깝지만, 일본은 전운이 고조되기 전까지 아주 마르고 닳도록 써먹었었다. 오히려 미일관계가 점점 냉각되면서 음으로 양으로 킨 장군 격하운동을 살살 전개하고 싶었지만, 이미 대중의 인식이 너무 공고해져버려 인제 와서 손절하기에도 참 애매모호한 상태. 당장 관동대지진 추모비 옆에 세워진 김유진 전신상만 하더라도 차마 때려부수지 못하고 있지 않나. 저질러 놓은 게 하도 많아 수습할 엄두도 나지 않는다에 가까운 것이 현 일본의 아이러니였다. 더군다나, 일본 외 다른 나라에서는 그래도 한물간 줄 알았던 킨 장군 숭배는 이제 차원이 다른 경지에 진입해버렸다.

'독일 최고명장 참패! 아시안의 기개, 열사의 사막을 경천동지케 하다!'

'유진 킴, '모든 인간은 자유로워야 한다!''

이게 말이나 되는 일인가. 1917년의 명장이 어떻게 기술과 교리가 모두 바뀐 1939년에도 명장일 수가 있단 말인가? 애써 '이제는 퇴물 다 되었을 것'이라며 평가절하하던 황군 내부에서도 '호랑이를 우리에 가둬놓았다 한들 설마 고양이로 바뀔 리가 있겠는가!'라며 한탄하는 이들이 부지기수라 하였다.

써먹을 땐 좋았지만, 남의 나라 인물을 실컷 써먹었으니 이제 사용료를 몇 배로 내야 할 시간이었다.

퀸즈 갬빗 3

　원래부터 미국인들은 영웅에 목말라 있었다. 그 영웅 중 가장 빛날 전쟁
영웅은 말할 것도 없다.
　이제 좀 살만해지고 덩치가 부푼 신생국들이 으레 그러하듯, 저 구세계
의 국가들—영국, 프랑스, 독일과 비교해도 당당히 국뽕을 빨 수 있는 영웅
을 원했다. 남북 전쟁의 전쟁영웅들은 촌구석 집안싸움이라며 평가절하당
했고, 퍼싱 또한 유럽인들의 눈엔 도저히 전쟁영웅으로 보이지 않았다. 이
렇게 국뽕에 대한 니즈가 은은하게 전 미국인의 가슴 한 켠에 켜켜이 쌓여
가고 있을 때. 1939년은 다른 모든 자유 세계 사람들에게도 그러했지만 미
국인들에게도 너무나 가혹한 한 해였다.
　38년, 히틀러가 폴란드를 침략하며 벌어진 제2차 세계대전. 미합중국은
자유를 수호하고자 용맹하게 참전했으나 그 결과 진주만이라는 어마어마
한 대참사를 겪었다.
　패전. 퇴각. 후퇴. 패배. 일본군은 모든 곳에서 승리했다. 그 어떠한 열강
도 이들을 저지할 수 없었다. 홍콩, 싱가포르, 중국, 필리핀, 인도네시아 그
어떤 곳에서도.

대영제국이 그토록 자랑하던 동양함대는 HMS 킹 조지 5세와 HMS 리펄스가 잽스의 공습에 허무하게 격침당하며 소멸.

필리핀의 미군은 보급도 제대로 받지 못한 채 분전했으나, 결국 해를 넘기지 못하고 11월에 항복. 이 세상에 자유의 빛이 사라지고, 침략자들이 승리하는 적그리스도의 시대가 다가오고 있는 듯했다.

— 긴급 속보를 전해드립니다. 아프리카 원정군이 '사막의 여우' 롬멜이 이끄는 전차군단을 완파하였습니다. 미군은 북아프리카 거의 모든 곳을 해방하였으며, 추축군은 튀니스, 지도의 점 하나에만 틀어박혀…….

— 속보입니다! 추축군이 항복했습니다!

— 승리! 승리입니다! 자랑스러운 미합중국 육군이 사막에 발을 디딘 지 만 2개월 만에! 두 달 만에 롬멜을 격퇴하고 아프리카를 해방시켰습니다!

— 대승입니다! 추축군 30만 명! 전차 1천 대! 어마어마한 포로를 남긴 채 롬멜이 부하들을 버린 채 히틀러 곁으로 도망쳤습니다! 영원히 멈추지 않을 것만 같던 히틀러의 정복 행로가! 그 누구도 아닌 바로 미 육군의 손에 저지되었습니다!

— 유진 킴! 아미앵의 영웅 유진 킴이 사막의 여우를 사냥하고 자신이야 말로 20세기 최고의 전쟁영웅임을 증명했습니다!

— 유진 킴 중장의 크리스마스 선물이 히틀러에게 신속 배달됩니다! 괴벨스가 그토록 떠들던 100일 정복, 미합중국이 그 기록을 두 달로 단축시켰습니다!

가장 프로페셔널한 아나운서들조차 목에 힘이 들어가는 걸 참을 수 없었다.

* * *

1939년 12월 26일 화요일. 롬멜을 궁지에 몰아넣고 크리스마스 휴전이

성립되었다는 사실을 안줏거리 삼아 흥청거리던 미국 시민들은 자고 일어났더니 양말이 터져나갈 정도로 거대한 선물을 받고 미쳐버렸다.

"승리 만세!!"

"미국 만세!!!"

"유진 킴! 유진 킴!!"

"히틀러 인형 팝니다! 히틀러 흉상 팔아요!"

"으아아아아!! 다 내놔! 내가 사서 분질러버릴 거야!!"

전국이 성조기로 넘실거렸다. 승리! 마침내 승리! 영국인들을 쥐 잡듯 때려잡던 롬멜이 억 소리도 못 내고 허무하리만치 으깨졌다는 사실이, 승리에 굶주려 있던 미국 시민들의 갈증을 해소해주는 순간. 유진 킴 신드롬이 전국을 강타하는 건 실로 당연한 일이었다. 영웅이 없어 애써 필리핀에서 탈출한 이들을 '위대한 승리자'라며 떠받들던 미국에, 마침내 그 어떤 외국인들도 트집 잡을 수 없는 전쟁영웅이 나타났다.

"크아아아아! 술 내놔! 이런 날은 마셔야 해!"

"그래봐야 눈 째진 아시안인데 대체 왜들 호들갑인가?"

"미친 소리 하고 있네. 유진 킴이 왜 아시안이야? 신문 봐봐. 이게 어딜 봐서 아시안처럼 생겼냐고, 백인이지."

"근데 유진 킴은 성이 뭐지?"

"넌 또 뭔 개소리야?"

"이름이 유진 킴벌리고, 그래서 성은 뭐냐고."

"???"

유진 킴 석 자만 적혀 있으면 신문이 다 팔린다더라! 전국의 모든 언론은 온갖 사소한 것 하나 놓치지 않고 모조리 기사화했고, 영웅에 굶주린 대중들은 허겁지겁 이 모든 기사를 소화했다. 유진 킴이 나고 자랐다는 캘리포니아, 특히 사악한 히틀러의 손에 불타버려 터만 남은 옛 김가 저택 자리는 성지순례를 오는 전국 각지의 열성 신도들로 몸살을 앓았다. 유진 킴과 털끝만큼도 연관이 없는 미국 중부내륙, 오리건주의 '유진'시에도 관광객이 물밀듯 쏟아졌고 오리건주 인디언들은 유진 킴에게 대추장의 명예를 하사했다.

기자들은 유진 킴의 사생활에 관해 새로운 걸 한 글자라도 쓰면 대박이 터진다는 사실을 알았고, 파내고 또 파내도 당연히 있어야 할 불륜이나 염문설이 없다는 데에 경악했다. 얼마 지나지 않아 그들은 '가정을 소중히 여기는 아시안 전통이 기독교 윤리를 받아들인 결과'라며 20세기 프레스터존의 완벽한 사생활을 찬양했다.

대중이 움직이면 정치인이 따라붙는 법. 전국 각지의 온갖 건물과 시설, 도로에 유진이라는 이름을 붙이자는 제안이 빗발쳤다. 상원의원이라는 사람들이 의회에 진지하게 '유진 킴의 날'을 제정할 것을 건의했고, 샌—프랑코사 제품은 제품 종류를 불문하고 매대에 진열되자마자 매진되었으며, 그중에서도 유진 킴의 작품으로 예전부터 유명하던 카드게임 팩은 생산이 중지되었음에도 중고가가 하늘을 뚫고 치솟았다. 1차대전 당시 출간되었던 유진 킴을 다룬 책들은 단번에 베스트셀러가 되었고, 20년 전 책이 재판에 재판을 거듭해도 끝없이 팔려나갔다.

캘리포니아 아시안 타운에서나 알음알음 먹던 각종 음식들이 유진 킴 스프, 유진탕, 유진 샌드위치 등의 이름을 달고 전국으로 퍼져나갔고 누구보다 이득 계산에 빠른 이들은 아무 신제품 이름에나 유진이라는 네임을 붙였다. 전쟁 후원 행사 또한 죄다 유진 킴 후원의 날로 바뀌었다.

출생신고서에 유진, 유진 킴, 킴벌리라는 이름이 압도적 1위를 차지했다. 듣도 보도 못한 무수한 시민단체가 그에게 표창장을 수여했고, 한 초등학생이 수업시간에 '미국 최고의 보물은 무엇인가요?'라는 질문에 '유진 킴이오'라고 답한 것이 신문 헤드라인을 장식했다. 한 시골 농장에서 어미 소가 우량 송아지를 낳았는데 농장 주인이 송아지에게 유진이란 이름을 붙여줬다. 이것 또한 헤드라인 1면을 먹었다. 금단증상에 시달리던 뽕쟁이가 사상 최고의 고순도 뽕을 맞고 정신이 나가버리듯, 전미는 열풍을 넘어 광기의 영역에 진입했다.

"장관님, 요청하신 여론조사 결과입니다."

전쟁부 장관 더글라스 맥아더는 대답 대신 조용히 결과가 적힌 보고서를 받아들었다.

"65퍼센트?"

"그렇습니다. 물론 공화당 경선후보 지지도에 불과하고, 어디까지나 지금처럼 전 국민이 들뜬 시점이란 점에서……."

"불쾌하군. 어이가 없어."

맥아더 계파에 속한 의원이라면 당연히 맥아더의 성격에 대해서도 잘 알고 있다. 보나 마나 자신이 주목받지 못해 꽤 많이 불편해할 터. 사실 그 탓에 신참인 자신이 이 불벼락이 뻔히 예상되는 곳에 오게 된 것이지만. 하지만 맥아더의 입에서 나온 말은 그의 생각과 전혀 달랐다.

"겨우 65퍼센트라니. 우리 유권자님들 머릿속 인종의 벽은 얼마나 높은 거지?"

"겨우… 라고 하셨습니까."

"백인인 내가 롬멜을 두 달 만에 격파했으면 지지도 90퍼센트도 찍었을 거야, 이 친구야. 주말에 시가지만 나가도 알 수 있는 일 아닌가?"

전쟁부는 물 들어올 때 노 젓는다는 격언을 잊지 않았다. 아프리카에서 승기를 잡았다는 보고가 올라오자마자 가장 먼저 각종 뉴스영화 및 프로파간다 영화를 촬영하기 시작했고, 아예 편집도 얼기설기 된 개판 오 분 전의 홍보 영화 〈아프리카의 정복자〉가 광속으로 개봉되었다. 당연히 극장은 미어터졌다. 조만간 후속작 〈위대한 선지자〉가 개봉될 예정이었다.

"왜 표정이 죽상인가? 내가 유진을 질투할까봐 그러나?"

"아, 그런 것은 아니었고……."

"애초에 내게 정계 입문을 권유한 게 그 친구였네. 적어도 내가 커티스의 뜻을 계승하고 있는 한, 유진이 결코 날 저버릴 일은 없을 걸세. 내 장담하지."

FDR과 친하게 논다는 점이 불만스럽긴 했지만, 어차피 킴의 장인이 커티스라는 사실이 바뀌지도 않고 남부 딕시들이 아시안 민주당 후보를 용납할 것 같지도 않았다. 따라서 국익이라는 관점에서 보나 당의 이익이라는 관점에서 보나, 이 유진 킴 광풍은 부채질하면 부채질했지 저언혀 찬물을 끼얹을 필요가 없었다. 맥아더는 그렇게 판단했다.

"당의 전력을 기울이게. 통수권자가 그 루즈벨트인 만큼 보나마나 숟가락 얹으려 들 게야."

"이미 민주당에서도 발 빠르게 움직이고 있습니다."

"당연하지. 안 하면 병신이니까. 하지만 킴은 공화당 편일세. 멍청하게 손 놓고 있지 말고 모든 힘을 기울이라고."

조만간 카사블랑카에서 정상회담이 개최될 예정이었다. 당연히 킴도 거기엔 올 예정이고. 무리를 해서라도 끼어야 했다.

"그 친구, 본국이 이 난리라는 걸 알고 있을지 모르겠는데."

"모를 리가 없잖습니까?"

"자네가 유진을 몰라서 그래. 히틀러의 속을 박박 뒤집어 놓을 악마 같은 발상은 밥 먹듯이 떠올릴 수 있으면서, 자기 자신에 대한 평가는 굉장히 보수적이거든."

그러니 맥아더 자신이 직접 가야 한다. 가서 현지 상황도 파악하고, 향후 전략에 관해서도 논해야 하지 않겠나. 전쟁이든, 전쟁 너머의 무언가든.

의원이 돌아간 후, 곧장 다음 손님이 그의 접견실로 들어왔다. 이번엔 맥아더도 자리에 가만 앉아 있지 않고 벌떡 일어나 손님을 두 팔 벌려 환영했다.

"밀러! 오랜만일세. 잘 지내고 있나? 아들은?"

"정말 오랜만에 뵙습니다, 장관님. 아들놈은 부상 없이 건강히 있다고 하더군요."

"다행이군. 정말 다행이야. 나도 늘그막에 아들을 얻게 되니 무릎만 까져
도 심장이 덜컹거리던데, 전쟁터에 아이를 보내게 되었으니 그 심정 이해할
수 있네."

링컨 대통령의 거룩한 뜻을 받드는 공화당의 대선주자와 흑인 사회의
중진급 인사. 굳이 유진 킴이라는 연결고리를 빼고서라도 두 사람이 어울리
지 못할 이유는 어디에도 없었다. 둘은 한동안 못다 한 이야기를 잔뜩 주고
받았고, 맥아더는 시계를 힐끗 본 후에야 비로소 안부 인사를 멈췄다.

"그래서, 자네가 직접 여기에 올 정도면 보통 일은 아닐 텐데. 무언가?"

"킴 장군님도 안 계시고, 회장님은 군수물자 생산 건으로 정신이 없으니
부득이하게 제가 직접 장관님을 찾아뵐 수밖에 없었습니다."

"우리 사이에 왜 그러는가. 어서 용건이나 말하게. 내 유진의 일처럼 처
리해 줄 테니."

밀러는 고개를 끄덕이며 본론으로 들어갔다.

"이번에 93사단이 적과 맞서 용맹하게 싸웠고, 그 탓에 많은 사상자가
발생했습니다."

"나 또한 그 점에 대해선 가슴 아프게 생각하고 있네. 그들이 제대로 된
대우를 받을 수 있도록 모든 힘을 쓸 걸세."

그 부분은 염려 말라는 듯 맥아더가 힘껏 고개를 끄덕였다.

"잘 알고 있습니다. 다만 제가 건너 듣기로, 이상한 일이 있어 이렇게 장
관님을 찾아뵈었습니다."

"이상한 일?"

"부상자들이 치료를 받는 과정에서, 몇몇 흑인 병사들의 치료에 관해 공
중보건국이 지속적으로 접촉해 왔다고 합니다."

"공중보건국? 대관절 그놈들이 왜?"

"저도 갈피를 잡을 수 없어 이렇게……."

맥아더는 잠시 생각해 보았지만, 아무리 생각해도 딱히 떠오르는 것이 없었다.

"무언가 특별한 게 있나?"

"아마 지역 같습니다. 저도 자세히 파악하진 못했지만, 다들 같은 지역 출신이란 말이 있습니다."

"어디인가?"

"앨라배마의 터스키기라는 곳입니다."

전혀 감이 안 온다.

"내 한번 알아보도록 하지. 걱정하지 말게."

"감사합니다, 장관님."

타 정부기관의 일에 관여하는 모양새가 되지만, 감히 이 맥아더가 있는 육군에 먼저 끼어든 건 그놈들이지 않은가. 그는 예나 지금이나, 자신의 영역을 침범하는 이들을 가장 싫어했다. 홀로 남은 맥아더는 곧장 수화기를 들었다.

"교환원. 전화 한 통 부탁하네."

"어디로 연결해 드릴까요?"

"FBI 국장실."

1942년 3월 18일 《데일리뉴스》에 실린 맥아더의 태평양 총사령관 취임 기사

Kim은 이름 또는 Kimberly의 줄임말로도 많이 쓰였습니다.
원 역사의 1942년, 미국에서는 '맥아더 열풍'이 불었습니다. 작중에 나온 유진 킴
열풍 중 상당수는 주어만 맥아더로 바뀌어 실제 역사에서 벌어졌던 일들입니다.
필리핀에서 패배해 탈출한 맥아더가 영웅으로 숭배받을 정도였으니 당시 미국인
들이 정말 처절할 정도로 영웅에 목말라 있었음을 짐작할 수 있습니다.

퀸즈 갬빗 4

　무수한 인파가 캘리포니아에 모여 재만 남은 킴가 저택으로 순례를 오고, 그 불길 속에서 흠집 하나 나지 않은 채 영롱한 빛깔 가득한 유진 킴의 전설적 애마 블랙 로터스를 성물 보듯 관람하고 있을 적에(따로 떨어진 차고에 있어 당연한 일이었지만 그런 것은 순례자들에게 아무런 상관없는 일이었다), 모든 사람이 이 광기의 물결에 몸을 담근 건 아니었다.

　"그 몽골리안이 하나님께서 우리 백인에게 하사한 미합중국을 잡종들의 나라로 변질시키고 있습니다!"

　전직 미 육군참모차장이자, 우유원정군 사태 때 군복을 벗어 던진 맥아더를 대행해 임시 참모총장을 지내기도 했던 조지 모슬리 장군이 대표적 인사였다.

　"빨갱이! 흑인! 유대인! 여기에 원숭이까지! 이 퇴폐분자들의 침투를 이끄는 사탄의 하수인, 루즈벨트와 킴을 더이상 좌시해선 안 됩니다! 시민 여러분, 분노하십시오! 합중국의 타륜을 저들에게 맡겨선 안 됩니다!"

　이 나라의 '타락'에 누구보다 강렬하게 반발하던 그와 주변 인사들은 유진 킴 열풍이 거칠게 불면 불수록 더더욱 세를 넓혀 갔다. 몇 년 전에도

'이민자들을 받아들이기 전 모두 불임 수술을 시켜야 미국의 순수성을 지킬 수 있다.'라는 발언으로 구설수에 오른 그지만, 유감스럽게도 그의 생각은 딱히 바뀌지 않은 듯했다. 오히려 더 공고해졌지.

"이보게, 더글라스. 이제 때가 되었다네. 망설여서는 안 되네!"

"때라니, 무슨 때 말이오?"

"구국의 결단 말이지! 이 나라가 오염되는 걸 언제까지 좌시하고 있을 텐가?! 이 나라에도 그 멋진 가스실이 필요하다고!"

다음 날 모슬리 장군은 곧장 친독 간첩 혐의와 반역죄 혐의에 관해 심도 있는 조사를 받아야만 했다. 하지만 거기까지. 그를 빵에 넣었다간 정말 국론이 분열될지도 모른다는 우려에 따라, 모슬리에 대한 추가적인 처벌은 없었다. 하지만 하나 확실한 점이 있다면.

[스탈린, "유진 킴의 승리, 독일군이 결코 무적이 아니란 사실을 증명하였다."]

[처칠, "역사상 가장 위대한 승리!"]

[호주 의회, 유진 킴의 태평양 전선 파견 요청 검토 중!]

[전 세계! 미군의 승리 방정식을 궁금해하다!]

[어째서 명장은 미국에만 존재하는가? 프런티어 정신 대해부!]

"크어어어! 취한다!"

"뽕맛 죽인다!!"

추축국에 맞서는 다른 나라들이 유진 킴에 대한 보도를 할 때마다, 기자들은 참새처럼 이걸 물고 와 다시 미국 국내에서 신나게 입을 털어댔다. 적어도 대중이 이 광풍을 즐기는 동안엔, 별일 없어 보였다.

미군의 롬멜 격파 소식이 온 아시아를 쩌렁쩌렁 울리고, 미국인들에게 국뽕을 치사량으로 주입하고 있을 때. 유럽 역시 뒤집힌 것은 매한가지였다. 〈미국의 소리〉는 물론 영국의 무수한 삐라와 선전선동이 줄을 이었고,

나치 독일의 폭압적 지배와 수탈에 숨도 못 쉬고 신음하던 피정복자들은 무적 독일군 신화에 금이 가기 무섭게 어깨를 들썩거리고 있었다.

사람의 본성은 결국 듣고 싶은 이야기에 먼저 귀를 기울이는 법. 괴벨스가 제아무리 악마의 주둥아리를 가지고 있다 한들 손바닥으로 하늘을 가릴 순 없었고, 독일에 착취당하던 이들은 어느 날 입에서 입으로 전해지는 '아프리카에서 독일군이 전멸당했다더라.'라는 그 한 토막 소식에 몸을 부르르 떨었다.

히틀러의 동부 전선 지휘소, '늑대굴'의 분위기는 참으로 흉흉했다.

"빌어먹을 놈들. 무능한 놈들. 무능이 탑을 이뤄 독일 민족을 멸망의 구렁텅이로 처넣을 놈들!"

"각하!"

"더 이상의 공세는 어렵습니다. 현장 지휘관들은 최선의 노력을 다하였으나……."

"전부 닥치시오! 닥치라고! 말만 앞서는 놈들!!"

모스크바가 코앞. 심지어 망원경으로 크렘린이 보이는 곳까지 진격했는데도, 나약한 융커들은 뭐가 그리 불만인지 다짜고짜 진격을 멈추고 대대적인 퇴각을 선택했다. 이 총통의 명령을 거역하면서까지!

모스크바를 앞에 두고 철군하자, 기세가 오른 소련군은 곧장 반격을 가했지만 이는 너무나 당연하게도 격퇴되었다. 하등한 슬라브족이 어찌 감히 독일군과 맞서서 이길 수 있겠는가? 이제 무능한 장군들의 헛발질로 1939년 연내 소련의 조기 정복이라는 원대한 야망이 물거품이 되었으니, 내년을 기약해야만 한다.

"잘 들으시오. 우린 가장 중대한 기회를 놓쳤소. 놈들은 다시 날이 풀리기까지 반년 동안, 심혈을 기울여 저 모스크바를 철옹성으로 만들겠지. 대체, 대체 이 일을 어떻게 해야 한단 말이야!"

이미 독일군의 공세 역량은 한계에 이르렀다. 월동 준비라곤 되어 있지 않아 여름 군복을 입고 있던 독일군은 러시아의 겨울을 맞아 동태가 되었다. 지금까지의 승전이 기적과도 같은 일이었지만, 히틀러의 눈엔 이 후퇴가 이적행위로 보일 뿐이었다.

장성들 또한 입이 열 개여도 히틀러 앞에서 할 말은 없었다. 프랑스에서의 저 눈부신 승리 이후, 판단력이 흐려질 대로 흐려져 소련을 우습게 여긴 것은 그들 또한 마찬가지였으니. 히틀러의 거대한 야망에 발맞추어 소련 정복까지 10주면 넉넉하다고 호언장담한 것은 바로 그들 자신이었으니.

"소련 정복은 내년으로 미뤄야겠소. 영국과 미국은 우리의 뒷덜미를 잡으려 하겠지. 이제 서부 전선을 염두에 둬야만 하오."

미영 연합군은 과연 어떻게 움직일까. 거대한 유럽 전도를 앞에 두고, 장성들은 준비된 말판을 늘어놓았다.

"적이 올 수 있는 곳은 크게 보아 다섯 곳입니다. 노르웨이에 상륙하면 우리의 철광석 수급을 끊고 소련으로 향하는 항로의 안전을 강화할 수 있습니다."

"그럴 린 없지. 저들이 미치지 않은 이상 노르웨이 상륙은 시도하지 않을 거야."

노르웨이는 추축국의 강역 중 현재 가장 안정적으로 굴러가고 있는 곳이었다. 사실 '안정'이라기보단, 영국인들에게 의문의 선빵을 맞아 좋으나 싫으나 이제 독일코인에서 하차할 수 없게 되었다에 가깝긴 하다.

노르웨이의 게르만 자원병으로 구성된 '비킹'과 '노르트란트' 2개 SS 사단은 소련과의 전쟁에서 혁혁한 공로를 세우고 있었으며, 연합군이 온다 한들 노르웨이인들이 순순히 손을 들 확률도 낮아 보였다. 악명 높은 피요르드 해안 또한 상륙작전을 벌이기에 좋은 환경은 아니고. 따라서 히틀러는 가장 먼저 스칸디나비아를 머릿속 가능성에서 삭제했다. 물론 그렇다고 해서 노르웨이에 배치된 독일군을 뺄 수 있는 것도 아니지만.

"그리스에 상륙하여 발칸 전선을 펴는 것 또한 가능성이 있습니다. 그리스와 유고슬라비아의 불순분자들과 손을 잡고, 우리의 동맹인 불가리아와 루마니아, 헝가리를 압박해 전열에서 이탈시킨다면 큰 타격이 될 겁니다."

"루마니아의 플로에슈티 유전은 놈들에게 분명 매력적인 공격 목표일 거야."

발칸. 빌어먹을 무솔리니. 로마제국의 영광인지 나발인지 별 같잖은 망상 때문에 친독 중립이던 그리스며 유고가 죄다 전장이 되어버렸다. 지난 대전쟁에서의 실패를 교훈 삼아 그토록 여러 전장을 열지 않으려 용을 썼지만, 독일은 또다시 사방팔방에 전선을 깔고 세계 곳곳에 방대한 병력과 물자를 보내야만 했다.

"발칸으로 오려면 역시 그리스 상륙이겠지. 유고로 오려면 이탈리아부터 쳐야 하니."

"이탈리아가 아드리아해를 장악하고 있는 이상 유고슬라비아에 상륙은 못하겠지만, 그리스에 연합군이 상륙한다면 유고의 불순분자들은 곧장 합류할 것으로 예상됩니다."

"유고에는 협력자가 있지 않았던가?"

"그렇습니다. 현지 크로아티아인들이 우릴 지원하고 있습니다. 하지만 그들만으로는 산투성이인 유고를 관리하기 어렵습니다. 게다가 세르비아인들은 천성이 흉폭하여……."

"전부 죽여. 어차피 적의 편을 들 슬라브인들이다. 한 놈도 살려 둘 필요 없다."

우익계 민병대인 체트니크. 공산당 지하조직인 파르티잔. 이들 모두 침략자 독일에 맞서겠다며 세상 모르고 날뛰고 있었고, 당장 저 무저갱 같은 동부 전선에 수백만 대군을 처박은 독일에겐 피 같은 몇 개 사단을 유고 유지를 위해 박아놔야 했다. 그렇다고 철군? 그럴 순 없다. 루마니아의 유전지대를 지키기 위해서라도 이제 무조건 발칸반도는 붙들고 있어야 했다. 그나마 다행인 점이 있다면.

"어떤 식으로든 본격적으로 발칸을 공략하려면, 결국 이탈리아를 제압해야 하지 않겠나?"

"그렇습니다."

"내가 봤을 땐 이탈리아 상륙이야말로 적들이 선택할 수 있는 가장 합리적인 선택지야."

이탈리아. 지중해 한가운데 툭 튀어나온 장화 한 짝. 이탈리아반도 동쪽, 아드리아해를 통제하지 못하면 발칸 공략은 어렵다. 또다시 이야기가 빙빙 돌아 무솔리니 이야기로 넘어가자 히틀러의 주름은 도무지 펴질 줄을 몰랐다.

"우리의 두체께선 요즘 뭘 하고 계시다고?"

"정무를 보는 일도 점차 뜸해지고, 사저에서 술과 여자로 시름을 달래고 있습니다."

"…그 옛날, 그 누구보다 위풍당당하고 활기로 가득 차 있던 사람이 어쩌다 그리되었는지."

북아프리카에서 포로 신세가 된 이들 상당수는 이탈리아군. 로마제국의 영광을 외쳤음에도, 몇 안 되는 이탈리아의 식민지 리비아와 에티오피아는 모두 상실.

특히 프랑스의 알제리처럼 영원히 이탈리아의 안마당으로 편입하려던 리비아엔 많은 이탈리아 이민자들이 넘어가 있었는데, 이탈리아가 패하자 원주민 아랍인들은 무자비한 약탈과 학살로 수십 년 동안 쌓인 원한을 갚고 있었다.

"이탈리아군은 도무지 믿을 수가 없으니, 케셀링에게 다시 한번 임무를 숙지시켜."

"알겠습니다."

노르웨이, 발칸, 이탈리아. 이 모든 곳들은 곁가지에 지나지 않는다. 결국 게르만 천년제국을 무너뜨리기 위해 연합군이 궁극적으로 공격해야 하는 곳은 오직 하나.

"프랑스."

지중해 맞은편의 남프랑스냐? 아니면 도버 해협 건너편의 노르망디? 그조차 아니면 벨기에와 네덜란드 일대? 연합국은 자신들이 원할 때, 원하는 장소에서 새 전선을 열 수 있었고 독일은 자나깨나 그들의 공격을 방어할 준비를 갖춰야 했다. 이래서야 영 좋지 못하다. 거기다 프랑스의 상황이 좋냐고 하면 그 또한 아니었다.

"소련의 지령을 받은 프랑스 공산당원들이 레지스탕스를 조직해 날뛰고 있습니다."

"구 비시 정부 놈들도 믿을 수 없습니다. 얼마 전부터 프랑스인들이 집요하게 반항하고 있습니다."

그 '얼마 전'이 언제를 기점으로 하고 있는지, 입이 있으나 결코 대놓고 히틀러 앞에서 말하는 이들은 없었다.

"그래서? 놈들을 방치하겠다고?"

"SD가 보다 적극적으로 놈들을 일망타진할 수 있도록, 국방군의 협력이 필요합니다."

"라인하르트 하이드리히를 프랑스로 보내. 체코인들에게 예의범절을 주입한 그자라면 프랑스인도 관리할 수 있겠지."

비시 프랑스를 무력 점거한 업보가 돌아오고 있다. 페탱은 망한 나라의 지도자답지 않게 꼬장꼬장했으며 전쟁 수행에도 소극적이었지만, 그런 그를 완전히 뒷방에 처넣은 대가는 온 사방에 불타는 레지스탕스들이었다. 물론 비시 정부는 아직 남아 있다. 순 껍데기라 문제지만. 가진 거라곤 주먹밖에 없는 나치 독일이 그나마 쓸만한 협력자조차 제 발로 내쫓은 결과, 결국 '프라하의 교수인'을 데려오자는 참으로 빈곤한 대안밖에 나오지 않았다. 하지만 애초에 프랑스만 문제인 게 아니었다.

"네덜란드, 벨기에에서도 소극적인 반항이 줄을 잇고 있습니다. 특히 영국 코만도들이 적극적으로 침투해 오고 있으며, 현지인들의 협조가……."

"다 때려죽여! 코만도는 보이는 대로 총살이다! 알겠나?"

죽여, 죽여, 죽여 외엔 나오지 않는 답안.

"1년만 더 버텨! 적전 상륙이란 게 얼마나 어려운 일인지 이미 그 누구도 아닌 영국인들이 갈리폴리에서 증명했었다. 이조차 어렵다고 하진 않겠지?!"

"걱정 마십시오, 총통 각하. 미군은 결코 유럽 땅을 밟지 못할 것입니다."

"그래. 그래야지. 내년엔 무슨 일이 있어도 소련을 정복하고 스탈린의 두개골로 술잔을 만들 게요. 그땐 비로소 미국과 평화 협상을 진행할 수 있겠지."

아직 기회는 있다. 히틀러는 확신하고 있었다.

퀸즈 갬빗 5

두근두근 카사블랑카 회담! 와! 세계를 피로 물들이려는 사탄의 동기동 창 파시스트들에 맞선 자유 세계 지도자들의 대회합이라니, 정말 엄청난 일이 아닐 수…….

"스탈린이 참석 의사를 밝혔답니다."

"그 빨갱이 콧수염, 발등에 불 떨어진 거 아니었나? 카사블랑카엘 어떻 게 와?"

"그 불 껐잖습니까. 모스크바 수비에 성공했으니 짬이 났겠지요."

잠시 정정 보도가 있겠습니다. 파시스트들에 맞선 자유 세계 지도자들 및 프롤레타리아 빨갱이 지도자의 대화합이라니. 정말 가슴 물리적으로 떨 리는구만.

의심암귀의 화신이자 인간불신 중증 말기 환자 스탈린이 이 머나먼 아프 리카 끄트머리, 카사블랑카까지 올 이유야 뻔할 뻔 자다. 자본주의자들이 선량한 소련을 통수 치고 세계의 운명을 제멋대로 결정할까 봐 배알이 뒤 틀린 거겠지.

북아프리카 전역이 종결된 후, 내 일거리는 줄어들긴커녕 더더욱 늘어났다. 우선 추축군이 점령했던 프랑스령 튀니지는 사실상 파탄 국가 꼬라지가 나버렸다. 비시 프랑스 관료들은 저항이나 사보타주는 개뿔, 아주 고스란히 전권을 넙죽 갖다 바치며 침략자들에게 충실하게 협조했고… 이제 그 대가를 치러야 했다.

"죽여!"

"전부 매달아!!"

물론 그 대가는 프랑스식으로 치러야지. 레볼루숑의 나라, 역시 대단해. 드골이고 놀렛이고, 적어도 튀니지의 안정을 위해 몇 명을 매달아야 한다는 대원칙에 반박하는 사람은 아무도 없는 듯했다. 전훈을 검토하고, 부상병들을 돌보거나 본국으로 돌려보내며, 손망실 물자를 채워 넣고, 포로들을 감독하고, 튀니지를 안정화시키는데 협력하면서, 동시에 몰타 방어에 조력하고. 이 와중에 전역 끝났단 소릴 듣자마자 각지에서 기자들이 벌 떼처럼 쏟아지기 시작했다. 이야, 다들 힘들 넘쳐 정말.

"이렇게 저희 《더 타임스》의 인터뷰 요청을 수락해주셔서 정말 감사드립니다."

"명성 높은 귀사의 인터뷰 요청을 받아 무척 영광이었습니다."

《더 타임스》라. 매년 '올해의 인물'을 선정하는 시사 주간지 《타임》과는 다른 곳이다. 그러고 보니 나도 제법 이름깨나 날렸는데 올해의 인물 먹을 수 있… 나? 어림도 없지. 저 모스크바에선 수백만 대군이 격돌했는데 고작 군단급 레벨로 훔바훔바거리던 내가 무슨 올해의 인물이냐. 인터뷰나 똑바로 하자. 한참 그들의 시시콜콜한 질문에 답을 해준 후, 비로소 이 하이에나 같은 기자들의 본론이 튀어나왔다.

"장군께서는 롬멜을 물리치고 북아프리카를 평정하셨는데요. 이 위업과 관련해 영국군, 특히 영국 육군의 역할에 저희 구독자 분들 중 의구심을 갖는 분들이 있습니다. 몽고메리 장군의 영국 제8군은 이번 전역에서 어떤 역할을 하였는지요?"

"흐음. 어떻게 설명해 드리면 이해가 빠를까요."

나는 잠시 턱을 쓰다듬으며 고민에 빠졌다.

'에베벱 몬티 그 새낀 대사건의 방관자였대요. 우리 집 에르빈이 더 열심히 싸운 것 같은데?'라고 질러버린다면 속이 아주 그냥 쾌청 비디오 클리너 돌린 것처럼 깔끔해지겠지만, 그랬다간 백악관 대노예주께서 날 친히 휠체어 바퀴 대신 박아버리겠지. 그리고 무엇보다도, 내겐 영국군이 굉장히 굉장히 필요했다. 하.

"영국 육군의 투쟁은 미군 상륙 후 두 달만을 주목해선 안 됩니다. 그들은 훨씬 더 오랫동안 롬멜과 싸워 왔으며, 저는 최후의 일격을 가해 분에 넘치는 명성을 얻었을 뿐입니다."

"그렇습니까?"

"물론입니다. 몽고메리 장군은 명확한 비전과 열정을 겸비한 명장으로, 롬멜이 신뢰하여 퇴각하는 본대의 후미를 맡긴 적들을 성공적으로 격파하였지요. 저는 개인적으로 그는 최선을 다했다 보고 있습니다."

원 역사에서 롬멜과 맞선 웨이벌, 오킨렉과 몽고메리는 아주 큰 차이점이 있다. 그게 뭐냐면… 바로 처칠의 명령을 씹고 배를 쨀 용기의 유무다. 처칠은 다 좋은데 군사적으로는 삽질을 참 많이 했고, 영국 육군은 그 등신 같은 명령을 따르다 너무나 많이 죽어나갔다. 몬티의 인성? 물론 짜증 나지. 하지만 동맹이랍시고 같이 있던 놈들이 정치인 전화 한 통에 갑자기 180도 태세전환해버리는 꼬라지보단 인성갑 몬티가 차라리 낫다. 어째서 전투가 훨씬 쉬운 것 같지? 이래서 패튼이 전쟁광이 된 건가?

인터뷰 요청은 그 뒤로도 계속되었고, 참군인이라 언론과는 영 상성이 맞지 않지만 사령관직에 앉아 있는 나는 너무나 슬프게도 그 요청 상당수를 수락해야 했다.

"안녕하십니까. 〈CBS〉의 에드워드 머로(Edward R. Murrow)입니다."

"반갑습니다. 사전에 보내주신 질문이 무척 신선하던데요?"

"기자라는 사람들이 합중국의 영웅께 할 법한 질문이 다 거기서 거기죠. 장군께서 롬멜과 싸울 때 방송국 사람들을 동원했다고 들어 궁금한 점이 많습니다!"

음… 이제 기책으로 어물쩍 이길 방법도 마땅찮은데. 전쟁이 《삼국지연의》도 아니고, 제단을 쌓아 동남풍을 빌어 이기는 것도 한두 번이지 본격적인 서부 전선이 개막하고 나면 답이 있으려나?

나는 스멀스멀 밀려오는 불안감을 감추며 입으로는 열심히 시시콜콜한 이야길 떠들어댔고, 공보 담당 간부들의 검토를 거친 후 이번 인터뷰도 무사히 넘길 수 있었다.

미국의 FDR, 영국의 처칠, 소련의 스탈린, 프랑스의 드골과 놀렛. 장개석을 제외한 거의 모든 올스타가 집결하는 가운데, 1940년 1월의 카사블랑카는 핫스팟으로 예정되어 있었다.

　

미국의 거물들이 카사블랑카에 도착했다. 아니, 그런데 이거 군사회담 아니었나? 대체 이 어마어마한 인원수는 뭐냐고.

정말 다행히도, 사령관이라는 직위까지 오르면 더 이상 트럭이 지나가다 민간인 암소를 치었을 때 얼마를 물어줘야 할지 계산한다거나, 미국 탑 티어 수뇌부들의 숙소를 어디에 잡아야 할지 고민해야 할 필요가 없었다.

"진! 나의 친구!"

루즈벨트는 비행기에서 내리자마자 두 팔 벌려 누구보다 가증스러운 정치인의 함박웃음을 지으며 다가왔다.

"미합중국 국민을 대표해서, 장병들의 대표인 킴 장군을 치하하는 바입니다."

"제 의무를 다하였을 뿐입니다."

플래시 세례. 그리고 연설. 블라블라블라. 한바탕 행사가 끝난 후, 나와 FDR, 마셜, 맥아더는 곧장 긴급회의에 들어갔다. 맥아더는 어째 안색이 가면 갈수록 시들어가고 있었다. 장관 일이라는 게 다 그렇지만 저건 거의 미라잖아. 홍삼 한 뿌리라도 달여서 보내달라 해야 하나.

"하하하! 하하하하하하!!"

기자들의 눈이 완전히 사라지자마자, 루즈벨트는 배가 째져라 손뼉을 치고 발을 구르며 미친놈처럼 웃어젖혔다.

"어우, 배 아파 죽겠네! 진! 역시 자네가 최고야. 영국 놈들의 콧대가 부러진 걸 보니 아주 깨소금 맛이야."

"…네?"

"처칠은 입만 열면 앵무새처럼 미 육군의 전투력에 대해 의구심을 표했지. 하지만 뚜껑 열어보니 이게 뭔가. 놈들은 손가락만 빨았고 우리의 아들들은 그 잘난 롬멜을 때려부쉈지."

FDR이 어깨춤을 추는 가운데 마셜까지 은은한 미소를 짓고 있었다. 공식석상에서 마셜이 웃다니, 해가 서쪽에서 뜨다가 폭발할 것만 같다.

"킴 장군을 아프리카에 보낸 건 대통령 각하의 최고의 판단 중 하나로 역사에 이름을 남기겠군요."

"그야 물론이지요. 이제 곧 처칠과 스탈린을 만나야 할 텐데, 스탈린은 당연히 또 제2 전선을 요구할 겁니다. 모스크바가 위험했었으니 당연한 이야기지만."

"히틀러의 최후가 멀지 않았군요."

나를 앉혀 놓고 셋이서 아주 화기애애하게 이야기를 하는데, 뭔가 이상하다. 조짐이 영 좋지 않았다.

"저… 실례합니다?"

"말해 보시오, 우리의 영웅."

"아니아니. 그 영웅 소린 일단 빼주시고요. 다음 전역에 대해 이미 전쟁부 내에서 준비되고 있습니까?"

"물론이지. 프랑스 북부에 상륙해 나치제국을 멸망시킬 준비가 차곡차곡 진행 중일세."

그만해. 멈춰… 멈추라고, STAY…….

"저는 반대입니다."

셋이 동시에 날 뚫어져라 노려보았다. 잠시 서로 눈빛의 티키타카가 이어지고, 셋 중에서 가장 계급 딸리는 마셜이 먼저 입을 열었다.

"반대라니, 프랑스 해방 외의 다른 안건을 제안하는 겐가?"

"미군은… 싸울 준비가 되어 있지 않습니다."

"갑자기 그게 무슨 소린가. 그 롬멜을 나 홀로 도망자 신세로 몰아넣은 전쟁영웅께서 이리 점잔을 빼다니. 아시안의 겸손은 여기서 발휘하지 않아도……."

"우리 애들은 병신이라고요! 지금 싸우면 좆돼!!"

내가 왜 그 고생을 했는데? 내가 미쳤다고 롬멜을 뺑이치게 했겠나? 정면으로 꽝 하고 붙으니까 개박살나던 36사단이 생생한데?

"그, 본토에 계신 분들과 제 의견에 조금 차이가 있는 듯합니다만… 우리 미 육군은 절대 독일군과 1:1로 비빌 수 있는 레벨이 아닙니다."

"그럼 그 전과는?"

"그건 제가 잘나서도 있지만, 모든 조건이 우리에게 유리했기 때문입니다. 눈을 뜨세요! 우린 병신이라니까?!"

비시 프랑스군을 상대로 상륙하면서 고통받고. 보급이라곤 제대로 받지도 못한 데다가 수천 킬로미터를 달려온 추축군을 상대로 가슴이 웅장해지는 교환비를 뽑고. 약해질 대로 약해진 친구들을, 내가 육체적으로나 심리적으로나 마구 흔들고 또 흔든 뒤 압도적 화력과 물량으로 서서히 조여들어간 뒤에 전술적 역량을 거세한 게 이 아프리카 전역이었다.

그런데 유럽에 간다고? 아프리카보다 보급도 쉽고, 제공권도 독일 측에 유리하며, 독일도 악에 받쳐서 정예부대를 동원할 텐데 그걸 과연 이길 수 있나?

"영국군은 물론 막판에 놀았습니다. 드러누운 허리 환자마냥 아무것도 안 하고 숨만 쉬었지요. 그럼에도 불구하고 아직 영국군 장병의 전투력이 미군보단 우수합니다."

"…시간이 더 필요하단 말인가."

"맥네어가 옳았습니다. 우린 최소한 1년 정도 더 군을 정비하고 병사들의 기본 역량을 끌어올려야 합니다. 이번 북아프리카는 그냥… 잭팟이 터진 겁니다."

"그러면 프랑스 대신 이탈리아 침공은 어떻게 보나? 자네 말대로 우리 군의 능력이 조금 떨어진다 해도, 이탈리아군을 상대로 한다면……."

"더 안 됩니다."

프랑스든 이탈리아든 사정은 똑같다. 이탈리아면 오히려 더 비참해지지.

"93사단의 카세린계곡 전투 보고를 보셨습니까? 사상자 숫자에 주목해 주시기 바랍니다."

이탈리아는 순 산맥투성이의 끔찍한 땅이다. 원 역사에서도 재미는 보지도 못하고 어마어마한 피를 흘렸는데, 그때보다 더 수준 떨어지는 미군으로 이탈리아를 치라굽쇼?

"대통령 각하. 그리고 장관님과 총장님. 급하신 마음은 이해하겠습니다만, 다음 전선에선 이번 같은 행운은 없습니다."

원 역사에서 미군이 프랑스에 상륙했을 때, 독일군은 이미 성인 남성 대부분이 동부 전선에 빨려들어가 갈가리 찢어졌고 어린애와 노인네를 끌어다 병사로 잡아와야 했다. 지금은 걔들 다 팔팔하다. 아직 스탈린그라드도, 쿠르스크도 터지지 않았다고.

내가 너무 이겨버렸다. 너무 크게 이겼더니 전부 뽕에 중독돼서 이성적인 판단을 잃어버렸어. 실제로 내 말에 설득당한 건 마셜과 맥아더고, 순수 민간인에 가까운 FDR은 여전히 뭔가 뾰로통한 표정이 아닌가.

"너무 희생을 염려하는 것 아닙니까, 장군?"

"희생을 통해 이기면 상관이 없는데, 질 것 같습니다."

"말조심하게. 대통령 각하 앞이야."

"총장님. 총장님도 조금 전까지 들떠 있었잖습니까. 옳은 말 해주셔야 할 사람이 왜 같이 들뜹니까?"

"……."

마셜 호, 격침.

"킴 중장의 말은 내 이해했습니다. 아직 우리의 아들들은 명성에 비해 실제 능력이 떨어진다는 뜻이군요."

"그렇습니다!"

역시 루즈벨트야. 상황판단이 빨라.

"하지만 말입니다. 처칠과 스탈린도 그렇게 생각할까요?"

어… 그건… 정치인 여러분이 알아서 하셔야죠. 난 몰라.

퀸즈 갬빗 6

　민주국가에는 엄연히 문민통제라는 지엄한 원칙이 있다. 이 문민통제가 무너진 결말이 저어기 일본제국이라는 걸 보면, 군바리들이 자꾸 정치적 결단에 개입하는 일이 얼마나 해로운지 잘 알 수 있다. 그런데 여기 있는 양반들은 내가 무슨 도깨비방망이라도 되는 줄 아는지, 자꾸 뿅 하고 기적의 아이디어를 꺼내길 바란다. 그런 방법이 있어도 쓰면 안 된다니까?

　애초에 우리 군이 병신이 된 이유가 뭔가. 수십 년 동안 징글징글하게 군축을 해서가 아닌가. 쇼미더머니고 나발이고, 전차와 트럭은 찍어내면 그만이고 병사는 잡아다 군복 입히고 총 쥐여주면 된다지만 그 무엇보다 귀중한 장교의 질은 돈 좀 처바른다고 나아지는 게 아니다.

　독일이 저토록 강하고 우린 허접한 이유가 뭔가. '군이 나라를 가진 곳' 프로이센답게 전국을 생활관으로 만들어 성인 남성을 죄다 예비 병사 아니면 간부로 만들어놨으니 그렇다. 경험치를 파밍하고 싶으면 결국 피를 흘리거나 아니면 땀이라도 흘려야 한다.

　그러니까 지금은 무리래도! 내가 이러한 점을 최대한 정중하게 말했음에도, 루즈벨트는 영 아쉽다는 표정이었다.

"그래. 잘 알겠네. 그래도 어디 한 군데쯤 히틀러를 움찔하게 만들 만한 부드러운 젖꼭지가 있지 않겠나?"

"한 번 빨 때마다 턱 돌아간다는 게 문제지요. 통수권자님께서 한 대 처맞기로 각오하신다면 저야 당연히 젖꼭지든 불알이든 빨러 갑니다."

북프랑스, 남프랑스, 이탈리아, 발칸, 노르웨이. 전부 다 안 된다. 원 역사의 미국 역시 지금 마셜과 그 친구들이 구상하고 있듯 북프랑스에 공세를 펼 예정이었지만, 현실의 벽 앞에서 고민하다 저 사악한 해적 두목 처칠의 꾐에 넘어간다. 지중해를 완벽하게 장악하기 위해 시칠리아를 침공한 것이다.

하지만 시칠리아가 함락되자 무솔리니 정권은 와르르 맨션처럼 와르르 무너졌고, 연합군은 어어 하다가 이탈리아 전선에 휘말려 저 무시무시한 이탈리아 중부 아펜니노산맥, 그리고 거기서 더 나아가 한니발 눈알 빼어간 알프스에 대가리를 헤딩한다.

이 헤딩으로 독일군을 더 빨아먹고 프랑스나 동부 전선에 가야 할 부대를 이탈리아로 유도했다면 나름대로 가치가 있었다 평할 수 있겠지만, 이탈리아 전선은 수비자에게 너무나 유리했고 투자한 물자와 병력 대비 손익을 따지자면 턱없이 적자였다.

"이미 이탈리아 내부 사정이 어지럽다고 들었습니다. 패전으로 무솔리니 정권이 흔들리고 있는데, 시칠리아까지 우리 손에 떨어진다면 높은 확률로 이탈리아가 무너질 겁니다."

"흠."

"사실 시칠리아를 점령해서 지중해를 장악한다 한들… 그게 그렇게 절실한 건 아니잖습니까? 지중해에서 손해 보기 싫은 영국인들 마음은 이해합니다만, 그게 이탈리아로까지 빨려 들어갈 이유는 아닙니다."

"이탈리아가 우리 편으로 돌아선다면 제법 괜찮은 선택지 아닌가? 내가 전쟁은 잘 모르지만, 적을 아군으로 바꿔서 손해가 될 일은 없을 것 같은데."

"이미 이탈리아 곳곳에 독일군이 주둔 중입니다. 그들을 싹 쌈 싸 먹을 수 있다는 전제하에선 이득이지만……."

"말 끊어서 죄송합니다만, 이탈리아는 적으로 두는 편이 우리에게 더 유리할지도 모릅니다."

맥아더가 첨언하자 고립된 루즈벨트의 시선은 입을 꾹 다물고 회한에 잠긴 한 사람에게 향했다.

"마셜, 자네는 어떻게 생각하나?"

"만약 이탈리아가 항복한다면 그들을 연합국의 일원으로 받아주고 독일의 공격에서 보호해줘야 합니까?"

"아마 그래야겠지."

"그렇다면 저 또한 반대입니다. 우리가 원치 않은 전장에서 추가 손실이 발생한다면 프랑스 해방이 최대 2년은 더 늦어질 수 있습니다."

결국 군부 인사들의 입에서 나온 문장이 하나로 합쳐져 어디도 찌를 수 없다는 결론에 도달하자, 우리의 대통령 각하께선 굉장히 불만족스럽단 표정으로 물만 연신 들이켰다. 그 모습을 보고 있던 마셜은 네 기분 따위 신경 안 쓴다는 마셜식 마이 페이스로 추격타에 들어갔다.

"각하. 이런 말 드리기 참 실례지만, 저는 우리 군의 수준이 그래도 장비와 수의 우위를 통해 어느 정도 독일군과 붙어 볼 수 있다고 생각했었습니다."

"말이 과거형이군요?"

"현장 사령관이 저토록 진지하게 아군의 전투력을 염려하고 있습니다. 이는 굉장히 좋지 않은 징조입니다."

"2 원 페어를 들고 한 판 따냈지요. 그러니 당분간은 사려야 합니다."

결국 루즈벨트는 한숨을 푹 쉬었다.

"이 나쁜 사람들. 기어이 나더러 그 성격 나쁜 인간들에게 못 할 말을 하라고 시키는군. 잘 알았으니 다들 저녁이나 드십시다. 많은 사람들이 우릴 목이 빠져라 기다리고 있으니 말이오.”

그거 좋지요. 하지만 밉살맞은 루즈벨트는 이대로 물러서기 뭐한 모양이었다.

“진.”

“예, 각하.”

“자네 말일세.”

그는 나를 잠시 응시하더니 이윽고 입을 열었다.

“머리가… 듬성듬성해졌군.”

“네?”

“휑해졌어.”

“하하. 그게 무슨 소립니까.”

그런 허무맹랑한 소릴 해봐야 나한텐 씨알도 안 먹힌다. 하지만 그 말을 듣기 무섭게 내 정수리 쪽으로 잠시 시선이 쏠리더니, 맥아더와 마셜 둘 다 슬그머니 고개를 돌리는 것이 아닌가?

“저기, 진짭니까?”

“식사하시지요, 각하. 모시겠습니다.”

“음, 그러지.”

“저기요?”

제발 대답 좀 해 달라고!

* * *

저녁 식사 시간 동안 유진 킴은 무수히 많은 인사들에게 시달렸다. 역시 미국 최고의 전쟁영웅다운 대접. 과연 그가 이걸 영광으로 받아들였을진 잘 모르겠지만. 몇 시간 새에 급격히 온몸의 생기가 빨려나간 그를 보고 있자니 참으로 딱하였지만.

"잠시 나 좀 봄세."

"아, 아앗. 존경하는 장관님. 부디 이 후배에게 약간의 자비를 베풀어주시면 안 될까요?"

"내일은 더 바빠. 일을 하자는 게 아니고 밀린 안부나 좀 묻자는 거니 안심하게."

그렇게 유진을 붙잡아 자신의 방으로 들어온 맥아더는 술병 하나를 따두 잔에 가득 따랐다.

"한잔하지."

"크. 유력한 대선후보님께서 이리 은총을 하사하여 주시니 이 미천한 몸, 백골난망……."

"잡설이 길구만."

쨍. 쭈욱 한 잔을 꿀꺽꿀꺽 삼키니 머리가 좀 개운해지고 말문이 트이는 듯했다. 한편 유진의 시선은 불이 이글거리는 벽난로 옆, 테이블에 올려져 있던 체스판으로 향했다.

"궁상맞게 혼자 체스 두고 계셨습니까?"

"머리가 복잡해져서 잠깐 둬볼까 했는데, 관뒀네. 자네 말마따나 궁상맞아서 말이지."

"퀸즈 갬빗이라, 흠. 평소에 두시던 수가 아닌데. 기풍 바뀌셨습니까."

"그걸 다 기억하고 있나?"

"필리핀에서 하루건너 하루꼴로 저랑 두던 거 잊으셨습니까? 그만큼 처맞으면 기억하고 있어야죠. 그래도 저, 필리핀 뜰 무렵엔 제법 비등비등한 승부가 됐던 거로 기억하는데."

"벌써 취했나 보군. 그런 웃기는 소리도 다 하고."

이 녀석은 미군 불세출의 명장 겸 장난감 회사 사장 주제에 게임은 지지리도 못한다. 웨스트포인트에서 이상한 것만 배웠는지, 트래시 토크랑 손장난 묶어 두고 하면 끽해봐야 중수 레벨. 생각해 보니 애초에 이번 전역도 저놈의 트래시 토크와 손장난으로 따낸 셈이다. 여러모로 헛웃음이 나왔다.

"퀸이 조기에 자유로이 전장을 활보하려면, 앞길을 가로막는 폰을 빨리빨리 던져야지."

"…지금 체스 이야기 맞죠? 상륙전 하자는 말씀 아니지요?"

유진이 정색했지만 맥아더는 대답하지 않고, 벽난로의 불길만 멍하니 응시했다. 보다 정확히는, 벽난로 불길에 이리저리 불타고 있는 서류 뭉치를. 터스키기 실험, 정확히 '치료되지 않은 매독이 흑인 남성에게 미치는 영향'에 대한 일련의 보고들. 미국인의 생명을 위협하는 매독은 항상 타도의 대상이었고, 1932년 공중보건국이 터스키기 대학과 연계해 시행한 실험은 그중 하나였을 뿐이다.

실험대상은 매독 잠복 보균자 399명과 대조군 비보균자 201명. 공중보건국은 이들에게 그들 자신이 매독 환자라는 사실을 은폐하고, 매독이 진전될 경우 흑인들에게 어떤 변화가 있는지 관찰하고 있었다.

현재 매독엔 딱히 특효약이라 할 만한 것이 없다. 수은, 비스무트 같은 중금속을 쓰곤 하지만 약이 하도 독해 과연 증상이 없는 사람에게 약을 쓰는 게 좋은지 아닌지 의사들 사이에서도 논쟁이 있으니.

록펠러, 그리고 유진 일가의 기업인 샌—프랑코를 위시한 몇몇 기업이 컨소시엄을 맺고 천문학적인 돈을 투자해 페니실린이라는 약을 대량 생산하고자 연구를 진행하고 있다는 보고는 받았지만… 적어도 매독은 아직까지 불치의 병에 가까워 보였다.

'어차피 거기 흑인들은 찢어지게 가난하고, 매독을 치료해야 한다는 인식도 희박하지. 어차피 죽을 사람들, 관찰 좀 하는 게 문제가 되겠나?'

'노르웨이에선 백인 2천 명을 대상으로 똑같은 실험을 했다는데, 흑인 좀 관찰하는 게 무슨 대수라고?'

'의사들도 다 그러지 않았나. 백인과 흑인은 종부터가 다르다고. 이건 흑

인들의 보호를 위해서도 필요한 실험이네.'

술기운 때문인가, 오랜만에 그의 내면에서 어떤 목소리가 속삭이고 있었다. 자신이 환자라는 사실도 모르는 이들이 가엾고 딱하긴 하지만, 전쟁에서 승리를 위해 소모되는 이들은 필수불가결하다, 저 폰처럼.

"장관님. 장관님?"

하지만 눈앞의 이 후배님은 어떨까. 입으로는 항상 '공무원이 까라면 까야지요.' 하며 투덜거리지만 꼭지가 돌았을 때 무슨 짓을 저지를지 모르는 이 후배가 과연 납득할까, 아니면 권총을 뽑아 들까?

"만약에. 만약에 말야."

"제발. 안 되는 건 안 되는 겁니다. 상륙전 할 거면 저 그냥 짤라버리고 본토에 박아 주시면 안 되겠습니까? 저보고 독박 쓰라는 거 아니죠?"

"더욱 거대한 목적을 달성하기 위해, 희생이 발생하리란 사실을 뻔히 알고서도 생목숨을 던져야 한다면. 그래도 자네는 무조건 반대인가?"

"…하, 진짜."

유진은 대답 대신 술병을 낚아채 잔을 다시 가득 채우고는, 한 번에 들이켰다. 하도 급하게 마셔서인지 목덜미로 금빛 물줄기가 흘러내렸지만, 그는 닦지도 않고 입만 매만졌다.

"압니다, 알아요. 아까 대통령 각하께도 이미 똑같은 이야기 했고요. 전 머리에 꽃도 안 꽂았고, 동화랑 다르게 현실에선 희생이 요구될 때가 있단 사실도 압니다. 저는 희생을 부정하는 게 아니고 핏값에 비해 수지가 안 맞는단 말씀을 드리는 겁니다."

"그거면 됐네. 내가 듣고 싶은 말이 그거였거든."

다행히 꽉 막히진 않았다. 나중에 진실을 알면 화는 내겠지만, 적어도 그를 비난하진 않을 터. 그 어느 때보다 전 미국인의 단결이 필요한 지금. 인간의 도리를 저버린 추축국에 맞서는 자유 국가라는 명분으로 결집한 지금. 흑인 몇 명을 구하기 위해 나섰다간, 다른 누구도 아닌 괴벨스만 좋아할 일이 벌어질 건 뻔할 뻔 자였다.

'굳이 킴을 공범으로 만들 필요는 없지. 그는 고결한 전쟁영웅 자릴 지키고 있어야 해. 우릴 백악관으로 보내줄 귀한 분이라고.'

'흑인들의 안타까운 일은 지엽적인 것에 불과해. 이 나라를 좀먹는 진짜 암은 루즈벨트, 그 위선자와 민주당이라고. 때론 대를 위해 소를 희생해야지!'

참으로 슬픈 일이다. 더 이상 이런 일을 만들지 않기 위해선, 링컨의 고귀한 뜻을 이어받은 공화당—즉 더글라스 맥아더가 백악관에 가야만 한다. 민주당의 차기 대선 후보는 여럿이 있지만, 그와 맞설 만한 인물은 딱히 없다. 하지만 전쟁이 길어져서, 이미 3선을 맞이한 루즈벨트가 44년 대선 때 4선에 도전한다면? 더 이상 옛 친구가 민주주의를 위협하는 일은 막아야만 한다. 과거 후버를 막아 세웠듯, 미합중국을 지키는 일은 오직 이 더글라스 맥아더만이 감당할 수 있는 성스러운 책무일지니.

[친애하는 맥아더 의원께.

이자벨 로자리오 쿠퍼(Isabel Rosario Cooper) 양 기억하시지요? 당신이 총애했던 16살짜리 정부 말입니다……]

절대, 사사로운 개인의 감정은 담기지 않았다.

7장
거인의 테이블

거인들의 테이블 1

　맥아더 장관님의 표정이 영 심상치 못하다. 요즘 야근을 많이 했나? 아니면 백악관 대노예주의 채찍이 너무 매섭나? 아니지. 아냐. 이런 얄팍한 생각으로는 감히 미합중국의 거물 정치인 맥아더 장관을 재단할 수 없다. 원래 권력을 지향하는 사람들은 24시간 중 20시간을 갈려도 행복해하는 법이라고.

　전쟁은 결국 이긴다. 그 과정에서 물론 피가 많이 흐르겠지만… 따지고 보면 지금 전쟁을 지휘하는 통수권자는 남의 당 사람인 FDR 아닌가. 요컨대 군인으로서의 마인드와 야당 두목으로서의 마인드가 충돌한 결과가 저 맥—미라 아닐까? 그렇다면 자꾸 사람 불러다가 뜬구름 잡는 소리만 줄창 늘어놓는 이유도 설명이 가능하다.

　'너! 내 동료가 돼라! 나와 편 먹고 날 백악관으로 보내줘!'

　…라고 말하고 싶은데, 자존심이 히말라야산맥만 한 맥아더 님께서 정치물까지 먹었으니 차마 말을 못 하겠지.

　"혹시 저한테 따로 뭐 개인적으로 할 말이라도 있으십니까?"

　"음? 뭐, 그렇게도 볼 수 있겠지."

"그, 뭐냐. 정치 관련이면 너무 걱정 마시죠."

내가 맥아더 지지해야지 달리 누굴 지지하겠나. 애초에 내가 정계 진출을 권유했고, 우리 장인어른의 지역구를 물려받았고, 이제 공화당에서 깃발깨나 날리는 분이다. 장인어른이 얼마나 내게 기대했는지, 잘 알고 있다. 내가 걸어갈 길이 아니라고 생각해서 결국 접은 길이다. 유색인종이 도전하기엔 너무 험난하지 않나. 들어간다 해도 잘될 거란 보장도 없고. 남들은 무슨 소리냐고 할지도 모르지만, 적어도 나로선 나 대신 장인어른의 희망을 인수인계받은 맥아더에게 못내 빚진 기분이었다. 갑자기 사람이 권력에 취해 이상해지지 않는 이상에야, 당연히 끝까지 잘될 수 있도록 도와줘야 하지 않겠나. 이 양반이 받을 거 다 받아먹고 입 싹 닦을 사람도 아니고, 기브 앤 테이크도 착실하고 얼마나 좋아. 맥코인 첫 투자자인데 상장 대박은 쳐봐야지.

"술 좀 들어간 김에 말하자면, 루즈벨트 대통령에게 불만이 있는 건 아니지만… 아무래도 마이너리티 인종이 민주당 편을 들긴 좀 그렇지요?"

"그럼그럼. 자네가 민주당 편을 들면 커티스 의원이 천국에서 흐느낄 게야."

"그러니 안심하시죠. 제가 입을 싹 닦진 않습니다."

민주당 대선후보로 아이크라도 나오면 또 모르겠지만.

"혹시 전쟁 더 길어질까 봐, 그래서 현 대통령께서 4선 도전할까봐 그러신 겁니까?"

"…부정하진 않겠네."

"그래도 안 되는 건 안 되는 겁니다. 왜 이렇게 급해요? 진짜 프랑스 상륙 시도했다가 애들 다 죽어나가고, 그 책임 전쟁부 장관이 독박 써서 나가리되는 그림 안 그려져요?"

맥아더의 안색이 살짝 바뀌었다. 이거 맞네. 이 사람이 진짜! 물론 거국정권에서 상대 당을 포용하는 의미에서 앉힌 장관을 경질하긴 힘들겠지. 하지만 반대로, 공화당 내의 반맥아더파와 손잡고 맥아더 모가지를 깍둑썰기 하지 못하리란 보장도 없잖은가.

"잘 알겠네. 내 합중국 전쟁영웅님의 말을 들어야지."

"기껏 제가 생각해서 한 말을 그렇게 비아냥대십니까."

"비아냥이라니. 자네 지금, 본국 상황을 모르나?"

"…뭐 특별한 거 있습니까? 독일 간첩이라도 또 나타났습니까?"

말 잘못했다. 나는 루즈벨트 대통령이 보낸 비서가 올 때까지, 약 2시간에 걸쳐 전미에 부는 유진 킴 신드롬에 대해 특별 강의를 경청해야만 했다. 진짜 미국인들… 빨 사람이 없으니 나까지 빠는구나. 허 참, 놀랄 노 자야.

나는 당장이라도 날 휠체어맨에게 끌고 가려는 비서에게 잠시만 기다려 달라고 한 후, 술 깨려고 얼음 하나를 와그작와그작 씹으며 맥아더에게 다가갔다. 꼭 물어야 하는 게 남아있거든.

"장관님. 딱 하나만 여쭙겠습니다."

"또 뭔가."

"저… 정말 그렇게 많이 빠졌습니까?"

"…사람 그만 놀라게 하고 빨리 가게."

"아니! 아직 살색 안 비쳐 보이잖아! 이마 안 드러났잖아! 왜 말을 못 해! 탈모 아니라고 왜 말을 못 해!!"

대머리가 되면 미국인들이 더 이상 날 떠받들지 않을 거라고!

술을 마셨지만 취하진 않았습니다. 취했어도 취하지 않아야지. 다른 사람도 아니고 백악관 체어맨님의 부름인데. 오늘 하루, 솔직히 너무 다이내믹한 거 아닌가? 방금 전까지 맥아더와 밀담을 나누며 차기 대선에 대한 이야길 해서인가, 어째 좀 내 마음이 껄쩍지근하기도 하고. 내 찝찝한 마음과는 별개로, 루즈벨트는 웃으며 나를 환대했다.

"어서 오시오. 늦은 밤에 부르기 좀 저어했는데, 마침 깨어 있다고 들었거든."

"오늘 아니면 시간이 없다고 통사정을 하기에 그만⋯⋯."

"그건 확실히 맞는 말이지. 이제 영국과 러시아 사람들이 오면 짬낼 시간도 없을 테니."

대통령 각하께서 친히 술을 따라 또 한 잔 주신다. 이러다 진짜 꽐라되면 어쩐다.

"한잔하십시다."

"옙."

위스키를 가볍게 한 잔 걸치고, 그는 정치의 달인답게 아주 편안하게 잡담으로 첫 이야기를 시작했다.

"그래서 우리 장관님과 역적모의는 잘 진행했소? 다리 병신이 뭉개고 있는 백악관을 빨리 뺏어야지."

"하. 하하. 다짜고짜 왜 그리 살 떨리는 말씀을 하십니까."

"음? 아니었나? 내가 더글라스였더라면 온갖 공수표를 남발해서라도 자네 지지를 약속받으려 할 텐데. 그 친구, 아직 정치인이 덜 됐나 보군."

저게 칭찬이야, 욕이야?

"우리 친애하는 더그의 빠르디빠른 말주변은 훤히 예상 가지. 오, 링컨의 고귀한 뜻을 잇는 우리 공화당을 지지해주세요. 민주당원 집 지하실 찬장을 뒤져보면 흰 두건과 깜둥이 교육용 채찍이 숨어 있다구요. 님아, 딕시를 찍지 마오. 뭐 이런 소리."

천명 탈취를 노리는 황상이라면 이 정도는 해야 한다는 듯, FDR은 무슨 제갈량 비단 주머니에서 계책 꺼내듯 맥아더의 멘트를 훤히 꿰뚫어 보았다.

"하지만 이제 시대가 바뀌었네. 바로 내가 그 시대의 변화를 이끌었지."

"아, 예⋯⋯."

"감흥이 없나? 정말인데. 진, 민주당을 믿지 말고 날 믿게나. 나는 빨갱이 소릴 들어가며 민주당의 체질을 싹 뜯어고쳤고, 한번 승리의 맛을 본 정당은 절대 옛날로 돌아갈 수 없네."

그는 치킨집에 간장통닭 메뉴 추가하는 것처럼 아무렇지도 않게 말했다.

"민주당이 보수 소릴 듣던 건 백인우월주의로 가득 찬 꼴통들이 당내의 캐스팅 보트를 쥐고 있었기 때문이지. 난 그들의 영향력을 거세했고, 젊고 진보적인 새 지지자들을 대거 당에 끌어안았네. 그럼 외면받은 저 꼴통들은 어디로 갈까? 바로 대공황 이후 정권 맛이라곤 못 본 야당이지. 날 믿게. 이제 민주당이 진보와 발전의 상징으로 발돋움할 것이고, 공화당은 구태와 적폐의 상징으로 자리매김할 걸세."

참… 어이가 없네. 미래를 무슨 손금 보듯 훤히 꿰뚫고 있다니. 아니지, 미래를 아는 게 아니다. 루즈벨트 그 자신이 그 미래로 가는 레일을 깔아버린 거다. 이런 괴물들이 하는 게 정치지. 역시 군문에 남은 건 최고의 판단이었다.

"자네가 우릴 지지해 준다면, 그 변화는 더 빨라질 거야."

"그럴까요?"

"물론이지. 불세출의 명장 유진 킴께선 굳이 말해주지 않아도 잘 알겠지만, 원래 싸움은 이기는 편에 붙어야 꿀을 빠는 법일세."

그는 무슨 대단한 비밀인 것마냥 손등을 입에 대고 내게 속삭였다.

"내가 말한 변화의 흐름은 최소 수십 년에 걸쳐 일어나겠지. 내가 주도한 흐름이니 나는 확신한다만, 세상엔 '야옹 하고 우는 네발짐승은 무엇일까요?'를 물어봐도 개인지 고양인지 답 못 하는 천치들이 널려있거든. 지금 자네가 이 판에 뛰어들어 민주당의 변화에 한 손 거든다면, 흔히 말하는 공신 반열에 들 수가 있네."

위대한 승리자, 4선의 정치 9단, 천조국의 태종 FDR께서 이리 내게 손짓을 하니 또 군침이 살살 돈다. 리치왕님의 부름도 이거보다 더 매혹적이진 않아.

"흠. 저는 평생 군문에만 몸을 담아 정치적인 화법엔 익숙하지 못하여……."

"에둘러 말하지 말고 대놓고 말하라고?"

"그래주시면 감사하지요."

"대통령 하고 싶나?"

시발, 몸 안쪽으로 꽉 들어오는 미친 직구 보소. 데드볼 뜨게 생겼어요. 심판 어딨어?

"대통령이라."

"나한테만큼은 흉금을 열어 놓아도 되네. 난 자네 편이야."

정치인 말 믿으면 안 된다고 엄마가 신신당부했는데, 이 양반은 똑같은 말이라도 신뢰감 가득 담는 법을 잘 안단 말이지.

"현직에 계신 분의 의견은 어떤지요?"

"못 할 건 없지."

어렵다고 말할 줄 알았는데, 의외였다. 아니지 아냐. '못 할 건 없지.'라니. 묘하게 부정적인 함의가 들어 있지 않나? 진짜 말 고르기 수준 봐라.

"솔직히 말해서, 지금의 자네로서는 대통령 못 하네. 치명적인 결격사유가 있거든."

"인종이요?"

"아니. 집권 의지."

그는 안주로 깔려 있던 치즈 한 조각을 입에 털어 넣으며 휠체어에 몸을 기댔다.

"내가 이 나라를 4년 동안 다스리겠다. 그 유한한 듯하면서도 무한한 권력으로 이 미합중국을 이 방향으로 이끌고 나가겠다."

"각하께선 3선째인데 소원 성취하셨습니까?"

"아니. 조금만, 조금만 더 하면 될 듯한데. 시간이 부족해. 4년까지도 필요 없어. 2년만 더 하면 되겠다고 얼추 견적이 나왔네."

4선. 역시 이 양반의 머릿속엔 4선에 대한 생각이 깔려 있는 모양이다.

"4선이라니……."

"자네가 부추겨 놓고 무슨 소린가?"

"제가 부추기다니. 누가 들으면 큰일 나겠습니다."

"제2 전선 몇 년은 더 늦추자고 조금 전에 빽빽댄 건 어디 사는 누군가? 전쟁이 길어지면 어떻게 해야 하나 고민해봤는데 대통령 한 번 더 하면 되겠더군."

아니. 아니. 이 미친 이득충 마인드 뭐냐고. 온갖 사람들에게 둘러싸여 저녁 먹는 그 틈에 이해득실 주판 두들겨서 '4선을 하면 되겠구나!'라고 결론 냈다고? 같은 휴먼 맞아?

"들어보게. 뉴딜을 시행해 미국의 체질을 근본부터 뜯어고치고, 민주당을 전혀 새로운 길로 이끌어나가겠단 첫 8년의 목표는 꽤 많이 달성했어. 이것만 꿈꾸었다면 3선은 하지도 않았지."

"다른 게 생기신 겁니까."

"그렇지. 지금 치르고 있는 이 전쟁이 우리나라를 새로운 패권 국가로 인도해주리란 확신이 들었거든. 이 전쟁은 보통 전쟁이 아냐. 인류의 모든 어둠, 끔찍한 악을 집대성한 사탄과 맞서는 아마겟돈이라고. 이런 전쟁에서 승리해 제1 공로자가 된다면 나폴레옹도, 대영제국도, 신성로마제국도 꿈꾸지 못한 옥좌에 나아갈 수 있다네."

신체에 장애가 있는 사람들은 대신 다른 부위가 발달한다고 했던가. 루즈벨트의 눈동자에 비치는 저 불꽃, 새 시대를 설계하는 거인이 바라보는 미래상은 오직 하나.

"…팍스 아메리카나."

"그래 맞아. 오직 로마제국만이 가능했던 로마에 의한 평화(Pax Romana). 히틀러와 잽스를 물리치면 우리가 20세기의 새 질서로 거듭날 수 있어! 우리가! 그리고 자넨 이런 내 구상을 너무나 잘 이해해주고 있지."

루즈벨트는 갑자기 기운이 쭉 빠진 듯 그렇게 중얼거렸다.

"혼자 열정적으로 연설하시다 왜 제풀에 주저앉으십니까 갑자기."

"이걸 내 손으로 일구지 못하고, 후임에게 인계해야 한다는 게 안타까워서 그렇지. 다시 원래 이야기로 돌아가서, 자네에게선 이런 원대한 목적의식을 갖고 이 나라를 지점토마냥 주물럭대고 싶다는 욕망이 안 느껴져. 그래서 대통령 하고 싶냐고 물어본 걸세."

그런 걸 묻노라면… 없다. 내가 제2의 인생을 살게 된 지도 벌써 40년이 훌쩍 넘었다. 그리고 이 40여 년 동안, 나는 소 등에 올라탄 파리처럼 역사의 흐름에 올라타 날로 먹는 인생을 살아왔지 역사의 흐름에 거역해본 적은 없다.

루즈벨트에게 팍스 아메리카나란 자신의 인생을 불태워 도전해 볼 만한 마지막 원대한 목표다. 유진 킴에게 팍스 아메리카나란 괜히 역사를 들쑤시지 않으면 알아서 달성될, 예정된 미래다. 나는 드디어 그와 나의 차이점을 직시할 수 있었고, 남들은 환장해 마지않을 천조국 황상 자리에 이상하리만치 관심이 없던 이유도 알 수 있었다. 그래. 대통령 같은 건 내가 할 일이 아니지.

"제가 민주당 깃발을 든다면, 뭘 받을 수 있겠습니까?"

근데 조건은 좀 들어보고. 한번 가격은 물어봐도 괜찮지 않겠어?

거인들의 테이블 2

　내가 운을 떼자 FDR의 눈이 아주 반짝인다. 가격을 묻는다는 건 보통 판매 의사가 있을 경우의 이야기. 비매품인 줄 알았는데 답이 돌아오니 얼마나 좋겠어. 하지만 내가 잘못 보았나 싶을 정도로, 그는 곧장 짜증을 부렸다.

　"뭘 받을 수 있냐니?"

　"에헤이. 왜 이러십니까. 아마추어처럼."

　"대선 후보야, 대선 후보! 남들은 하고 싶어서 난리인데 거기에 대고 대가를 원하다니. 이제 보니 순 날강도였군. 포드, 그 영감쟁이한테 강도질 특강이라도 받은 것 같애. 조만간 실크햇에 프록코트 걸치고 나타나겠어, 이 친구."

　"그야 백악관에 가고 싶어서 환장한 사람들 이야기지요. 방금 전까지 저 보고 권력 의지가 없다면서 잔소리하던 분 어디 가셨습니까? 제 의지가 초콜릿 분수처럼 퐁퐁 샘솟으려면 그만큼 달달한 인센티브가 좀 필요하지 않을까요?"

　"허."

루즈벨트는 잠시 고민하기 시작했고, 그 틈에 나도 생각을 가다듬었다. 민주당 대선후보 유진 킴? 그게 가능할까?

FDR의 후계자로 영입되어서 대선에 출마한다고 치자. 일단 집에 돌아가면 도로시가 라이플을 쏘는 일 같은 건 생각하지 말자. 삼시 세 끼 밥상에 청어대가리 파이만 올라오는 일도 생각하지 말자.

루즈벨트는 인종보다 권력의지가 우선이라고 말했다. 이게 내 소수민족 디버프가 사라진단 뜻은 아닐 터. 그만큼 전쟁영웅으로서의 지지도가 크다는 뜻이겠지. 이런저런 복잡한 걸 다 떠나서, 하필 권력의지를 강조한 점은… 그만큼 내 상상을 초월하는 음험하고도 복잡한 음모가 판을 칠 거라 예상할 수 있다.

당장 전생의 대한민국 대선만 생각해도 그렇지 않나. 하물며 이 동물의 왕국 미합중국의 대선이다. 아마 내 얄팍한 머릿속 발상으론 감히 떠올릴 수도 없는 추잡하고도 심계 깊은 일들이 터져나오리라.

그런데… 내가 지은 죄가 좀 많네? 윌슨을 날려버린 일은 솔직히 내 자기방어였지만, 그건 어디까지나 윌슨의 직무수행 불능이라는 미래를 알았기 때문에 가능한 일이기도 했다. 몰랐거나, 혹은 해당 미래에 확신이 없었으면 그냥 얌전히 짜져 있었겠지. 역시 대선은 무리무리. 근데 내 대가리 주판으로도 나오는 결론을, 왜 굳이 이렇게 FDR이 떠들어 댔을까?

"잘 생각해보게. 전쟁이 종막으로 향할수록 군부도 굉장히 시끄러워질 거야. 맥아더와 공화당이 얌전히 있지도 않을 테고, 단순한 군사적 이해득실보다 더 복잡한 정치적 판단이 개입되겠지. 결국 뒷배가 필요해. 물론 원해서 그렇게 된 건 아니겠지만 미국 시민들은 자네를 영웅시하고 있고… 조금의 문제만 있어도 그들 중 상당수는 돌변해서 자넬 물어뜯겠지. 그러니 일찌감치 깃발 하나 골라서 들으면 든든한 방패가 생기는 거야."

"그렇군요."

술을 마셔도 도무지 취하지가 않는다. 얼음장처럼 차가운 권력의 칼날이 목끝에 어른거리는데 지금 알코올 따위가 내 머리를 침범할 수 있겠나. 그러니까 정리하자면.

"한 가지 궁금한 점이 있습니다."

"뭐든 물어보게."

"그 말씀대로라면, 굳이 제가 민주당으로 가지 않고 공화당 깃발을 들어도 방패가 생기는 것 아닙니까? 설마 위대하신 루즈벨트 대통령께서 제가 공화당 간다고 핍박할 것도 아니고."

"정말 그렇게 생각하나?"

씩 웃는다. 아씨 무섭게 왜 이래.

"물론이지요. 진짜 제가 마음에 안 들면 잘라버리면 그만 아니겠습니까?"

"후우. 내가 자네를 어찌 자르겠나? 그랬다간 몰매 맞고 죽게 생기겠는데. 내 휠체어를 밀어주는 친구들이 날 슬그머니 연못에 처박을걸?"

루즈벨트는 고개를 절레절레 흔들며 말했다.

"공화당에 갈 수는 있지. 하지만 그랬다간 맥아더 그 친구가 자넬 못 잡아먹어서 안달이 될 거야. 까놓고 말해서 자네는 맥아더의 상위호환 아닌가."

이야기가… 그렇게 되나?

"맥아더는 커티스 의원의 계승자고, 자네 또한 마찬가지지. 자네의 지지를 받으면 물론 그쪽에선 이득이겠지만, 똑같은 논리로 '그냥 맥아더 대신 유진 킴이 출마하면 되지 않나?'라는 발상도 나올 수 있단 말일세. 서열 싸움 알지? 맥아더는 무슨 일이 있어도 자네를 무릎 꿇려야 마음 편히 대선에 나갈 수 있네. 그게 권력의 생리거든."

"제가 대선 출마 의사가 없다고 못을 박아도요?"

"…아마도."

저 묘한 침묵. 뭔가, 뭔가 제대로 잡은 거 같은데. 뭐지?

"혹시, 그걸 원하셨던 겁니까?"

"음? 그게 뭔가?"

너스레 떠는 걸 보니 찾았다.

"아아. 그렇구나. 인제 대충 감 잡았습니다. 대선 후보가 되라는 게 아니라, 제가 알아서 대선 출마 생각이 없다고 확언해주길 바라셨군요?"

"…술이나 마시지."

"크헤헤헤! 왜 갑자기 그러십니까. 자자. 제가 한 잔 따라 드리겠습니다. 저어언혀 대선에 출마할 생각이 없는 군 사령관의 잔을 받아 주십시오!"

"그래. 말 돌릴 필요 없어서 편하군. 정치적 수사를 잘 알아듣는 군인을 부리고 있으니 너무너무 편해서 좋구만그래."

그는 내가 따라준 술을 진공청소기처럼 맹렬히 흡입했다.

"정치판에 기웃거리고 싶으면 내 앞길을 가로막는 놈들은 전부 저 연못 바닥에 영원히 파묻어버리겠단 마음가짐으로 눈앞의 적을 전부 죽여버려. 그 입지와 명성, 인기와 인종을 모두 고려했을 때 진 자네는 대통령이 못 되면 비참해진다고."

"현직 대통령 각하의 고견이니 당연히 들어야지요."

"이건 진짜야. 정치에 얼씬도 하지 않거나, 백악관에 입주하거나. 자네가 빨리 정해야 눈먼 총알이 날아들지 않는다고."

"흐음. 그러면 셈이 좀 달라지는군요."

나는 방긋방긋 웃으며 감히 내 두발 상태를 놀린 저 나쁜 어른에게 추가타를 날렸다.

"아시다시피 맥아더 의원의 성장엔 제 지분이 제법 있거든요? 이왕 투자한 거, 서열 정리 좀 하고 무릎 팍팍 꿇은 뒤에 지지선언 못 할 게 뭐 있겠습니까."

"이 사람이 진짜."

"그렇게 안 하고 얌전히 정치판 바깥에서 구경만 하고 있는 대가, 뭐 주실래요?"

FDR의 얼굴이 시뻘게졌다. 떡상 예정인 맥아더 펀드, 내가 해지해주길 원하는 거잖아요 이 휠체어맨아. 그럼 그 위약금이라도 대신 내주셔야지.

"그건 내가 아니라 차기 민주당 대선 후보에게 받아내야지! 왜 현직한테 물어봐!"

"4선 출마하신다면서요? 그래서 지금 묻고 있잖습니까."

"…이런 빌어먹을."

드디어 세계 최강의 거함, FDR호를 상대로 1승을 따냈다. 크, 술맛 달구 나 달아.

"이상한 건 안 돼. 못 하는 건 못 하는 거야."

"조건이 너무 빡빡한데요. 이래서야 장사할 생각 있으십니까?"

"그럼 더글라스한테 가서 붙든가! 자네 둘이 붙어먹는다고 내가 질 것 같나? 난 이길 자신 있네."

내가 받아내고 싶고, 미국의 국익에 부합하며, 못 할 일도 아닌 것. 그런 걸 이 자리에서 뚝딱 생각해낼 수 있으면 내가 정치가지, 군인이냐? 응? 그 런데 하나.

"하나. 생각나는 게 있지요. 일단 들어보고 되는지 안 되는지만 말해주 시죠."

"뭔가."

"동양의 고사성어에 말입니다, '비단옷을 입고 고향에 돌아간다.'라는 말 이 있지요. 출세하고 성공했으면 고향 한 번 가서 자랑 좀 해줘야 한다는 뜻 입니다."

금의환향의 유래가 사이코패스 인간흉기 항우고, 고향에 돌아간 결과 유방에게 패해 망했다는 비하인드 스토리는 생략하도록 하자. 고향 이야길 꺼내자 썩은 토마토처럼 흐물흐물해져 있던 루즈벨트의 몸에 다시 생기가 돌기 시작했다.

"고향? 코리아?"

"그렇지요."

"기다려보게."

그는 휠체어를 밀고 서랍을 뒤적이더니 지도 한 부를 꺼냈다.

"안주 좀 치워주게."

"다리 불편하신 분은 기다려주시죠."

테이블에 깔린 안주를 옆으로 싹 밀고 지도를 편 그는 내가 아직 단 한 번도 발 디디지 못한 땅, 한반도를 응시했다.

"영구 귀국할 건가?"

"미쳤습니까?"

"아직 이성은 남아 있군. 좋아."

그는 펜을 꺼내 일본과 한반도를 다른 색깔로 슥슥 칠했다.

"자네 고향, 코리아는 대체 뭐 하는 나란가?"

"갑자기 머리 꼬리 다 떼고 물어보면 뭐라 답해야 할지 모르겠는데요."

"집중해서 찬찬히 보니 정말 입지 선정 환상적이군. 여기 건국 시조는 맨해튼에서 부동산업 했어도 대성했겠어. 중국과 일본의 멱살을 쥐면서도 소련의 똥꼬를 찌를 수 있는 포지션이라니. 이런 땅엔 투자해야지. 해야 하고 말고."

단군 할아버지, 들으셨습니까? 황상께서 인정하셨습니다.

"태평양에서 일본제국을 무너뜨리고 나면 놈들을 다시 원점으로, 저 섬에다 처박을걸세."

"그렇지요."

"옛날 중세 귀족들처럼 저 고향 땅의 영주가 돼서 떵떵거리고 싶나?"

"민주 국가의 군인에게 못 할 말씀이 없으시네."

"국가에 큰 공헌을 한 사람에게 콩고물을 나눠주는 건 민주 국가고 뭐고 당연한 일이지. 다음 대선판에 자네라는 태풍이 상륙하는 걸 피하는 대가로 저 동방의 작은 땅뙈기 좀 분양해 주는 건… 무척 저렴한 가격이고."

탁 하고 그가 거세게 펜을 내려놓았다.

"어차피 전후 태평양 세력도를 고려하자면, 동아시아에 이해가 깊은 친구를 이 소련, 중국, 일본 한가운데 짱박는 건 어마어마한 이득이지. 그래서 진, 저기 돌아가서 대통령 같은 거 할 텐가?"

"방금 전까지 권력의지가 없다고 훈계하던 거 잊었습니까?"

"세상엔 백악관 입성보단 고향 동네 토호로 오래오래 해먹고 싶어하는 부류도 있거든. 혹시 고향 땅 왕초 노릇엔 관심 있나 해서 물어봤지. 민주당에 내 영향력이 남아 있는 한, 저 동네에선 자네의 영향력을 '존중'해줄 걸세."

"너무 애매모호하지 않습니까?"

"대신 똑같은 수법으로 더글라스한테도 뜯어낼 거 아닌가."

아, 들켰네.

"양당의 거물이 암묵적으로 보증해줄 테니 자네 마음대로 고향에서 비단옷 입고 설치게. 합중국의 국익에 부합하는 한 우린 자넬 지지하겠지."

그는 오른손을 쭉 뻗었다.

"딜?"

"딜."

거래 체결. 천조국 황상과의 야합은 너무나 달달했다.

* * *

그로부터 얼마 후. 영국산 불독과 러시아산 콧수염이 카사블랑카에 도착했다. 그리고 회담은 우리의 예상을 정말 1도 벗어나지 않았다.

"우리 소비에트연방은 파시스트 침략자의 대공세에 어마어마한 피를 흘렸으나, 강철 같은 사상과 애국심에 힘입어 독일군의 척추를 꺾고 수백만 대군을 붙들어 맸소. 하지만 눈이 녹고 진창이 해소되는 대로 놈들의 공세가 재개될 터. 한시라도 빨리 서유럽에 제2 전선을 펴 우리의 압력을 경감해주길 원하오."

"미국인들을 대표해 소련인들의 영웅적인 투쟁에 동맹으로서 감사의 말씀을 전하는 바입니다. 아울러 이 어두운 시국, 결코 빛을 잃지 않고 히틀러의 공세에 맞서고 있는 스탈린 서기장의 노고에 심심한 위로의 말씀 드립니다. 저 또한 한시라도 빨리 전쟁을 끝내기 위해 프랑스 일대에 새로운 전선을 펴고 싶지만, 우리 측 군사 전문가들의 견해로는 올해 공세를 갈 경우 큰 성과를 내기 어렵다고 합니다. 내년부터 본격적인 서부 전선을 여는 건 어떨지……."

"나 또한 부분적으로 루즈벨트 대통령의 견해에 동의하는 바요. 우리 모두가 북프랑스 상륙을 간절히 바라고 있는 만큼, 천하의 히틀러가 이를 예상하지 못하리라 생각하긴 어렵단 말이오. 그런 의미에서 양측의 의견을 절충해, 이탈리아에 새로운 제2 전선을 펴는 것이야말로 현시점에서 가능한 최적의 군사적 옵션이라고 보고 있습니다. 베를린과 로마라는 두 축 (Axis) 중 하나를 분질러버리면 히틀러의 최후도 그리 멀지 않을 게요."

축음기 세 대가 맹렬히 돌아간다. 오직 제 할 말만 떠들어대고 남의 말을 들을 마이크라곤 없는 세 지도자들이 만났으니 당연히 아름다운 하모니 대신 끔찍한 청각 테러가 일어났다.

"지금 이 시간에도 우리 인민들이 죽고 있소! 부디, 당신네 자본주의자들이 독일의 손을 빌어 우릴 멸종시키려 하는 게 아니길 바랄 뿐이오."

"지금 이 시간에도 독일은 불타고 있습니다. 바로 대영제국 파일럿들이 목숨을 걸고 폭격 임무를 수행하고 있기 때문이지요. 귀하의 우려는 이해하고 있소만, 무리한 상륙의 결말이 패배로 돌아와 히틀러의 기만 살려준다면 이 또한 문제 아니겠소?"

"자자. 잠시 진정들 하고……."

"아니면 이건 어떻소? 우리 영국군과 미군이 합동으로 그리스에 상륙하는 게요. 유고의 저항군과 합세해 불가리아, 루마니아를 추축 전열에서 이탈시키면 귀국이 상대해야 할 병력이 굉장히 줄어들 텐데."

"지금 전통적인 러시아의 세력권인 발칸에 발을 들이밀겠단 소릴 하고 있는 게요?"

"거, 서기장 나리께선 생각보다 별로 급하지는 않은 모양입니다? 세력권 따질 겨를도 있고."

정신이… 정신이 혼미해진다…….

"프랑스인들은 이미 독일의 압제에서 벗어날 만반의 준비가 되어 있소. 약간의 지원만 더해진다면 프랑스 해방은 식은 죽 먹……."

"거기 당신. 귀하가 프랑스의 대표요?"

"나는 당신이 아니라 프랑스의 모든 애국자를 대표하는 샤를 드골이오."

"당신 밑에 대관절 몇 개 사단이나 있소? 제발 허황한 소릴랑 집어치우고 판돈이나 마련해 오시오."

한겨울의 카사블랑카는 그 어떤 지옥 불구덩이보다 뜨겁게 불타오르고 있었다.

거인들의 테이블 3

유감스럽게도, 드골의 굴욕은 한두 번으로 그치지 않았다. 스탈린은 아예 판을 깰 기세로 드골을 맹공격했고, 결국 드골은 대국을 논하는 자리에서 밀려나고 말았다. 망국의 비애를 온몸으로 체감한 드골. 저 정도면 조금 불쌍하단 느낌마저 든다.

사실 소련은 당연한 일이고 미국마저 드골에게 전혀 호의적이지 않았는데 저 자리에 드골이 낄 수 있던 이유는 순전히 드골 코인 풀매수한 물주 처칠의 눈물겨운 지원사격 덕분. 당장 FDR은 드골을 독재자 꿈나무로 보고 있었고, 그 아래 국무부 사람들도 원래부터 친—비시 성향이 강했으니.

"내가 끼지 말라고 그렇게도 말했건만."

"그러고 보니 장군께선 왜 안 나오셨습니까?"

"저 꼴을 당할 게 뻔히 보이는데 왜 나가나? 세입자가 집주인 모임에 나가서 무슨 부귀영화를 누리려고?"

샤를 놀렛은 혀를 차며 말했다. 세입자와 집주인이라. 드골이 세 들어 사는 신세긴 하지.

"그나저나 바쁘신 몸일 텐데 이 늙은이를 보러 시간을 내주시다니. 이거

참 송구스럽구만."

"제가 미국에 있을 적에 개 한 마리를 길렀는데, 그 녀석도 먹이 던져주는 병사들한텐 꼬리도 흔들고 재롱도 부립디다. 하물며 만물의 영장 인간이 은혜를 입었는데 개만도 못할 순 없잖습니까?"

"자넨 아직 인생 헛살았구만. 배신은 오직 만물의 영장 인간만이 할 수 있는 짓이라네. 은인의 등 뒤에 비수를 꽂는 건 보통 두뇌활동이 아니거든."

프랑스인들은 학교 수업시간에 혓바닥칼 갈고닦는 교과목이라도 있나. 동네 사람들, 이리 나와서 영감님 독설하는 거 수준 좀 보소.

놀렛 장군은 겨울을 맞이한 가로수처럼, 하루가 다르게 바짝 말라가고 있었다. 연단에 올라 사자후를 내뿜던 때에 비하면 거죽밖에 남지 않은 놀렛의 손을 만지며, 나는 절로 한탄 조로 말이 나오고 말았다.

"누가 들으면 제가 통수라도 친 줄 알겠습니다. 고국으로 돌아가 히틀러 때려잡으려면 얼른 털고 일어나셔야죠."

"그런가? 우리 전우님은 배신하지 않는가?"

"그럼 물론이죠."

"그럼 하나만 물어봐도 되겠나? 어째서 날 불렀는지, 그게 참 궁금했어."

놀렛이 물어봤음에도 나는 말이 나오지 않았다. 그야… 딱히 이유가 없었거든. 정확히 말해, 내가 프랑스에서 부를 사람이 놀렛 말고 누가 있었겠나. 하지만 늙은 장군은 그 머뭇거림을 다른 의미로 해석한 모양이었다.

"부를 사람은 많았어. 유진 킴이, 미국이 부를 장군과 정치인은 무궁무진했지. 그런데 알제리로 건너오니 웬걸, 나밖에 없더군. 흐흐."

"그야 제가 신뢰할 수 있는 사람은 장군님뿐이었으니까요."

"말이라도 그렇게 들으니 참 고마우이. 늙으면 사람이 감상적으로 변한단 말이지."

그는 자신의 손을 만지던 내 손에, 다시 다른 쪽 손을 포개었다.

"미안하게 되었네만, 자네의 기대에 부응하긴 좀 어려울 것 같네."

"그게 무슨 말씀이십니까?"

"난 늙었어. 그리고 이만큼 나이를 먹게 되면, 대충 요단강 건널 날짜가 보이기 시작한다네."

그 무심한 말에 놀란 내가 움찔거렸지만, 놀렛은 느긋하게 한 어절 한 어절을 찬찬히 읊어 나갔다.

"자네 나라의 외교관들은 드골을 밀어내고 내가 주도권을 잡길 원하는 것 같지만… 난 여기까지야. 주님께서 날 부를 날이 멀지 않아."

"마음 약해지시면 안 됩니다."

"아냐. 처음 자네의 부름을 듣고 밀항선에 탈 때부터 어렴풋이 알고 있었네. 다시 센강을 보지 못하리라고. 지금까지 숨구멍이 붙어 있던 것도 순전히 마지막 집념 때문이야."

갑자기 놀렛이 내 손을 꽉 움켜쥐었다. 다 죽어가는 노인의 악력이라곤 도무지 생각할 수 없는 힘이었다.

"킴 장군."

"네네. 왜 그러십니까. 이 힘을 쓰셨으면 진작 털고 일어나셨겠네."

"자네는, 미국인들은 불쌍하고도 딱한 내 조국의 운명을 결정했는가?"

내가 그 불의의 일격에 아연해진 사이, 그는 힘을 풀기는커녕 프레스기처럼 점점 더 출력을 올렸다.

"나와 드골은 생각에 제법 차이가 있었네만, 한 가지 공통된 감정이 있었네."

"무엇인지요?"

"자네 미국인들이 우리의 조국 프랑스를 같은 전우로서가 아니라 전리품으로, 히틀러의 협력자로 취급할 것 같다는 불길한 미래에 대한 두려움일세."

나는 이번에도 쉽게 대답하지 못했다. 그리고 그 침묵이야말로 놀렛이 듣고 싶어 했던 대답이었던 모양이다.

"……."

"맞나보군."

"저는 군인입니다. 외교관이 아니라."

"우리의 인연은 짧았지만, 죽을 날이 다가온 노인네에겐 사람 속이 훤히 들여다보이는 법일세."

놀렛은 힘에 부치는 듯 살짝 헐떡이면서도 말을 이었다.

"내가 보아온 자네는 주관이 뚜렷해. 좋다, 싫다, 옳다, 그르다. 자네 혓바닥이 쓸데없이 길어진다는 것부터 이야길 회피하고 싶단 뜻이지. 틀렸나?"

"뭐라 드릴 말씀이 없습니다."

여기서 인정해버리면, 내 편견 가득한 프랑스인의 성질머리를 고려할 때 길길이 날뛰며 배신자들이라고 고함을 지를 게 뻔하다. 하지만 자신의 수명이 얼마 남지 않았노라 고백한 이 노장군에게 더 이상 기만을 이어가고 싶지는 않았다. 애초에 거짓말한다 해도 속지도 않을 것 같았고. 놀렛은 그런 날 물끄러미 바라보았다.

"난 전우도, 명예도, 나라도 잃어버렸네."

"장군."

"이런 날 불쌍하게 여겨 동정한다면, 바라건대 손속에 조금 자비를 베풀어주게. 내가 개선식도 시켜줬잖나?"

"제가 할 수 있는 범위 내에서라면, 노력해보겠습니다."

나도, 놀렛도, 루즈벨트도, 처칠도, 스탈린도. 승리를 위해 동맹을 강조하면서도 각국은 전쟁 이후를 내다본 포석을 한 점씩 깔아두고 있었다. 대영제국은 본토가 짓밟히지는 않았고, 그 탁월한 해적국 특유의 인성과 외교력에 힘입어 '영연방'이라는 형태로 식민제국의 해체를 최대한 연착륙시킬 수 있었다. 하지만 프랑스는 본토가 짓밟혔고, 국민들은 자긍심을 채울 국뽕을 원했으며, 도저히 식민지를 버릴 수 없던 탓에 몇 번이고 처절하게 고배를 마셔야 했다.

저 광대한 프랑스 식민제국이 무너진 자리에 비 오는 날 죽순처럼 쫙 깔릴 신생 독립국들. 그들에게 팍스 아메리카나라는 새로운 이정표를 제시하고, 당근과 채찍으로 합중국의 시장을 넓혀 나가겠다는 원대한 계획.

"미국이 탐낼 만한 건 당연히 우리의 식민지겠지. 여지껏 열강들이 싸워 온 건 전부 그놈의 식민지 때문이니."

"……."

"다 포기할 수 있네. 드골도 나와 크게 생각이 다르진 않아. 이 전쟁이 끝나면 거의 모든 식민지를 풀어줘야겠지. 콜록, 콜록!"

"장군, 무리하지 마시고 이만……."

"아냐. 이 말만 딱 하고 끝내겠네. 알제리. 알제리만큼은 안 되네. 알제리는 식민지가 아니라 프랑스공화국의 신성한 국토야. 다른 곳은 몰라도 절대 프랑스에게서 알제리를 빼앗긴 말게."

징글징글하다. 그놈의 식민지. 이 늙은 애국자가 숨을 할딱거리면서도 그토록 붙들고픈 식민지가 대관절 뭐기에, 나라가 망한 상황에서까지 이 난리란 말인가.

"내가 죽으면 알제리에 묻히겠지. 내 무덤이 온전할 수 있도록, 부탁하네."

'드골은 입이 째져도 이런 말 못 하겠지만, 늙으면 염치가 없어져서 잘만 말할 수 있거든.' 놀렛은 가래 끓는 목소리로 애써 웃었고, 더 오래 이야기를 나누기엔 그의 체력이 꽤 많이 소진된 것 같았다. 놀렛과의 짧은 면담에서 멘탈이 너덜너덜해졌지만, 그런다고 오늘의 스케줄이 싹 사라지는 건 아니다. 나는 얼마 뒤 루즈벨트의 측근이자 복심인 국무부 웰즈 차관과 짧은 티 타임을 가지며 놀렛과의 이야기를 전해주었다.

"알제리요?"

"그렇답니다."

"뭐… 전쟁이 끝난 뒤에야 결론이 날 문제지만, 알제리라."

"문제 될 거 있습니까?"

"아뇨. 프랑스가 알제리에 투자한 게 제법 많으니 이해가 안 가는 것도 아니지요. 당장 거기로 이주한 프랑스인만 해도 어마어마한 숫자잖습니까? 그 사람들이 거지꼴로 귀국해서 반대 정당에 몰표를 던지면 전후 프랑스 정국이 요동치겠지요."

그러니 자연스럽게 제 목숨 아까운 정치인이라면 알제리에 집착할 수밖에 없다 이거군. 요컨대, 태도가 굉장히 경색될 수밖에 없는 아킬레스건이란 거지.

"그 부분은 염두에 두겠습니다. 좋은 말씀 감사합니다."

"뭘요. 전 그냥 메신저였을 뿐입니다."

"놀렛 장군께서 기력이 쇠하셨다니… 결국은 샤를 드골 그자를 상대해야 할 팔자인가 보군요. 먹이 주는 처칠도 물어뜯는 인간인데 참."

웰즈는 한숨을 푹 내쉬더니, 곧장 표정과 주제를 다 같이 싹 바꾸었다.

"그나저나, 대통령 각하께서 킴 장군님께 별도의 약속을 하셨다고 전해 들었습니다."

"아아. 그렇게 되었습니다. 혹 국무부 측에 실례가 된다면……."

"아닙니다. 동아시아는 앞으로 그 중요성이 더욱 커질 테니까요. 지정학적 측면으로만 따지면 필리핀보다 대중국 무역에서 훨씬 더 좋은 거점이 될 수 있겠지요."

그야 그렇지. 원 역사에선 모택동이 중공을 세우고 천자에 즉위하며 거대한 죽(竹)의 장막이 깔리고 서방 세계는 저 거대한 시장을 통째로 잃어버렸다. 하지만 여기선? 내가 뒤튼 역사가 한둘이 아닌데 과연 장개석이 대만으로 쫓겨나가는 일은 바뀌지 않을까? 팔자에도 없이 전후 동아시아의 판도 변화를 주제로 떠들고 있자니, 갑자기 회한이 밀려오기 시작했다. 그냥 얌전히 시키는 일이나 할 걸 그랬나.

다람쥐 쳇바퀴 돌듯 정해진 일정은 착실히 흘러갔지만, 여전히 세계를 이끌어가는 세 거두 사이에서 뾰족한 타협안은 나오지 않고 있었다.

"다들 내 말을 안 믿어주고 있소."

"국제사회에 도무지 신뢰라곤 눈 씻고 찾아보기 어렵군요."

"그렇지. 그래서 말인데, 오해를 불러일으킨 당사자가 해결해줘야겠소."

네?

"우리 콧수염이 매력적인… 다소 독특한 사상의 친우를 설득해 주시구려. 그러고 보니 이미 안면도 튼 사이잖소."

그리하여 나는 FDR 각하의 특명을 받았고.

"다시 만나게 되는군, 조선 짜르."

"오늘은 미 육군 장성 자격으로 찾아뵜습니다."

"알고 있소. 킴 동무는 저번에도 느꼈지만 도무지 분위기를 부드럽게 하기 위한 농담이라는 걸 이해하지 못하는군. 내가 밑에 일러서 철학과 해학의 민족 러시아인이 엄선한 유머집 하나 보내줄 테니 읽고 공부 좀 하시구려."

시발. 죽여버리고 싶다. 강철의 대원수 스탈린은 그렇게 시작부터 빈정거리기 스킬을 쓰며 강렬한 이니시에이팅을 걸어왔다. 애초에 너 러시아인도 아니잖아, 이 조지아 인간백정아!

"서기장님께서 개인적으로 절 만나길 희망한다 하셨던 것이, 혹 유머집을 선물해주기 위함인지요?"

"설마 지금 이게 회심의 농담이라고 던진 말은 아니겠지? NKVD 기밀 정보에 한 줄 추가해야겠어. 예브게니 킴 중장, 유머 감각 부족."

권총이 없어서 다행이다. 있었으면 진짜 쐈을 것 같거든!

"이미 군인들은 군인들끼리 별도의 회의를 진행하고 있지만, 친애하는 귀국 대통령께서 말씀하시는 바가 이 꽉 막힌 노인네에게는 잘 이해가 되지 않아서 말이오. 롬멜을 물리친 인민영웅 예브게니 킴의 설명을 좀 들어

보고 싶소."

나더러 어쩌란 거냐. 대통령이 친히 설명해 줬는데도 납득이 안 가서 날 불렀다고? 장난해? 루즈벨트가 진땀 뺐을 법도 하다. 진실이 통용되지 않는 세상이라니, 참 서글퍼. FDR이 차곡차곡 논리로 탑을 쌓아 공성전을 벌인다면, 스탈린은 마치 혼을 빼놓으려는 듯 아갈질을 털어 제 페이스로 판을 통째 흡입하는 느낌이었다. 그럴 때는.

"미 육군은 사실 순 오합지졸투성이라, 지금 싸우면 히틀러에게 박살 납니다."

"…이번 농담은 좀 좋았소. 그럼 대관절 롬멜은 어떻게 이겼소?"

"제가 하나님과 1대1 면담해서 유머 능력을 전부 군사 능력으로 바꿔먹었거든요."

이상하게 이 인간만 만나면 머릿속 리미터가 살살 풀리는 느낌이란 말이지. 이상하게 브레이크 없이 풀악셀을 밟게 되네. 내 대답에 스탈린은 할 말을 잃었는지 잠시 보드카만 홀짝였다.

"동무, 혹시 가계도에 독일인이 있나?"

"그게 무슨 뚱딴지같은 말씀이십니까?"

"그런데 왜 유머 감각이 독일인 수준인가. 동무를 구제하려면 유머집이 아니라 모스크바 유학이……."

"안 갑니다."

안 가!

거인들의 테이블 4

스탈린은 내가 무슨 슈퍼마리오의 두들기면 동전 나오는 블럭이라도 되는지 마구 난타했다. 꼬와도 어쩌겠나. 설마 천하의 스탈린과 주먹다짐할 정도로 난 패기 있는 인간이 아니라고. 원래 외교라는 게 결국엔 영업 아니겠나.

"그래서, 모스크바 올 생각 없나?"

"마음에도 없는 말씀 하시는 것 보니 별로 급하지 않으신가 봅니다."

"너희 미국인들도 마찬가지고. 소련이 전열에서 이탈한다는 가정을 안 하는 걸 보니 별로 급하지 않나 보군."

스위치 잘못 눌렀나. 스탈린의 얼굴에 가식적으로 붙어 있던 미소가 싹 사라졌다. 어차피 내가 모스크바에 간다는 가정은 성립될 수 없는 이야기였다. 지금 소련은 '미증유의 국난을 헤쳐나갈 수 있는 유일한 해답, 그건 바로 강철의 령도자 스탈린 동지 아래에서 단결하는 것.'이라는 국내용 프로파간다를 강력하게 펼치고 있다. 그런데 미국인 전쟁영웅이 모스크바로 건너가면 당연히 그 프로파간다의 약발이 싹 사그라들 터. 되도 않은 농담이라는 한 꺼풀을 벗기자, 그 아래엔 맹렬히 불타는 분노가 용암과 같이 도

도히 흐르고 있었다.

"모스크바가 위협당했어. 군인만 수백만 명이 죽고 다쳤고 민간인 피해는 예상조차 할 수 없지. 각지에서 독일 놈들이 장난처럼 민간인을 쏴죽인단 보고가 물밀듯 들어오고 있지만 나와 당이 할 수 있는 일은 아무것도 없네."

"……."

"그런 내 앞에서, 피해가 예상되니 할 수 없다고 다시 한번 말해보게. 수백만의 자식을 가슴에 묻어야 했던 내 앞에서 어디 한번 다시 말해보란 말일세."

저 분노는 결코 거짓 같지 않았다. 정확히 말해, 분노를 드러내도 괜찮은 상황이니 드러내고 있다 봐야겠지. 당장 나로서도 분노한 스탈린 앞에서 할 말이 마땅찮아졌으니까.

"소련인들의 희생에 대해선 저 또한 무척 유감스럽게 생각하고 있습니다."

"자본주의자들은 항상 말로만 유감을 표명하지. 한 사람의 소련인이라도 살리고 싶다는 마음이 조금이라도 진심이라면 당장 제2 전선을 여시오. 지금 우리가 숨 쉬는 바로 이 순간에도 인민이 죽어가고 있으니."

완벽한 평행선.

"잘 아시겠지만, 미합중국의 정권이란 건 스탈린 동지의 공산당처럼 그리 강고하지 않습니다."

"제2 전선을 펴서 희생이 늘어나면 루즈벨트 정권이 위험해진다고? 그건 미국 공화당이 반전주의일 때나 가능한 이야기 아니오."

"원래 민주 국가의 정당이란 정권을 차지하기 위해서라면 말 바꾸는 건 아무렇지도 않게 여깁니다. 한 정당 내에서도 여러 파벌이 있고요. 만약 저희가 서부 전선을 무리하게 열었다가 대패한다면, FDR은 물론 공화당의 맥아더 장관까지 자리를 위협받게 됩니다."

"흠."

주전론자들이 싹 쓸려나가고, 다시 고립주의자들이 고개를 치켜들게 되겠지. 그나마 다행히, 스탈린도 이 말에는 반론을 하지 않았다. 그가 거쳐온 정쟁과 숙청의 길에 빗대어 생각해봐도 딱히 틀리지 않은 말이라 그런가.

"미 육군은 동맹의 위기를 좌시하지 않기 위해 이 아프리카에 군을 이끌고 왔습니다. 지금 북아프리카에 온 미군은 그나마 훈련을 거친 유일한 병력이고, 이 병력을 헛되이 소모하기보단 향후 증강될 육군의 근간으로 써야 향후 독일과의 싸움을 유리하게 풀어 나갈 수 있습니다."

"그래서 시간이 더 필요하다고? 그전에 모스크바가 함락되겠군."

"절 조금만 불쌍히 여겨주실 수 없겠습니까? 붉은 군대와 달리 미 육군은 지난 대전쟁 이후로 고작 10만 명 규모였단 말입니다. 적어도 붉은 군대가 10만 명으로 감축한 적은 없잖습니까……."

이건 말 그대로 관점의 차이였다. 소련은 이미 어마어마한 피를 흘려 가며, 1타 강사 독일군에게 몸으로 처맞아가면서 전투 경험을 축적하고 있었다. 그러니 스탈린도 '훈련이 더 필요하다고? 처맞으면서 배우면 되는데 왜 구태여 시간이 필요하지?'라는 마인드겠지. 게다가 그 특유의 의심병, 자본주의자들의 뒷공작에 대한 공포까지 켜켜이 누적되어 있으니… 설득이 되려야 될 리가 없다.

"잠시 다른 주제 좀 여쭤보겠습니다. 이탈리아나 발칸에 대한 공세는 여전히 반대 입장이십니까?"

"이탈리아는 순전히 영국인들만 좋아할 공세 아닌가. 물론 나로서는 전선이 하나 새로 열리면 그게 어디든 상관없겠지. 하지만 그럼에도 불구하고 내가 이탈리아 전선에 반대했던 이유는 오직 하나, 당신들 미국인들을 배려해서요."

오, 배려라니.

"이탈리아는 우리 소련의 영향권 바깥이니 사실 그곳에 공세를 나가도 별 상관은 없소. 하지만 내가 덥석 찬성표를 던졌다간 저 못생긴 처칠이 함박웃음을 짓겠지. 그러니 루즈벨트에게 전하시오. 나는 결코 미합중국의 일방적인 손해를 원하지 않으니, 내 호의를 부디 거절하지 않았으면 좋겠다고."

틀린 말은 아니네. 처칠과 스탈린이 손잡고 이탈리아 전선을 요구한다면 결국 이는 통과될 가능성이 높다. 이걸 루즈벨트 단독으로 거부하려면 그만한 대가를 지불해야 하니까. 근데 미국은 대가로 내놓을 패가 딱히 없어서 문제고.

한마디로 스탈린은 미국과 영국 사이에서 은근히 미국 손을 들어주면서 '내가 지금 징징대는 거 아니다? 알지? 응?'하며 나름대로 러시아식 구애의 댄스를 추고 있었다. 저렇게 필사적인 콧수염 영감님한테 1년만 더 버텨 달라고 하기엔 참으로 양심이 따끔따끔하구만.

결국 우린 다시 한번 서로의 견해 차이만을 확인했고, 적어도 스탈린이 무작정 생떼를 쓰는 게 아니라는 사실만이 약간의 위안이 되었다.

내가 스탈린이라도 사실 엿같을 법하지. 애초에 카사블랑카에 모이게 된 까닭이 무언가. 미군이 어마어마한 대승을 거두고 롬멜을 격파했기 때문 아닌가? 그런 미군이 '추가 공세는 어렵겠는데요.' 하면서 발 빼고 있으니 저 인간이 직접 행차한 거 아니겠나. 그래도, 나는 최대한 아국 군인의 손실을 줄이고 싶었다. 이제 뒷일은 정치인들에게 맡겨야 할 차례였고.

소련이 서기장까지 직접 행차해서 '응애 나 아기 소련, 나 뒤지는 꼴 보기 싫으면 제2 전선 펴줘!'를 필사적으로 어필할 시간. 영국인들이라고 가만히 있지만은 않았다.

"이렇게 뵙게 되니 정말 반갑소, 킴 장군."

"저 또한 어려운 환경에서도 용맹히 분투한 알렉산더 장군을 뵙게 되어 정말 반갑습니다."

다행히 처칠이 나를 부르는 일 따윈 일어나지 않았다. 애초에 난 외교관이 아니고 군인이라니까? 또 그놈의 리틀 갈리폴리로 떽떽거리는 꼴 보느니 그냥 안 보고 말지.

"미군에서 보내준 이번 북아프리카 전역에 대한 보고는 잘 읽었소. 읽으면 읽을수록 귀하의 용병술에 대한 찬탄밖에 나오지 않더구려."

"보셨으니 잘 아시겠지만, 미군은 아직 문제가 많습니다. 더 많은 시간을 들여야 저 독일군에 맞설 수준으로 올라올 수 있겠지요."

별을 달면 정치를 해야 한다고 누가 그랬던가. 우린 서로를 신나게 띄워주면서도 그 목적을 훤히 알고 있었다.

"시간이라니. 시간이야말로 가장 값비싼 자원 아닙니까. 명실공히 자유세계 최고의 명장이라 칭할 수 있는 킴 장군이 지휘봉을 잡는다면 독일군은 몰라도… 이탈리아군 정도야 격파할 수 있지 않겠습니까?"

"하하. 글쎄요. 이탈리아군의 문제는 열악한 보급과 저질 장교단도 있겠지만, 무엇보다도 병사들이 자신들이 왜 싸워야 하는지 그 이유를 모른다는 점이 컸다고 봅니다. 자신들의 고향이 위협받는다면 그들의 전투력도 대폭 개선될 겁니다."

"그 점은 염려 마시오. 이탈리아인들에겐 아직 '조국'이라는 개념이 희박하지. 우리가 시칠리아와 남부 이탈리아를 공격하더라도 고향이 위협받는다 느낄 병사들은 극히 일부에 불과하다오."

해롤드 알렉산더는 아주 능수능란한 체스 플레이어처럼 천천히 날 압박해 들어왔다. 무슨 수를 써서라도 이탈리아 전선을 열겠다는 굳은 의지.

"이러지 마십쇼, 허허. 장군께서도 이탈리아 전선이 얼마나 험난할지, 지도만 봐도 뻔히 보이지 않습니까?"

"물론 그건 그렇소. 하지만 우리가 공격해 들어갈 수 있는 다른 곳도 모두 험난하기 그지없어서 문제지. 이탈리아는 히틀러의 부드러운 아랫배요. 무솔리니를 무너뜨리고 히틀러에게 남쪽 방어를 강요하는 동시에 동남아시아를 휩쓸고 있는 일본군에게 압박까지 넣을 수 있소. 군사학적으로 이 탈리아 공세야말로 가장 매력적인 선택지 아니겠소?"

"이탈리아 요충지 곳곳에 이미 독일군이 진주해 있다고 합니다. 아펜니 노산맥을 끼고 제 전투력을 뽐낼 독일군을 생각하면 서던 고추도 사그라든 단 말입니다. 정 그러시다면 롬멜이라는 모루 위에서 단련된 영국군이 선봉에 서면 어떻겠습니까?"

"그거 좋구려."

"아니, 아니……."

"우린 이 전쟁을 끝내기 위해 언제 어디로든 나아갈 준비가 되어 있소. 대서양 건너편 미국과 달리 우리는 저 독일의 위협에 곧바로 노출되어 있으니."

은근히 돌려까는 거 보게. 어차피 영국도 원 역사와 달리 영국 본토 항공전 같은 거 없었잖아? 여기나 거기나 강 건너 불구경인 건 똑같은데 왜 이러시나. 내가 똥 씹은 표정을 너무 대놓고 지었는지, 알렉산더 장군은 다른 이야기를 꺼내 들었다.

"알고 있소. 결국 우린 정치가들의 합의에 따라 움직이겠지."

"배려해주시니 감사합니다."

"그래서 말이오만, 북프랑스 일대에 대한 상륙작전 중 우리 측에서도 긍정적으로 검토 중인 작전이 하나 있소."

지금? 이 시국에 프랑스에 상륙한다고?

"전면적인 제2 전선은 무리지만, 모스크바만 뚫어져라 바라보고 있는 히틀러의 모가지를 억지로 서쪽으로 돌리게 하려면 강력한 기습 한 방이 필요하다! 내 의견은 아니고 우리 해군 측 의견이라오."

"해군이라."

"이미 해보셨으니 아시겠지만, 상륙이란 게 육군만의 일은 아니니까 말이오."

북프랑스 일대 상륙. 원 역사에서 있었던 일이라면…….

"혹시 어디를 생각하고 있습니까?"

"디에프(Dieppe)."

하지 마. 그거… 그거 좆망한다고. 제대로 망한다고!! 내가 무어라 입을 열려던 그때, 한 사람이 내게 조용히 다가왔다.

"실례합니다, 알렉산더 장군."

"아, 마셜 총장님. 어쩐 일이십니까?"

"이 친구를 급히 빌려야 할 일이 있어서 그런데, 제가 데려가도 되겠습니까."

"물론이지요. 나중에 다시 이야기합시다."

"알겠습니다."

나는 마셜의 손에 붙들려 반쯤 끌려가다시피 자리를 벗어났고, 인기척이 사라졌음에도 불구하고 마셜의 발걸음은 무척 바빠 보였다.

"절 구하러 와주셨군요?"

"갑자기 그게 무슨 소린가."

"나쁜 영국인의 혓바닥에 희롱당하는 절 구해주시러 온 거 아닙니까?"

"그러고 있었나? 점잔 떨고 있으려니 몸이 근질대던가?"

도대체 절 뭘로 보고 그러십니까. 우린 걷고 또 걸어 루즈벨트 대통령의 숙소로 향하고 있었다.

"그래서… 절 저 끔찍한 마굴로 끌고 가는 이유를 여쭤봐도 될지요?"

"지금은 안 돼. 안에 들어가서 말하지."

마셜은 노크도 없이 곧장 신성한 미합중국 대통왕 폐하가 거하는 곳 문짝을 벌컥 열었고, 장내엔 이미 맥아더와 웰즈 차관이 대통령 곁에 앉아 있었다.

"잡아 왔습니다."

"좋소. 시작하지."

대체 뭐 때문에 이러시나. 멤버를 보아하니 보통 일은 아니다. 나 또한 절로 긴장감에 몸을 떨고 있을 때, 마셜이 먼저 서두를 떼었다.

"조금 전 비제르테에서 급전이 날아왔습니다. 킴 중장을 대행하고 있던 콜린스 장군이 즉각 제게 보고를 해왔고, 대통령 각하께 가장 먼저 보고를 드렸습니다."

"음."

"이탈리아의 외무장관 갈레아초 치아노(Galeazzo Ciano) 백작이 극비리에 밀사를 보냈습니다. 결론만 말씀드리면, 이탈리아는 편을 갈아타 이쪽에 붙고 싶어 한다고 합니다."

"무솔리니 또한 이 전쟁의 주동자 중 한 명인데 그럴 순 없지."

FDR의 말에 고개를 저은 건 웰즈였다.

"아닙니다. 밀사의 말에 따르면 이탈리아 파시스트당은 조만간 무솔리니에 대한 불신임을 선언하고 수상 자리에서도 몰아낼 계획이라고 합니다."

"무솔리니를 버린다고? 파시스트당은 애초에 무솔리니의 당 아니었나?"

"그리고 치아노 백작은 무솔리니의 사위입니다."

"뭐야. 사위가 장인을 몰아내겠다고?"

맥아더와 루즈벨트의 시선이 갑자기 내게 쏠렸다. 난 장인어른 몰아낸 적 없어, 이 못난 인간들아.

거인들의 테이블 5

　이 좁은 객실에 모인 인물들. 루즈벨트 대통령, 웰즈 국무부 차관, 맥아더 전쟁부 장관, 마셜 육군참모총장. 그리고… 나까지. 당이 다른, 사실상 정적인 맥아더와 순수 군인인 마셜을 뺀 세 사람은 이번 전쟁에서 미국이 얻어야 할 것을 명확하게 정의해 놓았다.

　'추축국을 물리치고 세계를 이끌어나가는 미합중국으로 발돋움한다.'

　우린 19세기식, 힘만 센 깡패 패권국가를 원하는 게 아니다. 당장 그렇게 떵떵거리던 영국과 프랑스 봐라. 힘이 쪼그라드니 실시간 뒷방 노인네 신세로 빠르게 전락하고 있잖나. 추축국 놈들도 무식한 걸로 치면 오십보백보. 오히려 영프보다 더 퇴화한 놈들. 실로 아메바나 플라나리아 수준의 사고회로가 따로 없다.

　전쟁 이겨서 레벤스라움이니 대동아공영권이니 하는 개도 안 믿을 패권을 확립하겠단다. 이열, 칭기즈칸이나 할 법한 발상. 회귀자나 빙의자가 나타나서 추축국 승리 엔딩을 찍는다고 해도 그 패권이 얼마나 오래 갈까?

　20세기의 패권국가는 그냥 짱센 국가가 아니다. 센 건 기본이고, 명확한 비전도 탑재했으며, 따까리들을 위해 기꺼이 손해를 감수할 줄도 알아야 세계 패권을 거머쥘 수 있다.

원 역사의 소련을 생각해 보자. 소련은 공산주의라는 인류 역사상 최강의 최면어플을 갖고 있었다. 빨갱이 빔 한 방이면 정권이 무너지고 사회가 무너지고… 이런 궁극의 세뇌병기를 가진 놈들조차 패권을 유지하기 위해 '핍박받는 약소국 프롤레타리아 후원'이라는 명목으로 전 세계에 어마어마한 원조를 뿌려야만 했다. 이래도 이해가 안 된다고? 시진핑핑이의 나라를 떠올려 보면 된다. 걔네가 강대국인 건 확실한데, 그렇다고 어디 그 밑에 따까리로 붙고 싶은 매력이 느껴지던가.

우리의 고민도 거기에 있었다. 나치를 쳐부수고 '이제 세계의 리더는 바로 이 몸, 미합중국이다!'라고 선언하려면 그만한 노력, 까놓고 말해 피를 흘려야 한다. 이득충, 킬딸러, 켈투 앞 무득 바퀴, 타워 깎는 6유령 마스터이 같은 짓을 했다간 세계경찰이 될 수 없다니까? 근데 또 피를 너무 흘리면 정권이 무너진다. 패권이고 지랄이고, 그딴 걸 위해 아들 형제가 주검으로 돌아오면 가만히 있을 사람이 얼마나 있겠냐고. 이탈리아의 제안이 바로 이 딜레마를 절묘하게 찌르고 있었다.

받아주면 좋될 거 같다. 근데 이걸 안 받아주면 세계 왕초의 길은 물 건너간다.

"인류의 적 독일의 편에서 벗어나 지금이라도 바른길로 돌아온다면, 이탈리아 정도는 품에 끌어안아줘야겠지."

"하지만……."

"지금 이탈리아 전선을 연다면 북프랑스 상륙은 최소 1년 정도 더 뒤로 밀립니다."

마셜은 구구절절 말하는 대신 담백하게 군사적인 예상값에 대해서만 말했고, 맥아더가 거기에 첨언해야 했다.

"결국 이 전쟁의 승리는 베를린에 우리의 깃발을 꽂는 것을 뜻합니다. 알프스를 넘어 베를린으로 향한다는 처칠의 발상은 노인네의 광언에 불과합니다, 각하."

"크흠. 전쟁부 장관은 표현이 그게 뭔가."

"광견병으로 정정하지요."

우리 장관님은 전혀 물러설 기색이 없었고, 무슨 미운 세 살 다루듯 어르고 달랜 끝에 마침내 루즈벨트가 매듭을 지을 수 있었다.

"자자. 밀사의 제안을 자세히 듣고, 저 사위가 무솔리니를 성공적으로 끌어내릴 수 있다면 그때 가서 정식 협상을 진행토록 하지. 이 정도면 되겠나?"

"좋습니다. 저 음모가들이 우리 힘을 빌려서 무솔리니를 끌어내리는 건 그 어떤 경우에도 용납할 수 없습니다."

"배신자가 싫은 겐가? 우리 올곧은 더그의 군인정신과는 맞지 않은 뭐 그런 거?"

"자신들의 힘으로 무솔리니를 끌어내렸으면 그들이 곧 이탈리아 신정부니 존중해줘야겠지요. 하지만 그조차 못 해서 우리에게 손을 벌린다면 그냥 머저리들에 불과합니다."

그러고 보니, 독일에도 비슷한 음모가들이 있었다. 히틀러를 암살하고 연합군과 협상하려던 일파들. 만약 이 세상에서 그들이 암살에 성공하는 일이 있다 하더라도, 맥아더의 언동을 보건대 그들이 행복해지는 루트는 없어 보였다.

다음 날.

"이탈리아의 치아노 외무장관이 밀사를 보냈소. 편 갈아타고 싶다던데?"

"…루즈벨트 대통령. 후추 뿌리면서 그런 말을 하면 농담인지 진담인지 구분할 수가 없소."

"이거 실례했습니다, 스탈린 서기장."

루즈벨트는 이탈리아 안건을 새로운 팻감으로 회의장에 툭 던졌고.

"우리의 투쟁이 마침내 가시적 성과를 보이고 있습니다! 로마를 함락시켜 대세를 확고히 굳힐 때가 온 겁니다!"

"로마에 대한 집착은 천 년 전 중세 왕들이나 하던 일 아니오. 별로 문명인의 태도는 아닌 것 같소만."

"자자. 찬찬히 하나씩 정리해보지요."

마침내 1940년, 연합군의 새로운 군사적 행동이 극적인 합의를 보았다.

1. 영국군은 디에프 일대에 상륙작전을 전개한다.

2. 미군은 시칠리아에 상륙한 후, 무솔리니가 경질되면 이탈리아군과 협상하여 로마로 향한다.

3. 소련은 미영연합군의 상륙 직전 동부 전선에서 공세를 일으킨다.

늘 그렇듯, 전쟁은 너무나 막중해서 군인의 의견이 받아들여지는 법이 없었다.

제2차 세계대전의 개전일에 관해서는 후대 역사학자들도 참으로 머리가 아플 것이다. 독일이 폴란드를 침공한 1938년인가? 아니면 중일 전쟁이 발발한 시점인가? 적어도 이탈리아인에겐 둘 다 아니었다. 이탈리아는 에티오피아를 침략하면서 이미 전시 상태에 돌입했고, 스페인 내전에 대대적으로 개입하며 또다시 막대한 자원을 소모했다. 북아프리카 전역과 발칸 전역은 이탈리아의 마지막 여력마저 송두리째 앗아갔고, 유진 킴의 튀니스 함락을 마지막으로 이탈리아군은 사실상 괴멸당했다.

위대한 두체 무솔리니는 더 이상 위대하지 않았다. 로마제국의 재건을 외친 무솔리니가 대관절 무얼 해냈는가. 새로운 정복지를 유지하긴커녕, 제1차 세계대전에서 막대한 피를 흘려 확보한 식민지 리비아조차 허망하게 날려 먹었다.

한때 무수한 무솔리니 워너비에 불과했던 히틀러가 모스크바 코앞까지 진군하며 세계정복이란 원대한 야망에 다가갈 동안, 무솔리니와 이탈리아는 몰락에 몰락을 거듭해 이제 독일의 꼬붕 노릇이나 하고 있었다.

"두체께선 좀 어떤가."

"오늘도 접견을 거부당했습니다."

외무장관이자 무솔리니의 사위인 치아노 백작은 한숨을 내리 쉬며 고개를 저었다. 한때 후광을 두른 듯 번쩍번쩍이던 두체는 없다. 이제 세상만사에 의욕을 잃고, 출근조차 거부한 채 집구석에 처박혀 술과 약물, 여자를 탐닉하는 돼지새끼만 있을 뿐이다.

"연합군이 언제 올지 모르는데, 빨리 두체께서 자리를 털고 일어나셔야……."

"일어나면? 일어나면 뭐 달라지기라도 합니까?"

"뭐?! 이 역적놈의 새끼가!"

"여기에 낀 이상 이미 당신도 역적이야. 혼자만 충신인 척 역겹게 굴지 맙시다."

"그만들 싸웁시다. 두 분 다 앉으시지요."

이 자리에 모인 멤버들은 모두 이탈리아의 유일한 정당, 국가파시스트당의 중진들. 내각 관료, 전현직 의원과 장성 등 이탈리아를 이끌어가는 이들조차 이제 무솔리니를 포기해야 한다는 생각에 동감하고 있었다.

"과거 두체께선 탁월한 영도력으로 이 이탈리아를 통합하셨지만, 너무 많은 피를 흘린 탓에 국민들의 반감을 사고 말았습니다."

"히틀러의 꼬임에 넘어가선 안 됐어요. 지금 이 순간에도 이탈리아인들이 남의 전쟁에 끌려가 이역만리 소련 땅에서 목숨을 잃고 있습니다!"

"대관절 독일이 우리에게 해준 게 뭐가 있습니까? 소련 침공에 투입한 자원의 10퍼센트만이라도 아프리카에 투자했다면 우리가 이렇게 비참해지진 않았어요!"

"그놈들은 미쳐도 단단히 미쳤습니다. 유대인이 아무리 미워도 그놈들을 다 잡아 죽이자는 발상이 어디 정상인의 생각입니까? 그놈들이 소련을 멸망시킨 뒤 우리도 가스실에 처넣지 않는단 보장은 어디 있구요!"

어느새 장내는 후끈 달아올라 성토의 장으로 변해 있었다. 그들 또한 무솔리니와 함께 조국을 불지옥으로 처넣은 장본인들이지만, 그런 것은 중요하지 않았다. 무솔리니라는 꼬리만 잘라낼 수 있다면, 지금 파업을 선동하는 빨갱이들로부터 나라를 지키고 정권을 유지할 수 있었다. 그들의 배신감을 더욱 부채질한 건 롬멜의 탈출이었다.

"독일 놈들의 생각이야 뻔하지요. 우릴 그저 소모품으로 본 겁니다."

"롬멜이 괜히 그리 싸가지 없이 굴었겠습니까. 다른 놈들이 입조심하는 거지, 생각들은 다 거기서 거깁니다. 너넨 무능하다 이거지요."

"독일이 이탈리아의 아들들을 먼저 버렸으니, 우리가 그들을 버린다 해서 불만이 있진 않겠지. 그놈들은 대가를 치르는 겁니다."

튀니스에서 시칠리아까진 정말 코앞. 시칠리아에서 다시 이탈리아 본토까진 코앞. 적어도 이들은 아직까지 머릿속 상식마저 내버리진 않았기에, 연합군이 이탈리아로 쳐들어오지 않는다는 가정은 하지 않았다. 때와 순서의 차이는 있겠지만, 결국 연합군은 이곳으로 온다. 조금이라도 몸값을 높이고 나라를 지키려면 그들과 한패가 될 수밖에 없었다. 하지만 원 역사에 비해 그들에게 조금 더 불행한 점이 있다면. 아직 독일의 발톱은 스탈린그라드에서 부러지지 않았단 점.

* * *

"이탈리아의 동태가 수상합니다."

"두체께선 좀 어떤가?"

"완전히 폐인이 되었다고 합니다. 심복들조차 만나길 거부하고 있고, 집무도 내팽개친 채 두문불출하고 있습니다."

히틀러는 혀를 찼다. 한때 존경하던 위인의 비참한 모습은 참 안쓰러울

만치 끔찍했다.

"무솔리니에게 의욕을 좀 불어넣어줘야 할 텐데."

"인제 와서 북아프리카에 다시 갈 수도 없습니다. 저희는 최대한의 노력을 기울였습니다."

"각하. 절 이탈리아로 보내주십시오. 이탈리아 장병들을 다뤄본 저라면 그들의 전투력을 끌어올릴 수 있습니다."

몸조리를 끝내고 복귀한 롬멜의 말에, 히틀러는 고개를 저었다.

"그럴 순 없네."

"이유를 여쭤봐도 되겠습니까?"

"자네의 군공을 시기하는 이들이 많거든. 특히 이탈리아의 장군들은 자네라면 학을 떼던데."

"그 월급 도둑들이 드글드글해서 이탈리아군이 엉망인 겁니다. 병사들이 문제가 아닙니다. 그놈들을 싹 몰아내면 이탈리아도 다시 강군이 될 수 있습니다!"

롬멜의 강변에 히틀러의 갈대 같은 마음이 다시 이리저리 움직이기 시작했다.

"일단 기다려보게. 그래서, 수상한 동태란 무언가?"

"두체의 칩거를 틈타 반역도들이 수면 아래에서 꿈틀대는 듯합니다. 수하들이 은밀히 회합을 갖고 있는데, 하나같이 거물들입니다."

"단순히 두체의 공백을 메꾸려는 건 아니고?"

"그렇다 보기엔 각별히 주의를 기울여 몰래 만날 이유가 없습니다."

잠시 고민하던 히틀러는 자신의 지갑에 남은 판돈을 떠올렸다.

"만약에. 만약에 말야."

"예, 각하."

"우리와 이탈리아의 우호 관계는 어디까지나 두체가 있기 때문에 유지되고 있는 걸세. 반역도들이 두체를 몰아낸다면, 필시 그놈들은 미국과 붙어

먹으려 들 게야."

모름지기 반역에는 명분이 있어야 한다. 편을 갈아타야 한다는 명분만큼 그럴듯한 이야기가 또 어디 있겠는가.

"지금부터 유사시 이탈리아에 진주할 방안을 검토하도록."

"그 말씀은……."

"이탈리아군의 지휘관들 중에서도 반역도들이 있을 게야. 그놈들을 도무지 신뢰할 수가 없군. 우리의 친구 두체가 위험에 처해 있으면 구해줘야 할 게 아닌가!"

수십 개 사단을 일거에 쏟아붓고, 케셀링 휘하에서 이탈리아 곳곳에 주둔 중인 독일군과 함께 반도 전역을 장악한다. 그다음 독일의 입맛에 맞는 신정부를 설립하고 이탈리아의 자원, 인력, 무엇보다 탐나는 해군을 전부 흡수한다면?

"남는 장사가 되겠군."

이탈리아는 너무나 그 지정학적 중요성이 큰 탓에, 이탈리아인들에게만 맡겨 놓을 순 없다. 히틀러의 시선은 지중해로 향했다.

8장
태양제국의 원죄

태양제국의 원죄 1

카사블랑카에서의 회담과 별개로, 영국과 소련은 무슨 경쟁이라도 하는 것처럼 내게 훈장을 비롯한 서훈을 아주 떡칠해주었다. 그 처칠조차도 떫은 감 씹은 표정 대신 빵긋빵긋 웃으며 훈장을 내주었으니 말 다 했지.

"고맙네, 킴 장군."

"제 임무를 다했을 뿐입니다."

"그것 말고. 귀관이 우리 영국 육군을 존중해주는 모습에 내 감동하였다네."

내가 립서비스를 굉장히 후하게 해주긴 했지. 트리폴리의 굼벵이 몬티가 짤려도 문제지만, 저 처칠이 실각해도 문제가 벌어지긴 매한가지. 솔직히 말해 처칠의 군사적 식견은 똥볼을 넘어서 빈볼 수준으로 재앙에 가깝지만, 대영제국이라는 저 거대한 코끼리를 군말 없이 일사불란하게 총력전 체제로 돌려나가는 일은 오직 처칠만이 할 수 있는 일이다. 딴 사람도 할 수 있지 않겠냐고? 그런 도박을 굳이 해야 할 이유가 있나. 이겨도 본전이고 지면 대재앙인데.

아무튼 저기에서 그쳤다면 나도 처칠이란 인간에 대해 약간의 존경심을 품었으련만, 기어이 입을 삐죽이며 '그래도 전차는 우리 꺼야.'라는 말을 덧붙여 마지막까지 복장을 뒤집어놓았다. 그래, 그냥 니네 꺼 해. 많이 해.

스탈린 또한 사악한 자본주의자의 첨병인 내게 기꺼이 훈장을 하사해주었다.

"모스크바 올 생각 없나?"

"안 갑니다."

"끝내주는 보드카가 있는데?"

"관심 없습니다."

"더 끝내주는 러시아 미녀들이 있는데도?"

"전혀 관심 없습니다."

"혹시 자네… 호모인가? 말만 하면 내 베리야에게 지시해서 러시아 최고의 미소년들을 모집해줌세."

거참! 안 간다니까!

짧은 시간이었지만, 스탈린에 대한 이해가 아주 약간 늘어났다. 소련 국내에서 강철의 무적초인 독재자로 군림하는 그에게 이리 따박따박 대드는 놈이 어디 있겠는가. 성질 더러운 노인네의 고약한 취미생활이려니, 하고 그냥 받아주게 되었다.

살 떨리는 드립으로는 전미 챔피언인 루즈벨트와도 죽이 맞아떨어져 둘이서 실컷 농담 따먹기를 했는데, 동석해 있던 보좌관들의 속옷이 하나같이 흥건해졌다고 한다. 참 끼리끼리 노는구만. 그렇게 훈장 파티를 끝으로 카사블랑카 회담이 막을 내렸다. 다음 회담엔 진짜 동석하기 싫다. 진짜로.

튀니스로 돌아온 나는 곧장 귀국 준비에 착수했다. 얼마만큼의 병력을 시칠리아 공략에 투입할 것인가. 얼마나 많은 사단을 신설하고, 이 전역에서 실전을 맛본 장병들을 신설 사단의 기간병으로 둘 것인가. 이 전역에서 배운 전훈엔 어떠한 것이 있으며, 배워야 할 것과 버려야 할 건 어떤 것들이 있는가. 우리 귀여운 에르빈을 과연 미국에 데려가도 되는가… 는 의외로 중대 문제였다. 내가 잠깐 사라진 사이에 왜 애가 점점 여우에서 돼지로 종족 변환을 하고 있냐고! 이런 골치 아픈 것 외에도, 내가 차후를 위해 둬야 할 포석은 한둘이 아니었다.

예를 들면, 지금 만난 이 포로라든가.

"어이구, 신수가 훤해 보이시네."

"…설마?"

"그래. 내가 유진 킴이다."

발터 라우프 SS 대령. 튀니스의 추축군 포로를 분류하던 도중, 희한한 놈이 잡혔다.

'이 새끼, 아인자츠그루펜입니다!'

'저놈! 저놈들한테 차출당하면 항상 민간인을 죽여야 했어요! 사람 새끼가 아닙니다! 악맙니다!'

조사를 시작하기가 무섭게 독일군이고 이탈리아군이고 가리지 않고 고발이 빗발쳤다. 이 아프리카에 독일 놈들이 발을 들이민 게 뭐 얼마나 오랜 기간이라고, 전문 학살부대까지 동원해 여기 사는 유대인을 죄다 잡아 죽이려고 했는지… 나치의 광기는 정말이지 내 상상을 아득히 초월했다. 처음엔 '아인자츠… 뭐? 그게 뭐 하는 애들인데?' 정도였던 미군도 무슨 고구마 줄기처럼 쏟아지는 이들의 만행에 혀를 내둘렀다.

전투를 하지 않는 군인. 후방을 돌아다니며 포로, 민간인, 유대인 학살만 전담하는 학살부대. SS는 정규군도 아닌 나치당의 준군사조직이니 이놈들을 '군인'이라 불러주기도 역겹다. 아무튼 이놈들도 자기들의 일이 떳떳하지 못하다는 건 잘 알고 있었는지, 신분과 보직을 숨기고 독일 정규군인 척 포로로 잡혔다가 내부 고발에 의해 그 정체가 까발려졌다.

그리고… 복날 개처럼 처맞았다. 지금 내 앞에 있는 이 발터 라우프란 새끼도 이빨 몇 개가 사라지고 얼굴이 복어처럼 퉁퉁 불어터져 있었고. 같은 추축국 군인들조차 이놈들을 패죽이려고 해서 따로 독방에 격리수용해야할 정도였으니 말 다 했다.

"유대인은 좀 많이 죽였나?"

"…나는 명을 따랐을 뿐입니다."

"아, 됐고. 그래서 많이 죽이셨냐고."

"전장이 급변하고 점령지를 오래 유지하지 못하여, '지시'를 제대로 이행하지 못하였습니다."

지랄하고 있네.

"재미있는 차량을 운용했다면서?"

"……."

나는 부하들이 수집한 증언록을 팔랑이며 따박따박 낭독했다.

"일명 가스바겐. 차에 시동을 걸면 뒤 칸에 배기가스가 가득 차는 구조. 그 안에 사람들을 밀어넣고 학살… 창의력 대장이네, 창의력 대장이야. 미친 새끼들. 전장이 급변해서 제대로 이행을 못 해? 전쟁하는 와중에도 최선을 다해 죽여대셨구만."

"뉘우치고… 있습니다……. 목숨만, 목숨만 살려주십시오."

지랄하고 있네. 뉘우치긴 개나발이.

"너희 개새끼들이 소각 못 한 문건들. 증언. 저 끔찍한 차량까지. 너희 나치 새끼들이 사람이길 포기한 개자식들이란 증거가 아주 쏟아지고 있는데, 너흴 법정에 세우면 이 전쟁의 명분을 더욱 확고히 할 수 있겠지?"

"전 그냥 지시받은 일을 따랐을 뿐입니다! 제가 거절했어도, 절 죽이고 다른 사람이 똑같은 일을 했을 거라구요!"

"그럼 어디 네 이용가치를 읊어봐. 그딴 되도 않은 변명 말고."

내 차가운 말에 그가 잠시 머뭇거리더니, 허겁지겁 온갖 말을 쏟아냈다.

"저, 저는 라인하르트 하이드리히의 친구입니다! 그 친구, 그 친구와 같이 해군에서 복무했었지요! 나치당에서 자리 생기자마자 절 스카웃했었고,

보좌관으로 함께 일했었습니다! 힘러, 하인리히 힘러와도 친분이 있고⋯⋯."

"친구라. 거참 아름다운 우정이네."

이놈과 그놈이 친구라니, 이게 그 쓰레기는 쓰레기를 알아본다는 그건가? 서로 내면의 역겨운 맛에 끌리는 뭐 그런 거?

라인하르트 하이드리히. 일명 프라하의 교수인. 정신병자와 또라이 천국인 나치 내에서 '유능'하던 몇 안 되는 인물. 원 역사에선 암살당했다고 알고 있었지만, 여기선 살아남아 지금 체코에서 프랑스로 일자리를 옮겼다. 프랑스라. 마침 그 동네에 내가 참 관심이 많은데.

"야."

"네, 넵!"

"너넨 너희가 이길 수 있을 것 같냐?"

"아닙니다. 이미 독일은 망조가 들었습니다. 장군과 같은 분이 계신데, 어떻게 독일이 승리할 수 있겠습니까?"

와. 저딴 말을 아무렇지도 않게 떠들 수 있다니. 듣는 내가 다 부끄러울 지경이다. 정말정말 살고 싶은 모양이구나.

"그러면 하이드리히 그 친구는? 망할 나라를 위해 충성을 다할 것 같나, 아니면 갈아탈 찬스를 볼 것 같나?"

"제가, 제가 반드시 설득하겠습니다. 제 말이라면 믿어줄 겁니다. 그놈은 출세를 위해 나치에 낀 거지, 저런 광신적 사상과는 거리가 먼 놈입니다. 제가, 제가 설득할 수 있습니다!"

이런 인간 폐기물들을 재활용해도 되는가. 윤리와 사상 시험 문제로 나온다면 아마 서술형으로 몇천 자를 쓰고도 남겠지만, 이미 전쟁이라는 상황 자체가 윤리와는 1만 광년쯤 떨어져 있다. 전쟁이라는 거악에서 한 사람의 우리 병사들이라도 덜 죽게 할 수 있다면, 이딴 놈들이 아니라 더한 놈들이라도 써먹어야지.

"할 수 있다 이거지."

"그렇습니다! 믿어주십시오!"

"좋아. 믿어드릴게."

내 말에 그의 불어터진 얼굴에도 미소가 맺혔다.

"하이드리히든 힘러든. 편 갈아타게 잘 꼬드겨 봐."

전쟁 끝나면 어차피 다시 붙잡혀서 뉘른베르크에 대롱대롱 매달릴 텐데, 너무 그렇게 좋아하지 말라고. 맡긴 일 잘해주면 자비를 베풀어서 교수형에서 총살형으로 바꿔줄게.

* * *

1940년 2월. 나는 미국으로 일시 귀국했다.

"유진 킴!! 유진 킴!!!"

"끼에에에에엑!"

"킴 장군이 날 보셨어!!"

이건 내가 알던 미국이 아닌데? 내 미합'중국'을 돌려줘!

"시민 여러분, 합중국의 영웅이 고국으로 돌아왔습니다!"

"와아아아아아!!"

"이제 머지않았습니다! 로마! 베를린! 도쿄! 미합중국 최고의 영웅이 저 모든 곳을 무너뜨릴 겁니다!"

"으아아아아아!!!"

대장 진급. 은성무공훈장. 그리고 대망의 명예 훈장. 명예 훈장은 지난 1차대전, 캉브레에서의 의용병과 영국군 구출 명목으로 주어졌지만… 그런 게 중요한가? 아무튼 받았다는 게 핵심이지.

군인으로서 받을 수 있는 거의 모든 것들을 다 받았다. 원래라면 감동의 눈물을 줄줄 흘리고 눈은 꼭 토끼눈을 해선 '아, 더 열심히 일해야겠구나! 한 명이라도 더 살려서 돌아오도록 열심히 노력해야겠구나!' 하며 새롭게 마음을 다잡아야 정상이렷다.

하지만 그럴 일은 없었다. 백악관의 대노예주는 내가 별을 달기만 기다렸다는 듯, 다시 매섭게 채찍을 날렸다.

"킴 장군님, 오늘은 인터뷰 2건과 〈미국의 소리〉 방송이 잡혀 있습니다."

"집에… 보내줘……."

"하버드대에서 참전 독려 연설, 신문 기고문 검토, 그리고……."

"이러다 내가 죽으면 이 나라에도 무척 큰 손해가 아닐까?"

"죽으면 되살려서라도 부려먹을 테니 더 힘써 달라는 대통령 각하의 말씀이 있었습니다."

받은 만큼 일해라. 아, 각하. 정말 알뜰살뜰 부려먹으십니다. 제가 좀 쉬는 꼴을 보면 혹시 변비라도 온답니까? 이 모든 뺑뺑이를 다 돈다고 해서, 내 본연의 업무인 군사 관련 업무가 사라지는 것도 아니었다.

시칠리아 침공이 다가오고 있다. 상륙전, 그것도 여러 나라가 합동으로 전개한다면 얼마나 지옥도가 연출될지 뻔히 아는 입장에서 일을 안 할 수가 없었다. 그리고 한편으로는, 후끈 달아오른 태평양 또한 외면할 수 없었고. 진주만의 대참사 이후, 미 해군은 완전히 눈깔이 뒤집히고 말았다.

"잽스를 찢어 죽이자!"

"일본어를 지옥에서나 쓰는 말로 만들어주자!"

의기는 참으로 가상했다만, 이렇게 길길이 날뛰다가도 남들 눈에 띄지 않는 곳에선 절로 대성통곡이 나오는 것이 미 해군의 현 상태였다.

"비열한 잽스 놈들의 기세가 보통이 아닙니다."

"시간만 있으면 이길 수 있겠지만, 과연 그때까지 버틸 수 있을지……."

자랑스럽던 미합중국의 위풍당당한 전함들은 대부분 용궁에 끌려가거나, 혹은 용궁 문 앞에서 간신히 건져올렸다. 당장 손에 들고 있는 함선들로는 기존에 계획했던 작전을 실행하기에 턱없이 역부족인 상황. 상처 입은 맹수가 훨씬 더 날뛰듯, 미합중국 해군을 책임지게 된 킹은 그야말로 합중국 최고의 인성을 유감없이 보여주고 있었다.

"육군은 어디까지나 우리의 보조 역할만 하면 됩니다."

"킹 제독. 태평양에서 해군의 역할이 다대하다는 사실을 부정하지 않습니다. 하지만 최소한의 협조조차 거부하고 육군을 당신네들의 하인으로 취급하는 모습은 좌시할 수 없습니다."

천하의 마셜조차 고개를 절레절레 젓게 만드는 킹. 조용히 수그리고 좋게좋게 가기엔, 마셜 또한 무시당하고도 허허 웃을 호인은 아니었다.

"아이젠하워 장군."

"예, 총장님."

"해군이 무리한 요구를 한다면 거부해도 좋습니다. 우리는 협조 관계이지, 절대 상하 관계가 아니란 점 명심하시길 바랍니다."

온화한 브래들리가 태평양 방면에 부임한다면 정말 잡아먹힐지도 모른다. 따라서 마셜이 꺼내든 카드는 여론전에 능하고 낄끼빠빠에도 제법 재능이 있다는 평판을 듣던 아이젠하워였다. 필리핀 함락을 피할 수 없다는 걸 전쟁부와 해군부의 모든 사람이 직시하게 되자, 마셜은 다소 무리를 감수해서라도 아이크의 임명을 몇 달 뒤로 늦추었다. 임명되어봤자 필리핀을 지킬 수 있는 것도 아니고 책임 논란을 피할 수도 없다면, 차라리 스스로 욕받이 역할을 자임하기로 한 것이다.

"일본군이 버마를 정복했습니다."

"놈들이 네덜란드령 인도네시아를……"

"필리핀 자치령의 케손 대통령이 항복했습니다."

"필리핀 자치령군이 항복한 관계로, 우리 육군 역시 부득이하게 항복하였습니다."

"잽스의 다음 목표는 호주로 보입니다."

필리핀이 무너지면서 루즈벨트 행정부엔 대위기가 찾아왔다. 원 역사와 달리 시민들의 눈을 돌려줄 맥아더의 대탈출 쇼도 없었으니 그 무수한 비난의 십자포화에 정면으로 노출되는 건 당연지사. 그리고 그때, 혜성같이 내가 롬멜의 궁둥짝을 걷어차고 아프리카에서 승리를 거머쥐었다는 소식이 날아든 것이다.

분노한 시민들 손에 절벽 끝으로 던져질 위기에 처해 있던 루즈벨트 행정부는 탈룰라를 위해 있는 힘껏 나발을 불어주었다. 이러니 내 인기가 폭발할 수밖에. 이제야 좀 내 관사 앞을 가득 메우고 있는 광기의 인파가 납득되었다. 루즈벨트 행정부는 그렇게 한시름 놓았지만, 새롭게 태평양에서 지휘봉을 잡은 아이크도 한시름 놓을 순 없었다.

한정된 자원. 부족한 병력. 해군, 그리고 해병대와의 알력 다툼. 거기에 하나 더 얹어 영국, 호주, 뉴질랜드의 비명까지. 안 그래도 맹렬히 후퇴하던 아이크의 모발은 이 극심한 스트레스를 견디지 못하고 장렬한 죽음을 택하고 말았다고 한다. 아, 불쌍하기도 해라.

저렇게 개고생하면서 아등바등 싸우고 있는데, 전쟁 다 이길 때쯤 돼서 내가 덜컥 부임하고 막타 치면 진짜 나 총 맞는 거 아닌가 모르겠다. 내가 아이크 입장이었어도 탄창 하나 다 비우겠는데.

"장군님. 인터뷰 사전 질문 관련해서 드릴 말씀이 있습니다."

"뭐죠?"

"필리핀에 대한 언급은 최대한 자제하라는 상부 지침이 있습니다."

"…알겠습니다."

제발, 다들 무사했으면 좋으련만.

고증입니다

가스바겐

나치 독일이 실제로 운용했던 가스 밴입니다. 일반적인 자동차와 달리 매연이 밖으로 빠져나가는 대신 저 개조된 큼지막한 뒷공간에 가득 차게 되어 있습니다. 전쟁 극초기인 폴란드에서부터 저 차량이 운용되었는데, '학살에 20분씩이나 걸리고 희생자들의 비명이 사방에 다 들린다.'라는 점을 지적받아 절멸수용소의 거대한 가스실로 학살 방법을 '개선'하게 됩니다. 그러나 차량은 차량대로 계속 운용하였습니다.

태양제국의 원죄 2

[영국 동양함대 전멸!!]

[장하다, 황국의 건아들!]

[대동아공영의 꿈 목전에! 일치단결 동아 신민의 힘!]

[떠오르는 태양의 나라, 일본! 그 빛을 환영하는 이들은 함께 번영을 누릴 것이요, 빛을 거부하는 자들은 처참히 불타 죽으리!]

개전 전 고민은 왜 했는지 의아할 정도로, 일본제국군은 파죽의 연승행진을 이어나가고 있었다.

"귀축영미 그놈들 아무것도 아니었어!"

"이제 백인의 시대는 끝이다! 황인, 그중에서도 우리 일본인이 다스리는 새로운 시대가 온다고!"

육군과 해군을 막론하고 기이한 낙관론이 퍼지기 시작했다. 동남아시아 일대에서 영국군을 격파하고 상상도 못 했던 거대한 땅덩이를 집어삼킨 육군이나. 진주만에서, 자바해에서, 인도양에서 연일 백인들의 함대를 물리치고 태평양 제해권을 거머쥔 해군이나. 그토록 갈망했던 전공을 너무나 손쉽게 거머쥐게 되자, 이들의 욕망은 사그라들긴커녕 더욱 맹렬히 불타올랐다. 육군의 경거망동을 진압하는 일은 육군의 주도권을 거머쥔 도조로서는 쉬운 일이었다.

"육군의 다른 이들이 이토록 쉽게 귀축영미를 정벌했건만, 필리핀은 어찌 이리 오랜 시간이 걸렸단 말이오?"

"미안하게 됐소이다. 하지만 필리핀 공세를 책임지고 있던 혼마(本間雅晴)가 이토록 무능할 줄 내 어찌 알았겠소. 애초에 그런 인간을 막중한 임무에 앉힌 게 잘못 아니오?"

남방 작전의 총책임자, 데라우치 히사이치 또한 육군 내의 거물 중 한 명. 실각시키기엔 너무나 그의 세력이 강대한 관계로, 도조는 실무자인 혼마를 날려버리는 선에서 육군의 기강을 다질 수 있었다.

"우리가 필리핀 공략에 얼마나 많은 준비를 했습니까. 당장 미군 장성들의 코앞에 밀정들을 박아 놓았는데도 이리 오랜 시간이 걸리다니."

"걱정 마시오. 이제 필리핀의 친미 세력을 싹 날려버리고 대동아의 번병으로 새로운 임무를 부여할 것이외다."

유화책을 채택해 현지 민심 수습을 우선시하던 혼마가 강판당하고 일본식 철권통치가 그 자리를 차지하자, 항복했던 필리핀 현지 군대조차 일본의 막장 짓거리에 학을 떼고 도로 정글로 기어들어 갔다는 사실은 이들에게 중요치 않았다. 당장 중요한 건 상대 파벌에게 트집 잡힐 꼬투리를 내주지 않는 것이었으니.

하지만 해군은 달랐다.

"이제 때가 되었습니다. 호주를 정복하면 태평양 일대의 패권을 빼앗아 올 수 있습니다."

"태평양과 인도양, 두 대양을 합쳐 우리 일본제국 해군을 막을 상대는 그 어디에도 없습니다. 육군은 어째서 저 거대한 대륙을 정복하지 않는 겁니까?"

"개전 전에 언급하였듯, 이제 우린 내실을 다져야 합니다. 몇 년 뒤 몰려

올 미군을 막기 위해선 지금부터 대대적인 준비를 해야 한단 말이오."

"그러니 그 준비를 위해 호주를 정복하잔 겁니다!"

단체로 돌아버렸나, 해군 놈들. 도조 히데키는 속으로 혀를 차면서도 말은 최대한 조곤조곤해야만 했다. 해군은 늘 그랬듯, 육군의 명을 들어야 한다는 상황 자체를 납득하지 못했다. 저놈들도 다 알고 있을 것이다. 호주 침공이 얼마나 허황한 계획인지를 모른다면 진지하게 뇌에 구멍이 얼마나 뚫렸는지 확인해 봐야 할 터. 도조에게는 참으로 다행스러운 일이 있었다면 호주 정복 계획은 일본 해군 내에서도 반대파의 거센 반발을 받았다는 점이고, 도조에게 참으로 불행한 일이 있다면 그 반대파가 호주 정복 대신 주장하는 작전안도 불쏘시개 같긴 매한가지라는 사실이었다.

"그러니까… 여길 치자는 말입니까?"

"도조 장군께선 육군이시니 해군의 싸움에 대해 말씀드리자면, 전차나 항공기와 달리 군함은 보충이 무척 더딥니다."

"내가 그걸 모르진 않습니다."

"황국의 자랑스러운 기동부대가 영국, 네덜란드, 호주 함대를 모두 격파했으니 미국이 조선소에서 신형 함선을 쏟아내기 전에 미국의 수상전력을 깡그리 말소해야만 합니다. 지금이 아니면 우린 두 번 다시 적에게 함대결전을 강요할 수 없습니다!"

야마모토 이소로쿠(山本五十六). 해군의 윗선들이 각종 정변과 쿠데타 음모 등으로 쑥컹쑥컹 날아간 탓에 연합함대 사령장관 자리를 거머쥔 인물. 미국의 저력을 익히 알고 있는 데다가 무식하게 건함 타령을 부르지 않는단 점이 마음에 들었지만… 결국 해군은 해군인 모양이었다.

"이곳, 미드웨이를 쳐서 적의 잔존 함대를 끌어내야 합니다."

"야마모토 제독의 말씀은 잘 알겠소만, 적이 함대결전에 응하지 않으면 어떻게 되는 게요? 난 육군이라 수상전은 잘 모르겠는데."

"응하지 않으면 육군은 편히 앉아 미드웨이를 점령할 수 있으니 절호의 호기 아니겠습니까.”

“미드웨이를 점령한다고? 점령한 뒤에 유지는? 보급은? 해군이 저 태평양의 절해고도를 앞으로 쭉 지켜주리라 장담하는 게요?”

야마모토는 그 물음에 제대로 답하지 못했고, 도조는 축객령을 내렸다. 하지만 얼마 지나지 않아 상황은 역전되고 말았다.

쿠우웅!!

“이게, 이게 어떻게 된 일이야!! 육항대! 해군! 대체 너희는 뭘 한 게야!”

“…드릴 말씀이 없습니다.”

“어째서! 천황 폐하께서 계시는 황도에 적의 폭격이 꽂힌 거냐고!! 잡아! 무조건 적 항모를 찾아서 잡아!!”

백주대낮에 홀연히 나타난 미군 폭격기. 둘리틀 특공대가 도쿄에 폭탄을 떨구는 순간, 도조는 해군에 대한 통제력이 주먹 틈 사이로 스멀스멀 빠져나가는 것을 직감했다.

루즈벨트 행정부의 ‘독일 우선’ 정책은 공격받기에 충분했다. 사람들은 필리핀에서 분투한 장병들을 칭송했지만, 세상에 비밀은 없다 했던가. 필리핀 방위를 책임지고 있던 웨인라이트(Jonathan Mayhew Wainwright IV) 장군이 보내온 저주 섞인 전문이 전쟁부 담장을 넘자, 생각보다 더 대통령에게 타격이 온 모양이었다.

[그 무엇보다 항공기 지원이 시급하다. 조금이라도 좋으니 폭격기를 보내달라.]

[필리핀 자치령이 흔들리고 있다. 합중국이 필리핀을 버리지 않는다는 확신이 필요하다.]

[적이 상륙했다. 하늘을 빼앗겨 상륙을 저지할 수 없다.]

[지원이 없다면 부상병과 민간인을 탈출시킬 함선이라도 보내달라.]

[맥아더와 마셜 두 위선자들에게. 막사는 말라리아 소굴이 되었고 녹슬

400

지 않은 총은 없다. 케손 대통령은 우리가 영국에 막대한 군수물자를 보냈다는 소식을 듣고 혼절했다. 나는 더 이상 그를 설득할 수 없다. 명령에 따라 마지막 순간까지 싸우겠으나 그 마지막은 가까워져 오고 있다.]

다행히도, 이 전문이 명명백백히 까발려지는 일은 없었고 행정부의 전시 언론통제력은 아직 고삐를 단단히 죄고 있었다. 하지만 국민들의 인내심이 한계라는 건 누구나 알 수 있는 일. 그리하여 사실상의 자살 공격이나 마찬가지인 둘리틀 특공대가 도쿄를 폭격했고, 그 반향은 어마어마했다.

"호외요, 호외! 우리 항공대가 도쿄를 불바다로 만들었답니다!"

"잽스 추장 머리 위에 폭탄이 떨어졌습니다!!"

이 폭격에 좀 더 내러티브를 부여하기 위해, 우리 전쟁부에선 일본 정부가 미국 군인들에게 수여했던 훈장 일부를 수거해 갔다. 나 또한 무척 기쁜 마음으로 창고에 처박혀 있던 일제 훈장들을 넘겨줬고, 집은 불탔는데 그 훈장은 아주 말짱하더라. 폭격이 성공한 후, 나는 〈미국의 소리〉 스튜디오로 향했다.

"제가… 꼭 해야 합니까?"

"물론이지요. 킴 장군님이야말로 현재 일본과 아시아 일대에서 가장 영향력이 큰 미국인 아니십니까."

"글쎄요… 저랑 안면 있던 사람들은 다 숙청당하지 않았을까요?"

"그건 높으신 분들 이야기지요. 저희가 파악한 바에 따르면 장군님이 하시는 게 최고의 선택입니다."

내빼려고 시도했지만, 당연히 실패로 돌아갔다. 젠장. 아이크 밥그릇에 자꾸 숟가락 대는 거 같아서 찜찜한데. 이번 폭격에 대한 자세한 보도는 이미 전문 앵커들이 다 했다. 나는 일본인들의 멘탈을 박박 긁기만 하면 된다 이거지. 어쩌다 내가 도니 버밀리언이 됐을꼬. 나는 관계자 검토가 끝난 원고를 받아, 통역 없이 영어와 일어로 쪽바리들의 귓구멍에 프로파간다를 박아주었다.

"둘리틀 중령이 이끄는 미 육군항공대가 도쿄, 나고야, 요코스카 등지를 폭격했습니다. 여러분들이 그렇게 물고 빠는 황거에서도 불타는 도쿄가 아주 잘 보였겠지요. 폭격기는 단 한 대도 격추되지 않았는데요, 여러분들이 그토록 신주불멸이니 불침항모니 떠들어대던 일본열도의 실상은 이토록 허접하기 짝이 없었습니다."

나도 모르게 목소리에 힘이 들어간다. 괴벨스 프로파간다 영상 보면서 연습을 해서 그런가, 자꾸 카랑카랑하게… 뭔가 콧수염 길러야 할 것처럼 말을 하게 되네. 이래도 되나. 내가 말을 잇지 못하고 힐끗 방송국 직원들을 쳐다보자, 책임자로 보이는 사람이 이면지 뒤에 큼지막하게 '아주 좋습니다!'라고 적어서 보여주었다. 이대로 해도 된다 이거지?

"그동안 일본의 언론은 연승행진만 떠들어댔지요? 설마 '대본영 발표'를 곧이곧대로 믿는 분들은 없으리라 믿습니다. 여러분은 이미 진실을 알고 있습니다. 중국을 정복하겠다고 아들들이 떠난 지 몇 년이 지났는데, 돌아왔습니까? 새로 정복한 땅에서 자원이 들어온다면 물가가 떨어져야 할 텐데 떨어졌습니까? 배급은 늘어나고 있습니까, 아니면 줄어들고 있습니까?"

쪽바리를 패는 것보다 더 재밌는 일. 그건 당연히 쪽바리를 팩트로 패는 일 아닐까?

"전쟁 직전, 일본제국은 영국과 미국에서 어마어마한 양의 석유와 고철을 위시해 거의 모든 지하자원을 수입해 갔습니다. 이제 정복한 땅에서 뺏으면 된다고 생각하십니까? 근데 공영권이라면서요. 식민지 아니라면서. 설마 위대한 일본제국이 같은 아시아인을 해방시켜 주는 게 아니라 수탈하려던 거였나요?

지하자원은 뺑뜯어서 해결했다 칩시다. 그런데 공장 기계는 어쩌시려고? 그것도 전부 수입해서 쓰던 분들이 앞으로 전쟁 어떻게 하려나 모르겠습니다. 앞으로 폭격기는 더 늘어나고, 더 자주 올 것이고, 더 크고 강해질 겁니다. 일본의 선량한 민간인 여러분. 폭탄에는 눈이 없습니다. 살고 싶다면 도시에서 나와 산골로 도망치십시오."

나는 1부와 2부로 나누어 1부에서는 쾌지나 칭칭나게 일본을 씹어댔고, 2부에선 아프리카에서 영혼까지 털린 롬멜을 예시로 들며 독일을 씹었고, 그 독일을 믿고 세계 정복하겠다고 날뛰는 일본을 한 번 더 씹었다. 그렇게 실컷 떠들고 나니 어느덧 배정된 시간이 얼마 남지 않았다. 나도 모르게 목에 힘이 들어가서 그런가, 목구멍이 아릿하다.

"일본인 여러분. 그리고 이 방송을 듣고 있는 모든 아시아인 여러분. 제가 일본에 갔었을 적, 대지진이 열도를 덮쳤습니다. 저는 미합중국 시민으로서 미국인들을 구조하였고, 거기서 제 의무는 끝났습니다. 저는 지진이 계속해서 일어나는 일본 땅을 탈출할 수 있었지만, 한 명의 인간으로서 양심과 도덕을 지키기 위해 그 땅의 일본인들을 구조했었습니다. 이제 저는 양심과 도덕을 위해, 모든 아시아인을 일본의 마수에서 지키기 위해 아시아로 돌아갈 것입니다. 지진보다 더 잔혹한 일본제국, 그 폭압에 종말을 가져다줄 것입니다.

I shall return. 나는 돌아갈 겁니다."

태양제국의 원죄 3

중화민국, 중경.

"사람을 아주 들었다 놨다 하는군."

라디오에서 흘러나오던 김유진의 외침이 끝나고, 휴 드럼은 실소를 흘렸다. 아무리 생각해도 저놈이 군에 입대한 건 무언가 잘못된 일이 틀림없었다. 물론 사상 최초의 아시아계 웨스트포인트 생도라는 타이틀도 비범하긴 하다. 하지만 저 괴벨스에 대적할 만한 주둥아리는 군복이 아니라 정장을 입어야 더 알맞지 않을까? 야무지게 칼로 갈라서 목은 방송국에 두고 몸통은 전장에 내보내는 건 어떨까… 까지 망상의 나래를 이어나가던 드럼은 앞에 있는 장개석의 헛기침에 정신을 차렸다. 다행히 장개석은 이를 트집 잡지 않고 부드럽게 웃으며 차를 입에 가져다 댔다.

"김 장군의 연설은 정말 사람의 혼을 빼놓는 느낌이군요. 정말 일본을 징벌하러 아시아로 오실 예정입니까?"

"자세한 건 듣지 못했습니다만, 개전 직후 아시아에서 지휘봉을 잡고 싶다고 요청했으나 참모총장이 반려했다는 일화는 무척 유명합니다."

"저런! 히틀러에겐 참 불운한 일이군요. 저에게도 불운한 일이고요."

"핫핫핫. 이 드럼으로는 부족함을 느끼시는지요?"

"그럴 리가요. 장군께서 5억 중국 인민을 위해 얼마나 분골쇄신하는지 이 장 아무개가 누구보다 잘 알고 있습니다."

"그렇게까지 말씀해주시니 정말 감사합니다. 하지만 방금 들으셨잖습니까? 바깥에서 들리는 저 함성 말입니다."

원래 드럼도 장개석과 함께 있는 자리에서 굳이 라디오를 틀 생각은 없었다. 하지만 유진 킴이 육성으로 〈미국의 소리〉에 나온다는 예고를 들은 중국 측에서 사기진작을 위해 확성기까지 동원하여 그 방송을 중계했고, 김유진이 한마디씩 할 때마다 천지가 떠나갈 듯한 함성과 고함이 온 산천초목을 쩌렁쩌렁 뒤흔들었다.

"중국 인민들이 킴 장군에 이토록 열광하는 줄 알았다면 전쟁부도 생각을 바꿨을 텐데요."

"김유진이란 인물은 이 중원 땅에서 미국인 장성 한 명을 뜻하지 않습니다. 아시아인이 태생부터 열등하다는 서양의 손가락질에 대한 반례니까요. 중산(中山, 쑨원) 선생님께서도 일찍이 이 점을 들어 김 장군의 위업에 경탄을 표한 바 있습니다."

장개석은 자리에서 일어나 자신의 책장으로 가더니 책 한 권을 꺼내 왔다.

"김 장군의 유명세에 한몫한 건 이 책이지요. 일본 체류할 적, 일본 인민들을 대상으로 했다던 연설문 모음집입니다. 중원의 식자치고 읽지 않은 이가 없을 정도인데, 미국에선 좀 어떻습니까?"

"…금시초문입니다. 일본에서 연설을 했다는 것도 처음 듣는군요."

"그렇습니까? 아시아인의 패배의식을 덜어주고 의욕을 고취시켜주는 명문입니다. 이런 좋은 글이 정작 미국에 없다니 의아하군요."

'1만 시간 노오력하고 못 하겠다 말하라.'부터 '간절히 기원하면 이루어진다.'까지, 21세기 자기계발서의 농축 엑기스만 담아 떠들어댄 김유진 망언록은 100년의 시간을 뛰어넘어 절망 가득한 난세 중원에 깊은 울림을 가져다주었다.

당연한 일이지만 100년 후 원래 세상에도 없던 저작권 의식이 1920년대 중국에 설마 있겠는가. 땡전 한 푼 받지 못한 김유진이 이 사실을 깨닫는 날엔 펄펄 뛰고도 남을 일이겠으나 장개석과 드럼 모두 그런 사소한 일에 관심을 기울일 위인은 아니었다.

"하지만 김 장군은 김 장군이고, 당장 인민과 장병들에게 필요한 것은 물리력을 가진 무기입니다. 어떻게 미국에서 물자를 보급받을 방도가 없겠습니까?"

"버마를 빼앗긴 이상 현재로선 뾰족한 수가 없습니다. 아시잖습니까?"

"내 그 점은 장군께 고마운 마음뿐이오."

버마 주둔 영국군은 그야말로 추풍낙엽처럼 무너졌다. 버마가 여리고성도 아닐진대 어째서 잽스들이 조금만 깔짝대기가 무섭게 그토록 지리멸렬한단 말인가. 미국 전쟁부에서는 중국군을 동원해서 버마 영국군을 지원할 것을 명했으나, 드럼은 '장개석을 설득할 수 없었다.'라며 입을 털고 실제로는 장개석과 상의 후 배를 쨌다. 중화민국에 얼마 없는 정예 병력을 날리기 싫다는 감성과 부임하자마자 장개석과 척질 수 없다는 이성이 합의를 본 결과는 매우 만족스러웠다.

"다른 사람은 몰라도 나만큼은 드럼 장군을 철석같이 믿고 있습니다. 본국의 명을 거역하면서까지 우리를 지켜봐주는 이를 저버리는 건 있을 수 없는 일이지요. 하하하!!"

"저는 군사학적으로 가장 타당한 안을 골랐을 뿐입니다! 하하하!"

두 호걸은 그렇게 친분을 다지며 다음 전투를 준비했다. 아직 그들은 참아야 한다. 이 길고 긴 항전을 헤쳐나가려면, 벌써 긴장을 늦출 순 없었다. 하지만 이들이 미처 고려하지 못한 점이 있었으니.

"유진 킴이 온다! 민족자결의 횃불을 들고 자유를 되찾아주기 위해 온다!"

"압제자 영국이나 정복자 일본이나 그 나물에 그 밥이다. 진정 믿을 자는 같은 아시안인 킴 장군뿐이다!"

"미국은 일찍이 필리핀을 독립시켜주기로 약속한 바 있다. 미국만큼은 믿을 수 있다!"

드넓은 중국을 벗어난 땅에도 이 방송은 송출되었고, 처칠이 놀라 기절할 독립에 대한 열기가 온 식민지배하 아시아 곳곳에서 이글거리기 시작했다.

"유진아… 또 구라치니? 나 죽기 전에 오는 거 맞지?"

필리핀에서 게릴라전을 벌이던 아나스타시오처럼 이미 알 거 다 아는 사람 또한 없지는 않았으나.

"얘들아 들었지! 미국은 온다! 잽스를 물리치러 킴이 온다!"

"와아아아아아!!"

근묵자흑이요 초록은 동색이라. 사기 고취를 위해선 웨스트포인트의 사기꾼 유진 킴 대신 위대한 전쟁영웅 킴 장군을 내세우는 편이 훨씬 좋았다.

* * *

집이다. 세상에, 집이라고! 내가 집에 있어! 이 푹신한 침대의 감촉이 얼마나 그리웠던가. 이 따뜻한 온기를 몇 번이고 떠올렸냔 말이다.

"멍멍! 멍!!"

"안 돼. 아빠는 뽀삐랑 같이 산책을 갈 수가 없어요."

"끼이잉……."

"끼잉거려도 안 되는 건 안 되는 거야."

뽀삐야, 날 매정하다 하지 말아 다오. 내가 귀찮아서 이러는 게 아냐. 밖에 나가면 무슨 고양이 나라의 캣닙처럼 사람들이 떼를 지어 몰려와서 집 밖으로 나갈 수가 없는 거란다. 아, 죄 많은 남자 유진 킴. 이렇게 팬덤이 거대해질 줄 어찌 알았으리오? 그렇게 침대의 푹신함을 즐기며 어푸어푸 헤엄을 치고 있는데, 누군가의 강렬한 시선이 느껴졌다.

"……."

"…좋은 아침?"

"지금 벌써 점심이야."

안주인께선 뽀삐 보듯 날 쳐다봤다. 아니, 정수리는 보지 마. 거긴 보지 말라고! 안 그래도 저번에 드골이 정수리 빤히 보다가 씩 웃고 지나가서 트라우마 온다고! 빌어먹을 수수깡 새끼. 대체 얼마나 많은 사람들의 키를 빨아먹은 거냐. 내가 키 때문에 불편한 적은 없었는데 솔직히 그놈은 규격 외다. 망할.

"와서 좀 쉬는 건 뭐라고 안 하겠는데, 너무 주책맞은 거 아냐? 기자들이 당신 이러는 꼴 보면 뭐라고 하겠어."

"'영웅의 소탈함'이라면서 또 신문 1면에 박아놓고 팔아먹겠지."

"후. 이 집안 남자들은 왜 하나같이 입만 살아가지곤… 물귀신 될 일 없어서 다행이야. 입이 동동 뜰 테니까."

내가 깼다는 걸 눈치챘는지, 어느새 우리 귀염둥이들이 우르르 모여들었다.

"아빠아아."

"오구오구. 우리 막내는 갈수록 이뻐지네. 누굴 닮아서 이리 예쁠꼬."

얼른 침대에서 벌떡 일어나 셜리를 푹 안았다. 역시 막내가 아직 귀여움이 남아 있어. 제임스는 인제 슬슬 사춘기가 온 것 같은 게 어째 새초롬하다. 한창 센티멘탈할 나이대에 전미의 시선이 쏠려 있으니 거참, 애 정신에 해롭진 않을까 또 걱정되기도 하고.

"아빠."

"우리 집 맏딸. 무슨 일이니?"

"저 할 말 있어요."

"어, 그래."

"따로 잠깐, 서재에서 얘기할 수 있어요?"

"에구구. 일어나야지, 그럼그럼."

그러고 보니 앨리스도 슬슬 혼처 구해줘야 하는데. 자꾸 21세기식으로 생각하면 안 된다. 나야 내 꼴리는 대로 원 없이 설쳤다 치더라도 애들은 아니잖나. 애들한테 뭘 해줘야 할지, 각자 하고픈 일 정도는 할 수 있게 뒷바라지할 능력도 있다. 애들을 내가 이 무식한 동네처럼 매질하면서 키우지도 않았다. 그래도 넷이나 낳아 놨으니, 첫째랑 둘째는 슬슬 내 품에서 놔줘도……

"결정했어요."

"시집갈 상대 찾았니?"

"저도 전쟁터 나갈래요."

"절대 안 돼!"

내 빠따 어디 갔어. 역시 불타는 궁뎅이야말로 최고의 교육수단이다.

1940년 3월. 태평양, 산호해. 헨리 드와이트 킴은 바다 위에 둥둥 떠 있었다. 바닷물은 차가웠지만, 운 좋게 바다 위를 떠다니는 부유물을 잡아 저체온증으로 이승을 하직하는 불행은 피할 수 있었다.

"와, 이걸 사네."

헛웃음이 절로 나온다. 그래. 살았다. 아무튼 살았다! 짧다면 짧고 길다면 긴 인생. 하지만 첫 교전의 인상은 너무나도 강렬해 그 이전의 모든 추억들을 시꺼멓게 덧칠했다. 해군항공대에 입대하고, 번갯불에 콩 볶아 먹듯 항공모함 이착륙 훈련을 받은 뒤 배속받은 곳은 렉싱턴(Lexington). 그리고 오기가 무섭게 무시무시한 갈굼이 헨리를 기다리고 있었다.

"너희 집은 왜 육군 비행기만 새끈하게 뽑아주냐?"

"땅개 새끼들 머스탱만 보면 배알 꼴려 뒤지겠네. 우리 얼마 전까지 버팔로 타고 고통받은 거 아냐?"

"땅개 아들이면 땅개 하지 왜 이리로 왔어? 응?"

"장인어른의 권고로 왔습니다!"

"…헤헤, 킴 소위님. 어디 불편한 곳은 없으십니까?"

킹의 사위가 아니었으면 진작 꽁꽁 묶여서 어디 어뢰 대신에 탑재당했을지도 모른다. 참으로 다행인 일이었다. 유진 킴의 아들이자 어니스트 킹의 사위인 헨리 킴이 잽스를 물리치기 위해 태평양으로 향한다는 스토리는 전쟁부와 해군부 정훈 담당자들의 침샘을 자극하기에 충분했고, 당연히 대대적인 홍보가 뒤를 이었다.

[부자가 나란히 전쟁터로! 킴 가문의 대를 이은 헌신!]

[어려서부터 비범한 재능… 항공 에이스의 귀추에 주목.]

차마 낯부끄러워 신문을 보지 못하게 되었다. 삼촌이 '네가 목숨을 걸었으면 당연히 뽕을 뽑아야지'라며 언론에 떡값을 돌려 가며 있는 힘껏 나발을 불어대고 있다는 사실을 아는 만큼 더더욱 낯부끄러웠다.

그리고 시작된 전투. 일본 해군 항공모함에서 출격한 전투기와 치열한 교전 끝에 기념할 만한 첫 적기 격추 기록. 여기까진 좋다. 여기까진. 적 항공기의 성능이 미 해군의 기체, 와일드캣보다 더 좋아 보이는 건 둘째치고. 나름대로 노력했음에도 불구하고 그 자신 또한 격추당해 간신히 목숨만 부지하는 신세가 되었다. 아니지, 구조받지 못하면 이 망망대해에서 굶어 죽거나 익사하거나… 아무튼 죽는다는 미래는 바뀌지 않는다.

전쟁을 너무 우습게 봤나. 인제 와서 반성하기엔 너무 늦었지만, 유진 킴의 아들이라는 타이틀은 너무나 무거운 짐인 동시에 마약 같은 쾌감이기도 했다. 아무리 보아도 저 놀라운 재능은 유전일진대. 혹시 아는가, 전쟁터에 가면 김가의 혈맥을 타고 흐르는 재능이 개화하여 훨훨 날아다닐지.

하지만 결론은 격추였다. 괴물 아들이라고 꼭 괴물이란 법은 없었던 모양이다. 아니지, 아버지 말대로 육군에 안 가서 그런가. 그렇게 멍하니 상념에 잠겨 조금 전 있었던 항공전을 복기하길 한참. 그리고 고향 생각, 가족 생각, 이제 새댁이 된 애인 생각하길 또 한참.

얼마나 오랜 시간을 보냈을까. 슬슬 죽음에 대한 공포가 다가오고 평소 잘 찾지도 않던 하나님과 예수님 이름을 되뇔 때쯤.

"하하하! 찾았다!!"

"킹 제독님의 사위를 찾아냈다! 아이스크림이 대체 얼마냐!!"

"우린 부자가 될 거야! 아이스크림 떼부자다!"

해역에 잔류하고 있던 미 해군 구축함 한 척이 마치 천사와 같은 후광을 두른 채 나타난 것은, 헨리가 슬슬 삶에 대한 희망을 접고 유언을 남길 방안을 궁리할 때쯤이었다.

"억세게도 운 좋구만, 이 친구. 돌아갈 집이 날아가버렸는데 더부살이 좀 해야겠어?"

"가, 감사합니다. 구해주셔서 정말 감사합니다."

뉴기니 남부의 핵심 거점, 포트 모르즈비(Port Moresby)를 점령하기 위해 출격한 일본군은 그 인근 산호해에서 미 해군과 교전에 들어갔다.

그 결과, 미군은 항모 렉싱턴 손실. 일본군은 경항모 쇼호 손실. 그러나 포트 모르즈비 공략 계획은 좌절되었으며, 호주로 향한다는 일본군의 야무진 플랜은 휴짓조각으로 전락했다. 이제 도쿄에서 선택할 방안은 그리 많지 않았고.

"각하. 포트 모르즈비 공략 계획이 무너진 이상……."

"압니다. 알아요. 합시다. 미드웨이로 가자구요."

"감사합니다."

일본제국의 다음 공격 목표가 정해졌다.

태양제국의 원죄 4

　"잘 생각해보렴. 애국할 방법이 꼭 전쟁터에 나가는 것만 있는 게 아니에요. 한 명의 병사가 전장에 나가려면 열 사람이 후방에서 일을 해줘야해. 그러니……."

　"애국심이 아녜요. 전 제 목표를 이루기 위해 전쟁터로 나가고 싶은 거예요."

　부정.

　"헨리가 전쟁터에 나간 뒤로 네 엄마가 잠 못 이루고 있는 걸 뻔히 알면서, 뭐? 너도 나가? 그래, 나가라! 이 집에서 썩 나가!"

　분노.

　"그 똥고집은 엄마랑 쏙 빼닮았어 아주. 암호해독 부서에서 여러 언어에 능통한 사람을 찾는다고 하더라. 아주 막중한 임무지. 거기서 일하는 거라면 내 한 자리 주선해줄 용의가 있다."

　"거긴 은밀한 부서잖아요. 제가 원하는 건 그런 게 아녜요."

　협상.

　"자식새끼들 대가리 굵어지면 못 이긴다더니… 늙어서 못 볼 꼴을 다 보는구나. 이제 조만간 제 애비를 병원에 처넣고 유산싸움하겠어. 내 팔자야, 아이고 내 팔자야……."

"아빠, 들어봐요 좀."

"뽀삐야. 아빠랑 산책 가자. 어이구, 개가 사람보다 낫다. 개가 나아."

"넌 좀 저리 가 있어! 아빠, 그러지 말고 한 번만 차분하게 들어달라니까 요?"

우울.

이 모든 과정을 밟은 뒤, 마지막 '수용' 단계에 접어든 나는 오랜만에 두 동생들을 호출했다. 그런데 내가 부르긴 했지만, 왜 둘 다 몰골이 말이 아닌 거냐. 차마 왜 그렇게 되었는지를 물어보기도 뭣하여, 난 곧장 본론으로 들어갔다.

"어쩌다 우리 집안이 이리 콩가루가 됐냐."

"가진 게 너무 많아서지 뭘. 우리끼리 안 싸우는 것도 남들이 보면 혀를 내두를걸?"

유신이 이노옴! 어쩌다 이리 냉혈한이 되었느냐! 가화만사성이라 하였거늘, 어찌 집안의 어른이 그리 무심할 수가 있느뇨?

시가를 입에서 뗀 유신이는 그동안 쌓인 게 많은 듯 도로시보다 3배 빠르게 투덜거리기 시작했다.

"솔직히 우리들이야 우성 선생님, 도산 선생님 얼굴 보면서 컸으니 조선과 미국 양쪽의 문화가 섞여 있다손 쳐도, 우리 애들 세대는 그게 아니잖아."

"그렇지."

"그리고 견물생심이라고. 저 큰 사업체에 큼지막하게 누구 꺼라고 이름 쓰여 있는 것도 아니니 애들도 이래저래 생각이 많아질 수밖에 없지."

"나도 애들한테 저건 우리 거 아니니까 신경 끄라고 말하긴 했는데, 애들 입장에선 그렇구나 하고 넘어가긴 어렵겠지."

우리 삼형제는 무슨 경쟁이라도 하듯 애를 낳았다. 유아 사망이 그리 드물지도 않은 시대일뿐더러, 조선계를 늘려야 한다는 사명 비슷한 무언가까지 있었으니.

그래서 내 아이가 넷. 유신이가 다섯. 유인이가 둘. 많기도 많다. 여태껏 콩가루가 안 되었던 게 더 이상하구만. 지분은 흩어져 있지만, 우리 김씨 집안이 쌓아 올린 거성은 애초에 그깟 증권쪼가리로 따질 수 있는 게 아니다.

샌—프랑코 그룹의 모태가 된 철조망과 그리스건 제조사. 캘리포니아의 조폐소로 불리는 희대의 ATM, 샌—프랑코 출판사. 뜬금없이 잭팟을 터뜨려 나날이 우상향 성장곡선을 그리고 있는 샌—프랑코 에어로노틱스. 리스테린 때문에 인수했던 램버트(Lambert Pharmacal)며, 합자회사인 포드 트랙터 컴퍼니, 디즈니와 호멜사, 히긴스 인더스트리에 내가 떠오르지도 않는 온갖 회사 주식 등등. 여기에 보이지 않는 인망이나 영향력, 동양교육발전기금, 장학회나 재단까지. 애초에 우리 집안의 구조는 밀러 씨는 물론, 포드 사의 악명 높은 변호사 군단을 끼고 짠 만큼 나 같은 문외한이 함부로 건드릴 만한 게 못 된다.

군수업체의 지분은 대부분 유신이 명의로 되어 있지만, 군부의 아이돌인 나를 척지면 장사 못 한다. 애들 코 묻은 돈 갈취자인 출판사는 내 명의로 되어 있지만, 그 애들에게 딱지를 팔아먹는 유통망은 평생 일만 했던 유신이와 친하지 나와는 큰 접점이 없다. 형제애나 우애는 당연한 거지만, 괜히 욕심부려서 다 먹으려 들었다간 타노스님 손가락 튕기듯 잿더미가 되는 이 오묘한 구도 덕택에 괜한 트러블이 벌어지지 않은 셈이다. 유인이는 뭐… 애초에 대학에 말뚝 박으면서 집안일에서 탈출했을뿐더러, 본인도 딱히 욕심이 없고.

"하… 머리 아프다 정말."

"그러게."

"대체 헨리는 왜 파일럿으로 보낸 거야. 걔가 그러니까 생각 없던 애들까지 갑자기 헛바람 들었잖아."

"지가 가겠다는데 어쩔 거야. 난 뜯어말렸다?"

"천하의 김유진 아들이 똥고집 없으면 이상하지. 형 없는 동안에도 내가 몇 번이고 설득했는데 안 들어먹더라고."

"내가 무슨 똥고집이야? 도로시 닮은 거지."

"지랄."

"이 형 또 헛소리 시작하네."

날 갈굴 때만 참 동생 놈들 손발이 척척 맞는 걸 보니 가슴이 미어진다. 우리 김상준 어르신이 회초리를 별로 안 드니까 저렇게 컸지. 나,, 때는,, 말이야,,! 형 공경하기를,, 아주,, 임금님 섬기듯이,,,!

후. 이제 쟤들도 애들이 다 커서 군대에 갔는데 이런다고 말을 듣겠나. 유신이와 유인이도 장남이 입대했다. 걔들 중엔 다행히도 반드시 최전방에 가겠다고 빼액대는 놈들이 없었기에, 내가 손을 써서 후방에 박아 넣을 수 있었고.

"이 전쟁이 끝나면 조선은 독립한다."

내 말에 둘의 표정부터가 싹 달라졌고, 자세를 가다듬는 동생들을 보며 나도 말을 이었다.

"이미 내가 밑작업을 슬슬 쳐두고 있고, 독립하는 대로 새 나라에서 이것저것 해야 할 일이 많을 거야. 공적인 분야가 아니더라도, 민간 차원에서도 할 일이 많겠지?"

"사업체를 통하면 운신의 폭이 넓을 테고."

"그렇지. 조선 쪽 한 뭉텅이 떼서 나눠주고, 미국의 사업체도 정리 좀 해서 개편하면 애들 불만도 사그라들지 않을까 싶은데."

"나는 영구 귀국할 생각이야."

대뜸 유인이가 먼저 선을 그었다.

"아버지 연세를 생각해 봐. 조선 강산 보겠다고 저승사자도 내쫓고 있는 분인데 우리 형제 중 한 명은 따라가야지."

"그거야 그렇다만."

"어차피 형들은 못 움직일 테고, 그럼 내가 가야지."

우리 집에서 유일하게 조선 사람과 결혼했었던 유인이니까, 그럴 법도 하다.

"내가 가면 교육부 장관 자리쯤은 받지 않겠어?"

"그러고도 남지. 부모님 모시고 잘 먹고 잘살게 챙겨줄 테니까 너무 걱정하진 말고."

"그런 걱정은 처음부터 안 했어."

우린 한참 동안 독립한 후 뭐 하나 멀쩡한 것 없이 잿더미가 되어 있을 조선에 뭐가 필요할지에 대해 논했다. 대강의 얼개를 얼추 잡은 후, 나는 그제야 슬쩍 본론을 꺼냈다.

"우리 딸내미가 말이지, 자기도 전쟁터 나가겠다 하더라고."

"앨리스?"

"그럼 셜리겠냐."

"음… 걔는 그럴 만도 하지."

"그렇지."

그런데 이놈들은 깜짝 놀라긴커녕 잠시 눈깔을 데룩데룩 굴리더니 그럴 만도 하다며 고개를 주억이는 게 아닌가.

"너네 벌써 앨리스가 떡값 찔러주든?"

"아 씨. 떡값은 내가 헨리 살리려고 온 사방에 뿌린 게 떡값이고."

이건 또 뭔 소리래. 자초지종인즉슨, '헨리가 유명해졌다가 죽으면 사기 관리에 문제가 생기니 위험하지 않은 곳에 배치하겠지?'란 생각에서 언론에 기름질을 좀 했더란다. 이리 조카를 아끼는 삼촌을 보니 참으로 감격스럽긴 하지만… 어니스트 킹이 어떤 인간실격인지 아직 파악을 잘 못 했구나.

"앨리스 걔가 참 야무지잖아."

"내가 딸 교육을 참 잘 시켰긴 하지."

"그래. 집에서 애나 보는 거라고 안 가르치고 하고 싶은 걸 하라고 그렇게 뽐뿌질을 했으니, 당연히 위대한 아버지의 뒤를 잇고 싶단 생각이 들겠어, 안 들겠어?"

아니. 왜 이야기가 그렇게 돼 이 자식들아. 우리 교육학 박사님께서 헛소리를 해대는데, 내가 뭐라고 하기도 전에 유신이 놈은 호두까기 인형처럼 대가릴 끄덕거린다.

"우리가 봤을 땐 그냥 나사 빠진 인간인데, 집에도 잘 없는 아빠가 위인이라고 온 사방에서 떠들어대면 당연히 애가 가슴이 두근대지."

"헨리는 그래도 자기 애비가 얼마나 맹탕인지 좀 아는 눈친데, 그 동생들은 글쎄올시다."

"걔는 장손이잖아. 짐이 무거울 만도 하지."

그러더니 김유인 박사께서 담배 한 개비를 물며 심리 진단 결과를 내미는 것이다.

"형이 그렇게 키웠으니까 그냥 업보려니 해."

"그렇지 그렇지."

"너희 나이 마흔 먹고 빠따 맞고 싶냐?"

세상에 믿을 놈 하나 없다. 정말로.

"아무튼 내가 뜯어말려 봤는데, 도넛 걸을 해서라도 유럽엘 가겠단다."

"차라리 잘됐네. 어차피 형도 사교 활동 같은 거 하려면 동반할 여자 한 명쯤은 있어야 하잖아. 딸내미 데리고 나가."

"응? 그런 것도 있어?"

"원래 장군쯤 되면 사교도 일이야. 그동안 파트너 누구 데려갔는데?"

"…프랑스의 놀렛 장군 친척 딸내미."

아무 일도 없었다. 털끝 하나 건들지 않았다! 진짜라고! 사교도 일이니까 거 뭐시냐, 프랑스와의 우호 증진을 위해…….

"안 그래도 적십자 쪽에서 저번 전쟁 때의 도넛 걸 비슷한 자원봉사 준비 중이라더라. 그쪽에 문의 한번 해봐?"

"그래 주면 나야 편하고."

틀림없이 앨리스를 설득할 방안을 물어보려 했건만. 이 못난 삼촌들은 내 편을 들긴 개뿔, 기어이 김가의 장녀를 유럽으로 보낼 방안을 찾아주었다. 앨리스는 좋은 삼촌들을 둬서 정말 행복하겠구나. 나쁜 놈들.

* * *

협력보다는 견제. 타협보다는 야합. 회의보다는 밀담. 동양 유일의 열강, 명예백인의 나라 일본제국이 굴러가는 모양새는 대개 여기서 크게 엇나가지 않았다. 따라서 제국의 앞날을 결정지을 회의쯤 되면, 으레 각 파벌의 수장들끼리 이미 수면 아래에서 짝짜꿍이 다 맞아떨어진 상태이기에 회의는 어디까지나 회의록을 만들기 위한 요식행위에 불과하다. 하지만 지금 이 순간, 회의장은 싸늘하게 얼어붙고 있었다.

"미드웨이라니. 해군 군령부(참모본부)에서는 금시초문인 이야기입니다."

"야마모토 사령장관은 반성하시오! 제국의 운명을 결정지을 일전을 어찌 제멋대로 진행하려 한단 말이냐 이 말입니다!"

야마모토는 느닷없는 이 난타에 정신을 차릴 수가 없었다.

'도조, 이 빌어먹을 놈! 벌써 날 견제하는 거냐!'

이 작자들이 갑자기 단체로 미쳐버리지 않고서야 어찌 이럴 수가 있단 말인가. 더 높은 놈의 지시를 받았으니 이러지. 틀림없다. 바로 그 공적인 회의록에 미드웨이로 갈 수 없다는 기록을 남기고 싶어 이런 굴욕을 주는 게 확실하다.

"미국 항공모함에 탑재된 함상기는 제국 해군항공대가 너끈히 물리칠 수 있습니다. 하지만 저들 육항대가 보유한 무스탕이란 기체는 그야말로 난적입니다."

"사령장관. 적 함대를 끌어내기 위해 미드웨이를 친다 하셨소. 그러면 미드웨이에 주둔하고 있을 무스탕이 벌집에서 잔뜩 쏟아져 나올진대, 이래서야 적을 끌어내는 게 아니라 우리가 격파당하리란 생각은 들지 않소?"

"황국의 기동함대는 세계 제일입니다. 다소 버겁지만 임무를 달성하기에는……."

"다소 버겁다니. 미군을 상대로 크게 압승을 거두지 않으면 후방 생산능력에서 뒤지는 우리가 불리하다 떠들고 다닌 건 다름 아닌 야마모토 사령장관 당신이잖소? 어째서 '다소 버거운' 싸움터로 나간단 말이오!"

미드웨이 공세에 뜨뜻미지근한 반응을 보이던 도조가 선선히 알았다고 할 때부터 경계해야 했거늘. 실수였다. 그렇게 열린 회의에서 야마모토는 몇 시간에 걸쳐 두들겨 맞아 심적으로 너덜너덜해지고 말았다.

"황국의 전략은 간단합니다. 새로 정복한 남방 전역에서 최대한 많은 자원을 확보하고, 적의 다대한 피해를 강요하여 협상 테이블로 끌고 나오는 것입니다."

"그렇지요."

"비록 자랑스러운 육군이 동남아 일대에서 영국군을 격파하였으나, 아직 호주와 뉴질랜드군이 남아 있습니다. 호주를 정복할 순 없더라도 최소한 그들의 역량을 거세해야 합니다!"

산호해 해전에서 한발 물러나면서 제국의 톱니바퀴가 삐걱대기 시작했다. 포트 모르즈비를 함락시키지 못했으니, 이제 그곳에서 그 끔찍한 무스탕 항공기가 쏟아져 나오리라.

"호주에서 포트 모르즈비. 포트 모르즈비에서 뉴기니. 뉴기니에서 인도네시아. 인도네시아의 제공권을 빼앗기면 섬을 지켜내기 어렵고, 그러면 그곳의 자원을 바탕으로 항전을 이어나간다는 기본 전제가 무너지게 됩니다."

"이게 다 당신이 포트 모르즈비를 점령하지 못해서요, 사령장관!"

"그러면 두더지처럼 대가리를 땅에 처박고 버티기만 하면 이길 수 있다고 생각하십니까? 미드웨이 외에 함대결전을 강요할 만한 곳이 있습니까?"

"그렇소. 호주 공략의 핵심이자, 미 함대를 끌어낼 정도의 가치가 있는 곳이 있지."

"그런 대단한 곳이 있다면 저도 꼭 알고 싶군요."

야마모토의 비아냥에도 불구하고, 군령부장은 못 들은 척 단호하게 외쳤다.

"이곳, 과달카날(Guadalcanal)이야말로 잔존 미 함대를 쓸어 담을 핵심 전장이 될 것이오."

고증입니다

일본군이 동남아를 제패한 이후, 원 역사에서는 군부 내의 의견이 크게 엇갈렸습니다.

육군 : 자원지대를 확보했으니 중일 전쟁을 끝내야 한다.
해군 군령부 : 호주를 쳐야 한다.
야마모토 : 하와이를 공략해야 한다.

산호해 해전이 엎어지고, 타협에 타협을 거듭한 결과가 미드웨이 공격입니다. 문제는 일본은 항공모함 6척 중 2척이 산호해 해전에서 무력화되면서 함대가 분할됐다는 것입니다. 미드웨이에는 남은 4척만 끌고갈 수밖에 없었죠. 결과는 항모 4척을 모두 날려먹는 대참사였지요.

작중에서는 그동안 적립된 여러 변화가 작용하였습니다.
먼저 유진 킴이 유명세를 떨치면서 일본군의 미국에 대한 이해도가 크게 상승하였으며, 일본군 특유의 육해군 대립에서 육군이 우세하게 되었습니다.
원 역사에서 호주—뉴질랜드 육군은 롬멜을 상대하기 위해 북아프리카로 차출되었으나, 작중에서는 태평양 전쟁 개전이 앞당겨지면서 이들 육군 전력이 본국에 그대로 남아 있습니다.
또한 머스탱이 태평양에 등장하면서, 미군의 육상 비행장이 주는 압력이 더욱 커졌습니다.

태양제국의 원죄 5

"남방에서 귀관의 공로가 아주 컸다고 들었네."

"그렇습니다, 장군. 소관의 완벽한 작전안에 힘입어 황군이 연전연승할 수 있었습니다."

다른 누구도 아닌 천하의 도조 히데키 앞에서 이리 당당할 수 있다니! 황국을 뒤에서 조종하는 흑막. 대본영의 상황으로 군림하고 있는 그가 손 한 번 휘저어 날려보낸 장교가 한 소쿠리쯤 된다는 걸 생각하면, 이건 기개 라 부르기보단 만용이라 불러 마땅하리라.

하지만 일개 중좌(중령)임에도 불구하고 등에 철심을 박은 듯 뻣뻣한 남 자를 보면서도 도조는 화를 내지 않았다. 실제로 이번 남방 작전의 근간은 이자가 세운 거나 마찬가지였고, 놀라운 대승의 주역이라면 그만한 대우를 해줘야 하지 않겠는가.

"귀관을 일컬어 사람들이 '작전의 신'이라고 한다던데. 과연 허명이 아니 야."

"아무리 주머니 안에 숨기려 해도 날카로운 못은 튀어나오기 마련입니 다. 소관은 어디까지나 제 할 일을 했을 뿐입니다."

"역시 젊은 패기가 좋긴 좋군. 츠지 중좌, 그대가 간언한 대로 이 전쟁이 흘러가고 있는 지금 자네의 의견을 듣고 싶군. 앞으로의 전황은 어찌 될 것 같나?"

츠지 마사노부(辻政信) 중좌는 그 말만을 기다렸다는 듯 안경을 고쳐 썼다.

"나약한 물개 놈들이 포트 모르즈비를 공략하는 데 실패하면서 대계가 크게 어그러졌습니다. 이제 이 전쟁은 저 광대한 남방에서 얼마나 많은 석유와 고무를 본토로 보낼 수 있느냐에 달렸습니다."

"그렇지."

"이제 황국의 건아들이 육로로 나아가 포트 모르즈비를 떨어트리고, 바다의 여러 섬을 장악해 호주를 고립시켜야 합니다. 제아무리 미국의 무스탕이 강하다곤 하나 고작 몇 대에 불과할뿐더러, 황국엔 그 어떤 나라도 따라올 수 없는 야마토 정신이 있습니다! 나약한 백인들은 결코 제국의 정신력을 이길 수 없습니다!"

츠지의 강변에 도조는 가슴이 벅차올랐다. 그래. 늙은이들은 겁만 많아져 이런 기개가 없다, 기개가. 이런 인재가 있으니 황국은 앞으로도 영원히 번영하리라.

"그러면, 킹 장군이 태평양에 온다 하더라도 달라지지 않을까?"

"그는 고작 조센징일 뿐입니다. 그가 승승장구한 이유는 어디까지나 황국의 야마토 정신을 본받아 물질에 찌든 백인들을 상대했기 때문이지요. 소관이 전권을 잡는 그 날, 그 조센징을 붙잡아 웨인라이트 옆방에 가두게 될 것입니다."

"훌륭해. 참으로 훌륭해."

육군의 내로라하는 장군들 중, 떳떳하게 유진 킴과 맞상대할 수 있노라 외칠 수 있는 사람은 그리 많지 않았다. 전략전술이고 존경심이고 그런 문제가 아니다. 그냥 받아 처먹은 게 너무 많기 때문이다. 당장 지금 남방 작전의 총사령관으로 나가 있는 데라우치는 지난 관동대지진 때 유진 킴과 육군 간 연결고리였고, 알음알음 자녀 교육을 위해 킨 장군 편으로 자식들 유학 보낸 이들이 어디 한둘이던가? 게다가 조선미쓰비시―포오드트랙터회사가 어떤 회사인가. 유진 킴, 그리고 에젤 포드가 직접 머나먼 극동까지 와 실사를 해가며 설립한 일미 우호의 결정체였다.

'어이쿠, 다나카 장군님! 새롭게 별을 단 것을 진심으로 축하드립니다!'

'이번에 조선으로 부임하신다 들었습니다. 이건 약소하지만 저희 회사에서 장군님의 진급을 축하하는 의미에서……'

'허허. 참으로 늠름하게 생긴 두꺼비 아닙니까! 번쩍번쩍한 것이 이 녀석이 더 장군감이군요!'

안 받아먹은 놈 없다. 죄다 한통속이었다. 트랙터 몇 대가 만주를 거쳐 중국에 건너가면 좀 어떤가. 그리스건 한 트럭이 사라지면 좀 어떤가. 그 친구들 매출이 유지되어야 내 호주머니도 빵빵해질 텐데.

지금도 늠름히 서 있는 저 전신상. 육군 군인과 킨 장군이 손에 손잡고 지진에 휩쓸린 신민을 구하는 조각상이 괜히 세워진 게 아니다. 전쟁이 터지기 전까진 모두가 참으로 행복했었으니까. 해군 빼고.

미국과 전쟁이 터진 지금도 마찬가지다. 적국의 자산인 킨 장군의 사업체는 당연히 몰수당했지만 머리부터 발끝까지, 사장부터 말단 종업원에 이르기까지 모두 하던 일 그대로 하며 일본군에 무기를 납품하고 있었다. 그런 의미에서, 그 금으로 엮인 사슬에 연연하지 않고 위풍당당한 친구가 있으니 얼마나 보기 좋은가.

"호주 공략 계획은 귀관만 믿고 있겠네."

"멸사봉공의 정신으로 반드시 대동아공영을 실현해내겠습니다!"

그 소름 끼치는 〈미국의 소리〉를 통한 '나는 돌아가겠다.' 선언. 1시간에 걸친 그 기나긴 연설을 듣고 있노라면 누구라도 당장 킨 장군이 도쿄를 불바다로 만들 기세라 평했으리라. 하지만 당장이라도 미군 정병을 이끌고 태평양에 나타날 것만 같던 그는 나타나지 않았다. 오히려 미국에 보낸 아들이 남미로 추방, 사실상 석방되었다는 소식이 전해져 왔을 뿐.

역시 킨 장군의 배포는 참으로 크다. 인질로 잡는다거나 프로파간다에 써먹는다거나 하는 일 없이 이리 적에게도 자비를 베풀다니. 실로 무사의 귀감이다… 라고 나이브하게 생각하기엔 이미 도조는 노회한 정치인이 다 되었다.

'입으로는 전쟁을 부르짖으면서도 손은 따로 놀고 있다. 그렇다면 어떤 것이 허장성세고 어떤 것이 진의일지 뻔하지 않은가.'

히틀러의 전쟁기계, 그리고 떠오르는 태양 일본과의 양면 전선. 진주만에서 인도네시아에 이르기까지, 끝없이 패배만을 거듭한 연합국에 더 이상 전의가 남아 있으리라곤 생각되지 않았다. 제아무리 명장이라 한들 겁에 질린 패잔병들로 어찌 전쟁을 이끌어 나가겠는가?

킨 장군은 본디부터 친일 인사였고, 일미 전쟁은 그가 바라던 바가 아니었다. 일단 전쟁이 터졌기에 군인으로서 약한 소리를 할 순 없지. 하지만 우리의 협업은 앞으로도 계속되리라는 시그널을 보낸 게 아니겠나? 역시 이게 가장 정확한 해석이다.

조금만 더 몰아친다면! 조금만 더 미국의 전의를 꺾을 수 있다면! 그가 직접 말한 대로, 이 도쿄에 '돌아올' 수 있겠지.

새로운 시대. 일본제국의 시대와 대동아공영권을 인정하는 평화조약문을 들고 올 킨 장군을 따스하게 맞이하며 그가 베푼 무사의 정에 찬사를 보낸다. 미국은 황국의 힘과 권위를 인정하고, 마침내 두 나라 사이에 진정한 우호가 피어나면 힘에 의한 평화를 실현시킨 이 도조 히데키 또한 역사에 불멸의 흔적을 남길 수 있으리.

하루빨리 그날이 왔으면 좋으련만. 그의 야망은 끝 간 데 없이 뻗어나가고 있었다.

　　　　　　　　　* * *

　　명나라 정복 후 인도 침공을 꿈꾸던 도요토미 히데요시의 망상에 버금
갈 정도로 도조의 꿈이 마구 부풀고 있었지만, 그를 말릴 주변 사람은 아무
도 없었다. 도조를 뺀 다른 군인과 정치가들 또한 직책과 위치만 달랐을 뿐,
비슷한 일장춘몽에 빠져 허우적대기로는 오십보백보였으니까.

　　'혹시… 우리 엄청 센 건가?'

　　'이 새끼들 순 종이 호랑이였나?'

　　평생을 다 바쳐 싸워도 이기기 힘들 것 같던 숙적이, 칼질 한 방에 픽 하
고 쓰러져 버리다니. 너무나 비참할 정도로 손쉽게 무너지는 미영연합군을
보는 것도 한두 번이지, 반년 동안 추태만 보이는 적들을 보니 마음속 의심
은 점차 사그라들고 새로운 깨달음이 그들의 머리통을 가득 채웠다.

　　"이제 일본의 시대가 온다!"

　　"나태한 백인 문명이 지는 해가 되는 것은 자명한 이치. 이제 떠오르는
해 일본이 세계를 선도한다!"

　　"오직 강자만이 살아남는다던 사회진화론! 퇴화하고 도태된 백인의 세
상이 끝난다는 사실은 과학적으로 증명되었다!"

　　마침내 견적이 서자, 제국의 수뇌부는 먹물 먹은 식자라는 것들을 움직
였다. 그리고 새로운 지령, 신시대를 설파하라는 특명을 받은 이들은 하나
같이 다가올 새로운 시대를 광신도처럼 떠들었다.

　　이 식자들도 크게 두 부류로 나눌 수 있었는데, 명예백인의 낙인에 몸서
리를 치며 진심으로 백인 세상의 종말을 부르짖는 자가 한 뭉텅이였으며 비
국민 딱지 붙어 인생 종 치기는 싫은 탓에 마지못해 나발 부는 이가 또 한
뭉텅이였다. 그 속사정이 어찌 되었건 온 나라의 학식 있다는 자들이 죄다
튀어나와 승리선언을 외치니, 아랫것들이 제정신이길 기대하는 건 당연히
무리에 가까웠다.

"황국의 승리다!"

"우린 나약한 양키를 쳐부순다네~ 우린 과달카날로 간다네~"

일발역전의 대기습을 위해 완벽한 기도비닉과 기밀유지를 자랑하던 일본군은 순식간에 사라져버렸다. 대신 그 자리엔 끝없는 자만심과 오만이 들이찼다. 당연히 진주만의 대참사 이후 눈에 불을 켜고 있던 미군의 안테나에 이 현상이 캐치되지 않을 린 없었고 말단 병졸들까지 온 사방에 다음 공격 목표를 떠들어대는 이 상황에 도리어 태평양의 연합군 사령부가 패닉에 빠졌다.

일본의 무전을 감청하고 있는 해군 측, 그리고 현지 협력자들의 공통된 의견까지 모두 '일본군은 조만간 호주와의 연결고리를 끊기 위해 대규모 작전을 시행할 계획'이라고 하였는데, 도무지 신뢰하긴 어렵지 않은가.

"다음 목표로 추정되는 섬은 솔로몬제도의 과달카날입니다."

"우리를 완벽하게 속이고 진주만을 불태운 일본군이 저토록 방만하게 군다고?"

"어쩌면 역정보일 수도 있습니다."

새롭게 지휘봉을 잡은 드와이트 아이젠하워는 최근 영롱한 4성 계급장을 받고 그 중압감에 식은땀을 뻘뻘 흘리고 있었다.

"후우."

한 명의 제복군인으로서 대장 계급을 원하지 않았느냐고 누가 묻는다면, 당연히 원한다고 답할 수 있다. 하지만 전공을 세워 그 대가로 받은 게 아니다. 이건 어디까지나 선불이다. 영국, 호주, 뉴질랜드군. 거기에 해군과 해병대까지. 이 어지럽고도 복잡한 환경에서 지휘권을 행사해야 하니 꿀리지 말라고 권위를 부여해준 셈. 당연한 말이지만, 한 번이라도 헛디디면 곧장 나락으로 떨어진다. 조지 마셜이란 사람은 밀어줄 땐 아낌 없이 밀어주지만, 그 기대를 배신했을 땐 남들에게 보여주기 위해서라도 혹독한 대가를 요구하는 위인이니까. 모가지가 전쟁부 정문에 대롱대롱 내걸리는 것만은 사양이다.

"저게 역정보건 아니면 진짜건, 단 한 대라도 좋으니 누가 나에게 머스탱 좀 줬으면 좋겠군."

"본국에 몇 번이고 더 요청을 했지만, 생산 라인을 증설하고 있으니 기다려 달라는 말밖에 없었습니다."

"잘 알고 있네. 없으면 없는 대로 살아야지."

육군과 해군을 막론하고, 드넓은 태평양의 주도권을 잡기 위해 가장 필요한 무기가 머스탱이라는 점은 공감대를 형성했다. 하지만 유감스럽게도 아이젠하워의 손엔 단 한 대의 머스탱도 남아 있지 않았다.

샌—프랑코가 필사적으로 찍어낸 머스탱을 영국 공군이 한 아름 받아가고, 남은 기체를 받은 미 육군항공대 또한 유럽 전선에 우선적으로 배치했다. 필리핀의 친구를 위해 창고에 처박힌 시제기며 시운전기까지, 몇 대 안 되는 머스탱을 보내주긴 했지만 이들은 아이젠하워가 지휘봉을 잡기 이전 일본군의 남방 작전에 휩쓸려 사라져버렸다.

"그래도 육항대에 다시 한번 요청해 보세나. 머스탱이 있냐 없냐에 따라 우리가 취할 수 있는 전략적 포지션 자체가 달라지니."

"알겠습니다."

육군항공대로서는 다소 억울할 법도 한 것이, 그들이라고 머스탱의 전략적 가치를 모르는 바는 아니었다. 오히려 전공 분야인 만큼 더 잘 알고 있다. 하지만 망망대해 건너 태평양 오지에 항공기를 배달해주려면 당연히 항공모함이 필요한데, 미 태평양함대는 도저히 항공기 운송에 항모를 할애할 여력이 없었다. 얼마 전 렉싱턴이 침몰하면서 더더욱.

"한 가지 특기할 만한 사항이 있습니다."

"뭔가?"

"잽스가 육로로 포트 모르즈비를 침공하려는 징조 또한 있습니다."

"육로로?"

머릿수에서 우위를 차지한 일본군이 육로로는 포트 모르즈비를 향해 다시 한번 진격해오고, 동시에 과달카날에 비행장을 깔아 목을 죄어오겠다는 의도인가? 정석이라면 나름대로 정석적인 수인데… 저토록 대놓고 작전 목표를 떠들어대니 도무지 믿을 수가 없었다. 일본군의 거점 도시 부나(Buna)에서 포트 모르즈비까지 직선거리로는 약 150킬로미터. 하지만 그 직선상엔 해발 2천~3천 미터를 자랑하는 오웬스탠리산맥. 단순히 산맥만 가파른 게 아니라 영국, 독일, 호주 모두 감당 못 한 거대한 정글이 우거져 있다. 원주민조차 횡단이 불가능한 이 길로 진격하는 건 불가능한 일이니, 당연히 해안선을 뺑 돌아오려는 것일 터.

"인간의 몸으로 저 정글투성이 산맥을 넘을 순 없으니… 해안에서 적과 맞설 준비를 갖추고, 해군과 해병대에 과달카날을 선점하는 안건에 대해 이야기해 보자고."

"알겠습니다!"

아이젠하워가 훗날 회고하길.

'난 또다시 일본군을 상식선에서 판단해버리고 말았다.'

중국 전선 어드메에서 등산왕 마속의 망령이라도 씌었던 것일까. 일본군은 바로 그 산맥을 넘기로 결심했다.

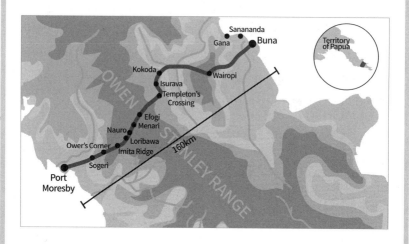

직선거리는 그리 멀어 보이지 않지만, 저 길은 제국주의 열강들조차 진입 포기한 지상 최악의 정글 + 화산산맥입니다. 최고봉인 빅토리아산은 무려 해발 4,073미터 입니다.

9장
과달카날에 어서 오세요

과달카날에 어서 오세요 1

1940년 봄. 워싱턴 D.C.엔 촉촉한 봄비가 뿌리고 있었다. 제2차 세계대전이라는 전대미문의 대재앙을 맞이해, 모두는 각자의 자리에서 최선을 다해 싸우고 있었다.

"자네 동생, 요즘 뭐 하고 있나?"

아놀드 장군님. 방금 제가 저렇게 비장한 나레이션 깔았는데 건들거리면서 나타나면 전혀 효과가 없잖습니까.

"질문이 너무 뜬금없는데요. 무슨 일 있습니까?"

"샌—프랑코는 공장 라인 증설 안 하나? 온 사방에서 비명이 빗발치고 있네."

"미친 듯이 하고 있을걸요. 얼마 전에 동생 만났는데 애 얼굴이 반쪽이 됐습니다."

"그래도 부족해."

"라인이라는 게 알라딘의 요술램프 문질러서 지니한테 부탁하면 튀어나오는 게 아니거든요?"

당장 포드사만 하더라도 기존 자동차 라인 싹 다 뜯어냈다. 포드뿐만 아니라 이 나라의 모든 공장이란 공장은 전쟁에 필요한 물자를 생산하도록 개조당하고 있었고, 무수한 관료들과 전문가들이 달라붙어 어떤 공장이 무슨 물자를 생산할 수 있는가로 연일 펜대를 굴리고 있었다.

어떻게 컨베이어 벨트를 깔고, 인력을 얼마나 박아넣고, 비숙련공이 해도 되는 일과 숙련공이 투입되어야 하는 일을 분류하고, 이 사람은 군에 끌고 가면 안 됩니다 딱지 붙이고 등등… '그냥 입 벌려라, 달러 들어간다!'로 다 될 줄 알았더니 꼭 그것도 아닌 모양이었다.

"생산 라인 증설이랑 개량형 발주 중에서 뭐가 더 좋습니까."

"둘 다지."

이 욕심 많은 사람 같으니라고. 뭘 어떻게 했는지 모르겠지만, '머스탱'이란 이름값을 하려고 그러는지 나날이 항속거리를 늘리기 위한 개량이 착착 성과를 내고 있다 들었다. 정말 원 역사의 그 경이로운 항속거리가 나올지도 모르겠네.

"애초에 왜 내가 태평양 쪽의 비명을 들어야 하나?"

"어… 글쎄요. 전 잘 모르겠는데. 헤헤."

"유럽 방면을 맡은 누군가가 죽어도 못 놔준다고 아득바득 머스탱을 붙들고 있어서가 아닐까? 양심도 없나?"

"유럽 전선 우리 애들은 어디 사람 아니랍니까?"

나도 못 줘! 못 준다고!

시칠리아 상륙이 썩 마음에 들진 않지만, 군인은 원래 정치인이 내린 판단에 따라 까라면 까는 존재다. 위대한 킹갓폴리티션 FDR께서 시칠리아로 가라고 하면 가야지. 그리고 거기서 애들 케첩으로 만들기 싫으면 나도 머스탱 쥐고 있어야 한다. 지중해 제공권 잡아야 한다고 영국 애들이 비명을 지르고 있거든. 나는 영국인들의 비명을 들었지만 영국인들은 내 마음속 비명을 못 들었기에, 그놈들은 결국 저번 카사블랑카 회담에서 예정한 대로 장대한 디에프 상륙작전을 개시했다. 영국군, 캐나다군, 약간의 미군 레인저 부대가 섞인 이 끔찍한 혼종 2개 사단은 프랑스 북쪽의 한적한 휴양지, 디에프에 기습적인 상륙을 시도했으나… 영혼까지 털려버렸다.

[대참사!]

[디에프의 비극!!]

크게 따서 정권을 안정시키려던 처칠 내각은 선물 옵션의 대가를 치르게 되었다. 처칠이 여기서 진짜로 실각하면 모두가 곤란해지니, FDR은 물론 그 스탈린조차 '디에프에서의 영웅적 투쟁' 운운하면서 립서비스를 쳐줘야만 할 정도였다. 현기증 나네, 진짜.

그렇다고 소련 사정이 나아졌나 하면 그것도 아니다. 디에프에서 처칠이 부부젤라를 불고 탬버린을 챙챙거리며 히틀러를 현혹시키려는 동안, 스탈린은 모스크바의 안보를 더 확고히 하기 위해 공세를 개시했다가 또 영혼까지 털려버렸다. 이쯤 되면 둘 다 무슨 영혼의 봇듀오인 줄 알겠어. 무슨 주식판을 보는 것 같다.

'옆집 유진 킴이 콧수염 코인 떡락에 전 재산을 박아서 지금 빌딩을 하나 샀댄다.'

'우리가 걔보다 못할 게 뭐 있어? 가자! 우리도 올인 가즈아!'

내가 아프리카에서 하도 크게 따서 그런가. 다들 유령이라도 씌었는지 독일군을 만만히 본 모양이다. 물론 독일군은 썩어도 준치. 부자가 망해도 3년은 간다는데 마침 독일군이 전쟁을 일으킨 지도 딱 3년 차 아닌가. 올해 스탈린그라드에 거하게 꼬라박으면 파산이겠어. 우리 입장에서 볼 땐 이제 디에프 상륙작전이란 훌륭한 반면교사가 생겼으니, 그다음은 같은 실수를 하지 않도록 열심히 공부를 해야 한다. 그러니까, 이제부터 해야 할 일은 닭달이 아니라 진짜 필요한 일인 것이다.

"오랜만에 뵙습니다. 몸은 좀 어떻습니까?"

"몸? 멀쩡하지. 전쟁터 나갔다 온 사람 앞에서 힘들어 죽겠다고 투덜대지 않을 정신머리도 남아 있고 말야."

채피는 날 보자마자 달려와선 있는 힘껏 꽉 끌어안더니, 곧장 위스키 한 병을 땄다. 내가 반가운 게 아니라 근무 시간에 술 마실 핑계가 필요했던 거 아닐까? 현재 전차와 전차 부대에 관해 거의 모든 권한을 쥐고 있는 채피를 만난 이유라면 역시.

"새 중전차, 시칠리아 가기 전에 나올 것 같습니까?"

"중전차라는 게 알라딘의 요술램프 문질러서 지니한테 부탁하면 튀어나오는 게 아니거든? 그걸 바랐으면 만들어 놓고 나서 자리 옮겼어야지!"

탁 하는 소리와 함께 잔에서 방울방울 술이 흘러내린다. 그치만 나 진짜 쫄린다고. 위엄찬 퍼싱 중전차가 있어야 좀 멘탈이 평안해질 것 같은데.

"제가 그래도 밑 작업은 다 해놓지 않았습니까."

"그거라도 해놨으니 나오는 대로 투입할 수 있지."

마셜, 맥네어, 그리고 내가 머리를 쥐어뜯게 된 핵심 원인. 이름 그대로 '무거운' 전차인 중전차는 그만큼 수송하기가 어렵다. 안 그래도 셔먼 전차를 싣고 내리는 데도 여러모로 크레인의 한계를 시험해야 하는데, 거기서 더 무거워진 중전차를 나르려면 아예 새 크레인을 뽑아야 할 판.

단순히 하역만 문제가 아니다. 맥네어는 '중전차 1대를 전쟁터에 보낼 수송 역량이면 셔먼을 더 많이 보낼 수 있는데, 차라리 물량을 더 확보하는 게 낫지 않을까?'라는 의견을 제시했었다. 하지만 아프리카 전역에서 얻은 교훈이 빛을 발했다. 수로 해결되지 않는 일도 있다. 특히, 적의 심장부로 공격해 들어가야 하는 우리는 필연적으로 각종 지형지물을 끼고 있는 방어자를 상대해야 한다. 이런 상황에서 물량공세는 전략적으로 당연히 옳은 선택이지만, 그 물량을 들이붓기 어려운 곳이라면 전차 한 대 한 대의 성능이 좋을수록 빛을 발한다.

카세린계곡에 강력한 중전차가 있었더라면, 아군은 훨씬 적은 희생으로 이겼을지도 모른다. 카세린계곡에 2차 세계대전 독일군의 상징, 티거 전차가 있었다면 아군은 훨씬 참담한 피해를 입었을지도 모른다. 결국 맥네어는 중전차의 필요성을 인정했고, 이제 개발 작업은 막바지에 이르러 신뢰성 테스트에 돌입한 단계였다. 문제는 그 신뢰성이 영 개판이란 점이지만.

"자네 옛날 전과 보면 전차를 무슨 1회용으로 쓰지 않았나? 그냥 에라 모르겠다, 하고 굴리면……"

"그때가 벌써 20년 전입니다. 지금 그럴 순 없죠."

그땐 따끈따끈한 프랑스의 공장에서 전차가 숨풍숨풍 쏟아지던 시절이고, 지금은 대서양 건너편으로 날라야 하잖아. 그때랑 지금이랑 같아?

"그리고 하나 더 요청할 게 있는……:"

"아아. 머리 아파! 머리 아파! 또 뭐? 또 뭐가 필요해!"

"상륙 전용 전차 예전에 요청했던 거. 혹시 진행 중입니까?"

"그 웃기게 생긴 친구들 말이지. 이미 총장님께서 확인하고 개발 명령 떨어졌네. 이번에 제대로 데인 영국군에서 먼저 제작할 모양이더군."

원 역사에서 퍼니 전차라 불린 각종 기기묘묘한 전차들. 상륙이 얼마나 어려운 작전이면서도 반드시 성공시켜야 한다는 점을 고려한다면, 받을 수 있는 장비빨은 최대한 받아야겠지. 채피 역시 다른 장군들이 다 그렇듯, 나날이 말라비틀어지고 있었다. 그런 분에게 자꾸 일감을 던지는 것 같아 찝찝하긴 하지만… 어쩔 수 없다. 진짜 믿을 사람이 얼마 없으니. 매번 맥네어와 음험하게 서로 펜싱하듯 치고받는 것도 피곤한 일이다. 차라리 이렇게 술 한 잔 빨면서 농담 따먹듯 이야기하는 게 훨씬 낫지. 이렇게 애들마냥 욕지거리하면서 긴장 풀지 않으면, 수백만 대군을 사지로 보낸단 중압감에 휘말려 압사해버리기 십상이다.

그러니까 결론은, 집이 최고야.

"후. 후후. 후후후후."

얼마 만이냐. 화장실에서 웃음을 되찾은 게 대체 얼마 만이냐고! 낮엔 죽을 만큼 덥고, 밤엔 죽을 만큼 추운 사막. 적장은 사막의 여우 롬멜. 그 와중에 정치에 외교까지 신경 써 가며 필사의 똥꼬쑈.

그래. 이제 어깨 쫙 펴고 다닐 수 있다. 잠시 듬성듬성해지나 싶던 내 정수리는 도로시가 차려주는 집밥 챙겨 먹기가 무섭게 다시 풍성해졌다. 이 말인즉슨 위대한 전쟁영웅 유진 킴 대장은 아이크와 달리 모공이 숨진 게 아니란 뜻이렷다. 어디까지나 과도한 스트레스와 극한의 자연환경 때문에 모발을 생성할 영양소가 부족했던 것뿐이라고. 내가 탈모의 길로 접어들고 있다고 음해하는 놈들은 전부 히틀러의 첩자다. 후버에게 지하실 하나 빌려서 내 손으로 직접 거꾸로 매달아 코에 추어탕을 부어주마.

"웬일로 웃으면서 나오네?"

"무슨 소리야. 난 항상 웃음 가득한 사람이었는데."

"어휴, 참 좋으시겠어요."

주말을 맞이해 신문 한 부 읽으면서 편안한 아침식사. 이거야말로 행복이지.

"신문 좀 식탁에 올려놓지 마."

"예에……."

행복 맞다. 진짜다.

"아빠, 오늘은 출근 안 해?"

"오늘은 쉴 거야. 맨날 출근하면 아빠도 쓰러져요."

하나둘 잠에서 깬 아이들도 얌전히 식탁에 모여 함께 밥을 먹는다. 이럴 때 애들 얼굴 열심히 봐둬야지. 시칠리아 상륙작전이 시작되면 얼마 지나지 않아 노르망디도 시행될 거고, 노르망디 이후론 히틀러의 모가지를 따는 그 날까지 오직 전쟁 일직선이다. 하루가 다르게 쑥쑥 크는 아이들을 고려했을 때, 내가 전쟁터에서 돌아오고 나면 애들은 키도 크고 얼굴도 많이 바뀌어 있겠지. 지금 머릿속에 꼭꼭 저장해 놔야 한다.

"앨리스."

"네."

"네 삼촌이, 적십자 봉사단 쪽으로 알아보고 있다. 내가 허락해 줄 수 있는 건 이게 끝이야."

군복을 입고 싶으면 본토에서 후방근무. 전방에 나가고 싶으면 절대 군인은 허락할 수 없다. 둘 중 하나만 골라. 유신이나 유인이가 예상했듯, 그 적십자 봉사 건을 간략하게 설명해주자 앨리스는 눈을 반짝였다.

"아빠 고마워요!"

"이거면 됐지?"

"네!"

후. 아들내미고 딸내미고 진짜 속 썩이는 덴 아주 프로라니까. 나 어렸을 적엔 부모님 말씀 잘 듣고 동생들 잘 다독이는 모범생 그 자체였는데. 대체 내 가정교육에 뭐가 문제여서 애들이 다 저리 자유분방하다 못해 벽을 뚫을 기세로 천방지축이지?

"역시 엄마 닮아서 그런 거 같아."

"참나. 아빠가 군인이니까 쟤들이 저리 난리지, 얌전히 회사 생활 하는 사람이었으면 어디 전쟁의 ㅈ이라도 꺼냈겠어?"

"…앨리스 너는 나중에 유신이 삼촌한테 가서 고맙다고 인사 한번 하고. 거기 조카들도 좀 만나고……."

"걔들 꼭 봐야 해요?"

"어허. 그럼 못써. 다 친척들인데 사이좋게 지내야지."

곧 죽어도 하나씩 토를 다는 거 보면 도로시 딸 맞아. 나는 얌전히 '네~' 하는 착한 어린이였으니까.

"아, 그리고 미리 말해놓는데."

나는 숟가락을 내려놓으며 이 고집 센 딸에게 분명하게 경고했다.

"유럽 나가서 이상한 놈팽이랑 놀면 알지? 너네 외할아버지가 물려준 샷건이 불을 뿜을……."

"아빠보다 잘난 남자 아니면 관심 없으니까 걱정 좀 붙들어매세요."

"그렇다고 수녀가 되란 소린 아니었는데."

나보다 잘나려면 인생 3회차쯤은 돼야 할 것 같은데 말야. 그나저나 헨리가 걱정되긴 하는데… 별일 없겠지. 없어야 한다. 암.

* * *

　같은 시각 태평양. 솔로몬제도 인근 공해상.
　"이게 말이 돼? 이게 말이 되냐고!"
　"당연히 말이 되지!"
　"크하하! 미스터 아이스크림을 우리가 구해냈다!"
　헨리 드와이트 킴. 두 번째 기체 손실 후 구조. 정녕 김가의 재능에 항공기 조종술은 없는 것인가, 몇 번이고 생각해보는 헨리였다.

과달카날에 어서 오세요 2

1940년 봄. 일본군의 칼끝이 솔로몬제도, 그중에서도 과달카날을 겨누고 있다는 사실이 연합군의 눈에도 뚜렷해질 때쯤.

"육군 놈들은 우리가 얌전히 자기네 뒤나 봐주길 원하지만, 그럴 순 없지."

비록 미드웨이, 나아가 하와이를 공략하겠다는 야마모토의 노림수는 물거품이 되었지만 그의 기본 전략이 수정되지는 않았다.

"과달카날이라는 먹이로 미 해군을 끌어들인다. 테이블에 칩이 올라가면 올라갈수록 판돈이 커지고, 마침내 건곤일척의 함대결전을 치르거나 과달카날을 포기한다는 선택지 중 하나를 골라야겠지."

태평양 한가운데의 정글로 뒤덮인 섬. 섬의 자체적인 보급 역량은 당연히 제로. 결국 양군은 모두 가진 수송 역량을 총동원해 식량이며 탄약까지 바리바리 실어 날라야 과달카날을 유지할 수 있다.

"결국 과달카날에 비행장을 준설하고, 이를 유지할 수 있는 쪽이 이 전역에서 승리한다."

반대로 말하면. 비행장이 없는 동안엔 이 일대에 항공 전력을 투사할 방법이라곤 오직 항공모함뿐이다. 죽이 되든 밥이 되든, 얌전히 손 털고 이 일대에서 빠지기 싫으면 항모를 끌고 오는 수밖에.

물론 솔로몬제도에 먼저 손을 대기 시작한 일본군은 몇 가지 우위를 점하고 있었다. 기체 방어력을 포기하면서까지 항속거리를 확보한 일본군 기체는 머나먼 섬 라바울(Rabaul)에서 과달카날까지 날아와 작전행동을 할 수 있었으며, 다른 섬 산타 이사벨(Santa Isabel)에도 수상기 기지를 짓고 있었다.

하지만 그 정도로 충분한 항공 전력을 확보했다 여기긴 힘들었으며, 무엇보다도 안 그래도 허접한 일본군의 수송 능력이 갑자기 샘솟는 건 아니었기에 이 야생의 섬에 발을 들이민 일본군의 수는 극히 적을 수밖에 없었다.

"일본군이 과달카날에 상륙했습니다!"

"수효 약 4천!"

"해병대를 투입하지. 그 어떤 희생을 치르더라도 과달카날을 내줘선 안 된다."

태평양의 연합군 중 영국군과 네덜란드군은 소멸하였으며, 호주와 뉴질랜드군은 본토 방위 및 뉴기니 전역에 묶여 있는바. 신설 비행장 탈취를 위해 미합중국 해병대가 과달카날로 향하며 지옥의 섬, 과달카날 전역의 서막이 올랐다. 그렇게 태평양의 자그마한 섬 과달카날이 사상 최대의 격전지로 발돋움하는 동안. 일본 육군은 호주—뉴질랜드군이 그대로 과달카날로 향하는 것을 막기 위해 야심 차게 포트 모르즈비 공략 계획을 개시하였다.

"이건 미친 짓입니다. 저 정글로 장병들을 데리고 가라고요? 보급은, 보급은 그럼 어떻게 합니까?!"

"보급은 귀관이 신경 쓸 일이 아닙니다."

현지의 지휘관들은 대충 산만 슥 훑어봐도 저 정글이 얼마나 마경인지 잘 알고 있었기에 극렬히 반대했다.

"차라리 해안으로 진격하면 될 일 아닙니까. 저건 자살행위입니다. 원주민조차 저 정글투성이 산맥을 넘진 않습니다! 그냥 산이 아닙니다. 수만 년째 화산재가 농축된 화산지대란 말입니다!"

"귀관은 지금 대본영 명령에 거역하는 겐가? 감투정신 부족을 보급이니 뭐니 하는 핑계로 때우려는 것 같은데?"

"씨바아아알!!"

까라면 까야 한다. 결국 일본제국 육군 제55보병사단은 뻔히 죽음이 아른거리는 정글로 들어가야만 했다.

"도저히 야포를 운반할 수가 없습니다!"

"그럼 야포 버릴 거야? 야포가 없으면 기껏 포트 모르즈비까지 가서 무슨 수로 전투를 치르려고?"

"병으로 쓰러지는 병사들이 늘어나고 있습니다."

"가능한 한 후송을… 그게 안 된다면 차라리 현지인들에게 맡겨보세."

아직 최전방의 장군들까지 모조리 미쳐버린 수준까지 가진 않았기에, 저 끔찍한 산맥에 진입한 일본군은 어려운 환경에서도 나름대로 최선을 다했다. 하지만 그것도 일시적인 일이었을 뿐.

"식량이 바닥을 드러내고 있습니다."

"휘하 대대가 통제되고 있지 않습니다! 굶주림에 시달리던 병사들이 현지 원주민을 학살하고 식량을 약탈합니다!"

"이 정글에서 원주민을 적으로 돌리면 안 돼! 막아! 막으라고!"

"…이미 늦었습니다."

정글은 참으로 끔찍했다. 식물도, 곤충도, 동물도 하나같이 극독을 머금은 악의 가득한 생물들. 아무리 조심하여도 연일 중독된 병사들이 죽어나가고, 그렇지 않은 병사들은 열대의 각종 질병에 시달리다 또 죽어나갔다. 배가 고파진 병사들은 만만한 원주민을 학살하고 식량을 탈취했지만, 그 대가로 이제 독충과 독사에 더불어 독침과 독화살을 날리는 분노한 원주민도 각종 독 명단에 새로이 이름을 올리게 되었다. 설마 오웬스탠리산맥을 넘으리라곤 생각도 못 하고 있던 아이젠하워는 '일본군, 산맥 진입' 보고를 받고 할 말을 잃어버렸는데.

"이제 알았어."

"무엇이… 말씀이십니까?"

"저놈들은 미치광이야. 진주만은 심모원려 따위가 아니라, 그냥 광인의 주먹구구 칼질에 재수 없이 찔린 거라고."

그렇게 판단을 내린 그는 곧장 포트 모르즈비 방어 계획에 착수했다.

"어떻게 하시겠습니까?"

"민병대가 일본군에 맞서고 있다고 했지. 자제 요청을 내려. 악에 받친 잽스를 자극했다가 괜히 희생만 늘어날 거야. 무엇보다도, 엄연히 군이 있는데 보호를 받아야 할 민간인이 싸우면 우리의 직무유기일세."

포트 모르즈비에 주둔 중인 육군항공대를 이용해 정글 머리 위로 신나게 폭탄을 투하한다. 전의 넘치는 민병대는 잠시 숨을 고르게 하고, 자원자만 추려 호주군의 길잡이 역할을 맡긴다.

혹여나 그놈들이 기어이 산맥을 다 타 넘었을 때를 대비해 방어 준비 역시 착실하게 닦는다. 고생 끝에 놈들이 와봤자 잽스를 곤충 먹이로 던져주기 위한 바비큐 파티장이 기다리고 있으리. 저렇게 대놓고 병력을 던져준다면, 당연히 곱게 잡아먹어야지. 기회를 놓칠 정도로 아이젠하워는 바보가 아니었다.

과달카날은 연합군과 일본군 모두에게 생소한 전장환경이었다. 절해고도, 섬 안은 죄다 정글. 전투 및 생존을 위해 필요한 물자는 모두 해상으로 수송해야 함. 보급을 위해서는 제해권을 잡아야 함. 제해권을 잡기 위해서는 제공권을 잡아야 함. 제공권을 잡기 위해서는 과달카날의 비행장을 확보해야 함. 과달카날의 비행장을 확보하려면 보급을 해야 하는데 보급을 해주려면 제해권이……? 이 물고 물리는 무한루프 때문에 양국의 지휘관과 참모들은 머리가 터질 것 같았지만, 일선의 장병들은 몸뚱아리가 터져나가고 있었다.

"기브 미 아이스크림!!"

"아이스크림 줘, 킴 중위!"

"이제 격추당할 일 없습니다. 저 구조해서 아이스크림 받을 일 없다구요!"

"아이스크림 받을 일 없다구요~ 웅, 그렇구나. 크헤헤헤!"

"제너럴 킴께서 아이스크림을 주신다네! 사랑하는 아들을 위해 아이스크림을 주신다네! 아이스크림, 아이스크림, 땅개 두목이 주는 아이스크림이 너무나 달달하다네~"

"또 시작입니까. 후. 그거 2절은 안 부릅니까?"

"2절은 위험하거든. 간부 없을 때 불러야 하지 않겠어?"

둥지 잃은 새가 된 헨리의 새 둥지, USS 요크타운(Yorktown). 양군은 어떡하든 솔로몬 인근에 최소한 1~2척의 항공모함을 띄우며 제공권을 확보하고자 온몸을 비틀었고, 서로의 보급을 끊기 위해 구축함과 순양함이 매섭게 바다를 달리며 포화와 어뢰를 교환했다.

헨리 드와이트 킴 중위. 3기 격추. 4기 손실. 어쩌면 김가의 재능은 죽을 둥 말 둥 한 상황에서도 악착같이 살아남는 바퀴벌레 파워 아닐까? 이륙에 실패해 바다에 기체를 꼬라박았을 땐 정말 파일럿 짤리는 줄 알았지만, 다행히 빽이 빽인지라 짤리지 않을 수 있었다. 엄마나 동생들, 부인에겐 절대 이 답답한 느낌을 말할 수 없지만 전쟁터가 곧 직장인 아빠는 그래도 뭔가 해줄 수 있는 말이 있지 않을까? 문득 그렇게 생각한 헨리는 그동안의 일과 느낀 점, 자괴감 등을 모조리 편지지에 부어 워싱턴 D.C.의 유진 킴에게 보냈다. 그랬더니 날아온 답장은 참으로 가관이었다.

[그러길래 내가 육군으로 가라고 했잖니. 왜 물개를 해서 그 고생을 하냐?]

막았잖아! 아놀드 장군까지 움직여가면서 막은 게 누군데!

[머스탱은 내가 아니라 유신이한테 말해야지. 근데 우리도 없다. 애초에

그거 개발된 게 언제 적 일이라고 그렇게 재고가 넘쳐나겠니? 너 살린다고 많은 사람들이 움직여주는 건 참으로 고맙고 감사한 일이다. 하지만 자칫 잘못하면 네 뒤의 후광 때문에 다른 파일럿은 구조받지 못하고 너만 살아 나온다고 오해받을 수 있단다. 아무쪼록 몸가짐 조심하고 처신 잘해야 한다.]

이건 참으로 뼈와 살이 되는 이야기였다. 역시 **뻔뻔함**과 능글능글함은 기름장어 수준인 양반이다. 그 와중에도 처세술 조언해주는 것 좀 보라지.

[네 전우들에게 신세 진 게 많으니, 아비 된 몸으로 빚을 갚아야지.]

오직 아이스크림 생산과 수송 용도로 쓸 수 있게 남는 선박 하나를 개조하는 작업에 들어갔다. 그 친구들이 그렇게 아이스크림에 환장한다니 원 없이 먹게 해줘야지. 전쟁이 끝나 전역하고 네 이름으로 아이스크림 장사 좀 하면 돈이 되겠구나. 늘 느끼던 것이지만, 아빠의 머릿속엔 대체 뭐가 들어 있는지 참 궁금했다.

"미스터 배럴!"

"예에, 뭡니까?"

미스터 아이스크림은 너무 길다고 이제 병사들이 미스터 배럴이란다. 구하면 배럴 단위 아이스크림 예약이라고.

"출격 전 브리핑 준비하십쇼! 오늘은 어느 행운의 함정이 미스터 배럴에 당첨될……."

"출격 전엔 그딴 말 하는 거 아냐, 이 병신아."

이등병 하나가 선임에게 머리통을 처맞는 걸 보며 헨리는 쓴웃음을 지었다.

"이제 아이스크림 배급 중단입니다. 격추당할 일 없다니까?"

"에이스 돼서 돌아오십쇼!"

그날, 헨리 킴은 2기 격추를 기록한 후 마침내 요크타운에 제 발로 착함했다.

* * *

연합군의 판단은 다음과 같았다.

'과달카날에 상륙한 일본군의 목적은 당연히 섬에 비행장을 깔기 위한 것.'

'비행장을 만들려면 공병대가 와야 하고, 섬이니 해병대도 오겠지. 공병과 해병 모두 정예 병력. 잽스의 강력한 저항이 예상되니 희생을 각오해야 한다.'

하지만 일본군은 어김없이 그들의 상식을 배반했다.

"항복!"

"항복! 목숨만, 목숨만 살려주시오!"

약 4천으로 추산되었던 일본군은 뚜껑을 열어보니 겨우 1천에 불과했고, 과달카날에 상륙한 미합중국 해병대 제1사단은 압도적 수의 폭력으로 단숨에 섬에 있던 일본군을 박살 냈다. 어찌나 무너지는 속도가 빨랐는지, 항복한 일본군보다 무기고 뭐고 내팽개친 채 과달카날의 웅장한 정글로 기어들어 가는 놈들이 더 많아 해병대원들의 두통을 유발했다.

"이 사람들은 대체 뭐야?"

"군인이 아닌 건 둘째치고, 일본인도 아닌 것 같습니다만⋯⋯."

"민간인을 전쟁통에 데려온다고? 그놈들은 제정신인가?"

"조선! 우린 조선에서 왔습니다!"

"조선! 김유진! 김유진 고향 땅!!"

"유진 킴? 초센?"

1천의 일본군을 제외한 나머지 3천은, 바로 징용당해 이역만리 태평양 섬까지 끌려온 조선인 노무자들이었다.

과달카날에 어서 오세요 3

　나는 냉혈한과는 아주 거리가 멀다. 나는 지난 대전쟁의 많은 장군들과 달리 부하 장병들을 소모품으로 생각하지 않았다고 자부하고 있고, 오히려 내 감정을 대놓고 오픈해 그들의 신뢰를 샀다고 생각한다.

　이런 내 노력이 통해서일까. 그러니까 내가 태평양 방면 전황에 관심을 갖고 기웃거리면, 인간들이 '당신 일 아니잖아. 저리 가요.'라고 스크럼을 짜서 날 가로막기보단 '아, 아드님 소식 궁금하시구나.' 하면서 슬쩍슬쩍 알고 있는 정보를 뱉어내곤 했다.

　그래서일까. 아이크에게서 급전이 날아왔을 때 난 잠시 당황했다.

　"과달카날에 한인이 있다고?"

　"예."

　"그런데 그걸 왜 나한테……?"

　"한인과 일본인 모두에게 킴 장군님은 영향력이 큰 인사잖습니까. 아이젠하워 장군께서 그, 음, 아드님을 활용하여도 될지 여쭤보라고 하셨습니다."

　"그걸 왜 물어봐요."

나는 짐짓 정색하며 말했다.

"내가 아들을 아끼긴 합니다. 근데 지금 그놈은 군인이잖습니까. 내 아들이란 이유만으로 나한테 물어보면 다른 군인 부모들은 어떻게 생각하겠습니까?"

"아……!"

"물론 내 의향을 물어본 건 결코 군율을 만만히 봐서가 아니라, 그만큼 나와의 우정이 깊기 때문이라고 생각합니다. 아이크는 원래부터 배려심이 많은 친구였으니까. 근데 그건 그거고. 이건 이겁니다. 친구로서 뭘갈 해주고 싶다면 차라리 그쪽 소식이나 자주 전해 달라 해줘요."

"예, 알겠습니다!"

조선인 노동자라. 머리가 슬슬 복잡해진다.

"그리고 음, 제가 두 나라 언어로 선전 멘트를 좀 적어 드리겠습니다. 혹시 활용할 의사가 있으면 활용하라 하십쇼."

"장군께 전달해드리겠습니다."

연락장교가 떠난 후, 나는 서재에 틀어박혀 줄담배를 태웠다. 중일 전쟁도 앞당겨진 이 세계에서 미드웨이 해전 없이 바로 과달카날 전역이 터진 정도야 놀라운 축에도 끼지 않는다. 나로 인해 조선계 미군이 늘어났다곤 하지만, 이 유진 킴의 장남인 헨리 킴의 가치를 따라잡을 수 있는 조선계는 없다. 내 브랜드 가치가 오죽 높아야 말이지. 아이크쯤 되는 장군이 헨리를 써먹고 싶지 않으면 그게 비정상이리라.

원 역사의 과달카날에선 결국 미군이 승리했다. 여기서도 그게 바뀌진 않겠지. 과달카날을 내준다면 정말 태평양에서의 전략적 패배가 코앞까지 다가오니까. 헨리도 괜히 위험한 항공모함 타고 다니는 것보단 차라리 통역이나 해주고 유진 킴 아들로서 전장의 아이돌 노릇하는 게 더 안전할지도 모른다. 후, 아들놈 하나 있는 거, 참 사람 골치 아프게 하네. 그래도 누구 아들인데, 어디서 뭘 하든 다 잘하겠지. 수만 리 밖에 떨어져 있으니 그저 믿는 수밖에 도리가 없었다.

* * *

"과달카날섬으로?"

"그래. 거기 너희 나라…."

"제 나라는 미국입니다."

"그래. 거기 너희 아버지의 나라…."

"저희 아버지 나라도 미국인데요."

"젠장! 대충 무슨 뜻인지 알잖아?! 너희 집안과 인연이 깊은 코리안들이 그 섬에 잔뜩 있대. 높으신 분들이 일본어와 한국어가 둘 다 되는 자넬 좀 쓰겠다 하더라고."

아시아에서 유진 킴의 명성을 더 체감하고 있는 쪽은 아이러니하게도 육군이 아닌 해군이었다. 수십 년 전부터 일본을 제1의 가상적국으로 설정하고 태평양 방면 정보를 수집해오던 해군은, 저 일본제국이란 나라가 1차대전 때부터 유진 킴을 자기네 이미지메이킹 용도로 징글징글하게 써먹다가 그 관계가 파탄 나는 것까지 모조리 지켜봐 왔다.

안 그래도 골치 아픈 저 섬에 수천 명의 패잔병이 정글에 짱박혀 있으면 해병대의 스트레스 지수가 대폭발할 게 불을 보듯 뻔한 상황. 한 명의 전투기 파일럿과 그 유진 킴의 장남을 저울질해보자 눈금이 어디로 기울지는 너무나 명백했다. 그리하여 요크타운에서 한 대의 와일드캣이 표표히 이륙해, 아직 채 완공되지 못해 바닥만 대강 닦아 놓은 야지에 우드득대며 착륙했고.

"이 좆같은 섬에 잘 왔네! 해병 제1사단장 밴디그리프트(Alexander Archer Vandegrift) 소장일세."

"헨리 드와이트 킴 중위입니다."

"에이스 파일럿이라고 들었네. 귀관과 같은 젊은이들은 부친의 위광 이 야길 꺼내면 보통 몸서리를 치겠지만, 지금은 그 핏줄이 무엇보다 절실한 시점이야."

그의 설명은 간단하고도 명료했다. 항복한 조선 노무자들에게서 정보를 수집하고, 가능하다면 저 정글에 처박힌 적들도 좀 끄집어내줄 것. 곧장 임시 가설된 포로수용소로 향한 헨리는, 쓸 일이 자주 없었던 탓에 어째 어색하게 느껴지는 조선말로 입을 열었다.

"안녕하십니까?"

"어맛! 조선말 할 줄 아는 분이 오셨네?"

"저는 현재 미합중국 해군항공대에서 비행기 조종사로 있는 김유진 장군의 장남 김현리입니다. 여러분들의 이야기를 듣기 위해……."

"김 장군님 아들이라고?"

"아이고! 김 장군님께서 우릴 위해 장남을 보내주셨구만!!"

"작은 장군님, 저희 좀 살려주십시오!"

"으흑, 장군님! 조선을 좀 도와주십시오! 온 나라 사람들이 왜놈들 등쌀에 난리가 아닙니다!"

"여러분, 잠시 차분하게. 차분하게!"

"야, 이놈들아! 처박혀 있지 말고 다 나와! 김유진 장군님께서 아드님을 보내셨단다!"

순식간에 벌어진 아수라장. 현장을 보고 혹시 폭동이 일어나는가 해 기겁한 헌병들이 우악스럽게 헨리를 향해 몰려드는 조선인들을 차단하려 했지만, 헨리가 오히려 그들을 만류했다. 잠깐의 말썽을 뒤로하고 헌병들이 질서를 바로잡자, 한 사람도 남김없이 대오를 갖추어 선 조선인들과 헨리가 다시 한번 차분하게 대화를 시작했다.

"여러분들은 일본군 소속입니까?"

"아닙니다! 쪽바리들은 무서워서 그런가, 조선 사람은 병사로 쓰질 않으려 합니다."

"그러면 대체 이 머나먼 섬까진 어떻게 오시게 된 겁니까?"

"끌려왔지요!"

"속아서 왔습니다!"

"할당량 맞춰야 한다고, 면서기랑 순사들이 짜웅해서 동네 사람들 머리채 끌고 처넣었습니다."

이게 열강의 군대인가? 진짜로?

정리해 보니, 돈 많이 벌 수 있다고 조선인을 꼬드겨서 1차 모집. 그래도 지원자가 많지 않자 그냥 온 나라에서 젊은이 보이는 대로 잡아다 2차 '모집'. 하긴 흙 파먹고 사는 걸 천직으로 여기는 대부분의 조선 사람들에게 남태평양 가자고 한다면, 그것도 전쟁통으로 가자고 하면 누가 재깍 따라나서겠는가.

"이 섬에 온 조선 사람들은 여러분이 전부입니까?"

"아뇨. 택도 없습니다."

"배에 탈 무렵부터 왜놈들이 겁을, 겁을 잔뜩 줬습니다. 귀축영미는 탱크로 사람 뭉개 죽이는 걸 유흥거리로 삼고, 심심하면 또 죽이고 배를 가르는 게 일상이라고요."

"당장 옆에 살기등등한 놈들 때문에 끌려가다시피 한 사람들도 수두룩합니다."

항복한 조선인은 수백 명. 나머지는 다 일본군 따라 저 정글에 틀어박힌 모양이다. 그것도 온갖 공포와 공갈에 절여놓은 채.

"장군님! 여기에도 왜놈들이 숨어 있습니다!"

"예?"

"저거 저놈! 저놈 쪽발입니다!"

누군가 입을 열자 순식간에 질서는 와르르 무너졌고, 이번엔 포로들끼리 주먹다짐까지 벌어진 탓에 다시 한번 헌병들이 달려들었다. 소란 끝에 다시 한번 자초지종을 캐물은 헨리는 진상을 확인할 수 있었다.

'과달카날에 상륙한 일본군은 해군에서 차출한 병력 1천, 그리고 설영대(設營隊)라는 이름의 식민지 민간인 노무자 3천으로 구성되어 있음.'

'설영대의 민간인들은 자신들이 전장으로 온다는 걸 모른 채 끌려왔으며, 미군이 모든 적을 학살한다는 유언비어를 주입당해 극도로 공포에 질린 상태임.'

'또한 식민지인들의 반발 및 봉기를 예방하기 위해, 일반병으로 징집하기 어려운 일본인 깡패와 조직폭력배를 설영대 간부로 삼아 사실상의 독전병 역할을 맡김.'

'현재 항복하여 수용되어 있던 이들 중에서도, 일본인일 경우 불이익을 받을까 봐 조선인으로 위장하고 있던 이들이 있었음. 금일 발생한 소요는 이들을 색출하려던 과정에서 이루어짐.'

"빠른 확인 고맙네."

"임무를 수행했을 따름입니다. 혹시 복귀는 언제쯤으로 예정되어 있는지 확인할 수 있겠습니까?"

"사나흘 정도만 더 도와주게. 일본어가 가능한 인재는 귀하고, 한국어가 가능한 사람은 아예 없거든."

사안의 중대함, 그리고 휘황찬란한 뒷배 덕택에 소장에게 다이렉트로 보고를 올린 헨리는 밴디그리프트의 확답을 들은 후 안심했다. 여기서 말뚝을 박을 순 없잖은가?

그리고 그날 밤. 과달카날의 해병대원들은 저 머나먼 바다에서 연신 들리는 폭음을 자장가로, 치솟는 불꽃을 무드등 삼아 행복한 꿀잠을 청했다. 다음 날 일어나서 진상을 알게 되기 전까진.

"졌다네."

"네?"

"우리 해군이 발렸어! 처발렸다고! 우린 좆된 거야!"

과달카날에서 벌어진 미 해군과 일본 해군의 첫 조우전. 어둠이란 장막을 양군 모두 두른 상태에서, 레이더보다 더 정확한 일본군 견시가 미군 함선을 포착했다. 치열한 포격전, 그리고 대미를 장식하는 일본 특제 산소어뢰 뇌격까지. 미 해군은 치욕스러운 참패를 당했고. 과달카날의 해병대는 보급이 끊겼다.

"저는 그럼……."

"당분간 여기 있어야겠네. 자네 둥지가 꼬리 빠지게 이 해역에서 도망쳤거든."

망했다. 헨리는 속으로 절규했다.

"포로들은 입이 아니랍니까? 저들의 노동력을 아끼기엔 저희 꼴이 말이 아닙니다."

"킴 중위. 포로들을 설득할 수 있겠나?"

"일본군은 위험하니 제쳐두고, 조선인들을 설득해 보겠습니다."

발등에 불이 떨어졌다. 위기감을 땔감 삼아, 헨리의 움직임은 더욱더 신속해졌다.

"쪽바리들을 물리치기 위해 여러분들의 도움이 필요합니다. 혹시 한 손 보태주실 수 있겠습니까?"

"작은 장군님께서 부탁하시는데 당연히 도와드려야지요. 더군다나 쪽바리랑 싸우는 걸 돕는 일 아닙니까."

"원래 조선 사람들은 심성이 고와서 공짜밥 처먹으면 괜히 불안해집니다. 할 수 있는 일은 다 시켜주십쇼!"

이 사람들은 왜, 단지 김유진의 아들이라는 이유만으로 나에 대해 이토록 거대한 애정을 보내준단 말인가. 핏줄인 가족과 친척의 애정이라면 잘 알고 있다. 유진 킴의 아들로서, 아버지의 인기와 그에 따라오는 환호에 대해서도 잘 알고 있다고 생각했다.

하지만 지금 이들이 보내주는 건 조금 달랐다. 말 그대로 무조건적인 거대한 내리사랑. 지금 전쟁영웅 유진 킴을 향해 환호하는 대중들이 전쟁 직전 아버지의 차를 망가뜨리고 창문에 돌을 던지는 모습을 지켜봐 왔던 헨리로서는, 이 압도적인 애정이 난감할 따름이었다.

— 아, 아. 이역만리 타지로 끌려온 조선인들에게 고한다. 나는 김유진 장군의 맏아들 김현리 중위다. 조선인들에게 고한다. 나는 김유진 장군의 맏아들 김현리다. 나와 내 아버지의 이름에 걸고서 맹세하는바, 미군은 결코 여러분에게 해를 끼치지 않는다. 왜놈들의 마수에서 삼천리 조선 강산을 해방코자 나와 미군이 싸우고 있는데, 어째서 여러분은 민족의 원수 쪽바리들을 위해 일하고 있는가? 쪽바리도 물리치고 가족의 품으로 무사히 되돌아갈 수 있는 기회를 놓치지 말라.

— 아아, 나 같이 끌려온 박기태다. 여기 계신 작은 장군님은 진짜 김 장군님 아들이 맞다. 우리 괴롭히던 쪽바리들은 이미 피떡이 됐고, 미군은 도깨비는 개뿔 친절하기만 하다. 거 밀림에서 괜히 개고생하지 말고 빨리 튀어나와라!

아버지라면 뭐라고 떠들었을까. 내가 기억하는 김유진. 집에 있는 일은 드물고, 어쩌다 집에 있을 때면 매번 침대와 소파에 껌딱지처럼 붙어 있고, 가족을 웃기지 못하면 산책 못 간 뽀삐보다 더 침울해져 있는 나잇값 못하는 아저씨 말고.

서재에서 할아버지나 삼촌들과 밀담을 나누며, 응접실에서 높으신 분들과 술잔을 교환하며 항상 무언가를 준비하고 대비하던 유진 킴이라면. 가끔 웃음기를 싹 지운 채, 다가올 폭풍을 두려워하며 잠 못 이루던 전쟁영웅이라면.

'복잡하게 생각할 것 없단다, 아들아.'

'내가 하고픈 이야기는 남들이 귀담아 들어주지 않아. 자기네가 듣고 싶은 이야기를 할 때만 귀를 쫑긋대지.'

아들한테 참 좋은 거 가르쳐 주셨습니다! 아버지처럼 번뜩이는 무언가는 물려받지 못했지만, 적어도 배운 걸 못 써먹을 머저리는 아니니까.

— 일본군 장병들에게 킨 장군의 장남 헨리 킴이 전한다. 미일 평화와 우호선린을 떠들던 일본제국이 어째서 갑자기 전쟁을 일으켰는가? 그대들은 지금 자신들의 투쟁이 조국과 가족을 위한 싸움이라 생각하는가? 가족을 지켜야 하는데 왜 대관절 이 머나먼 섬에서 싸워야 하는가? 킨 장군은 여전히 일본인의 친구이며, 이 전쟁은 내각과 대본영의 간신배들이 제 일신의 안녕과 이득을 위해 멋대로 일으킨 헛짓거리에 불과하다. 이런 싸움에 목숨을 바쳐봐야 고향 땅에 묻히지도 못할 개죽음일 뿐이다. 그러니 지금이라도 정글에서 나와 투항하라. 내가 있는 한 미군은 결코 항복하는 장병들을 죽이지 않는다. 부모 형제에게 돌아갈 마지막 기회를 놓치지 말라!

"투항하겠습니다!"

"킨 장군님, 부디, 무사의 자비를 베풀어주십사……"

"물론입니다. 무기를 버리고 두 손 들어 주십시오."

그 가르침, 효과 하나는 확실한 것 같습니다. 헨리는 속으로 아버지의 말을 곱씹었다.

과달카날에 어서 오세요 4

　'위대한 아시아의 등불, 대동아가 낳은 대영웅 김 장군의 아들이자 후계자가 몸소 덕을 베풀자, 이에 감읍한 장병들이 목마른 사슴이 샘물을 찾는 바와 같이 정글에서 튀어나와 작은 장군님 앞에서 무릎을 꿇더라……'와 같은 일이 일어났더라면 모두에게 참으로 행복한 결말이겠으나, 안타깝게도 일본군 전원이 이 사탕발림 가득한 선전문구에 혹하진 않았다.

　"킨 장군? 엿이나 먹으라고 해!"

　"황인 번영의 길을 가로막고 귀축영미에 부역하는 킨유진은 더 이상 아시아의 영웅이 아니다! 한낱 모리배에 불과하다!"

　"이 비열한 조센징들은 하여간 은혜를 모르는 게 습성이야. 황국이 베푼 은혜가 얼마나 큰데 벌써 손바닥 뒤집듯 주인을 배반하려고 해?!"

　강자에게 약하고 약자에게 강한 건 거의 모든 인간의 습성. 천하의 일본군이 이 법칙에서 예외일 순 없으니, 탈주를 꿈꾸던 조선인들 일부가 일본군의 칼날 앞에 한 맺힌 귀신이 되어버렸다. 그리고 당연한 일이지만…….

　빡! 빡! 픽!

　"이 씨발롬들!"

"니들이 낮에만 군인이지 밤에도 군인이냐?"

"죽어! 죽어! 죽어!"

"컥! 컥! 켁!"

해가 가라앉은 뒤, 덕 대신 칼로써 아랫사람을 다스리던 자들은 분노한 짱돌에 대가리가 깨지고 뇌수가 흘러나옴으로써 잘못된 행실의 대가를 치러야 했다. 애초에 패배 후 뿔뿔이 흩어져 명확한 지휘계통도 없이 정글에 처박힌 이들이니, 누구와 상의할 수도 없고 개개인의 판단에 따라 그 운명이 결정되었으니.

"결국 이 섬은 황국의 것이 된다. 결전의 그 날까지 은인자중하면 된다!"

"귀축영미를 베어 넘겨 대동아공영 이룩하자!"

"어차피 지금 황국은 육군 출신인 도조, 그 간신의 손아귀에 떨어져 있잖은가. 죄가 없는 해군이 킨 장군을 모셔 간신을 토벌한다면 이게 곧 정의 아니겠나?"

무수한 천태만상이 펼쳐져 과달카날의 정글은 더더욱 복잡해지고 있었다.

* * *

정글의 일본군이 저 뱀을 구워 먹어도 살 수 있을까, 같은 생사의 갈림길에서 필사적으로 대가리를 굴릴 때. 과달카날섬의 새로운 주인으로 우뚝 선 미합중국 해병대가 행복했느냐고 묻는다면 그건 또 아니었다.

"물개 병신들!"

"밥 보내줘야 할 놈들이 처발리면 어쩌라고!!"

밥이 안 온다. 이 중대한 문제 앞에서 고뇌하던 참모부는, 이미 본인도 모르는 새 포로수용소장 비스무리한 무언가가 된 헨리 킴을 호출했다.

"킴 중위."

"옙."

"둥지로 돌아가고 싶나?"

"물론입니다!"

"그치만 둥지 어디 있는지 모르는 건 둘째치고, 이 좆같은 섬엔 자네 비행기가 이륙할 비행장도 없다네."

헨리의 안색이 어두워지기 무섭게, 사악한 뱀의 혓바닥이 쉿쉿거리며 움직이기 시작했다.

"저 코리안들 말일세. 원래 노동하러 온 사람들이라고 했지?"

"그렇습니다."

"그럼 어서 네가 돌아갈 수 있게 비행장부터 깔자고 설득해 봐."

이리하여 기적의 아웃소싱이 벌어졌으니.

"이 양키 새끼들, 이 귀한 쌀밥을 왜 이따위로 만들고 있어?!"

"밥 귀한 줄 모르는 놈들. 쌀 이따구로 다루면 천벌받는다. 떽! 저리 꺼져! 이제 밥은 우리가 짓는다!"

"What?"

계속되는 선무공작에 힘입어 조선인들은 나날이 불어만 갔고, 밴디그리프트는 휘하 해병대의 전투력 보존을 위해서라면 무엇이든 할 수 있는 지휘관이었다. 비행장 건설. 일본군 포로 감시. 참호 파고, 밥 짓고, 보초 서고, 이빨 털고. 포로라고 해도 귀한 식량을 안 줄 순 없으니 비전투 업무에라도 써먹어야겠다는 그의 판단은 헨리 킴이라는 디딤돌로 인해 큰 결실을 맺었다. 그 모습을 지켜보던 헨리의 머릿속은 더더욱 복잡해져만 갔다.

"조선인들은 좀 어떻습니까?"

"작은 장군님께서 저흴 이끌어주시니 모두가 행복해하고 있습니다!"

아니, 그건 뭔가 아닌 것 같은데.

"굳이 그렇게 아부하지 않으셔도 됩니다."

하지만 조선인 대표 격이 된 박기태 씨는 요지부동이었다. 사실 이 이야기도 몇 번이고 쳇바퀴처럼 반복되었던 루틴이니. 헨리가 담배 한 개비를 꺼내 건네주자, 그야말로 황송하다는 듯 몇 차례 굽실거리면서도 절대 빼지는 않았다. 식량도 없어서 난리인데 어디 담배가 흔하겠는가? 밤바다를 보며 나란히 연기를 피워 올리다가, 헨리는 문득 옆에 있는 사람에게 궁금한 것이 생겼다.

"아저씬 어쩌다 여기까지 오게 되셨습니까. 연세도 많은데."

"제 밑에 아들만 둘입니다, 허허."

나름대로 학식도 갖추었고 경성에 집 한 채 갖추고 사는 그럴듯한 집안이었지만, 나라가 망하고 왜정이 시작되자 가세도 기울었다. '대한의 녹을 먹은 이가 어찌 왜놈들에게 허리를 숙이겠느냐.'라고 목에 깁스를 한 결과는 말 그대로 몰락이었다.

"옛날에 집에 부리던 머슴이 있었는데, 그놈 심성이 하도 악랄하고 부녀자를 건드려서 한 번은 아버지가 멍석을 말았었지요."

"멍석?"

"팼다는 뜻입니다."

그런데 어느 날 그놈이 순사가 되어 나타났고, 그 이후는 볼 것도 없었다.

"아버지도 돌아가시고, 하도 집안이 잘근잘근 밟혀서 이제 더 밟힐 것도 없다고 생각했는데… 허 참. 근로보국대인가 뭔가에 다짜고짜 제 이름을 올리더니 이 섬까지 끌려왔지요."

"참 고생 많으셨습니다."

"고생이라니요. 원래 세상이 다 그런 겁니다. 조선을 못 버린 아버지는 폭삭 망해버렸고, 일본을 섬긴 그 머슴 놈은 과분할 정도의 힘을 손에 얻게 되었지요. 우습지 않습니까? 그놈은 저 죽어보라고 이 사지에 처박았겠지만, 이제 전 작은 장군님이랑 맞담배 피는 사이가 되었고 알음알음 영어도 배우게 됐습니다. 나중에 조선 땅에 돌아가면 무척 재밌어지겠지요."

그의 눈이 반짝반짝 빛나는 게 단순히 담뱃불 때문만은 아니리라.

"왜들 이렇게 조선 사람들이 작은 장군님을 떠받드는지 의아하십니까?"

"…티 납니까."

"이상할 거 없지요. 당장 김 장군님만 보아도 조선 땅에 발 한 번 디딘 적 없잖습니까. 나라도 없고 태어난 고향 땅도 아니니 제가 같은 입장이었어도 아마 좀 낯설지 않을까 하고 생각해 봤습니다."

그는 조용히 파도 철썩이는 해변을 응시하며, 저 바다 건너편에 있을 조선 땅을 그리는 듯 보였다.

"나라가 망하고, 나라님은 이왕(李王)이 되었고, 조선 땅에서 백성들 피 빨아먹고 살던 놈들은 귀족이 되어 여전히 호의호식하고 있습니다. 하루아침에 새 주인님이 된 왜놈들은 수십 년 동안 우리 귀에 대고 말했습니다. 너희는 열등해서 망했고, 자신들은 우월해서 열강이 되었노라고.

하지만 김 장군님이 저 유럽 땅에서 영웅이 되자, 재수 없는 쪽바리들도 차마 김 장군님을 깎아내리진 못하고 떠받들게 되었습니다. 조선 땅에서 나고 자란 이들에게 김유진 석 자는 마지막 자존심이자, 절대 조선인이 못나 노예가 된 게 아니라는 최후의 보증이지요."

헨리는 문득 할아버지를 떠올렸다. 혈혈단신으로 고국을 버리고 신천지에 모든 걸 걸었던 할아버지는 어떤 마음을 품고 있었을까. 아버지는, 삼촌은 어째서 그토록 한번 가보지도 못한 조선에 집착했을까. 항상 태평양 건너편에 있는 그 작은 땅에 빛을 되찾아주기 위해 그들은 머리를 싸맸었다. 헨리 킴은 그들의 노력을 알고는 있었으나, 머리로는 알고 있었으되 진심으로 공감하지는 못했다. 적어도 지금까지는.

"사실 김 중위님께 미안한 마음을 품지 않은 조선 사람들은 이 섬에 아마 없을 겁니다."

"어째서지요?"

"우리가 멋대로 작은 장군님, 작은 장군님 하면서 울며불며 매달리고 있는 걸 누가 모르겠습니까? 김 장군님조차 딱히 조선에 빚진 것이 없을진대,

하물며 나라가 망한 뒤에 태어난 작은 장군님이 얼마나 당혹스러울지… 그것도 모를 정도로 염치가 없진 않습니다."

너무 절박해서, 얼굴이 시뻘게지고 차마 낯을 못 들 것만 같지만 그래도 너무 절박해서.

"그러니… 미워하지만 말아 주십시오."

"밉다뇨. 여러분들이 겪은 이야길 들을 때마다 어째서 아버지가 그토록 조선에 관심이 많았는지, 어렴풋이 이해가 됩니다."

"그렇습니까? 정말 김 장군님께서 조선에 관심이 많으십니까?"

"입버릇으로는 항상 불의는 보고 지나쳐도 불이익은 참을 수 없다고 투덜대는 사람입니다. 하지만 정작 살아온 발자취를 보면 불이익을 감수하고서라도 불의에 맞서 싸운 게… 김유진이지요."

말과 행동이 제멋대로 따로 노니, 참 이해하기 힘든 인간이다.

"그 코딱지만 한 땅에 무슨 놈의 매국노와 변절자가 그리 많은지, 민족이네 독립이네 외치던 놈들이 뒤돌아서면 '김유진 장군도 일본과 화친하였으니 일제를 거스를 수 없음은 자명한 이치.'라는 말을 주워섬긴 게 한두 번이 아닙니다."

"그럴 만도 하지요. 아버진 항상… 처음부터, 사관학교에 갈 때부터 이미 미국과 일본의 전쟁을 꿈꿨다고 하니까요."

그렇게 몇 시간이고, 두 사람은 주거니 받거니 하며 너무나 다른 두 세상의 이야기보따리를 풀어냈다. 아직 서로를 이해하였노라 하기엔 너무나 미미하였지만. 적어도 그 첫걸음을 떼었으니 반절은 성취하였노라 말할 수 있지 않겠나.

* * *

"과달카날을 뺏겼어?"

"해군 놈들 대체 뭐 한 거야! 어째서 우리의 협조 없이 단독으로 기어들어 갔냔 말이야!"

"비행장을 아직 완성시키진 못하였다고 하니, 빨리 우리가 가서 탈취해야 합니다."

"포트 모르즈비에 대한 공세를 지속해 놈들의 발목을 붙든다. 동시에 빨리 정예 육군을 과달카날에 파병해 미군을 쫓아낸다!"

일본 육군은 일본 육군대로 난리가 났다.

"해군이 졌다고?"

"해군 놈들 대체 뭐 한 거야! 기껏 해병대가 상륙에 성공했는데 져버리면 어떡하라고!"

"이대로 있다간 대참사가 일어납니다. 빨리 제해권을 다시 확보하고 보급을 재개해야 합니다."

"후. 해군 놈들이 잘 싸워주길 기도해야겠군. 신이시여, 제발 과달카날이 버틸 수 있도록 도와주시옵소서."

미 육군은 당연히 미 육군대로 난리가 났다. 이 와중에 가장 여유로운 곳이 두 곳 있었으니.

"땅개 놈들. 고작 섬 하나 내준 거로 저리 방정맞게 군단 말인가."

"다 제독님의 심모원려를 이해하지 못해 저런 겁니다."

"나약한 미국인들이 보급도 끊긴 상태에서 과달카날에 비행장을 지을 순 없지. 게다가 1만이 넘는 인질을 그 섬에 가두어 놨으니, 이제 적들이 반드시 함대결전에 응하는 상황으로 몰아넣는 데도 성공했다."

야마모토 이소로쿠는 확신하고 있었다. 지금이야말로 결전의 순간이 왔노라고.

"과달카날의 비행장 부지에 해안포격을 가한다. 전함 위주의 구성이 되어야겠지."

"그렇습니다. 발 빠른 공고급 중심이 되어야 할 듯합니다."

"육군에 협조를 요청해. 상륙 엄호 및 포격지원을 해줄 테니, 우리 전함 머리 위에 방공망이나 잘 깔아 달라고. 라바울에서 출격하면 되겠군."

강력한 제국의 전함들이 과달카날을 불바다로 만들면, 당연히 놈들이 경악해선 도움을 간절히 청할 터. 미 해군의 전함이 죄다 진주만에서 용궁으로 주소지를 이적한 이상, 놈들이 전함을 타격할 수단은 오직 항공모함 뿐!

"그때를 노려, 최강의 우리 항공함대가 적 항모를 전부 수장시킨다!"

쾅 하며 야마모토가 책상을 내리쳤고, 장내의 참모들 또한 열의가 샘솟았다. 이거라면 이길 수 있다! 육군 놈들이 아무리 발목을 잡더라도, 마침내 미군을 구석까지 몰아넣는 데 성공했다!

"연합함대, 출격!"

"하잇!"

태평양을 주름잡는 무적의 연합함대가 위풍당당하게 출격한 그 시점.

"잽스 함대의 주력이 과달카날로 향하는 모양입니다."

"해병대에겐 참으로 안타까운 일이지만, 지금은 아군을 구하는 것보다 적의 핵심을 쳐야 할 때로 보이는군."

일부 해독된 일본 해군의 암호문. 그리고 놈들의 이동 방향과 추측되는 여러 목표. 니미츠 또한 결단을 내렸다.

"진주만을 불태운 그 잘난 함대를, 우리가 역으로 잡는다."

양군의 판단이 엇갈리며, 과달카날에 전대미문의 대함대가 모이기 시작했다.

과달카날에 어서 오세요 5

뉴기니에서 시작된 격전의 불꽃은 어느덧 과달카날로 옮겨붙었고. 태평양에서의 싸움이 저 작은 섬에서의 한판 승부로 판가름 나리라는 판단이 양군 수뇌부 모두에 설 무렵.

"비행장!"

"보다 가까운 곳에 비행장을 더 확보해야 한다!"

호주 육군은 뉴기니 가장 동쪽, 밀른만(Milne Bay)에 비행장을 닦기 시작했다. 일본군은 라바울보다 더 과달카날에 가까운 섬인 부겐빌(Bougainville)에 새 비행장을 건설할 계획을 잡아 놓았다. 이와 동시에, 당연히 서로의 비행장에 타격을 주거나 빼앗기 위한 추가 공세 또한 준비되었다. 일본 육군은 이미 뉴기니 정복을 위해 해발 3천 미터의 정글밭 봉우리를 뚫고 참으로 근성 있게 포트 모르즈비로 진격해 오고 있는 만큼, 밀른만 비행장에 대한 추가 공세도 준비하고 있었다.

"우리가 해야 할 일은 아주 명료하다."

이 모든 난국에도 불구하고, 아이젠하워는 결코 흔들리지 않았다. 그는 항상 부드럽게 웃었고, 무수한 언론을 상대하면서도 단 한 번도 자신감 잃은 모습을 내보인 적이 없었다.

"저 용감무쌍한 일본군을 한 줌 흙으로 돌려보내고, 곧장 반격을 실시해 뉴기니 일대에서 일본군을 축출한다."

"알겠습니다!"

"우리가 한 놈의 일본군을 더 붙들고 있을수록, 과달카날 방면의 압력이 줄어든다."

과달카날. 결국 이 모든 싸움은 그곳으로 귀결되고 있었다. 수많은 이들이 전쟁 승리를 위해 부딪치는 이 태평양에서, 당연히 가장 막중한 부담이 실린 곳은 과달카날의 주인 미 해병대였다.

"임시로나마 비행장 이용이 가능해졌습니다."

"좋아. 빨리 항공기부터 부르자고."

"패배해 뿔뿔이 흩어졌던 일본군이 다시 규합되고 있는 모양새입니다. 더 이상 추가적인 투항은 보고되고 있지 않으며, 몇몇 원주민 부락이 약탈당했다는 첩보가 접수되었습니다."

"제기랄."

이 섬엔 1만에 미치지 못하는 현지인들이 살고 있었다. 전 세계 방방곡곡에 유니언 잭을 세우지 못해 안달 난 영국인들은 어김없이 이 섬을 영국령으로 선포했지만, 섬의 경제를 이끌어가는 이들은 대부분 호주인이었다. 원주민들은 영국, 그리고 호주와 썩 행복한 생활을 보냈다 말할 순 없었지만, 하루아침에 몰려든 이 '대동아의 전사'들이 그 잠깐 사이에 저지른 만행은 원주민들의 민심을 돌리고도 남았다.

"다들 집중해. 우리의 제1목표는 이 과달카날 비행장을 지키는 것이다. 섬 구석에 잽스가 처박혀 있긴 하지. 하지만 우린 '이 비행장을 지키기 위해 잽스를 격멸해야 하는가.'로 고민해야지, 무작정 적과 싸울 순 없다."

밴디그리프트의 머리는 터질 것만 같았다. 제해권을 빼앗긴 지금 취할 수 있는, 혹은 취해야만 하는 일은 무엇이 있을까.

"가장 우선시해야 하는 건 뭐겠나."

"적의 추가 상륙에 대비해야 합니다."

"그렇지. 우리가 상륙했던 바로 그 해변에 잽스가 다시 상륙하지 않으리란 보장은 전혀 없다. 역상륙이야말로 경계 대상 1호다."

해안 수비를 위해 병력을 할애하고 나면, 더더욱 저 정글로 파고 들어가 일본군과 교전할 여력은 부족해진다. 당장 중화기도 탄약도 기름도 부족해 쩔쩔매는 판국. 이미 이들은 일본군이 헌납해 준 식량과 무기로 무장한 채 일본군이 닦아놓은 비행장을 이어받았다. 결코 쉽사리 움직일 순 없었다.

"적이 어디에 있는지 정찰을 우선시한다. 그리고 병사들 사기 관리에 만전을 기울이도록."

"알겠습니다!"

잘 될지는 모르겠지만. 적어도 곱게 죽어줄 마음은 없었다. 일본군의 본격적인 공세는 아직 시작되지도 않았다.

* * *

제국의 운명을 결정했던 러일 전쟁 이래, 이토록 육군과 해군이 이인삼각의 손발이 잘 맞아떨어진 적이 있던가. 물론 입으로는 연신 욕지거리를 하고 있었지만 말이다.

"그 코딱지만 한 섬에 1개 사단? 그것도 미 해병대?"

"해군에서는 그렇게 판단하고 있습니다. 어쩌면 더 많을지도 모릅니다."

"그래서 우리도 1개 사단을 할애해 달란 말씀입니까."

일본 육군 남방총군 총사령관, 데라우치 히사이치 원수는 해군의 요청에 눈살을 찌푸렸다. 먹고 죽으려 해도 병력이 없다. 기세 좋게 남방을 석권한 것까진 좋았지만, 저 땅이 원래부터 야마토 민족의 땅도 아니었으니 적어도 수비병력은 있어야 일본의 새 옥토라 할 수 있지 않겠나.

"지금 당신들 해군을 도와주기 위해 예정에도 없던 뉴기니 전선에서의 공세를 개시했소."

"원수 각하의 드넓은 자비심엔 해군 모두가 감사를 표하고 있습니다. 하지만 뉴기니 공세 또한 결국은 과달카날에서 승리하기 위한 발판 아니겠습니까."

"나도 잘 압니다. 마음 같아선 당연히 1개 사단이 아니라 그 이상이라도 보내주고 싶지요."

그는 연신 한숨을 내쉬며 손을 휘저었다.

"내가 반대로 묻지요. 병력을 제공해 준다면, 그에 걸맞은 수송역량을 확보할 수 있습니까?"

"물론입니다. 이미 연합함대의 구축함 중 일부를 기존 임무에서 제외하고 수송 용도로 쓸 준비를 갖추고 있습니다."

"아니, 단순히 병력 수송 말고. 황국의 건아들이 먹고, 자고, 쏠 모든 보급품을 지속적으로 그 섬에 제공해줄 수 있냔 말입니다. 1개 사단 분량을!"

그는 자신의 책상 앞에 놓여 있던 서류를 집어 들었다.

"남방의 방대한 자원을 확보하면 무엇 합니까? 본국으로 보낼 배편이 없는데! 사단급 병력을 원하면 도조 그놈에게서 확약을 받아내시구려. 자원 수송을 중단하고 그 수송선을 보급 용도로 써야 한다고!"

"도조 각하께 전하도록 하겠습니다."

"…5천. 내가 다룰 수 있는 병력 중 최정예로 5천이라면 보낼 수 있소."

여기서 지면 정말 물러날 곳이 없다. 멍청한 해군이 삽질을 한다손 치더라도, 이 정도로 협조해 줬으면 적어도 자신에게까지 불똥은 튀지 않으리라.

"중화기, 특히 대포를 수송하기 어려운 관계로……."

"전함을 동원해서라도 강력한 화력지원을 약속드리겠습니다."

"좋소."

"또한 라바울의 비행장을 저희 해군항공대가 사용해도 되겠습니까?"

"그러도록 하시오. 육군항공대 또한 해당 해역에서의 제공권 확보에 각별히 유념토록 하리다. 내 해줄 수 있는 건 모두 해드릴 테니… 해군은 해군의 영역에서 최대한 분발해주시오."

해군 측 인사들이 다시 한번 감사를 표하며 떠난 후, 데라우치는 곧장 자신이 가장 믿는 심복들을 소집했다.

"이 전쟁, 어떻게 될 것 같나?"

"당연히 황국의 대승리가 되지 않겠습니까!"

가장 먼저 신나게 입을 놀리던 한 명은 데라우치의 경멸 어린 표정을 보고 얼른 주둥이를 다물었다.

"그런 이야길 듣고 싶었다면 내가 너흴 부르지도 않았겠지."

"참으로 입에 올리기 무서운 말입니다마는, 제국의… 패배를 염두에 두고 계십니까."

이제야 좀 건설적인 이야기를 진행할 수 있겠다 싶어진 그는 얼굴에 가득 준 힘을 풀었다.

"이기면 걱정할 일이 없다. 난 이미 원수 직위까지 얻었고, 남방 작전의 공훈이 있으니 그 누구도 내게 공에 비해 많은 걸 받았다 손가락질도 못 하겠지."

"그렇습니다."

"그러니 고민하는 게다. 대비한다고 될 일은 아니겠지만."

언제부터 이런 고민을 하게 됐을까. 자기 자신을 속일 순 없는 법. 답은 명료했다. 〈미국의 소리〉. 그 방송이 나오고 얼마 후. 나사 빠진 놈들은 현실을 부정하는지 아니면 정말 그렇게 굳게 믿는 건지, 단순한 선전방송으로 평가절하했다. 하지만 유진 킴이 일본에 있을 적, 몇 번이고 얼굴을 맞대고 함께 대업을 이루었던 데라우치가 듣기에 이건 절대 시켜서 하는 공무원의 태도가 아니었다.

결코 숨길 수 없는 그 살기. 저런 걸 단지 시켜서 할 수 있으면 연극이나 영화배우 해야지 왜 장군을 하고 있나. 방송을 들으면서, 데라우치는 그동안 찝찝했던 퍼즐의 빈 조각이 끼워지는 듯한 쾌감마저 느꼈다.

가끔씩 킨 장군과 대화를 하며 종종 느끼던 미묘한 위화감. 별생각 없이 말했던 무언가에 그가 묘하게 불쾌해하는 듯한 인상을 받은 기억. 천재는 원래 이해하기 어렵겠거니 하고 그 당시엔 넘어갔지만, 이제는 알 수 있었다. 일본군이 점령한 이 땅에서, 황군을 맞이하긴커녕 침략자로 여겨 적대시하는 이들의 눈동자에 맺혀 있는 그 감정이야말로 수십 년 전 김유진에게서 언뜻언뜻 느껴지던 바로 그것이었으니.

저 방송은 거짓이 아니다. 지금까지 뒤집어쓰고 있던 일미 우호선린과 친일의 탈이야말로 거짓이었고, 말 한마디 한마디에서 묻어나오는 원색적인 적의와 복수심이야말로 그가 그동안 품고 있던 진심. 단순히 그의 추측에 불과했지만, 데라우치는 이것이 바로 진실이라 확신했다.

단순히 그의 추측에 불과했기에, 데라우치는 이 사실을 아무에게도 이야기할 수 없었다. 킨 장군이 사실 극도의 반일주의자라고 주장해서 무슨 득이 있겠는가? 자신들의 환상이 깨진 머저리들이 발작만 일으키겠지.

그럼에도 불구하고. 그는 다가올 폭풍이 두려웠다. 이기면 된다. 이기면. 과달카날에서 미군을 격파하고 호주를 봉쇄한다면 미국은 결국 협상 테이블에 나올 수밖에 없다. 그러면 킨 장군 또한… 마음속 불꽃에 살그머니 뚜껑을 닫고 평생을 써온 가면을 다시 쓰겠지.

평생 모두를 속여온 그 집념이 이루어졌을 때. 황국에 어떤 일이 벌어질지 차마 떠올리고 싶진 않았다.

* * *

미국, 캘리포니아. 샌―프랑코 본사.
"또 사직서를 내셨더군요."

"이제 더 이상 반려하실 순 없습니다. 수리 여부에 상관없이 전 떠나겠습니다."

유일한은 오랫동안 함께해 온 유신 킴을 향해 고별사를 날렸다.

"조국 독립이 눈앞에 있는데, 여기에만 머물러 있을 순 없습니다. 가산을 정리하고 떠나겠습니다."

"전에도 말씀드렸다시피, 지금 사장님의 재능을 가장 잘 쓸 수 있는 방법은……."

"여기서 각종 무기와 군수물자 생산에 제 능력을 쓰는 것이 더 많은 왜놈들을 족칠 수 있는 방법이다. 압니다. 저도 압니다."

그는 가슴을 탕탕 두드렸다.

"그걸 누구보다 더 잘 알고 있지만, 그래도 전 떠나려고 합니다."

"……."

"더 이상 절 말리지 마시고, 그냥… 보내주십시오."

눈을 꽉 감은 그의 모습을 보며 유신은 돌아버릴 것만 같았다. 당장 오늘도 세 차례나 머스탱 공급을 더 당겨달라고 독촉이 왔다. 이 거대한 사업체가 머리부터 발끝까지 과부하로 몸살을 앓고 있는 와중에, 그가 신뢰할 수 있는 최고의 능력자가 총 들고 전장으로 떠나겠다고 이러고 있으니 원.

"형."

"응? 난 없는 셈 쳐달라니까."

그런데 형이란 인간은 다짜고짜 여기 죽치고 앉아선, 마치 자신과는 아무 관련 없는 일인 것마냥 커피나 홀짝이고 있었다. 정말 때려주고 싶다.

"없는 셈 쳐달란 말 하지 말고, 그냥 여기 창 너머로 뛰어내리든가."

"후. 나도 지금 도망 나온 거야. 좀만 뺑끼치다가 알아서 돌아갈게."

거짓말하고 있네. 애당초 유럽 방면을 맡고 있는 그가 무슨 수로 캘리포니아에 올 수 있단 말인가? 안 봐도 훤하다. 무기 생산 관련해서 자신을 압박하러 저 높으신 분들이 형까지 보냈겠지. 두 사람의 대화에 끼지 않으려

하던 유진이 입을 연 건 그때였다.

"유 사장님."

"예, 장군님."

"꼭 총을 들어야만 합니까?"

"그 질문이라면 방금도 말씀드렸지만……."

"사장님께 제가 새 직장을 알선해 드릴 수 있을 것 같군요."

유진은 잠시 고민하며 커피를 홀짝이더니 말을 꺼냈다.

"지금 과달카날이란 섬에서 미군과 일본군이 대격전을 치르고 있습니다."

"저도 신문 보도는 봤습니다. 그 섬이 매우 중요하다고 들었는데……."

"거기 헨리가 가 있는데, 섬에 조선 사람들이 그렇게 많다고 합니다."

"그렇습니까?"

아직 언론에 보도되진 않은 이야기였기에, 두 사람은 금시초문이었다.

"일제는 징용이라는 명목하에 비무장한 조선 백성을 전쟁터로 끌어내고 있습니다. 이번엔 마침 헨리가 있었고, 교전이 미약해서 많은 사람들이 미군의 포로가 될 수 있었습니다만… 앞으로 이런 행운이 계속되리라고만 생각할 순 없겠죠."

"우리 조선도 연합국의 일원이 될 순 없습니까?"

"식민지 유지에 관심이 많은 영국이 있는지라, 외교적 문제가 생길 수 있다고 들었습니다."

유일한의 얼굴이 와락 일그러졌다. 결국 돌고 돌아 나라 잃은 백성들의 설움이다.

"아마도… 일본군과는 별개로 관리되겠지만, 호주 사막의 수용소로 보내지는 건 피할 수 없을 듯합니다."

"제기랄."

"지금은 제 아들놈이 어떻게 가교 노릇을 해서, 그곳의 조선인들이 의용병으로 비전투 임무를 수행하고 있다고 합니다. 하지만……."

"무슨 말뜻인지 이해했습니다. 일시적인 현상이 아니라, 앞으로도 계속 조선인과 미군의 협력 관계가 유지되어야겠군요."

사막행이라니. 남의 전쟁에 끌려온 대가가 죽음 아니면 수용소행이라는 건 너무 비참하잖은가.

"일본군 점령지 사방에, 조선인들 또한 있을 겁니다. 그들의 권익을 보호하고, 가능하다면 임정과의 연계도 시도할 만한 인사가 필요합니다."

"제가 가지요."

유일한은 일말의 주저도 없이 즉답했다. 오직 그만이 할 수 있는 일이었으니.

과달카날에 어서 오세요 6

"과달카날의 미군은 보급도 끊긴 채 정글에서 고통받고 있다. 육군이 원활히 상륙할 수 있도록 우리가 미리 미군의 숨통을 조인다!"

일본 해군, 중순양함과 구축함 위주의 함대가 본격적으로 과달카날의 미군 주둔지를 향해 포격 개시. 이와 동시에 라바울에 배치한 해군항공대 소속 폭격기로 과달카날 폭격 개시. 육군과 달리 해군항공대는 다른 모든 성능을 포기해 가며 오직 항속거리 확보를 통한 초장거리 타격에 사활을 걸었고, 약 1천 킬로미터를 날아와 과달카날섬을 폭격할 수 있었다. 오전에 라바울을 출격한 폭격기는 점심시간에 과달카날에 도착해 준비한 폭탄을 투하한 후 다시 라바울로 귀환했는데, 해병대원들은 점심만 되면 폭격이 떨어진다며 이를 '도조 타임'이라 명명했다.

"비행장은?"

"아직 집중 마크되고 있지는 않습니다. 일부 손상되었으나 밤샘 작업을 진행 중이니 오전엔 문제가 없으리라 보입니다."

"좋아. 잽스들에게 하늘이 누구 것인지 알려주자고."

미국, 해병대 소속 돈틀리스 급강하폭격기와 와일드캣 전투기 긴급 배치. 유유자적 어떠한 항공 엄호도 없이 미 해병대의 머리에 불벼락을 찍기 위해 놀러온 일본군은 새롭게 과달카날에 배치된 항공대의 천벌을 받고 어맛 뜨거라 도망쳐야 했다.

"비행장이 완성되었다고? 말도 안 돼!"

"항공모함에서 출격한 함재기 아닌가?"

일본군은 발칵 뒤집혔다. 자재도 인력도 부족할 미군이 대체 무슨 요술을 써서 비행장을 마저 지었단 말인가? 하지만 현실은 현실. 손 놓고 있을 순 없었다.

"적기! 접근 중!"

"대공 전투 준비! 대공포 전부 끌어내!"

"비행장만큼은 지켜야 한다!"

"탄약고 피격! 불이야!!"

"소화반 투입해!"

도조 타임은 끝났고, 미군은 미군대로 적 해군을 몰아내기보단 당장 비행장 상공의 제공권만이라도 확보하기 위한 치열한 공중전이 벌어졌다. 그와중 미군의 시야가 닿지 않는 다른 귀퉁이에 속속 일본 육군의 증원군이 상륙하며, 과달카날의 싸움은 다음 장으로 넘어가게 되었다.

* * *

1940년 5월. 마침내. 연합함대가 그 깃발을 올렸다. 연합함대 총사령관 야마모토 이소로쿠가 직접 출격하는 대규모 작전! 동원된 함선 목록만 보더라도 연합함대의 목적이 그동안 애타게 기다려 왔던 최후의 격돌, 함대결전이라는 것은 명확했다.

야마모토가 이끄는 본대는 그 자신이 탑승한 연합함대 총기함, 전함 나가토와 공고급 전함 4척을 포함한 막강한 전력. 그리고 이번 해전의 핵심이

자 일본군 승리의 주역, 항공함대가 동원한 항공모함 6척. 아카기, 카가, 히류, 소류, 쇼카쿠, 즈이카쿠. 바로 얼마 전 진주만을 불태웠던 최강의 전력이었다. 육군 병력을 가득 태운 수송선과 구축함을 호송하는 상륙함대는 나가토급 2번함 무츠, 그리고 경항모 즈이호와 준요를 배치해 과달카날의 미 해병대를 몰아내고 유사시 해안포격을 지원한다. 하지만 야마모토는 얌전히 육군의 배달부 노릇으로 이 출격을 끝낼 생각은 추호도 없었다.

'무츠의 16인치급 함포라면 과달카날의 비행장을 싹 날려버릴 수 있겠지. 미 해군은 무츠도, 수송선도 방치할 수 없다.'

미국이 가장 손쉽게 꺼낼 수 있는 패는 당연히 과달카날 비행장에 있는 항공기. 귀한 전함을 육상 비행장의 폭격에 노출시킬 순 없는 노릇. 항공기 출격이 어려운 야간에, 무츠의 그 막강한 화력으로 단숨에 비행장을 날려버린다. 일단 섬의 비행장만 못 쓰게 만들고 나면 해가 밝혀져도 즈이호와 준요의 항공 엄호를 받아 쉽사리 무너지지 않겠지.

미군은 이 시점에서 선택해야 한다. 하지만 무츠와 수송선단을 타격하든, 혹은 즈이호와 준요 두 항공모함을 노리든 어느 쪽이거나 적 항모가 빈껍데기가 되는 건 마찬가지.

바로 그때다. 즈이호와 준요에 시선이 쏠렸을 때, 숨겨 놓은 진정한 칼날인 항공함대가 단숨에 빈껍데기인 미 항모를 타격, 격멸!

이 방법뿐이다. 압도적인 함대에 위압당해 적이 결전을 회피하면 어쩐단 말인가. 떡밥을 적당히 흩뿌려주면서 놈들을 끌어내면 된다. 몇 번을 더 검토해 봤지만, 이미 과달카날을 곱게 내준다는 선택지는 미군 입장에서 쉽사리 고르기 어려워졌다. 적어도 한 번은 크게 붙을 수밖에 없다. 야마모토가 마지막으로 계획을 점검하는 동안, 나구모 주이치(南雲忠一) 제1항공함대 사령관의 목소리는 그 어느 때보다 드높았다.

"잘 들어라. 이제 황국의 운명을 건 싸움이 시작된다."

"언제 저희의 싸움에 황국의 운명이 안 걸린 적이 있습니까?"

"그건 그렇지."

진주만 기습 이래, 제1항공함대는 오직 승리만을 거듭하다 딱 한 번, 바로 산호해 해전에서 고배를 마셨다. 바로 그때 물러서 포트 모르즈비를 함락하지 못했기에 지금의 과달카날 전역이 벌어지고 있었다.

"이번엔 다르다. 끈질기게 버티고 있는 미국의 항모를 모두 날려버리고 태평양을 우리의 바다로 만들 절호의 기회가 왔다."

"어째서 우리 손에 황국의 운명이 걸려 있는데 보급은 이 모양이랍니까?"

"어허."

그는 길게 말하지 않았다. 이미 항공함대의 장병들은 세계 최고의 정예였고, 그 어떤 역경과 시련에서도 살아나와 적을 격파했다.

"우린 과달카날로 향한다!"

"우오오!!"

군인으로서 명에 따르긴 하지만, 나구모는 여전히 이 작전을 납득할 수 없었다. 하지만 어쩌겠는가. 까라면 까야지. 파벌싸움으로 얼룩진 일본 해군에서 수뢰전파에 속해 있던 나구모는 군복을 빼앗기고 쫓겨나도 이상할 것이 없었다. 하지만 당장 해군 최대의 파벌이던 전함파 중 일부가 할복하거나 좌천된 마당에, 수뢰전파마저 적으로 돌리기 싫었던 야마모토는 말 잘 듣고 괜시리 투덜대지 않는 나구모에게 항공함대를 맡겼다.

"제독님께선 금번 작전에 대해 어찌 보십니까?"

"과달카날 점령은 우리에게도 매우 중요한 일이다. 자꾸 생각하려 하지 마라."

그래. 애초에 해군 내 영향력 확보에 혈안이 된 야마모토가 그를 이 자리에 앉힌 이유부터가 바로 그것 아니겠나. 생각 안 할 것 같은 사람. 하나씩 하나씩, 바다 위를 헤쳐 나가는 강철의 거인들은 정해진 작전안에 따라 위치를 조정하기 시작한다. 야마모토가 이끄는 본대는 전장, 과달카날에서 한참 떨어진 공해상에서 정지해 유사시에 대비한다. 나구모가 이끄는 항공함대는 먹잇감에 미 해군이 낚일 때까지 숨을 죽이고 기다린다. 이들이 떨어져나간 후. 상륙함대가 과달카날을 향해 달려갔다.

* * *

1940년 5월 11일 밤.

"적 함선, 접근합니다!!"

"놈들이 온다!"

일본군의 복잡하면서도 난해하고, 교묘하지만 유연성이 없는 대전략의 첫 단계는 성공하는 듯했다. 곤도 노부타케(近藤信竹) 제독이 이끄는 상륙함대 중, 무츠를 위시한 일부 함선은 수송선 호위를 포기한 채 그대로 급속 남진하여 과달카날 비행장 인근에 도달했고. 정찰기가 비행장 곳곳에 조명탄을 투하해 대낮처럼 환히 밝아지자 더 이상 망설일 건 아무것도 없었다.

"포격 개시!"

"쏴라!!"

콰아앙!!

미 해병대 장병들이 그동안 한 번도 들어본 적 없는, 끔찍한 폭음이 하늘을 찢어발기며 비행장에 엄습했다.

"당황하지 마라!"

"전 병력 기상! 기상!"

"애들 대피시켜! 전함 포격이다!"

무츠의 포격이 지상 위의 모든 것을 깡그리 날려버렸다. 아기돼지 삼형제의 집이 늑대의 숨결에 와르르 무너져 내렸듯, 나무로 얼기설기 만든 건물들은 그 강렬한 폭압만으로도 박살 나버렸다.

"항공기가! 항공기가 불탑니다!"

"젠장……!"

해병대는 지속적인 폭격으로 인해 항공유를 최대한 분산 수용해 놓았지만, 그럼에도 불구하고 기름 손실은 피할 수 없었다. 격납고가 터져나가며 피 같은 항공기가 고철로 변모했고, 운 없는 병사들은 하늘에서 떨어지는 재앙에 억 소리 한 번 못 내고 살점덩어리로 화했다.

저 바다 위의 성채는 실로 동화 속 악룡과도 같았다. 한 점 자비조차 느껴지지 않는 시선은 섬의 미군을 버러지처럼 바라보는 듯하였고, 그 숨결은 지상의 모든 것을 불살랐다. 자신이 만든 참사를 한참 구경하던 무츠는 해가 뜨기 전 표표히 원래의 임무, 수송선단을 향해 돌아갔지만. 두려울 것 하나 없던 해병대원들은 곳곳에서 화염이 치솟고 있음에도, 혼이 빠져나간 것처럼 멍해져 있었다.

"정신 차려!!"

"소화 작업 개시! 전쟁 아직 안 끝났다!!"

지휘관들조차 넋이 나갈 것만 같았지만, 아직 끝나지 않았다.

"의용대! 의용대!!"

"전부 다 나와! 비행장부터 수리한다!"

"해 뜨면 살아남은 항공기 전부 이륙시켜야 한다. 빨리 작업 들어가!"

이제 시작이었다.

몇 시간 뒤. 5월 12일 오전. 일본군의 수송선단이 느릿느릿 과달카날에 접근하기 시작했다.

"즈이호와 준요는?"

"상공의 제공권 확보를 위해 함재기를 모두 이륙시켰습니다."

"비행장은 성공적으로 제압하였으니, 적기가 보인다는 건 작전대로 적 항모를 끌어들이는 데 성공했다는 뜻. 놈들을 최대한 붙잡기만 하면……."

"견시에서 보고!! 적 항공기 발견!"

"왔다!"

하지만 곤도의 얼굴이 일그러지기까진 그리 오랜 시간이 걸리지 않았다.

"무스탕! 무스탕입니다!"

"무스탕 약 10기! 급폭 약 10기! 수송선단을 향해 날아오고 있습니다!"

"비행장은 제압되었다고 하지 않았나!!"

그 짧은 몇 시간. 몇 시간 만에 미군은 아득바득 비행장을 긴급수리하고, 살아남은 항공기를 정비해 기어이 항공대를 발진시켰다. 바로 조금 전까지 무츠가 만들어낸 성과물에 곤도 또한 만족하고 있었기에, 그는 허탈해져 헛웃음만 터뜨렸다.

"적이지만 대단한 놈들이다."

"그, 그렇습니다."

"본대에 연락해. 추가적인 폭격 지원이 필요하다."

"하지만 그랬다간……."

"이 작전의 의의는 함대결전이지. 하지만 저 비행장을 완전히 폐품으로 만들지 못하면 결정적인 순간에 발목을 잡힌다."

수송선이 격침당한다면 육군이 길길이 날뛰게 된다. 무츠가 격침당한다면 생각도 하기 싫은 악몽이다. 어느 쪽이건 간에, 이 이상 변수를 늘릴 순 없었다.

"뭐 하고 있나! 빨리 급전 보내!"

"옙!"

[과달카날 비행장 제압 실패.]

상륙함대의 보고를 들은 야마모토는 눈가를 파르르 떨었다.

"무츠로도 부족했단 말인가?"

"그런 듯합니다. 어찌하시겠습니까?"

적 정규항모는 아마 3척, 많으면 4척. 일본군이 기습의 어드밴티지를 얻고 있단 점을 고려한다면, 두 척 분량의 함재기를 과달카날 비행장에 할애하는 정도라면 얼추 작전에 지장은 없다.

"나구모에게 전해. 과달카날 폭격에 전력의 일부 할애하라고. 단, 적 항모를 타격할 핵심 역량은 보존하고 있어야 한다."

"알겠습니다."

다시 나가토에서 아카기로 명령이 하달되고. 나구모가 드물게도 짜증을 감추지 못한 채 대함 폭격을 준비하던 함재기 일부를 육상 폭격용 폭탄으로 교체하라고 다시 명령을 하달하고.

"빨리! 빨리빨리!"

"탈거! 탈거부터 해!"

"다시 집어넣을 시간이 어딨어! 일단 다 꺼내서 장착부터 해! 한시가 급하다!"

"사령관님. 적 정찰기가······!"

"이 일대에 적 정찰기가 있는 건 당연한 일이지. 함재기만 출격시키고 위치를 옮기자고."

그 소란 속에서.

"적 함대 발견!!"

"적 항모 4척 확인! 주력 기동부대가 틀림없습니다!"

"찾았다."

'잽스를 죽이고, 잽스를 죽이고, 잽스를 죽이겠다.'라고 맹세한 사나이. 윌리엄 홀시(William Frederick Halsey Jr.) 제독의 입가에 해맑은 미소가 피어올랐다.

"플레처에게도 알려주고, 이대로 곧장 놈들의 대가리를 깨놓는다!"

"전기 발진! 진주만의 복수다!!"

홀시 제독이 이끄는 미 항모 엔터프라이즈와 새러토가. 플레처 제독이 이끄는 항모 호넷과 요크타운. 일본군의 눈을 피해 매복 중이던 4척의 항모가 용틀임을 시작했다.

과달카날에 어서 오세요 7

　니미츠의 계획, '과달카날 수비 대신 일본 항모를 친다.'를 들은 홀시는
평하길.
　"무척 과감하지만 이것이 정답이다."
　그리고 마찬가지로 휘하 제독인 플레처가 평하기로는.
　"이러고도 성과가 없다면 후환이 두렵다."
　그리고 지금. 하늘이 내려주신 기회가 왔다. 홀시 직할의 태스크포스 16
이 보유한 2척의 항공모함, '엔터프라이즈'와 '새러토가'. 플레처의 태스크
포스 17에 속한 '요크타운'과 '호넷'. 합계 4척. 조금 더 시간이 있었다면
'와스프'까지 합류할 수 있었겠지만, 기회가 온 지금 태평양에서 동원할 수
있는 미합중국 해군의 모든 항모 전력을 총동원했다. 이 전력을 상실한다
면 아무리 천하의 미국이라 할지라도 그 공백을 단기간에 메꿀 순 없다.
　"지금 확인된 적의 항공모함은 네 척. 과연 이게 전부일까……?"
　"그런 건 나중에 고민해도 늦지 않아. 적의 항모를 모두 찾을 수 있었다
면 최상의 상황이었겠지만, 우리의 위치가 발견되기 전에 먼저 잽스를 찾아
냈단 점이 핵심이지."

노리는 건 오직 하나. 진주만의 원수, 적의 항공모함뿐. 홀시의 결단에 따라 미 항모부대는 확인된 적 항모에 대한 타격작전에 돌입했다.

오전 7시경. 4척의 항공모함에서 와일드캣, SBD 돈틀리스 급강하폭격기, 그리고 TBD 데바스테이터 뇌격기가 미친 듯이 쏟아져나왔다.

나구모는 혼란에 빠져 있었다.

"3번기에서 입전! 적 함대 발견! 공모 2, 순양함 2, 구축함 다수!"

드디어 찾았다. 하지만, 명령이 상충되는 상황.

"기회입니다. 육상 공격을 중단하고 적 항모 타격에 만전을 기울여야 합니다."

"무슨 소리인가? 제독님. 원래 출격 목표는 적 항모 타격이 맞지만, 지금 사령장관께서 지급으로 과달카날 폭격을 지시한 상황 아닙니까."

"우리가 적 항모를 결딴내면 그깟 섬은 당연히 우리 손에 들어옵니다! 항모 간의 싸움은 결국 얼마나 빨리 적을 찾아 선제공격을 하느냐란 말입니다!"

"야마모토 사령장관께서 설마 그 이치를 모르겠나? 장관께서 이를 지시할 정도라면 필시 육상기지에서 출격할 적 항공대가 위협적이란 뜻이지. 우리 머리 위로 그놈들이 날아올지도 몰라!"

굉장히 슬픈 일은, 여기서 결단을 내려야 할 나구모는 결코 공중전의 스페셜리스트가 아니었다는 점이다. 더군다나 그는 일본 해군의 장성으로서, 정치적인 요소 또한 고려에 넣어야 했다. 수송선에 타고 있는 육군이 떼죽임당한다면, 그 책임은 누구에게 갈 것인가?

"제1항공전대, 아카기와 카가는 지금 이미 육상 타격을 준비 중이었지?"

"그렇습니다. 이미 발진 작업이 진행 중입니다."

"1항전은 준비 끝내는 대로 과달카날로 보낸다."

분산 투자. 최소한 저 섬에 얼굴은 내비쳐야 면피할 명분이 생긴다.

"지금 정찰로 확인한 적 항모 두 척이 전부일지 모르겠군. 본대와 약간 거리를 두고 있는 5항전, 쇼카쿠와 즈이카쿠는 혹시 모를 상황에 대비."

"옙."

"2항전, 히류와 소류는 색적된 적 항모를 즉각 타격하도록."

"정찰기에서 급전! 적 확인! 대편대! 대규모 항공대입니다!!"

"뭐라고?"

오전 9시. 호넷과 요크타운에서 발진한 타격대가 일본군의 시야에 포착되었다.

"요격 태세를 갖춰라!"

"전투초계 중인 모든 전투기를 동원한다! 요격 준비!"

"작업 중단! 일체 모든 작업 중단하고 회피기동 준비한다!"

"이보게, 겐다(源田實) 중좌! 그러면 출격이 늦어질 텐데?"

"우리 항모가 터지면 출격도 무의미합니다. 선제권을 빼앗긴 이상 우선 살아남아야 합니다, 제독!"

나구모는 이 젊은 항공참모의 말에 침묵을 지켰다.

"자네가 더 전문가니, 자네 뜻대로 하게."

"알겠습니다. 뭣들 하나! 대공 전투 준비해!"

6척의 거함이 아카기에서 발신되는 신호에 맞추어 신속히 요격 태세에 들어갔다. 하지만 이로 인해 과달카날 폭격을 준비 중이던 아카기와 카가의 갑판은 혼란의 도가니로 빠져들었고.

"적기, 접근!"

"요격 개시!"

중일 전쟁 무렵부터 전과를 쌓아온 역전의 에이스들이, 항모를 지키기 위해 떼 지어 몰려오는 미군기를 상대로 필사적으로 달려들기 시작했다. 한 대의 폭격기라도 놓치지 않으려 달려드는 일본기. 이들의 발목을 붙들어 한 대의 폭격기라도 항모를 향해 보내려는 와일드캣. 양군의 통신망은 순식간에 비명과 고함소리로 가득 찼고.

"아카기! 아카기로 간다!"

"막아!!"

"회피기동 실시해!!"

몇 번의 폭음. 몇 번의 비명. 하지만 돌입한 미 해군항공대에겐 몇 가지 치명적 페널티가 있었다.

"적 저항이 너무 거셉니다!"

"아군 뇌격기가 전멸했습니다!"

"급강하 위치를 잡을 수가……."

"제기랄, 이대로 비스듬히 적 항모로 날아간다. 급강하는 포기해! 한 대의 폭탄이라도 맞혀야 한다!"

곧 교체가 예정된 '데바스테이터' 뇌격기는 기체 성능으로 보나, 탑재한 어뢰의 성능으로 보나 모두 낙제점. 파일럿들의 용기만큼은 결코 뒤처지지 않았으나, 숙련도로는 세계 최고봉인 일본 파일럿들은 너무나 정석적으로 접근해 오는 뇌격기의 예상 코스를 훤히 꿰고 손쉽게 그들을 격추할 수 있었다. 생과 사를 가로지르는 아찔한 순간이 몇 번이고 연출되고, 바다 위 강철의 비행장들이 그 몸을 연신 비틀며 대공포화를 쏟아내길 몇 차례.

"적 공세… 막아냈습니다!"

"카가, 적기 근접하였으나 큰 이상 없음!"

"역시! 미군의 역량은 형편없다! 빨리 발함 작업 재개해!"

함대의 모두가 손을 불끈 쥐며 이 놀라운 성과를 자축하던 그 순간.

"한 번 더 옵니다!!"

"대체… 대체!"

오전 9시를 조금 지난 시간. 엔터프라이즈와 새러토가에서 출격한 한 무리의 항공기들이 마침내 그 모습을 드러냈다.

"수면으로 최대한 붙어! 이거 한 발만 잘 꽂아도 저 새끼들은 뒈진다!"

가장 먼저 달려든 것은 뇌격기 부대. 이미 격렬한 공중전으로 온몸이 비 맞은 듯 흠뻑 젖고, 급하게 출격한 몇몇 요격기는 연료와 탄환까지 부족해진 상황. 그럼에도 불구하고 일본의 파일럿들은 악전고투하며 미군 뇌격기가 포지션을 잡으려는 것을 최대한 저지했다. 간신히 공격 기회를 잡은 몇몇 뇌격기에서 투하된 항공어뢰가 칼날 같은 궤적을 그리며, 일본 항모를 향해 날아갔으나…….

"방위 240! 어뢰 다수!"

"긴급 변침!"

"꽉 붙들어 매라!"

목숨을 건 뇌격기 파일럿들을 비웃기라도 하듯, 적 항모와 맞닿은 어뢰는 단 한 발도 없었다. 어뢰를 모두 쏟아부은 뇌격기들은 이제 본래의 둥지로 귀환해야 했지만, 악에 받칠 대로 받친 일본기들은 그들을 용서치 않았다. 하지만 그들의 공로가 모두 무의미한 헛짓거리라고 볼 순 없었으니. 모두의 시선이 뇌격기에 쏠려 있는 바로 그 시간.

"잽스 항모가 한가득합니다."

"쫄지 마라. 이제 전부 우리가 저 친구들을 원위치로 돌려보내 주자고."

바닷속 저 깊은 곳으로. 완벽하게 자세를 갖춘 돈틀리스 급강하폭격기. 그 명칭에 걸맞게, 떨어지는 단두대의 칼날처럼 날카로이 급강하 준비를 마쳤다.

"가자!!!"

* * *

"카가로부터 발광 신호! 적기 직상, 급강하!!"

"아, 안 돼!"

겐다의 비명을 뒤로한 채, 하나둘 유성처럼 내리꽂는 돈틀리스들. 다급히 항공모함의 대공포좌들이 새 표적을 향해 사격을 실시해보지만, 안 그래도 요격률이 빈말로도 좋다고도 할 수 없는 대공포가 이 정도 고각에서는 더더욱 무의미해진다.

탈칵 하며 폭탄이 제 어미의 품을 벗어나고. 오직 적을 날려버리기 위해 힘껏 낙하하여, 연약한 나무 재질 갑판을 뚫고.

쿠우우웅!!

불꽃이 모든 걸 휘감는다. 함교도, 갑판도, 다급히 작업 중이던 병사들과 기술사관들도.

어마어마한 고열을 받은 항공유가 모두의 기대를 배반한 채 있는 힘껏 달아오르다 같이 불타오르고, 곳곳에 굴러다니던 폭탄과 어뢰 또한 제 세상이 와버린 것으로 착각하고 멋대로 기폭해버린다.

그리고 이어지는 폭발, 폭발, 폭발.

카가가. 아카기가. 소류가 이 끔찍한 폭력을 이겨내지 못하고 바다 위의 불덩이로 화했다.

대일본제국의 자랑스러운 연합함대. 그 전투력의 정수라 할 수 있는 제1항공함대의 전력 절반이 단숨에 불타오른다.

"안 돼, 이건 아니야. 이건 아니야⋯⋯!"

"제독! 정신을 차리셔야 합니다!"

"대체, 대체 무슨 낯으로 돌아가야⋯⋯!"

"아직 끝나지 않았습니다. 아직 전투는 계속되고 있습니다!"

부상을 입고 쓰러진 나구모를 부축한 채, 겐다는 불타는 아카기에서 빠져나왔다.

대참사. 조금 전까지만 해도 위풍당당하기 그지없던 대함대는, 이제 아비규환의 지옥 입구로 변모해 있었다. 하지만 이것이 끝은 아니다. 아직 아무것도 확정되지 않았다. 나구모에게인지, 자신에게 하는 말인지도 모르는 상태에서 그는 필사적으로 입을 열었다.

"공습 전 색적된 적 항모 두 척. 그것만 잡아내면 됩니다. 비록 우리가 선공을 허용해 세 척을 잃었지만, 미군의 항모는 아마 두 척에서 세 척, 정말 많으면 네 척에 불과합니다."

6 대 3의 전력. 지금 3 대 3이 되었지만, 아직 멀쩡한 다른 항공모함이 타격을 가해 적 두 척을 잡아내면 3 대 1이 된다. 이 피해는 뼈아프긴 하지만, 결코 대세가 뒤집히진 않는다! 모두가 처음 겪는 이 막심한 피해에 흔들리는 사이, 비슷한 결론을 내린 인물이 없지는 않았다.

"기함은?"

"아카기가 불타고 있습니다. 명령을 하달하기는 어려워 보입니다."

항공모함 히류에 있던 제2항공전대장, 야마구치 다몬(山口多聞)은 신경질적으로 담배 한 개비를 꺼냈다.

"내가 지금 뭘 보고 있는 건지 모르겠네. 미치겠구만."

"사령관님."

"내 생각엔 아직 해볼 만한 것 같은데… 우리 참모님들 의견은 어떤가?"

"그렇습니다. 우리 히류가 있고, 5항전이 있습니다!"

"1항전이 명령을 내리기 어려워졌으니 우리가 지휘권을 잡아야 합니다. 사령관님, 공격 명령을!"

"좋아. 좋아! 최후도 아니고 고작 한 대 세게 처맞았다고 애새끼마냥 징징댈 순 없지! 어깨들 다 펴라! 이제 우리의 시간이 왔다!"

적 항모 두 척을 잡고, 지금 과달카날에 있을 경항모 두 척과 합류하면 여전히 압도적인 수적 우위로 미군을 찍어누를 수 있다.

"부상자 수용은 다른 호위함에 맡긴다! 5항전에도 전달해! 지금 1분 머뭇거리면 제국이 패배한다!"

"하잇!"

5항전은 잠시 우물쭈물했지만, 결국 기세에서 밀려 다몬이 지휘권을 이양받았고. 비명에 가버린 아군 항공모함의 영전에 미군을 제물로 바치기 위해. 세 척의 일본 항공모함이 곧장 공격대를 발진시켰다.

목표는 식별된 적 항모 두 척. 이번엔 미군이 불벼락을 맞을 차례였다.

* * *

공해상에서 전대미문의 항모 간 대결이 벌어지고, 향후 전쟁의 향방을 결정지을 싸움이 새로운 페이즈로 접어들기 시작할 무렵.

"어째서! 나구모, 나구모는 대체 뭘 하고 있는 거냐아아!!"

불타오르는 즈이호의 함교에서 절규하는 이가 있었다. 저 악마의 섬 과달카날은 지치지도 않는지 끊임없이 항공기를 토해내고 있었다. 즈이호와 준요의 파일럿들은 필사적으로 싸웠으나, 한 손이 열 손을 막지는 못하는 법.

"무츠, 피탄!"

"무츠에서 연기가 피어오르고 있습니다!"

"어쩌란 거냐! 우리는 연기 안 피어오르는 줄 아나!!"

"또 옵니다! 적기! 급강하!"

오지 않는 항공지원을 저주하며. 비행장은 제압되었노라 호언장담하던 무츠의 함장을 저주하며. 저 난공불락의 섬에 고작 경항모 두 척만을 할당한 야마모토를 저주하며. 즈이호는 그 함생을 불꽃으로 마감하고 있었다.

과달카날에 어서 오세요 8

전쟁이 끝난 뒤 열린 많고 많은 파티에서, 한 번은 니미츠 제독을 만난 적이 있었다. 내가 보아온 해군 제독들의 인성들이 대부분 인격 파탄자거나 뭔지 모르게 띠꺼운 양반들이 대부분이었는데, 니미츠는 확실히 품격과 인성을 겸비한 인물이었다.

마침 그때도 과달카날 전투에 관한 이야기가 나왔었는데, 우리의 사돈 양반 킹이었다면 보나 마나 예의 그 썩은 토마토 같은 면상을 한 채 '그것도 모르나?'라면서 일단 사람 속을 한번 긁으며 이죽댄 뒤 잘난 척을 시작했겠지만 니미츠는 민간인도 알기 쉽게 아주 쏙쏙 설명해주더라고.

"항공모함 간의 싸움은, 풀숲에 숨어 있는 저격수들끼리의 싸움에 비유할 수 있겠군요. 최대한 잘 숨어 있어야 하고, 마찬가지로 숨어 있는 적을 발견해 먼저 쏘면 이깁니다."

날아오는 총알을 막아내기란 불가능에 가깝듯, 날아오는 적 공격을 막는 것도 무척 어려운 일. 한마디로 먼저 쏘는 놈이 장땡인 싸움이 항모 간의 대결이었다.

"이 당시 일본군에겐 몇 가지 우위가 있었습니다. 첫 번째로, 그들의 항공기는 미군기에 비해 훨씬 항속거리가 길었습니다. 미군 저격수에 비해 일본 저격수가 들고 있는 총의 사거리가 2배 정도 길었던 셈이지요."

일본군은 그 어마어마한 항속거리를 손에 넣는 대가로 항공기가 죄다 종이비행기가 되었지만, 그걸 감수할 정도로 거리의 이점이란 매력적이었다.

"그걸 이길 수가 있습니까?"

"멀리서 쏠 수 있어도, 상대가 풀숲에 잘 숨어 찾을 수 없으면 결국 못 쏘지 않습니까. 우리 미 해군 역시 망망대해에서 매복해 적의 눈을 피했고, 적을 사정거리 안에 넣는 데 성공했었습니다."

정보 우위에서 비롯된 매복 기습. 이것으로 미군은 하드웨어에서 비롯된 페널티를 극복했다.

"두 번째 우위. 일본군 항공모함의 숫자가 더 많았습니다. 저격수가 두 명이었던 셈이지요."

과달카날에서 미군은 첫 사격에 적 한 놈을 거꾸러뜨렸지만, 여전히 불리함이 사라지진 않았다. 당연히, 살아남은 적 저격수가 곧장 반격을 해왔기 때문. 그리고 그 남은 적의 사격은 무척 매서웠다.

* * *

1940년 5월 12일 11시 30분경.

여전히 화염에 휩싸인 아카기, 카가, 소류를 뒤로한 채. 히류, 쇼카쿠, 즈이카쿠에서 수십 대의 함재기가 상황을 원점으로 돌리기 위해 발진했다. 이들이 포착한 미 항모는 바로 테스크포스(TF) 17, 요크타운과 호넷. 지휘관인 플레처는 한 대 때렸으니 이제 얻어맞을 차례라는 걸 당연히 인지하고 있었고, 더더욱 정찰에 많은 힘을 쏟아 적의 항공대를 캐치하고 원거리 요격에 나설 수 있었다.

그러나 위에서 언급했듯, 날아오는 총알을 쳐내는 것과 마찬가지의 일. 게다가 수적 우위와 경험 차이를 극복하는 건 이 당시 미 해군에겐 너무 무리한 요구사항이었다. 필사적인 디펜스에도 불구하고, 아득바득 이를 갈고 달려든 일본군 뇌격기의 항공어뢰가 두 척의 미 항공모함을 강타하며 전세는 다시 비등비등해졌다.

"대미지 컨트롤 불가능!"

"소화 불가능한가?"

"틀렸습니다. 더 이상의 작전 속행은 어려워 보입니다."

"그럼 할 만큼 했군. 살아남은 항공기는 전부 과달카날로 보내도록. 나머지 전부 퇴함한다!"

이로써 플레처와 TF 17의 역할은 끝났다. 살아남은 이들을 수습해 무사히 돌아가는 것이 그들의 마지막 임무. 남은 항공모함의 수는 3 대 2로 일본군의 우세. 하지만 서로 펀치 한 대씩을 주고받았으니. 이젠 미군이 다시 죽빵을 날릴 차례였다.

* * *

호넷과 요크타운이 서서히 바다로 가라앉고 있을 무렵. 과달카날 동쪽 공해상. 미 항공모함 '엔터프라이즈'.

"TF 17에서 급전. 호넷, 요크타운 대파. 작전행동 불가. 긴급 이함 중."

참모장의 보고에 홀시는 쓰고 있던 모자를 양손으로 있는 힘껏 구겼다.

"아프구만. 존나게 아파."

"다음은 어떻게 하시겠습니까?"

"그걸 꼭 물어봐야 하나! 당연히 복수를 해야지!"

이가 바드득 갈린다.

"그 친구들은 우리 대신 불벼락을 맞은 거야. 우리가 얻어맞지 않은 건 순전히 운이 좋아서고."

"곧장 2차 공격대를 내보내겠습니다."

"당연하지."

"침로는 어떻게 하시겠습니까?"

"독기가 잔뜩 오른 잽스 새끼들 면상을 직접 볼 필요는 없잖아. 수상전은 우리가 필패지. 이번 공격대만 내보내고 우린 적과 계속 거리를 벌리자고."

홀시는 적의 명줄을 따고 싶었지만, 동반자살 희망자는 아니었다. 수상전이라니. 당장 과달카날에 해병대가 도착한 직후 무슨 일이 벌어졌던가? 미 해군이 야음을 틈탄 잽스의 공격에 깡강정처럼 으스러지지 않았나? 전함도 없이 그딴 미친 짓을 할 바엔 차라리 도망치고 만다. 이것이 니미츠와 홀시의 판단이었다.

하지만 바로 그 수상전이야말로, 기함 아카기를 버려야만 했던 나구모가 가장 원하던 것이었다. 전쟁이란 결국 내가 원하는 건 다 하고, 상대가 원하는 건 못 하게 막아야 이기는 법. 애시당초 일본군은 전략도 전술도 모두 미군에게 휘말린 상태였던 것이다.

나구모를 위시한 일본군 지휘관들의 생각은 간단했다.

'적은 대파된 제국의 항모를 확실히 확인사살하기 위해 결국 접근해 올 것이다.'

'결국 해전이란 함포와 어뢰로 치르는 것. 그때야말로 이 불리한 흐름을 역전할 절호의 기회다.'

따라서 나구모는 살아남은 다른 항공모함에 승선해 항공전에 초점을 맞추는 대신, 경순양함 나가라를 새 둥지로 삼았다. 이제 항모의 시간이 끝난 만큼, 자신이 평생 갈고닦아 온 특기인 수뢰전으로 미 함대와 정면승부를 벌여야 한다고 판단했기 때문이다.

여기서 다시금 일본군은 중대한 헛발질을 했다. 일본군은 철석같이 '항모로 전투를 끝낼 순 없다.'라고 믿고 있었다. 그들이 수십 년에 걸쳐 준비해 온 대작전, '점감요격 작전'에 따르면 항모와 잠수함을 동원한 싸움은 어디까지나 전초전일 뿐이었으니까. 하지만 그 일본군 항공모함에게 진주만부터 지금까지 장장 1년 가까이 쥐어터진 미군은 옛날과 같은 수상전에 대한 미련을 모두 버린 상황. 일본군이 고대하던 장대한 군함 간의 포격전 따위 일어나지 않았다.

* * *

1940년 5월 12일 13시경. 일본군 경순양함 '나가라'.

"제독님, 몸은 조금 괜찮으십니까?"

"내 몸은 이상 없네. 아직 전투가 끝나지 않았는데 그깟 몸이 대수인가."

"알겠습니다. 포로를 심문한 결과, 적의 항공모함은 총 네 척이라고 합니다."

"젠장."

나구모는 참모의 보고를 듣자마자 고개를 떨구었다. 야마구치의 지휘하에 물리친 적 항모가 두 척이라고 했었으니, 조만간 적의 2차 공격대가 날아올 게 뻔했기 때문이다.

"다몬에게 전하게. 적이 2차 타격을 준비하고 있을 가능성이 크니 요격을 우선하라고."

"알겠습니다."

"4번기에서 입전! 적 항모 2척 발견!"

나구모는 곧장 성큼성큼 다가가 종이쪼가리를 우악스럽게 빼어 들었다. 빠르게 훑어 내려가던 그의 시선은 어느 한 지점에서 멈추었다.

"겐다 중좌."

"예, 제독."

"적 항모는… 우리의 반대편으로 나아가고 있군."

겐다 또한 1초 즈음 멍해져 있다가, 허탈한 듯 툭 말을 던졌다.

"결전을 회피하는군요."

"…함대결전을, 수상전을 회피한다고? 우리가 지금 엉망이 된 항공모함을 예인해서 수복하면 어쩌려고?!"

"제독님."

겐다는 상관을 화나게 하기 싫다는 본능과 직언을 올려야 한다는 이성 사이에서 갈등하다, 결국 자신의 임무를 다하기로 결심했다.

"우리가 항모를 수리할 때면, 미군은 수십 척의 새 항공모함을 바다에 띄울 수 있습니다."

"하. 하하! 하하하! 하하하하!!!"

항상 근엄한 모습으로 무게감을 더하던 나구모는, 결국 참지 못하고 웃음을 토해냈다.

"그래. 싸워줄 필요가 없었어. 모든 걸 건 한 번의 합전을 갈구하던 건 오직 우리뿐이었구나."

"…그렇습니다."

"저기 불타고 있는 게, 항모가 아니라 황국이었어."

나구모는 비로소 냉엄한 현실을 받아들였다. 하지만 이것이 자포자기를 뜻하는 것은 결코 아니었다.

"아직 바뀌는 건 없다. 야간에 적을 따라잡아 놈들에게 어뢰를 처먹일 수도 있고, 적 항모 세력을 전멸시켜 항공전력의 공백을 이끌어내도 된다. 우리 하기 나름이다."

"…예!"

"본 사령관이 전파한다! 우리의 어깨에 놓인 짐의 무게는 처음과 달라지지 않았다! 총원, 마지막 순간까지 심기일전하라!"

미군의 2차 공격대를 막아내고. 다시 공격 찬스가 돌아왔을 때 적 잔존 항모 두 척을 모두 물고기밥으로 만들어준다. 이거면 이긴다. 손해는 막심하지만 전략적 승리를 거둘 수 있다!

나구모의 눈에 핏발이 가득 서 있을 무렵.

"Tally—Ho(사냥감 발견)!!"

"잽스의 항공모함이 보인다!"

"준비된 편대부터 위치로! 우리 호위를 믿고 나아간다!"

엔터프라이즈와 새러토가가 날려보낸 두 번째 항공대가 이들을 덮쳤다. 아직 결전은 계속되고 있었다.

* * *

손이 덜덜 떨린다. 헨리는 수전증 환자처럼 부들대는 팔을 간신히 억누르고, 애써 입 안에 빵 쪼가리를 집어넣으며 대강 벽에 몸을 기댔다. 오늘, 대체 몇 번 출격을 했는지 숫자가 헷갈릴 지경이었다. 과달카날 코앞에서 상륙작전이 벌어지고 있는데, 이를 내버려 둘 순 없었다. 이토록 요란하게 적들이 몰려오자 섬에 잔존해 있던 일본군까지 다시 슬금슬금 반격해 오기 시작했고, 어젯밤 해병대원들에게 악몽을 선사해준 무츠는 여전히 그 육중한 선체를 선보이고 있었다.

적어도 저 새끼는 잡고 만다. 해병대원들이 복수심에 눈이 돌아간 건 둘째치고, 오늘의 해가 수평선 너머로 떨어지고 나면 다시금 저 전함은 죽음의 신이 되어 비행장을 강타하리라. 오늘은 기적적으로 보수에 성공해 급한 대로 출격할 수 있었지만, 과연 내일도 가능한 일일까? 일본군이 머저리들도 아닌데, 더욱 교묘하고 정교하게 비행장을 짓밟지 않을까?

모든 상황을 고려했을 때, 최소한 전함만큼은 격침시켜야 했다. 이걸 반대로 뒤집어 말한다면, 쪽바리들은 무슨 수를 써서라도 저 전함을 지켜야 한다는 뜻. 실제로 그들의 경항모 두 척은 어디 공장에서 찍어내는 것처럼 쉼 없이 함재기를 내보냈고, 과달카날 항공대는 무츠를 날려버리기 위해선 먼저 두 경항모를 제압해야 한다는 결론에 이르렀다.

"준비 다 끝났습니다!"

"고맙습니다."

"요청하신 대로 기총을 약간 손봤습니다. 그리고 이미 브리핑 들으셨겠지만 폭탄 또한 적재했습니다! 그럼 건투를 빕니다!"

헨리는 덜 씹은 빵을 그대로 마저 목구멍에 밀어넣고, 곧장 조종석에 올라탔다. 와일드캣과는 다른 편안함. 와일드캣에서 목숨을 건 전장에서 피어난 전우애를 느낄 수 있다면, 머스탱의 조종석에 올라탄 지금은 캘리포니아로 돌아간 것만 같은 기분이 들었다.

오래전 개발 단계 때부터 그의 손길이 들어간 기체. 밤낮을 새기는 일상이고, 실험용 기체의 추락을 보며 황급히 달려가고, 개량을 거듭하며 나아지는 모습을 보며 뿌듯함을 숨기지 못하고. 비록 하는 일은 말단 조무래기에 불과했다지만, 아무렴 어떤가. 몇 년을 함께했던 사이라는 게 변하진 않는데.

의자의 감촉을 느끼고 있자, 참으로 뜬금없게도 불쑥 의문이 고개를 들고 샘솟았다. 유신 삼촌은 병역을 염두에 두고 그 자신을 연구소에 넣었다고 했다. 하지만 이 기체의 개발은 한참 전부터 진행되고 있었다. 당장 엔진부터 롤스로이스사의 엔진으로 시작해, 포드사가 성능을 포기해 가면서 이를 대량 생산에 적합하게 개량하고, 그걸 다시 샌—프랑코가 항공기 엔진으로 개량하지 않았나. 그 기나긴 개발 과정을 거쳐… 지금 전략적으로 무궁무진한 변수를 창출할 수 있는 항속거리를 갖춘 이 머스탱이 나타났다.

전쟁을 오래전부터 준비했다는 건 들었다. 하지만 여기까지 알고 있었다고? 헨리의 상념은 이어지지 못했다. 엔진이 잠에서 깨어나고, 프로펠러가 파르르 떨리더니 힘껏 돌아간다. 모든 의문을 잠시 접어 두고, 다시 하늘로 올라 잽스를 때려잡을 시간이다. 헨리 킴은 저 멀리, 시꺼먼 연기를 토해내고 있는 일본군 함선들을 향해 날아올랐다.

작중 미드웨이 전역 이해를 돕기 위한 지도입니다.

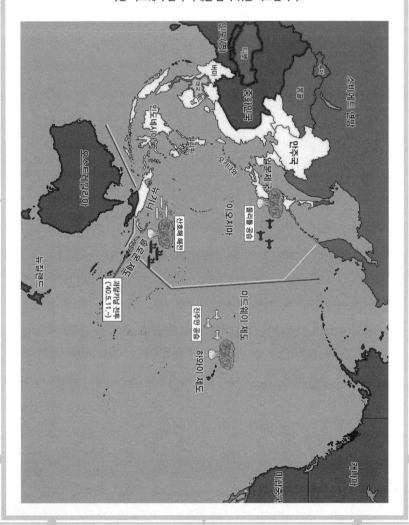

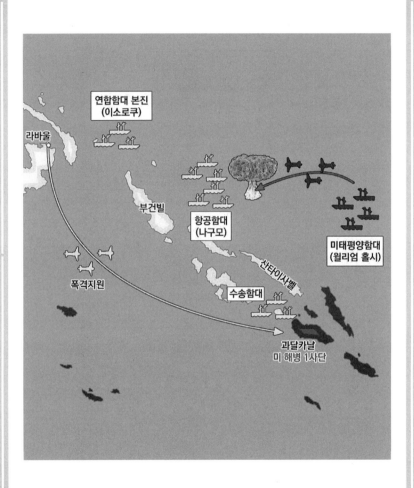

연합함대 본진
(이소로쿠)

라바울

부건빌

항공함대
(나구모)

산타이사벨

미태평양함대
(윌리엄 홀시)

폭격지원

수송함대

과달카날
미 해병 1사단

과달카날에 어서 오세요 9

삶과 죽음이 한순간에 엇갈린다. 대공포화는 그칠 줄 모르고 하늘을 수놓고 있었고, 일본기들은 거머리처럼 달려들고 있었다. 일본군의 대공포화는 그리 두렵지 않았다. 결국 가장 위협이 되는 것은 저 전투기들이었고, 이들을 계속해서 뱉어내는 항공모함을 제압하면 군함들의 운명은 결정되는 것과 마찬가지. 이미 한 척이 시꺼먼 연기를 토하며 제 역할을 못 하고 있으니, 마지막 한 척만 잡으면 될 일이었다.

"제발, 제발……!"

하지만 이제 한계다. 돈틀리스 급강하폭격기가 아무리 명품이라 할지라도, 몇 시간에 걸친 이 격렬한 전투에서 모두 살아남는 건 불가능했다. 머스탱 전투기가 아무리 강력하더라도, 지난 해전의 패배 후 보급이 차단된 이 섬을 근간으로 하는 한 기름이 부족하다는 절대 명제만큼은 피할 수 없었다. 로프턴 헨더슨(Lofton Russell Henderson) 소령은 자신의 기체 오른쪽 날개에서 피어오르는 연기를 보고 헛웃음을 지었다.

"어이, 우리 좆된 거 같은데."

"……."

"이봐? 이봐?"

그와 등을 맞대고 후방을 향해 기총을 갈기고 있어야 할 사수는 아무 대답이 없었다. 어느새 기총 소리도 멎어 있다. 이 침묵이 알려주는 사실은 오직 하나뿐.

"먼저 가면 간다고 말은 해 줘야지. 거 시발, 내가 안 갈 거도 아닌데."

몸이 떨린다. 그의 바지 허벅지께가 시꺼멓게 물들고 있어서? 그의 뒤를 지켜줄 후방 사수가 이승을 떠나서? 6시 방향을 잡고 매섭게 따라오는 잽스 기체가 두려워서? 전부 아니다.

"내 말 듣고 있는 놈 아무도 없나?"

무전기에선 여전히 아무런 말도 나오지 않았다. 그와 함께 날아오른 몇 안 되는 이들 중, 아직 살아서 하늘을 누비는 이는 그 혼자뿐인 듯했다.

— 치직… 살아 계십니까?

"아, 하나는 있구만. 누군가?"

— 헨리 킴입니다.

"씨발. 좋은 거 타서 명줄도 질기구만. 다음에 너네 땅개 아빠한테 급폭도 좋은 놈으로 뽑아 달라고 해."

타타타타타타!! 개같은 소리와 함께 기체로 충격이 쏟아진다. 틀렸다. 이건 글렀다.

"어이, 아이스크림 중위. 육안으로 나 보이나?"

— 보입니다. 딱 기다리십쇼. 뒤에 붙은 놈 조지러 갑니다.

"됐어. 기지 돌아가서 내 몫 커피나 한 잔 준비해 놔. 시원한 얼음 가득 넣어서."

— 예?

"돌아가라고. 호위 필요 없으니까."

— 그럴 순 없지요. 들고 나온 폭탄은 저도 어차피 써야 하거든요.

따박따박 좋알좋알대는 것 좀 보소. 역시 빽이 어마무시한 친구라 그런가, 아니면 이 과달카날 항공대가 육항, 해항, 해병대까지 다 섞인 짬통이라 그런가. 그는 6시의 적기가 불덩이로 화하는 모습을 힐끗 확인하며 고개를 돌렸다. 마귀들을 쏟아내고 있는 악마의 상자가 가까워져 오고 있다.

이대로 얌전히 바다에 처박히긴 너무 억울하다. 부하들을 다 잡아먹은 저 애미애비 없는 상자가 감히 살아서 이 섬에서 튀려고 하다니.

"이 지지리도 말 안 듣는 놈."

— 그 소리 군대 오기 전부터 많이 들었습니다.

"명심해라 중위. 해병은 언제 어디서나 좆같은 새끼들을 엿먹일 줄 알아 야 한다."

— 전 해병이 아니라…….

"시꺼. 그럼 오늘부터 너도 명예 해병이야."

다시 무전기에선 잡음만이 쏟아진다. 그 대신 젊은 친구가 마구 쏴대는 기총 소리만이 사방에서 울려 퍼졌다.

파일럿이란 이토록 고독한 일이었다. 아무리 지상의 요원들이 무전기에 대고 제발 잡소리 좀 그만하라고 신신당부를 해도, 혼자가 아니란 점을 확 인하고 싶어 하는 파일럿들은 쉴 새 없이 육두문자와 음담패설을 무전기에 대고 떠들어댔다. 그리고 지금, 헨더슨은 친구가 필요했다.

"나랑 같이 가자고. 이 개새끼들아."

급강하 위치로. 중력의 힘을 머금은 채. 새 친구에게 선물해 줄 사랑스러 운 폭탄을 가득 담아. 자신의 기체는 이제 급강하를 감행했을 때 위로 다시 솟구칠 수 없다. 그러면 뭐, 어쩔 수 있나. 그는 늘 하던 대로 창공을 향해 솟구치는 대신. 있는 힘껏 엔진에 채찍질을 하며 뜨거운 교통사고를 일으키 기로 결심했다.

"과달카날에 온 걸 환영한다."

목재 갑판이 무너져내리는 그 순간까지. 폭발이 일어나는 그 순간, 헨더 슨은 이미 의식을 잃었기에 고통을 느끼지 않았다. 바로 뒤이어 한 대의 머

스탱이 근접 비행하며 폭심지에 두 발의 폭탄을 집어 던지자, 경항모 준요
는 이 최후의 일격을 버티지 못하고 마침내 대폭발을 일으키기 시작했다.
준요의 모든 대미지 컨트롤이 무위로 돌아가고 바닷물이 차오르면서, 과달
카날의 일본군은 마침내 모든 항공 전력을 상실했다. 태양제국의 꿈이 바
다에 가라앉는 순간이었다.

* * *

1940년 5월 12일. 오후 3시경. 일본제국 연합함대 총기함, 나가토.

"……."

"……."

그 누구도 감히 입을 열 수 없었다. 귀축영미의 손아귀에서 대동아의 황
인들을 해방하겠다는 그 꿈은 어디로 갔는지, 남은 것은 온통 잿더미뿐. 이
번 참패로 대관절 몇 명의 목이 날아갈지 모르는 판국에, 지옥 같은 파벌
싸움을 뚫고 이 자리까지 올라온 이들이 감히 입을 열 린 없었다. 물론 이
나가토엔 파벌 같은 일에 관심이 없는 뚝심 있는 이들도 있긴 했지만, 그들
조차 함부로 혓바닥을 놀리는 순간 연합함대 사령장관의 오갈 데 없는 분
노가 단박에 쏟아지리란 사실은 잘 알고 있었다.

하지만 1시간을 넘어 2시간이 지나도록 사령장관은 입을 꾹 다문 채 명
령을 하달하지 않고 있었다. 이러면 대체 어쩌란 말인가?

"각하. 결단을."

"음."

결국 우가키 마토메(宇垣纏) 참모장이 총대를 메고 진언을 올리자, 그제서
야 야마모토는 바위가 깨어나듯 짐짓 헛기침을 했다.

"상황을 정리해 보지."

"과달카날섬에서는 경항모 즈이호가 대파, 준요가 격침되었습니다."

"무츠는?"

"전함 무츠는 몇 차례 적기의 폭탄에 피격되었으나, 황국의 위엄을 상징하듯 작전 수행에 큰 문제 없다고 합니다."

"역시 무츠야. 아무리 날파리처럼 날뛴다 한들 제국의 전함이 쉽게 무너질 리 없지."

말은 이렇게 하였지만, 항공 엄호가 사라진 지금 무츠의 운명이 풍전등화라는 사실을 모르는 이는 이 자리에 아무도 없었다. 어떻게 해서든 하나라도 마음의 위안거리를 건지고픈 사령장관의 마음을 알기에, 참모들은 고개를 가만히 숙이고 굳게 입을 여물었다.

"나구모는?"

"마지막 보고에서 항모 쇼카쿠가 대파되었다고 합니다."

"무능한 인간 같으니. 여섯 척을 끌고 가서 네 척을 날려먹어?"

"…하지만 적 항모 두 척을 제압하였으니."

"굳이 그를 위해 변명해 줄 필요 없네."

아카기, 카가, 소류, 쇼카쿠. 제국 해군의 척추가 부러져버렸다. 이 일을 대체 어찌하면 좋단 말인가? 이미 귀중한 시간을 너무나 헛되이 버렸다. 이젠 선택해야만 했다.

"무츠를 퇴각시키게."

"육군이 길길이 날뛸 겁니다."

"어쩔 수 없어. 무츠를 잃으면 그땐 정말 수습할 수 없어져. 안 그래도 육군 놈들의 방해 때문에 전함을 추가로 진수하지 못했는데, 무츠마저 잃으면 어떻게 함대결전에서 승리할 수 있단 말인가?"

하지만 무츠를 뺀다면 육군은 정말 눈이 확 돌아갈 것 또한 사실.

"…그 대신 공고와 키리시마를 보내도록."

"알겠습니다."

"우리는 이대로 곧장 남진하여 나구모와 합류한다."

여전히 야마모토는 결전에 대한 미련을 버리지 못했다. 그때였다.

"제1항공함대에서 입전. 적의 추가 공세가 예상되어 본대를 향해 후퇴하고자 함!"

"뭐라고? 후퇴?"

"스콜이 내리는 관계로 추가 작전이 어렵다고……."

결국 너덜너덜해진 야마모토의 마지막 역린이 툭 건드려지면서, 모두가 애써 시선을 돌리는 가운데 그의 울화가 폭발하고 말았다.

"황국의 함대를 다 날려먹은 주제에 후퇴라고? 이 작자가 대관절 무슨 소릴 지껄이고 있는 거야! 감투정신도 부족한 인간이 지휘봉을 잡고 있었으니 그리 참패했지!"

"각하!"

"당장 나구모의 지휘권을 박탈하도록! 제1항공함대는 적 함대와 계속 접촉한 상태에서 언제든 싸울 수 있도록 만전의 채비를 다하라고 전해!"

참모들은 우왕좌왕하며 애써 우가키에게 눈짓만 했지만, 그 우가키조차 차마 또다시 총대를 메고픈 마음은 전혀 없었다.

야마모토는 일본 해군의 우수한 지휘관이었다. 그는 다른 이들보다 멀리 볼 수 있었지만, 정작 자신의 시야에 보였던 새로운 세상이 가진 의미를 알진 못했다. 혹은 알았음에도, 수십 년간 일본 해군이 쌓아온 모든 노력의 결정체를 포기할 만큼 대범하진 못했거나.

야마모토는 복마전 같은 일본 해군, 그리고 일본제국의 권력다툼 한가운데에서 연합함대 사령장관 자리에 오를 만큼 우수한 정치군인이었다. 하지만 그런 인물이었기에, 마지막 순간까지도 책임에 관한 문제나 군내 파벌 싸움의 향방을 판단근거에 넣을 수밖에 없었다. 그러지 않고선 언제든 밀려날 수 있었으니. 해군 내 다른 파벌을 컨트롤하기 위해, 그리고 항공함대를 제 뜻대로 휘두르기 위해 수뢰전 전문가인 나구모를 그 자리에 앉혔다. 패배가 기정사실이 된 지금, 있는 힘껏 화를 터뜨리는 저 모습은 누가 봐도 나구모에게 모든 책임을 전가하기 위한 태도였다.

"무능한 놈들. 내 발목이나 잡는 놈들. 내 처음 계획대로 미드웨이를 쳤다면 이런 일도 없었다. 나구모가 내 뜻대로 제대로 움직이기만 했어도 이런 참패는 없었다!"

"분노를 거두십시오. 본대가 움직이기까진 시간이 제법 걸립니다. 잠시 휴식을 취하심이……."

"후. 알겠소. 무슨 일이 또 있거든 참모장이 확인 후 보고하시오."

야마모토가 퇴장한 후, 우가키 또한 입을 꽉 다물고 제 안으로 침잠해 들어갔다. 그 모습을 보던 부하들은 삼삼오오 곳곳으로 흩어져 한숨 섞인 뒷담화를 늘어놓았다.

"둘 다 가지가지 한다, 참."

"할복하기 싫어서 생지랄을 다해요, 지랄을."

"나구모 제독만 불쌍하게 됐군."

"네 적을 해먹었으면 딱히 불쌍하지도 않잖아?"

그렇게 투덜거리면서도, 그들 또한 앞날이 캄캄해 보이긴 매한가지였다.

"한바탕 또 난리가 나겠어."

"그래도 우리는 자리로 난리잖나. 일선에서 배 타는 놈들은 진짜 죽을 맛일걸."

"무츠가 철수하면 거기 수송선단은 누가 맡게 되지?"

"글쎄. 누군진 몰라도 아마도 세상을 저주하고 있지 않을까."

과달카날 앞바다. 곳곳이 일그러지고, 패이고, 불길이 잡힌 곳에선 여전히 연기가 치솟고 있었지만. 그래도 여전히 무츠는 살아 있었다. 이딴 곳에서 죽기는 싫은 모양인지, 꽁지가 빠져라 이 지옥 같은 섬에서 도망치고 있었다.

"즈이호의 뇌격 처분이 완료되었습니다. 현재 침몰 중."

"나도 보고 있네."

그리고 중순양함 스즈야는 저 무츠와 함께 이 섬을 떠나지 못했다. 모두가 도망치면 당장 육군이 펄펄 뛸 게 뻔하니, 예의상 몇 척은 남겨놓았기 때문이다. 남들 다 도망갈 때 여기 눌러앉게 된 승조원들은 하나같이 넋이 나가 있었지만, 스즈야의 함장은 놀라울 정도로 태연스러웠다.

"무츠도 떠나고, 곤도 제독님도 떠나고, 항모 두 척은 둘 다 침몰. 그런데 우리만 덩그러니 여기 남아 있자니 너희가 똥 씹은 표정 짓고 있는 건 당연한 일이지."

"아, 아닙니다!"

"뭘. 나도 지금 좆됐다 싶은데."

팔자에도 없는 제독 노릇이라니. 이럴 거면 별이라도 좀 달아 주면 어디가 덧나.

"자자. 다들 주목."

하지만 까라면 까야 하는 것이 군인인 법. 그는 황국을 위해 옥쇄하자는 상투적인 문구 대신, 느긋하게 자신의 콧수염을 만지작거리며 태연스레 말했다.

"지금이 전국 시대도 아니고, 비장하게 신가리(しんがり, 후위대)가 되어 산화하고 싶은 얼빠진 놈은 여기 없을 거다. 그렇지 않나?"

"…예에."

"그리고 지금 저 섬엔 우리 땅개들이 있다. 아무리 땅개가 미워도 버리고 튈 순 없잖아. 우리마저 내빼면 저 친구들이 얼마나 슬퍼지겠냐. 조만간 이리로 공고급 전함 몇 척이 지원 온다고 한다. 그때까지만 내가 잘 비벼볼 테니 각자 사지 멀쩡하게 집에 돌아갈 수 있도록 열심히 해보자."

"옙!"

말은 이렇게 했다만, 잘할 수 있을지 걱정이 태산이다.

"좋아. 잔존 함선에 발광 신호 전달. 현 시간부로 중순양함 스즈야가 지휘한다."

"더 하실 말씀은 없습니까?"

"어… 뭐, 죽지들 말라고 해."

스즈야 함장, 기무라 마사토미(木村昌福) 대좌는 참으로 맥아리없이 답하곤 구석에 짱박아 놓은 모자를 다시 썼다. 당분간 푹 자긴 그른 모양이니, 할 수 있는 데까진 해보는 수밖에 없었다. 연극이 끝나고 배우들이 무대를 내려간다고 해서 모든 일이 끝난 것은 아니다. 오히려 막이 내려간 그 순간부터가 스테프들이 더욱 부산스러워질 시간. 과달카날 앞바다는 아직 더 많은 배를 집어삼키고 싶었다.

(6권에 계속)

태평양 해전 원 역사, 작중 손실 비교(정규항모, 경항모)

구 분	일 본	미 군
원 역사 미드웨이 해전	**아카기 카가 히류 소류**	**요크타운**
원 역사 산타크루즈 해전	없음	**호넷**
작중 과달카날 해전	**아카기 카가 소류** 쇼카쿠 즈이카쿠 준요	**호넷 요크타운**

원 역사의 미드웨이 해전은 작중 과달카날 전역으로 대체되었습니다.

검은머리 미군 대원수 5

1판 1쇄 인쇄 2023년 3월 22일
1판 1쇄 발행 2023년 4월 12일

지은이 명원(命元)
매니지먼트 스튜디오JHS
펴낸이 김영곤 **펴낸곳** (주)북이십일 레드리버

책임편집 유현기 배성원 서진교 강혜인
디자인 (주)여백커뮤니케이션
출판마케팅영업본부장 민안기
마케팅1팀 배상현 한경화 김신우 강효원
출판영업팀 최명열 김다운
제작팀 이영민 권경민

출판등록 2000년 5월 6일 제406-2003-061호
주소 (10881) 경기도 파주시 회동길 201(문발동)
대표전화 031-955-2100 **이메일** book21@book21.co.kr
내용문의 031-955-2403

ISBN 978-89-509-2382-2
     978-89-509-3624-2(세트)